Deana Zinßmeister

Der Pestreiter

Roman

GOLDMANN

Dieses Buch ist auch als E-Book erhältlich.

Zitat von Antonio Pucci aus Klaus Bergdolt,
Der Schwarze Tod: Die Große Pest und das Ende des Mittelalters,
C. H. Beck Paperback, Berlin, 5. Aufl. 2003 (erstmals erschienen 1994/95).

Verlagsgruppe Random House FSC® N001967
Das FSC®-zertifizierte Papier *Pamo House* für dieses Buch
liefert Arctic Paper Mochenwangen GmbH.

1. Auflage
Deutsche Erstveröffentlichung November 2014
Copyright © 2014 by Deana Zinßmeister
Copyright © dieser Ausgabe 2014
by Wilhelm Goldmann Verlag, München,
in der Verlagsgruppe Random House GmbH
Umschlaggestaltung: UNO Werbeagentur München
Umschlagmotiv: © The Bridgeman Art Library / The Birth of Venus,
c.1485 (tempera on canvas) (detail of 412); Columbine (oil on canvas);
Eleonora da Toledo (1519–74) (oil on panel); akg-images / Jérôme da Cunha
Redaktion: Eva Wagner
AG · Herstellung: Str.
Satz: omnisatz GmbH, Berlin
Karte: Peter Palm, Berlin
Druck und Bindung: GGP Media GmbH, Pößneck
Printed in Germany
ISBN 978-3-442-48088-3
www.goldmann-verlag.de

Besuchen Sie den Goldmann Verlag im Netz:

Gewidmet meinen beiden Lektorinnen

Andrea Groll und Eva Wagner

~ *Personenregister* ~
Die mit einem * versehenen Personen
haben tatsächlich gelebt.

Susanna Arnold, Vollwaise aus dem Land an der Saar
Arthur, Susannas Vetter

Familie Blatter aus der Schweiz
Jaggi, Vater; Soldat unter Karl Kaspar von der Leyen
Barbli, Mutter
Urs, ältester Sohn, Susannas Freund
Leonhard, jüngerer Sohn
Vreni, Nesthäkchen
Bendicht, Jaggi Blatters Bruder; Heiler

Elisabeth, Bendichts Helferin im Pesthaus
Nathan Goldstein, Goldhändler jüdischen Glaubens

Karl Kaspar von der Leyen* (1618–1676), Kurfürst und
  Erzbischof in Kurtrier
Philipp Christoph von Sötern* (1567–1652), sein Vorgänger
  im Amt
Ferdinand III.* (1608–1657), römisch-deutscher Kaiser
Johann Philipp von Schönborn* (1605–1673), Bischof von
  Mainz
Paul von Aussem* (ca. 1616–1679), ab 1654 Domkapitular im
  Kölner Dom

Eberhard Dietz*, Hauptmann unter Karl Kaspar von der
  Leyen

Ignatius, Jesuitenmönch
Thomas Hofmann, Ignatius' Beschützer
Friedrich Spee* (1591–1635), Jesuitenmönch; Gegner der
  Hexenverfolgungen

Christ Preußer*, Unterschultheiß in Mensfelden
Agnes Preußer, seine Frau
Johann Wilhelm Walrabenstein*, Amtmann
Scheider/Schaider Mergh*, 1614 der Hexerei bezichtigt und
  zum Tode verurteilt

Walter Bickelmann, Zinßmeister bei Karl Kaspar von der
  Leyen
Anna Maria Bickelmann, seine Frau
Peter Hönes, Wohnungsvermittler
Dietrich, sein Saufkumpan

Heute verlässt einer seinen leiblichen Bruder,
der Vater sein Kind, wenn er es in Gefahr sieht,
damit ihn selbst nicht die Krankheit ereile.
Viele sterben so dahin, von Hilfe und Rat verlassen,
auch Sarazenen, Juden und Abtrünnige.
Sie dürfen niemals im Stich gelassen werden!
Oh ihr Ärzte, um Gottes Willen, und ihr Priester
und Bettelbrüder, besucht doch aus Nächstenliebe
die, welche nach euch verlangen,
Zeigt an ihnen eure Güte,
denkt an eure Seelen
und schaut jetzt nicht auf den Gewinn!
Und ihr, Verwandte, Nachbarn und Freunde,
wenn ihr seht, dass einer zu euch flieht,
bei Gott, zögert nicht!
Seid hochherzig und tröstet ihn!

Antonio Pucci (1310–1388), Dichter in Florenz,
der sich mit diesem bewegenden moralischen Appell
an seine Mitbürger wandte.

⊱ *Prolog* ⊰

Susanna stolperte durch die anbrechende Dunkelheit. Als sie eine Furche im Acker übersah, stürzte sie und schlug mit dem Kopf auf einem Stein auf. Sie wollte sich aufrichten und spürte Blut an ihrer Schläfe. Stöhnend legte sie sich auf den Rücken und wischte es fort. Jetzt spürte sie einen stechenden Schmerz in den Knien. Die junge Frau blickte gepeinigt zum Himmel, als die Stimmen ihrer Verfolger an ihr Ohr drangen.

»Sie muss hier irgendwo sein!«, rief ein Mann wütend.

»Seht zu, dass ihr das Miststück findet, bevor sie im Wald verschwindet«, brüllte ein anderer.

Susanna ignorierte das Pochen im Schädel und den Schmerz in den Knien. Sie rappelte sich auf und rannte um ihr Leben. Erst am Waldesrand blieb sie stehen und drehte sich atemlos um. Als sie sah, wie die Männer Fackeln entzündeten, lief sie zwischen den Bäumen hindurch, um tief ins Gehölz zu gelangen. Mit beiden Händen versuchte sie, herunterhängende Äste zur Seite zu schieben, doch immer wieder peitschten ihr Zweige ins Gesicht. Als sie glaubte, tief genug in den Wald eingedrungen zu sein, lehnte sie sich entkräftet gegen einen Baumstamm und lauschte angestrengt. Nur ihr eigener Herzschlag und die Geräusche des Waldes waren zu hören.

Erleichtert beugte sie den Oberkörper nach vorn und legte ihre geschundenen Hände auf die schmerzenden Knie. Dabei fiel ihr Blick auf den Ring an ihrem linken Mittelfinger. Sie strich mit der Fingerspitze über den roten Stein, den sie von Urs als Zeichen seiner Liebe erhalten hatte.

»Ich werde ihn nie wiedersehen!«, schluchzte sie und wischte sich mit den aufgekratzten, brennenden Handrücken die Tränen fort. »Was wollen diese Männer von mir?«, wisperte sie und schaute sich angstvoll um. In der Dunkelheit konnte sie nichts erkennen.

Sie spürte, wie ihr speiübel und der Kopfschmerz stärker wurde. Gequält schloss sie die Augen, als sie erneut die tobenden Stimmen hörte, die näher zu kommen schienen. Sie werden mich finden, fürchtete sie und versuchte ruhig durchzuatmen, damit das Pochen im Schädel nachließ. Ich muss tiefer in den Wald flüchten, dachte sie.

Dann sah sie zwischen den Baumstämmen den Schein der Fackeln. Sie bewegten sich von ihr weg. Erleichtert atmete das Mädchen aus und stand mühevoll auf. Sie tastete sich von Baum zu Baum weiter. Susanna wusste nicht, wohin sie sich bewegte.

In der Nähe hörte sie das Schnauben eines Pferdes. Mit heftig pochendem Herzen blieb sie stehen und ließ ihren Blick umherschweifen. Nichts war zu erkennen. Sie wartete einige Augenblicke. Alles blieb ruhig.

Plötzlich knackte Holz, Laub raschelte. Panik erfasste Susanna. Das Hämmern in ihrem Kopf wurde stärker, die Übelkeit schlimmer. Wankend presste sie die Fingerspitzen gegen ihre Schläfen, als eine Stimme dicht neben ihr raunte:

»Hab keine Angst und bleib ruhig!«

Susanna erstarrte.

Dann drehte sie langsam den Kopf zur Seite. Eine Hand legte sich über ihren Mund. In diesem Augenblick schien der Schmerz in ihrem Kopf zu explodieren. Susannas Sinne schwanden.

~ *Kapitel 1* ~

Trier, im November 1652

Der Bader blickte von der Tür seiner Kammer auf die Truhe, die neben seiner Schlafstatt stand. Sofort spürte er eine Unruhe, die sich schleichend in seinem Körper ausbreitete. Es war dieses ungewöhnlich brennende Verlangen, das ihm gleichzeitig Vergnügen bedeutete. Wie gebannt starrte er auf das Möbelstück.

Es ist zu früh. Ich muss warten, bis Ruhe eingekehrt ist, dachte er. Doch die Erregung trieb ihn an. Er öffnete die Kammertür, streckte den Kopf auf den Gang hinaus und hielt sein Ohr in Richtung der Badestätte. Er lauschte angespannt und konnte Gesprächsfetzen und Lachen hören. In der Badestube herrschte reges Treiben. Lehrlinge kümmerten sich dort um das Wohl der Gäste. Alles lief wie an jedem anderen Tag in seinem Geschäft. Nichts, was ihn beunruhigte. Es war unwahrscheinlich, dass sich um diese Uhrzeit noch ein Badegast anmeldete.

Der Blick des Baders wanderte erneut zur Truhe. Niemand würde ihn stören. Er schloss die Tür. Langsam ging er auf das Möbelstück zu und öffnete den Deckel. Mit beiden Händen schob er seine persönlichen Sachen zur Seite. Als seine Finger einen harten Gegenstand ertasteten, seufzte er tief und murmelte: »Da bist du, mein Schatz!«

Dann holte er seine Geldschatulle hervor und setzte sich auf das Schlaflager. Er stellte das Kästchen auf die Knie und nahm langsam den Deckel ab. Fast liebevoll betrachtete er die vielen

Münzen, die er während des Jahres seinen Gästen heimlich gestohlen hatte. Er griff hinein und ließ das Geld zwischen den Fingern hin und her wandern. Dann kippte er den Inhalt auf seiner Matratze aus und kniete sich davor. Mit spitzen Fingern nahm er ein Geldstück nach dem anderen auf und roch an jeder einzelnen Münze. Süchtig nach dem Geruch des Metalls, rieb er jedes Geldstück zwischen den Händen, damit seine Haut den ungewöhnlichen Duft aufnehmen konnte. Dann stapelte er jeweils zehn Münzen zu einem Turm auf.

Als alle Geldstücke vor ihm aufgereiht waren, setzte er sich auf den Boden und betrachtete seinen Schatz. Er schnupperte immer wieder an seinen Händen.

Die Glocke über der Eingangstür der Badestube schellte. Erschrocken schaute er auf und schob hastig die kleinen Türme in die Schatulle. Er verschloss die Kassette mit dem Deckel und legte sie zurück in die Truhe. Erst nachdem er das Kästchen unter seinen Sachen versteckt hatte, stand er auf und ging nach vorn zur Tür, um den Ankömmling zu begrüßen.

»Seid willkommen«, rief der Bader, kaum dass der Fremde den Raum betreten hatte. »Ich habe zu dieser späten Zeit mit keinem weiteren Gast gerechnet«, erklärte er und lächelte.

Der Mann, der in die dunkle Kutte eines Mönchs gekleidet war, zog seine Kapuze vom Kopf und grüßte mit einem Nicken.

Der Bader musterte den Mann, der weit gereist zu sein schien. Sein Gesicht war faltenlos, doch der Kranz grauer Haare verriet, dass er kein Jüngling mehr war. Mit seinen braunen Augen erwiderte er den Blick des Baders, ohne eine Miene zu verziehen. Die dunkle Kutte des Mannes war durchnässt und hing schwer an seinem Körper. Zahlreiche Dreckspritzer, mit denen der Stoff bis zu den Schultern bedeckt war, zeugten von einem harten Ritt.

Der Blick des Baders wanderte zu den Wasserpfützen, die

sich um das Schuhwerk des Fremden bildeten. »So nass, wie Ihr seid, müsst Ihr länger unterwegs gewesen sein«, stellte er fest und schaute dem Gast neugierig in die Augen. Als der Fremde nichts erwiderte, fragte der Bader: »Woher kommt Ihr?«

Erneut blieb der Mann stumm. Der Bader kratzte sich verunsichert über das kurz geschorene Haar.

»Ich möchte ein Bad nehmen«, erklärte der Gast schließlich mit tiefer Stimme. Seine Haltung und der abweisende Blick zeigten, dass er kein Interesse an einer Unterhaltung hatte.

Der Bader verstand und besann sich seiner Aufgabe. »Damit Ihr keine Erkältung bekommt, solltet Ihr Euch zusätzlich eine Sitzung im heißen Dampf gönnen. Dadurch wird auch das Ungeziefer auf Eurem Körper abgetötet«, erklärte er geflissentlich. Es war ihm nicht entgangen, dass der Mann sich mehrmals im Nacken und auf dem Kopf kratzte. »Danach bereite ich Euch ein Bad in warmem Wasser, dem ich wohlduftende Kräuter beimengen lasse, und Ihr werdet Euch wie neugeboren fühlen. Gegen einen Aufpreis wird meine Tochter Euren Umhang trocknen, und mein Sohn wird Eure Bissstellen nach dem Bad mit Ringelblumensalbe einreiben. Sicher seid Ihr hungrig. Auch dem kann ich abhelfen. Mein Lehrling wird Euch während des Badens Käse, Brot und heißen Würzwein reichen. Ich verspreche Euch, dass solche Dienste in keinem anderen Badehaus der Stadt angeboten werden«, versicherte er geschäftstüchtig und blickte den Mann erwartungsvoll an, der nur nickte.

»Ihr müsst im Voraus bezahlen«, erklärte der Bader und nannte die Summe.

Der Fremde gab sie ihm ohne Murren.

Hätte ich einen höheren Preis genannt, hätte er diesen sicher ebenfalls bezahlt, ärgerte sich der Bader im Stillen und ließ die Münzen in seiner Jackentasche verschwinden.

»Folgt mir«, bat er und wies dem Gast den Weg zum hinteren Teil seines Badehauses.

Er brachte den Mann in die Umkleidekammer, wo mehrere Männer zusammenstanden und sich angeregt unterhielten.

»Ich sage euch, dass die alte Mina Schuld trägt. Sie ist ein herrschsüchtiges und unehrliches Weib, das nur auf den eigenen Vorteil bedacht ist. Seit Jahren hatten wir keinen solch milden und nassen November. Dabei bräuchten wir dringend Frost, damit das Ungeziefer kaputtgeht. Ich gebe euch Brief und Siegel, dass die Alte Schadenszauber über unsere Stadt gelegt hat«, ereiferte sich einer der Männer und streifte sein Beinkleid ab.

Während sich ein anderer ein Tuch um den vorgewölbten Bauch schlang, meinte ein älterer Mann mit grauen Haaren: »Ich erinnere mich, dass es während des langen Kriegs ebenfalls verregnete und milde Winter gegeben hat, sodass die Stechmücken uns schon im Januar aufgefressen haben. Auch damals war die Ursache ein Fall von Schadenszauber gewesen, den Weiber, die vom Glauben abgefallen waren, über uns gebracht hatten. Erst als sie auf den Scheiterhaufen brannten, wurde es besser.«

Der Bader erkannte am Blick des Mönchs, dass ihm das Gerede missfiel. Mit Gesten und Blicken bedeutete er den Männern, dass sie verschwinden sollten.

Erst jetzt schienen die Gäste den Fremden zu bemerken. Sie nickten dem Mönch knapp zu und verließen den Raum durch eine zweite Tür, die zum Baderaum führte.

Der Bader reichte dem Gast ein wollenes Tuch und erklärte: »Ihr könnt Euch hier entkleiden und Eure Sachen in diese Kiste sperren.« Mit dem Zeigefinger wies er auf eine kleine Truhe, die neben anderen Holzbehältern aufgereiht an der Wand stand. »Den Schlüssel bindet mit dem Band um Euer Handgelenk. So kann kein anderer die Kiste öffnen, denn wir sind ein ehrliches Haus«, versicherte er und blickte den Mönch erwartungsvoll an.

Als der Gast die Bemerkung überging, konnte er sich die Frage nicht verkneifen: »Ihr redet wohl nicht gern?«

Im gleichen Augenblick erschrocken über seine eigene Dreistigkeit, blickte er den Fremden an.

Der sah ihn mit seinen dunklen Augen böse an und antwortete erst nach einigen Herzschlägen barsch: »Nein!«

Dann öffnete der Mönch das Zingulum, den groben Strick um seine Hüfte, und legte es auf eine der Bänke, die zwischen den Kisten standen.

Bevor der Bader ihn allein ließ, wies er ihn an: »Lasst Euren Umhang liegen. Meine Tochter wird ihn säubern und trocknen. Sobald Ihr bereit seid, klopft an diese Tür, ich bringe Euch dann in den Schwitzraum.«

Der Fremde blickte dem Bader nach, bis die Tür hinter ihm ins Schloss fiel. Welch neugieriger Mensch, dachte er und schälte sich aus seinem Habit. Er war froh, sich der nassen Kleidung entledigen zu können. Seit Stunden spürte er die Kälte im Körper, die seine Knochen schmerzen ließ. Frierend schlang er sich das weiche Tuch um den Leib. Der Ritt war zu anstrengend gewesen.

Ich bin nicht mehr der Jüngste, auch wenn ich es nicht wahrhaben will, dachte er. Zwar hätte er in der Abtei seines Ordens ein heißes Bad nehmen können, zumal das Kloster nicht mehr als eine Stunde entfernt lag. Doch er wollte nicht verschmutzt und nass vor seinen Superior treten. Außerdem brauchte er Zeit, um nachzudenken und sich auf manche Frage, die der Klostervorsteher ihm sicher stellen würde, eine unverfängliche Antwort überlegen zu können. Er seufzte leise und murmelte: »Warum nur habe ich mich dazu überreden lassen?«

Er kannte die Antwort auf diese Frage. Sein Blick wurde

starr, und seine Gedanken quälten ihn. Doch er wollte sich nicht daran erinnern und klopfte gegen das Türblatt.

Der Bader öffnete die Tür zur Schwitzkammer, und sogleich schlug ihnen heißer Wasserdampf entgegen.

»Setzt Euch auf das Brett und lasst den Dampf in die Haut einwirken, damit er die Kälte aus Eurem Leib vertreibt. Sobald der Sand durch die Uhr gelaufen ist, kommt mein Lehrling und wird Euch mit einer weichen Bürste den Schmutz vom Körper schrubben.« Der Blick des Baders wanderte über den nackten Oberkörper des Mannes, der mit roten Pusteln übersät war. »Das Bürsten wird den Juckreiz lindern«, versprach er. »Genießt das Bad und Euer Essen. Sobald Ihr Euch abgetrocknet habt, wird mein Sohn heilende Salbe auf die Bissstellen reiben. Danach werdet Ihr Euch wie ein anderer Mensch fühlen.« Mit diesem Versprechen ließ er ihn allein in der Schwitzkammer zurück.

»Welch seltsamer Kauz«, sagte er leise zu sich selbst und schloss die Tür.

Der Mönch beugte sich nach vorn, da unter den Sitzgelegenheiten heiße Schwaden aufstiegen, die den Raum vernebelten. Neugierig besah er sich die Öffnungen im Boden unter den Bänken. Solch eine Vorrichtung war ihm neu. In den Badestuben außerhalb und in den Klöstern wurden Kieselsteine erhitzt und mit Wasser übergossen, damit sie dampften. Hier stieg der Dampf aus dem Boden auf.

Der Qualm wurde dichter. Schweißperlen sammelten sich auf seiner Stirn, und er ließ sich auf einer Bank nieder, die inmitten des schmalen Raumes stand. Durch die Wärme juckten die Flohbisse, die entzündet waren, stärker, sodass er sich heftig mit der flachen Hand über Beine und Arme rieb. Als das Beißen nachließ, seufzte er erleichtert und stieß ein Dankgebet aus. Seine Haut war durch das Kratzen und die feuchte Hitze gerötet und glänzte vom Schweiß, den er mit der Handkante wegstrich. Er spürte, wie er müde wurde. Tief atmend legte er sich auf die Bank, schloss die Augen und entspannte sich endlich.

Derweil war der Bader durch den schmalen Spalt der offenen Tür in den Umkleideraum geschlüpft. Mit einem Schlüssel, den er hinter seinem Gürtel hervorzog, öffnete er eine der Kisten seiner Gäste. Hastig kramte er in den Sachen, bis er die Geldkatze fand. Er blickte sich um und lauschte. Doch außer seinem eigenen Herzschlag, der dumpf in seinen Ohren dröhnte, war nichts zu hören. Mit gierigem Blick in den Augen streckte er die Finger nach dem Beutel aus, öffnete die Kordel und sah hinein. Enttäuscht stellte er fest, dass er wegen des mageren Inhalts nur eine Münze entwenden konnte.

Mit der Geldkatze aus der zweiten Kiste hatte er mehr Glück. Sie wog schwer in seiner Hand, und er entnahm ihr drei Geldstücke.

Als er die Holzkiste des Mönchs öffnete, zögerte er. Noch nie hatte er einen Gottesmann bestohlen. »Die meisten baden in ihren Klöstern und verirren sich nicht hierher«, nuschelte er und spürte, wie die Gier ihn besiegte. Er holte den Beutel hervor und merkte sofort, dass er reichlich mit Silbermünzen gefüllt war. »Der Mönch wird nicht merken, wenn ich ihm eine wegnehme. Außerdem sollen Ordensbrüder barmherzig sein und dazu gehört, dass sie teilen sollen«, lästerte er leise und ließ die Silbermünze von einer Hand in die andere wandern. Mit geschlossenen Augen schnupperte er daran und sog den Geruch des Metalls wie einen Blumenduft ein. »Komm zu mir, mein Schatz!«, murmelte er und versteckte das gestohlene Geld hinter seiner Bauchbinde.

Nachdem er alle Kisten wieder sorgfältig verschlossen hatte, ging er in seine Kammer und versteckte die Beute in der Geldschatulle.

Der Mönch spürte inzwischen, wie die feuchte Hitze ihn unruhig werden ließ, und setzte sich wieder auf. Um sich abzulenken, blies er die Wangen auf und atmete stoßweise aus. Dann fächelte er sich mit beiden Händen Luft zu. »Lange halte ich es nicht mehr aus«, japste er.

In diesem Augenblick versiegte der aufsteigende Dampf, und die Tür wurde geöffnet.

»Mein Herr, bitte streckt Euch auf der Bank aus, damit ich Euch abbürsten kann«, bat ein Bursche mit einem Eimer in der Hand, der befangen zu Boden blickte.

Der Mönch schätzte den Knaben nicht älter als zehn Jahre. »Du bist wohl der Lehrling, von dem der Bader gesprochen hat?«, fragte er, während er sich auf der Bank ausstreckte.

Als er platt auf dem Bauch lag, goss ihm der Junge mehrere Kellen des warmen und wohlduftenden Wassers über den Körper.

»Ich habe schon viele Badehäuser besucht, aber solch eine Dampfvorrichtung habe ich nirgends gesehen«, erklärte der Geistliche und schloss die Augen.

Der Junge tauchte die Bürste in das Wasser und begann den Rücken des Mönchs mit gleichmäßigen Bewegungen abzureiben. »Unser Badehaus wurde auf der Ruine einer Badeanstalt aus der Zeit der Heiden gebaut. Im Fundament liegen zahlreiche Rohre, durch die das heiße Wasser fließen kann, das im Keller in einem riesigen Kessel erhitzt wird.«

»Das dachte ich mir«, nuschelte der Mönch, der wusste, dass Trier eine der ältesten Städte im Reich und von den Römern erbaut worden war. An vielen Stellen der Stadt konnte man ihre Ruinen finden.

Nachdem der Knabe den Körper des Mönchs gründlich mit der weichen Waschbürste bearbeitet hatte, glänzte die Haut des Mannes.

»Das hat gutgetan, auch wenn ich jetzt die Farbe eines

Ferkels habe«, bedankte er sich lächelnd. Er erhob sich und schlang dabei sein Tuch fest um den Leib. Dann folgte er dem Jungen durch den Gang in die Badestube, wo lautes Stimmengewirr den Raum erfüllte.

In der Mitte stand ein riesiger Zuber, in dem mehrere Personen gleichzeitig baden konnten. Die Männer aus dem Umkleideraum und zwei weitere saßen im Wasser, jeder einen Becher in der Hand, und führten ein angeregtes Gespräch. Sie verstummten, als sie des Mönches gewahr wurden. Doch kaum drehte er ihnen den Rücken zu, schienen sie ihn zu vergessen und begannen erneut zu debattieren.

»Wir müssen etwas gegen das falsche Weib unternehmen«, erklärte einer der Männer.

»Wir sollten mit dem Stadtrat sprechen. Ich bin überzeugt, dass er unsere Meinung teilt«, antwortete ein anderer.

»Das denke ich nicht«, erwiderte ein dritter Mann. »Heutzutage werden Hexen nicht mehr schnell auf dem Scheiterhaufen verbrannt. Keiner der Stadträte wird sich deshalb zu weit aus dem Fenster lehnen. Außerdem will der Erzbischof Karl Kaspar von der Leyen über jede Hexenanklage benachrichtigt werden.«

Der Mönch wurde hellhörig, doch der Knabe lenkte ihn ab. »Mein Herr, der Bader hat Euch einen eigenen Zuber mit heißem Wasser füllen lassen«, erklärte er und zeigte auf die Bütte. »Sobald Ihr Platz genommen habt, werde ich Euch Speisen und Wein bringen.«

Der Mönch nickte dankend, ließ das Tuch zu Boden gleiten und stieg in den Bottich. Als das warme und wohlduftende Wasser seinen Körper umschloss, spürte er, wie kalt es ihm auf dem Weg von der Schwitzkammer zu der Badestube geworden war. Er streckte sich aus und schloss die Lider.

Er musste kurz eingenickt sein, denn als ihn jemand anstupste, riss er erschrocken die Augen auf.

»Mein Herr! Euer Mahl!«, sagte der Knabe und legte ein Brett quer über den Zuber. Er stellte einen Krug mit kaltem Würzwein sowie eine Platte mit zwei breiten Stücken Käse und frischem Brot darauf.

»Danke, mein Junge! Gott wird es dir vergelten«, sagte der Mönch freundlich und nahm einen Schluck.

»He, Lukas, bring uns mehr Wein. Aber rasch! Oder bist du nur für den späten Gast zuständig?«, rief einer der Männer im großen Zuber dem Knaben zu, der daraufhin eilig den Raum verließ.

Da der Mönch mit dem Rücken zu den anderen Gästen saß, konnte er denjenigen, der ihn beleidigt hatte, nicht sehen. Der Tonfall seiner Stimme ließ jedoch vermuten, dass er nicht mehr nüchtern war. So überhörte der Mönch die Unhöflichkeit. Er brach sich ein Stück Brot ab und spülte es mit Wein hinunter.

»Habt ihr von dem Pestreiter gehört? Er verbreitet Angst und Schrecken«, sagte eine Stimme und durchbrach die angenehme Stille, die für eine Weile geherrscht hatte. »In jeder Spelunke hört man die Menschen hinter vorgehaltener Hand über ihn sprechen, aus Angst, er könnte zu ihnen kommen«, fügte der Redner hinzu.

»Die Hufe seines Schlachtrosses sollen so groß sein wie zwei Hände. Es heißt, er steige nachts durch die Fenster der Pestkranken und hole sie – einen nach dem anderen«, erklärte der Mann, der den Jungen zurechtgewiesen hatte, mit schwerer Zunge.

»Das ist eines dieser Ammenmärchen, die sich die alten Tratschweiber beim Wäschewaschen erzählen«, spottete ein anderer.

Der Mann senkte die Stimme und fuhr fort: »Aber ich kenne eine Geschichte, die kein Ammenmärchen ist.« Als er der Aufmerksamkeit seiner Badekameraden gewiss war, verriet er: »Ein bettelarmes Mädchen soll einen Schatz gefunden haben, der so wertvoll ist, dass sie jetzt eine der reichsten Frauen Triers sein soll. Angeblich war es die Hinterlassenschaft eines Klosterbruders, der ihr als Untoter den Weg zu dem Gold gewiesen haben soll.«

»Wo hat sie ihn gefunden? In der Stadt?«, fragte einer der Männer mit bebender Stimme.

»Wo sie den Schatz fand, ist ein Geheimnis. Sie soll nicht von hier stammen. Man sagt, sie käme aus dem Land an der Saar …«

Mit weit geöffneten Augen saß der Mönch in seinem Bottich. Ungewollt hatte er den Männern zugehört und jedes Wort verstanden. Sein Herzschlag beschleunigte sich ebenso wie sein Atmen.

Die Hand mit dem Stück Käse, die er gerade zum Mund führen wollte, fiel ins Badewasser. Unfähig, sich zu bewegen, wusste der Mönch, dass seine Erstarrung nichts mit der Erwähnung des unheimlichen Pestreiters zu tun hatte.

⸺ *Kapitel 2* ⸺

Trier, wenige Wochen zuvor

Der Nachthimmel war wolkenlos. Sterne funkelten in der Schwärze. Eine Maus spitzte unter dem Hoftor hervor. Ihr Näschen kräuselte sich. Das Tier huschte zur Scheune. Alles war ruhig. Die Menschen auf dem Bauernhof schliefen. Auch das Vieh im Stall und der Hofhund. Nichts war zu hören. Alles schien friedlich.

Wie durch einen Nebelschleier konnte Susanna den Bauernhof ihrer Eltern erkennen. Als sich der Dunst langsam lichtete, hatte sie das Gefühl, wie ein Vogel über dem Gelände zu schweben und von oben herabzublicken. Sie sah das Wohnhaus, die Scheune, den Stall, den Garten ihrer Mutter, den schlafenden Hofhund.

Sie konnte alles deutlich erkennen, und sie wusste, was jetzt geschehen würde. Seit Wochen hatte sie denselben Traum, sah dieselben Bilder – und konnte nichts dagegen tun.

Leichter Wind trug schwache Geruchsschwaden heran. Der Hund hob den Kopf und schnupperte mit geschlossenen Augen in alle Richtungen. Er schien nichts Ungewöhnliches zu wittern. Schmatzend leckte er sich über die Lefzen und legte den Kopf auf die ausgestreckten Vorderpfoten.

Als plötzlich fremde Gestalten auf den Hof schlichen, schien der Hund leise Stimmen und fremde Geräusche wahrzunehmen. Erneut hob er den Kopf, als seine Schnauze gepackt und zusammengedrückt wurde. Angstvoll riss das Tier die Augen auf und versuchte sich zu befreien. Der Hund winselte unter dem Druck der Pranke. Seine Zähne bohrten sich in die Zunge. Blut tropfte ihm aus dem Maul. Panisch warf das Tier den Kopf hin und her. Doch die Hand hielt seine Schnauze fest umklammert. Der Hund versuchte aufzuheulen. Durch das geschlossene Maul drang nur ein unterdrücktes Winseln. Eine Klinge blitzte im Schein der Sterne auf. Das Messer bohrte sich tief in den Tierkörper.

Eine Blutlache breitete sich um den Kadaver aus.

Susanna riss den Mund weit auf. Sie schrie, aber es kam kein Laut aus ihrer Kehle. Als sie sah, wie die Gestalten die Haustür öffneten und in ihr Elternhaus schlichen, wollte sie hinlaufen, um sie aufzuhalten. Doch ihre Beine gehorchten ihr nicht. Sie wollte schreien. Erneut brachte sie keinen Ton heraus.

Ihr Mund wurde trocken. Sie bekam keine Luft mehr. Du musst ins Haus laufen, sie warnen und sie beschützen, schossen ihr die Gedanken durch den Kopf. Aber vor wem und wie?

Der Traum! Dieser verfluchte Traum! Susanna fasste sich

verzweifelt an den Kopf, riss sich an den Haaren. Es ist ein Traum!, versuchte sie sich zu beruhigen. Nur ein Traum, der sich jede Nacht wiederholte. Und diesen Traum musste sie aushalten.

Susanna ahnte, was jetzt kommen würde. Sie wollte wegschauen, doch ihr Blick war wie gebannt auf den Hof gerichtet.

Zwei Gestalten, die Susannas Vater an den Armen festhielten, schleiften ihn aus dem Haus und stießen ihn im Hof zu Boden. Ein anderer Mann, der sein Schwert vor sich mit der Spitze in den Boden rammte, schaute mit grimmigem Blick auf den Bauern herunter, ohne ein Wort zu sagen.

Ihr Vater sah zu dem Fremden auf. Er schien etwas sagen zu wollen.

In dem Moment wurden die Mutter, Susannas kleine Schwester Bärbel und ihr Bruder Johann sowie die Magd und der Knecht aus dem Haus gezerrt. Nun schrie der Vater auf. Er streckte seine Hände dem Fremden entgegen, doch dieser brüllte ihn an. Immer wieder schüttelte der Bauer den Kopf, worauf der Fremde vor den Bauersleuten und ihrem Gesinde auf und ab marschierte.

Susanna konnte die Worte nicht verstehen, doch sie ahnte, was die fremden Männer suchten. Sie forderten die Herausgabe von magischen Schriften, von Zauberformeln, mit denen man Geister beschwören musste, die einen Schatz bewachten.

»*VATER! Gib ihnen die Schriften!*«, wollte Susanna schreien, aber sie brachte keinen Laut hervor. Sie spürte, wie sie müde wurde. Das Gefühl von Hilflosigkeit überwältigte sie.

Dann sah sie, wie ihr großer Bruder Johann sich losriss und in den Garten rannte.

Sie wollte ihm zuschreien, er solle das sein lassen. Doch zu spät! Einer der Verbrecher warf ihm die Axt ins Kreuz. Johann schrie, torkelte und fiel zu Boden. Er drehte den Kopf seinen Eltern zu, dann erlosch sein Blick.

Der Vater wollte zu seinem Sohn laufen, doch er wurde auf den Boden zurückgestoßen. Die Mutter, die Magd und der Knecht weinten und schrien. Doch als der Schurke die Schwertspitze auf sie richtete, verstummten sie. Nur die achtjährige Bärbel brüllte wie am Spieß und ließ sich nicht beruhigen. Einer der Männer zerrte das Kind in die Höhe und rüttelte es, doch die Kleine schrie und schrie. Da erschlug er das Kind.

Susanna bäumte sich auf, presste sich die Hände auf die Ohren und die Ellenbogen vors Gesicht. Nichts mehr sehen, nichts mehr hören. Doch die schrecklichen Bilder blieben in ihrem Kopf, wollten nicht schwinden, das Geschrei nicht verhallen.

Sie musste die Augen wieder öffnen. Susanna sah sich in der Scheune stehen und konnte das Bild nicht verscheuchen. Dasselbe Bild wie damals, als sie ihre Eltern und die Magd entdeckt hatte: Arme und Beine des gefolterten Vaters waren an Pfählen, die im Boden steckten, festgebunden. Auf dem Boden lag der nackte Leichnam ihrer Mutter. Ihre Glieder waren verdreht. Die Magd hatte man an einem Strick erhängt. Ihre Leiche baumelte über der toten Mutter.

Susanna hörte Feuer knistern und glaubte, Rauch zu riechen. Jemand rief ihren Namen, und endlich wachte sie auf.

Als sie die Lider aufschlug, blickte sie in die bernsteinfarbenen Augen von Urs, der sie besorgt ansah.

~ *Kapitel 3* ~

Bendicht lag auf seiner Schlafstatt und starrte mürrisch in die Dunkelheit. Obwohl er abends das Zubettgehen so lange wie möglich hinauszögerte und sich als Letzter niederlegte, erwachte er lange vor den anderen. Ich werde alt, mutmaßte er, und seine nach unten gezogenen Mundwinkel hoben sich. Du wirst nicht alt, du bist bereits alt, griente er. Bendicht erinnerte sich, dass einst sein Vater ebenfalls über Schlafmangel geklagt hatte, da er jeden Morgen in aller Herrgottsfrühe erwacht war. Damals meinte der Vater: »Das ist ein sicheres Zeichen, dass man alt wird.« Bendicht rechnete nach und erkannte, dass sein Vater damals im gleichen Alter gewesen sein musste wie er heute.

»Ach, was soll ich grübeln? Heißt es nicht ›Morgenstund' hat Gold im Mund‹?«, fragte sich Bendicht leise und schwang die Beine aus dem Bett. Sofort spürte er die morgendliche Kälte. »Es dauert nicht mehr lang, und der Winter ist da«, murmelte er und kleidete sich rasch an.

Er setzte sich an den schweren Holztisch in der Küche. Es war der wärmste Raum im Haus, da das Herdfeuer nie ausging.

»Der Vorteil, wenn man als Erster erwacht, ist die Stille im Haus«, murmelte er und genoss die Ruhe, den heißen Morgensud, den er sich aufgebrüht hatte, und das Buch, das aufgeschlagen vor ihm auf der blankgescheuerten Holzplatte lag. Da das Licht der Talglampe nur schwach die Buchseite beschien, kniff er die Augen leicht zusammen und fuhr mit dem rechten Zeigefinger die Zeilen entlang.

Bendicht wusste nicht, wie oft er diese Seiten schon gelesen hatte. Manche Abschnitte konnte er auswendig aufsagen. Trotzdem fürchtete er, etwas Entscheidendes überlesen, einen Hinweis übersehen zu haben. Auch heute las er Wort für Wort die Sätze – manche mehrmals. Er war so sehr in die Schriften vertieft, dass er nicht bemerkte, wie seine Schwägerin Barbli hinter ihn trat.

»Das müssen aber wichtige Schriften sein, wenn du schon vorm Morgengrauen darin liest.«

Mit einem Ruck wandte Bendicht den Kopf der Schwägerin

zu und blickte sie erschrocken an. »Barbli«, sagte er mit vorwurfsvollem Ton und klappte das Buch zu. »Wie kannst du mich so erschrecken?«

»Was liest du?«, wollte sie wissen und kam einen Schritt näher. »Ist das das Buch von Urs?«, fragte sie.

Bendicht nickte. »Ich habe es deinem Sohn vor eurer Abreise aus unserer Heimat geschenkt. Es ist das Buch des Paracelsus, in dem er seine Ansichten, Lehren und Erkenntnisse niedergeschrieben hat.« Als er den fragenden Blick seiner Schwägerin sah, erklärte Bendicht: »Paracelsus hat vor mehr als einhundert Jahren gelebt und war Arzt, Astrologe, Mystiker, Alchimist, Philosoph und Laientheologe.«

»Er scheint ein vielseitiger und weiser Mann gewesen zu sein«, sagte Barbli und blätterte in dem Buch.

»Nicht nur das! Er soll sogar Schweizer gewesen sein – jedenfalls die eine Hälfte von ihm«, verriet Bendicht der Schwägerin.

Sie blickte überrascht auf. »Wie das?«

»Angeblich kam sein Vater aus dem Reich, und seine Mutter aus dem Ort Einsiedeln im Kanton Schwyz. Wie es heißt, hat Paracelsus an der Universität in Basel Medizin studiert.«

»Offenbar kommen aus unserer alten Heimat nicht nur die besten Soldaten, sondern auch hervorragende Gelehrte«, bemerkte Barbli.

»Dasselbe habe ich damals auch zu deinem Sohn Urs gesagt, als er mich über Paracelsus ausfragte«, schmunzelte Bendicht, doch dann wurde seine Miene ernst. »Du weißt, Barbli, dass dein Sohn Arzt und nicht Soldat werden möchte?«

Seine Schwägerin seufzte vernehmlich. »Nicht schon wieder dieses Thema!«, bat sie. Doch als sie den sturen Blick ihres Schwagers sah, erklärte sie: »Natürlich weiß ich vom Verlangen meines Sohnes, in deine Fußstapfen zu treten. Ich bin ja nicht blind! Jeder kann sehen, wie viel Zeit Urs mit dir verbringt und wie er dein Wissen regelrecht in sich aufsaugt. Aber du kennst die Ansichten deines Bruders, und Jaggi möchte, dass sein Sohn ihm nacheifert!«

Nun seufzte Bendicht. »Ja, ich kenne seine Ansichten. Jaggi ist wie ein sturer Esel. Er weicht nicht eine Handbreit von seiner Meinung ab.«

»Es ist eure Familientradition, dass die Söhne Soldaten werden«, versuchte Barbli den Wunsch ihres Mannes zu verteidigen.

»Unfug«, ereiferte sich Bendicht. »Ich bin kein Soldat geworden.«

»Was dein Bruder dir nach so vielen Jahren noch immer verübelt.«

»Nicht jeder taugt fürs Soldatenleben. So wie Jaggi mit Leib und Seele seine Uniform trägt und in Kriege zieht, so bin ich Arzt und versuche, Leben zu retten. Und mit ebensolcher Inbrunst ist euer Sohn der Medizin zugetan. Urs ist wissbegierig, kann Zusammenhänge schnell erfassen und folgerichtig denken. Es wäre eine Schande, wenn er diese Talente auf dem Schlachtfeld vergeuden würde.«

»Bendicht! Zügle deine Worte! Schließlich geben Soldaten auf dem Schlachtfeld ihr Leben, damit Bürger wie wir überleben können.«

»Zum Glück sind nach diesem unsäglich langen Krieg friedliche Zeiten angebrochen. Ich hoffe, dass sie ewig dauern und wir niemals mehr Soldaten in den Kampf schicken müssen«, brummte Bendicht.

»Du weißt, mein lieber Schwager, dass man Soldaten auch benötigt, um den Frieden zu sichern«, wies ihn Barbli lächelnd zurecht.

»Natürlich weiß ich das!« Bendichts Stimme klang verärgert. »Aber Urs ist nun mal für das Soldatenleben ungeeignet – ebenso wie ich es bin. Mein Vater hat dies erkannt und mich ziehen lassen. Ich wünschte, Jaggi würde das bei seinem Sohn ebenfalls erkennen.«

Barbli blickte nachdenklich auf das Buch. Um Bendicht abzulenken, bat sie: »Erzähl mir mehr von diesem Paracelsus, der dich so sehr beeindruckt, dass du schon vor dem Tageserwachen in seinem Buch liest.«

Bendicht forschte im Gesicht seiner Schwägerin. Als er ehrliche Neugier darin erkannte, erklärte er: »Paracelsus war seiner Zeit weit voraus. Seiner Meinung nach ist ein Arzt erst dann ein vollendeter Arzt, wenn er verstanden hat, dass die Übereinstimmung von Natur- und Gotteserkenntnis der Schlüssel der Medizin ist. Die Betrachtung des Großen und Ganzen ist notwendig, ebenso der ganzheitliche Blick. Paracelsus war davon überzeugt, dass die wechselseitige Übereinstimmung zwischen der Welt als Makrokosmos und dem Menschen als Mikrokosmos ...« Bendicht musste über Barblis verwirrten Gesichtsausdruck schmunzeln und erklärte ihr: »Er greift bei dieser Aussage zum Beispiel auf äußere Eigenschaften wie Form und Farbe von Pflanzen zurück. So führt er auf, dass stachlige Disteln gegen Stechen in der Brust, herzförmige Blüten gegen Herzkrankheiten und höckrige Wurzeln gegen Geschwülste des Aussatzes helfen. Darüber hinaus befürwortete er die medizinische Lehre der Benediktinerin Hildegard von Bingen, die sich schon im elften Jahrhundert mit Pflanzen- und Heilkunde und vielem mehr beschäftigt hat. Ihre Lehre zu erklären würde jedoch zu weit führen. Paracelsus' Erläuterungen sind nicht einfach zu verstehen. Seit Jahren lese und erforsche ich seine Schriften.«

»Bist du auch seiner Meinung?«

Bendicht überlegte und wackelte zaghaft mit dem Kopf.

»Manchem vertraue ich, manchem nicht. Aber vor allem hoffe ich, einen Hinweis zu erkennen, wie man die Pest heilen kann.«

»Die Pest?«, fragte Barbli erschrocken. Ihr Schwager konnte sehen, wie ein Schauer durch ihren Körper lief.

Bendicht nickte. »Vor vielen Jahren – ich war noch ein Jüngling – half ich meinem damaligen Lehrmeister Sebastian Feldmann und dem Jesuiten Friedrich Spee, Soldaten, die von der Pest befallen waren, zu versorgen. Mein Meister und der Jesuitenpater starben damals am schwarzen Tod. Seitdem will ich wissen, warum ich nicht von der Pestilenz befallen wurde, obwohl ich die Kranken gepflegt und versorgt hatte.«

»Vielleicht hat Gott noch etwas mit dir vor und hat dich deshalb nicht zu sich gerufen«, meinte Barbli mit ernster Miene.

»Von der Seite habe ich es nicht betrachtet. Mag sein, dass du recht hast, liebe Schwägerin. Vielleicht ist meine Zeit auf Erden noch nicht abgelaufen, damit ich ein Heilmittel gegen die Pestilenz finde«, überlegte Bendicht. Bei diesem ungewohnten Gedanken spürte er ein Kribbeln durch seinen Körper strömen und seinen müden Geist beleben.

Barbli erkannte das Leuchten in seinem Blick. »Wenn dir das tatsächlich gelingt, würdest du der Menschheit einen großen Dienst erweisen«, erklärte sie.

»Seit Jahren versuche ich, eine Lösung zu finden, doch mein Vorgehen war erfolglos, weshalb ich neue Wege beschreiten muss.« Bendicht schielte unsicher zu seiner Schwägerin und ärgerte sich über sich selbst, da er sich zu dieser Äußerung hatte hinreißen lassen. Er hoffte, dass Barbli nicht weiter darauf eingehen würde.

Doch seine Schwägerin war nicht dumm. Sie betrachtete ihn nachdenklich. Er konnte ihrem forschenden Blick nicht standhalten und wandte sich räuspernd ab.

»Sag, dass der Teufel meine Gedanken fehlgeleitet hat«, flüsterte sie mit bleichem Gesicht.

»Wie meinst du das?«, fragte Bendicht und erhob sich.

»Hast du vor, Pestkranke zu untersuchen?«

»Nein«, kam seine Antwort so schnell wie der Schuss aus einer Flinte.

»Schwöre es beim Leben meiner Kinder!«, forderte sie.

Bendicht blickte seine Schwägerin bestürzt an. »Das kannst du nicht von mir verlangen!«

»Doch, das kann ich! Ich traue dir zu, dass du dein Schicksal erneut herausfordern würdest. Aber wer sagt dir, dass du dich dieses Mal nicht anstecken wirst? Deshalb will ich jeden Gedanken von dir daran im Keim ersticken. Schwöre!«

Bendicht verzog das Gesicht, aber er fügte sich. »Ich schwöre, dass ich keine pestkranken Menschen untersuchen werde.«

Barbli schien zufrieden zu sein, denn sie nickte. »Ich vertraue dir, Bendicht!«, erklärte sie mit einem zaghaften Lächeln. »So habe ich heute doppelten Grund zur Freude. Jaggi ist auf dem Heimweg«, verriet sie ihm.

»Das ist wundervoll«, erwiderte Bendicht.

»Weiß dein Mann von unserem Familienzuwachs?«, lenkte er rasch die Schwägerin ab.

Sie schüttelte den Kopf. »Wenn er kommt, erfährt er es früh genug!«

»Er wird es hinnehmen«, meinte Bendicht zuversichtlich.

»Dein Wort in Gottes Ohr«, sagte sie und blickte ihn fröhlich an.

Bendicht war das Lachen vergangen. Auch wenn er Barbli nicht angelogen hatte, so hatte er ihr doch nicht ganz die Wahrheit gesagt.

Kapitel 4

Der Krieg hatte dreißig Jahre lang im Reich deutscher Nation gewütet. Erst der Westfälische Friede beendete 1648 die Kämpfe, die unzählige Menschenleben gefordert hatten. Zerstörung, Elend, Hunger und Leid waren die Hinterlassenschaften. Aber auch nach Kriegsende litten, hungerten und starben die Menschen. Die Pest und andere Seuchen forderten zahlreiche Opfer, sodass Felder nicht bestellt werden konnten, Ernten mager ausfielen, Männer, Frauen und Kinder verhungerten. Viele Gebiete des Reichs waren menschenleer, Dörfer und Gehöfte verwaist.

Um das Land neu zu besiedeln, lockten die Landesherren Menschen aus umliegenden Ländern ins Reich. Sie versprachen den Fremden, dass sie sich in den leerstehenden Häusern und Höfen niederlassen und das Land bewirtschaften durften.

Die Familie Blatter aus der Schweiz war diesem Aufruf gefolgt, denn ihr Leben in Uri war karg und an Entbehrungen reich. Da sich der Soldat Jaggi Blatter für seine Frau Barbli und seine Kinder Urs, Leonhard und Vreni ein besseres Leben im deutschen Reich erhoffte, hatte er sich vom Kurfürsten und Erzbischof Karl Kaspar von der Leyen anwerben lassen und war mit seiner Familie in die Kurpfalz gereist.

Kurz nachdem Jaggi Blatter mit dem Heer des Kurfürsten nach Coblenz gezogen war, wurde seiner Familie ein eigenes Haus zugewiesen. Die Unterkunft wäre für die beiden Erwachsenen und ihre drei Kinder groß genug gewesen. Aber seit Blatters Bruder Bendicht, die Vollwaise Susanna und ihr Vetter Arthur bei ihnen lebten, musste die Familie enger zusammenrücken. Urs, der älteste Sohn der Blatters, teilte sich deshalb die Schlafstatt mit seinem achtjährigen Bruder Leonhard sowie dem zwölfjährigen Arthur. Seine kleine Schwester Vreni schlief mit der achtzehnjährigen Susanna in einer Kammer.

Urs ging vor Susannas Kammer ungeduldig auf und ab. Er lehnte sich gegen die Wand und dachte an den Schrei, der ihn in aller Frühe geweckt hatte. Da seine Kammer und die Kammer der Mädchen Wand an Wand lagen, wusste er, dass Susanna geschrien hatte. Als sie sich nicht beruhigte, hatte Urs sich leise, um Leonhard und Arthur nicht zu wecken, aus dem Bett und aus dem Raum geschlichen und ebenso geräuschlos die Türklinke zu Susannas Kammer heruntergedrückt. Zum Glück schlief seine kleine Schwester so tief, dass sie weder den Schrei gehört hatte noch seinen nächtlichen Besuch bemerkte.

Er hatte sich vor ihrer Schlafstatt niedergekniet und voller Zuneigung ihr Antlitz betrachtet, das im Schlaf traurig und kummervoll wirkte. Ihr gequälter Gesichtsausdruck schmerzte ihn, denn er ahnte, dass Susanna erneut einen Alptraum hatte. Der Traum, der sie das Schreckliche immer wieder durchleben ließ. Der Traum, der bittere Realität gewesen war.

Monate zuvor hatten Söldner Susannas elterlichen Hof überfallen und dort alles Leben ausgelöscht. Das Mädchen war zu dieser Zeit nicht zuhause gewesen, da sie ihrer Muhme im Haushalt geholfen hatte. Als sie nach einer Woche ins heimatliche Köllertal zurückkehrte, war der elterliche Hof niedergebrannt. Ihre Mutter, die Geschwister, Magd und Knecht und das Vieh waren getötet worden. Ihren Vater fand Susanna gefoltert und schwer verletzt in der Scheune. Mit letzter Kraft hatte der Sterbende seiner Tochter das Versteck der magischen Schriften verraten, die den Weg zu einem vergrabenen Schatz wiesen.

Susanna war mit den Papieren geflohen. Doch die Söldner nahmen die Verfolgung auf und schossen auf sie. Schwer verletzt hatte sich Susanna in den Saarbrücker Wald retten können, wo der junge Schweizer Urs sie fand, als er mit seiner Familie auf dem Weg nach Trier war.

Anfangs misstraute sie ihrem Retter. Doch als auch Urs beinahe Opfer der Meuchelmörder geworden wäre, rettete sie ihn. So kamen sich die beiden jungen Menschen näher. Urs nahm Susanna mit zu seiner Familie nach Trier. Auch Susannas Vetter Arthur, den die Tante in Susannas Obhut gegeben hatte, wurde von der Schweizer Familie aufgenommen.

Urs seufzte lautlos. Er konnte sich ein Leben ohne Susanna nicht mehr vorstellen. Doch er zögerte, ihr seine Zuneigung zu gestehen. Urs fürchtete, Susanna mit seiner Liebe zu verschrecken. Es war ihm zudem bewusst, dass er erst mit seinem Vater sprechen musste.

Die Tür der Kammer öffnete sich, und Susanna erschien mit Urs' dreijähriger Schwester an der Hand im Türrahmen. Ihre Augen waren vom Weinen gerötet und verquollen. Traurig blickte sie ihn an.

»Lauf zu Mutter, Vreni. Sie hat warme Milch mit Honig für dich«, sagte Urs zu seiner Schwester, die freudig zur Treppe hüpfte. Nun war er mit Susanna allein.

»Wie geht es dir?«, fragte er und betrachtete forschend ihr bleiches Gesicht.

Stumm blickte sie ihn an. Ihre Augen glänzten von den Tränen, die sie mühsam zurückhielt.

Urs machte einen Schritt auf sie zu und zog sie an sich. Liebevoll strich er ihr über den Scheitel.

»Wann werden diese Träume aufhören? Wann werde ich Frieden finden?«, weinte sie und lehnte sich an seine Brust.

»Du musst dir Zeit geben, Susanna. Das Schreckliche ist

erst vor Kurzem geschehen«, erklärte Urs und küsste sie auf das kastanienbraune Haar.

»Es tut so gut, dass ich nicht allein bin«, wisperte sie und streckte ihm ihr Gesicht entgegen.

Sein Blick versank in ihren rehbraunen Augen, als seine Lippen sich den ihren näherten. »Ich werde mit meinem Oheim sprechen. Vielleicht kennt er eine Pflanze, die dich von den Alpträumen befreit«, flüsterte er und küsste Susanna.

Der Morgen graute, als Bendicht über den Hinterhof des kleinen Anwesens zum Viehverschlag ging. Susannas Pferd Dickerchen, fünf Hühner, eine Kuh und ein Schwein mussten versorgt werden, was ebenso zu seinen Pflichten gehörte wie das Einsammeln der Eier, das Melken der Kühe, das Füttern der Tiere und das Misten der Ställe. Es waren keine Aufgaben, die Bendichts Leben erfüllten. Vielmehr war die Heilkunde seine Berufung und Leidenschaft, und dem wollte er in Trier nachgehen.

Als Bendicht seinen Verwandten aus der Schweiz gefolgt war, war es seine Absicht, nur für kurze Zeit bei ihnen zu wohnen. Er wollte nur so lange bei ihnen bleiben, bis er ein eigenes Heim gefunden hätte: eine kleine Wohnung mit einem separaten Raum, in dem er Kranke behandeln konnte. Da aber sein Bruder Jaggi sofort nach seiner Ankunft in Trier vom Erzbischof und Kurfürsten Karl Kaspar von der Leyen nach Coblenz beordert worden war, wagte Bendicht nicht, seine Schwägerin und die Kinder allein zu lassen. Nun wartete er ungeduldig auf Jaggis Rückkehr, um sich endlich eine eigene Wohnstatt zu suchen.

Natürlich liebte Bendicht die Familie seines Bruders. Sie war der Grund, warum auch er die Heimat verlassen hatte. Doch wie wollte er seinen Plan umsetzen und ein Mittel gegen die

Pest finden, wenn er mit so vielen Menschen eng unter einem Dach lebte? Bendicht hatte sich diese Lebensaufgabe gestellt, und um seinen Plan umzusetzen, musste er allein sein. Er hatte sich bereits heimlich nach einer Wohnung umgesehen.

Wieder spürte er das Kribbeln in der Magengegend, als es an der Haustür schellte. »So früh am Morgen schon Besuch?«, murmelte er erstaunt, doch dann erhellte ein Lächeln sein Gesicht. »Das wird Jaggi sein«, frohlockte er und leerte rasch den Eimer mit den Essensresten in den Schweinetrog. Während er zur Tür eilte, wischte er sich die feuchten Händen an den Hosenbeinen ab.

Bendicht öffnete lächelnd die Haustür. Aber nicht sein Bruder stand vor ihm, sondern ein Knabe, der nicht älter als zwölf Jahre zu sein schien.

»Bist du der Heiler?«, raunte der Junge ihm zu und blickte sich dabei nach allen Seiten um.

Bendicht sah den Knaben ungläubig an.

»Wer hat gesagt, dass hier ein Heiler wohnt?«, fragte er leise.

Als der Junge nicht antwortete, nickte er zögerlich. Der Knabe zog daraufhin einen Brief aus seinem Hosenbund und streckte ihn Bendicht entgegen. »Ihr sollt ihn sofort vernichten, wenn Ihr ihn gelesen habt«, flüsterte er.

Bevor Bendicht den Burschen fragen konnte, von wem die Nachricht kam, rannte er davon.

Bendicht blickte verwirrt zu der Stelle zwischen den Häuserzeilen, wo der Junge verschwunden war. Kopfschüttelnd schloss er die Tür und betrachtete den Umschlag. Das rote Wachssiegel war glatt und zeigte weder das Zeichen eines Ring- noch eines anderen Abdrucks, der auf den Absender schließen ließ. »Sehr merkwürdig! Was kann da wohl geschrieben stehen? Und von wem?«, murmelte Bendicht und überlegte, ob er die Nachricht lesen oder gleich vernichten sollte. Doch seine Neugierde war stärker als sein Misstrauen.

Er wollte gerade das Siegel aufbrechen, als Urs vor ihn trat. Hastig versteckte Bendicht den Umschlag hinter seinem Rücken, wo er ihn unter das Hemd schob.

»Habe ich dich gestört?«, fragte Urs und blickte seinen Oheim fragend an.

»Red keinen Unsinn!«, entgegnete Bendicht.

Im selben Augenblick ärgerte er sich über sein unbedachtes Verhalten. Dem Neffen aber schien die Unruhe seines Oheims aufzufallen.

»Wie kann ich dir helfen?«, fragte Bendicht etwas freundlicher und hoffte, dass Urs ihn bald wieder allein lassen würde.

»Susanna plagen seit Tagen dieselben Alpträume, Onkel. Fast jede Nacht träumt sie von der Ermordung ihrer Familie. Kennst du ein Kraut, das sie von diesen Alpträumen befreit?«, fragte sein Neffe.

Bendicht atmete tief ein und aus, um ruhiger zu werden und seine Gedanken zu sammeln. Er dachte nach und riet dann: »Sie soll sich ein Kräuterkissen mit Baldrian, Hopfen, Kamille, Pfefferminze und Rosmarin füllen und ihren Kopf darauf betten.«

Kaum hatte er das letzte Wort gesprochen, wandte er sich zum Gehen, doch Urs hielt ihn am Arm fest. »Ist das alles?«, fragte der Junge zweifelnd.

Bendicht schüttelte die Hand ab, als ob sie eine lästige Fliege wäre. »Was willst du mehr?«

Urs zuckte mit den Schultern.

»Du liebst das Mädchen?«, forschte Bendicht mit mürrischem Gesichtsausdruck.

Erschrocken über diese Frage, nickte Urs und senkte den Blick.

»Dann heirate sie und mach ihr ein Kind. Dann ist sie abgelenkt und vergisst ihre Trauer.«

Nun riss Urs ungläubig die Augen auf, und er rief peinlich berührt: »Oheim!«

»Schau nicht so entgeistert!«, erwiderte Bendicht ungerührt. Der Brief unter seinem Hemd scheuerte auf der Haut und machte ihn nervös. Er konnte sich jedoch nicht kratzen, da dann das Papier knistern und ihn verraten würde.

»Das kann nicht dein Ernst sein, Onkel«, murmelte Urs mit feuerroten Wangen und wagte nicht, ihm in die Augen zu sehen.

Bendicht erkannte die Scham seines Neffen und bedauerte sein unwirsches Verhalten. Betroffen entschuldigte er sich. »Es tut mir leid, Urs. Ich hätte nicht so plump auf dein Problem antworten dürfen. Ich werde heute noch auf den Markt gehen und einen Amethyst suchen, den Susanna als Schmuckstein an einer Kette tragen kann. Dieser Mineralstein soll Alpträume vom Träger fernhalten. Ich bin sicher, dass ihr das helfen wird.«

Nun blickte Urs auf, und er strahlte Bendicht an. »Ich danke dir, Oheim! Susanna und ich könnten dich zum Markt begleiten«, sagte er.

Bendicht nickte lächelnd.

Urs ging eilends den Gang entlang und rief nach Susanna.

Bendicht atmete laut aus und lehnte sich gegen die Wand. Der Brief raschelte, und er zog ihn unter dem Hemd hervor. »Ich bin gespannt, was darin steht«, flüsterte er und verschwand in seiner Kammer.

~ *Kapitel 5* ~

Am selben Tag

Der Erzbischof und Kurfürst Karl Kaspar von der Leyen stand vor dem Fenster seines Regierungszimmers im Kurfürstlichen Palais in Trier und blickte hinaus. Am Tag zuvor war er aus

Coblenz angereist, wo er auf Schloss Philippsburg lebte – so wie sein Vorgänger Philipp Christoph von Sötern. Der frühere Regent hatte das bastionierte Residenzschloss am Rhein während des Dreißigjährigen Krieges unterhalb der Festung Ehrenbreitstein als Regierungssitz erbauen lassen, da ihm Trier nicht sicher genug erschien. Es stellte sich als weise Entscheidung heraus, denn die Stadt wurde mehrmals angegriffen und schwer beschädigt. Weil Schloss Philippsburg als Amtssitz beibehalten werden sollte, musste Nachfolger Karl Kaspar von der Leyen nach seiner Amtswahl nach Coblenz umziehen.

Allerdings behagte ihm das riesige Schloss nicht. Zwar genoss er seine Stellung als Kurfürst und Erzbischof, aber nicht den Prunk, den diese Positionen mit sich brachten. Jedes Mal, wenn er von den Privatgemächern in die Amtsräume ging, fürchtete er, sich zu verlaufen. Auch mochte er es nicht, ständig von Bediensteten umgeben zu sein, die ihn auf Schritt und Tritt beobachteten. Obwohl er nun der mächtigste Mann im Erzstift und Kurfürstentum Trier war – sein Privatleben war ihm heilig. Aus diesem Grund plante von der Leyen, nur so lange auf Schloss Philippsburg zu wohnen, bis sein mehrstöckiges Haus am Fuße der Festung gebaut sein würde. Bereits in den nächsten Wochen sollte der erste Stein gelegt werden.

Auch das kurfürstliche Palais in Trier war ihm zu groß und zu unpersönlich. Allerdings musste er seinen Vorgängern ein Kompliment aussprechen, denn sie hatten mit diesem Gebäude ein Werk für die Ewigkeit erbaut.

Kurfürst Lothar von Metternich hatte 1615 den Grundstein für das Palais gelegt. Bis zu seinem Tod 1623 war der Nordflügel vollendet und der Ostflügel begonnen worden. Metternichs Nachfolger Philipp Christoph von Sötern stellte das Schloss fertig und begann den Bau des Niederschlosses. Da von Sötern während des Kriegs von den Habsburgern zehn Jahre lang gefangen gehalten worden war, stockten damals die

Arbeiten. Doch kaum war der damalige Kurfürst wieder auf freiem Fuß, ließ er das Niederschloss vollenden. 1647 wurde der Rote Turm fertiggestellt, ein mächtiger Kanzlei- und Archivbau im Nordwesten des Schlosses.

Auch Karl Kaspar von der Leyen hatte sich vorgenommen, das Palais weiter auszubauen. Schließlich sollte jeder Regent einen sichtbaren Stempel hinterlassen, dachte er und verschränkte die Hände auf dem Rücken.

Er ließ seinen Blick über die grüne Fläche des Parks wandern. Auch wenn die Anlage von zahlreichen Gärtnern gepflegt wurde, sah sie um diese Jahreszeit trostlos aus. Der Springbrunnen versprühte kein Wasser mehr, und die schnatternden Enten schwiegen. Die Bäume hatten das Laub abgeworfen und erinnerten an Skelette. Nirgends blühte eine Blume und brachte Farbe ins Bild. Alles wirkte grau. Aber von der Leyen genoss den Anblick. Jahrelang hatte er davon geträumt, hier zu stehen – als Erzbischof und Kurfürst von Trier. Es war ein schwieriger Weg gewesen, denn sein Vorgänger von Sötern hatte ihn als Nachfolger abgelehnt. Doch nicht nur Kaiser Ferdinand III. unterstützte ihn. Sogar Papst Innozenz X. hatte seine Wahl bestätigt. Am 12. März dieses Jahres hatte er die Nachfolge von Söterns angetreten, und am 15. September war er zum Erzbischof geweiht worden.

Von der Leyen war dort angekommen, wo er sein wollte, und hatte sich für seine Amtszeit viel vorgenommen.

Bedauerlich, dass mein Vater das nicht erlebt, dachte er wehmütig. Bereits 1639 war der kurtrierische Amtmann Damian von der Leyen im Alter von 56 Jahren verstorben. Es hätte ihm gefallen, dass ich beabsichtige, Trier wieder aufzubauen, war sich der Sohn sicher. Auch, dass ich die Landwirtschaft ebenso fördern will wie die Rechtspflege, wäre in Vaters Sinne gewesen, tagträumte er.

Der Erzbischof hielt in seinen Gedanken inne und rieb sich

nachdenklich mit der Hand über den Oberlippenbart. Sein Blick wanderte zum Himmel, der mit grauen Wolken verhangen war. »Vater, bitte verzeih mir dieses eine Vorhaben, von dem ich weiß, dass du es nicht billigen würdest. Aber ich habe keine andere Wahl. Unser Land versinkt im Chaos, wenn ich nicht dagegen angehe«, flüsterte der Regent. Den Blick starr zum Himmel gerichtet, versprach er leise: »Wenn du mir ein Zeichen sendest, dass du mich deshalb nicht verdammst, verspreche ich, dass ich die Mitglieder unserer Familie fördern werde. Als Erstes werde ich meinen Bruder Damian Hartard zum Propst und sogar zum Archidiakon von Karden ernennen.«

Karl Kaspar von der Leyen schaute erwartungsvoll zur grauen Wolkendecke hoch. Kein Zeichen war zu sehen. Er seufzte, und sein Blick glitt enttäuscht zu Boden. Doch dann hatte er eine Eingebung, und seine Augen bekamen einen besonderen Glanz. Wieder schaute er zum Himmel und murmelte: »Vater, wenn du mir deinen Segen für das eine Unterfangen gibst, werde ich deinen Herzenswunsch erfüllen, den ich dank meiner Stellung jetzt durchsetzen kann.« Er lächelte in sich hinein.

Kaum hatte er das Versprechen gegeben, sah er aus den Augenwinkeln, wie aufkommender Wind Laub vor sich hertrieb. Er schloss erleichtert die Augen.

»Danke für deine Zustimmung, Vater. Nun werde ich dir deinen Wunsch erfüllen und meinen Plan mit leichtem Herzen umsetzen.«

»Oheim«, rief Urs ungehalten. »Warte auf uns!«

Bendicht war so sehr in seine Gedanken vertieft, dass er nicht bemerkt hatte, wie sein Gang stetig schneller wurde. Erst als sein Neffe ihn am Kittel zog, hielt er inne.

»Susanna ist vollkommen außer Atem!«, schimpfte Urs verhalten.

Bendicht blickte erschrocken das Mädchen an, das japsend neben ihm stand. »Entschuldigt«, murmelte er. »Ich werde meinen Gang zügeln«, versprach er.

Urs sah den Oheim forschend an. »Geht es dir nicht gut?«, fragte der Junge besorgt.

»Mir geht es prächtig! Mach dir keine Sorgen«, erklärte Bendicht nuschelnd und ging weiter.

In gemäßigtem Tempo besah er sich die Marktstände und ihre Auslagen. Als er an einem Stand mit Kräutern vorbeikam, blieb er stehen und prüfte die Ware.

»Was darf es sein?«, fragte ein zahnloses Mütterlein.

Bendicht nickte ihr grüßend zu und roch an den Pflanzen. »Deine Ware scheint frisch und keine verstaubte vom letzten Jahr zu sein«, stellte er anerkennend fest.

»Den Lavendel hat mein Sohn von einem Kaufmann aus Frankreich erst letzte Woche erworben«, erklärte sie und lachte mit breitem, zahnlosem Mund.

»Ich nehme zwei Büschel, außerdem je eine Handvoll Hopfen, Kamille, Baldrian und Pfefferminze. Hast du auch Rosmarin?«

Das Mütterlein durchsuchte ihre Ware und schüttelte den Kopf. »Nein, Rosmarin ist keiner da.«

»Das macht nichts. Der Lavendel gleicht das aus.«

Bendicht griff in seine Geldkatze und entnahm ihr einige Münzen.

Die Alte bedankte sich überschwänglich. »Wenn Ihr in zwei Tagen wiederkommt, werde ich Rosmarin dahaben«, versprach sie.

Bendicht wandte sich an Susanna, die schüchtern neben Urs stand. »Hier, mein Kind. Mische alles zusammen und fülle ein Leinenbehältnis mit den Kräutern. Bette deinen Kopf in der

Nacht darauf, und der Alptraum wird dich nicht mehr heimsuchen.«

Susanna dankte, sah jedoch skeptisch aus.

Urs, der das sah, fragte: »Oheim, du sagtest, dass ein besonderer Stein ebenfalls vor bösen Träumen schützen würde.«

Bendicht nickte und drehte sich dem Mütterlein zu. »Weißt du, wo ich auf dem Markt Kristalle finden kann?«

Die Alte überlegte und wies mit ihrem von der Gicht gekrümmten Zeigefinger ans andere Ende des Platzes. »Dort steht ein Händler aus Oberstein.«

Bendichts Blick folgte dem Finger und fragte: »Er verkauft Kristalle?«

»Oberstein ist die Stadt der Kristalle«, verriet sie. »Ihr seid wohl nicht von hier?« Ihr Mund verzog sich wieder zu einem zahnlosen Lächeln.

»Meine Aussprache verrät es wohl«, schmunzelte Bendicht.

Das Mütterlein griente. »Halb Trier besteht aus Auswärtigen, denn durch den langen Krieg sind viele Einheimische gestorben. Nun kommen die Menschen aus aller Herren Länder und lassen sich in unserer Stadt nieder, weil unser Landesherr sie mit Versprechen lockt.« Ihr Blick veränderte sich und wurde mürrisch.

»Das gefällt dir anscheinend nicht«, stellte Bendicht erstaunt fest.

Die Frau schüttelte den Kopf. »Ganz und gar nicht! Die Fremden bringen Krankheiten mit – besonders die Andersgläubigen«, flüsterte sie und sah sich aufmerksam um, ob sie belauscht wurden.

»Welche Krankheiten?«, wollte Bendicht ebenso leise wissen.

»Den schwarzen Tod«, erklärte sie mit ernster Miene, und ihre kleinen Augen blickten böse, aber ängstlich.

Bendicht versuchte ruhig zu bleiben.

Im selben Augenblick lenkte Susanna die Aufmerksamkeit auf sich, da sie entsetzt fragte: »Hast du Pestkranke gesehen?« und die Alte mit schreckensweiten Augen ansah.

Die musterte das Mädchen ungläubig. »Gott bewahre! Ich werde mich hüten, in die Nähe von Verwünschten zu gehen. Aber ich weiß es, denn alle reden davon. Und schuld daran sind die Juden! Sie vergiften unsere Brunnen!«

Bendichts Kopf ruckte herum, und er tauschte einen erschrockenen Blick mit seinem Neffen. Urs lehnte sich kreidebleich an eine Wand. Am Hals konnte man seine Ader heftig pulsieren sehen. Susanna ergriff seine Hand und streichelte sie sanft.

Bendicht blickte wieder zu der Kräuterfrau. »Wie kannst du so etwas behaupten?«, presste er zwischen den Zähnen hervor.

Die Frau winkte ab. »Du bist nicht von hier! Deshalb kannst du das nicht wissen. Aber ich weiß es!« Sie wandte sich von ihren Kunden ab und ging zum Ende des Verkaufsstands, wo sie geschäftstüchtig die Kräuter hin und her schob.

Bendicht schnaubte laut aus und sagte zu seinem Neffen und zu Susanna: »Kommt, lasst uns nach dem Mann aus Oberstein sehen.«

Bendicht schloss die Tür seiner Kammer und lehnte sich erschöpft dagegen. Der Einkauf hatte ihn angestrengt. Die Aussage der Kräuterfrau erregte ihn – und nicht nur ihn. Urs und Susanna hatten auf dem Rückweg kaum ein Wort gesprochen.

Er ahnte, dass beide an das unheilvolle Geschehen dachten, das ihnen erst einige Monate zuvor in Susannas Heimat in Gersweiler in Westrich widerfahren war. Urs war festgenommen und beschuldigt worden, den Dorfbrunnen mit der Pest vergiften zu wollen. Susanna hatte nicht gezögert, im gestreckten Galopp nach Trier zu reiten, um Urs' Familie von der bösen Anschuldigung und der Gefahr, in der ihr Sohn schwebte, zu berichten. Es war dem Dienstherrn des Vaters, Kurfürst Karl Kaspar von der Leyen, gelungen, dank eines Schreibens an die Herren von Nassau-Saarbrücken die Freilassung von Urs zu erzwingen. Bendicht fürchtete, dass die Todesangst, die die beiden jungen Menschen erlitten hatten, noch lange ihre Erinnerungen belasten würde.

Er verschränkte die Arme vor der Brust und blickte zu seiner Schlafstatt. Während des Einkaufs hatte er vergessen, dass er morgens von einem unbekannten Jungen einen Brief erhalten hatte, den er in aller Eile verstecken musste, da seine Schwägerin an die Tür klopfte. Er hatte den Brief hastig unter sein Kopfkissen geschoben, als Barbli den Schwager bat, ihr auf dem Markt verschiedene Zutaten für ein Willkommensessen zu besorgen, das sie ihrem Mann zubereiten wollte. Bendicht war ihr in die Küche gefolgt, wo sie ihm die Zutaten nannte, die er vom Markt mitbringen sollte. Und er hatte den geheimnisvollen Brief vergessen.

Doch nun war er allein und ungestört. »Ich will endlich wissen«, was in diesem Brief geschrieben steht«, murmelte er und zog den Umschlag unter seinem Kissen hervor. Neugierig setzte er sich aufs Bett. Sein Mund wurde vor Aufregung trocken und seine Hände und Füße eiskalt. Er spitzte die Lippen, als ob er pfeifen wollte, und blies den Atem langsam und lange aus. Bendicht!, schimpfte er in Gedanken mit sich selbst. Du verhältst dich wie ein kleines Kind. Was kann schon in diesem Brief stehen, dass es dir so zusetzt?

Er drehte das Papier um, um das Siegel zu zerbrechen, als er ein zaghaftes Klopfen an seiner Kammertür hörte.

Entnervt schloss er die Augen. »Vermaledeit!«, murmelte er gereizt. »Kann man in diesem Haus nicht einmal ungestört sein?« Ich werde keinen Laut von mir geben, dann geht der Störenfried wieder, hoffte er.

Da rief Susanna leise: »Herr Bendicht, sind Sie da?«

Die Stimme des Mädchens war dünn und klang so verzweifelt, dass er mit einem Seufzer den Umschlag in sein Versteck zurückschob.

»Einen Augenblick, Susanna!«, rief er und erhob sich vom Bett, um ihr die Tür zu öffnen.

Susanna stand auf dem Gang und knetete nervös ihre Finger. Ihr war unwohl zumute, und ihr Magen rebellierte. Nicht nur die Aussage der Alten am Kräuterstand belastete sie. Bereits seit Tagen wollte Susanna mit dem Onkel von Urs sprechen. Sie hatte bislang nicht gewagt, zu ihm zu gehen. Doch jetzt eilte es, da Urs' Vater auf dem Heimweg war. Susanna fürchtete sich vor dem Hauptmann Jaggi Blatter, der sie einschüchterte. Sie war sich sicher, dass der Mann sie nicht mochte.

Bendicht öffnete die Kammer und wies Susanna sofort zurecht. »Ich habe dich schon hundertmal gebeten, mich nicht Herr zu nennen. Ruf mich mit meinem Vornamen, oder nenn mich Oheim. Anderes will ich nicht mehr hören«, brummte er und ließ sie eintreten.

Nachdem er die Tür geschlossen hatte, zeigte er auf den Stuhl, der neben dem Fenster stand. Während Susanna sich setzte, lehnte er sich an die Wand ihr gegenüber. Er hatte sofort gesehen, dass Susanna den Amethyst um den Hals trug.

»Urs hat dir den Stein an einem Lederband festgebunden«, stellte er erfreut fest. »Ich hoffe, dass der Kristall dir helfen wird, die Nächte ohne schwere Alpträume zu verbringen.«

Susanna griff nach dem Stein und umschloss ihn mit den Fingern. Dann faltete sie die Hände im Schoß und schaute zu Boden.

Als sie nichts sagte, fragte Bendicht: »Warum bist du gekommen?«

Zögerlich blickte sie ihm in die Augen. »Ich möchte meinen Schatz verkaufen, damit ich mir mit meinem Vetter Arthur eine eigene kleine Wohnung mieten kann«, erklärte sie mit belegter Stimme.

»Gefällt es dir nicht bei uns?«, fragte Bendicht überrascht.

»Doch ...«, antwortete sie kleinlaut. »Aber ...«

»Aber was? Hast du Streit mit Urs?« Fragend zog Bendicht die Augenbrauen in die Höhe.

»Nein, natürlich nicht«, widersprach Susanna. »Es ist nur, dass ... wenn ...«, stotterte sie.

»Jetzt sprich, Mädchen, und sag mir, was dich quält.«

Susanna schluckte und stotterte schließlich: »Wenn Urs' Vater zurückkommt, dann will er sicher, dass wir sein Heim verlassen.« Als sie Bendichts ungläubigen Blick sah, fügte sie hastig hinzu: »Da ich zwar die alten Münzen und den goldenen Krug, jedoch kein bares Geld besitze, wüsste ich nicht, wohin ich gehen kann. Mit dem Verkauf des Schatzes hätte ich ausreichend Geld, um auf eigenen Füßen zu stehen.«

»Warum sollte Jaggi dich und Arthur aus dem Haus werfen?«, fragte Bendicht erstaunt.

Susanna wagte kaum aufzublicken, doch dann fasste sie Mut und erklärte: »Ich weiß, dass er mich nicht leiden mag. Sicher gibt er mir die Schuld für das, was Urs geschehen ist.«

»Hat er das gesagt?«

Susanna schüttelte den Kopf.

»Dann musst du dir keine Sorgen machen!«, versuchte Bendicht sie aufzumuntern. »Mein Bruder ist wie unser Vater Christian. Ein rauer Kerl nach außen, aber im Innern ein netter Mensch. Er vergisst leider manchmal, dass zuhause ein anderer Ton angebracht ist als bei den Soldaten.« Bendicht zwinkerte Susanna zu, doch sie verzog keine Miene. Er wurde ernst und riet ihr: »Es ist tatsächlich sinnvoll, den Schatz zu Geld zu machen, damit du es sicher auf einer Bank verwahren kannst. Zwar habe ich deinen Fund gut versteckt und darüber geschwiegen, aber man weiß nie, was alles geschehen kann.

Wenn du willst, werde ich mich kundig machen. Ich kenne einen Mann nahe der Judengasse, der daran Interesse haben könnte.«

Als Bendicht die Judengasse erwähnte, schaute Susanna ängstlich auf.

»Denk nicht darüber nach, was die alte Kräuterfrau geschwatzt hat. Das ist dummes Gerede! Juden vergiften ebenso wenig die Brunnen der Menschen wie mein Neffe Urs. Allerdings wird kein gewöhnlicher Mensch dir den Wert deines Schatzes bezahlen können. Aber ich weiß, dass Nathan Goldstein dich nicht übers Ohr hauen wird. Vertrau mir, mein Kind! Und jetzt geh und hilf Barbli in der Küche, damit Jaggi seine Leibspeise bekommt. Mit Chügelipastete aus Kalbfleisch kannst du ihn und auch mich um den kleinen Finger wickeln«, lachte Bendicht, sodass seine bernsteinfarbenen Augen funkelten.

Auch Susanna musste lächeln. Erneut stellte sie die große Ähnlichkeit zwischen Urs und seinem Onkel fest. Beide Männer hatten rostfarbenes Haar, das bei Bendicht inzwischen vereinzelt mit silbrigen Fäden durchzogen war. Auch die Augenfarbe war gleich. Susanna mochte es, wenn Urs lachte, und auch Bendicht gewann, wenn er lächelte. Wäre Bendicht doch Urs' Vater, seufzte Susanna.

~ *Kapitel 6* ~

Am selben Tag

Jaggi Blatter saß auf seinem Pferd und blickte nach oben. Der Himmel des Nachmittags war genauso grau wie der des Morgens. Er rieb seine kalten Hände aneinander und zog mit klammen Fingern seinen Soldatenmantel enger um sich. Trotzdem kroch die feuchte Herbstluft in seinen Körper und ließ ihn frösteln. Ich kann es kaum erwarten, zuhause am warmen Ofen zu sitzen, dachte er und sah sich nach seinen zehn Begleitern um.

Rote Nasenspitzen und eingezogene Schultern zeigten, dass auch sie froren. Nur dem jungen Stallburschen, der einige Pferdelängen hinter ihnen ritt, schien die nasse Kälte nichts auszumachen. Vergnügt schaute er sich um und pfiff dabei ein Lied. In seinem Alter schmerzen die Knochen noch nicht, dachte Jaggi und musste schmunzeln.

Einer der Soldaten schien dasselbe zu denken, denn er drehte seinen Oberkörper auf dem Sattel nach hinten und rief dem Burschen zu: »Wie alt bist du, dass du trotz des Sauwetters fröhlich pfeifst?« Dabei fuhr er sich mit dem Ärmel über die tropfende Nase.

Hansi Federkiel hob überrascht den Blick, denn bis jetzt hatte keiner der Männer ein Wort mit ihm gewechselt. Mit ungutem Gefühl trat er dem Wallach in die Flanken und ritt an die Seite des Mannes. »Ich bin fünfzehn Jahre alt«, antwortete er und sah den Soldaten mit bangem Gesichtsausdruck an.

»Aha«, sagte der und drehte sich wieder nach vorn.

Hansi wartete, doch für den Soldaten schien die Unterhaltung beendet zu sein. Der Bursche entspannte sich und versuchte, sein Pferd zu zügeln, damit er sich am Ende der Truppe wieder einreihen konnte, als der Hauptmann wissen wollte:

»Wie haben dir die zwei Monate in Coblenz geschmeckt?«

Der Blick des Jungen glitt zu Blatter, und seine Miene hellte sich auf. Der Hauptmann schien ihn wiedererkannt zu haben. Rasch ritt Hansi an seine Seite.

»Es hat mir in Coblenz sehr gut gefallen, Herr Hauptmann. Leider ist die Zeit wie ein Wimpernschlag verflogen, was ich sehr bedaure, Herr Hauptmann«, antwortete der Bursche mit respektvollem Ton. Er schluckte und fügte hinzu: »Als ich

Euch die Nachricht Eurer Frau überbracht hatte, dass Euer Sohn Urs wohlbehalten in Trier angekommen ist, hatte ich befürchtet, dass Ihr mich sofort wieder zurückschicken würdet. Ich bin Euch sehr dankbar, dass ich in Coblenz bleiben durfte, Herr Hauptmann«, erklärte er mit roten Wangen, die nicht von der Kälte stammten.

Jaggi runzelte die Stirn. »Du hast von der Stadt nichts gesehen, sondern wie in Trier tagaus, tagein die Pferde der Soldaten versorgt. Ist es da nicht einerlei, wo man das macht?«

»Aber, Herr Hauptmann!«, entrüstete sich der Bursche. »Dienst auf der Festung Ehrenbreitstein zu absolvieren ist etwas Besonderes.«

»Du hast Pferdescheiße geschippt, Wasser herangeschleppt und Heu verfüttert – sonst nichts! Was ist daran besonders?«, lachte einer der Soldaten, und die anderen stimmten mit ein.

Den Jungen schien die Häme nicht zu stören, denn mit Stolz in der Stimme erklärte er: »Manche mögen Stallarbeit als niedere Arbeit ansehen. Aber was würde ein Soldat machen, wenn er ein schlecht versorgtes Pferd hätte? Könnte er sich auf das Tier trotzdem verlassen? Oder müsste er fürchten, dass es unter ihm zusammenbricht? Dass die Pferde Euch von Coblenz nach Trier tragen können, verdankt ihr ihrer Kraft, die sie durch das gute Futter, das Wasser und einen sauberen Stall erhalten haben. Würde niemand misten, bekämen sie Huffäule oder andere Krankheiten an den Füßen. Ihr seht, auch ein Pferdebursche wie ich ist wichtig. Wenn ich meinen Dienst auf der Festung des Kurfürsten und Erzbischofs verrichten kann, schippe ich sehr gerne Pferdescheiße.«

Jaggi Blatter sah den Jungen anerkennend an, der mit lachendem Blick um sich schaute. Auch die Soldaten schienen beeindruckt, denn ihr Lachen war verstummt, und sie nickten.

»Solche Gedanken habe ich mir noch nie gemacht«, gab der Hauptmann ehrlich zu. »Deine Begeisterung in allen Ehren, Federkiel, aber möchtest du nicht lieber als Soldat an der Waffe ausgebildet werden?«

Der Junge zuckte mit den Schultern und richtete seinen Blick in die Ferne. »Als der lange Krieg über unser Land zog und Elend und Tod mit sich brachte, war meine Mutter jeden Tag aufs Neue unserem Herrn dankbar, dass ich noch zu jung war, um eingezogen zu werden oder um mich freiwillig zu melden. Aber sie müsste sich auch jetzt, wo ich alt genug bin, um selbst zu entscheiden, keine Sorgen machen. Ich wollte nie Soldat an der Waffe werden. Die Arbeit mit Pferden gefällt mir. Das ist es, was ich machen möchte. Allerdings …« Er schwieg und sah Jaggi an.

»Allerdings was?«, fragte Blatter.

»Wenn ich unter Euch und in Coblenz dienen könnte, das würde mir sehr gefallen.«

Jaggi lachte schallend auf. »Du bist ein seltsamer Kauz, Federkiel. Vor allem hast du keine Angst. Ich glaube, selbst mein Sohn wagt es nicht, so mit mir zu reden.«

»Ihr habt mir eine Frage gestellt, Herr Hauptmann, und ich habe respektvoll geantwortet«, erklärte er ernst. »Darf Euer Sohn das nicht?«

Blatters Blick wurde starr. Er blieb dem Burschen eine Antwort schuldig, drehte sich nach vorn und dachte an Urs' Wunsch, Arzt zu werden. Wie oft war er seinem Sohn über den Mund gefahren, weil er kein Soldat, sondern Heiler werden wollte? Urs hatte sich dabei nie im Ton vergriffen, er war nie abfällig geworden. Einerlei, wie der Junge es ausdrückte – Jaggi wollte es nicht hören, und er hatte bislang jedes Gespräch im Keim erstickt.

Doch jetzt stehe ich in der Pflicht, ihm seinen Wunsch zu erfüllen, dachte er und konnte nicht sagen, dass ihn das freute.

Als Urs der Brunnenvergiftung beschuldigt wurde, hatte Jaggi Blatter im Gebet geschworen, wenn sein Sohn unbeschadet aus dieser vermaledeiten Lage herauskäme, würde er sich dem Berufswunsch seines Jungen nicht länger widersetzen. Sogar Kurfürst und Erzbischof Karl Kaspar von der Leyen hatte sich, ohne etwas von der Vater-Sohn-Auseinandersetzung zu ahnen, auf die Seite von Urs gestellt. Blatter hatte den Regenten damals gebeten, ihn vom Dienst zu befreien, damit er Urs helfen konnte. Dabei waren sie ins Gespräch gekommen, und Jaggi hatte ihm angekündigt, dass auch Urs als Soldat dienen würde, sobald er in Trier einträfe. Seltsamerweise hatte der Regent gefragt, ob es des Sohnes alleinige Entscheidung wäre, Soldat zu werden. Jaggi musste diese Frage verneinen und begründete seine Antwort mit der Familientradition der Blatters. Von der Leyen hatte prompt erwidert, dass er selbst nach diesem Prinzip Amtmann hätte werden müssen, denn das seien sein Vater und sein Großvater gewesen.

Jaggi war sehr überrascht, wie viel Interesse der Kurfürst an seiner Person und dem Schicksal seiner Familie zeigte.

Obwohl Bendicht es nicht gutgeheißen hat, unsere Heimat zu verlassen, so war es doch die richtige Entscheidung, dachte er. Karl Kaspar von der Leyen ist ein fähiger und gerechter Regent. Unter ihm zu dienen ist eine Ehre, dachte er und fühlte sich bestätigt, dass er damals dem Aufruf der Werber des Regenten gefolgt war.

Bis nach Uri waren sie gereist, um ehemalige Schweizer Soldaten anzuwerben, da der Kurfürst von Trier ein neues Heer aufstellen wollte. Weil den Schweizern ihr Ruf vorauseilte, fähige Soldaten zu sein, wurde Jaggi sofort als Hauptmann eingestellt. Schon wenige Tage nach seiner Ankunft in Trier hatte er eine hundert Mann starke Truppe nach Coblenz führen müssen, da man die Festungswerke der Stadt und von Ehrenbreitstein in einen besseren Stand setzen wollte, um alle Soldaten dort unterbringen zu können.

Das ist jetzt über zwei Monate her. Und ich hatte mir nach

dem langen Krieg geschworen, meine Familie nie wieder allein zu lassen, seufzte Jaggi.

Er war mit seinem Trupp einen Tag zuvor im Morgengrauen aufgebrochen. In einer Stunde würden sie Trier erreichen.

Der junge Federkiel weiß, wovon er spricht, überlegte Jaggi. Ohne geübte und gut versorgte Pferde hätten wir für diese Strecke sicher länger gebraucht. Er dachte an seine Kinder und konnte es kaum erwarten, sie zu umarmen. Das Gesicht seiner Frau Barbli schob sich vor sein Auge und ließ ihn lächeln.

»Hauptmann!«, rief ein Soldat und riss Jaggi aus seinem Tagtraum.

Verärgert drehte er sich um. »Was ist? Musst du pissen?«, fragte er ungehalten.

Der junge Mann schüttelte den Kopf und wies nach vorn. »Ein Reiter kommt in gestrecktem Galopp auf uns zu.«

Jaggi sah nach vorn, doch erst Herzschläge später konnte auch er den Mann auf dem Pferd erkennen. »Meine Augen lassen nach«, murmelte er und gab das Kommando, die Pferde anzuhalten. »Wir warten ab, ob er zu uns will«, sagte er zu seinen Männern und legte entspannt die Hände über den Sattel.

Tatsächlich zügelte der fremde Reiter vor ihnen sein Pferd und brüllte den Soldaten zu: »Wer ist Blatter?«

Sogleich wiesen mehrere Finger auf den Hauptmann.

Der Mann führte sein Pferd dicht an Jaggi heran und zog einen Brief aus der Satteltasche. Ohne die anderen Soldaten aus den Augen zu lassen, raunte er ihm zu: »Ihr sollt ihn lesen und sofort vernichten! Das ist ein Befehl!«

Jaggi schaute den Fremden ungläubig an und nahm das Schreiben entgegen. »Von wem ...«, wollte er fragen, doch da trat der Mann seinem Pferd schon wieder in die Flanken und preschte davon.

Hastig zerriss Blatter den Umschlag und überflog die Zeilen. »Soldaten«, brüllte er dann. »Ihr reitet weiter nach Trier.

Ich werde euch morgen in den Unterkünften aufsuchen. Federkiel, du reitest zu meiner Frau und sagst ihr, dass es spät werden kann.«

Dann trieb Jaggi sein Pferd an und eilte dem Fremden hinterher.

~ *Kapitel 7* ~

Karl Kaspar von der Leyen saß hinter seinem Schreibtisch und studierte die Zahlen, die in einem dicken Buch niedergeschrieben standen. Immer wieder schüttelte er den Kopf und schlug mit der Faust auf die Tischplatte.

»Wie soll ich so den Wunsch meines Vaters erfüllen?«, schimpfte er verhalten.

Es klopfte an der Tür. »Tretet ein!«, rief der Erzbischof, der wusste, wer ihm seine Aufwartung machte.

Die Tür öffnete und schloss sich, ohne dass von der Leyen aufblickte. Während sein Besucher sich vor den Schreibtisch stellte und wartete, dass man das Wort an ihn richten würde, blätterte der Erzbischof in dem Buch mehrere Seiten um. Mit dem Zeigefinger fuhr er eine Zahlenreihe entlang, schüttelte den Kopf und schlug das seitendicke Buch zu, sodass es laut knallte. Nun lehnte sich Karl Kaspar von der Leyen in seinem wuchtigen Sessel zurück und musterte seinen Gast.

Dieser erwiderte den Blick, ohne mit der Wimper zu zucken.

»Ihr wollt der neue Zinßmeister werden?«, stellte von der Leyen mehr fest, als dass er fragte.

Der Mann verneigte sich und sagte: »So ist es, Eure Eminenz!«

»Ich habe das Buch des jetzigen Zinßmeisters geprüft. Der Mann scheint tatsächlich zu alt für diese Aufgabe zu sein. Einfache Aufstellungen wurden falsch oder gar nicht berechnet. In dem Zinßbuch herrscht ein wahres Durcheinander, das schnellstmöglich geordnet werden muss.«

Der Erzbischof betrachtete den Fremden, den er zuvor noch nie getroffen und über den er deshalb Erkundigungen eingeholt hatte. Seine Quelle hatte ihm versichert, dass der Mann von tadellosem Leumund und zudem redlich und getreulich war. Die besten Voraussetzungen, um ihm das Amt des Zinßmeisters zu verleihen, dachte von der Leyen. Der Mann war groß gewachsen und von schlanker Statur. Der Kurfürst schätze ihn auf Ende zwanzig und somit jung genug, um das Amt einige Jahre ausführen zu können. Seine blauen Augen wirkten ehrlich und erwiderten ohne Scheu den Blick des Regenten, was dem Kurfürsten gefiel.

»Wie lautet Euer Name?«, fragte er, obwohl er ihn bereits kannte, und wies mit der Hand zu dem Stuhl, der vor dem Schreibtisch stand.

»Man nennt mich Walter Bickelmann«, erklärte der Mann und setzte sich dem Kurfürsten gegenüber.

»Dann sollt Ihr mein neuer Zinßmeister sein, Herr Bickelmann! Ihr wisst, welche Aufgaben auf Euch zukommen werden?«

»Zuerst werde ich mich mit dem Zinßbuch beschäftigen müssen, damit ich einen Überblick erhalte«, erklärte Bickelmann, und sein Blick schweifte zu dem Buch mit dem schwarzen Ledereinband.

»Das ist ein guter Ansatz«, nickte von der Leyen. »Ich erwarte von Euch, dass Ihr das Wochen- und Monatsregister fleißig halten und hin und wieder auch Geld eintreiben werdet. Sowohl den kleinen als auch den großen Zinß. Ich will regelmäßig Bericht erstattet haben. Und jedes Jahr, acht Tage nach dem ersten Oktober, sollt Ihr mir zwei Register vorlegen. Eins mit den Ausgaben und eins mit den Einnahmen.«

»Das ist für mich eine Selbstverständlichkeit«, stimmte Walter Bickelmann dem Erzbischof zu.

»Dann wären wir uns in diesen Punkten einig. Außerdem erwäge ich, ein kurfürstliches Gesetz zu erlassen, dass nur die Fischer das Fischereirecht in der Mosel haben«, erklärte von der Leyen mit ernster Miene. »Es kann nicht angehen, dass die Fischer die Hälfte ihres Fangs abgeben müssen, während Hinz und Kunz nach Belieben im Moselwasser zu fischen wagen. Ich will, dass dieses Gesetz erneuert wird. Könnt Ihr das weiterleiten?«

Bickelmann nickte. »Natürlich, Eure Eminenz! Ich werde mich sofort darum kümmern, damit das Gesetz durch eine Urkunde festgehalten wird.«

Von der Leyen betrachtete den jungen Mann und nickte wohlwollend. »Herr Bickelmann, seht zu, dass Euer Fleiß das Zinßbuch rasch wieder auf den zeitgemäßen Stand bringt. Ich benötige eine Summe Geld für Pläne, die ich jetzt noch nicht benennen kann. Erst wenn ich die notwendigen Erkundigungen eingezogen habe, werde ich mich voller Vertrauen an Euch wenden. Bis dahin behaltet Stillschweigen. Doch wenn ich in drei Tagen nach Euch rufen werde, habt die Zahlen parat!«

Walter Bickelmann sah Karl Kaspar von der Leyen stirnrunzelnd an. Wie sollte er in drei Tagen das Zahlendurcheinander beseitigen? Doch für den Kurfürsten und Erzbischof schien das Gespräch beendet. Seine beringte Hand wies auf das Buch.

»Nehmt es! Es gehört Euch, Zinßmeister!«

»Eure Eminenz, ich bin in diesem Amt noch nicht vereidigt! Meist vergehen Wochen, bevor dies erfolgen kann«, erklärte Bickelmann dem Kurfürsten und hoffte, dadurch Zeit für die Kontrolle des Buches herauszuschlagen.

Von der Leyen lächelte. »Ich vergaß, Euch mitzuteilen, dass die Vereidigung schon morgen stattfinden wird. Also, nehmt das Buch und beginnt mit der Arbeit. Es eilt!«

Bickelmann erhob sich und griff nach dem Zinßbuch. Es war schwerer, als er vermutet hatte, und er verzog das Gesicht, als er es aufhob. Mit beiden Händen presste er es sich gegen die Brust, verbeugte sich und ging zur Tür. Dort verbeugte er sich ein weiteres Mal und verließ das Regentenzimmer.

Kaum war der neu ernannte Zinßmeister gegangen, sprang von der Leyen von seinem Stuhl auf und eilte zur rechten Wand. Dort verbarg sich hinter einem Vorhang eine geheime Tür. »Die Zeit drängt. Rasch die Kleider wechseln, damit ich mich unerkannt unters Volk mischen kann. Ich hoffe, dass beide Männer meine Nachricht erhalten haben und kommen werden. Jetzt muss ich sie nur noch von meinen Plänen überzeugen. Erst den einen und dann den anderen«, flüsterte er.

Wen der Erzbischof für sein Unterfangen ins Vertrauen ziehen wollte, hatte er über Monate ausgekundschaftet. Ein Vertrauter musste besondere Voraussetzungen haben, und so ergab sich nur ein kleiner Kreis an Fähigen. Von Coblenz aus hatte von der Leyen durch Kundschafter geheime Erkundigungen eingezogen. Zum Schluss führte das zu einem Mann, der alle Voraussetzungen erfüllte und dem er eine geheime Botschaft geschickt hatte. Nun war er gespannt, ob sein Gespür ihm recht gab.

Von der Leyen stöhnte auf, denn der Wunsch seines Vaters, der ihn ein Leben lang begleitet hatte, musste zeitgleich in die Wege geleitet werden. Deshalb musste rasch eine weitere Vertrauensperson gefunden werden.

Stundenlang hatte der Kurfürst sich den Kopf zermartert, wen er mit dieser besonderen Aufgabe betrauen konnte – eine, die jeder gläubige Christ gutheißen würde. Dann hatte er plötzlich das Gesicht eines zweiten Mannes vor seinen Augen – so klar, als ob sein Vater ihm einen Fingerzeig gegeben hätte.

Von der Leyen wusste, dass er ein Wagnis einging, denn

er kannte die beiden ausgewählten Männer kaum. Allerdings waren sie ihm durch ihren starken Charakter im Gedächtnis geblieben. Beide Männer waren verschieden und doch gleich. Sie passten in seine Pläne. Aber was wäre, wenn sie ablehnten?

Der Blick des Regenten wurde starr. Nein, das würden sie nicht wagen. Er kannte niemanden, der es wagen würde, die Wünsche des Erzbischofs und Kurfürsten abzuschlagen. Doch bei diesen beiden Männern war er sich sicher, dass sie es täten, wenn er sie nicht von der Wahrhaftigkeit seiner Pläne würde überzeugen können. Ist es nicht genau dieser Wesenszug, warum sie für meine Aufgaben wie geschaffen sind?, überlegte von der Leyen. Falls ich mich irre und sie ablehnen, müsste ich sie töten lassen, auch wenn es mir leidtäte, überlegte er mit verkniffener Miene.

»Manchmal muss man unbequeme Wege gehen«, murmelte er entschlossen und verschwand durch die Geheimtür.

»Ich fasse es nicht«, schimpfte Barbli Blatter und stemmte ihre Hände in die Hüften. »Da stehe ich den lieben langen Tag in der Küche, um für meinen heimkehrenden Gatten seine Leibspeise zu kochen, und dann erhalte ich die Nachricht, dass er nicht kommt. Was kann so wichtig sein, dass er mich sitzen lässt?«

»Mutter, der Stallbursche sagte, dass es später wird. Nicht, dass Vater nicht käme. Glaub mir, er wird sich auch zu später Stunde über dein Festessen freuen«, versuchte Urs, seine Mutter zu beruhigen.

Doch sie riss sich verärgert das Tuch vom Kopf, sodass sich ihr helles Haar über die Schultern legte. Dabei blickte sie ihren Sohn aus ihren hellgrauen Augen wütend an. »Nimm deinen Vater nur in Schutz, und deinen Onkel gleich dazu. Es ist nicht nur das Benehmen deines Vaters, das mich verärgert. Auch das Verhalten deines Oheims macht mich wütend.«

Urs blickte die Mutter fragend an, und sie erklärte:

»Bendicht kam vor dir in die Küche und sagte mir recht aufgeregt, dass er dringend fort müsse und nicht wisse, wann er wiederkäme. Er weiß von der Rückkehr deines Vaters, und er weiß, dass ich Kalbfleischpastete vorbereitet habe. Was kann so wichtig sein, dass er nicht zum Essen kommen kann? Bendicht würde normalerweise alles stehen und liegen lassen, nur um in den Genuss meiner Chügelipastete zu kommen.«

Barbli drehte ihr Haar im Nacken zu einem Knoten zusammen, steckte ihn fest und überlegte. »Eine Frau! Ja, so muss es sein. Er hat ein heimliches Treffen mit einer Frau«, jubelte sie über ihren Gedanken.

Urs zog zweifelnd eine Augenbraue hoch. »Das kann ich mir wahrlich nicht vorstellen«, erklärte er.

In diesem Augenblick rümpfte seine Mutter die Nase und schnupperte. »Was riecht hier so streng?«

»Mutter«, sagte Urs und wies zum Herd. »Deine Chügelipastete brennt an.«

Ruckartig drehte sich Barbli um und sah den weißen Qualm aus dem Topf aufsteigen. »Gopferdammi«, schimpfte sie in ihrer Muttersprache. »Ich bringe die beiden um«, rief sie und versuchte zu retten, was noch zu retten war.

Zur selben Zeit

Der Mönch Ignatius konnte sich nur schwer auf die Vesper konzentrieren. Immer wieder vergaß er, den Gebetstext zu murmeln, sodass sein Sitznachbar verärgert zu ihm schaute. Entschuldigend zuckte Ignatius mit den Schultern und senkte den Blick.

Verzeih mir, o Herr, dass ich dieser Nachricht die Macht gebe, meine Gedanken fehlzuleiten. Ich weiß, dass ich mich versündige, und gelobe, einhundert Vaterunser zu beten, sobald ich weiß, wer mir diese merkwürdigen Zeilen geschickt hat und was derjenige von mir will. Bitte vergib mir, dass ich meine Ordensbrüder anlügen werde, damit ich das Kloster nach der Komplet verlassen kann. Auch dafür werde ich Buße tun und am kommenden Sonntag fasten.

Ein Räuspern lenkte den Mönch von seinen Gedanken ab, und er schaute zu seinem Banknachbar, der entrüstet den Kopf schüttelte, da Ignatius anscheinend laut gedacht hatte. Er gab dem Ordensbruder ein Zeichen, dass ihm unwohl sei, und verließ eiligen Schrittes die Kirche.

Nachdem Ignatius seine Brüder davon überzeugt hatte, dass er nur etwas Ruhe brauchte, war er über den Steinplattenweg im Garten zum Dormitorium geeilt. In dem Backsteingebäude befanden sich die Zellen der älteren Mönche und der Schlafsaal der Novizen, die sich zwei Jahre lang prüfen mussten, ob sie zum Klosterleben berufen waren.

Ignatius war der Leiter der gesamten Wirtschaftsverwaltung, der Cellerar des Jesuitenordens. Ihm war eine Zelle zugeteilt, in die er sich zurückziehen konnte. Es war sein privates Reich, das kein anderer ohne Aufforderung betreten durfte. Dieser Raum hatte Platz für eine einfache Liege, einen Stuhl und einen kleinen Tisch mit einem Kreuz darauf – mehr brauchte Ignatius nicht. Wichtig war für ihn das Fenster, durch das das letzte Abendlicht fiel, was ihm ermöglichte, auch zu später Stunde in der Bibel zu lesen.

Ignatius kniete sich nieder, faltete die Hände und senkte den Kopf. Dann schloss er die Augen und betete zu seinem Schöpfer: »Gott, unser Vater, vor Dich bringe ich diesen Tag, meine Gebete und meine Arbeit, Leiden und Freuden, vereint mit Deinem Sohn Jesus Christus, der nicht aufhört, sich Dir in der Eucharistie zur Erlösung der Welt darzubringen ...«

Nachdem er sich bekreuzigt hatte, setzte er sich an den Tisch und zog aus dem weiten Ärmel seines Habits das Pergament hervor, das ihm ein Junge am Klostertor überreicht hatte.

Zuerst hatte er vermutet, dass der Knabe in den Orden eintreten wollte. Doch dann hatte er ihm das Schreiben überreicht und hinter vorgehaltener Hand gemurmelt: »Vernichtet es, sobald Ihr es gelesen habt!« Dann war der Junge davongeeilt und hatte einen verwirrten Mönch zurückgelassen.

Hastig hatte Ignatius das zeichenlose Siegel zerbrochen und die Zeilen überflogen. Doch anstatt das Schreiben zu verbrennen, versteckte er es in seiner Kutte. Immer, wenn er glaubte, unbeobachtet zu sein, zog er es erneut hervor und las wieder die wenigen Zeilen, die nichts verrieten und dennoch eine starke Wirkung auf ihn hatten, denn seitdem kreisten seine Gedanken um diesen Brief, der seine Seele zu vergiften schien.

»Gift ist das richtige Wort«, murmelte Ignatius und zerknüllte das Papier. »Einerlei, wer der Verfasser der Zeilen ist, ich werde seine Aufforderung nicht befolgen«, beschloss er und warf das Papierknäuel auf den Boden. Dann legte er sich auf seine Pritsche. Er faltete die Hände auf dem Bauch, schloss die Augen und versuchte, an nichts anderes zu denken als an seine Gebete.

Doch statt ruhig zu werden, spürte er eine starke Unruhe in sich aufsteigen. Gedanken sprangen in seinem Kopf hin und her, die er vor langer Zeit in den hintersten Windungen seines Gehirns vergraben hatte. Warum kamen sie jetzt an die Oberfläche? Ignatius schielte zu dem zusammengedrückten Papier, das unter den Tisch gerollt war.

Womöglich hat der Schreiber dieser Zeilen erfahren, wer ich bin, überlegte er, und Angst durchfuhr ihn wie ein Dolchstoß. Keuchend setzte er sich auf und tastete nach seinem Herzen, das heftig im Brustkorb hämmerte. Er sah Krieg und Zerstörung vor sich und glaubte, die Schmerzen von einst zu spüren. Er hielt sich den Kopf und bekam kaum Luft. Herr, hilf mir, dass die Erinnerungen aus meinem Hirn verschwinden, betete er keuchend.

Das Licht der untergehenden Sonne blendete Ignatius, und er glaubte, Wärme auf seinem Gesicht zu spüren, die sich in seinem Körper auszubreiten schien. Unruhe und Angst verschwanden. Sein Herzschlag beruhigte sich, und er konnte wieder gleichmäßig atmen.

Ignatius blickte in das helle Licht. »Ich danke dir, Herr«, flüsterte er. »Ich werde mich ihm stellen«, versprach er und hob den zerknüllten Brief vom Boden auf. Er faltete ihn auseinander und strich ihn mit der flachen Hand glatt.

⇝ *Kapitel 8* ⇜

»Ergib dich, du Schuft!«, rief der zwölfjährige Arthur und rannte mit seinem Holzschwert Leonhard hinterher.

»Du wirst mich nie bekommen, Soldat«, schrie Leonhard und lief über den Hof in den Stall, wo er sich hinter dem Wasserfass versteckte. Als Arthur an dem Achtjährigen vorbeikam, stellte der ihm ein Bein, sodass Arthur stolperte und kopfüber zwischen die Hühner fiel, die aufgeregt mit den Flügeln schlugen und gackerten.

»Ich bin voller Hühnerdreck!«, brüllte Arthur und wischte sich schnaubend die schmutzigen Finger am Hosenkleid ab.

»Hast du dir wehgetan?«, fragte Leonhard und kam aus seinem Versteck hervor. Lachend sah er seinem Freund zu, wie er sich den Mist aus den Haarsträhnen pulte.

Als Arthur das schadenfrohe Lachen hörte, nahm er eine Handvoll Dreck auf und warf ihn nach seinem Freund. Leonhard tat es ihm nach und warf sofort einen Mistballen zurück. Eine wilde Schmutzwerferei entbrannte.

In diesem Augenblick betrat Susanna den Stall, eine Schüssel voll Essensreste für das Schwein unter dem Arm.

»Arthur, Leonhard, was soll das?«, rief sie und ging auf die beiden zu. »Oh, wie ihr stinkt!«, rief sie angewidert und rümpfte die Nase.

Sie packte die Buben jeweils am Arm und hielt sie so weit wie möglich von sich weg, sodass die beiden sich nicht wehren konnten. Grinsend betrachteten die kleinen Dreckskerle einander. Ihre Gesichter, Haare und Kleider waren mit Hühnermist, Stroh, Federn und sonstigem Dreck beschmutzt.

»Dein Gesicht sieht aus, als ob du Sommersprossen bekommen hättest!«, lachte Arthur.

»Und dir klebt Hühnerscheiße in den Haaren!«, feixte Leonhard.

Susanna schüttelte verärgert den Kopf. »Man kann euch nicht einen Augenblick allein lassen«, schimpfte sie. »Ab mit euch in die Waschküche, damit ich euch baden kann. So könnt ihr unmöglich Leonhards Vater gegenübertreten.«

»Soldaten müssen nicht sauber sein, sondern gut kämpfen können, und das muss man üben«, verteidigte Arthur ihr Spiel.

»Wann kommt mein Vater?«, wollte Leonhard wissen und blickte Susanna aus seinem schmutzigen Gesicht fröhlich an.

»Ihr habt Glück! Dein Vater verspätet sich, sodass wir genügend Zeit haben, euch sauberzuschrubben.«

In einem im hinteren Teil des Hauses gelegenen Raum stand ein großer Holzbottich, in dem die Wäsche gewaschen wurde. Während Susanna mehrere Eimer Wasser in einem Kessel erwärmte, rieben sich die Buben mit einem groben Tuch den Dreck aus dem Gesicht. Dann stiegen beide in den Zuber, und sofort begannen sie eine Wasserschlacht.

»Wagt es nicht, den Fußboden unter Wasser zu setzen,

damit ich noch mehr Arbeit habe! Es setzt Prügel, wenn ihr nicht gehorcht«, versprach Susanna mit finsterer Miene. Sogleich hörten die Jungen mit dem Planschen auf und ließen das Schrubben mit der Bürste über sich ergehen.

»Aua! Du bist zu grob«, jammerte Arthur, und auch Leonhard klagte über die harte Bürste.

Doch Susanna ließ sich nicht beirren und hörte erst auf, als beide Buben sauber waren.

Leonhard durfte als Erster aus dem Bottich steigen. Susanna wickelte ihn in ein weiches Tuch ein und schickte ihn zu seiner Mutter. Dann kam Arthur an die Reihe.

Sie hielt ihm das Handtuch entgegen, da er alt genug war, sich selbst abzutrocknen und anzukleiden.

»Vergiss nicht, die Haare ordentlich zu kämmen!«, mahnte sie und erntete einen empörten Blick ihres Vetters.

»Wie würde es dir gefallen, wenn wir uns eine eigene Wohnung mieten würden?«, fragte sie, während sie die schmutzige Wäsche einsammelte.

Arthur runzelte die Stirn. »Warum sollten wir das machen? Gefällt es dir hier nicht mehr?«

»Ich denke, dass das Haus zu klein ist, wenn Herr Blatter zurückkommt.«

»Das glaube ich nicht«, widersprach der Junge. »Er wird das Lager mit Barbli teilen, sodass wir gleich viel Platz wie jetzt haben.«

Susanna musste über die Überlegung des Zwölfjährigen schmunzeln.

»Da hast du recht. Aber wir können nicht ewig bei den Blatters leben. Sie sind nicht unsere Familie, und ...«

Arthur unterbrach sie. »Wenn du Urs heiratest, sind wir eine Familie.«

Erstaunt hob das Mädchen den Blick. »Wie kommst du darauf, dass Urs und ich heiraten werden?«

»Ich habe gehört, wie Bendicht zu Urs sagte, dass er dich heiraten und dir ein Kind machen soll.«

Susanna schoss die Röte in die Wangen. »Wann hast du das gehört?«

»Es hatte an der Tür geläutet. Als ich öffnen wollte, war Bendicht schon da, und so habe ich das Gespräch der beiden gehört.«

Susanna wusste nicht, was sie von Arthurs Geplapper halten sollte. Wieso sagt Bendicht so etwas zu Urs?, überlegte sie und fragte stotternd: »Hast du auch gehört, was Urs geantwortet hat?«

Arthur schüttelte den Kopf. »Ich habe nur gesehen, wie Urs auf eine Frage genickt hatte.«

»Und wie lautete diese Frage?«, wollte Susanna wissen.

»Bendicht fragte ihn, ob er dich liebt, und da nickte Urs.«

Susannas Röte vertiefte sich.

»Heiratest du Urs nun, damit wir hier wohnen bleiben können? Ich will nämlich Soldat bei Herrn Blatter werden«, erklärte Arthur mit leuchtenden Augen.

Susanna blickte ihn erstaunt an. »Ich wusste nicht, dass es dein Wunsch ist, in einem Heer zu dienen.«

Das Strahlen des Jungen wurde breit. »Urs hat mir erzählt, dass die Schweizer die besten Soldaten wären. Sie können viel besser kämpfen als unsere Soldaten. Deshalb würden Kaiser, Könige und sogar der Papst eine Garde aus Schweizer Söldnern in ihren Dienst stellen. So ein ruhmreicher Soldat will ich auch werden«, erklärte er.

Susanna betrachtete ihren Neffen, der sich eifrig die Haut trocken rubbelte und in frische Kleidung schlüpfte. Vielleicht war es ein guter Gedanke, wenn ihr Vetter in den Dienst eines Heeres trat. Sie hatte schon gehört, dass bereits sehr junge Burschen aufgenommen wurden, damit sie von Grund auf das Soldatenleben kennenlernen konnten. Da Susanna jedoch ein einfaches Bauernmädchen war und nie zuvor Berührung mit der Armee hatte, war ihr nie in den Sinn gekommen, diesen Beruf für ihren Vetter in Betracht zu ziehen. Das Soldatenleben, so überlegte sie, hätte etliche Vorteile. Arthur wäre versorgt, und da Frieden herrschte, müsste er nicht in den Krieg.

»Wir werden abwarten, bis sich Herr Blatter von der Reise aus Coblenz erholt hat. Dann werde ich mit ihm reden«, versprach Susanne und löste einen Jubelschrei Arthurs aus. Glücklich umarmte er seine Base und presste sein Gesicht an ihre Brust.

»Ich bin froh, dass du mich mitgenommen hast«, sagte er und rannte aus der Waschküche auf den Gang, wo er nach Leonhard rief.

Susanna holte tief Luft. Sie war erleichtert, dass Arthur nicht unter Heimweh litt und ihr keine Vorwürfe machte. Seit sie ihren Vetter aus seinem Zuhause fortgerissen hatte, plagten sie immer wieder Zweifel. Doch jedes Mal versuchte sie, sich damit zu beruhigen, dass es ihm jetzt besser ging als in seinem alten Zuhause.

Susanna dachte an den Tag zurück, als der Onkel sie brutal ins Gesicht geschlagen hatte. Wie von Sinnen hatte sie dem Mann ihrer Tante zwischen die Beine getreten, sodass der Bauer in die Knie ging. Später hatte Arthur sie gebeten, ihm diesen Tritt beizubringen, damit er lernte, sich zu wehren.

»Seine Mutter hätte ihn vor dem gewalttätigen Stiefvater nicht beschützen können«, murmelte Susanna und warf die verdreckte Kleidung der beiden Buben in das noch warme Badewasser, damit der Schmutz einweichen konnte.

Seit Arthur das Gespräch zwischen Urs und Bendicht erwähnt hatte, gingen Susanna die Worte der beiden nicht aus dem Sinn. Um sich abzulenken, wollte sie Barbli helfen. Sie trocknete sich die Hände an ihrer Schürze ab und ging in die Küche. Doch Barbli war nicht da. Susanna schnupperte. Es roch angebrannt. Ihr Blick schweifte umher, und sie entdeckte die leicht angebrannte Kalbfleischpastete auf der Fensterbank. Susanna schnitt mit einem scharfen Messer den geschwärzten Boden der Chüglipastete ab, sodass keine verräterischen Spuren mehr zu sehen waren. »Als wäre nichts geschehen«, murmelte sie und stellte die Fleischpastete in den kühlen Nebenraum. Da Barbli sich nicht blicken ließ, säuberte sie die Küche, brühte sich anschließend einen Kräutersud auf und setzte sich an den Tisch.

Wieder ging ihr durch den Sinn, was ihr Vetter beobachtet und gehört hatte. »Urs liebt mich und will mich heiraten«, flüsterte sie. Ein freudiges Kribbeln überkam sie, und sie hätte schreien können vor Glück. Doch genauso schnell machte sich tiefe Traurigkeit in ihr breit. Ihre Eltern und ihre Geschwister würden nicht dabei sein, wenn Urs und sie heirateten. Kein Vater könnte ihr den Segen geben, keine Mutter würde ihr beim Anlegen des Brautkleids helfen. Susanna kämpfte mit den Tränen. Wie hätte sich ihre kleine Schwester Bärbel gefreut, den Brautstrauß zu binden! Wie gern hätte sie mit ihrer Mutter über Fragen der Ehe und der Nacht, in der sie vollzogen wird, gesprochen.

Mit ihren achtzehn Jahren würde Susanna schon eine alte Braut sein, denn viele Mädchen heirateten früher und hatten in ihrem Alter bereits Kinder. Aber da viele Männer und Burschen aus dem Köllertal, in dem sie einst mit ihrer Familie lebte, im Krieg geblieben waren, hatte es keinen Freier gegeben. Susanna verzog ihren Mund zu einem zaghaften Lächeln, als sie an den Wagner dachte, der ihr einst nachgestellt hatte. Seine Frau war im Kindbett gestorben, und er brauchte eine Mutter, die sich um seine fünfköpfige Kinderschar kümmerte. Susanna, jung und unverbraucht, wäre ihm gerade recht gekommen. Doch Susannas Vater hatte seinen Segen verweigert, sodass der Wagner schließlich die Witwe des Meiers heiratete, der im Krieg geblieben war.

Sie trank ihren Sud, als ihr ein anderer Gedanke durch den Kopf schoss. »Was ist, wenn Arthur sich verhört hat?«, dachte sie.

Doch rasch schüttelte sie den Kopf. »Nein, er hat sich nicht verhört. Ich spüre und weiß, dass Urs mir liebevoll zugetan ist, denn ich liebe ihn auch!«, murmelte sie.

»Wen liebst du?«, fragte eine Stimme hinter ihr.

Erschrocken drehte Susanna den Kopf und sah Urs in der Tür stehen. Erneut überzog tiefe Röte ihr Gesicht, und sie blickte beschämt nach unten.

Urs hatte seine Mutter sprechen wollen, als er Susanna Stimme vernahm. Zuerst glaubte er, sich verhört zu haben. Doch als sich Susannas Wangen verfärbten, war er sicher, dass sie über ihn gesprochen hatte. Ihr erhitztes Gesicht gefiel ihm, und er fand, dass sie nie liebreizender ausgesehen hatte.

Er trat dicht an Susanna heran und zog sie vom Schemel in die Höhe. »Wen liebst du?«, fragte er ein zweites Mal, und dieses Mal klang seine Stimme rau.

Susanna hob den Blick und sah ihm in die Augen. Was sie sah, nahm ihr die Angst, und sie flüsterte: »Dich!«

Kapitel 9

Karl Kaspar von der Leyen war sich seines ungewöhnlichen Erscheinungsbildes bewusst. Es hatte ihm Freude bereitet, sich das zerlumpte Gewand eines Bettlers umzulegen, sein Gesicht mit Ruß und Schmutz zu beschmieren und sich eine Augenklappe über das rechte Lid zu legen. Er war sich sicher, dass ihn mit dieser Verkleidung nicht einmal seine Mutter erkannt hätte. Für die Sicherheit des Kurfürsten und Erzbischofs war es lebenswichtig, nicht aufzufallen. Er sah aus wie diejenigen, die hier in den unterirdischen Gängen hausten. Sie waren Ausgestoßene, Tagelöhner, Kranke, Heimatlose und sonstiges Pack, das nirgends willkommen war. Doch hier in den Katakomben waren sie unter sich. Hier unter der Erde war ihre Welt – ihr Zuhause.

Lange hatte der Kurfürst nachgedacht, wo er das Treffen abhalten sollte. Zuerst erwog er, eine dieser Spelunken in der Unterstadt auszuwählen. Auch das Judenviertel, der Totenacker oder eine einsame Hütte in den Wäldern schienen geeignete Orte zu sein. Doch dann hatte er den Einfall, sich unter das ausgestoßene Volk zu mischen. Kein Bürger, kein Adliger und erst recht kein Kurfürst würden sich hierher verirren. Sollte ihn jemand unter den Vagabunden trotz seiner Verkleidung erkennen und verraten, würde man dem Ehrlosen keinen Glauben schenken. Aus diesen Überlegungen heraus hatte sich von der Leyen für die unterirdischen Gänge entschieden. Trotz des Lumpenpacks fühlte er sich an diesem Ort sicher, zumal die Männer seiner Leibgarde ebenfalls als Bettler verkleidet waren und für den Regenten ihr Leben lassen würden. Die Garde sorgte dafür, dass um den Kurfürsten herum ein unsichtbarer sicherer Bereich entstand, in dem niemand aus der Unterwelt ohne weiteres Zutritt finden würde.

Es war kalt und feucht in dem unterirdischen Gewölben, in die nie ein Sonnenstrahl drang. Von den Wänden tropfte das Wasser und hinterließ an manchen Stellen grünen Schleim. Es roch nach Exkrementen, Fäulnis und siechenden Kranken. Der Erzbischof zog den zerlumpten Umhang aus grober Wolle fest um seine Schultern. Damit ihm und seinen Männern von den widerlichen Gerüchen nicht übel wurde, hatten sie sich Balsam mit frisch zerstoßener Minze unter die Nase gerieben. Ein Schal vor dem Mund schützte sie davor, den Gestank der Unterwelt einzuatmen.

Von der Leyen setzte sich auf einen Steinklotz, der aus einem Fels herausgeschlagen worden war. Nun würde er geduldig warten, bis derjenige erschien, den er zum Pestreiter auserkoren hatte.

›Pestreiter‹ ist wahrlich ein passender Titel für ihn. Niemand wird erraten, welche Aufgabe er tatsächlich hat, dachte der Erzbischof. Ich werde dafür sorgen, dass ihm eine Mär vorauseilen und für Angst und Schrecken sorgen wird, sodass er mein eigentliches Vorhaben leicht umsetzen kann.

Lange hatte der Kirchenfürst an einem Plan gefeilt, den er selbst als genialisch pries. Ein sogenannter Pestreiter würde die an der Pestilenz erkrankten Menschen seines Reichs erfassen, um sinnvolle Maßnahmen zu ergreifen, den schwarzen Tod einzudämmen. Von der Leyens Plan würde außerdem das andere Problem lösen, das dem Regenten seit langer Zeit Sorgen bereitete und das Land schwächte. Er lachte leise in sich hinein. Dieser Einfall ist nicht nur geistreich, sondern auch wirkungsvoll. Wir werden zwei Probleme mit einem Schlag angehen.

Er wurde in seinen Gedanken gestört, als einer seiner Männer vor ihn trat. »Eure Eminenz! Er ist angekommen!«, flüsterte der Mann und verbeugte sich.

»Führt ihn zu mir«, antwortete der Erzbischof und erhob sich. Er wollte dem Mann Auge in Auge gegenübertreten, damit er seine Gedanken erraten konnte.

Bendicht hatte es in seiner Kammer nicht mehr ausgehalten. Da das Geschrei der Jungen ihn hinderte, klare Gedanken zu fassen, war er aus dem Haus seines Bruders gestürmt. Er wusste, dass er den Unmut seiner Schwägerin Barbli heraufbeschwören würde, weil er nicht zum Abendessen da sein konnte. »Wie soll ich ihr erklären, dass ich ihre köstliche Chügelipastete verschmäht habe?«, überlegte Bendicht, den das schlechte Gewissen plagte. Doch rasch verwarf er seine Überlegung wieder. »Ich werde mir später eine Ausrede einfallen lassen«, murmelte er und atmete tief durch. Seine Nerven waren zum Zerreißen gespannt.

Er schaute sich um und versteckte sich in einer Ecke der Gasse, die nicht einzusehen war. Dort wartete er, bis die Nacht hereinbrach und das Läuten der Turmuhren ihm verriet, dass es Zeit war, zu dem angegebenen Treffpunkt zu gehen.

Die Dunkelheit brachte eisige Kälte mit, sodass beim Ausatmen kleine weiße Wolken vor Bendichts Mund entstanden. Hoffentlich lindert die kalte Luft den Druck in meinem Schädel, dachte er und zog die Kapuze seines Mantels tief ins Gesicht. Dann vergrub er die Hände in den Ärmeln und ging schnellen Schrittes davon. Als er an eine Wegkreuzung kam, blickte er sich misstrauisch nach allen Seiten um. Die Menschen, die um diese Zeit durch die Gassen liefen, beachteten ihn nicht, denn sie hatten es eilig, ins Warme zu kommen. Beruhigt schlug Bendicht die Richtung ein, in die er laufen musste.

Sein Weg führte ihn von der Pfützenstraße zur Neustraße und von dort am Judenkirchhof vorbei über die Brückenstraße in Richtung Neidtor. Dort standen der Nachtwächter und der Torwächter um einen Eisenkorb mit brennenden Holzscheiten herum und wärmten sich die Hände.

»Willst du das Tor passieren?«, fragte der Torwächter mit mürrischer Miene, weil er bei seinem Plausch gestört wurde. Bendicht verneinte hastig, hob grüßend die Hand und bog in die Feldstraße ein. Dort verbarg er sich im Schatten einer Wand und schaute zu den Männern zurück, um zu prüfen, ob sie ihm nachsahen. Die beiden schienen ihn schon vergessen zu haben, denn sie steckten die Köpfe zusammen und feixten leise.

Als Bendicht sicher sein konnte, dass sie ihn nicht bemerkten, trat er aus dem Schatten hervor und verließ die Feldstraße wieder. In gebeugter Haltung überquerte er eine Straße, deren Namen er nicht kannte, und schlich an der Stadtmauer entlang, bis er vor dem in dem geheimnisvollen Brief beschriebenen Strauch stand. Das dichte Geäst des Gestrüpps war dornig und reichte bis zur Hälfte der Stadtmauer empor.

Bendicht bog vorsichtig die Dornenzweige von der rechten Seite zur Mitte hin um. Als er das beschriebene Loch in der Mauer erblickte, wurde ihm mulmig zumute. Bis jetzt hatte er gehofft, dass dieser Eingang nicht existieren würde und er umkehren könnte. Was, wenn es eine Falle ist?, überlegte er zum hundertsten Mal an diesem Tag, und zum hundertsten Mal beruhigte er sich. Wer soll mir schon Böses wollen?

Das Loch schien der Eingang zu einem unbekannten Reich in und unter der Stadtmauer zu sein. Es war gerade so groß, dass ein Mensch auf allen vieren hindurchkriechen konnte. Unschlüssig trat Bendicht von einem Fuß auf den anderen.

»Früher war ich waghalsig. Mein Zögern liegt wohl an meinen fortgeschrittenen Jahren«, schalt er sich selbst. Schließlich gab er sich einen Ruck. »Und das in meinem Alter«, murmelte er, als er vor dem Loch in die Knie ging. Obwohl er in totale Finsternis blickte, kroch er hinein. Nur nicht nachdenken, ermahnte er sich selbst, als er die kalte Erde unter sich spürte.

Das Loch schien so lang zu sein, wie die Steine breit waren. Bendicht schätzte ihre Mächtigkeit auf mehrere Schritte, denn danach öffnete sich ein Hohlraum, in dem er stehen konnte und der schwach erleuchtet war. Es schien, als ob man in diesem Bereich das Füllwerk der Stadtmauer entfernt hätte. Als sich Bendichts Augen an die schummrige Beleuchtung gewöhnt hatten, konnte er einen steilen Abstieg erkennen, der nicht breiter war als er selbst.

Da der festgetretene Boden nass und glitschig war, musste sich Bendicht an den Steinen rechts und links abstützen, um einen sicheren Tritt zu finden. Langsam tastete er sich abwärts, wobei er erkennen konnte, dass auf dem steilen Weg Quergänge abgingen und Mauervertiefungen aus der Steilwand herausgebrochen waren.

»Was hast du hier zu suchen?«, keifte ein Weib in zerlumpten Kleidern, das unverhofft seinen Kopf aus einer unbeleuchteten Nische zu Bendicht herausstreckte.

Bendicht zuckte erschrocken zusammen. Im schwachen Schein der Fackeln konnte er das Gesicht der Frau nur undeutlich erkennen. Jedoch glaubte er, dass sie dunkle Knopfaugen hatte, die ihn feindselig anblickten.

»Hast du Ärger? Soll ich ihm die Fresse einschlagen?«, rief ein Mann, der hinter ihr stand, sodass Bendicht ihn nicht sehen konnte.

»Halt dich bereit«, forderte das Weib. »Sollte diese Ratte eine falsche Bewegung machen, schneidest du dem Kerl die Kehle durch.«

»Ich will nichts von euch!«, rief Bendicht erregt. »Lasst mich weitergehen, und ihr seht mich nie wieder!«

»Das wollen wir dir auch geraten haben!«, zischte die Alte, und Bendicht eilte durch die unheimlichen Gänge davon.

In den schwach erkennbaren Seitenräumen war es zugig. Vor den kleinen Feuerstellen lagen oder saßen zerlumpte Gestalten. Verhaltenes Hustengebell, Gespräche und andere Geräusche drangen aus den Nischen an Bendichts Ohr. Eisige Kälte und Feuchtigkeit umgab diesen unheimlichen Ort, der ihn erschauern ließ.

Je weiter Bendicht in die dunklen Gänge vordrang, desto bestialischer wurde der Gestank. Er konnte Unrat, Krankheit und Tod riechen. Wo bin ich hier nur hingeraten?, dachte er und wollte schon umkehren. Da griff eine Hand nach seinem Mantel, und beinahe hätte er aufgeschrien. Doch im letzten Augenblick konnte er den Schrei unterdrücken, da eine Fackel das Gesicht eines Mannes erleuchtete, der nicht zu diesem Ort passte und der ihn vermutlich hierher bestellt hatte.

»Ihr?«, fragte Bendicht erstaunt, als er ihn erkannte. Er trat in den Steinraum. »Mit Euch –«

»Schweigt!«, flüsterte der Mann. »Nennt nie meinen Namen, so wie ich Euren nicht nennen werde. Nur dann wird man dieses Treffen nicht mit uns in Verbindung bringen können.«

Bendicht schluckte. »Ich bin überzeugt, dass allein unser Erscheinen an diesem außergewöhnlichen Ort für genügend Aufsehen sorgen wird. Sicher haben die Wände Ohren, und jeder hier weiß, dass wir hier sind und wer wir sind.«

»Sorgt euch nicht. Meine Männer sind wachsam und überall verstreut, und sie werden dafür sorgen, dass kein Wort nach draußen dringt.«

Trotz dieser Worte war Bendicht beunruhigt. Sein Puls raste, und er spürte Schweiß auf der Stirn. Er betrachtete das Gesicht des Mannes und ahnte Schlimmes. Warum habe ich mich von meiner Neugierde leiten lassen, schimpfte er mit sich selbst und erwog zu gehen, was man ihm anscheinend anmerken konnte.

»Ihr könnt Eure Meinung noch ändern und gehen. Dann hat dieses Treffen nie stattgefunden – vielmehr, ich würde abstreiten, Euch je getroffen zu haben. Solltet Ihr aber bleiben und mir zuhören, gibt es kein Zurück.«

»Und wenn mir nicht gefällt, was Ihr mir erzählt oder was Ihr von mir wollt? Ihr könnt mich zu nichts zwingen.«

Allein der Blick des Mannes reichte, um Bendicht vom Gegenteil zu überzeugen.

Er presste die Zähne aufeinander und dachte nach. Seine Kieferknochen mahlten, und der Druck in seinem Schädel verstärkte sich. Er saß in der Falle. So oder so, es gab kein Zurück. Also konnte er die Lage zu seinen Gunsten wenden, sodass er nicht als Feigling dastand. »Ich muss gestehen, dass mich der Vorwitz treibt. Deshalb werde ich bleiben«, erklärte er und versuchte, seiner Stimme einen festen Klang zu geben.

»Es freut mich, dass ich mich in Euch nicht getäuscht habe. Hört mir aufmerksam zu, bevor Ihr Fragen stellt.«

Bendicht nickte, lehnte sich gegen die grob gehauene Mauer und wartete auf das, was er zu hören bekommen würde.

»Seid Ihr bereit? Es geht um die Pest.«

Der Jesuitenmönch Ignatius wartete, bis er sicher sein konnte, dass seine Brüder im Gebet versunken waren oder sich in ihre Zellen zurückgezogen hatten. Auf leisen Sohlen schlich er über den Steingang zur Tür des Dormitoriums. Auf der Schwelle schaute er vorsichtig zurück. Aber alles blieb ruhig, und nur die gewohnten Geräusche waren zu hören. Lautlos öffnete er die Tür einen Spalt und schlüpfte hinaus. Draußen überquerte er den Hof und schlich an der Hauswand vorbei bis zur Krypta. Wie jedes Mal, wenn er an der Gruft vorbeikam, bekreuzigte er sich. Heute verweilte er länger an diesem Ort und schaute die Treppe hinunter, die ins Dunkel führte.

»Beschütze mich vor allem Bösen, mein Freund!«, schickte er ein Stoßgebet zu dem, der hier bestattet lag.

Auch nach so vielen Jahren, die seit dem Tod des Freundes vergangen waren, überkam den Mönch eine tiefe Traurigkeit, wenn er daran dachte, dass sein Gönner nicht mehr unter den Lebenden weilte. Viel zu früh hat unser Schöpfer dich zu sich gerufen. Besonders heute hätte ich deinen Rat brauchen können. Zu wissen, was du über diesen Brief denkst, hätte mir die nötige Kraft gegeben, dachte Ignatius traurig und lief zum Haupttor.

Da das Kloster der Jesuiten inmitten der Stadt lag, würde er den vorgegebenen Treffpunkt in kurzer Zeit erreichen. Erleichtert stellte er fest, dass niemand auf den Straßen zu sehen war. Er zog die Kapuze über den Kopf und die Kutte enger um den Leib. Dann beschleunigte er seine Schritte und blieb erst am Zaun des Palastgartens stehen. Keuchend lehnte er sich dagegen.

»Ich bin in die Jahre gekommen«, murmelte er und wischte sich über das erhitzte Gesicht.

Unruhig blickte er in die Richtung, die er einschlagen musste. Furcht überkam ihn, als er in die Finsternis blickte, die ihn begleiten würde. Wer will mich an diesem unheimlichen Ort treffen?, überlegte er zum wiederholten Male. Vielleicht ist es eine Falle, und mein Leben geht heute zu Ende, dachte er. Es waren zweiundfünfzig Jahre, in denen ich viel erlebt und viel erlitten habe.

Ein Schatten fiel über sein Gesicht. Seltsam, dachte er, dass man sich in Augenblicken der Ungewissheit und Angst an vergessene Abschnitte des Lebens erinnert. Die Erinnerungen schmerzten, und er drängte sie zurück in die Vergessenheit. Tief einatmend straffte er die Schultern und eilte an der Stadtmauer entlang.

Jaggi Blatter war dem Überbringer des Briefs bis kurz vor Trier gefolgt, dann war er abgebogen und hatte sich bis zur Dämmerung in einem angrenzenden Waldstück versteckt. Immer wieder hatte er die Zeilen gelesen, die er nicht verstand, aber denen er gehorchen musste. Als es endlich dunkel wurde, hatte er sein Pferd zurückgelassen und sich in die Stadt geschlichen.

Jaggi presste sich fest gegen die Steine der Mauer, deren Kanten und Spitzen sich in seinen Rücken bohrten. Er hoffte, mit dem Schatten der Mauer zu verschmelzen, damit ihn niemand bemerkte. Nachdem er sich nach allen Seiten umgesehen hatte und nichts Außergewöhnliches feststellen konnte, blieb sein Blick an dem Strauch hängen, der nur ein paar Meter von ihm entfernt stand.

Er wollte nicht glauben, was er wenige Augenblicke zuvor beobachtet hatte. Oder ließen ihn seine Augen im Stich? Er wusste, dass seine Sehkraft mit den Jahren nachließ – besonders, wenn er Dinge in der Ferne erkennen wollte, musste er die Augen verengen, sodass sein Sichtfeld klein wurde. Doch auf kurze Entfernungen sah er bestens. Deshalb konnte er sich nicht getäuscht haben. Jaggi hatte keinen Zweifel, dass sein Bruder wenige Minuten zuvor durch ein Loch in der Mauer verschwunden war, das sich hinter dem Busch befand.

Was hatte Bendicht um diese Zeit hier zu suchen, und wohin führte dieser Eingang?

Jaggi blickte sich erneut um und rutschte dann an der Steinwand entlang bis hin zu der Treppe, über die die Wachen auf die Stadtmauer gelangten. Hastig stieg er hinauf, um auf der anderen Seite hinunterzublicken. Er vermutete, dass dort ebenfalls ein versteckter Eingang lag, aus dem sein Bruder herauskommen würde. Doch außer Dunkelheit war nichts zu erkennen. Jaggi lauschte angestrengt, es blieb still.

»Hier scheint kein weiteres Loch zu sein«, murmelte er. Was ist, wenn es nur diesen einen Eingang gibt und Bendicht sich zwischen den Mauern aufhält?, überlegte er und zweifelte im selben Augenblick an seiner Idee. Ich muss nachsehen, beschloss er und war bereits wieder auf dem Weg nach unten zu dem Strauch, hinter dem sein Bruder verschwunden war, als das Läuten der zahlreichen Kirchenuhren Triers ankündigte, dass es Zeit war, zu der geheimnisvollen Verabredung zu gehen.

~ *Kapitel 10* ~

Urs saß auf dem First seines Wohnhauses und blickte über die Dächer von Trier. Er spürte die kalte Luft nicht, da er wie erstarrt war. Von einem Augenblick zum anderen schienen sich seine Gefühle, seine Wünsche, Hoffnungen und Träume in nichts aufgelöst zu haben.

Er hatte sich den Tag ganz anders vorgestellt. Urs wollte Susanna mit dieser unglaublichen Aussicht über die Dächer von Trier überraschen, die er erst am Mittag entdeckt hatte. Er war einer Katze nachgejagt, die eines der Küken erbeutet hatte und quer über den Hof bis aufs Dach flüchtete. Als er auf dem First stand und den Ausblick auf die Stadt wahrgenommen hatte, dachte er sofort, dass er Susanna den Platz zeigen müsste.

Urs stützte den Kopf in beide Hände. »Herrgottsakrament!«

Fluchend kämpfte er mit Wut, Schamgefühl und Verzagtheit. Wütend haderte er mit sich selbst, weil er wie ein Kind mit heißen Wangen davongerannt war, als Susanna ihm ihre Liebe gestanden hatte. »Ich Feigling«, stöhnte er.

Urs empfand Scham, weil er es nicht wagte, über seine eigenen Gefühle, aber auch über seine Ängste zu sprechen. »Was hätte ich ihr sagen sollen? Ja, ich liebe dich auch? So etwas macht kein Mann«, murmelte er.

Er war verzagt, weil er wusste, dass er Susanna keine Hoffnungen machen durfte und konnte. »Ich habe weder einen Beruf noch ein Vermögen«, musste Urs sich eingestehen. »Eine Frau, die einen Mann liebt, will geheiratet werden und einen eigenen Hausstand gründen. Das kann ich ihr nicht bieten. Ich müsste Soldat werden, damit ich Geld verdiene. Aber ich will heilen. Wenn ich bei Oheim Bendicht in die Lehre gehe, werde ich die nächsten Jahre nicht genug haben, damit wir uns Essen und ein Dach über dem Kopf leisten können.«

Er ließ seinen Blick über die Stadt schweifen. Was soll ich machen?, klagte er in Gedanken. Soll ich meine Träume aufgeben, damit sie glücklich wird?

Wie beschämt, aber erwartungsvoll hatte Susanna ihn angeschaut, nachdem sie ihm ihre Liebe gestanden hatte. Und wie enttäuscht war ihr Blick gewesen, als er nichts antwortete, sondern sie sprachlos anstarrte und dann wie ein kleiner Junge davonlief.

Dunkelheit legte sich über die Stadt, wo nun die Laternen entzündet wurden. Hell leuchtend breiteten sich die flackernden Punkte in der Finsternis aus. Leises Stimmengewirr und Lachen drangen zu Urs empor. Mit den Fingern fuhr er sich durch das Haar.

In wenigen Wochen würde er neunzehn Jahre alt werden. In diesem Alter waren andere Burschen längst verheiratet und hatten eine Schar Kinder zu versorgen. So wie sein alter Freund Jonas, der in der Schweiz lebte.

Urs kannte Jonas schon sein Leben lang. Sie waren jeden Tag zusammen gewesen, bis Jonas mit sechzehn Jahren heiratete. Als er neunzehn wurde, hatte er vier Kinder. Seine Zwillinge waren von Geburt an kränklich, sodass sie stetig Heilmittel benötigten. Da Jonas als Ackerer wenig Geld verdiente, besorgte ihm Urs von seinem Oheim die Heilkräuter. Wegen der Geldnot musste Jonas mit seiner Familie bei seinen Eltern leben, die selbst fünf Kinder zu ernähren hatten. Das Jüngste war gerade mal so alt wie Jonas' Ältester. Urs erinnerte sich daran, wie laut es in dem Haus zuging, und dass Jonas' Vater schon mittags betrunken war, weil er sonst das Geschrei nicht ertragen konnte – sagte er jedenfalls.

Auch ich könnte mit Susanna bei meinen Eltern wohnen. Aber will ich das? Will ich ein Leben wie Jonas führen? Nein! Wenn ich heirate, will ich auf eigenen Beinen stehen, und deshalb kommt eine Heirat jetzt nicht in Frage!

»Das sind Ausreden«, gab Urs mit einem tiefen Seufzer vor sich selbst zu. Er war klug genug, um zu wissen, dass der wahre Grund, warum er glaubte, Susanna nicht heiraten zu können, ihr Schatz war. Dank des goldenen Krugs, gefüllt mit wertvollen Münzen, betrachtete er Susanna als wohlhabende Frau, die sich leisten konnte, was sie begehrte, und der jeder Mann zu Füßen liegen würde. Urs war überzeugt, dass es viele heiratswillige Männer in Trier und Umgebung gab, die Susanna umgarnen würden, wenn sie von ihrem Reichtum wüssten.

Er dachte an den Tag zurück, als er Susanna die Schatzkarte wiedergegeben hatte, die er vor Jeremias versteckt hatte. Der Schurke hatte ihre Familie ermordet, da die Karte im Besitz von Susannas Vater gewesen war, der sie freiwillig nicht hergegeben hatte.

»Ich hätte das Papier heimlich verbrennen sollen«, klagte Urs leise. Aber damals ahnte er nicht, dass sie tatsächlich einen Schatz finden würden, denn zur Schatzsuche benötigte man verschiedene Werkzeuge. Außer einer Schatzkarte waren magische Schriften vonnöten, um die Geister, die den Schatz bewachten, zu versöhnen. Außerdem sollte ein Bergspiegel dem Schatzsucher die Stelle weisen, wo er vergraben war, und besondere Kräuter sollten die Dämonen fernhalten.

Bis auf die Karte, die weder Susanna noch Urs deuten konnte, waren ihnen die anderen Werkzeuge abhandengekommen, sodass die Wahrscheinlichkeit, einen Schatz zu finden, gering war. Da aber Bendicht, der sie begleitet hatte, die Schatzkarte lesen konnte und zudem verschiedene Zaubersprüche kannte, fanden sie tatsächlich einen Krug, der randvoll mit Gold- und Silbermünzen gefüllt war. Dieser Schatz bedeutete, dass Susanna unbeschwert leben konnte, und dass das Geld ihr die Freiheit einräumte, zu tun und zu lassen, was sie wollte.

»Wer bin ich gegen sie?«, flüsterte Urs.

Susanna lag auf ihrem Bett und starrte mit rotgeweinten Augen zur Decke. Sie hatte das Gefühl, einen Alptraum gehabt zu haben, aus dem sie nun erwachte.

»Ich dumme Gans! Wie konnte ich meinem Vetter Arthur glauben? Ich bin selbst schuld, dass ich mich bloßgestellt habe«, jammerte sie, und sogleich schossen ihr wieder Tränen in die Augen. Sie vergrub ihr Gesicht im Kopfkissen und schluchzte hemmungslos.

Als der Druck im Brustkorb nachließ, wischte sie sich mit beiden Händen über das Gesicht, setzte sich auf und putzte sich die Nase. Sie steckte das Kissen zwischen ihren Rücken und die Wand, lehnte sich dagegen und schlug die Beine übereinander. Tief Luft holend, verschränkte sie die Arme vor der Brust und dachte nach.

Warum hat Urs nichts gesagt? Nur ein einziges Wort – anstatt davonzustürmen. Warum hatte er diesen entsetzten Blick? Warum wurde sein Gesicht zuerst blass und dann feuerrot? Habe ich mich so in ihm getäuscht?

Susanna dachte wehmutsvoll zurück. Hatte sie nicht mit Urs verstohlene Küsse ausgetauscht? Seine Lippenberührungen waren nur zaghaft, waren nicht mehr als ein Hauchen gewesen. Doch Susanna hatte sie als Beweis seiner Liebe zu ihr empfunden. Nun war sie ernüchtert.

»Wahrscheinlich sieht Urs in mir nur eine kleine Schwester«, wisperte sie, doch dann schimpfte sie laut: »Ich bin nicht einmal wie eine Schwester für ihn, denn für eine Schwester würde man Gefühle hegen.«

Selbstmitleid drohte sie erneut zu ergreifen. Als sie spürte, wie wieder Tränen in ihr aufstiegen, schluckte sie und drängte sie zurück. Wütend schalt sie sich: »Wie dumm du bist, Susanna Arnold! Ein Kuss bedeutet nichts! Wie viele Mädchen wurden geküsst und nicht geheiratet?«

Doch Susanna musste sich eingestehen, dass sie mit Urs'

Küssen fest die Hoffnung verbunden hatte, dass er sie liebte und mit ihr sein Leben teilen wollte.

Tief in mir habe ich fest geglaubt, dass wir heiraten werden, dachte sie und blickte zum Fenster hinaus. Es war dunkel geworden, und die Sichel des zunehmenden Mondes schimmerte blass am Himmel. Susannas Mundwinkel zitterten.

»Gleich in der Früh werde ich Bendicht nach dem Juden fragen, den er erwähnt hat, und meinen Fund zu Geld machen. Dann werde ich schnellstmöglich dieses Haus und Urs für immer verlassen. Ich werde mir mit Arthur ein neues Leben aufbauen. Vielleicht werden wir aus Trier fortgehen, denn hier hält mich nichts mehr«, wisperte sie und spürte, wie ihr elend wurde.

Schon einmal hatte sie sich so elend gefühlt wie in diesem Augenblick. Es war an dem Tag, als sie nach ihrer Mutter und ihren Geschwistern auch ihren Vater zu Grabe hatte tragen müssen. Diese Leere und diese Hoffnungslosigkeit, die sich damals in ihr ausgebreitet hatten, würde sie nie wieder vergessen. Susanna wusste, dass der Schmerz, den sie jetzt verspürte, derselbe war.

⊷ *Kapitel 11* ⊷

Ein Bettler trat aus einem dunklen Winkel hervor und stellte sich dem Eindringling mit grimmigem Blick entgegen. Mit einer raschen Bewegung presste er den sichtlich überraschten Mann gegen die Steinwand.

Dieser versuchte, sich aus dem Griff zu befreien. Als ihm das nicht gelang, keuchte er: »Verdammtes Lumpenpack, wie kannst du es wagen? Lass mich sofort los!«

»Halt's Maul und steh still!«, zischte der Bettler, der in Wahrheit ein Soldat war, was der Fremde nicht ahnen konnte. Um seinem Befehl Nachdruck zu verleihen, stieß der Verkleidete, dem es einerlei war, wer vor ihm stand, mit dem Ellenbogen in die Rippen des Mannes, sodass der aufstöhnte. Dann durchsuchten seine flinken Finger den Körper nach Waffen. Als er nichts Verdächtiges finden konnte, drängte er den Mann nach vorn und ließ ihn passieren.

Karl Kaspar von der Leyen zog sein Mundtuch herunter und gab sich dem Fremden zu erkennen. Als der begriff, wer vor ihm stand, erstarrte seine Miene, und er wich einige Schritte zurück.

Der Kurfürst glaubte, Angst riechen zu können, obwohl der Mann ihm mutig in die Augen blickte. Er bereut, dass er gekommen ist, war sich von der Leyen sicher. »Noch könnt Ihr gehen!«, bot er ihm leise an und wartete mit regungsloser Miene auf seine Reaktion.

Der Mann schaute ungläubig auf und betrachtete jede einzelne der schäbigen Gestalten, die trotz ihrer zerrissenen Kleidung augenscheinlich nicht an diesen Ort gehörten und wie eine menschliche Mauer um ihn und den Regenten herumstanden. Als er die Schwerter und Dolche unter ihren Lumpen bemerkte, schien er zu begreifen, dass es sich um die Männer der Leibgarde des Regenten handelte.

Er schluckte mehrmals und sagte mit rauer Stimme: »Ich werde bleiben, Eure –«

Hastig hob der Kurfürst die Hand und flüsterte: »Nennt keine Namen und hört zu, was ich zu sagen habe.«

»Was ist, wenn mir nicht gefällt, was Ihr mir erzählt?«

Von der Leyen bewunderte den Mut des Mannes und erklärte mit ernster Miene: »Glaubt mir, es wird Euch gefallen!«

Der Mann schien nicht überzeugt. Mit einem zweifelnden Blick auf die zwölf als Bettler verkleideten Soldaten fragte er: »Was, wenn ich erst prüfen möchte, was ich gehört habe? Lasst Ihr mich dann noch gehen?«

Die Soldaten lachten leise, wobei sie im Schein der Fackeln ihre Schwerter aufblitzen ließen.

Als der Mann für einen Herzschlag die Augen schloss, hoffte der Kurfürst, dass er seine Lage begriffen hatte. Wollte er dieses Treffen unbeschadet überstehen, musste ihm gefallen, was er gleich hören würde. Von der Leyen wartete auf Antwort und hob fragend die Augenbrauen.

Als der Mann nickte, war er zufrieden und setzte sich auf einen Stein. Mit einer gebieterischen Geste wies er seine Männer an, sich zurückzuziehen.

Als sie sich in Rufweite aufstellten und er sicher sein konnte, dass sie das Gespräch nicht verstehen würden, zeigte er neben sich und sagte nun in freundlicherem Ton: »Setzt Euch und erfahrt, was es mit diesem Treffen auf sich hat.«

Der Mann setzte sich nieder, und von der Leyen erklärte mit leiser, aber feierlicher Stimme: »Hiermit ernenne ich Euch mit sofortiger Wirkung zum Pestreiter des Kurfürstentums Trier!«

Die Augen des Mannes wurden schreckensweit. Als er den Mund öffnete, hob der Kurfürst die Hand und befahl: »Hört zu!«

Der Mann verkniff sich seine Frage, und der Erzbischof erklärte: »Einst zählte Trier mehrere zehntausend Einwohner, doch nach Ende des langen Krieges lebten nur noch dreitausendsechshundert Menschen in der Stadt. Kämpfe, Hungersnöte und Krankheiten haben unzählige Leben gefordert. Zwar ist in den vier Jahren seit Kriegsende die Einwohnerzahl wieder gestiegen, aber noch immer stehen ganze Häuserzeilen leer. Das Leben in der Stadt ist zu einem Dorftreiben verkümmert, sodass die Händler laut klagen, sie würden ihre Waren nicht mehr los. Wird es schlimmer, ziehen sie fort und suchen sich andere Märkte. Zu allem Übel flackern Gerüchte auf, dass in vereinzelten Orten die Pest wieder ausgebrochen sein soll.

Damit die Einwohnerzahl nicht noch weiter schrumpft, können wir uns keine neue Pestepidemie leisten. Sollte die Seuche erneut um sich greifen, kann dies das Ende von Trier bedeuten. Deshalb ist es vonnöten, die Pestkranken in Trier und Umgebung zu registrieren. Und dies wird Eure Aufgabe sein.«

Von der Leyen hielt inne, um seinen Worten Nachdruck zu verleihen.

Sein Zuhörer starrte mit zerfurchter Stirn grüblerisch zu Boden, während er auf seinen Lippen kaute.

Der Kurfürst gewährte ihm einige Minuten zum Nachdenken, doch dann räusperte er sich. Als er sich der Aufmerksamkeit gewiss sein konnte, fuhr er fort zu erklären:

»Meine Vorgänger haben bereits vor hundert Jahren Verhaltensregeln zum Eindämmen der Seuche niederschreiben lassen. Doch während des Krieges und in den angespannten Zeiten des Aufbaus sind diese Regeln in Vergessenheit geraten. Jetzt soll der Pestreiter dafür Sorge tragen, dass sie wieder befolgt werden. Ihr veranlasst, dass die Kranken in gesonderten Häusern unterkommen und dass die Pesttoten nicht mehr von Familienangehörigen, sondern von Totengräbern am Rande der Kirchhöfe beerdigt und ihre Kleidung außerhalb der Stadtmauern verbrannt und vergraben werden. Ihre Häuser müssen ausgeräuchert werden und so lange leerstehen, bis die pestverseuchte Luft aus allen Ritzen entfleucht ist. Nur wenn dies sorgfältig ausgeführt wird, können wir hoffen, dass die Pestilenz sich nicht wieder ausbreitet.«

Die Stimme des Erzbischofs war immer noch leise, sodass nur der zukünftige Pestreiter sie hörte, doch sein Blick glühte. Er schaute den Mann an seiner Seite an, der nur stumm nickte. Von der Leyen fuhr fort.

»Ich will, dass die schwarzen Pestkreuze von den Türen der Häuser in Trier und den umliegenden Ortschaften verschwinden. Jedes Haus, das mit diesem Kreuz gekennzeichnet wurde, verrät, dass dort Pesttote zu beklagen sind oder waren, und das hält neue Bürger ab, sich in meinem Herrschaftsgebiet niederzulassen. Es ist Eure Aufgabe, dass keine Pestkreuze das Bild Triers verschandeln«, erläuterte er mit Nachdruck.

Er blickte den Mann an, für den er diese große Aufgabe bereithielt. Wenn er sich nicht getäuscht hatte, würde spätestens jetzt der wache Verstand des Mannes zu arbeiten beginnen.

Stattdessen aber wirkte er ob der ihm soeben übertragenen Pflichten verwirrt. Sein Blick schweifte durch den höhlenähnlichen Raum zu den Soldaten. Die meisten hatten sich zurückgezogen und waren nicht zu sehen. Nur zwei standen mit dem Rücken, zwei andere mit den Gesichtern zu ihnen, ihre Hände an den Halftern der Schwerter – bereit zu töten.

Sein Blick wanderte zurück zum Erzbischof, und er hub an zu reden: »Verzeiht meinen Einwand, Eure ...« Erschrocken besann er sich der Ermahnung und vermied die Anrede. Mit einem Räuspern stellte er die Frage, die ihn quälte: »Warum musstet Ihr mir Eure Absichten, die rein ehrenhaft erscheinen, in diesem düsteren Versteck anvertrauen? Ihr habt mir nichts erzählt, was nicht auch jeder andere wissen dürfte.«

In diesem Augenblick durchbrach nur das Geräusch des von der Steindecke tropfenden Wassers die Stille, die zwischen ihnen herrschte.

Von der Leyen hätte jubilieren mögen. Sein Gespür, seine Erfahrung und seine Menschenkenntnis hatten ihn recht geleitet. Er erhob sich und blickte auf den Mann hinunter. Mit gedämpfter Stimme sagte er: »Dann hört aufmerksam zu, welche wahre Aufgabe der Pestreiter haben wird!«

Bendichts Zunge klebte ihm am Gaumen. Ein Becher Wasser wäre vonnöten, dachte er und spürte, wie seine Hände vor Aufregung feucht wurden. Angespannt sah er seinen Auftraggeber an, der ihn mit ernstem Blick musterte. »Ich habe Euch für meine Pläne erwählt, da Ihr ein Heiler seid, und ich weiß, dass es Euer Wunsch ist, ein Heilmittel gegen die Pest zu finden«, erklärte der Mann leise.

Erschrocken, dass man von seinen geheimen Gedanken und Wünschen wusste, zuckte Bendicht unmerklich zusammen. Hastig überlegte er, womit er sich verraten haben könnte. Er erinnerte sich nicht, etwas Verdächtiges getan oder gesagt zu haben.

»Woher …?«, begann er und wurde durch ein leises Lachen unterbrochen.

»Trier ist ein Dorf, mein Freund. Man hat mir Eure Neugier bezüglich der Pestkranken ebenso zugetragen wie Eure Fragen über außergewöhnliche Bücher und Heilmittel. Ich habe eins und eins zusammengezählt. Allerdings gebe ich zu, dass ich einige Zeit benötigte, bis ich mir Eures Verlangens sicher sein konnte.«

Bendicht verengte die Augen und wiederholte in Gedanken, was der Unbekannte gerade kundgetan hatte. »Ihr seid ebenfalls im Heilen bewandert?«, fragte er dann erstaunt.

»Habt Ihr das aus meinen Worten herausgehört?«

Bendicht nickte.

»Da muss ich Euch enttäuschen. Ihr wisst, meine Fähigkeiten liegen auf einem anderen Gebiet. Ich will nicht heilen. Ich will gegen das Unrecht trügerischer Anschuldigungen kämpfen. Es sind die Ahnungslosigkeit und die Unwissenheit der Menschen, die Unschuldige in Verruf und in Bedrängnis bringen«, sagte der Mann mit erregter Stimme und schaute Bendicht so böse an, dass dieser erneut zusammenzuckte.

»Was habe ich mit trügerischen Anschuldigungen zu tun? Ich glaube, dass Ihr den falschen Mann hierherbestellt habt«, erklärte Bendicht heftig, während er versuchte, seine Angst zu verbergen.

»Bevor ich dieses Treffen mit Euch plante, habe ich Erkundigungen über Eure Familie eingezogen, da Ihr erst seit Kurzem in Trier lebt. Dabei stießen meine Kundschafter auf etwas, was mir verdeutlichte, dass Ihr der Richtige seid.«

Bendicht runzelte die Stirn, denn er ahnte nicht, was gemeint war. Fragend blickte er auf.

»Ich sehe, ich muss Euch helfen. Bei ihren Nachforschungen fanden meine Männer heraus, dass erst vor kurzem Euer Neffe im Land an der Saar verdächtigt wurde, den Dorfbrunnen mit Pestgift verseuchen zu wollen.«

Obwohl es in dem Steinraum kalt wie in einem Eiskeller war, bedeckten plötzlich feine Schweißperlen Bendichts Oberlippe. Ihm schien, als ob der Boden unter ihm wankte. »Das war eine infame Unterstellung! Urs wäre dazu nicht in der Lage. Nie und nimmer würde er jemandem Schaden zufügen wollen!«, presste er hervor und wischte sich mit dem Handrücken über den Mund.

Der Mann versuchte ihn zu beruhigen: »Ihr müsst mir nichts erklären! Ich weiß, dass es eine Lüge war. Zum Glück zweifelte auch unser Kurfürst und Erzbischof Karl Kaspar von der Leyen diese boshafte Unterstellung an und half Euch, den Jungen freizubekommen.«

Bendicht riss sich den Umhang vom Hals, denn er glaubte, keine Luft mehr zu bekommen. Was wollte man von ihm? Was hatte Urs mit alledem zu tun?

Ich bekomme einen Herzschlag!, befürchtete er und griff sich an die Brust. Nur langsam beruhigte sich sein Puls. Er hätte sich für seine Dummheit ohrfeigen können, dass er den Brief nicht sofort vernichtet hatte, noch ehe er ihn gelesen hatte.

»Ich möchte weder Euch noch Eurer Familie schaden«, sagte der Mann, der anscheinend Bendichts Gedanken erraten hatte. »Ich wollte Euch aber in Erinnerung rufen, wie schnell man für etwas beschuldigt werden kann, obwohl man die Tat nicht begangen hat.«

»Bei allem Respekt für Euch: Sagt endlich, was Ihr von mir wollt«, flehte Bendicht und schnaufte hörbar aus.

Der Mann nickte.

»Ich werde Euch erklären, warum ich Euch zu diesem geheimen Treffen bestellt habe. Wie Ihr wisst, versuchen Menschen seit jeher, sich vor der Pest zu schützen. Katholiken rufen den Pestheiligen Sankt Rochus um Hilfe an. Andere versuchen, der Pestilenz mit Räucherwerk und Kräuterkuren vorzubeugen. Diese Seuche ist unbesiegbar, aber gerecht, denn sie tötet den Armen ebenso wie den Reichen, den Adligen wie den Kirchenmann, und auch den Handwerker und den Bauern. Reichtum oder Glaube sind kein Garant dafür, verschont zu werden.«

Bendicht verstand noch immer nicht, worauf der Mann hinauswollte. Hätte er die Wahl gehabt, wäre er fortgelaufen. Doch die beiden finsteren Gestalten, die den Eingang versperrten, hielten ihn davon ab. Ob er wollte oder nicht, er musste bleiben und weiter zuhören.

Der Blick des Mannes folgte dem von Bendicht, und um seine Augen entstanden feine Lachfalten. »Glaubt mir: Auch wenn es nicht so aussieht, aber Ihr müsst keine Angst haben. Euch wird kein Leid geschehen«, erklärte er freundlich.

Obwohl sich die Lachfalten vertieften, wollte Bendicht ihm nicht glauben. »Ich werde es nicht darauf anlegen, das zu prüfen«, presste er hervor. »Allerdings möchte ich Euch bitten, nun endlich Euer Anliegen vorzubringen. Ihr habt keinen Ort gewählt, an dem man sich wohlfühlt. Die Kälte kriecht durch meinen Körper, und ich fürchte, mir hier noch den Tod zu holen.«

Die Lachfalten des Mannes verschwanden aus seinem Gesicht, und er wurde ernst. »Verzeiht! Ihr habt recht.« Er rieb sich die Stirn, und seine zuvor feste Stimme klang plötzlich brüchig, als er mit einem Seufzer zu reden begann.

»Seit einigen Wochen verbreitet sich das Gerücht, dass die Pest in Trier und Umgebung ausgebrochen ist. Man gibt den Juden die Schuld. Sie würden die Luft mit Pestgift verseuchen.« Der Unbekannte blickte Bendicht betrübt an, der die Augenbrauen zusammenzog und nickte.

»Ich habe das Gerücht heute auf dem Markt gehört. Ein altes Mütterlein hat es erzählt!«, berichtete er dem Mann.

Der blickte schockiert auf. »Jetzt erzählt man es sich nicht mehr nur hinter vorgehaltener Hand. Nun reden die Leute schon auf dem Markt. Die Lage scheint ernster zu sein, als ich angenommen habe.« Erneut atmete er tief ein und aus und fragte Bendicht: »Warum sollten die Juden die Pest verbreiten wollen? Sie müssten ebensolche Angst haben, daran zu sterben, wie die Christen. Doch immer wieder wurden die Juden verfolgt und umgebracht, weil man sie für den Ausbruch der Pest verantwortlich machte.«

Der Mann schien Bendicht zu vergessen, als er weitersprach: »Die Blütezeit der Juden in Trier ist schon lange vorbei. Man bedenke, dass einst einundsechzig jüdische Familien in einem eigenen Stadtviertel lebten. Sie konnten unbehelligt ihren Ritualen, ihrer Religion und ihrem Handwerk nachgehen. Nachts wurden vier Tore zu ihrer Sicherheit geschlossen. Es war eine kleine jüdische Stadt in dem großen Trier.« Der Mann lächelte versonnen, als ob er damals dabei gewesen wäre. Doch als er weitersprach, erstarrte seine Miene: »Wie wir von den Geschichtsschreibern und Ärzten der damaligen Zeit wissen, brach 1349 die Pest aus. Viele Juden wurden damals umgebracht, weil man sie beschuldigte, für die Seuche verantwortlich zu sein. Die Juden, die überlebten, wurden der Stadt verwiesen. Erst viele Jahre später durften sie sich wieder in Trier ansiedeln. Doch schon fünfzig Jahre später wurden die Juden erneut verfolgt, als Kurfürst Otto von Ziegenhain alle aus seinem Territorium vertrieb, obwohl keine Pest herrschte.«

Der Mann stockte. Als er sah, dass ihm Bendicht aufmerksam zuhörte, fuhr er fort: »Damals waren Missgunst und Neid der Anlass, warum man die Trierer Juden mitten in der Nacht aus ihren Häusern warf und sie aus der Stadt vertrieb. Christen, darunter viele Adlige, hatten sich bei ihren jüdischen Mitbürgern Geld geliehen und Pfandschaften sowie Schuldurkunden unterzeichnet. Kurfürst Otto von Ziegenhain riss die Wertpapiere ebenso an sich wie das gesamte Immobilienvermögen der Juden. Anscheinend hatte er ganz im Sinne des Adels und des aufstrebenden Bürgertums gehandelt. Doch was spielt das heute noch für eine Rolle?«, fragte der Mann bitter.

Bendicht schien die Kälte vergessen zu haben, die ihn kurz zuvor noch geplagt hatte. Schon wollte er fragen, was mit den vertriebenen Juden geschehen war, als sein Auftraggeber die Antwort von selbst gab.

»Manche fanden Zuflucht in den Dörfern der Umgebung, die nicht zum Kurfürstentum gehörten. Andere mussten weiterziehen und sich eine neue Heimat suchen. Es sollten zweihundert Jahre vergehen, bis man den Juden erlaubte zurückzukehren. Erst 1620 sollen es zwei jüdische Familien gewagt haben, sich in Trier niederzulassen. Jedoch blieb ihnen das ehemalige jüdische Viertel verwehrt. Seitdem leben sie zwischen Christen, die sie dulden, aber nicht mögen. Wenn das Gerücht, dass sie an der neu aufflackernden Pestilenz Schuld tragen, weiter um sich greift, werden sie erneut verfolgt, vertrieben und getötet werden.«

Mit verzweifeltem Blick schaute er Bendicht an, der nicht zögerte und fragte: »Wie kann ich Euch helfen?«

Karl Kaspar von der Leyen blickte fragend auf, als einer seiner Soldaten auf ihn zukam und ihm ins Ohr raunte: »Er ist angekommen!«

Der Kurfürst antwortete ebenso leise: »Haltet ihn auf, bis ich ein Zeichen gebe, dass man ihn zu mir lassen kann.«

Der Soldat nickte und zog sich zurück.

»Habt Ihr verstanden, was ich Euch erklärt habe?«, fragte der Erzbischof und wandte sich wieder seinem soeben ernannten Pestreiter zu. Der saß mit bleichem Gesicht und vor Müdigkeit geröteten Augen vor ihm.

»Wie soll ich Euren Wunsch umsetzen, ohne mich selbst dabei in Gefahr zu bringen? Ich glaube, dass ich für diese Aufgabe nicht gewappnet bin«, gab er zu bedenken und fuhr sich mit beiden Händen durchs Gesicht.

»Glauben ist nicht wissen! Ich habe Euch erwählt, weil ich weiß, dass Ihr der Einzige seid, der das schaffen kann.«

»Wie könnt Ihr da so sicher sein?«

Der Kirchenfürst zögerte einen Augenblick, dann verriet er: »Weil ich weiß, wer Ihr in Wahrheit seid und welch ehrgeizige Ziele Euch nach Trier gebracht haben.«

Die Blässe des Pestreiters wurde noch eine Spur heller. »Woher …?«, stammelte er.

Der Kirchenfürst verengte seine Augen und sagte mit Spott in der Stimme: »Ihr wisst anscheinend nicht, mit wem Ihr es zu tun habt. Ich bin nicht Regent des Erzbistums und Kurfürstentums Trier geworden, weil ich ein Schwächling oder ein ahnungsloser Mensch bin. Ich habe klare Vorstellungen davon, wie ich das Land regieren werde. Während meiner Amtszeit soll mein Reich erblühen und die Schrecken des Krieges hinter sich lassen. Um das umzusetzen, braucht es fähige Männer, die meinen Anweisungen folgen. Diese suche ich mir gewissenhaft aus. Ich weiß, dass das Volk vor dieser außerordentlichen Veränderung, die Ihr bewirken sollt, große Angst hat. Deshalb müsst Ihr die Schultheißen für unsere Sache gewinnen. Zur Not mit Gewalt. Das überlasse ich Euch! Greift hart durch, wenn es sein muss. Ihr habt zu allem mein Einverständnis!«

Obwohl der Mann noch immer zu zweifeln schien, war sich von der Leyen sicher, dass er die richtige Wahl getroffen hatte. Da er allerdings seinen Plan selbst als tollkühn ansah, schlug er vor:

»Ich gewähre Euch zwei Tage Zeit zum Nachdenken. Dann werden wir uns hier wiedersehen, und ich werde Euch die ersten Namen nennen, die Ihr aufsuchen müsst.«

»Was ist, wenn ich nicht erscheine?«

Der Kurfürst schnaufte laut und antwortete heftig: »Diese Frage haben wir bereits geklärt. Es würde mir um Euch leidtun, denn Ihr seid wahrlich zu Höherem berufen.«

Als der Mann nicht antwortete, ging der Erzbischof zum Ausgang des höhlenartigen Raumes, wo er sich umdrehte. »Das Gelingen meines Plans hängt auch davon ab, dass niemand aus dem Volk Euch oder mich damit in Verbindung bringen kann! Deshalb ist es ratsam, Euch als Pestreiter andere Kleidung zuzulegen, denn die Eure verrät, wer Ihr seid. Ihr werdet auch einen anderen Namen annehmen müssen, falls meine Nachrichten an Euch in falsche Hände fallen sollten. Kennt Ihr einen Namen, der Euch gefallen würde?«

»Christian«, war die spontane Antwort.

Der Regent nickte.

⁕ *Kapitel 12* ⁕

Barbli lag in ihrem Bett und schaute zu dem wurmstichigen Eichenbalken empor, der die Decke der Kammer teilte. In Gedanken zählte sie das Läuten der Kirchenuhren von Trier, deren Glocken gleichzeitig erklangen. Sie glaubte, die Liebfrauenkirche herauszuhören, die sich neben dem Dom befand.

Vielleicht bilde ich es mir auch ein, dachte sie und zählte

zehn Schläge mit. Seufzend legte sie sich das Haar, das sie für die Nacht zu einem Zopf geflochten hatte, über die Schulter. Dann drehte sie sich zur Seite und schaute aus dem Fenster hinaus. Das fahle Licht des Mondes warf Schatten in ihre Stube, die hin und her tanzten.

Wo war ihr Mann Jaggi? Seit Stunden wartete Barbli auf seine Heimkehr. »Es wäre leichter für mich, ich wüsste nicht, dass er nach Hause kommen wollte. So aber mache ich mir Sorgen«, murmelte sie und zog sich die Bettdecke bis zum Kinn.

Eine heftige Sehnsucht nach ihrem Mann überkam sie. Sie vermisste seinen Körper, seine Wärme, seine Liebkosungen, seine Männlichkeit. Mehr als zwei Monate war er schon fort. Wochen, in denen sie ihn nicht nur begehrt, sondern auch verflucht hatte.

Jaggi hatte sie ins Reich gebracht, obwohl weder die Kinder noch sie das gewollt hatten. Sie wussten nichts über dieses Land und ihre Menschen. Zwar sprachen Barbli, Urs und die beiden Kleinen, Leonhard und Vreni, die deutsche Sprache, sodass sie keine Verständigungsprobleme hatten. Doch ihre Aussprache verriet, dass sie aus keinem deutschen Land kamen, was zu manch fragenden Blicken führte, denen Barbli auswich. Sie wollte nichts erklären, nichts von sich preisgeben, denn sie hatte genug damit zu tun, sich an das fremde Leben in der Stadt zu gewöhnen.

In der Schweiz hatten sie in einem kleinen Dorf auf dem Berg gewohnt, wo die Hütten weit auseinander standen. Hier in Trier waren die Häuser Seite an Seite gebaut, sodass man den Nachbarn durch die Wand reden hören konnte. Der Nachbar auf der rechten Seite war schwerhörig und schrie seine Worte statt zu sprechen. Und genauso laut wurde ihm geantwortet.

Während der ersten Zeit in Trier hatte Barbli nachts wegen der ungewohnten Geräusche nicht schlafen können. Das Läuten der zahlreichen Kirchenglocken hielt sie ebenso davon ab wie die Stimmen der fremden Menschen, die nachts unterwegs waren und sich vor ihrem Fenster auf dem Fußweg stritten. Müde lauschte sie den Katzen, die fauchend die Kater davonjagten, und auch den Hunden, die sich um einen Knochen balgten, musste sie widerwillig zuhören. Sie hörte die Betrunkenen grölen, wenn sie von einem Wirtshaus zum nächsten zogen, und wegen des Ratterns der Fuhrwerke, die nachts unterwegs waren, konnte sie ebenfalls nicht schlafen. Manchmal hörte sie sogar dem Regenwasser zu, das sich in der Straßenrinne sammelte, um gurgelnd in einen Schacht zu stürzen. All diese Geräusche waren Barbli fremd und ängstigten sie.

In ihrem kleinen Dorf in der Schweiz hatte in der Nacht meist tiefe Stille geherrscht, und diese Ruhe vermisste Barbli. Selten nur hatte der Wind das Blöken und Schnauben des Viehs vom Dorf oder das Rascheln der Blätter zu ihnen auf den Berg hinaufgetragen.

Allerdings konnte Barbli nicht leugnen, dass das neue Leben im deutschen Reich viele Annehmlichkeiten brachte. Sie wohnten in einem Haus aus Stein, in dem genügend Platz war, sodass ihr Schwager Bendicht, aber auch das fremde Mädchen Susanna und ihr Vetter bei ihnen leben konnten. Das Dach war ebenso dicht wie die Wände. Kein Wind pfiff durch sie hindurch und verscheuchte wie in ihrem Haus in der alten Heimat die Wärme, sodass sie trotz Herdfeuers frieren mussten. Selbst das Vieh hatte einen gesonderten Stall und stand nicht, wie in ihrer ehemaligen Hütte, eingepfercht neben ihrem Schlafplatz. Auch mussten sie dank Jaggis Sold als Offizier im kurfürstlichen Heer keinen Hunger leiden. Es ging ihnen hier besser als in der Schweiz.

Trotzdem vermisste Barbli die Berge und auch die klare Luft. Trier war voll schlechter Gerüche. Es stank besonders heftig, wenn die Wollweber und Färber übelriechende Flüssigkeiten in den Stadtbach kippten, der mitten durch Trier floss.

Auch der Unrat, den die Bewohner am Domfreihof, in der Liebfrauenstraße, in der Sternstraße oder am Hauptmarkt vor die Tür warfen, verursachte solchen Gestank, dass selbst bei sonnigem Wetter die Fenster der Wohnung geschlossen bleiben mussten.

Doch diese Gründe reichten nicht aus, um zurück in die alte Heimat zu gehen. Sie würden im Reich bleiben und hier auch irgendwann sterben. Das wusste Barbli, und sie versuchte, sich damit abzufinden.

Müde rieb sie sich über die brennenden Augen. Wo ist nur mein Mann?, dachte sie und klopfte sich das Kopfkissen zurecht.

Die Haustür fiel ins Schloss. Angestrengt lauschte Barbli den Schritten, die die Holzstufen der Treppe zum Knarren brachten. Eine Tür öffnete und schloss sich. Enttäuscht stellte Barbli fest, dass es ihr Schwager war, der von seinem heimlichen Treffen zurückgekommen war.

Ich möchte zu gern wissen, wie die Frau heißt, die Bendicht getroffen hat. Ob es etwas Ernstes ist?, überlegte Barbli und lächelte schelmisch, was sie sich aber rasch wieder verkniff. Falls er sie heiratet, wird er uns verlassen, und das würde mir missfallen. Ich mag die Frau jetzt schon nicht leiden, dachte sie und verzog ihren Mund zu einer Schnute. Über diesen Gedanken fielen Barbli die Augen zu, und sie schlief ein.

Die Kirchenuhren von Trier schlugen zwölfmal.

Jaggi stand im dunklen Schlafzimmer und starrte aus dem Fenster auf die Straße, die verlassen dalag. Die letzten Stunden erschienen ihm wie ein Traum. Er konnte nicht glauben, was er erlebt hatte. Warum musste mich dieser Brief ausgerechnet kurz vor meiner Haustür erreichen? Hätte der Kurfürst nicht bis morgen warten können? Und was ist mit Bendicht? Was hatte er dort zu suchen?

Als Jaggi am frühen Morgen in Coblenz aufgebrochen war, hatte er nicht ahnen können, dass am Abend seine Welt auf dem Kopf stehen würde. Er hatte sich die Heimkehr anders vorgestellt. Sein Blick fiel auf seine schlafende Frau, die er seit mehr als zwei Monaten nicht gesehen hatte. Sehnsüchtig wanderte sein Blick über ihren Körper, der sich unter der Bettdecke abzeichnete. Er spürte, wie sich seine Lenden regten. Dann aber lenkten ihn die vielen Gedanken ab, die hinter seiner Stirn kreisten und die er nicht abstellen konnte. Auch knurrte sein Magen. Das Frühmahl, das aus einem Becher kalten Würzweins und einem Kanten trockenen Brotes bestanden hatte, war die einzige Mahlzeit des Tages gewesen.

Ich werde etwas essen und meinen Kopf mit Wein daran hindern, weiter zu grübeln, dachte er und knöpfte seine Offiziersjacke auf. Mit einem liebevollen Blick auf seine schlafende Frau schlich er aus der Kammer hinunter in die Küche, wo ihn wohlige Wärme empfing.

Jaggi rieb sich die Hände über dem Holzscheit aneinander, das in der offenen Feuerstelle des Herds glühte. Erst jetzt spürte er, wie die Kälte und die Feuchtigkeit der Katakomben seinen Körper ausgekühlt hatten.

Nachdenklich schüttelte er den Kopf. Was hat sich der Kurfürst nur dabei gedacht, mich mit dieser Aufgabe zu betrauen? Hätte er nicht einen anderen wählen können? Sein Blick fiel auf den Küchentisch, wo auf einem Teller seine Leibspeise und frisches Brot standen. Als er den mit rotem Wein gefüllten Becher entdeckte, entspannte sich sein gedankenvoller Gesichtsausdruck. Er lächelte und setzte sich hin. Mit gierigen Bissen aß er die Kalbfleischpastete und trank den süßen Wein.

Gesättigt spürte er, wie seine Gedanken leicht wurden und er sich entspannte. Morgen ist auch noch ein Tag, um über die heutigen Ereignisse nachzudenken, beschloss er und ging in die Waschküche, wo er sich den Staub vom Körper wusch.

Nur mit einem Wolltuch bekleidet, schlich er die Treppe hinauf in die Schlafkammer. Dort warf er das Tuch zu Boden und legte sich hinter seine Frau, deren Haar nach Lavendelseife roch. Obwohl sich sein Glied regte, wagte Jaggi es nicht, Barbli zu wecken. Doch als er ihr den Scheitel küsste, öffnete sie die Augen und drehte sich ihm zu.

»Da bist du endlich, Liebster«, flüsterte sie und schmiegte sich an ihn. Ihre Hände strichen über seinen Rücken und Oberkörper und glitten unter die Bettdecke, wo ihre Berührungen Jaggi einen wohligen Laut entlockten.

»Ich habe dich vermisst«, flüsterte sie heiser.

Als Antwort presste er seine Lippen auf die ihren.

Ihre Körper vibrierten vor Verlangen, und ihr Atem ging keuchend. Mit jedem Kuss und mit jeder Berührung wuchs das beiderseitige Begehren.

Barbli war geschickt und wusste, was ihr Mann mochte. Auch Jaggi ging auf die Wünsche seiner Frau ein, sodass auch sie wohlig stöhnte. Als er in sie eindrang, presste sie ihren Mund gegen seine Schulter, damit niemand ihre Schreie hörte.

Die Kirchenuhren von Trier schlugen zweimal, als Barbli erschöpft den Kopf auf die Brust ihres Mannes legte. Er küsste ihre Stirn und streichelte ihr über den Scheitel.

»Ich habe dich auch vermisst«, flüsterte Jaggi, und Barbli war glücklich.

»Wie lange wirst du bleiben können?«, fragte sie leise und kraulte seine behaarte Brust.

»Zwei Tage, dann muss ich weiter.«

»Wieder nach Coblenz?«

»Nein«, war seine knappe Antwort.

Sie schaut zu ihm auf. Sie wusste, dass er ihr über seine Arbeit nichts erzählen würde. Ein Offizier hat zu schweigen, hatte er ihr einst gesagt, und sie respektierte das.

»Wirst du wieder monatelang fort sein?«

Er drehte verneinend den Kopf leicht hin und her.

»Das beruhigt mich«, flüsterte sie und liebkoste seinen Oberkörper, sodass er erneut aufstöhnte.

Doch dann schob er sie sachte von sich und fragte: »Wie kommst du in unserer neuen Heimat zurecht? Ist mit den Kindern alles in Ordnung? Was macht mein Bruder?« Neugierig sah er ihr in die Augen.

Barbli lachte leise auf. »So viele Fragen! Aber die müssen bis zum Morgen warten, denn jetzt gehört deine Aufmerksamkeit allein mir«, gurrte sie und legte sich über ihn.

»Zieht euch zurück!«, befahl Karl Kaspar von der Leyen den Männern der Leibgarde, die sofort gehorchten.

Als der Kurfürst allein war, stand er auf und stemmte seine Hände in die Hüften. Er atmete tief ein. Dennoch hatte er das Gefühl, keine Luft zu bekommen. »Ich hätte nicht vermutet, dass es mich so viel Kraft kosten würde, die beiden von ihren Bestimmungen zu überzeugen«, murmelte er müde.

Mehrere Stunden hatte er erst mit dem einen und dann mit dem anderen gesprochen, und mittlerweile war es weit nach Mitternacht. Doch von der Leyen wollte noch nicht in das kurfürstliche Palais zurück, sondern erst seine Gedanken ordnen, und dafür brauchte er frische Luft. Da er wusste, dass seine Männer ihm unauffällig folgen und ihn beschützen würden, wagte er sich weiter in die Katakomben hinein.

Von der Leyen ging die unterirdischen Wege entlang, die zur Kaiserloge des einstigen Amphitheaters führten. Als er sich vorstellte, wie Gladiatoren die Sklaven durch die dunklen Gänge hinaus in die Arena getrieben hatten, überkam ihn eine Gänsehaut.

»Wie muss sich Kaiser Konstantin gefühlt haben, als er hier hinausschritt, um über Leben und Tod zu entscheiden?«, murmelte er und ging durch den breiten Ausgang bis zum Rand der Empore. Dort zog er sich das Tuch vom Gesicht und sog die klare Nachtluft ein. Mit gemischten Gefühlen blickte er hinunter in die Kampfarena.

Der Erzbischof wusste, dass sein geliebtes Trier von römischen Heiden erbaut worden war und vermutlich die älteste Stadt des deutschen Reiches war. Seine Einbildungskraft reichte aus, um sich vorzustellen, wie viele menschliche Dramen sich auf dem Platz vor ihm abgespielt hatten. Sklaven, die mit wilden Tieren auf Leben und Tod kämpfen mussten. Gladiatoren, die gegen den besten Freund im Bewusstsein antraten, dass nur einer überleben durfte. Die Erde muss mit Blut getränkt sein, dachte er und war dankbar, dass sich die Zeiten gewandelt hatten. »Zum Glück ist die Barbarei der Heiden vorbei«, murmelte er und schaute auf die Sitzreihen.

Die Steine, die als Bänke gedient hatten, waren abgetragen worden, da sie in der Stadt für den Wiederaufbau benötigt wurden. Achtzehntausend Menschen sollen den Gladiatorenkämpfen damals beigewohnt haben, dachte von der Leyen und lachte bitter auf. Dreimal soviel Menschen, wie heute in Trier leben, überlegte er und schüttelte den Kopf. »Noch weniger Untertanen kann ich mir nicht leisten, sonst führt das ins Chaos. Ich hoffe, dass der Pestreiter erfolgreich ist und Agnes Preußer als Erste retten wird.«

⸺ *Kapitel 13* ⸺

Susanna lag seit Stunden wach. Zahlreiche Gedanken kreisten in ihrem Kopf und hielten sie vom Schlafen ab. Da sie die kleine Vreni nicht wecken wollte, verharrte sie bewegungslos neben dem Mädchen, bis sie plötzlich einen Krampf im Bein bekam.

Leise stöhnend stieg sie aus dem Bett und hüpfte zum Fenster, an dem sie sich abstützte. Sie bewegte den Fuß hin und her, damit das Zwicken in der Wade aufhörte. Als sie dabei auf die Straße hinunterschaute, erkannte sie Bendicht, der sich zu später Stunde ins Haus stahl.

Er war lange fort, stellte Susanna grinsend fest. Ich möchte zu gern wissen, ob Barblis Vermutung stimmt und er sich mit einer Frau getroffen hat, überlegte sie und seufzte leise. Hoffentlich ist er morgen nicht zu erschöpft und hat Zeit, meine Münzen zu verkaufen.

Der Krampf ließ nach, und Susanna legte sich wieder ins Bett. Weil ihr kalt geworden war, schmiegte sie sich an Vrenis warmen Kinderkörper.

Sie war kaum eingeschlafen, da weckte sie das Knarren der Holztreppe. Verärgert setzte sie sich auf. Sie hörte, wie sich Barblis Schlafstubentür öffnete und wieder schloss.

Herr Blatter ist nach Hause gekommen, fuhr es Susanna durch den Kopf, und sogleich beschleunigte sich ihr Herzschlag. Erst recht, als jemand die Kammer der Eheleute wieder verließ und nach einer Weile zurückkam. Obwohl es anschließend ruhig im Haus blieb, fand Susanna keinen Schlaf mehr.

Sie wartete ab, bis die Kirchenuhren die volle Stunde schlugen. »Vier Uhr«, klagte sie und stand leise auf.

Susanna zog ihr Kleid über und schlich hinunter in die Küche. Gähnend legte sie trockenes Holz in die Glut, das sofort Feuer fing. Sie füllte Wasser in den Kessel und stellte ihn auf den Herd. Als sie das benutzte Geschirr entdeckte, spülte sie es ab und stapelte es im Regal neben den anderen Tellern und Bechern. Susanna hatte am Abend zuvor verschiedene Getreidekörner gemahlen und zum Aufquellen eingeweicht. Nun füllte sie den Brei in einen Topf, goss heißes Wasser dazu und rührte sie zu einem dickflüssigen Mus, das sie über dem offenen Herdfeuer erwärmte.

»Der Morgenbrei wird den Kindern besser schmecken, wenn ich Honig beimenge«, murmelte sie und ließ einen großen Klecks des zähflüssigen goldgelben Sirups hineinfließen. Nachdem sie alles verrührt hatte, stellte sie den Topf an den Rand des Feuers, damit der Brei nicht anbrannte und trotzdem warm blieb. Mit dem restlichen heißen Wasser goss sie aus getrockneten Kräutern den Morgensud auf.

Susanna verrichtete die Arbeiten, ohne nachzudenken. Als sie sich in der Küche umsah, stellte sie überrascht fest, dass nichts mehr zu tun war. Was könnte ich noch schaffen?, überlegte sie. Ihr Blick streifte den kleinen Korb. Entschlossen klemmte sie ihn sich unter den Arm und öffnete die Tür. Die Kirchenuhren schlugen fünfmal, als sie über den Hof in den Stall ging.

Sie hatte kaum die Tür des Verschlags geöffnet, als sie mit Gegacker, Gegrunze und Gewieher begrüßt wurde. Sofort entdeckte sie das Schlachtross von Jaggi Blatter, das neben ihrem Pferd stand und leise schnaubte. Sie stellte den Korb zur Seite und kraulte ihrem eigenen Pferd die Mähne.

»Guten Morgen, mein Dickerchen«, begrüßte sie den Wallach. Dann fuhr sie dem fremden Pferd über die Nüstern. »Deinen Herrn werde ich sicher nachher sehen«, murmelte sie mit ungutem Gefühl. »Bis Bendicht aufsteht und euch versorgt, wird es bestimmt noch dauern, da er gestern erst spät ins Bett gekommen ist«, erklärte sie den Tieren und nahm die Mistgabel zur Hand. »Da ich sonst nichts zu tun habe, werde ich heute misten und euch füttern.«

Tatkräftig machte sich Susanna daran, den Schmutz aus den einzelnen Verschlägen zu räumen und frisches Stroh einzustreuen. Dann spießte sie Heu auf und verteilte es in den Raufen. Die Hühner bekamen Körner in den Napf, und das Schwein die Essensreste vom Tag zuvor. Zum Schluss füllte sie die Tröge mit frischem Wasser auf, das sie aus einer Regentonne schöpfte. Als die Tiere versorgt und alle Eier eingesammelt waren, strich sie sich eine Haarsträhne zurück und betrachtete ihr Werk. Zufrieden nahm sie den Korb auf und trat aus dem Stall. Als sie zum Haus zurückging, ergraute der Morgen.

Susanna öffnete die Tür zur Küche und erstarrte im selben Augenblick. Jaggi Blatter saß am Tisch und sah sie überrascht an.

»Du?«, fragte er erstaunt. »Was hast du hier zu suchen?«

Das Mädchen schluckte schwer und trat ein. Nachdem sie langsam die Tür zugezogen hatte, stellte sie den Eierkorb auf den Tisch. »Grüezi!«, sagte Susanna, ohne nachzudenken.

»Du sprichst unser Schwyzerdütsch?«, fragte Jaggi ungläubig.

Susanna schüttelte zaghaft den Kopf.

»Warum begrüßt du mich dann in unserem Dialekt?«

»Ich habe es mir angewöhnt, da man sich in Eurer Familie so begrüßt«, erklärte Susanna eingeschüchtert und schaute zu Boden.

»Du wohnst hier?«, fragte Jaggi. Als Susanna nickte, zog er verwundert die Augenbraue in die Höhe. »Dann ist das dein Pferd, das in unserem Stall steht?«

Erneut nickte Susanna.

»Ich habe mich letzte Nacht gefragt, wessen Pferd das sein könnte. An dich hätte ich nicht gedacht. Aus welchem Grund wohnst du unter meinem Dach? Gibt es etwas, was ich wissen müsste?«, fragte Jaggi misstrauisch.

Susanna blickte erschrocken auf und erklärte stotternd: »Ich wusste nicht, wohin ich sollte ... und da waren Euer Bruder und Eure Frau so freundlich, mich und meinen Vetter aufzunehmen.«

»Hast du keine eigene Familie?«

Susanna schüttelte den Kopf. »Meine Eltern und meine Geschwister wurden ermordet«, flüsterte sie und musste mit den Tränen kämpfen.

»Fang nicht an zu heulen«, raunzte Jaggi und blickte Susanna griesgrämig an.

In diesem Augenblick kam Barbli mit schwingenden Hüften durch die Tür und begrüßte fröhlich ihren Mann: »Hier bist du, mein Lieber! Und unseren Gast hast du auch schon begrüßt«, trällerte sie. »Grüezi!«, begrüßte sie Susanna.

Die schaute verlegen zu Jaggi, dessen Blick sich mehr und mehr verfinsterte.

Barbli, die vor der verschlossenen Küchentür das Gespräch der beiden belauscht hatte, nahm sich vor, sich von der sichtlich schlechten Laune ihres Mannes nicht einschüchtern zu lassen. »Hast du schon dein Morgenmahl bekommen?«, fragte sie fröhlich und tat, als ob sie die Spannung zwischen den beiden nicht bemerkte.

»Ich habe den Getreidebrei bereits vorbereitet«, erklärte Susanna hastig und eilte zum Herd, um zwei Schalen zu füllen.

Barbli setzte sich zu ihrem Mann an den Tisch, und Susanna brachte das Frühmahl. Nachdem das Mädchen dem Ehepaar zwei Becher mit warmem Sud hingestellt hatte, bat Barbli: »Sieh bitte nach Vreni und ihrem Bruder. Sie sollen sich anziehen, damit sie ihren Vater begrüßen können.«

Susanna nickte und war froh, gehen zu können. Als sie die Küchentür von außen geschlossen hatte, lehnte sie sich auf dem Gang gegen die gekalkte Wand und holte tief Luft, die sie langsam wieder ausatmete. Sie konnte kaum ruhig stehen, da ihre Beine zitterten. »Ich muss so schnell wie möglich mit Bendicht sprechen«, flüsterte sie und stieg die Treppenstufen hinauf.

»Wann wolltest du mir von ihr erzählen?«, fragte Jaggi und sah seine Frau verärgert an.

»Jedenfalls nicht letzte Nacht«, antwortete sie mit einem neckischen Augenzwinkern.

»Mir ist nicht nach Spaßen zumute«, schimpfte Jaggi und löffelte den Brei.

»Sei nicht böse!«, bat Barbli und ergriff seine Hand. »Was hätte ich machen sollen? Das Mädchen auf die Straße setzen? Sie hat außer ihrem kleinen Vetter niemanden und war fremd in der Stadt. Ebenso wie wir«, fügte sie leise hinzu.

Ihr Mann blickte auf. Doch anstatt nachzugeben, sagte er ungehalten: »Sie ist schuld daran, dass unser Sohn beinahe wegen eines fürchterlichen Verbrechens angeklagt worden wäre. Hast du schon vergessen, dass er bloß freikam, weil ich den Erzbischof und Kurfürsten aufgesucht habe? Nur weil ich mich verpflichtet habe, das Heer nach Coblenz zu führen, hat Karl Kaspar von der Leyen uns geholfen und diesen Brief an den Grafen von Nassau-Saarbrücken geschrieben. *Deshalb* bin ich über zwei Monate fort gewesen.«

»Ich weiß, mein Liebster! Auch für mich war es eine lange Zeit«, flüsterte Barbli und strich ihm über die Hand. Trotz Jaggis finsteren Blicks lächelte sie ihn an, und langsam entspannte er sich.

»Tut sich da was zwischen ihr und unserem Sohn Urs?«, fragte er zwischen zwei Bissen.

»Jaggi!«, rief Barbli entrüstet. »Wo denkst du hin?«

»Tu nicht so, als ob das abwegig wäre. Ich habe nicht vergessen, wie sie hier ankam und uns alles gebeichtet hat. Wenn ich mich nicht täusche, konnte ich außer Angst noch etwas anderes in ihren Augen erkennen.«

Barbli lachte laut auf. »Ich wusste nicht, dass du so feinfühlig bist.«

Nun musste auch Jaggi schmunzeln.

In diesem Moment wurde die Tür aufgerissen, und seine beiden jüngsten Kinder stürmten in die Küche.

»Vater!«, riefen Vreni und Leonhard gleichzeitig und fielen Jaggi in die Arme.

»Bleibst du für immer da?«, fragte die Dreijährige und krabbelte auf seinen Schoß.

»Meine Güte, bist du groß und schwer geworden«, neckte Jaggi seine Tochter und drückte ihr einen Kuss auf die Stirn. Dann wandte er sich dem achtjährigen Leonhard zu. »Und du bist schon fast ein junger Mann, mein Sohn«, meinte er und verstrubbelte ihm das Haar.

»Dann kann ich bald Soldat werden?«, fragte Leonhard und schmiegte sich an seinen Vater.

»In wenigen Jahren wirst du die Tradition der Blatters fortführen«, erklärte Jaggi stolz und blickte zu seiner Frau, der bei dieser Vorstellung das Lächeln verging.

»Ich grüße dich, Vater!«, sagte Urs, der im Türrahmen stand und den letzten Satz seines Vaters gehört hatte.

»Urs, mein Sohn!«, sagte Jaggi und stellte seine Tochter auf den Boden. Dann ging er auf seinen Ältesten zu und umarmte ihn. »Ich bin froh, dich gesund wiederzusehen. Ich habe auch schon deine Freundin gesprochen«, sagte Jaggi und blickte Urs abwartend an.

Der errötete bis zu den Haarwurzeln. »Sie ist nicht meine Freundin«, presste er mit niedergeschlagenem Blick hervor.

»Bruderherz!«, rief jemand hinter ihnen.

Alle schauten sich um, und Urs atmete erleichtert auf.

Bendicht stand mit lachenden Augen da und breitete die Arme aus. Freudig umarmten sich die beiden Brüder.

»Du bist schon wach?«, fragte Barbli.

»Ich stehe jeden Morgen früh auf«, erklärte Bendicht entrüstet und wandte sich seinem Bruder zu, der ihn fragend anblickte. Er tat, als ob er die Anspielung seiner Schwägerin nicht bemerkte. »Schön, dich wohlbehalten wiederzusehen. Du siehst blendend aus«, erklärte er und strich Jaggi über den Rücken.

»Dasselbe kann ich auch von dir sagen. Du hast nicht ein

Gramm abgenommen, seit wir uns das letzte Mal gesehen haben«, lachte Jaggi und klopfte dem Bruder auf den leicht vorgewölbten Bauch.

»Das Herumsitzen macht mich träge und fett«, erwiderte Bendicht das brüderliche Necken. »Doch damit ist jetzt Schluss! Da du wieder da bist, werde ich mich schnellstmöglich nach einer geeigneten Wohnung umsehen, in der genügend Platz ist, damit ich Kranke empfangen kann.«

»Wer wird sich um dich kümmern? Wer für dich kochen?«, fragte Barbli, deren Lippen verräterisch zuckten.

»Darum musst du dich nicht sorgen«, beschwichtigte Bendicht seine Schwägerin. »Ich habe auch in der Schweiz allein gelebt und bin nicht verhungert.«

Jaggi sah Bendicht kritisch an. Warum diese eilige Entscheidung?, fragte er sich. Das Haus wäre für uns alle groß genug. Hat er etwas vor, das er uns nicht verraten will? Ich muss wissen, ob er am Abend zuvor an der Stadtmauer war.

Er stockte in seinen Gedanken. Wenn ich ihm verrate, dass ich ihn letzte Nacht gesehen habe, muss ich ihm auch erklären, warum ich ebenfalls dort war. Ich könnte ihm zwar den Grund meines Ausflugs zur Stadtmauer verschweigen, aber das würde ihn misstrauisch machen, sinnierte Jaggi und verwarf seinen Plan.

»Was hast du? Warum siehst du mich so nachdenklich an?«, riss Bendicht seinen Bruder aus den Gedanken.

»Nichts! Es ist nichts. Ich bedaure es nur jetzt schon, wenn du nicht mehr hier wohnen wirst.«

»Da du in Coblenz warst, kannst du nicht wissen, ob du mich vermissen wirst«, spottete Bendicht lachend.

»Herr Blatter?«, sagte eine schüchterne Stimme.

Jaggi drehte sich um. Er erblickte Susanna. An ihrer Seite stand ein Knabe, der ihn neugierig betrachtete.

»Wer bist du?«, fragte er das Kind und dann seine Frau:

»Gibt es noch mehr Unbekannte, die in meinem Haus wohnen?«

»Nein! Das sind alle«, antwortete Barbli lachend, obwohl ihr nicht zum Spaßen zumute war, denn ihr Mann fixierte Susanna mit seinem finsteren Blick. Man sah dem Mädchen an, wie unwohl sie sich fühlte, aber Barbli wusste nicht, wie sie ihr helfen konnte.

Susanna knetete nervös ihre Finger. »Mein Vetter Arthur und ich werden uns ebenfalls eine Wohnung suchen. Sobald ich etwas Geeignetes gefunden habe, werden wir gehen und Euch nicht länger zur Last fallen.«

»Wovon willst du eine Wohnung bezahlen?«, fragte Jaggi zweifelnd.

»Du kannst das nicht wissen«, mischte sich Bendicht ein. »Aber Susanna ist eine wohlhabende Frau.«

»Ach ja?«, fragte Jaggi frostig. Seine Miene sprach Bände.

Doch bevor Bendicht etwas erklären konnte, rief Leonhard: »Arthur, du darfst nicht fortgehen. Wir müssen doch jeden Tag Soldat üben!«

Jaggi runzelte die Stirn. »Soldat üben?«, fragte er seinen Sohn, der heftig nickte. »Arthur will auch Soldat werden, und am liebsten in deinem Heer.«

»Das spielt jetzt keine Rolle mehr«, sagte Susanna und ergriff den Arm ihres Vetters. »Komm, Arthur! Lass uns Wasser aus dem Brunnen holen.«

»Aber …«, rief der Junge, doch Susanna zog ihn aus der Küche vorbei an Urs, den sie keines Blickes würdigte.

»Ich helfe dir«, rief Leonhard und eilte Arthur hinterher.

»Ich will auch helfen«, erklärte Vreni und rutschte vom Stuhl, um ihrem Bruder zu folgen.

Unsicher blickte sich Urs um. »Ich muss Holz holen«, murmelte er und verließ ebenfalls die Küche.

»Dann werde ich mich um das Vieh kümmern. Es ist bestimmt schon halb verhungert«, erklärte Bendicht nuschelnd und ließ seinen Bruder und seine Schwägerin in der Küche zurück.

»Habe ich irgendetwas verpasst?«, fragte Jaggi mürrisch und schaute seine Frau gespannt an.

Die setzte sich stöhnend an den Tisch und nippte an ihrem kalten Kräutersud, der leicht bitter schmeckte, sodass sie das Gesicht verzog.

»Barbli! Ich warte«, forderte Jaggi sie auf.

»Was soll ich dir sagen? Du hast es selbst gehört. Dein Bruder will eine eigene Wohnung, ebenso wie unser Gast. Leonhard und Arthur wollen Soldaten werden, Urs jedoch nicht, denn wie du weißt, will er Heiler werden.«

Ihr Mann runzelte gedankenverloren die Stirn. »Warum warst du überrascht, als Bendicht erschien?«

Barbli seufzte tief. »Dein Bruder hat gestern vorm Dunkelwerden das Haus verlassen und ist erst spät zurückgekommen.«

Also doch! Ich habe mich nicht geirrt und meinen Bruder an der Stadtmauer gesehen, dachte Jaggi erschrocken. »Weißt du, wohin er gegangen ist?«, fragte er.

Barbli zuckte mit den Schultern. »Er hatte eine Verabredung. Aber ich weiß nicht, wo die Frau wohnt«, erklärte sie.

»Eine Frau«, wiederholte Jaggi ungläubig.

Barbli nickte. »Sie ist sicher auch der Grund, warum er es so eilig hat, uns zu verlassen. Sie muss ihn um den Finger gewickelt haben«, sagte sie in ärgerlichem Ton.

Jaggi hing seinen eigenen Gedanken nach und hatte für die Klagen seiner Frau kein Ohr. Wenn Bendicht bei einer Frau gewesen ist, kann er nicht an der Mauer gewesen sein, dachte er erleichtert.

»Dir scheint es nichts auszumachen, dass dein Bruder einer Frau hinterhersteigt«, stellte Barbli bitter fest, sodass Jaggi laut auflachte.

»Du bist anscheinend eifersüchtig, weil du bald nicht mehr die einzige Frau Blatter sein wirst«, frotzelte er, sodass Barbli ihn sauertöpfisch knuffte.

Jaggi schloss seine Frau in die Arme und gab ihr einen Kuss. »Jetzt erzähl mir, was es mit dem Mädchen auf sich hat. Es scheint tatsächlich so, dass Urs und diese Susanna nichts voneinander wissen wollen. Wieso ist sie vermögend? Sie sieht nicht danach aus.«

»Ich muss gestehen, dass mich Susannas Verhalten überrascht hat. Noch gestern war ich der Ansicht, dass sie und Urs sich mögen und mehr daraus werden könnte. Aber anscheinend habe ich mich geirrt«, sagte sie und erzählte ihrem Mann von Susannas wertvollem Fund, den sie dank einer Schatzkarte entdeckt hatte.

»Oheim!«, rief Susanna Bendicht zu, der aus dem Stall kam.

»Hast du meine Arbeit erledigt?«, fragte Bendicht.

»Ich konnte nicht schlafen und habe deshalb die Tiere versorgt. Allerdings hoffte ich auch, dass du dann Zeit haben wirst, mit mir zu dem Juden zu gehen, um meine Münzen zu verkaufen.«

Bei der Erwähnung des Juden zuckte Bendicht unmerklich zusammen. Doch er fing sich rasch. »Es scheint dir eilig zu sein, das Haus zu verlassen«, stellte er fest.

Susanna nickte, ohne ihm in die Augen zu sehen.

Bendicht wollte sie nach Urs fragen, hielt dann aber den Mund. Die beiden sind alt genug. Was soll ich mich in ihre Angelegenheiten mischen, überlegte er und sagte laut: »Sobald ich mein Frühmahl gegessen habe, können wir uns auf den Weg machen. Zähl derweil deine Münzen, damit wir die Menge kennen, über die wir verhandeln. Wir werden aber nur eine von jeder Sorte mitnehmen.«

»Wo hast du sie versteckt?«, fragte Susanna leise.

»Im Stall zwischen zwei Balken. Ich habe den Krug in ein grobes Tuch gewickelt, sodass man ihn nicht sofort erkennen kann. Wenn du die Münzen entnommen hast, leg ihn dorthin zurück«, forderte Bendicht Susanna auf und ging in die Küche.

~ *Kapitel 14* ~

Urs schlug wie von Sinnen auf das Holz ein, das unter der Wucht seiner Hiebe zersplitterte. Sein Hemd klebte ihm, vom Schweiß durchtränkt, am Körper. Als er innehielt, um sich mit dem Ärmel über das Gesicht zu wischen, grollte er verhalten:

»Wie kommt Susanna dazu, meinem Vater zu sagen, dass sie ausziehen will? Sie hätte es mir zuerst sagen müssen!«

Urs' nächster Schlag ließ ein dickes Holzstück bersten. Ein Scheit nach dem anderen setzte er auf den Hackklotz, und das Holz zerbrach unter der Kraft seiner Schläge.

Als alles Holz zerkleinert war, füllte Urs einen Weidenkorb bis zum Rand mit Scheiten und trug ihn in die Küche. Dort saß Bendicht allein am Tisch und aß sein Frühmahl. Wortlos stapelte Urs das Holz in die Kiste, die neben dem Herd stand. Obwohl er seinem Oheim den Rücken zugewandt hatte, spürte er dessen Blick.

»Ich war der Ansicht, dass du sie heiraten würdest«, sprach Bendicht und rückte seinen Stuhl gerade, um seinen Neffen besser ansehen zu können. Ihm entging nicht, dass Urs' Kleidung schweißgetränkt war. »Körperliche Arbeit hat schon immer geholfen, seine Wut im Zaum zu halten. Doch gegen wen richtet sich dein Zorn? Gegen Susanna, oder gegen dich selbst?«

Erst jetzt wandte sich Urs seinem Oheim zu. »Wer bin ich gegen sie?«, murmelte er verzagt.

»Was soll das heißen?«

Urs setzte sich seinem Onkel gegenüber hin und gestand ihm seine Bedenken, dass er sich wie ein Nichts einschätzte, sie jedoch eine reiche Frau war.

»Hast du ihr das gesagt?«

Der Neffe schüttelte den Kopf.

»Warum nicht?«

»Es ist besser, wenn sie nichts davon weiß, denn es würde nichts ändern. So ist sie offen für jemanden, der ihr gleichgestellt ist.«

»Du treibst sie in die Arme eines anderen Mannes«, stellte Bendicht entrüstet fest.

»Ich weiß!«, flüsterte Urs. »Aber wenn sie einen anderen findet, dann soll es so sein.«

»Soll ich mit ihr –«, begann Bendicht, doch er wurde von seinem Neffen heftig unterbrochen.

»Schwöre, dass du ihr nichts von meinen Bedenken erzählst.«

»Ich verstehe dich nicht, aber wenn du es unbedingt willst, verspreche ich es dir.«

Urs starrte nachdenklich vor sich auf den Boden und fragte schließlich: »Oheim, wenn du wieder zu heilen beginnst, wirst du mich in die Lehre nehmen?«

»Du weißt, was dein Vater davon hält.«

»Er kann mich nicht zwingen, Soldat zu werden. Eher laufe ich fort«, antwortete Urs.

»Sei nicht kindisch. Das passt nicht zu jemandem, der sich der Heilkunst verschreiben will«, sagte Bendicht ebenso heftig.

»Du hast recht, Oheim. Ich werde mit Vater sprechen und ihn um Erlaubnis bitten. Wenn er zustimmt, wirst du mich dann heilen lehren?«

Bendicht fuhr sich mit beiden Händen durchs Haar, stand auf und ging grüblerisch in der Küche hin und her. Nach einigen Schritten blieb er vor seinem Neffen stehen und sah ihm in die Augen. Als er den bettelnden Blick des jungen Mannes sah, fasste er einen Entschluss, der ihm heftigen Druck in der Magengegend verursachte. Allerdings wusste Bendicht nicht, ob der Druck von Freude oder von Furcht ausgelöst war. Mit ernster Miene versprach er: »Wenn Jaggi dir seinen Segen gibt, werde ich aus dir sogar einen bedeutenden Heiler machen.«

Urs starrte seinen Oheim an. Fragen schossen ihm durch den Kopf. »Warum …«, begann er, doch Bendicht hob abwehrend die Hände.

»Nicht jetzt! Sobald du mit deinem Vater gesprochen hast, wirst du Antworten erhalten«, bestimmte er und ließ den Jungen allein.

Als Bendicht auf dem Hof stand, stemmte er seine Hände in die Hüften und holte tief Luft. »Jetzt habe ich nicht nur mein eigenes Problem und Susanna am Hals, sondern auch noch Urs«, schimpfte er leise. »Wie konnte ich mich dazu hinreißen lassen? Hoffentlich habe ich Urs nicht zu viel versprochen, und hoffentlich habe ich keinen Fehler begangen«, flüsterte er und schaute zum grauen Himmel empor.

In dem Augenblick kam Susanna aus dem Stall. »Geht es dir nicht gut, Oheim?«, fragte sie besorgt, als sie ihn dastehen und Selbstgespräche führen sah.

»Ich habe laut nachgedacht«, erklärte Bendicht und versuchte, sich und das Mädchen abzulenken: »Es gefällt mir, dass du mich Oheim nennst. Ich hoffe, das bleibt so, wenn du nicht mehr hier wohnst.«

Susannas Wangen verfärbten sich, doch sie ging nicht auf Bendichts Worte ein.

»Ich habe die goldenen und die silbernen Münzen gezählt. Manche sehen unterschiedlich aus.« Susanna nannte die Stückzahl und hielt ihm die beiden Münzen entgegen.

»Ich wusste, dass es viele sind. Aber dass sie so unterschiedlich sind, ahnte ich nicht«, erklärte Bendicht überrascht und besah sich die Geldstücke. »Es scheinen besondere Münzen zu sein. Ich bin gespannt, was Nathan Goldstein dazu sagen wird. Wir werden ihm auch von dem Krug berichten. Vielleicht kennt er jemanden, der die Edelsteine, die darauf eingelassen sind, kaufen möchte. Das Gold könnte man einschmelzen.«

»Was könnte derjenige damit machen?«

»Verlobungsringe!«, erklärte Bendicht mit leichtem Spott in der Stimme.

Susanna blickte ihn beschämt an.

Bendicht war versucht, etwas zu sagen, doch er erinnerte sich an sein Versprechen und schwieg. Stattdessen fasste er Susanna am Ellbogen und zog sie mit sich zu dem schmalen Hoftor. »Komm, mein Kind! Bringen wir es hinter uns!«

Jaggi schaute seinem Sohn Leonhard und dem fremden Jungen Arthur aufmerksam zu, die ihm mit eifrigen Gesichtern ihre Fähigkeiten beim Schwertkampf zeigten.

»Woher wisst ihr, dass man so kämpft?«

»Haben wir uns selbst beigebracht«, erklärte Leonhard stolz.

»Das habt ihr jeden Tag geübt?«, fragte Jaggi die Knaben, die einander mit den Schwertern weiter attackierten.

»So macht man das«, rief Arthur, der mehr Kraft als Leonhard hatte und ihn zur Seite stupste.

Jaggi nahm seinem Sohn das Holzschwert ab. Es bestand aus zwei gekreuzten Stöcken, die mit einem dünnen Seil zusammengebunden waren. »Warum hat Urs euch keine Holzschwerter geschnitzt?«, fragte er.

»Weil er keine Schwerter mag«, erklärte Leonhard mit kindlichem Blick. »Aber du könntest uns doch welche schnitzen, wenn du jetzt zuhause bist«, fügte er bettelnd hinzu.

»Ich brauche kein Holzschwert mehr, denn ich bekomme bald ein richtiges aus Eisen«, verriet Arthur stolz.

»Ach ja?«, fragte Jaggi erstaunt. »Wer sagt das?«

»Meine Base Susanna will mit dir reden, damit ich in deinem Heer dienen kann«, verriet Arthur mit verschwitzten Haaren und roten Wangen.

Jaggi musste an sich halten, um bei Arthurs Gesichtsausdruck nicht laut loszulachen. Er versuchte, ernst zu bleiben: »Soso! In meinem Heer willst du dienen!«

Der Junge nickte eifrig.

»Wie alt bist du?«, wollte Jaggi wissen.

»Ich bin zwölf Jahre alt.«

»Soso, zwölf Jahre!«, wiederholte Jaggi. »Dann bist du leider noch viel zu jung, um zum Soldaten ausgebildet zu werden«, erklärte er und beraubte somit den Jungen seines Wunschdenkens.

Als er den enttäuschten Blick des Knaben sah, dem die Tränen in die Augen schossen, überlegte er und meinte dann: »Du weißt sicher, dass man als Soldat ein kräftiges Pferd braucht, denn nur ein gesundes und wohlgenährtes Ross kann einen Krieger tragen. Deshalb ist es wichtig, einen guten Stallburschen zu haben.«

Arthur runzelte die Stirn, und auch Leonhard sah seinen Vater gespannt an.

Jaggi erklärte: »Wenn dieser Bursche sich gelehrig zeigt und willig ist, die Stallarbeit ordentlich zu verrichten, könnte er, sobald er alt genug ist, als Soldat ausgebildet werden.«

Die Augen der beiden Kinder leuchteten.

»Ich bin solch ein Stalljunge«, rief Arthur, und Leonhard nickte: »Ich auch!«

»Nein, mein Sohn, du musst erst noch wachsen und älter werden. Aber dein Freund könnte schon bald bei Hansi Federkiel in die Lehre gehen. Hansi ist der beste Stallbursche, den wir haben!«, sagte Jaggi und strich den beiden Jungen über die Scheitel.

»Sprich mit deiner Base, Arthur, ob sie damit einverstanden ist. Und jetzt lauft in den Schuppen. Sucht geeignetes Holz, damit ich euch daraus zwei Schwerter schnitzen kann.«

Jaggi sah den beiden Kindern nach, wie sie, vor Freude laut jubelnd, über den Hof liefen. Zum Glück lenken sie mich von meinen Gedanken ab, dachte er. Aber morgen muss ich mich entschieden haben, denn dann erwartet der Kurfürst meine Antwort.

»Verdammt«, fluchte er leise. »Das ist keine Aufgabe für mich! Wie soll ich das ausführen, ohne dass jemand etwas davon erfährt?«, murmelte er und schnaubte laut.

Der Mönch Ignatius lag bäuchlings auf dem Boden seiner Zelle, die Arme und Beine weit ausgestreckt, seine Stirn auf die Steinplatten gepresst. Seit seiner Rückkehr von dem geheimnisvollen Treffen harrte er in dieser Stellung aus und betete zu Gott. Doch inzwischen lähmte die Kälte seinen Körper und betäubte seine Gliedmaßen. Ignatius wollte sich nicht eher erheben, als bis er eine Antwort erhalten hatte.

»Herr, hilf mir zu verstehen! Warum ich? Warum forderst du von mir diese schwere Prüfung?«

Der Mönch hob den Kopf und schaute zu dem kleinen Fenster seiner Zelle empor. Der Morgen war angebrochen, doch das Licht blieb fahl. Kein Sonnenstrahl, der den Raum durchflutete. Kein anderes Zeichen, das Gott ihm gesendet haben könnte.

Ignatius schloss die Lider und legte sein Haupt zurück auf den Boden.

Warum zweifelst du?, fragte eine Stimme in ihm. *Wäre dein Mentor nicht stolz auf dich, wenn dir gelingen würde, was ihm versagt geblieben ist?*

Das Gesicht seines ehemaligen Lehrers schob sich in Ignatius' Gedanken. Wie sehr ich ihn vermisse, klagte er. Sein klarer Verstand würde mir das Richtige raten, dachte er.

Die Stimme in ihm regte sich erneut: *Du weißt, was zu tun ist. Niemand muss dir raten oder ein Zeichen senden. Du allein bist dein Herr und Meister, und du allein musst entscheiden.*

Ignatius öffnete die Augen und erhob sich schwerfällig. Seine Knie waren steif, und er zitterte vor Kälte. Langsam ließ er sich auf die Pritsche nieder und griff nach der groben Decke, die er sich über die Schultern legte. »Ich bin für diese Aufgabe zu alt«, murmelte er und zog das Tuch vor seine Brust. »Mich schmerzt jeder Knochen im Leib«, klagte er und schimpfte dann mit sich: »Selbst schuld, wenn du stundenlang auf dem kalten Steinboden liegst. Friedrich war älter als du und hat bis zum Schluss gekämpft, gearbeitet und sich um andere gesorgt. Nie kam ein Wort des Klagens über seine Lippen.«

Schäm dich, Ignatius!, rügte er sich selbst. Sein Blick wanderte durch die Zelle und blieb am Kreuz auf dem Tisch hängen.

Du bist es ihm schuldig. Er hätte sein Leben geopfert, ermahnte ihn die innere Stimme streng.

Wie erstarrt saß Ignatius auf seinem Lager. Seine Augen brannten vor Müdigkeit, und sein Magen knurrte, doch er hatte keine Kraft aufzustehen. Er ließ sich seitlich auf das Lager fallen und zog die Beine an. »Ich werde später erneut darüber nachdenken«, nuschelte er und schlief ein.

Nathan Goldsteins Augen weiteten sich, als er die Tür öffnete und Bendicht Blatter vor sich stehen sah.

»Ihr?«, fragte er erstaunt und wollte noch etwas hinzufügen, doch der Blick des Schweizers ließ ihn stocken. Erst jetzt bemerkte er die schlanke Frauengestalt, die sich hinter dem Rücken des Besuchers zu verstecken schien.

»Ihr kommt nicht allein?«, fragte Nathan, und sein Blick wirkte beunruhigt.

Bendicht erkannte die Bestürzung in Goldsteins Blick und ahnte, dass er Fragen stellen würde, die beide in Verlegenheit bringen könnten. Deshalb erklärte er hastig:

»Das ist Susanna. Eine Freundin der Familie.«

Der Gesichtsausdruck des Juden verriet, dass er den Zusammenhang nicht verstand.

»Dürfen wir eintreten?«, fragte Bendicht, da einige Fußgänger neugierig zu ihnen hinüberschauten.

»Ja! Ja, natürlich«, antwortete Goldstein und trat einen Schritt zur Seite. Kaum waren die Besucher über die Schwelle getreten, schloss er die Tür und wies mit der Hand zu einer Kammer.

»Folgt mir in mein Arbeitszimmer!«

»Nathan, wer hat geläutet?«, rief eine Frauenstimme aus dem Stockwerk über ihnen.

»Kundschaft, Miriam«, antwortete Goldstein laut.

»Ah!«, rief die Frau, dann hörte man ihre schlurfenden Schritte.

»Meine Frau Miriam. Ihr geht es nicht gut.«

»Was hat sie?«, fragte Bendicht. »Vielleicht kann ich ihr helfen, ich bin Heiler.«

»Heiler seid Ihr?«, fragte Goldstein und hob eine Augenbraue, während er vorsichtig zu Susanna schielte. Doch dann winkte er ab. »Miriam hat nichts Ernstes. Nur eine leichte Erkältung.«

»Falls es schlimmer werden sollte, lasst nach mir schicken«, bat Bendicht.

Goldstein nickte. Er setzte sich hinter einen schweren Schreibtisch, der aus glänzendem rötlichen Holz gefertigt war.

Susanna schaute sich schüchtern in dem Raum um, der mit Büchern und Schriftrollen überladen war. In und auf den beiden Schränken stapelten sie sich ebenso wie auf Gestellen an den Wänden entlang.

»Ihr müsst sehr belesen sein«, stellte das Mädchen ehrfurchtsvoll fest.

»Ich suche die Lösung eines bestimmten Problems und hoffe, Antworten in den Büchern der Gelehrten zu finden. Deshalb muss ich viel lesen«, verriet Goldstein und zeigte zu den beiden Stühlen im Raum. »Nehmt Platz und sagt, was Euch zu mir geführt hat.« Aufmerksam schaute er von Susanna zu Bendicht, der Susanna anblickte und nickte.

Auf dem Weg zu dem Goldhändler hatte Bendicht beschlossen, dass Susanna das Gespräch allein führen sollte. »Nur so kannst du lernen, wie man Geschäfte tätigt. Allerdings würde ich nicht erzählen, wie du zu dem Schatz gekommen bist. Nicht jeder sollte wissen, dass du im Besitz einer Schatzkarte bist. Solltest du nicht weiterwissen oder sollte ich spüren, dass Goldstein unehrlich ist, werde ich mich in euer Gespräch einmischen. Lass dich nicht einschüchtern, nur weil er ein Mann ist.«

Susanna berichtete dem Goldhändler von ihren Münzen und zeigte ihm die zwei, die sie mitgebracht hatte.

Nathan Goldstein entzündete eine Kerze, nahm ein Vergrößerungsglas zur Hand und betrachtete die Geldstücke im Schein des Lichts. Er drehte und wendete die Münzen, sodass das Edelmetall aufblitzte.

»Sehr ungewöhnlich!«, murmelte er. »Ich kenne diese Währung nicht. Diese Münzen scheinen nicht aus unserem Land oder ...«, er stockte und blickte hinter dem Vergrößerungsglas hervor, »... aus unserer Zeit zu stammen.«

Susanna schluckte und schaute verunsichert zu Bendicht, der nichts sagte. Tief Luft holend, sah sie dem Juden in die Augen und log: »Ich habe sie geerbt!«

»Geerbt?«, fragte Goldstein ungläubig.

Susanna nickte.

»Wenn Ihr gesagt hättet, dass Ihr sie in Eurem Garten ausgegraben hättet, wäre das wahrscheinlicher, als sie geerbt zu haben.«

»Das verstehe ich nicht«, gab Susanna zu.

»Warum sollte jemand Münzen über Jahre, womöglich Jahrzehnte oder sogar Jahrhunderte aufbewahren, wenn er sie hätte zu Geld machen können? Besonders in Zeiten, in denen jeder Pfennig zählt.«

Susanna senkte den Blick und hoffte, dass jetzt der Zeitpunkt gekommen war, da Bendicht sich einmischen würde.

Der aber schwieg.

Sie spürte, wie sie nervös wurde. Doch dann fasste sie einen Entschluss. Sie richtete ihren Rücken gerade auf und schaute Goldstein mit festem Blick in die Augen. »Ist es nicht einerlei, woher ich die Münzen habe? Sie sind in meinem Besitz, und das allein zählt. Falls das jedoch ein Problem für Euch darstellen sollte, muss ich mich an einen anderen Goldhändler wenden.«

Sie spürte, wie ihre Hände zitterten, und sie schob sie unter ihren Rock, damit die beiden Männer es nicht bemerkten. Noch nie hatte sie es gewagt, so bestimmend zu sprechen. Als sie zu Bendicht schaute, konnte sie Bestätigung in seinem Blick erkennen.

Goldstein schien zuerst verwundert ob ihrer klaren Worte, doch dann nickte er und meinte: »Das ist wohl wahr. Es geht mich nichts an, woher Ihr die Münzen habt. Da das geklärt ist, lasst uns zum Geschäftlichen kommen.«

~ *Kapitel 15* ~

Am nächsten Abend

Barbli setzte sich im Bett auf und blickte ihrem Mann sehnsüchtig hinterher, als er aufstand. Während er nach seiner Hose griff, fragte sie: »Musst du jetzt noch fort?«

Sein kurzer Blick verriet, dass sie keine Fragen stellen sollte. Schmollend reichte sie ihm das Hemd, das er unachtsam auf den Boden geworfen hatte, als sie voller Verlangen übereinander hergefallen waren. Bei der Erinnerung an Jaggis Verführungskünste verfärbten sich Barblis Wangen. Sie seufzte vernehmlich und betrachtete ihren Mann, wie er sich die Jacke zuknöpfte. Wieder einmal stellte sie fest, wie gut ihn seine Uniform kleidete.

»Du gleichst mehr und mehr deinem Vater«, sagte sie.

»Ist das gut oder schlecht?«, fragte Jaggi schmunzelnd.

»Ich habe meinen Schwäher als stattliche Erscheinung in Erinnerung«, erklärte Barbli lächelnd.

Ihr Mann hielt in seiner Bewegung inne. »Ja, das stimmt. Mein Vater war hochgewachsen, und selbst im Alter ging er kerzengerade. Zum Glück neige ich nicht dazu, fett zu werden wie mein Bruder«, lachte er.

»Bendicht ist nicht fett«, entrüstete sich Barbli. »Er ist älter als du und scheint mehr nach eurer Mutter zu kommen.«

»Das mag stimmen«, erklärte Jaggi nachdenklich. »Mutter war kleiner und auch etwas runder. Sie sagte oft zu Vater: ›Christian, du bist wie unsere dürre Kuh. Du setzt einfach kein Fett an‹«, erinnerte er sich und ging zur Tür.

»Wann wirst du wiederkommen?«, fragte Barbli leise.

Ihr Mann kam zurück und küsste sie. »Ich verspreche dir, dass du sofort merken wirst, wenn ich wieder neben dir liege«, raunte er an ihr Ohr und ließ sie allein.

Karl Kaspar von der Leyen hatte sich erneut das Gewand eines Bettlers übergezogen und wartete im selben Gewölbe wie beim letzten Mal.

Ich bin gespannt, ob sie kommen werden, dachte er und sah seinen Männern hinterher, die sich ebenfalls verkleidet hatten und sich zu seinem Schutz in den Katakomben aufteilten.

Der Erzbischof konnte nicht leugnen, dass er nervös war. Er hatte die letzten Nächte kaum geschlafen und war unaufmerksam, da seine Gedanken ständig um den geplanten Einsatz des Pestreiters und sein zweites hoch geheimes Vorhaben kreisten. Tagsüber war er so zerstreut gewesen, dass er nur mit Mühe dem Gespräch des neu ernannten Zinßmeisters folgen konnte.

Der hatte ihm ein Visitationsschreiben vorgelegt, in dem stand, dass in dem Ort Pfalzel drei Kelche gestohlen und keine Glockenseile mehr vorhanden waren. Außerdem hatte man das Pfarrhaus niedergebrannt.

Als von der Leyen nichts dazu sagte und die Blicke des Mannes dringlich wurden, hatte der Erzbischof ihn angeschnauzt: »Wofür habe ich Euch, wenn Ihr mich mit Nichtigkeiten belästigt?«

Verstört hatte Walter Bickelmann seine Unterlagen zusammengepackt und gestottert: »Ich werde alles zu Eurer Zufriedenheit regeln, Eure Eminenz!« Dann war er wie ein geprügelter Hund davongeschlichen.

»Im Nachhinein kann der Mann einem leidtun. Schließlich war er nicht die Ursache für meine gereizte Stimmung. Da er sicher noch öfters gerügt werden wird, sollte er sich ein dickes Fell zulegen«, entschuldigte der Erzbischof sein Verhalten vor sich selbst und verschränkte die Hände hinter dem Rücken.

Der Hauptmann der Garde meldete ihm, dass der erste Mann angekommen war.

»Bringt ihn zu mir«, befahl der Kirchenfürst verhalten und atmete erleichtert aus. Nun wird mein Plan in die Tat umgesetzt werden, dachte er zufrieden und blickte erwartungsvoll zum Eingang.

Kurz darauf betrat der Mann das Gewölbe.

Eine Stunde später rieb sich der Erzbischof zufrieden die Hände. Auch wenn der Mann, den er mit der geheimen Aufgabe betraut hatte, noch immer nicht von diesem Plan begeistert war, so fügte er sich doch in sein Schicksal.

Nun brachte der Hauptmann den zweiten Mann in den feuchten unterirdischen Raum, und von der Leyen blickte ihm neugierig entgegen.

Er wirkt erschöpft, dachte der Kurfürst und vermutete, dass auch er in den letzten Nächten kaum geschlafen hatte.

»Wie ich sehe, habt Ihr Euch für meinen Plan entschieden«, sagte der Kurfürst und musterte ihn aus verengten Augen.

»Hatte ich eine Wahl?«

»Man hat immer eine Wahl«, erklärte von der Leyen ernst. »Man muss nur die Konsequenzen ertragen.«

»Das hieße für mich: Leben oder Tod?«

Der Regent ließ die Frage offen und sagte stattdessen: »Für diese Aufgabe seid Ihr meine erste Wahl, und es freut mich, dass Ihr den Auftrag angenommen habt. Es ist mir einerlei, welche Beweggründe es gewesen sind.«

Er wies wie zwei Tage zuvor auf den Platz neben sich und nickte dem Hauptmann zu. Der Soldat wartete, bis der Mann sich gesetzt hatte, dann reichte er ihm ein Bündel.

»Wie ich bei unserem letzten Treffen erwähnt habe, ist Eure Kleidung zu auffällig. Sie passt nicht zu einem Pestreiter«, erklärte der Regent und nickte dem Mann auffordernd zu, der mit spitzen Fingern die Schnur löste, mit der das Bündel zusammengebunden war.

Als er den Stoff auseinanderfaltete, packte er eine schwarze Lederhose, ein ebenso dunkles Lederhemd sowie einen schwarzen Wollumhang und Lederstiefel aus. Wortlos betrachtete er die Kleidungsstücke und roch an dem Leder. Selbst ein Laie konnte erkennen, dass ein Meister seines Fachs diese Haut gegerbt und verarbeitet hatte.

»Woher wusstet Ihr meine Größe?«, fragte der Mann und hielt sich die Hose vor.

»Gar nicht«, antwortete der Kirchenfürst schmunzelnd. »Mein Hauptmann hat gut geschätzt!«

Der Mann blickte zu dem Soldaten, der ihm mit ausdrucksloser Miene eine schwarze Ledermaske reichte.

»Ihr wisst, was das ist?«, fragte der Kurfürst.

Der Mann antwortete mit rauer Stimme: »Eine Pestmaske.«

Von der Leyen nickte. »Hier ist ein Säckchen mit wohlduftenden Gewürzen, mit der Ihr den Krähenschnabel der Maske füllen könnt. Ich bete darum, dass die Kräuter das Pestgift von Euch fernhalten werden.« Der Erzbischof sah, wie der Mann schluckte, und versuchte, ihn zu beruhigen: »Ich erwähnte bereits, dass ich Eure Vergangenheit kenne. Deshalb weiß ich, dass die Pest Euch während des langen Kriegs verschont hat. Als der Mann, dem Ihr nahestandet, daran erkrankte, habt Ihr ihn gepflegt. Man sagt, dass es Menschen gibt, die gegen die Pestilenz unempfindlich sind. Ihr scheint ein solcher zu sein.«

Der Blick des Mannes glitt vom Kurfürsten zurück zur Pestmaske. Schließlich legte er sie zusammen mit dem Kräutersäckchen zwischen die Kleidung und verschnürte alles wieder. Dann schaute er dem Kirchenfürsten fest in die Augen und sagte: »Ich fürchte die Pest nicht, denn ich weiß, dass Gott mich beschützen wird. Aber ich ängstige mich vor der anderen Aufgabe, die Ihr für mich bestimmt habt. Dabei weiß ich nicht, wie Gott dazu stehen wird.«

Von der Leyen erwiderte den Blick des Mannes und sagte: »Glaubt mir, Gott hat dafür Verständnis. Und falls nicht, dann ist er nicht Gott!«

Die Worte des Kurfürsten verfehlten ihre Wirkung nicht. Der Mann hatte ihn überrascht angeschaut, doch nach wenigen Augenblicken nickte er. »Ihr habt recht, Eure Eminenz! Gott wird Euren Plan gutheißen und mich beschützen.«

Zufrieden überreichte der Regent dem Mann einen Stapel Papiere. »Dies sind Abschriften der Gerichtsprotokolle, die unter keinen Umständen in falsche Hände fallen dürfen! Lest sie aufmerksam durch und merkt Euch das Wichtigste, damit Ihr später argumentieren könnt.« Der Kurfürst griff neben sich und zeigte ihm weitere Papiere. »Außerdem gebe ich Euch eine Liste mit Namen, die Ihr auswendig lernen solltet. Sobald Ihr die Inhalte der Akten und der Liste verinnerlicht habt, verbrennt alle Papiere!« Die Augen des Kurfürsten blickten streng auf den Mann nieder, als er befahl: »Agnes Preußer ist die Erste, die Ihr retten müsst.«

»Wann?«

»Innerhalb der nächsten drei Monate.«

»Warum diese Frist?«

»Lest die Akten, dann wisst Ihr, warum.«

»Wird sie dann noch leben?«

»Ich hoffe es«, sagte der Kurfürst leise, um mit schneidender Stimme fortzufahren: »Wir müssen zuerst die Angst vor dem Pestreiter schüren. Meine Männer werden dafür sorgen, dass man Euch fürchtet und dass die Menschen Eure Befehle befolgen. Nur so können wir später die Amtmänner und die Schultheißen in die Knie zwingen.« Von der Leyen sah, wie der Mann heftig nachzudenken schien. »Nennt Eure Bedenken!«, drängte er ihn.

»Habt Ihr keine Angst, dass Euch die Menschen verwünschen? Selbst wenn Gott Euren Plan gutheißt, das Volk könnte Euch verfluchen.«

Von der Leyen nickte. »Das ist wohl wahr! Aber ich glaube nicht an die Magie des Einzelnen. Ich weiß, dass unsere protestantischen Nachbarn ohnehin den Katholizismus für magisch verseucht halten. Ich gehe mit ihnen konform, dass nur Gott die Macht hat zu verdammen! Aber warum sollte er das tun? Ich will Menschenleben retten! Meine einzige Angst ist, dass ich an Ansehen verliere, was ich mir in diesen schweren Zeiten nicht leisten kann. Deshalb kann mein Plan nicht per Gesetz durchgesetzt werden. Doch dank des Pestreiters wird man mich mit dieser schweren Aufgabe, die ich Euch anvertraue, nicht in Verbindung bringen. Und falls doch, werde ich jede Verbindung leugnen.«

Das Gesicht des Mannes wurde bleich, und er flüsterte: »Ich bin auf mich allein gestellt, und ich allein werde dafür büßen.«

Stunden später saß der Erzbischof und Kurfürst von Trier hinter seinem schweren Schreibtisch und verbarg sein Gesicht in beiden Händen. Das Haar war noch feucht vom Bad, da er sich den Schmutz, mit dem er sich getarnt hatte, sorgfältig vom Körper gewaschen hatte. Seine Haut war vom Schrubben gerötet und brannte. Er rümpfte die Nase, denn er glaubte, den Modergeruch der Katakomben noch riechen und auch die Feuchtigkeit in seinen Knochen spüren zu können. Leise stöhnend lehnte er sich in seinem wuchtigen Stuhl zurück. Er war erschöpft, aber glücklich, denn er hatte seine Ziele erreicht. Beide Männer würden seine Pläne umsetzen.

Mit rotgeränderten Augen blickte er müde auf das kleine Bild seines Vaters an der gegenüberliegenden Wand, das neben einer Abbildung seiner Mutter hing.

»Ich hoffe, du bist mit mir zufrieden«, murmelte von der Leyen und musste plötzlich laut lachen. »Vater!«, rief er verhalten. »Er wird fürwahr nach Trier kommen! Hättest du das je für möglich gehalten? Seit über hundert Jahren hat ihn niemand mehr gesehen. Doch nun werde ich dafür sorgen, dass er hier im Dom ausgestellt wird.«

Vor Freude klatschte der Erzbischof in die Hände. Alle Müdigkeit schien verschwunden. Er hätte tanzen können vor Freude. Doch die Begeisterung hielt nur wenige Augenblicke, und sein Blick wurde ernst.

Bis wir ihn tatsächlich nach Trier bringen können, bedarf es äußerster Zurückhaltung. Es darf nichts zum Volk durchdringen, beschied er sich selbst. Nicht auszudenken, was geschehen würde, wenn die Leute davon erführen. Ausgerechnet jetzt, dachte von der Leyen, wo das Land noch immer vom Krieg gezeichnet ist.

Er beugte sich nach vorn, um sein Kinn auf den gefalteten Händen abzustützen. Mit liebevollem Blick schaute er vom Bildnis seines Vaters zu dem Portrait seiner Mutter.

Ist es nicht ein Zeichen für den religiösen Neubeginn in meinem Erzbistum?, fragte er sich. Gerade jetzt, wo das Land im Wiederaufbau ist, muss ich den Menschen einen Grund zur Hoffnung geben, auch wenn die Zeiten voller Entbehrungen sind. Er räusperte sich und überlegte weiter. Neue Gebäude müssen errichtet und die alten ausgebessert werden. Natürlich wird das alles Unsummen verschlingen. Doch Tausende von Pilgern aus allen Herren Länder werden kommen, um einen Blick auf ihn werfen zu können. Die Reisenden benötigen Unterkünfte, und sie wollen essen und trinken. Das füllt die leeren Kassen, und meine Untertanen werden zufrieden sein.

Von der Leyen klopfte sich voller Wonne auf die Oberschenkel. Es ist schade, dass ich niemandem von meinen Plänen erzählen kann, dachte er und erhob sich.

Zufrieden, aber mit schweren Schritten verließ er das Regierungszimmer und begab sich zur Nachtruhe in sein Schlafgemach.

Als Ignatius auf dem Rückweg zum Kloster war, setzte Regen ein, und schon bald goss es in Strömen. Sturm kam auf, und der Wind wehte ihm die Kapuze vom Kopf. Obwohl sein Habit mit Wasser vollgesogen war und ihm schwer am Körper hing, eilte er nicht in seine Zelle, sondern lief direkt zur Kirche. Er wusste, dass sich um diese Zeit dort niemand aufhielt und er ungestört sein würde.

Er zog das schwere Kirchenportal des Gotteshauses ein Stück auf und schlüpfte hinein. Der Luftzug ließ die Lichter der zahlreichen Kerzen flackern, die das Innere der Kirche in sanftes Licht tauchten. Er ging durch das Mittelschiff in die erste Reihe und kniete sich dort auf die Gebetsbank nieder. Dann faltete er die Hände und betete stumm. Nachdem er das Kreuz geschlagen hatte, setzte er sich auf.

Der Mönch spürte, wie sich die Nässe des Wollstoffs auf seine Haut legte und ihn frieren ließ. Doch er ignorierte die Kälte – ebenso wie die Pfütze, die sich auf den dunklen Steinplatten bildete. »Ich muss erst Antworten finden«, flüsterte er und fragte stumm: O Herr, wie soll ich dieser Prüfung gerecht werden? Wie soll ich meinem Superior erklären, dass ich von hier fort muss?

Verzweifelt blickte er zu dem großen Kruzifix auf, das im Altarraum stand. Ignatius' Zähne schlugen aufeinander, und Regenwasser tropfte ihm von den Haaren in die Augen. Er wischte sich über das Gesicht und blinzelte das Wasser fort, als er eine Stimme hörte: »Du bist der Cellerar des Jesuitenordens. Dir obliegt die Wirtschaftsverwaltung des Klosters.«

Ignatius schaute sich erschrocken um. Sein Blick suchte einen Mitbruder, den er beim Eintreten in die Kirche übersehen haben könnte. Doch da war niemand. Er hatte seine eigenen Gedanken gehört, die ihn in die richtige Richtung gelenkt hatten. Ignatius überlegte.

»Meine Aufgabe ist es, den Weinkeller und die Speisekammern des Klosters für den Winter aufzufüllen. Unser Ertrag aus dem klösterlichen Garten wird nicht ausreichen, um in der kalten Jahreszeit genügend nahrhafte Speisen zu haben«, flüsterte er und wusste plötzlich, was er zu tun hatte. Doch bevor er sich ans Werk machte, bat er seinen Herrn um Vergebung.

»Du weißt, dass ich es nicht für mich oder aus Boshaftigkeit mache. Deshalb, Herr, vergib mir!«

Wie zwei Tage zuvor stand Jaggi mitten in der Nacht am Fenster seiner Schlafstube und schaute hinaus. Als die Kälte durch den durchnässten Stoff seiner Uniform in seinen Körper kroch, entkleidete er sich und ließ Jacke und Hose zu Boden fallen. Mit einem wollenen Tuch rubbelte er sich trocken und starrte nackt in die Dunkelheit.

»Auf was habe ich mich eingelassen?«, schimpfte Jaggi leise mit sich selbst. »Verdammt! Ich habe mich dazu hinreißen lassen, weil er die Anschuldigung gegen Urs kennt. Nur weil er uns geholfen hat, kann ich ihm nichts abschlagen, einerlei, was es ist. Er hat mich in der Hand, und das weiß er!«

Er stützte sich mit beiden Händen am Fensterrahmen ab und presste die Stirn gegen das Glas. Wie kommt er darauf, solch einen Plan zu ersinnen? Sein Vorhaben kann ihn sein Ansehen, ja sogar seine Macht kosten. Die Menschen werden ihn hassen, besonders jetzt, da die Zeiten noch immer so entbehrungsreich sind. Jaggi hielt in seinen Überlegungen inne und stöhnte auf. Ich habe zugesagt, und es gibt kein Zurück, rief er sich selbst zur Vernunft, als ein anderer Gedanke seine Bedenken verdrängte: Doch sollte mir sein Plan gelingen, könnten sie ihn dafür umso mehr lieben!, grübelte er.

Und plötzlich erschien ihm das Vorhaben nicht mehr so abwegig wie zuvor. Er lächelte in sich hinein.

Hinter ihm fragte eine verschlafene Stimme: »Was murmelst du, mein Lieber?«

Er wandte sich um und ging zum Bett, um sich hinter seine Frau zu legen. Als er seinen ausgekühlten Körper gegen ihren presste, schnappte Barbli laut nach Luft und wandte sich ihm zu.

»Herr im Himmel! Du bist so kalt, als ob du aus einem Eiskeller kommst!«

Ihr Mann lachte leise und legte sich auf sie. »Ich werde dafür sorgen, dass dir gleich heiß wird«, raunte er und liebkoste ihre Brüste.

⸺ *Kapitel 16* ⸺

Zur selben Zeit in Mensfelden bei Coblenz

Der Gerichtsdiener steckte den rostigen Schlüssel in das eiserne Türschloss und drehte ihn um, wobei das Metall ein kratzendes Geräusch verursachte. Als er die Klinke heruntderdrückte, sprang die wuchtige Holztür krachend auf. Der Gestank von Fäkalien, feuchtem Moder und verfaultem Stroh verschlug dem Büttel den Atem, sodass er sich angewidert den Arm vor die Nase presste. Er nuschelte:

»Führ sie hinein!«

Dann trat er einen Schritt zur Seite.

»Nein«, schrie die Frau und versuchte ihre Hände zu befreien, die ihr der Wärter grob auf dem Rücken zusammenhielt. Sie warf ihren Oberkörper hin und her und beugte ihn zurück, um ihre Füße fest gegen den Boden zu stemmen.

Der Mann war stärker. »Gib Ruhe und halt dein Maul!«, schnauzte er, umschlang ihren Oberkörper und presste ihre Arme an die Seiten. Er hob die schreiende Frau hoch und trug sie in das dunkle Verlies. Zwar ließ er ihre Füße zu Boden, doch seine Arme hielten sie so umschlossen, dass der Büttel einen Eisenring um ihren Knöchel legen konnte.

Mit aller Kraft zog die Frau die Knie an und versuchte den vor ihr knienden Gerichtsdiener mit den Füßen wegzustoßen. Als sie ihn am Kopf traf, sprang er auf und schlug sie fluchend und mit Gewalt ins Gesicht. Trotz des Schmerzes wehrte sich die Frau erneut, indem sie das Bein wegzuziehen versuchte. Aber ihre Kräfte schwanden, und sie hing hilflos in den Armen des Wärters. Nun verschloss der Büttel das Fußeisen, und der Mann nahm seine Pranken von ihr.

Die Frau sackte erschöpft zu Boden. Voller Entsetzen erfasste ihr Blick die schwere Kette, die an dem Fußring hing und in der Wand verankert war.

»Ich habe nichts getan! Ich bin unschuldig!«, brüllte sie und rüttelte an dem Eisen.

»Du wirst hier verfaulen. Niemand wird dich retten«, erklärte der Büttel voller Hass und ging mit dem Wärter zurück zur Tür.

»Ich habe Angst in der Dunkelheit«, wimmerte die Frau und kroch den Männern hinterher, bis die Kette spannte, sodass die beiden auflachten. »Habt Erbarmen«, flüsterte sie und hob flehend die Hände.

Der Büttel sah den Wärter fragend an, der mit den Schultern zuckte. Schließlich nahm er eine der brennenden Fackeln im Gewölbegang aus der Wandhalterung und warf sie vor der Frau zu Boden.

»Wir sind keine Unmenschen«, lachte er und schloss mit einem lauten Knall die Tür.

Die Frau starrte mit bösem Blick auf das Türblatt. »Ihr täuscht euch, wenn ihr denkt, dass ich hier unten verrecke. Christ wird mich retten, und er wird euch in alle Ewigkeit verdammen!«

⊸ *Kapitel 17* ⊸

Tage später

Susanna schnitt das Kräuterbüschel vom Balken, das dort zum Trocknen hing. Als sie die Blätter in eine Schale zupfte, spürte sie Barblis Blick im Rücken.

»Was hast du?«, fragte sie verunsichert.

Nach kurzem Zögern antwortete Barbli: »Ich will mich nicht einmischen, aber was ist zwischen dir und Urs? Ich habe das Gefühl, dass ihr euch aus dem Weg geht. Auch verstehe ich nicht, dass du nicht mehr mit uns unter einem Dach leben möchtest. Ich dachte, du und Urs ...« Sie führte den Satz nicht zu Ende, aber das Mädchen wusste, was sie meinte.

Susanna holte tief Luft. Seit Tagen vermied sie es, mit Barbli allein zu sein, da sie solche Fragen gefürchtet hatte. Doch sie wusste, dass sie der Frau, die sie wohlwollend in ihrem Haus aufgenommen hatte, eine Erklärung schuldig war.

»Ich glaubte auch, dass Urs und ich zusammengefunden hätten, aber ich habe mich getäuscht. Als ich ihm meine Liebe gestand, hat er kein Wort dazu gesagt und ist weggelaufen. Noch nie habe ich mich so gedemütigt gefühlt. Seitdem meiden wir einander«, erklärte Susanna und fügte leise hinzu: »Du täuschst dich, wenn du denkst, dass ich nicht mehr mit euch zusammenleben möchte. Ich will nur nicht mehr mit Urs unter einem Dach wohnen. Deshalb gehe ich fort.«

»Ach, Kind!«, seufzte Barbli und nahm sie in den Arm. »Ich hätte mir keine bessere Schwiegertochter wünschen können. Vielleicht wird alles gut, wenn du nicht mehr da bist und mein Sohn merkt, wie sehr er dich vermisst.« Mit diesen Worten wischte sie Susanna die Tränen aus dem Gesicht.

»Wenn das Schicksal es will, wird es so kommen«, sagte Susanna und versuchte zu lächeln.

Barbli knetete Teig, und um Susanna abzulenken, sagte sie: »Mein Mann hat mir erzählt, dass dein Vetter Arthur Soldat werden möchte.«

»Ja, ich weiß. Aber ich denke, er ist noch zu jung«, sagte sie und zermalmte die Kräuter.

»Das sagt Jaggi zwar auch, aber er meint, dass Arthur bei Hansi Federkiel, dem Stallburschen des Heers, in die Lehre gehen könnte. Er soll einer der besten sein«, erklärte Barbli und naschte vom Teig.

»Ist Arthur dafür nicht auch noch zu jung?«, überlegte Susanna und füllte die Kräuterbrösel in ein Töpfchen.

»Dein Vetter ist ein großer und kräftiger Bursche, der älter wirkt, als er ist. Es wäre eine Überlegung wert, denn ich glaube, dass er sich bei uns langweilt. Hier gibt es nur wenig für ihn zu tun«, meinte Barbli.

»Da könntest du recht haben. Zuhause war Arthurs Tag mit schwerer Arbeit ausgefüllt. Und er musste sich um seine jüngeren Geschwister kümmern.«

Barbli stellte die Rührschüssel zur Seite und sah das Mädchen überrascht an. »Ich glaubte, dass dein Vetter ein Waisenkind ist und du seine einzige Verwandte bist.«

Nun schaute Susanna erstaunt auf. »Wie kommst du darauf?«

Barbli zuckte mit den Schultern. »Warum sonst lebt der Junge bei dir?«

Susanna schüttelte den Kopf. »Nein, deine Vermutung ist falsch. Arthur hat eine Mutter. Er hat einen Stiefvater und drei jüngere Halbgeschwister. Seinen leiblichen Vater kennt er nicht, denn meine Muhme hat nicht ihn, sondern den anderen Mann vor Arthurs Geburt geheiratet.«

»Und warum lebt er bei dir?«, fragte Barbli und bestäubte einen Teil des Holztischs mit Mehl.

»Der Stiefvater ist ein brutaler Säufer, der sich einen Dreck um seine Familie schert. Da Arthur nicht sein leiblicher Sohn ist, hat er ihn ständig und grundlos verprügelt. Selbst meine Muhme und seine eigenen Kinder haben Angst vor ihm, denn er ist schon in den frühen Stunden des Tages betrunken und unberechenbar. Als mir bewusst wurde, dass ich mit Hilfe des Schatzfunds sorgenfrei leben kann, wollte ich meine Tante und ihre Kinder aus ihrem trostlosen Dasein herausholen. Aber meine Muhme weigert sich, ihren Mann zu verlassen, da sie den Kindern nicht den Vater nehmen will. Sie gibt die Hoffnung nicht auf, dass ihr Mann sich ändern könnte. Zum Glück erkannte sie, dass Arthur in Gefahr war, und gab ihn in meine Obhut. Ich bin mir sicher, dass ihr Mann den Jungen eines Tages totgeschlagen hätte.«

Barbli hatte Susanna mit entsetztem Gesichtsausdruck zugehört. »Jetzt verstehe ich, warum der Junge nie von seiner Familie spricht«, sagte sie und legte den Klumpen Teig auf die Tischplatte. Nachdem sie ihn mit den Fingern zurechtgezupft hatte, rollte sie ihn mit der Teigwalze aus. »Glaubst du, dass Arthur Freude daran finden würde, Stallbursche zu werden?«, fragte sie.

»Das könnte ich mir gut vorstellen. Er mag Tiere, und Pferde besonders.«

»Dann rede mit Jaggi, damit er das in die Wege leitet.«

Susanna verzog verängstigt das Gesicht, sodass Barbli auflachte. »Du musst dich vor meinem Mann nicht fürchten. Jaggi ist im Grunde ein freundlicher Mensch, der es versteht, sich hinter einer mürrischen Maske zu verstecken.«

»Wenn du das sagst, wird es wohl so sein«, seufzte Susanna.

»Rede bald mit ihm, denn er wird fortmüssen.«

»Wann?«, fragte Susanna.

»Das weiß ich nicht, denn er spricht nicht über seine Arbeit. Aber ich habe es im Gefühl, dass es sehr bald ist«, murmelte Barbli gedankenverloren.

Mit heftig pochendem Herzen stand Susanna vor der guten Wohnstube und wagte nicht anzuklopfen. Doch da wurde die Tür aufgerissen, und Jaggi blickte sie überrascht an.

»Was willst du?«, fragte er schroff.

»Arthur möchte Stallbursche werden«, stotterte sie und blickte verlegen unter sich.

»Komm rein«, befahl Jaggi und schloss die Tür hinter dem Mädchen.

»Hat dein Vetter dir von unserem Gespräch berichtet?«, fragte er.

Susanna nickte. »Ja. Er will bei Hansi Federkiel in die Lehre gehen.«

»Eigentlich möchte er Soldat werden, aber dazu müsste er älter sein. Deshalb habe ich ihm vorgeschlagen, zuerst im Stall zu arbeiten. Wenn er das einige Jahre gemacht hat, sieht man weiter.«

»Ist er nicht auch für die Arbeit, diese gewaltigen Schlachtrösser zu versorgen, zu jung? Ihre Hufe sind größer als seine Hände«, fragte Susanna mit banger Stimme.

Jaggi lachte leise auf. »Ja, unsere Pferde sind furchteinflößend. Was sie im Krieg auch sein sollen. Jedoch sind die meisten lammfromm. Arthur ist groß und kräftig und scheint willig zu lernen. Allerdings musst du dir im Klaren sein, dass Arthur während seiner Lehre Tag und Nacht bei den Pferden verbringen wird. Er wird nur selten nach Hause kommen und durch eine harte Schule gehen. Jedoch kann ich dich beruhigen. Hansi Federkiel ist ein guter und gewissenhafter Bursche.«

Als Susanna nickte, runzelte Jaggi die Stirn.

Das Mädchen erklärte leise: »Ich kenne ihn, denn ich habe ihn damals zu Euch geschickt.«

»Ja, ich erinnere mich«, sagte Jaggi nach einigem Überlegen. »Er brachte mir die Nachricht nach Coblenz, dass Urs frei wäre und es ihm gut ginge.«

Bei Urs' Erwähnung verkrampfte sich Susanna, und sie zog unmerklich die Schultern hoch, da sie vermutete, dass Jaggi sie jeden Augenblick beschimpfen würde. Doch er blieb ruhig. Als sie aufblickte, konnte sie ein feines Lächeln um seine Augen erkennen.

»Manchmal ist nicht alles nur schlecht. Ich wäre niemals auf Federkiel aufmerksam geworden, wenn du ihn nicht zu mir geschickt hättest.«

Beide schwiegen, dann erklärte Jaggi: »Ich werde mit Federkiel reden, damit Arthur zur Probe mit ihm arbeiten kann.«

Susanna bedankte sich artig. Doch sie wusste nicht so recht, ob sie sich freuen sollte, denn bald würde sie wieder allein sein.

Jaggi schien ihre Gedanken zu erraten. »Wann wirst du ausziehen?«

»Sobald der Goldhändler meinen Fund verkauft hat, werde ich mich nach einer Wohnung umsehen.«

»Goldhändler? Hoffentlich kannst du ihm vertrauen.«

»Euer Bruder kennt diesen Mann, der Goldstein heißt.«

»Mein Bruder kennt einen Juden?«

Susanna nickte.

»Weißt du, woher er ihn kennt?«

Nun schüttelte das Mädchen den Kopf. »Goldstein machte einen ehrlichen Eindruck«, erklärte sie zaghaft.

»Pah!«, grunzte Jaggi verächtlich, sodass Susanna erschrocken aufblickte. Da sie sich auf kein weiteres Gespräch einlassen wollte, erhob sie sich. »Gebt Ihr mir Bescheid, sobald Ihr mit Hansi Federkiel gesprochen habt?«, fragte sie.

Jaggi nickte.

Als Susanna die Stubentür öffnete und hinaustrat, prallte sie gegen Urs, der im Begriff war anzuklopfen. Verblüfft und erschrocken zugleich schauten Urs und Susanna einander an.

»Wolltest du zu mir?«, fragte Jaggi seinen Sohn, der mit hochrotem Kopf dastand.

»Ich muss mit dir reden«, erklärte Urs und drückte sich an Susanna vorbei, die ohne ein Wort davoneilte.

Urs schloss die Tür und sah seinen Vater unsicher an, doch dann straffte er seine Schultern und sagte: »Es wird Zeit, dass wir über meine Zukunft sprechen, Vater.«

Ein Aufschrei weckte Ignatius aus seinem kurzen Schlaf. Kaum hatte er die Augen geöffnet, vernahm er die Schläge, mit denen heftig an seine Zellentür geklopft wurde.

»Cellerar«, rief jemand und versuchte, seine aufgeregte Stimme zu dämpfen.

Ignatius schielte zum Fenster. Der Tag war bereits angebrochen.

Erneut wurde gegen die Tür gehämmert, und er erhob sich ächzend von seiner Pritsche. Barfüßig schlurfte er zur Tür. »Was willst du, Bruder?«, fragte er durch das Türblatt.

»Du sollst sofort zum Superior kommen. Etwas Schreckliches ist geschehen!«

»Ist er krank?«, fragte Ignatius.

»Nein, er erfreut sich bester Gesundheit«, erklärte der Mönch entrüstet und forderte: »Beeil dich!«

»Ich verweile im Gebet!«, versuchte Ignatius, seinen Bruder hinzuhalten, und bat in Gedanken seinen Herrn wegen der Lüge um Verzeihung.

»Unser Heiland wird Verständnis zeigen, wenn du das Gebet unterbrichst. Es ist überaus wichtig.«

Ignatius wusste, dass es keinen Grund gab, nicht beim Superior zu erscheinen. Um sich zu stärken, atmete er mehrmals tief ein und aus. Dann öffnete er die Zellentür.

Sein Mitbruder blickte ihn ernst an und bat: »Komm rasch!« Dann eilte er voraus.

»Seit ich diesem Kloster vorstehe, ist mir eine solche Ungeheuerlichkeit noch nicht vorgekommen«, schimpfte der Superior und ging im Kapitelsaal wutschnaubend auf und ab.

Ignatius wagte kaum, den Blick zu heben. Stumm stand er da und wartete, bis der Superior sich beruhigte.

»Die Schlechtigkeit der Menschen ist empörend! Wer könnte so dreist, so frech und verdorben sein, dem Kloster derartiges anzutun?«

»Um Himmels Willen, sagt, was geschehen ist!«, forderte Ignatius ihn auf.

»Hat man es Euch noch nicht mitgeteilt?«, fragte der Ordensobere erstaunt und hielt in seiner Bewegung inne, um gleich darauf wieder hin und her zu marschieren. »Man hat die Vorratskammern des Klosters geplündert!«

»Welch ein Frevel!«, schrie Ignatius auf und schlug sich die Hand vor den Mund.

»Ich habe wie Ihr geschrien, als man mir die Nachricht überbrachte«, erklärte der Superior und legte dem Cellerar die Hand auf die Schulter. »Es muss ein wahrer Schock für Euch sein, da die Lagerung der Lebensmittel Eurer Aufsicht obliegt. Pater Hansen wollte heute in aller Frühe Kohl und Wein aus dem Wirtschaftsgebäude holen, als er bemerkte, dass das Schloss gewaltsam geöffnet worden war. Wer kann so dreist, ja so niederträchtig sein, das Kloster um seine Ernte zu bringen? Waren wir nicht immer barmherzig, und haben wir nicht immer auch den Armen von unserem Ertrag abgegeben?«

Der Superior schaute Ignatius mit leidvollem Blick an, und der Mönch schaute beschämt zu Boden. Der Klostervorsteher seufzte leise und sagte: »Wir werden im Winter hungern und dürsten, denn die Diebe haben auch zahlreiche Weinfässer gestohlen.«

Fassungslos schlug Ignatius die Hände zusammen. »Herr im Himmel! Wie konnte so etwas geschehen?«, jammerte er.

Der Superior blickte ihn mitleidig an.

»Es tut mir leid, aber Ihr versteht sicher meinen Entschluss, den ich Euch nun verkünden muss: Da es als Cellerar Eure Aufgabe ist, für das Wohl unserer Brüder zu sorgen, müsst Ihr durchs Land reisen und bei anderen Klöstern um Nahrungsmittel betteln.«

Ignatius schaute den Klostervorsteher mit großen Augen an. »Das ist unmöglich, Superior! Nicht nur, dass der Regen die Wege aufgeweicht hat und ich nur sehr langsam vorankommen werde. Auch der Winter steht vor der Tür«, erwiderte Ignatius.

»Ich weiß! Ich weiß! Aber was sollen wir machen? Der Winter kann lang und hart werden.«

»Können wir nicht Briefe an die Klöster schicken, damit sie ihre Vorräte mit uns teilen?«, fragte Ignatius.

Der Superior schüttelte den Kopf. »Nein!«, antwortete er rigoros. »Einer schriftlichen Bitte kann man höflich absagen. Die Klostervorsteher würden uns mitteilen, dass sie selbst nicht genügend Vorräte hätten. Wer will das kontrollieren? Ihr müsst persönlich vorstellig werden. Nur dann werden die anderen Klöster mit uns teilen.«

Ignatius erwiderte nichts.

»Ich werde wochenlang fort sein!«, murmelte er.

»Damit Euch die Reise nicht langweilig wird, werde ich Bruder Peter mit Euch schicken«, erklärte der Superior.

Doch Ignatius schüttelte den Kopf. »Bei aller Höflichkeit, aber Bruder Peter würde mich nur aufhalten. Mit einem schnellen Pferd kann ich die Strecken rasch bewältigen. Außerdem würden wir unseren Bruder bestrafen, da er nicht reiten kann.«

Der Superior trat auf Ignatius zu und schlug das Kreuz, um ihn zu segnen. »Ich weiß ob der Bürde, die ich auf Eure Schultern lade. Aber Ihr seid der Cellerar, derjenige, der für das Wohl des Klosters zuständig ist. Geht mit Gottes Segen, mein Sohn!«

Ignatius verbeugte sich und verließ den Kapitelsaal. Nachdem er die wuchtige Tür geschlossen hatte, lehnte er sich dagegen und wischte sich den feinen Schweißfilm von der Stirn.

»Herr, vergib mir!«, murmelte er und blickte zum grauen Himmel empor.

✦ *Kapitel 18* ✦

Die dreijährige Vreni klammerte sich an ihren Oheim. »Geh nicht fort«, weinte sie und blickte ihn aus blauen Augen theatralisch an, sodass Bendicht sich nur mit Mühe ein Lachen verkneifen konnte.

Er hob das Mädchen hoch und küsste seine Stirn. »Ich gehe nicht fort, ich ziehe nur in ein anderes Haus.«

»Warum kannst du nicht bei uns wohnen bleiben?«, schluchzte die Kleine.

»Du weißt, dass ich Menschen gesund machen will, und deshalb brauche ich ein Gesundmachhaus«, versuchte Bendicht zu erklären.

Vreni hörte auf zu weinen. Mit ihren kleinen Händen wischte sie sich über das Gesichtchen. »Kann ich dich besuchen?«, fragte sie, und als Bendicht nickte, lächelte sie.

Bendicht umarmte seinen Neffen Leonhard, und er umarmte Arthur und Susanna. Bevor er seine Schwägerin Barbli in die Arme schloss, schaute er suchend umher. »Wo ist mein Bruder?«

»Jaggi ist in aller Herrgottsfrühe fortgeritten.«

»Dieser Halunke verschwindet, ohne sich von mir zu verabschieden? Wenn er zurückkommt, sag ihm, dass ich deshalb sehr betrübt gewesen bin!«, lachte Bendicht.

Barbli nickte und schwieg. Sie wollte ihrem Schwager nicht

ihren Verdacht mitteilen, dass ihr Mann längere Zeit fort sein könnte. Stattdessen versuchte sie, ihn abzulenken. »Ich bin gespannt, wie lange du in dem Gesundmachhaus allein leben wirst«, neckte sie ihn.

Bendichts Blick verriet, dass er ihre Frage nicht verstand. Barbli schlug ihm neckend auf den Arm. »Du kannst dich nicht verstellen, mein Lieber. Ich weiß, dass du heimlich eine Frau triffst.«

Bendicht glaubte, sich verhört zu haben. Mit großen Augen starrte er seine Schwägerin an.

Als er zu ihrer Vermutung nichts sagte, flüsterte sie, damit die Kinder nicht mithören konnten: »Ich habe gemerkt, wie du dich mehrmals aus dem Haus geschlichen hast. Auch habe ich gehört, wenn du in den frühen Morgenstunden zurückgekommen bist.«

Jetzt endlich begriff er. Seine Gedanken flogen hin und her. Schließlich lächelte er und zwinkerte seiner Schwägerin verschwörerisch zu.

»Ich wusste es!«, wisperte Barbli.

Bendicht ließ sie in dem Glauben und sah zu seinem Neffen, der grinsend zu Boden schaute. »Hast du gehört, was deine Mutter gesagt hat?« Als Urs weitergrinste, murmelte Bendicht: »Herr im Himmel!« Dann fragte er unwirsch: »Hast du meine Bücher, meine Unterlagen, die Tinkturen und Kräuter verstaut?«

Urs bejahte die Frage und wandte sich seiner Mutter zu: »Ich werde dem Oheim helfen, die Sachen in seine Wohnung zu bringen, und erst spät zurückkommen.«

Barbli nickte, und die beiden Männer gingen auf den Hof, wo das Fuhrwerk bereitstand.

Bendicht lehnte sich in dem Stuhl zurück und streckte die Beine von sich. »Ich bin geschafft«, murmelte er und nahm dankend den Becher Würzwein entgegen, den Urs aufgewärmt hatte. Nachdem beide getrunken hatten, betrachtete er seinen Neffen nachdenklich. Der Junge schien den Blick zu spüren, denn er sah fragend hoch.

»Es freut mich sehr, dass dein Vater dir erlaubt hat, Heiler zu werden«, erklärte Bendicht und fügte lächelnd hinzu: »Ich muss gestehen, dass ich die Hoffnung schon aufgegeben hatte. Umso erstaunter bin ich, dass er zugestimmt hat.«

»Ich habe das Gespräch immer wieder hinausgezögert«, gestand Urs. »Es hat mich Überwindung gekostet, mit Vater darüber zu sprechen, denn ich fürchtete, dass ich mit ihm streiten müsste. Zu meiner Überraschung hat er sofort zugestimmt. Womöglich hat er eingesehen, dass ich nicht zum Soldatenleben tauge«, überlegte er und meinte schließlich: »Einerlei, warum Vater eingewilligt hat. Es zählt nur, dass ich bei dir in die Lehre gehen kann.« Er blickte seinen Onkel erwartungsvoll und fragte: »Wann beginnst du, aus mir einen bedeutenden Heiler zu machen, Oheim?«

Bendichts Blick ruhte auf seinem Neffen. Er wusste, dass Urs kein wankelmütiger Schwärmer war, sondern die Leidenschaft fürs Heilen fest in sich verankert hatte. Nur aus diesem Grund hatte Bendicht sich zu dieser Äußerung hinreißen lassen. Er räusperte sich, stellte den Becher zu Boden und setzte sich gerade auf.

»Es wird Zeit, dir die Wahrheit über meine nächtlichen Treffen zu sagen«, erklärte er.

Sein Neffe blickte ihn neugierig an.

Nun erfuhr er die Geschichte von dem rätselhaften Brief und vom Treffen seines Oheims an dem unheimlichen Ort. Vor Aufregung schien sein Herz schneller und lauter zu klopfen. Atemlos lauschte er den Worten des Oheims.

Als Bendicht einen Schluck von dem erkalteten Würzwein nahm, wagte Urs zu fragen: »Kanntest du den Mann? Warum hat er dich an einen solch düsteren Ort bestellt?«

Bendicht blickte von seinem Becher auf und kniff die Augen leicht zusammen. Er überdachte seine Antwort, bevor er sie aussprach. Nachdem er das Gefäß auf den Boden zurückgestellt hatte, erklärte er mit ernster Miene: »Kannst du schweigen?«

Urs zögerte, doch dann nickte er.

»Warum hast du geschwankt?«, fragte Bendicht und sah seinen Neffen durchdringend an, sodass der Junge heftig schluckte.

»Ich habe überlegt, ob das Schweigeversprechen auch gegenüber meinen Eltern gilt. Aber auch ihnen würde ich nichts von dem sagen, was du mir anvertraust.«

»Bist du dir sicher?«, fragte Bendicht.

Urs nickte heftig.

»Man könnte uns anklagen und zum Tode verurteilen.«

Urs wurde blass, und seine Augen öffneten sich schreckensweit.

»Ich kann nicht etwas versprechen, wenn ich nicht weiß, worum es geht«, erklärte er mit rauer Stimme.

»Sehr gut, mein Junge!«, lobte Bendicht seinen Neffen. »Wenn du sofort zugesagt hättest, wäre das Gespräch beendet gewesen. Aber da du ehrlich warst und zudem weitsichtig, werde ich dich ins Vertrauen ziehen. Wie ich bereits erwähnte: Niemand – nicht deine Eltern, nicht Susanna – darf davon erfahren. Sollten wir aber Erfolg haben, darfst du es der ganzen Welt verraten!«, lachte Bendicht.

»Du kannst sicher sein, Onkel, dass ich auch gegenüber meinen Eltern schweigen werde, und da Susanna nichts mehr mit mir zu tun haben will, besteht keine Gefahr, dass ich mein Versprechen breche.«

Bendicht zog zweifelnd eine Augenbraue hoch, doch er schwieg dazu. Stattdessen sagte er: »Du fragtest nach dem Mann, der mir den Brief geschickt hat. Ja, ich kenne ihn. Ich bin ihm bereits mehrmals begegnet, aber wir haben kaum miteinander gesprochen. Obwohl ich ihn nicht wirklich kenne, vertraue ich ihm und kann seine Beweggründe zu diesem geheimen Treffen nachvollziehen.«

Urs runzelte die Stirn. »Warum?«

»Kannst du dich daran erinnern, was das alte Weib auf dem Markt gesagt hatte, als wir für Susanna die Kräuter kauften?«, versuchte Bendicht, Urs an dieses Gespräch zu erinnern.

Der Junge musste nicht lange nachdenken. »Das werde ich nie vergessen, erinnert es mich doch an mein eigenes Schicksal. Die Alte erzählte, dass die Juden die Schuld an der Pestilenz tragen würden, da sie Brunnen vergiften würden.«

Bendicht nickte und sah sich in der Kammer um, als ob er sich vergewissern müsste, dass keine ungebetenen Zuhörer anwesend waren. »Der Mann ist Jude!«, verriet er mit gedämpfter Stimme. »Er will den Beweis, dass kein Gift die Pest verursacht. Ich soll untersuchen, was die Ursache der Krankheit ist und wie sie bekämpft werden kann.«

Unruhig geworden, rutschte Urs auf dem Stuhl hin und her. »Du hast alle Bücher gelesen, die die Gelehrten über die Pest verfasst haben, und nichts darin gefunden, was uns weiterhelfen könnte«, erwiderte er und schaute zu seinem Oheim auf, der ihn anlächelte. »Habe ich etwas Falsches gesagt?«

»Nein, mein Junge! Mir gefällt es, dass du ›uns‹ gesagt hast!«

Urs' Augen strahlten, doch dann wurde sein Blick ernst. »Wie willst du dem Mann helfen?«

Bendicht räusperte sich und atmete tief durch. »Er besitzt ein Haus außerhalb der Stadtmauern Triers in den Weinbergen. Dorthin will er Pestkranke bringen lassen, an denen wir die Krankheit erforschen können.«

»Was ist mit der Heilstube, die du in deinem Haus einrichten willst?«

»Das werde ich, nur nicht sofort. Auch wird sie nicht jeden Tag geöffnet sein. Ich werde den Leuten erzählen, dass ich Hausbesuche mache.«

»Wir könnten ebenfalls erkranken«, warf Urs ein.

Bendicht stimmte ihm zu. »Ich weiß! Aber es gibt Menschen, die anscheinend von der Pestilenz verschont bleiben. Während des langen Krieges habe ich stets Pestkranke umsorgt und bin selbst nicht daran erkrankt. Ich hoffe, dass es dieses Mal nicht anders sein wird.«

Bendicht erkannte, wie Urs mit sich kämpfte. »Du musst keine Angst haben, mein Junge! Nur ich werde mit den Kranken in Kontakt kommen. Du wirst im Hintergrund bleiben. Trotzdem wird die Arbeit gefährlich bleiben, und ich könnte verstehen, wenn du nicht dabei sein möchtest.«

»Wie kannst du so etwas sagen?«, entgegnete Urs. »Ich will ein großer Heiler werden, und das kann ich nicht, wenn ich mich nur um schnupfende Kinder und die Zipperlein von alten Leuten kümmere.« Mit weitgreifenden Gesten unterstrich Urs seinen Willen.

Bendicht lachte laut auf. »Ist ja gut«, rief er. »Du darfst mich begleiten. Aber du machst nur das, was ich dir sage!«, forderte er. Dann ermahnte er Urs eindringlich: »Vergiss niemals, mein Junge, dass du keiner Menschenseele auch nur ein Wort darüber erzählen darfst! Es könnte unseren Tod bedeuten.«

»Du kannst dich auf meine Verschwiegenheit verlassen, Oheim! Wann werde ich den Mann kennenlernen?«

»Heute noch«, versprach Bendicht.

Susanna zog eine Seite des zweiflügeligen Tors auf und betrat mit Arthur den riesigen Pferdestall des kurfürstlichen Heers des Erzbistums Trier. Während das Mädchen mutig in die Stallgasse trat, erschrak ihr Vetter vor den gewaltigen Pferden, die rechts und links an einem langen Balken angebunden standen. Hastig versteckte der Junge sich hinter Susanna.

»Sie sind höher und breiter als unseres«, flüsterte er.

Susanna stimmte ihm zu. Auch sie hatte das Gefühl, als seien diese Tiere einen Kopf größer als ihr eigenes Pferd, obwohl Dickerchen ein ehemaliges Schlachtross war. »Sie tun dir nichts«, erklärte sie zuversichtlich, da nur leises Schnauben und Kaugeräusche zu hören waren.

Langsam trat Arthur hinter ihr hervor, als zwischen zwei Pferderücken ein menschlicher Kopf erschien.

»Da seid ihr ja«, rief ihnen ein junger Mann zu, den Susanna nicht sofort erkannte.

Als er näherkam, rief sie freudig: »Ich grüße dich, Hansi!«

Federkiel lachte und umarmte Susanna stürmisch, die verlegen kicherte.

»Ich grüße dich auch, Susanna!« Dann wandte er sich dem Jungen zu. »Du musst Arthur sein«, sagte er und reichte dem Jungen die Hand. »Deiner Base habe ich zu verdanken, dass ich die Pferde der Hauptmänner versorgen darf, besonders das edle Ross von Hauptmann Blatter«, erklärte er voller Stolz.

»Es freut mich, dass dein Wunsch, unter Blatter in Coblenz zu dienen, in Erfüllung gegangen ist«, antwortete Susanna und runzelte dann die Stirn. Sie ging um Federkiel herum, der erschrocken fragte: »Was ist?«

»Du bist gewachsen«, stellte sie überrascht fest.

Hansi lachte. »Sehr zum Leidwesen meiner Mutter, die meine Kleidung ändern musste.«

»Du weißt, warum wir gekommen sind?«, fragte Susanna.

Der junge Mann nickte. »Hauptmann Blatter hat mir gesagt, dass dein Vetter bei mir in die Lehre gehen soll.«

»Erst zur Probe«, fügte Susanna hinzu, die Arthurs angstvollen Blickes gewahr wurde, als eines der Pferde ihm den Schweif um die Ohren schlug.

»Du kannst dich sicher an mein Pferd Dickerchen erinnern?«, fragte sie.

Hansi grinste. »Er war der einzige Gaul in einer Herde edler Rösser.«

»Unverschämtheit!«, rief Susanna entrüstet. »Dickerchen ist nicht aufgefallen, denn er ist ein ehemaliges Schlachtross. Trotzdem kommt er mir kleiner als diese hier vor. Ist das eine besondere Rasse?«, fragte sie.

Hansi Federkiel schaute die Reihen entlang und schüttelte den Kopf. »Dein Pferd ist ebenso groß wie diese. Hier in diesem Stall stehen die Tiere höher, und du stehst tiefer!«

Susanna drehte sich zu ihrem Vetter um, der bewegungslos neben ihr stand und die Tiere nicht aus dem Blick ließ. »Hast du gehört, Arthur? Du musst keine Furcht vor ihnen haben, denn sie sind genauso groß wie unser Pferd. Und vor dem hast du keine Angst, oder?«

Arthur schüttelte den Kopf.

Hansi lächelte. »Du wirst sie schon bald mögen. Ich werde dir ihre Namen verraten, damit du sie rufen kannst.«

Susanna blickte Hansi eindringlich an. »Arthur wird es bei dir gut haben!«, sagte sie.

Der Stallbursche nickte. »Ich bin dir etwas schuldig«, erklärte er und legte Arthur die Hand auf die Schulter. »Ich werde dir jetzt deine Unterkunft zeigen!«

Susanna ging mit raschen Schritten durch die Gassen von Trier. Bei dem Gedanken, wieder allein zu sein, stiegen ihr Tränen in die Augen. Da sie nicht auf der Straße weinen wollte, presste sie die Zähne aufeinander. Es tröstete sie zwar, dass ihr Vetter bei Hansi Federkiel in guter Obhut war, aber das Gefühl der Einsamkeit war stärker als die Gewissheit, für Arthur das Beste getan zu haben. Als sie spürte, dass der Kloß in ihrer Kehle mit jedem Schritt dicker wurde, lief sie bis zur Römerbrücke, wo sie den Tränen freien Lauf ließ. Keuchend lehnte sie sich über die breite Steinbrüstung und schaute schluchzend in die Tiefe.

Das grünliche Wasser der Mosel, das durch die heftigen Regenfälle der letzten Wochen gestiegen war, schien schneller als sonst durch das Flussbett zu fließen. Tosend drang das Rauschen empor. Susanna glaubte, die feine Gischt in ihrem Gesicht spüren zu können, und beugte ihren Oberkörper weiter nach vorn.

Abrupt wurde sie zurückgerissen.

»Wollt Ihr Euch in die Tiefe stürzen?«, schrie ein Mann und hielt sie am Arm fest.

Susanna drehte sich erschrocken um und schaute in zwei blaue Augen, die sie entsetzt anblickten. Als sie begriff, was der Mann gesagt hatte, rief sie hastig: »Nein – ich hatte nicht die Absicht, meinem Leben eine Ende zu bereiten!« Beschämt wischte sie sich die Tränen fort.

Der musternde Blick des Fremden blieb zweifelnd, trotzdem sagte er: »Ich werde Euch jetzt loslassen.«

Susanna nickte.

»Ihr habt mir einen gewaltigen Schrecken eingejagt!«, erklärte der Mann und schien ehrlich betroffen zu sein.

»Verzeiht!«, murmelte Susanna und versuchte zu lächeln. Dabei betrachtete sie den Mann, den sie nie zuvor gesehen hatte. Er schien wenige Jahre älter als sie zu sein. Seine gut sitzende Tracht ließ auf einen Gelehrten oder einen Kaufmann schließen. Da er sie nicht aus dem Blick ließ, strich sie sich nervös über den Rock.

»Geht es Euch wirklich gut?«, wollte er wissen.

Susanna glaubte, ihm eine Erklärung schuldig zu sein, und

sagte: »Ich habe gerade meinen Vetter zu seinem Lehrmeister gebracht ... und bin betrübt, da er nun ein eigenes Leben führen wird.«

»Ihr müsst ein recht inniges Verhältnis haben, wenn Ihr deshalb trauert. Die meisten freuen sich, wenn jemand eine Arbeit findet.«

Susannas Wangen verfärbten sich. »Ich weiß, dass mein Verhalten töricht ist, aber er ist mein einziger Verwandter«, versuchte sie, ihren Kummer zu erklären. Ihre Offenheit wurde ihr unangenehm, und sie stotterte: »Verzeiht, mein Herr! Aber ich kenne Euch nicht, und ich werde jetzt gehen.«

»Wartet!«, rief der Mann und zog seinen braunen Filzhut vom Kopf. »Ich muss mich entschuldigen, denn ich vergaß, mich vorzustellen. Mein Name ist Walter Bickelmann. Ich bin der Zinßmeister des Kurfürsten und Erzbischofs.«

~ *Kapitel 19* ~

Am selben Tag

Kurfürst und Erzbischof Karl Kaspar von der Leyen stand zwischen Stuhl und Schreibtisch und blickte dem Hauptmann seiner Leibgarde entgegen. Kaum hatte der Mann die Tür des Amtszimmers hinter sich zugezogen, verbeugte er sich und ging mit raschem Schritt auf den Regenten zu. Vor dem Tisch verbeugte er sich ein zweites Mal und sagte: »Eure Eminenz!« Erst dann hob er den Blick, und der Regent grüßte ihn stumm nickend.

»Was gibt es zu berichten, Hauptmann Dietz?«, fragte von der Leyen und setzte sich, während der Soldat stehen blieb.

»Wie befohlen, haben meine Männer die Vorratskammern des Klosters geplündert.«

»›Geplündert‹ ist ein hartes Wort. Aber es bringt Eure Tat auf den Punkt«, erklärte von der Leyen schmunzelnd. »Ich gehe davon aus, dass es ohne großes Aufsehen geschehen ist«, sagte er mit Nachdruck und blickte seinen Hauptmann forschend an.

»Es gibt keine besonderen Vorkommnisse jedweder Art zu melden«, erklärte Dietz mit ernster Miene. »Wie der Mönch es wollte, haben wir das gestohlene Gut unter den Armen verteilt.«

»Ich hoffe, Ihr habt unter den Bedürftigen sorgsam ausgewählt und weder Halunken noch sonstiges Lumpenpack beschenkt«, betonte der Kurfürst.

Der Soldat schüttelte den Kopf. »Familien, alte Menschen und Witwen werden sich über die Gaben gefreut haben«, versicherte er.

Von der Leyen wusste, dass der Hauptmann die Wahrheit sprach. Von allen seinen Männern genoss Eberhard Dietz sein größtes Vertrauen. Die Gedanken des Erzbischofs schweiften zurück zum Tag seiner Inthronisation im März des Jahres. Da hatte Dietz dicht neben ihm gestanden, um ihn vor Übergriffen aus dem Volk schützen zu können. Bevor der Regent sich unter Glockengeläut der Menge zeigte, hatte er seinen Hauptmann besorgt angesehen.

Der erwiderte den Blick und murmelte: »Ihr habt nichts zu befürchten, Eure Eminenz! Ich werde Euch mit meinem Leben beschützen!«

Von der Leyen war sich sicher, dass sein Hauptmann das ohne Zögern tun würde.

Dietz hatte die Unkonzentriertheit des Kurfürsten bemerkt und räusperte sich. Der Regent blickte auf, und der Hauptmann erklärte mit leiser Stimme: »Wie Ihr angeordnet habt, Eure Eminenz, haben wir uns als Bettler getarnt und die Kunde über den Pestreiter unter dem einfachen Volk verbreitet. Viele wissen nun, welche Aufgabe der Mann haben wird, sodass es ein Leichtes für ihn sein müsste, Euer anderes Vorhaben durchzusetzen.«

»Haben die Menschen Angst vor ihm?«, wollte von der Leyen wissen.

Der Hauptmann wog den Kopf hin und her. »Ich kann Euch nicht sagen, ob sie vor dem Pestreiter Angst haben. Aber ich weiß mit Sicherheit, dass ihre Furcht vor der Pestilenz groß ist und sie es nicht wagen werden, gegen den Pestreiter vorzugehen.«

»Was macht Euch so sicher?«, fragte der Kurfürst.

»Auch der einfachste Mann weiß, dass Pestkranke nicht mit Gesunden zusammen sein sollten. Jeder weiß, dass man diese Seuche nur überleben kann, wenn Gesunde Kontakt mit Kranken meiden. Aber wer wagt es, einen kranken Vater oder ein krankes Kind aus dem Haus zu verbannen? Nicht nur, dass es als furchtbar unmenschlich empfunden wird. Viele fürchten ebenso den Zorn Gottes. Doch nun kommt der Pestreiter und bringt die Kranken weg, um sie und ihre Familien vielleicht vor der Krankheit zu retten.«

»Euer Wort in Gottes Ohr«, flüsterte der Kurfürst.

»Ihr zweifelt daran, dass Ihr den Pestreiter berufen habt?«, fragte der Hauptmann erstaunt.

»Nein, ich weiß um die Wichtigkeit seiner Aufgabe. Kein Heiler, keine Medizin, kein Aberglaube kann uns vor der Pestilenz bewahren. Allein der Pestreiter hat die Macht, die Seuche auszumerzen, indem er Kranke und Gesunde trennt. Aber ich teile nicht Eure Meinung, dass er überall willkommen sein wird. Er wird einen schweren Stand haben, und ich befürchte, dass man ihm Leid zufügen könnte.«

Dietz überlegte und schlug vor: »Ich könnte ihm meinen besten Mann als Schutz mitschicken.«

Von der Leyen schüttelte den Kopf. »Ich denke, dass die Wirkung des Pestreiters stärker ist, wenn er alleine auftritt. Wenn er beschützt werden muss, wird diese Wirkung gemindert.«

Der Hauptmann nickte. »Daran habe ich nicht gedacht. Ihr sprecht Wahres«, erklärte er.

»Jedoch könnte Euer Mann dem Pestreiter als unsichtbarer Schatten folgen und im äußersten Notfall eingreifen.«

»Das wäre möglich. Nur wenn Menschen den unheimlichen Pestreiter fürchten, kann er erfolgreich sein«, stimmte der Hauptmann seinem Herrscher zu. Er fügte hinzu: »Nur dann kann er auch die andere, die vorrangige Aufgabe bewältigen.«

Der Blick des Kirchenfürsten wurde hart. »Ich weiß, mein lieber Dietz! Ich weiß! Glaubt mir, dass mir dieser Plan manch schlaflose Nacht beschert hat. Aber ich habe keine Wahl, will ich nicht noch mehr Menschenleben opfern. Deshalb muss der Pestreiter mit aller Kraft diesen Plan umsetzen – selbst, wenn er dabei sein eigenes Leben gefährdet.« Von der Leyen atmete tief ein. »Habt Ihr ein passendes Pferd für ihn gefunden?«, fragte er den Hauptmann.

Der nickte sofort. »Dieser Hengst ist so schwarz wie die Nacht und größer als manches Schlachtross im Heer.«

»Sehr gut«, lobte der Kurfürst. »Er weiß, wo der Hengst steht?«

»Ich habe ihm eine Nachricht zukommen lassen.«

»Dann müssen wir uns gedulden. Ich werde in den nächsten Tagen nach Regensburg aufbrechen, und Ihr und die Leibgarde werdet mich begleiten.«

»Zum Reichstag?«

Von der Leyen nickte. »Wie Ihr wisst, sollte der Reichstag erst im nächsten Jahr stattfinden. Doch Kaiser Ferdinand hat ihn auf Ende Oktober dieses Jahres vorgezogen. Er will offene Fragen wegen des Westfälischen Friedens klären, die keinen weiteren Aufschub dulden. Ich habe meine Abreise lange hinausgezögert, doch Ferdinand will Anfang Dezember nach Regensburg kommen, was ich zum Anlass nehme, dort aufzutreten, obwohl die meisten Reichsstände wahrscheinlich nur durch Gesandte vertreten sein werden. Wenn der Pestreiter seine Arbeit aufnimmt, will ich in Regensburg sein, und damit weit genug entfernt von Trier, sodass niemand bei mir klagen kann – jedenfalls nicht sofort.«

»Ja, das erscheint mir weise! Der eine oder andere Schultheiß wird sicherlich mit den Aufgaben des Pestreiters nicht einverstanden sein«, lachte der Hauptmann leise.

»Wenn die Amtmänner von meinem Befehl erfahren, kann ich schon jetzt ihren Aufschrei hören«, schmunzelte der Kurfürst und befahl: »Bereitet meine Abreise vor.«

Dietz verbeugte sich und verließ das Amtszimmer.

Susanna lehnte sich verlegen gegen die Brüstung der Römerbrücke. Sie zögerte, die ausgestreckte Hand des Fremden zu schütteln, der befürchtet hatte, sie wolle sich ins Wasser der Mosel stürzen. Doch dann überwand sie ihre Scheu und stellte sich dem neuen Zinßmeister des Kurfürsten ebenfalls vor.

Als Walter Bickelmann erfuhr, dass sie in dieselbe Richtung gehen mussten, ließ er es sich nicht nehmen, sie zu begleiten.

»Ich verspreche, keine Dummheiten zu machen«, versuchte Susanna, ihn davon abzuhalten. Es war ihr unangenehm, dass er sie anscheinend für lebensmüde hielt und auf sie aufpassen wollte.

»Meine Frau würde es mir nie verzeihen, wenn ich Euch allein des Weges ziehen ließe.«

»Eure Frau?«, fragte Susanna.

Der Mann nickte. »Ihr müsst wissen, dass Anna Maria seit Beginn ihrer Schwangerschaft sehr energisch auftreten kann. Wenn sie erführe, dass ich Euch nicht begleitet hätte, müsste ich mir täglich anhören, wie unhöflich ich war«, erklärte Bickelmann lachend, wobei seine blauen Augen glänzten.

»Wenn das so ist, möchte ich nicht schuldig sein, wenn es

zu einem Ehekrach kommen sollte«, stimmte Susanna ebenfalls lachend zu.

Walter Bickelmann wies ihr die Richtung, und sie verließen nebeneinander die Römerbrücke.

Susanna betrachtete den Mann von der Seite. Sie konnte nicht leugnen, dass die Begleitung des höflichen und gut aussehenden Mannes ihr angenehm war. Bickelmann schien ihren musternden Blick zu spüren und erwiderte ihn, sodass sie verlegen wegschaute und hastig fragte: »Wann soll der Nachwuchs zur Welt kommen?«

»Ich hoffe bald, denn Anna Maria kann sich kaum noch bewegen. Wie die Hebamme meint, könnte es spätestens zum Jahreswechsel so weit sein. Zum Glück sind wir bereits umgezogen. Meine Frau hätte in ihrem jetzigen Zustand keinen Umzug mehr durchführen können. Aber die alte Wohnung wäre mit Kind zu klein gewesen.«

Susanna horchte auf. »Wisst Ihr etwas über freien Wohnraum in Trier?«

Bickelmann sah sie fragend an.

»Ich suche für mich eine kleine Wohnung, die mitten in der Stadt liegt und die ich rasch beziehen könnte.«

»Nein, leider kann ich Euch nicht behilflich sein. Aber ich kann Euch jemanden empfehlen, der meine neue Wohnung gefunden hat. Peter Hönes kennt Trier wie kein anderer. Er weiß, welche Wohnung für Euch passend wäre. Allerdings ist er ein Halsabschneider, der stets gut verdienen will. Wenn Ihr möchtet, werde ich mit ihm sprechen und ihm deutlich sagen, dass er ehrenhaft bleiben soll.«

»Das würdet Ihr für mich machen?«, fragte Susanna scheu.

»Aber nur, wenn Ihr zustimmt, meine Frau kennenzulernen. Ich glaube, dass Ihr beide Euch gut verstehen würdet.«

Susanna willigte zögernd ein.

»Anna Maria!«, rief Walter Bickelmann schon von der Haustür aus.

»Was schreist du so?«, fragte seine Frau, die ihm entgegenkam und ihren vorgewölbten Bauch mit beiden Händen abstützte. Als sie Susanna erblickte, fragte sie: »Du hast Besuch mitgebracht?«

Nachdem er seiner Frau einen Kuss auf die Wange gedrückt hatte, erklärte er mit einem breiten Grinsen: »Das ist Susanna Arnold. Wir haben uns auf der Römerbrücke kennengelernt.«

»Auf der Römerbrücke!«, murmelte Anna Maria und blickte Susanna stirnrunzelnd an.

Susanna war die Situation unangenehm. Was soll die Frau von mir denken?, dachte sie und streckte ihr schüchtern die Hand entgegen. »Seid gegrüßt, Frau Bickelmann! Ich wollte nicht stören, doch Ihr Mann bestand darauf, dass wir uns kennenlernen«, stammelte sie verlegen.

Der Blick der Frau wanderte zu ihrem Mann, dem das Grinsen im Gesicht festgefroren zu sein schien.

»Wie habt ihr euch kennengelernt?«, fragte sie und presste stöhnend ihre Hände ins Kreuz.

»Hast du Schmerzen? Kommt das Kind?«, rief ihr Mann aufgeregt.

Sie rollte entnervt mit den Augen und sagte, an Susanna gewandt: »Auf der einen Seite bin ich froh, wenn ich niederkomme und nicht mehr schwerfällig durch die Gegend wackle. Aber mir graut schon vor dem Augenblick, wenn es so weit ist. Das Gejammer meines Mannes will ich mir nicht ausmalen«, sagte sie mit liebevollem Blick auf den Gatten. Sie tätschelte seine Wange und schlug vor: »Ihr müsst meinen Kuchen probieren. Ich habe ihn eben aus dem Ofen geholt.«

Ohne auf eine Antwort zu warten, ging sie leise stöhnend an den beiden vorbei in die Küche.

»Ihr scheint nicht von hier zu sein«, stellte Anna Maria Bickelmann fest, nachdem Susanna ihr von dem Missverständnis auf der Römerbrücke erzählt hatte.

»Wie kommt Ihr darauf?«, fragte Susanna erstaunt.

»Ihr habt einen eigentümlichen Dialekt. Außerdem setzt ihr vor manche Sätze ein ›Ei‹.«

»Das ist mir nicht aufgefallen«, überlegte ihr Mann kauend.

»Ich habe es selbst noch nicht bemerkt«, schmunzelte Susanna. »Ich komme nicht aus Trier. Meine Wurzeln liegen im Land an der Saar.«

»In Westrich?«, fragte Bickelmann. »Da bin ich noch nie gewesen. Was hat Euch in die Kurpfalz verschlagen?«

Susanna stellte den Kuchen zurück auf den Küchentisch, denn ihr war schlagartig der Appetit vergangen. Tränen schossen ihr in die Augen, und obwohl sie den Kopf abwandte, hatte Anna Maria bemerkt, dass ihre junge Besucherin plötzlich sehr traurig war.

»Es tut uns leid! Wir wollten nicht taktlos sein«, sagte sie und fasste über den Tisch nach Susannas Hand.

»Ich weiß! Ihr könnt das nicht wissen«, flüsterte Susanna und erzählte in wenigen Sätzen vom Schicksal ihrer Familie. Nur den Schatz erwähnte sie nicht.

»Jetzt verstehe ich, dass Ihr traurig seid«, schlussfolgerte Bickelmann. »Ihr könnt Euch glücklich schätzen, bei der Schweizer Familie ein neues Zuhause gefunden zu haben. Warum wollt Ihr von dort fort und in eine eigene Wohnung ziehen?«

Als Susanna errötete, drehte sich Frau Bickelmann ihrem Mann zu und sagte: »Das geht uns nun wirklich nichts an, Walter!«

»Es ist schon spät«, erklärte Susanna und erhob sich.

»Ich würde mich freuen, wenn wir uns wiedersehen würden«, sagte Anna Maria freundlich.

Susanna nickte.

Walter und Anna Maria Bickelmann brachten die junge Frau zur Tür.

»Gleich morgen werde ich Peter Hönes aufsuchen und ihn bitten, eine geeignete Wohnung für Euch zu finden. Ich werde Euch eine Nachricht zukommen lassen, wann Ihr ihn treffen könnt«, versprach Bickelmann und lächelte Susanna aufmunternd an.

Ignatius war seit Stunden unterwegs. Das ungewohnte Reiten und der harte Sattel waren Folter für ihn. Sein Kreuz schmerzte, und die wunde Haut an seinen Oberschenkeln brannte wie Feuer. Er konnte sich kaum noch auf dem Pferd halten, doch er durfte sich keine Rast gönnen. Jedes Kloster, das er aufsuchen wollte, war fast einen Tagesritt von Trier entfernt, und die erste Fuhre mit Nahrungsmitteln musste schnellstmöglich auf den Weg gebracht werden. Nur so hatte er Zeit, den Auftrag des Kurfürsten zu erfüllen.

Es war bereits später Nachmittag, als er beschloss zu rasten. Er hatte zwar ein kräftiges Pferd unter dem Sattel, aber die Reise war noch lange nicht zu Ende. Als er in der Ferne einen Bachlauf entdeckte, ritt er darauf zu und zog erst kurz davor am Zügel, damit das Pferd aus dem harten Galopp in den Trab und dann in den Schritt fiel.

Mensch und Tier schnauften vor Anstrengung um die Wette. Als der Hengst das Wasser roch, war er kaum mehr zu halten. Ignatius ließ die Zügel locker, und das Pferd schritt bis zum Ufer, wo es sanft in die Grätsche ging und den Kopf zum Saufen neigte.

Ignatius klopfte ihm zufrieden den Hals und stieg ab, wobei er wachsam umherschaute. Am Himmel zogen Wolkenbänder über ihn hinweg, doch Ignatius konnte keine Regenwolken erkennen.

Nachdem auch er seinen Durst gestillt hatte, ließ er den Hengst grasen und aß selbst ein Stück trockenes Brot. Kaum hatte er den letzten Bissen hinuntergeschluckt, schwang er sich wieder in den Sattel und trat mit schmerzverzerrtem Gesicht seinem Ross in die Flanken, das mit einem gewaltigen Satz nach vorne preschte.

Kapitel 20

Der Oktober war ungewöhnlich kalt und feucht. Der stetige Regen ließ Flüsse, Bäche, Seen und Teiche über die Ufer treten. Hochwasser schwemmte den fruchtbaren Auenboden fort und hinterließ nutzlosen Schlamm. In manchen Häusern standen die Menschen bis zu den Knien im Wasser. Sie froren, fluchten und suchten Schuldige.

Auch der November war nicht so wie die Jahre zuvor. Selbst die Alten konnten sich nicht erinnern, je einen solch warmen Herbstmonat erlebt zu haben. Die Natur schien verwirrt zu sein. Knospen erblühten, und Vögel sangen, als ob es Frühling sei.

»Das ist Teufelswerk!«, hörte man Menschen hinter vorgehaltener Hand flüstern, und in manchen Orten wurden Namen genannt.

Pfarrer Weyrich trat aus der Tür seines Pfarrhauses auf die Gasse hinaus, wo ihn munteres Vogelgezwitscher empfing. Als die Sonne ihn blendete, hielt er sich die Hand vor Augen. »Würde es doch endlich Winter werden«, wünschte er sich leise. Seine Mutter – Gott sei ihrer Seele gnädig – hatte stets gesagt, dass er ein Winterkind sei. Und tatsächlich liebte er die kalte Jahreszeit wie keine andere.

Weyrich war im Januar vor dreißig Jahren geboren. Damals waren die Tage des ersten Monats des neuen Jahres so eisig wie die Nächte, und an den Bärten der Männer wuchsen Eiszapfen. Der Pfarrer mochte den Schnee, der die Landschaft wie mit Mehl bestäubte und sie rein und jungfräulich erscheinen ließ. Auch gefiel ihm die frostige Kälte, die alles erstarren ließ und für die Ewigkeit festzuhalten schien.

Ja, er war ein Winterkind, und er wünschte sich nichts sehnlicher, als dass diese ungewöhnliche Wärme vorbeigehen möge. Besonders jetzt sehnte er ein Ende des frühlingshaften Wetters herbei, denn der Vorteil der Kälte war auch, dass sie unangenehme Gerüche festhielt – sie regelrecht einschloss, sodass sie nicht mehr störten. Die Wärme jedoch ließ Gestank wachsen und sich ausbreiten, bis es den Menschen den Atem verschlug.

Pfarrer Weyrich stöhnte auf. Auch heute würden sie zu ihm kommen, und er war verpflichtet, sie hereinzulassen. Mit mürrischer Miene blickte er zum wolkenlosen Himmel. Obwohl er überzeugt war, dass ihm die Seuche nichts anhaben konnte, glaubte er, eines Tages ebenfalls an ihrem bestialischen Gestank zugrunde zu gehen.

Er verschränkte die Hände auf dem Rücken und ging auf seine kleine Kirche zu. Weder ihm noch seinen Vorgängern war je aufgefallen, dass die Kapelle etwas Besonderes war. Doch seit der erste Pestkranke sein Gewissen hier in der Beichte erleichtert hatte, wusste Weyrich, dass dieses Gotteshaus ein außergewöhnlicher Ort war.

Der Geistliche erinnerte sich an den Gestank, der von diesem Mann ausgegangen war und ihn Schlimmes ahnen ließ. Man musste kein Heiler sein, um zu erkennen, dass der Fremde von der Pest gezeichnet war. Der Kranke hatte bemerkt, wie Weyrich zurückgewichen war, als der die schwarzen Beulen an seinem Hals entdeckte. Mit weinerlicher Stimme hatte er gefleht:

»Schickt mich nicht fort, Herr Pfarrer! Ihr wisst, dass nur die Beichte meine Seele erlösen kann. Helft mir, damit ich nicht im Fegefeuer schmoren muss.«

Weyrich wusste um die Furcht der Menschen vor den Qualen der Vorhölle, aber auch er als Geistlicher hatte Angst – Angst, sich mit der Pest anzustecken. Doch als Stellvertreter Gottes war es ihm nicht möglich, den Mann in seiner Not abzuweisen. Und so hatte er genickt.

»Stell' dich in diese Ecke, und ich werde mich in die andere begeben, damit dein kranker Atem mich nicht streift. Auch wenn ich deine Beichte nicht verstehen werde, so kann ich dir doch die Absolution erteilen, da du dich in meinem Beisein auf geweihter Erde zu deinen Sünden bekannt hast«, hatte er erklärt und es nicht mehr gewagt durchzuatmen.

Erleichtert hatte sich der Sünder in den Winkel begeben, wo er murmelnd seine Verfehlungen gestand. Obwohl er leise sprach, konnte Weyrich in seiner Ecke jedes Wort klar und deutlich verstehen. Erstaunt hatte er den Pestkranken mit leiser Stimme gefragt, woher er käme. Als der Mann die Frage hörte, schaute er überrascht zu dem Pfarrer hinüber.

»Bleib da stehen und flüstere den letzten Satz erneut«, hatte Weyrich ihn aufgefordert und war einige Schritte in den Kapellenraum hineingegangen. Zu seiner Verwunderung war dort das Gemurmel nicht zu hören. Nur in seinem Winkel konnte er die Worte der Beichte klar verstehen.

Als der Pestkranke von dannen gezogen war, hatte Weyrich nach dem Grund der verblüffenden Klangwirkung der Worte des Beichtenden geforscht, indem er die Kirche abschritt und sorgfältig Wände, Dach und Boden betrachtete. Doch er hatte nichts Außergewöhnliches erkennen können. »Es muss die besondere Architektur der Kapelle sein, obwohl sie wie jede andere erscheint«, überlegte er und gab sich mit dieser Erkenntnis zufrieden.

Sehr zu Weyrichs Leidwesen sprach sich die Besonderheit der Eckenbeichte in seiner Kapelle wie ein Lauffeuer herum. Bereits einen Tag später stand der nächste Pestkranke vor seiner Tür, um die Beichte abzulegen. Und täglich kamen mehr.

Als Pfarrer Weyrich an diesem Tag das Portal seiner kleinen Kirche öffnete, schlug ihm der Gestank von Eiter und Verwesung entgegen, sodass er den Kopf abwandte. Erst als er noch einmal frische Luft in seine Lungen gesogen hatte, schloss er die Tür. Nachdem sich seine Augen an das schwache Licht im Innern gewöhnt hatten, erkannte er eine Frau, die von ihrem Mann gestützt wurde. Der Pfarrer konnte in den Augen der Kranken den nahen Tod sehen.

»Bitte, Herr Pfarrer!«, stammelte der Mann. »Meine Maria will beichten, bevor sie vor unseren Schöpfer tritt.«

Weyrich nickte und wies mit der Hand zu der Ecke.

»Kann deine Frau allein stehen, oder musst du sie stützen?«

»Ich muss ihr helfen«, antwortete der Mann.

»Dann dreh deinen Kopf zum Innenraum der Kirche, damit du ihr Geständnis nicht verstehst«, sagte Weyrich, und der Mann gehorchte.

Die Beichte der Frau wurde immer wieder von heftigen Hustenanfällen unterbrochen, und schon bald hatte sie keine Kraft mehr. Mit flehendem Blick sah sie den Pfarrer an, der ihre wortlose Bitte verstand. Er schlug das Kreuz und flüsterte: »Gott hat dir vergeben, meine Tochter!«

Erleichtert keuchte sie: »Habt Dank, Herr Pfarrer!«

Als sie ihn beim Hinausgehen anblickte, konnte er Tränen in ihren Augen schimmern sehen. Beide wussten, dass sie den nächsten Tag nicht mehr erleben würde.

Weyrich kniete vor dem Altar und betete für die todgeweihte Frau, als die Kirchentür erneut geöffnet wurde. Der hereinfallende Lichtstrahl fiel auf das Kruzifix an der Wand hinter dem Opfertisch. In Erwartung eines weiteren Pestkranken wies der Pfarrer in die linke Ecke und rief:

»Begib dich dorthin!«

Dann bekreuzigte er sich und stand auf, um in seinen Winkel zu gehen. Als er merkte, dass der andere sich nicht rührte, drehte er sich um – und erschauderte.

Im Mittelgang seiner Kapelle stand ein schwarz gekleideter Mann, der die Kapuze seines Umhangs tief ins Gesicht gezogen hatte, sodass man ihn nicht erkennen konnte. Zudem trug er eine Pestmaske, deren spitze und leicht gekrümmte Nase wie ein Krähenschnabel aus der Kapuze hervorstach.

»Wer seid Ihr?«, fragte Weyrich mit bebender Stimme.

»Man nennt mich den Pestreiter«, erklärte der Fremde ruhig.

Weyrich spürte, wie er wankte. Er stützte sich am Altar ab und sagte keuchend: »Es ist also wahr! Es gibt Euch tatsächlich! Was wollt Ihr von mir?«

»Wenn Ihr von mir gehört habt, wisst Ihr, warum ich gekommen bin.«

Die Stimme der furchteinflößenden Erscheinung schien durch die Maske verstellt, trotzdem fand Weyrich sie nicht bedrohlich, was ihn überraschte. »Darf ich mich setzen?«, fragte er, da seine Beine zitterten.

»Warum sollte ich Euch das verwehren?«, fragte der Mann erstaunt.

Der Pfarrer zögerte einige Herzschläge, dann antwortete er stammelnd: »Es gibt viele Legenden, die sich um Euch ranken. Manche sagen, Ihr seid böse und gewalttätig. Andere erzählen, Ihr kämt, um Pestkranke zu töten. Wieder andere sind überzeugt, dass Ihr die Seuche verbreitet.« Weyrich konnte nicht verhindern, dass seine Lippen zitterten.

Der Mann erwiderte nichts und verschränkte die Hände, die in schwarzen Lederhandschuhen steckten, vor seinem dunklen Wollmantel.

Weyrich schluckte. »Es heißt außerdem, dass Ihr ein Engel seid, der als Strafe Gottes Pestpfeile auf alle abschießt, die vom rechten Weg abgekommen sind, um sie mit der Seuche zu bestrafen. Wie kann ich wissen, ob Ihr mir nicht Böses wollt?«

»Habt Ihr den Weg unseres Herrn verlassen?«, fragte der Pestreiter.

»Nein! Gewiss nicht!«, hallte Weyrichs Stimme gellend durch das Gotteshaus. Sein Herz klopfte heftig vor Angst.

»Dann habt Ihr nichts zu befürchten«, versprach der unheimliche Fremde. »Ich bin gesandt worden, um die Pestkranken zu zählen und namentlich zu erfassen. Wie ich hörte, nehmt Ihr den Kranken die Beichte ab.«

Weyrich nickte schwach.

»Das ist lobenswert und wird unserem Herrn gefallen. Drum vernehmt meinen Befehl: Fortan notiert Ihr die Namen der Pestkranken. Gibt es in Eurer Gemeinde ein verlassenes Haus, das abseits der Dörfer liegt?«

Der Pfarrer schüttelte sofort den Kopf.

Der Pestreiter schimpfte leise: »Denkt erst nach, bevor Ihr verneint!«

Weyrich zuckte ob des Tadels zusammen und überlegte. »Es gibt eine verlassene Holzfällerhütte außerhalb der Gemeinde, inmitten des Waldes.«

»Richtet sie her und weist die Kranken an, zum Sterben dorthin zu gehen.«

»Das könnt Ihr nicht verlangen«, begehrte Weyrich auf.

»Wollt Ihr, dass sich die Seuche weiter ausbreitet? Jeder weiß, dass die Gesunden sich anstecken, wenn sie mit den Kranken unter einem Dach leben.«

»Das würde heißen, dass Familien auseinandergerissen werden. Dass die Menschen ohne den Beistand der Familie sterben müssen. Das ist unmenschlich«, urteilte der Pfarrer, ohne zu bedenken, dass seine Worte den Fremden erzürnen könnten.

»Unmenschlich ist es, wenn die Mutter das Kind und der Mann seine Frau ansteckt!«, widersprach der Pestreiter.

»Wer soll sich um die Kranken kümmern? Wer wird die Kinder der Sterbenden versorgen?«, fragte der Pastor mit letzter Kraft.

»Gesunde, die sich in der Vergangenheit nicht an Kranken ansteckten, sollen sich um die Sterbenden kümmern. Wendet Euch an die Klöster, um den Familien, die von der Pestilenz verschont blieben, zu helfen. In den Klöstern wird man euch sagen können, wo Ihr in Eurer Nähe Sebastiansbruderschaften findet.«

Der Pfarrer sah erstaunt auf. »Ich habe von solch einer Bruderschaft gelesen. Sie soll in früheren Zeiten tätig gewesen sein, als die Pestilenz ganze Städte verseuchte«, erklärte er mit vernehmbarem Zweifel in der Stimme.

Der Pestreiter nickte. »Das ist wohl wahr! Doch sei gewiss, dass die Anhänger des heiligen Sebastian, des Schutzheiligen gegen die Pest, den Sterbenden bis in unsere Tage beistehen.«

»Sie werden sich anstecken!«

»Das wissen sie«, erklärte der Pestreiter, drehte sich um und wollte gehen.

»Wartet«, rief Weyrich ihm hinterher.

Der Mann wandte sich um.

»Was ist, wenn ich Eure Anweisung nicht befolge?«

Der Pestreiter lachte leise. »Was erwartet Ihr von mir? Soll ich Euch drohen, Euch verfluchen oder Euch verprügeln, damit Ihr meine Befehle befolgt? Ihr seid ein Mann Gottes, und auf den vertraue ich«, antwortete er und verließ die Kapelle.

Das Gebäude, das viele Jahre zuvor aus umherliegenden Steinen erbaut worden war, verschmolz mit dem grauen Boden des Weinbergs. Es glich einer kleinen Steinscheune und war auf den ersten Blick nicht zu erkennen, sodass es das bestmögliche Versteck für diesen ungewöhnlichen Befehl war.

Zwei Wochen zuvor waren die ersten Pestkranken in das unscheinbare Haus eingezogen, das aus einem länglichen dunklen Raum bestand. Man hatte ihn mit Tüchern abgeteilt, sodass einzelne Krankenlager entstanden waren. Da in der rechten Außenwand neben dem Eingang ein Kamin eingelassen war, konnte das Gebäude nicht nur geheizt werden. Es war außerdem möglich, auf der offenen Feuerstelle Essen zuzubereiten und Wasser zu erwärmen.

Bereits am ersten Tag, als Bendicht und Urs noch im Begriff waren, die Scheune herzurichten, standen die ersten Kranken vor der Tür und flehten um Aufnahme. Auf die Frage, woher sie von dem Pesthaus wussten, erklärten sie, dass ihnen ein Engel erschienen sei und davon berichtet habe. Der Engel habe versprochen, dass sie an diesem Ort gepflegt würden und man ihnen ihre Schmerzen nehmen würde.

Fünfzehn Pestkranke galt es schon nach wenigen Tagen zu versorgen. Vier waren gestorben, und vier neue dazugekommen. Da die Kranken rund um die Uhr versorgt werden mussten, bat Bendicht den Juden um Hilfe. Der schickte zwei Frauen, die sich vor der Pestilenz nicht fürchteten und tatkräftig halfen.

Bendicht war jeden zweiten Tag von morgens bis abends bei den Pestkranken. In einer Ecke des Raums hatte er seine Werkzeuge, Kräuter und Tinkturen untergebracht, die er zur Behandlung benötigte. Auch holte er seine Fachbücher in das Haus, damit er darin nachlesen konnte, wenn er mit seiner Weisheit am Ende war. In der Hoffnung, über jeden Kranken etwas Besonderes zu erfahren, wurden Berichte angefertigt, die Bendicht miteinander verglich. Er versuchte, an alles zu denken und es zu beachten, um die Ursache der Pesterkrankung zu ergründen. Doch das erwies sich als schwierig. Dank Mohn- und Weidenrindensaft konnte er den Menschen zwar die Schmerzen erleichtern, aber Heilung war nicht möglich. Das Elend im Pesthaus war grauenvoll. Die Kranken wimmerten, weinten vor Schmerzen, stöhnten Tag und Nacht. Täglich starben Pestkranke, und jeden Tag kamen neue hinzu. Bendicht gönnte sich keine Ruhe, und die einfache Pritsche, die für ihn zum Schlafen bereitstand, blieb meist unbenutzt.

Urs begleitete seinen Oheim, sooft er konnte. Doch jedes Mal, wenn er in das Pesthaus trat, wurde ihm übel. Wegen des ungewöhnlich warmen Wetters war der Gestank besonders heftig, sodass sich seine Übelkeit verstärkte. Urs hatte gehofft, das Tuch mit den eingenähten Kräutern, das er sich vor Mund und Nase band, würde den Gestank übertünchen. Aber der ekelhafte Geruch von verfaultem Fleisch, Eiter und Verwesung war stärker. Urs wagte kaum zu atmen, da er Angst hatte, die Seuche mit der Luft in seine Lunge zu ziehen.

Mit entsetztem Blick starrte er auf ein kleines Mädchen. Ihr Körper krümmte sich unter Schmerzen, und ihr Gesicht glühte vor Fieber. Sie klagte laut über Halsschmerzen und dass sie nicht schlucken konnte. Urs vermochte den Blick nicht von den Augen des Mädchens zu wenden, die sie vor Angst und Schmerzen weit aufgerissen hatte.

»Urs! Steh nicht herum! Bring mir die Schüssel und stell das Pult an meine Seite, damit du mitschreiben kannst«, rief Bendicht gereizt.

Erschrocken blickte Urs zu seinem Oheim, der sich über das Kind beugte und es gründlich betrachtete.

Rasch holte Urs die Schüssel und hielt sie vor seinen Onkel. Beißender Essiggeruch brannte in seiner Nase und überdeckte den Gestank in dem Raum.

Bendicht wusch sich die Hände gründlich mit dem Essigwasser. Er schleuderte die Tropfen von seiner Hand und untersuchte den Hals des Kindes, das bei der Berührung bitterlich weinte.

»Du musst keine Angst haben. Wie heißt du?«, fragte Bendicht und versuchte zu lächeln.

»Ursel«, wisperte die Kleine. »Es tut so weh«, klagte sie, als Bendicht ihre Achseln abtastete.

»Ja, das weiß ich, aber du musst jetzt tapfer sein, kleine Ursel. Ich muss dir die schwarzen Beulen aufstechen, damit der Eiter abfließen kann«, erklärte Bendicht dem Kind, das heftig den Kopf schüttelte.

»Nur dann lassen die Schmerzen nach«, versuchte er, das Mädchen zu überzeugen, doch es warf den Kopf hin und her.

»Wenn du es geschehen lässt, werde ich dir in Honig eingelegte Früchte bringen«, versprach Urs lächelnd.

Ursel blickte ihn aus ängstlichen Augen forschend an und nickte zögernd.

Bendicht sah seinen Neffen dankbar an und bettete das Mädchen vorsichtig auf die Seite, um ihr den Träger des Hemdchens von der Schulter zu ziehen. »Elisabeth«, rief er eine der Helferinnen. »Bring mir ein Tuch und mein Werkzeug.« Er vermied es wohlweislich, das Werkzeug – einen spitzen Dolch – beim Namen zu nennen, denn er befürchtete, dass das Mädchen zurückschrecken könnte.

Erneut wusch sich Bendicht die Hände im Essigwasser und trocknete sie gründlich ab. Dann hob er den Arm des Kindes, den die Helferin festhielt, und legte das Tuch über die schwarzen Beulen, die er durch das Gewebe abtastete.

»Urs, schreib!«, befahl er, und sein Neffe sah ihn aufmerksam an.

»Überschrift: Ursel. Unter der rechten Achsel befinden sich zwei schwarze taubeneigroße Knoten, die im Innern weich erscheinen.« Kaum hatte er zu Ende gesprochen, ritzte er mit einer raschen Bewegung eine der Beulen auf. »Urs, schreib«, befahl er erneut und diktierte: »Aus der ersten Beule tritt dickflüssiger, übelriechender Eiter heraus.«

Er musste Urs die Worte zuschreien, da Ursel vor Schmerz brüllte.

»Spür nach, wie die Schmerzen nachlassen«, versuchte Bendicht, das Kind zu beruhigen, das nicht zuhörte, sondern schrie, bis es husten musste.

Bendicht nahm keine Rücksicht und ritzte die zweite Beule auf. Auch hier quoll ekelhaftes Sekret heraus, das er mit dem Tuch auffing. Dann drückte er die Wunde, und der Eiter vermischte sich mit Blut. Erst als reines Blut kam, hielt er inne und reichte Elisabeth das mit Pesteiter getränkte Tuch. »Verbrenn es«, befahl er der Frau, die hinauslief, um es sofort in die Flammen des Kaminfeuers zu werfen.

Ursel schrie und wollte sich nicht mehr beruhigen. Plötzlich verstummte sie. Sie hob den Arm und blickte wimmernd auf ihre Wunden, die zu bluten aufgehört hatten.

»Es tut weniger weh«, sagte sie und versuchte unter Tränen zu lächeln. »Bekomme ich jetzt meine Honigfrüchte?«, wisperte sie, und Urs nickte lächelnd.

~ *Kapitel 21* ~

Der Domkapitular Paul von Aussem ging einige Schritte zurück, um das Dach des Coellner Doms mit einem Blick erfassen zu können. Als er hinaufschaute, blendete ihn das helle Licht des grauen Himmels, und er legte sich die Hand vor die Stirn. Trotzdem konnte er nur einen Teil des Bauwerks erkennen. »Ich muss weiter zurück durch das Tor in die Trankgasse gehen. Von dort müsste ich das ganze Dach sehen können«, murmelte er und sah hinter sich. Dabei bemerkte er einen Mönch, der unter dem Torbogen stand und ebenfalls an der imposanten Kathedrale emporblickte.

Als die Blicke der beiden Männer sich trafen, ging der Domkapitular auf ihn zu. »Seid gegrüßt, Bruder!«

»Gott zum Gruße!«, erwiderte der Mönch. »Am Dom wird wohl fleißig gebaut«, stellte er fest und zeigte auf die Arbeiter, die in luftiger Höhe zu erkennen waren.

Der Domkapitular hob verzweifelt die Hände. »Es wäre zu schön, wenn man das sagen könnte.«

Der Mönch runzelte die Stirn und zeigte hoch zum Südturm, auf dem ein Kran zu erkennen war. »Die Hebemaschine, das Baugerüst, mit dem der Turm eingerüstet ist, und die Arbeiter, die sich da oben bewegen, ließen mich darauf schließen.«

Erneut winkte von Aussem ab. »Es werden nur kleine Ausbesserungsarbeiten vorgenommen. Bereits seit hundert Jahren ist kein Geld vorhanden, um große Baumaßnahmen am Dom durchführen zu können.«

»Welche Schande!«, sagte der Mönch kopfschüttelnd.

Der Domkapitular stimmte ihm zu. »Ja, das kann man wohl sagen.«

»Wo ist das Geld hingegangen, das die Kirche einnimmt? Der Zehnt füllt doch schon seit Jahrhunderten ihre Kassen.«

Der Domkapitular atmete tief durch und sah den fremden Mönch ob der Frechheit entrüstet an. Wie konnte er es wagen, in solch abfälligem Ton über die heilige Kirche zu sprechen? Der Mönch schien von Aussems Reaktion nicht zu bemerken, sondern beobachtete angestrengt die Arbeiter, die emsig in Höhe des Südturms hin und her liefen. Der Domkapitular schluckte die tadelnden Worte hinunter, die ihm auf den Lippen lagen, und musterte den Mann verstohlen. Das dunkle Habit wirkte abgewetzt, das Zingulum war nicht wie üblich ordentlich verknotet. Der Strick war viel zu hoch in der Hüfte gebunden, und auch die Tonsur des Mönchs ließ zu wünschen übrig. Der sonst kreisrund ausgeschorene Hinterkopf war von dichtem Haar überwuchert.

»Wer seid Ihr? Ich habe Euch hier noch nie gesehen«, fragte er neugierig.

»Ich kenne Euch ebenfalls nicht«, erklärte der Mönch schlagfertig und lächelte freundlich.

»Ich bin hier der Domkapitular und heiße Paul von Aussem«, stellte er sich mit ernster Miene vor und verschränkte seine Hände in den weiten Ärmeln seines schwarzen Talars.

»Ein ungewöhnlicher Name. Ich könnte mir vorstellen, dass Ihr deshalb als Bursche geneckt worden seid«, erklärte der Mönch schmunzelnd.

Bei soviel Direktheit verzog von Aussem lächelnd seinen Mund und nickte. »Wenn man von Aussem heißt, rufen einem die Kinder hinterher: Wie sieht es innen aus? Doch das ist schon lange her. Jetzt, da ich eine wichtige Rolle im Dom innehabe, wagt es niemand mehr, meinen Namen zu verulken. Aber ich kenne immer noch nicht Euren Namen. Da Ihr ein Habit tragt, nehme ich an, dass Ihr ein Klosterbruder seid. Womöglich ein Wandermönch?«

»Ein Wandermönch«, murmelte der Fremde nachdenklich und schüttelte den Kopf. »Nein, ich bin auf der Durchreise und muss nach Trier. Da Coelln auf meiner Reiseroute liegt, habe ich einen Abstecher hierher gemacht, denn es war schon immer mein Wunsch, den Coellner Dom zu sehen.« Sein Blick glitt erneut zu dem imposanten Bauwerk. »Ich muss gestehen, dass ich enttäuscht bin, denn ich hatte ihn mir prachtvoller vorgestellt. Er ist ein Fragment, das unvollendet scheint. Ich kann mir zwar denken, dass große Bauwerke Jahrzehnte oder gar Jahrhunderte benötigen, bis sie fertiggestellt sind. Doch da der Grundstein des Doms bereits im dreizehnten Jahrhundert gelegt wurde, wundert es mich, ihn in diesem Zustand zu sehen. Ich hatte mir die größte Kathedrale im Reich prächtiger, ja auch anmutiger vorgestellt. Aber sie erscheint mir wie ein greises Weib, dessen Erscheinung sich dem Alter beugt und vergeht.«

Der Domkapitular sah den fremden Mönch erstaunt an. »Nicht nur, dass Ihr die Geschichte des Doms kennt. Aus Euren Worten kann ich Ärger, aber auch Wehmut heraushören. Das berührt mich, denn jetzt verstehe ich Eure Äußerung bezüglich der Kircheneinnahmen. Zuerst dachte ich, dass Ihr anmaßend seid, aber nun bekommt Euer Tadel einen anderen Sinn. Aus den Büchern weiß ich, dass bis 1530 jeder Herrscher und jeder Bischof bestrebt war, dem Dom seinen Stempel aufzudrücken. Ständig wurde etwas verändert und um- oder angebaut. Die Kathedrale stand prächtig da und war schön anzusehen. Aber dann wurde das Geld für wichtige Ausstattungsstücke im Innern benötigt, und der Ausbau erlahmte. Wenn man ein Gebäude nicht hegt und pflegt, verfällt es leider«, erklärte der Domkapitular und seufzte leise. Doch dann nahm seine Stimme einen freudigen Klang an. »Doch der Kircheninnenraum ist gewaltig groß und prächtig ausgeschmückt.« Er schaute erneut zum Dom. »Bedauerlicherweise ist die Gleichgültigkeit der Christen ebenso groß wie der Geldmangel der Kirche. Würden die Menschen Geld sammeln, könnte man ein ordentliches Dach auf das Mittelschiff des Langhauses setzen. So aber muss ein Notdach für die nächsten Jahre ausreichen.«

»Könnte es sein, dass der Zustand des Doms für viele Menschen unwichtig ist, da sie andere Sorgen plagen? Viele kämpfen mit den Folgen des langen und furchtbaren Krieges«, warf der Mönch nachdenklich ein.

Doch von Aussem schüttelte den Kopf. »Dieser Krieg ließ Coelln fast unversehrt, da die Stadt den vorbeiziehenden Truppen Geld zahlte und Coelln von Belagerung und Eroberung freikaufte. Außerdem sind die Coellner kein armes Volk. Viele verdienten prächtig an Waffenproduktion und Waffenhandel.«

»Dann müsst Ihr es hinnehmen, wie es ist«, erklärte der Mönch mit Bedauern in der Stimme und blickte am Holzgerüst empor, auf dem zahlreiche Männer Balken und Werkzeuge hinaufschleppten.

»Soll ich Euch den Dom zeigen?«, bot der Domkapitular höflich an.

Der Mönch antwortete erstaunt: »Es würde mich sehr freuen, wenn Ihr mich herumführt.«

»Ich kenne noch immer nicht Euren Namen!«

Der Mönch sah kurz zu Boden, um dann Paul von Aussem fest in die Augen zu blicken. »Nennt mich Christian«, antwortete er.

»Dann kommt, Bruder Christian. Ich werde Euch mein Schmuckstück zeigen.«

Er führte seinen Gast durch das wuchtige Hauptportal in das Innere des Doms. Obwohl er selbst schon unzählige Male durch den zweiflügeligen hohen Eingang hindurchgeschritten war, überkam ihn auch dieses Mal wieder eine Gänsehaut, als er das Innere betrachtete.

Der Schein von Hunderten von Kerzen erhellte sanft das Innere der Kathedrale. Selbst das trübe Licht des Novembertages ließ die bunten Gläser der gotischen Fensterscheiben in den Farben des Regenbogens erstrahlen, die sich am Boden wie bunte Farbkleckse widerspiegelten. Wohlriechender Rauch aus silbernen Weihrauchkesseln verbannte den modrigen Geruch der alten Mauern. Ihr dünner Qualm zog durch den Raum, um in der Höhe zu entschwinden. Das Gemurmel der betenden Besucher hallte an den Wänden wider, ohne zu stören.

Der Domkapitular blickte zu dem Mann, der staunend neben ihm stand. Der Mönch hatte seinen Kopf in den Nacken gelegt und drehte sich um die eigene Achse.

»Unglaublich«, hörte von Aussem ihn immer wieder murmeln.

Leise erklärte er: »Die Glasmalereien schildern Ereignisse

aus der Heilsgeschichte oder zeigen biblische und heilige Gestalten. Manche Scheiben sind mehrere hundert Jahre alt.«

Der Blick des Mönches schweifte durch das Langhaus. »Das alles ist von Menschenhand geschaffen«, flüsterte er ehrfurchtsvoll und besah sich eine Säule. »Ich muss meine Meinung berichtigen. Diese Kathedrale ist wunderschön, anmutig und mit nichts zu vergleichen«, erklärte er leise, und sein Blick bat um Verzeihung.

»Es ist wie mit vielem im Leben. Das Äußere gibt den inneren Schein selten wieder«, meinte von Aussem schmunzelnd. »Allerdings soll das Straßburger Münster ebenfalls außergewöhnlich sein. Leider konnte ich mich bis heute noch nicht selbst davon überzeugen.«

»Was ist das für eine Wand?«, fragte der Mönch und schritt auf sie zu.

»Das ist eine traurige Geschichte«, klagte von Aussem. »Wie ich Euch bereits sagte, fehlt ein ordentliches Dach auf dem Langschiff. Auch müssen noch viele andere Arbeiten im und am Dom vollendet werden. Nur der Chor wurde in seiner ganzen Pracht bereits fertiggestellt. Diese Mauer wurde zu seinem Schutz errichtet. Wäre sie nicht, würde Euer Blick durch einen Wald von Säulen in den lichtdurchfluteten gotischen Chor fallen. Dies ist ein Anblick, in dessen Genuss wir beide wahrscheinlich niemals kommen werden. Seit mehr als zweihundert Jahren steht diese Schutzwand, und ich wage zu behaupten, dass es noch einmal so viele Jahrhunderte dauert, bis sie eingerissen werden kann. Zwar bedaure ich diesen Zustand sehr, aber es wäre nicht auszudenken, wenn dieser prachtvolle Chor durch Ausbesserungsarbeiten beschädigt würde.«

»Jetzt komme ich einmal in meinem Leben nach Coelln und kann nur die eine Seite des Doms bewundern«, bedauerte der Mönch.

Paul von Aussem überlegte nicht lange. »Wenn Ihr zu

schweigen vermögt, werde ich Euch den Domteil hinter der Mauer zeigen.«

»Das würdet Ihr für mich tun?«, fragte der Mönch mit ungläubigem Blick. Als der Domkapitular nickte, versprach er: »Ich werde schweigen wie ein Grab!«

»Folgt mir«, bat von Aussem und freute sich, dem fremden Mönch einen Wunsch erfüllen zu können.

Andächtig strich Bruder Christian mit dem Finger über das dunkle, fast schwarze Holz der Chorstühle. Forschend betrachtete er die Schnitzereien der Unterkonstruktionen. »Wie alt sind diese Stühle?«, fragte er.

»Diese Frage kann ich Euch nicht beantworten. Den Aufzeichnungen nach sollen die Zimmerleute und Bildhauer, die nicht nur aus Coelln, sondern auch aus Lothringen und Paris stammten, den Auftrag für die einhundertvier Sitze um 1308 erhalten haben. Aber ob das stimmt, kann ich nicht mit Sicherheit sagen. Was ich allerdings weiß, ist, dass neunundzwanzig mittelgroße Eichenstämme verwendet wurden. Darüber gibt es nämlich noch die Rechnung«, verriet er grinsend.

»Wer hier schon gesessen haben mag?«, überlegte der Mönch laut.

»Auch das kann ich Euch verraten, Bruder Christian. Das Gestühl diente vierundzwanzig Domkapitularen und ihren siebenundzwanzig Vertretern ebenso wie weltlichen und geistlichen Besuchern des Doms. Sogar der Kaiser und der Papst haben hier im Chor gesessen«, erklärte von Aussem. Er betrachtete den Mönch erneut, der anders zu sein schien als die Glaubensbrüder, die er kannte. »Ich habe noch niemanden kennengelernt, der sich solche Gedanken über ein Gebäude und sein Inventar macht. Es kommt mir vor, als ob Ihr die Welt mit den Augen eines Kindes betrachtet.«

Ein verhaltenes Lachen drang aus der Kehle des Mönches. »Wollt Ihr damit sagen, dass ich unreif wäre?«

»Um Himmels willen! Ich wollte Euch nicht beleidigen«, entschuldigte sich der Domkapitular.

Der Mönch schritt inzwischen durch den Chor, um ihn näher zu betrachten. »Wohin führt diese Tür?«, fragte er, als er zwischen zwei Säulen einen Wandteppich bestaunte und dahinter eine verborgene Tür entdeckte.

Der Domkapitular schaute erschrocken auf. Er hatte nicht damit gerechnet, dass der Mönch hinter den Vorhang blicken würde.

»Das darf ich Euch nicht sagen«, murmelte er und wandte sich zum Gehen.

Doch der Mönch fragte: »Führt sie zur ›Goldenen Kammer‹?«

Paul von Aussem drehte sich abrupt um und zischte: »Woher wisst Ihr davon?«

»Es ist kein Geheimnis, dass im Coellner Dom unglaubliche Schätze gehortet werden.«

»Ach ja?«, fragte er und sah den Mönch scharf an.

»Man erzählt sich, dass in einem dunklen Gewölbe Bücher, Gewänder und Reliquien aufbewahrt werden. Unter anderem sollen drei eiserne Glieder der Kette, mit der Petrus gefesselt wurde, in einer vergoldeten Reliquienmonstranz zu sehen sein. Auch der Petrusstab ist angeblich in dieser Kammer weggesperrt.«

»Woher habt Ihr dieses Wissen?«, fragte Paul von Aussem, und auf seiner Stirn bildeten sich kleine Angstschweißtropfen. Er wischte sich mit dem Ärmel des Talars fahrig über das Gesicht und sah sich hilfesuchend um. Doch niemand war da, den er um Hilfe bitten konnte.

»Ihr müsst Euch nicht fürchten. Ich will Euch nichts Böses«, versuchte der Mönch, ihn zu beruhigen.

»Wer seid Ihr?«, fragte von Aussem erneut. Der Mönch öffnete das Zingulum. Nachdem er den groben Strick zur Seite gelegt hatte, zog er das dunkle Habit aus, sodass seine wahre Kleidung zum Vorschein kam.

»Was wollt Ihr von mir?«, stotterte Paul von Aussem und griff haltsuchend nach dem Chorstuhl.

»Sagtet Ihr nicht selbst: Es ist wie mit vielem im Leben – das Äußere gibt den inneren Schein selten wieder?«, fragte der Mönch, der sich Christian nannte, und trat auf den Domkapitular zu.

⊸ *Kapitel 22* ⊷

Susanna fürchtete sich vor dem Einschlafen, da sie erneut von nächtlichen Alpträumen geplagt wurde. Seit Arthur nicht mehr bei ihnen wohnte, träumte sie wieder öfter von ihrer ermordeten Familie. Jede Nacht sah sie in die toten Gesichter ihrer Eltern und ihrer Geschwister. Sie wachte weinend und mit heftig klopfendem Herzen auf und griff nach dem Amethyst, den sie als Anhänger um ihren Hals trug. Mit beiden Händen umschloss sie das Amulett, das ihr Urs und Bendicht auf dem Markt gekauft hatten. Inbrünstig betete Susanna zu den Schutzengeln, doch nichts konnte sie beruhigen.

Nur Urs war es in vergangenen Tagen gelungen, sie in ihren Alpträumen zu trösten. Aber er schien ihr Leid nicht mehr zu spüren. Bei dem Gedanken an sein gleichgültiges Verhalten kullerten Tränen über Susannas Wangen. Wie konnte ich mich so in ihm getäuscht haben?, dachte sie traurig.

Sie sah ihn nur noch selten, da er die meiste Zeit bei seinem Oheim verbrachte und deshalb schon vor Tagesanbruch das

Haus verließ und erst spät in der Nacht zurückkehrte. Wenn Susanna manchmal nicht einschlafen konnte, wartete sie am Fenster, bis er nach Hause kam. Meist läuteten die Kirchenglocken von Trier bereits die Mitternachtsstunde ein, wenn er um die Straßenecke bog. Susanna war sich sicher, dass er sie am Fenster stehen sah, aber er schaute nicht zu ihr hoch.

»Das Leben könnte so schön sein«, jammerte Susanna leise. Der jüdische Goldhändler Nathan Goldstein hatte ihren Schatzfund zu einem guten Preis verkaufen können, und nach Abzug seiner Gebühr war genügend Geld übrig, dass Susanna ein sorgenfreies Leben führen konnte. Doch was nützte das Geld, wenn sie allein bleiben würde? Da sie sich nicht vorstellen konnte, jemals für einen anderen Mann so zu empfinden wie für Urs, glaubte sie fest, dass sie bis ans Ende ihrer Tage ein einsames Dasein fristen würde.

Susanna wischte sich müde über die Augen und schaute zu der kleinen Vreni, die tief und fest neben ihr schlief. Zum Glück bekam das Kind von ihren Gedanken und Ängsten nichts mit. Susanna umschlang den kleinen Kinderkörper und murmelte: »Hoffentlich komme ich in meiner eigenen Wohnung zur Ruhe.« Sie sehnte den nächsten Tag herbei, denn Walter Bickelmann hatte ihr eine Nachricht zukommen lassen, dass sein Bekannter Peter Hönes bei ihr vorstellig werden würde.

Murmelnd betete sie zum Erzengel Michael und schlief endlich ein.

Susanna hatte gerade das Vieh versorgt, als der achtjährige Leonhard die Stalltür aufriss und rief: »Da ist ein Mann an der Tür, der zu dir will!«

Die junge Frau wischte sich die schmutzigen Finger an der Schürze ab und lief dem Jungen hinterher.

Im Gang stand ein gut gekleideter Fremder, der sich neugierig umblickte. Als er sie kommen sah, nahm er seinen Hut vom Schopf und sagte: »Mein Name ist Peter Hönes. Fräulein Arnold erwartet mich.«

»Ich bin Susanna Arnold«, erklärte sie freudig.

Der Mann musterte sie kritisch. »Ihr seid die junge Dame, der ich eine Wohnung zeigen soll?«, fragte er ungläubig und ließ den Blick von ihrer schmutzigen Kleidung bis zu ihrem Gesicht wandern.

Susanna strich sich verunsichert die fleckige Schürze glatt und versuchte, ihre Haare zu richten, wobei einzelne Hühnerfedern zu Boden fielen. »Ich habe das Vieh versorgt«, stammelte sie und bat: »Wartet einen Augenblick. Ich werde mich umziehen.«

Nachdem sie sich frische Kleidung übergezogen und das Haar gekämmt hatte, eilte sie die Stufen nach unten.

»Wir können gehen«, sagte sie zu dem Mann, der nun zwar lächelte, dessen Blick aber immer noch zweifelnd war.

»Herr Bickelmann erzählte mir, dass Ihr eine Wohnung inmitten der Stadt bevorzugt. Dazu muss ich Euch sagen, dass diese einen hohen Preis haben. Vielleicht zeige ich Euch eher eine Unterkunft am Stadtrand«, schlug er in anmaßendem Ton vor und verzog dabei seinen Mund.

»Macht Euch um meine Barschaft keine Gedanken«, erklärte Susanna im gleichen Ton, da ihr die unverschämte Art des Mannes missfiel. Unumwunden schaute sie ihm in die Augen, und der Mann schwieg.

Gemeinsam traten sie auf die Straße hinaus und gingen in Richtung Stadtmitte.

Peter Hönes konnte sich auf die junge Frau keinen Reim machen. Sie war wie ein einfaches Mädchen gekleidet, doch angeblich besaß sie Geld. *Es wäre eine Unverschämtheit, wenn sie meine Dienste in Anspruch nimmt, mich aber nicht bezahlen könnte,* dachte Hönes und blickte Susanna misstrauisch von der Seite an.

Susanna spürte den Blick ihres Begleiters und glaubte seine Gedanken zu erahnen. Sie rief sich Bendichts Anweisungen in Erinnerung, die er ihr bei den Verhandlungen mit dem Goldhändler Goldstein gegeben hatte. *Lass dich nicht einschüchtern, nur weil er ein Mann ist.* Abrupt blieb sie mitten auf der Straße stehen und sagte leise, da es nur für seine Ohren bestimmt war:

»Ich kann Euch versichern, dass ich mir eine Wohnung in der besten Lage von Trier leisten kann. Lasst Euch nicht täuschen, nur weil ich nicht in Prunk gekleidet und mit Gold behangen bin.«

Der Mann sah sie verblüfft an und sagte: »Wenn das so ist, bin ich der glücklichste Mann der Stadt. Denn ich habe zwei sofort beziehbare Wohnungen in bester Lage, die ich Euch zeigen möchte.«

Susanna nickte und folgte ihm weiter durch die Gassen von Trier.

Hönes zeigte ihr zuerst eine Wohnung in der Glockenstraße. Die zwei Räume waren zwar groß, aber sie befanden sich neben einem Wirtshaus im Erdgeschoss. Das gefiel Susanna nicht, was sie Hönes auch kundtat:

»In der Trinkstube geht es sicher laut zu, sodass ich in meiner Nachtruhe gestört werde.«

»Die Miete spricht für sich und wird so manchen Makel ausräumen«, versuchte der Wohnungsvermittler, sie zu ködern.

»Die Miete interessiert mich nicht. Zuerst muss mir die Wohnung gefallen. Diese kommt nicht in Frage. Da ich allein leben werde, fühle ich mich in einer ebenerdigen Wohnung zudem nicht sicher«, erklärte sie und sah ihn trotzig an.

»Ihr lebt allein, Fräulein Arnold?«, fragte Hönes und hob erstaunt eine Augenbraue. Als sie nichts dazu sagte, stöhnte er innerlich auf, denn er sah in seinen Bemühungen keinen Sinn. *Wie konnte ich mich von Bickelmann breitschlagen las-*

sen, mit dieser Frau meine Zeit zu verschwenden?, dachte er erneut und ließ seinen abfälligen Blick über ihre einfache Erscheinung schweifen. Susanna war keine Frau, nach der sich die Männer umdrehten. Ihr kastanienbraunes Haar war achtlos zu einem Knoten im Genick geschlungen, aus dem sich bei jeder Bewegung einzelne Strähnen lösten, die ihr vor dem Gesicht hingen und die sie fahrig zurückstrich. Auch das Kleid, das sie anstelle ihres Kittels trug, war schlicht und abgetragen. Ebenso die Schuhe, die mit Hühnermist befleckt waren.

Nie und nimmer kann sie sich eine Wohnung leisten. Wie konnte ich so leichtgläubig sein?, fragte sich Hönes und musste innerlich den Kopf schütteln.

Doch dann blieb sein Blick an Susannas braunen Augen hängen. Diese Frau schien zu wissen, was sie wollte – aber auch, was sie nicht wollte, und das gefiel ihm.

Vielleicht trügt ihr Erscheinungsbild, und unter dem Unkraut verbirgt sich eine Blume. Sie könnte eine reiche Witfrau sein, überlegte er und war plötzlich entschlossen, mehr über Susanna zu erfahren. Hönes' Jagdinstinkt war geweckt.

Kaum hatte Susanna den letzten Satz ausgesprochen, ärgerte sie sich. Du dumme Gans! Warum hast du ihm verraten, dass du allein bist?, schalt sie sich in Gedanken selbst. Vorsichtig schielte sie zu Hönes hinüber und stellte verwundert fest, dass sich seine ablehnende Körperhaltung ihr gegenüber zu verändern schien. Seine Brust wurde breit, und er wippte freudig auf den Fersen. Ein breites Lächeln entblößte seine Zähne, und seine grünen Augen blickten freundlich.

»Wenn diese Wohnung zu unsicher ist, habe ich genau das Richtige für Euch. Es nennt sich ›der Dreikönigsturm‹ und wird Euch sicher gefallen.«

»Dann lasst uns keine Zeit verschwenden«, forderte Susanna ihn auf und versuchte zu lächeln.

Von der Glockenstraße führte Hönes Susanna durch einen

schmalen Weg hinter den Häusern vorbei. Am Ende der Gasse stießen sie auf eine Steinmauer, über die man nicht blicken konnte. Als Susanna zwischen den Efeuranken das Schild mit dem Gassennamen las, fragte sie erstaunt: »Was hat dieser ungewöhnliche Name ›Sieh dich um‹ zu bedeuten?«

»Wisst Ihr das nicht?«, fragte er.

Susanna schüttelte den Kopf. »Ich kenne Trier kaum, denn ich lebe erst seit Kurzem hier«, gab sie zu und hoffte, dieses Mal nicht zu viel von sich preisgegeben zu haben.

Hönes' Grinsen wurde breiter. »Da habt Ihr Glück, Fräulein Arnold. Ich kenne diese Stadt wie meine Westentasche«, sagte er und zwinkerte ihr zu, sodass sie errötete. Mit ausschweifenden Gesten und wichtiger Stimme erklärte er: »Diese Mauer und dieser Name sollen aus grauer Vorzeit stammen. Der Name der Gasse hat früher Flüchtige daran erinnert, sich noch einmal umzuschauen, bevor sie in Sicherheit waren. Denn nur wenige Schritte entfernt beginnt der Domfreihof, wo ihnen Schutz gewährt wurde.«

»Der Domfreihof«, murmelte Susanna und wagte sich bis zu der hohen Mauer vor, die den besagten Hof umgab, sodass er nicht einsehbar war.

»Es ist ein besonderes Stadtviertel, das vor vielen Jahrhunderten die Christen vor den Heiden schützte«, raunte Hönes an Susannas Ohr, sodass sie sich hastig umdrehte. Ihre Gesichter kamen sich dabei so nahe, dass Susanna erschrocken zusammenzuckte. »Auf dem Platz hat man einen einzigartigen Blick auf den Dom und die Liebfrauenkirche. Wenn Ihr wollt, lasse ich meine Beziehungen spielen, damit Ihr Euch das ansehen könnt«, bot er ihr an.

Sein Atem kitzelte Susanna am Hals, und sie kicherte.

Da hörte sie, wie jemand ihren Namen rief. Suchend blickte sie sich um und erkannte zu ihrer Überraschung Urs, der wenige Schritte hinter ihr stand.

Urs betrachtete sie erstaunt, während er den Mann neben ihr verächtlich ansah. Sein Blick schien seine Gedanken zu verraten, die wie ein Schlag in Susannas Magengrube wirkten. Am liebsten hätte sie Peter Hönes weit von sich gestoßen, um zu zeigen, dass Urs fehldachte. Doch dann straffte sie die Schultern. Nicht ich habe mich falsch verhalten, sondern Urs, dachte sie und drehte dem Freund den Rücken zu.

»Ich würde sehr gern den Domfreihof sehen«, sagte sie lachend zu Hönes, der vor Freude in die Hände klatschte.

Urs sollte aus der Apotheke Salben für seinen Oheim besorgen und war eine Abkürzung gegangen, als er Susanna und diesen Fremden an der Mauer zum Domfreihof erblickte. Zuerst glaubte er sich zu täuschen. Doch als die junge Frau den Kopf drehte, erkannte er Susanna.

Was hat sie mit dem Mann dort zu schaffen?, überlegte er und rief, ohne nachzudenken, ihren Namen. Urs war sich sicher, dass Susanna und der Mann sich kannten, da sie vertraut miteinander schienen. Bei dem Gedanken spürte er sofort Eifersucht in sich hochsteigen, doch als Susanna sich von ihm abwandte, wurde er zornig.

Wie schnell sie einen Ersatz für mich gefunden hat, dachte Urs erbost und eilte davon.

»Wo warst du so lange?«, fragte Bendicht seinen Neffen und sah ihn vorwurfsvoll an. Urs gab keine Antwort und blickte mürrisch zur Seite.

»Was hast du?«

»Nichts.«

»Ach ja? Du schaust wie drei Tage Regenwetter. Hast du die Salben bekommen?«, fragte Bendicht und vertiefte seine Frage nicht, sondern sortierte die Töpfchen auf dem Regal. Urs nickte und reichte ihm die beiden Tiegel.

»Die zwei Brüder sind gestorben. Wir müssen sie beerdigen«, erklärte Bendicht.

Als Urs erneut nichts sagte, schaute er seinen Neffen forschend an. »Irgendetwas stimmt nicht mit dir«, überlegte er.

Doch Urs zuckte gleichgültig mit den Schultern.

Sie zogen sich die Tücher mit den eingenähten Kräutern vor die Gesichter und gingen zu den Lagern der Pestkranken. Der Gestank der Krankheit hing über den Pritschen, und selbst die frischen Kräuter übertünchten ihn nur schwach. Als Bendicht das Tuch zur Seite zog, das das Lager der beiden Toten von den anderen trennte, verschlug es ihnen den Atem. Die Leichen der beiden jungen Männer waren mit Leinentüchern zugedeckt. Sie hatten an der Lungenpest gelitten und in ihrem Todeskampf Blut erbrochen. Obwohl die Helferinnen den Boden gesäubert hatten, war der schwarze Fleck deutlich zu erkennen.

»Elisabeth soll Essigwasser über den Fleck gießen. Besser, der Essigdampf raubt einem den Atem als der Gestank von geronnenem Blut«, nuschelte Bendicht durch das Tuch.

»War der Pastor schon da?«, fragte Urs und wagte kaum zu atmen. Sie hatten einen betagten und verschwiegenen Gottesmann gefunden, der seinen Lebensabend dem Wein widmete und für ein Fässchen des edlen Getränks den Sterbenden die Beichte abnahm und die Letzte Ölung gab.

Bendicht nickte und murmelte: »Lass es uns rasch hinter uns bringen!«

Vor dem Haus stand das Fuhrwerk, auf dessen Ladefläche sie die beiden Leichen hievten. Sie fuhren zu einem kleinen Buchenhain weit außerhalb von Trier, wo sie sicher sein konnten, dass niemand sie beobachtete. Unter einem mächtigen Baum hatten sie schon vor Tagen mehrere Gräber ausgehoben, damit die Toten schnell unter die Erde gebracht werden konnten.

Die beiden Brüder wurden nebeneinander in eine Grube gelegt. Urs und Bendicht bekreuzigten sich, murmelten das Vaterunser und schaufelten Erde darüber. Wie bei jeder Beerdigung von Pesttoten hatte Bendicht einen Krug Essigwasser dabei.

»Streck die Hände aus und wasch sie gründlich, damit die Pest nicht an ihnen haften bleibt«, forderte er Urs auf und wusch sich ebenfalls sorgfältig jeden einzelnen Finger.

Als sie wieder auf dem Rückweg waren, fragte Bendicht: »Was ist geschehen, dass du wie ein alter Mann griesgrämig vor dich hinstarrst?«

»Ich habe Susanna mit einem Fremden an der Mauer des Domfreihofs gesehen. Sie schienen vertraut miteinander zu sein«, erklärte Urs leise.

»Und das hat dir zugesetzt«, stellte Bendicht fest.

Sein Neffe nickte.

»Du bist selbst schuld, mein Junge! Ich habe dir gesagt, dass dein Schweigen sie in die Arme eines anderen treiben wird«, schimpfte Bendicht verhalten.

»Ich weiß«, flüsterte Urs.

»Natürlich hast du das gewusst, aber du hast nicht geahnt, dass es hier drinnen schmerzen könnte«, sagte Bendicht und tippte auf die Stelle, wo Urs' Herz saß.

»Es ist zu spät«, jammerte Urs und drehte den Kopf zur Seite.

»Merk dir eines, mein Junge: Es ist erst zu spät, wenn man tot ist!«

Es dämmerte bereits, als sie ins Pesthaus zurückkamen. Kaum hatten sie das Pferd abgeschnallt und versorgt, kam die Helferin Elisabeth auf Bendicht zu und überreichte ihm einen Brief.

»Ihr seid gerade fort gewesen, Herr Blatter, da kam ein Bote mit dieser Nachricht für Euch.«

Stirnrunzelnd nahm Bendicht den Umschlag entgegen. Als er die Schrift erkannte, riss er das Siegel auf und überflog die Zeilen.

»Spann das Pferd wieder an, Urs. Unser Auftraggeber erwartet uns«, sagte er mit ernster Miene zu seinem Neffen.

Während Urs zu dem Pferdeverschlag eilte, ging Bendicht zu den beiden Helferinnen, die die Betttücher in einem Topf über dem Feuer auskochten. »Wir müssen fort und werden erst morgen früh wiederkommen.«

Die kleine Ursel, die das gehört hatte, kam angehüpft und fragte: »Darf ich mitkommen?«

Bendicht schüttelte den Kopf. »Du bist artig und gehst zurück auf dein Lager. Du willst doch bald wieder zu deiner Mutter heimkehren.«

»Wann wird das sein?«, wollte das Mädchen wissen.

»Vielleicht in zwei Tagen«, antwortete Bendicht und strich ihr über den Scheitel. Ursels Gesicht erstrahlte, und sie ging mit Elisabeth hinter den Vorhang, wo ihre Pritsche stand.

»Ursel ist ein kleines Wunder«, erklärte Bendicht, als er zu Urs auf das Fuhrwerk stieg. »Sie hat die Pest überwunden und wird sicher nicht wieder daran erkranken. Wenn ich nur wüsste, warum sie die Seuche überlebt hat, während andere sterben müssen.«

»Wir müssten wissen, wie die Pestilenz im Innern des Körpers wütet. Vielleicht könnten wir sie dann bekämpfen«, überlegte Urs laut.

Mit einem Ruck schnellte Bendichts Kopf zu Urs. Voller Entsetzen blickte er seinen Neffen an. »Bist du von Sinnen? Allein dein Gedanke ist Blasphemie! Wenn jemand davon hört, könntest du am Galgen landen«, zischte er und ließ mit lautem Peitschenknall das Pferd antraben.

~ *Kapitel 23* ~

Der Soldat der Leibgarde des Kurfürsten folgte dem Pestreiter als unsichtbarer Schatten. Er war stets ausreichend entfernt, um nicht entdeckt zu werden, aber nah genug, um notfalls einzugreifen zu können.

Immer wieder aufs Neue staunte der Soldat über die Fähigkeiten des Pestreiters, der anscheinend mit Leichtigkeit seine Forderungen durchsetzen konnte. Nur selten stieß er auf Gegenwehr.

Es hat zweifellos mit seiner düsteren Erscheinung zu tun. Auch ich wäre angsterfüllt, wenn ein schwarz gekleideter Mann mit einer Pestmaske vor mir stehen würde, überlegte der Leibgardist und fand, dass der Kurfürst den Mann klug ausgewählt hatte. Nicht allein seine Erscheinung, sondern auch seine Redebegabung war für diese ungewöhnliche Aufgabe wichtig. Der Pestreiter benötigte nur wenige Worte, um seine Befehle klar zu formulieren und mit fester Stimme auszusprechen. Niemals drückte seine Körperhaltung Schwäche oder Angst aus. Dank seines wachen Geistes schien er den Menschen stets einige Schritte voraus zu sein, sodass er jede Gegenwehr mit Argumenten abschmettern konnte.

Dieses Verhalten des Pestreiters fand der Soldat besonders beachtenswert, und er ließ dem Kurfürsten seine Beobachtungen in einer Nachricht zukommen. Er verschwieg dem Erzbischof nicht die Vorfälle, in denen Menschen dem schwarzen Mann entschlossen entgegentraten. Doch auch diese Zweifler konnte der Pestreiter von der Wichtigkeit seines Befehls überzeugen. In einem geheimen Brief schilderte der Soldat dem Kirchenfürsten eine Situation, die sich in einer kleinen Gemeinde nahe der Stadt Coelln zugetragen hatte.

Versteckt hinter einer Scheune hatte der Soldat beobachtet,

wie ein betagter Pfarrer, auf einen Stock gestützt, sich laut weigerte, die Pestkranken namentlich zu erfassen und in einem abgesonderten Haus unterzubringen.

»Es ist mir einerlei, was Ihr mir befehlt oder wer Ihr seid. Die Kranken von ihren Familien zu trennen, um sie allein sterben zu lassen, ist unchristlich und nicht vereinbar mit der Lehre Gottes«, begehrte er auf und fuchtelte drohend mit seiner Krücke in der Luft herum, sodass der Pestreiter zurückspringen musste, um nicht getroffen zu werden.

»Ihr wisst anscheinend nicht, wer ich bin und welche Geschichten mir vorauseilen«, versuchte der Pestreiter, den Pfarrer einzuschüchtern.

»Ich gebe nichts auf Getratsche. Selbst wenn Ihr mir mit dem Tod droht, ist es mir einerlei«, erwiderte der Alte unbeeindruckt und zeigte dabei seine schwarzen Zähne. »Ich bin alt und habe nichts zu verlieren.«

Der Pestreiter glaubte nicht an die Furchtlosigkeit des Alten und sprach mit ruhiger Stimme: »Es heißt, ich würde die Menschen mit der Pest bestrafen, wenn sie mir nicht gehorchen.« Da der Alte die Augen des Mannes hinter der Maske nicht erkennen konnte, sah er auch dessen leichtes Grinsen nicht.

Der Pfarrer blickte ob der Drohung entsetzt auf, trotzdem schien er keine Angst zu haben: »Wie ist Euer Name?«, fragte er herausfordernd.

»Warum wollt Ihr den wissen?«

Der Alte zuckte mit den Schultern. »Vielleicht will ich wissen, wer mir die Seuche an den Hals bringt, damit ich Euch mit Namen verfluchen kann.«

Der Pestreiter lachte leise. »Wenn Ihr meine Befehle ausführt, wird Euch nichts geschehen.«

»Ich bin niemandem verpflichtet außer Gott, und unser Herr wird mich beschützen«, begehrte der Geistliche auf, aber sein Blick flackerte verängstigt.

Das schien auch der Pestreiter zu bemerken, denn er fragte mit scharfer Stimme: »Wer, glaubt Ihr, hat mich zu Euch gesandt?«

Der Pfarrer wurde bleich, und der Stock, auf den er sich stützte, zitterte, was auch dem Pestreiter nicht verborgen blieb. Er versuchte, den Alten zu beruhigen:

»Ihr müsst Euch nicht fürchten, guter Mann. Ich kann Euch versichern, dass die Pestkranken umsorgt werden. Ihnen wird geholfen, und man wird ihnen die Schmerzen nehmen. Sie sterben mit kirchlichem Segen, sodass sie ordentlich beerdigt und nicht auf einem Acker heimlich verscharrt werden. Die Kranken, die die Pestilenz überleben, dürfen zu ihren Familien zurückkehren.«

»Sprecht Ihr die Wahrheit?«, fragte der Pastor zweifelnd.

»Warum sollte ich einen Mann der Kirche belügen?«

Der Alte blickte den Pestreiter scharf an, als wollte er durch die Maske hindurchsehen. Schließlich nickte er. »Ja, warum solltet Ihr mich belügen?«

Seine Gegenwehr schien den Pfarrer alle Kraft gekostet zu haben, denn er wankte. Der Pestreiter stützte ihn und half ihm, sich auf der Holzbank neben der Kirchenpforte niederzusetzen.

»Habe ich Eure Unterstützung?«, fragte der Pestreiter.

Der Pfarrer antwortete mit einem kaum hörbaren »Ja«.

Die Nacht war hereingebrochen, und das kleine Dorf lag in tiefer Stille. Kein Mensch war zu sehen und kein Laut zu hören. Alles schien friedlich.

Verdeckt von den Ästen einer mächtigen Trauerweide, blickte der Soldat prüfend zum Himmel empor. Ein dichtes Wolkenfeld verhinderte, dass die Sterne das Land erhellten. Es war so dunkel, dass man kaum die eigene Hand vor Augen erkennen konnte.

Beruhigt ging der Soldat auf das Gasthaus zu, in dem der Pestreiter gerade verschwunden war. Er blickte vorsichtig durch das trübe Fensterglas und war zufrieden, als er den Mann an einem Tisch sitzen sah. Der Pestreiter hatte seine verräterische Kleidung gegen einfache eingetauscht, sodass er wie jedermann in der Trinkstube wirkte. Der Soldat beschloss, am Fenster zu warten, bis er wieder herauskäme.

Feuchtigkeit hing in der Luft und legte sich auf seine Kleidung. Als Wind aufkam und heftiger Regen einsetzte, durchdrang die Nässe den grob gewobenen Stoff des Wollmantels, und schon bald schlugen die Zähne des Soldaten aufeinander. Frierend rieb er die Hände aneinander und versuchte, sie mit seinem Atem zu wärmen. Zwar waren diese Spätherbsttage ungewöhnlich warm, aber die Nächte waren eisig. Die Luft war beißend kalt und brannte in der Lunge des Mannes.

Er starrte mit müdem Blick auf das Gasthaus, als sich die Tür öffnete und ein Mann heraustrat. Sofort presste sich der Soldat gegen die Wand, sodass seine Umrisse mit dem Mauerwerk verschmolzen. Der Fremde torkelte von dannen, und der Soldat atmete erleichtert auf. Als er beobachtete, wie der Wirt dem Pestreiter einen Schlüssel reichte und nach oben zeigte, wusste er, dass sein Schutzbefohlener die Nacht in dem Wirtshaus verbringen würde.

»Warum schläfst du ausgerechnet heute nicht wie sonst in einer verlassenen Hütte?«, schimpfte der Soldat, dem das Regenwasser ins Gesicht lief, verhalten und seufzte leise. Aber ich kann ihn verstehen. Irgendwann braucht man ein bequemes Bett, dachte er.

Er überlegte, was er machen sollte. Ausgerechnet heute musste er dem Pestreiter dringend eine geheime Nachricht des Kurfürsten überbringen. Er hatte gehofft, sie ihm nachts heimlich zustecken zu können, doch anscheinend war heute der Tag, an dem er seine Tarnung und seinen Auftrag aufdecken musste, denn bis jetzt ahnte der Pestreiter nichts von seinem Schatten.

»Es reicht«, murmelte der Mann, der bis auf die Haut durchnässt war. »Da er nicht herauskommen wird, muss ich hineingehen.«

Er betrat den Schankraum, wo ihm lautes Stimmengewirr und der Rauch aus zahlreichen Tabakpfeifen entgegenschlugen. Die Gäste beachteten ihn nicht. Vorsichtig schielte er zum Tisch des Pestreiters hinüber, der sich gerade ein letztes Stück Pastete in den Mund schob, während er in einem Schriftstück las, das vor ihm ausgebreitet lag.

Da das Treffen mit dem Mann zufällig erscheinen sollte, überlegte der Soldat, wie er es anstellen konnte, mit dem Pestreiter ins Gespräch zu kommen. Er zog seinen nassen Umhang aus, trat an ihn heran und bat:

»Darf ich an Eurem Tisch Platz nehmen?«

Erstaunt blickte der Mann auf und sah sich in dem Schankraum um. »Es gibt genügend freie Tische.«

»Ich weiß, doch Euer Tisch steht dem Kaminfeuer am nächsten. Bitte verzeiht, guter Mann, ich möchte nicht aufdringlich erscheinen, aber der Regen hat mich überrascht und bis auf die Haut durchnässt.«

Der Pestreiter musterte die Gestalt des Fremden, dessen Haare nass am Kopf klebten. Er überlegte nicht lang. »Ich bin kein Unmensch. Setzt Euch ans Feuer und wärmt Eure Glieder.«

»Habt Dank, edler Herr!«

Der Pestreiter hob abwehrend die Hände. »Nun übertreibt Ihr. Ich bin ein einfacher Mann, der nach einem harten Ritt ebenfalls die Wärme eines Kaminfeuers schätzt.«

Der Soldat setzte sich, und sogleich kam eine Magd, um den neuen Gast nach seinem Wunsch zu fragen.

»Darf ich Euch als Dank zu einem Becher Wein einladen?«,

fragte der Soldat den Pestreiter, der wieder in seine Papiere vertieft war.

Er blickte kurz auf und nickte.

»Bring uns heißen Würzwein und mir ein Stück Pastete.«

Das Mädchen verschwand in die Küche, und der Soldat rückte seinen Stuhl so, dass er die Füße den Flammen entgegenstrecken konnte.

»Ah, das tut gut«, seufzte er und beugte seinen Oberkörper nach vorn, damit seine Haare trocknen konnten. Er schien ins Feuer zu starren, doch aus den Augenwinkeln beobachtete er den Pestreiter, der unbeirrt in seinen Schriftstücken blätterte und las.

Als die Magd das Essen und den Wein brachte, zog der Soldat seinen Stuhl zurück an den Tisch und prostete dem Pestreiter zu.

»Lasst es Euch schmecken!«, wünschte der, nachdem er an seinem Würzwein genippt hatte.

Der Soldat ließ sich das nicht zweimal sagen und biss in die warme Pastete, sodass das Fett an seinem Kinn herunterlief. Er wischte es mit dem Handrücken weg und kaute genüsslich.

»Mmmh«, stöhnte er nach dem zweiten Bissen. »Ihr könnt Euch nicht vorstellen, wie köstlich das schmeckt. Besonders, wenn man tagelang nur trockenes Brot gegessen hat.«

Der Pestreiter, der seine Papiere umblätterte, hielt in der Bewegung inne und sah den Soldaten mürrisch an. Er fühlte sich sichtlich von dem Gespräch gestört. Während er mehrere Seiten ordentlich übereinanderlegte, sagte er, ohne hochzublicken: »Doch, das kann ich mir sehr gut vorstellen.«

»Ach ja?«, fragte der Soldat und spielte den Erstaunten. »Eurem Erscheinungsbild nach zu urteilen glaube ich, dass Ihr noch niemals Hunger erleiden musstet.«

Nun sah der Mann auf. »Haben wir nicht alle die Schrecken des langen Krieges mitgemacht?«, fragte er mit ernster Miene.

Der Soldat nickte schmatzend. »Das ist wohl wahr!«

»Lasst Euch nicht von meiner sauberen Kleidung täuschen. Mir erging es heute beim Essen ähnlich wie Euch. Auch ich habe meine Pastete gierig verschlungen, denn tagelang aß ich ebenfalls nur trockenes Brot und schlief zudem auf hartem Boden. Doch heute, als ich die Regenwolken in der Ferne aufziehen sah, suchte ich mir einen Gasthof und gönne mir nicht nur warmes Essen und ein weiches Lager, sondern auch frische Kleidung.«

»Das habe ich ebenfalls bitter nötig. Meint Ihr, dass der Wirt noch ein freies Lager für mich hat?«

Der Pestreiter stöhnte leise auf, aber er war zu höflich, um den fremden Mann in die Schranken zu weisen. »Ich arbeite hier nicht«, gab er stattdessen zur Antwort. Er stapelte die Blätter übereinander und wollte aufstehen, als der Soldat zischte:

»Bitte setzt Euch!«

»Ich verstehe nicht«, erwiderte der Pestreiter und kniff seine Augen leicht zusammen.

Als er mit dem Stuhl nach hinten rutschte, flüsterte der Soldat mit warnendem Gesichtsausdruck: »Setzt Euch bitte, oder Ihr werdet es bereuen!«

»Was erlaubt Ihr Euch? Ist das der Dank …«, begehrte der Pestreiter mit gedämpfter Stimme auf. Auch er wollte anscheinend nicht, dass jemand das Gespräch hörte.

»Mein Dank war der Würzwein. Das ist eine Bitte!«

»Ich denke, dass Ihr mich verwechselt, Herr …? Ich kenne nicht einmal Euren Namen!«

»Doch ich kenne Euren.«

Der Pestreiter lachte verächtlich und erhob sich.

»Bitte setzt Euch, Christian!«, zischte der Soldat erneut. Der Pestreiter wurde bleich und sank zurück auf seinen Stuhl.

»Das ist nicht mein Name«, versuchte er, mit schwacher Stimme aufzubegehren.

»Nein, natürlich ist das nicht Euer Name! So nennt Ihr Euch nur als ... Pestreiter«, flüsterte der Soldat und betonte das letzte Wort.

»Was wollt Ihr von mir? Geld für Euer Schweigen?«, fragte der Pestreiter, der spürte, dass jedes weitere Leugnen nichts nutzte. Er atmete tief durch, um sich zu fangen, und blickte seinem Tischgenossen furchtlos in die Augen.

Der Soldat war überrascht, wie schnell der Pestreiter sich auf die neue Lage einstellen konnte. Rasch schien er sein Gemüt kontrollieren zu können, sodass kein Wimpernzucken, keine fahrige Bewegung und keine zittrige Stimme seine wahre Verfassung verrieten.

Beide Männer sahen einander fest in die Augen.

»Darf ich Euch noch etwas bringen?«, fragte die Ausschankmagd, die unbemerkt an den Tisch herangetreten war.

»Zwei Bier«, bestellte der Soldat, ohne den Blick zu heben.

Als die Getränke vor ihnen standen, lachte der Soldat leise auf und flüsterte: »Ich bin immer wieder aufs Neue überrascht, wie weise es war, dass der Kurfürst Euch ausgewählt hat, Christian.«

Der Pestreiter schloss für einen Herzschlag die Augen und entspannte sich. »Wer seid Ihr?«, fragte er und griff nach dem Bier.

»Mein Name ist Thomas Hofmann, und ich gehöre zur Leibwache des Kurfürsten. Wir sind uns bereits einmal begegnet«, sagte er lächelnd und nahm einen Schluck Bier. »In den Katakomben des Amphitheaters«, fügte er hinzu.

»Verzeiht, dass ich Euch nicht erkannt habe. Die Bettler sahen alle gleich aus«, erklärte der Pestreiter mit einem verdächtigen Glitzern in den Augen. »Wie habt Ihr mich gefunden?«, fragte er und nahm erneut einen tiefen Schluck.

»Ich folge euch vom ersten Tag Eurer Reise an, um Euch zu beschützen.«

Der Pestreiter sah den Soldaten ungläubig an. »Ich habe Euch nicht bemerkt«, schüttelte er den Kopf.

»So lautet mein Befehl«, lachte Hofmann.

»Warum missachtet Ihr ihn heute?«

»Ich soll Euch diese Nachricht des Regenten überbringen, die keinen Tag länger warten kann«, sagte er und zog einen Umschlag aus seiner Hemdtasche. »Da Ihr es heute bevorzugt, auf einem weichen Lager zu schlafen, bekam ich keine Möglichkeit, Euch die Nachricht unbemerkt zuzustecken.«

Hofmann schob den Brief über den Tisch. Der Pestreiter betrachtete neugierig das Siegel. Er brach es auf und überflog die Zeilen.

»Ich muss bald zurück nach Trier. Werdet Ihr mich begleiten?«

»Mein Befehl lautet, dass ich Euch überallhin als Schatten folgen soll – so lange, bis Euer Auftrag erfüllt ist.«

»Ihr kennt meinen Auftrag?«, fragte der Pestreiter erstaunt.

»Da ich Euch überallhin verfolge, habe ich vernommen, welche Anweisungen Ihr in den Dörfern gebt.« Hofmanns Blick schweifte zu den Papieren auf dem Tisch. »Ich denke, dass diese Papiere mit einem anderen Auftrag zu tun haben.«

Der Pestreiter schaute verblüfft auf. »Hat man Euch davon erzählt?«

Der Mann lachte auf. »Ich bin nur ein einfacher Soldat. Mein Hauptmann hat mich für diesen Auftrag erwählt, weil er weiß, dass ich mein Leben lassen würde, um ihn zu erfüllen. Auch wenn der Kampf auf dem Schlachtfeld meine größte Stärke ist, bleibe ich trotzdem ein einfacher Soldat. Aber ich genieße das Vertrauen meines Hauptmanns und weiß, dass Ihr schon bald in die Nähe von Coblenz müsst. Doch ich weiß nicht, welche Aufgaben Euch dort erwarten.«

Der Pestreiter schaute auf die Papiere, und sein Blick wurde starr. »Ja, es stimmt. Ich muss schon bald in die Nähe von Coblenz, nach Mensfelden. Und ich hoffe, dass ich nicht zu spät komme.« Mit einem sonderbaren Lächeln sah er Hofmann an. »Ich bin erleichtert, dass Ihr mir als Schatten folgt, denn es könnte sein, dass ich dort Eure Stärken benötigen werde!«

~ *Kapitel 24* ~

Am späten Nachmittag war es bereits so dunkel, als sei die Nacht hereingebrochen. Die Menschen wurden von kaltem Wind überrascht, der dichten Regen vor sich her peitschte. Aufgeregt eilten sie durch die Straßen, um rasch ins Trockene zu gelangen.

Peter Hönes und Susanna versuchten auf ihrem Heimweg, unter den Dachüberständen der Häuser dem Regen auszuweichen. Als eine Kutsche an ihnen vorbeipreschte, mussten sie zur Seite springen, wobei Susanna in eine Pfütze hüpfte. Schimpfend versuchte sie, das Wasser aus dem Schuhwerk zu schütteln.

»Ihr müsst rasch nach Hause und in trockene Kleidung steigen, sonst werdet Ihr womöglich krank«, rief Hönes gegen den Wind und griff nach Susannas Hand, um sie mit sich zu ziehen.

Als sie vor Blatters Haus ankamen, waren beide vollkommen durchnässt.

Susanna entzog dem Mann ihre Finger und sagte schamrot: »Habt Dank für Eure Hilfe, Herr Hönes. Wie besprochen, werde ich Ihnen die Miete und Eure Gebühr bezahlen. Wenn Ihr morgen Nachmittag vorstellig werden könntet.« Sie versuchte, die Regentropfen, die an ihren Wimpern hingen, wegzublinzeln. Das Wasser lief von ihren Haaren über das Gesicht und versickerte im Kragen ihres Umhangs. Als sie die Türklinke herunterdrückte, rief Hönes ihr zu:

»Es war mir eine Freude, Fräulein Arnold. Ich kann es kaum erwarten, Euch wiederzusehen.« Lächelnd verbeugte er sich und rannte davon.

Susanna schaute ihm verwirrt hinterher. Hastig öffnete sie die Tür und schlüpfte ins Haus.

»Hoffentlich bekommst du keine Erkältung«, sagte Barbli besorgt. Susanna hatte sich trockene Kleidung übergezogen und saß nun vor dem Herdfeuer, um ihre Haare zu trocknen. Mit einem Wolltuch rieb sie sich über den Schopf, als Barbli ihr einen Becher Kräutersud reichte. Sie legte das Tuch zur Seite und nippte vorsichtig an dem heißen Getränk.

»Du bist lange fort gewesen. Leonhard sagte, dass ein Mann dich abgeholt hätte. War das dieser Bickelmann, von dem du erzählt hast?«

»Nein, es war der Wohnungsvermittler, den Bickelmann mir geschickt hat. Er heißt Peter Hönes, und er hat mir verschiedene Wohnungen gezeigt. Stell dir vor, ein Haus, das ich mieten könnte, heißt Dreikönigsturm. Du hast es sicher schon gesehen. Es steht in der Nähe des Stadttors.«

Barbli verneinte. »Ich kann mich nicht daran erinnern. Meist gehe ich nur auf den Markt, deshalb kenne ich Trier kaum. Das Haus hat einen klangvollen Namen«, fand sie.

»Hönes erzählte, dass es vor vielen Jahrhunderten als Wohnturm erbaut wurde. Da die Menschen sich damals selbst verteidigten, wurde der Eingang nicht auf den Boden, sondern in die Höhe gebaut. Man muss über eine Leiter hineinklettern«, erklärte Susanna. »Kannst du dir vorstellen, wie ich da meine Einkäufe hinaufschaffen soll?«, kicherte sie. Doch dann wurde sie ernst und blickte Barbli traurig an. »Ich werde noch diese Woche ausziehen.«

Barbli nickte, während sie ihren Becher zu den Lippen führte. »Wir wussten, dass dieser Tag kommen würde. Ich hoffe, dass wir uns nicht aus den Augen verlieren und du uns besuchen wirst.«

»Mir wäre es lieber, wenn du zu mir kommen würdest. Ich möchte Urs nur ungern begegnen.« Susanna versuchte zu lächeln, doch ihre Mundwinkel zuckten verräterisch.

»Urs ist jeden Tag mit Bendicht zusammen, damit er das Heilen erlernt. Ich sehe meinen Sohn kaum noch«, klagte Barbli.

»Als ich mit Peter Hönes unterwegs war, haben wir uns durch Zufall getroffen«, verriet Susanna leise.

»Was hat er gesagt?«

»Nichts! Er hat mich verächtlich gemustert und ist weitergegangen.«

Zwischen Barblis Augenbrauen entstand eine Falte. »Warum sollte er dich verächtlich ansehen?«

»Ich habe keine Ahnung, und mittlerweile ist es mir einerlei, was Urs denkt, sagt oder tut. So sehr ich dich und die Kleinen vermissen werde, so froh bin ich, wenn ich in meiner eigenen Wohnung lebe.«

»Ich weiß nicht, was der Junge hat«, seufzte Barbli und schenkte ihnen heißen Sud nach.

Es goss Bindfäden, als ob der Himmel sämtliche Schleusen geöffnet hätte. Bendicht und Urs saßen auf dem Fuhrwerk und versuchten, sich mit einer Decke vor dem Regen zu schützen.

»Warum will Goldstein uns ausgerechnet heute sprechen?«, murmelte Bendicht und versuchte, das Pferd anzutreiben. Seit die beiden Männer das Haus in den Weinbergen verlassen hatten, schwiegen sie und hingen ihren Gedanken nach.

Endlich kam das Neutor von Trier in Sicht. Bendicht sah seinen Neffen von der Seite an und schimpfte plötzlich: »Wenn du nicht endlich aufwachst, wirst du Susanna tatsächlich verlieren.«

Mit einem entnervten Augenaufschlag blickte Urs seinen Oheim an. »Ich habe dir bereits gesagt, dass sie einen anderen gefunden hat.« Als Bendicht ihn böse anfunkelte, gab er mürrisch zu: »Ja, ich weiß, dass es meine Schuld ist, weil ich sie vergrault habe. Aber im Grunde kann ich darüber froh sein, dass es so ist. Sie scheint ein flatterhaftes Wesen zu haben. Oder hättest du gedacht, dass sie so schnell einen Ersatz für mich finden würde?« Urs lachte bitter auf.

»Dir scheint der beißende Geruch des Essigwassers die Sinne zu verwirren. Erst trägst du dich mit dem absurden Gedanken, eine Pestleiche aufzuschlitzen, und jetzt willst du mir weismachen, dass dieses liebenswürdige Mädchen sprunghaft sei. Du bist ein undankbarer Bursche, dem man den Hintern versohlen müsste. Leider bist du zu alt dafür«, bedauerte Bendicht, dessen Gesicht vor Wut rot angelaufen war. »Du hast sie nicht verdient!«, sagte er resigniert und schnaubte wütend.

Urs kaute auf der Innenseite seiner Wange herum. Er hätte heulen können, denn er musste seinem Onkel recht geben. Solch einer Frau wie Susanna würde er so schnell nicht wieder begegnen. »Was soll ich nur machen?«, jammerte er verzagt. »Meine Probleme sind nicht kleiner geworden, und ihr Vermögen auch nicht.«

»Du musst mit ihr reden und deine Bedenken äußern, mein Junge. Sie wird Verständnis dafür haben, und gemeinsam werdet ihr eine Lösung finden.«

»Wie kann eine Lösung aussehen?«, fragte Urs zerknirscht. »Ich muss erst Geld verdienen, damit ich ein Heim schaffen kann. Doch bis ich genügend zusammenhabe, vergeht viel Zeit. Wie kann ich da von Susanna verlangen, dass sie auf mich warten soll?«

Bendicht zuckte mit den Schultern. »Schenk ihr etwas als Zeichen deiner Liebe. An diesem Beweis wird sie sich festhalten, bis du soweit bist.«

Urs überlegte und nickte. »Ja, das werde ich machen«, sagte er und lächelte seinen Oheim erleichtert an.

Die beiden Männer hatten Fuhrwerk und Pferd in den Stall nahe Bendichts Wohnung gebracht und waren zu Fuß zur Stadtmauer gelaufen. Da das schlechte Wetter anhielt, nahmen die umhereilenden Menschen kaum Notiz von ihnen. Rasch gelangten sie zu dem verborgenen Eingang in der Stadtmauer hinter dem Strauch.

Bendicht sah sich vorsichtig um und drückte dann das Gebüsch zur Seite. Mit einem letzten Blick auf Urs kniete er sich nieder und kroch durch die Maueröffnung.

Bevor Urs seinem Oheim in den Gang folgte, schaute auch er sich nach allen Seiten um. Es war das zweite Mal, dass Bendicht ihn mitnahm, und wie beim ersten Mal lief Urs ein Schauer über den Rücken. Da er niemanden sehen konnte, ging er auf die Knie und kroch durch den geheimen Eingang. Sogleich roch er den Mief, der durch die dunklen und engen Gänge zog. Warum müssen wir uns an diesem unheimlichen Ort treffen?, grollte Urs, während er vorwärtskroch.

Bendicht blickte seinem Neffen entgegen. »Beeil dich, damit wir das Treffen rasch hinter uns bringen und nach Hause gehen können. Ich bin bis auf die Haut nass und habe keine Lust, mir hier den Tod zu holen«, flüsterte er und nahm die Fackel aus dem Halter an der Wand. Mittlerweile kannte er den Weg und lief sicher durch die Gänge. Obwohl man in den Nischen verhaltene Stimmen hören konnte, sprach niemand sie an, und kein Mensch ließ sich blicken. Als sie den Treffpunkt erreichten, wurden sie am Eingang bereits von Goldsteins Helfern erwartet, die sie grinsend anblickten.

»Es regnet wohl«, spottete der eine und verschränkte seine Arme vor dem Körper. Der andere kaute auf einem Kienspan, den er auf den Boden spuckte.

»Darf ich bitten?«, sagte er und ließ die beiden Besucher in die Höhle eintreten.

Urs schlich hinter seinem Oheim hinein und lehnte sich neben dem Eingang gegen die Steinwand. Im schwachen Lichtschein der Fackeln musterte er Nathan Goldstein, der in der hinteren Ecke auf sie wartete. Auch heute faszinierte ihn die Erscheinung des Mannes. Urs' Blick blieb an dem gelben, kreisrunden Stofffetzen hängen, den Goldstein an seiner Kleidung tragen musste. Dieses Zeichen war Urs beim ersten Treffen sofort aufgefallen, und er hatte seinen Oheim nach den Gründen dieser Vorschrift gefragt. Bendicht erzählte ihm, dass kirchliche und weltliche Regenten seit mehr als vierhundert Jahren alle Juden in ihrem Herrschaftsbereich zwangen, sich zu kennzeichnen. War es einst ein auffälliger Hut gewesen, den Juden tragen mussten, wurden sie nun gezwungen, sich diese gelben Stoffstücke in Brusthöhe an die Kleidung zu heften.

Bendicht ging mit ausgestreckter Hand auf den Mann zu und sagte leise: »Ich grüße Euch, Nathan Goldstein! Ich hoffe, es ist wichtig, wenn Ihr uns bei diesem Sauwetter hierherbestellt.«

»Jammert nicht, mein Freund. Ich habe Euch als Entschädigung von meinem besten Wein mitgebracht. Er wird Euch von innen wärmen. Aber, um Eure Frage zu beantworten: Ja, es ist wichtig, dass wir uns heute treffen.«

Goldstein blickte streng die beiden Gestalten an, die sich daraufhin in den Eingang stellten, sodass die Männer in der Grotte verdeckt wurden.

Dann nahm er einen Krug, der hinter ihm am Fels stand, sowie drei Becher, die er Bendicht und Urs reichte. Er zog den Korken und goss dunkelroten Wein aus.

»Ist das nicht ein vorzüglicher Tropfen?«, fragte Goldstein, nachdem sie gekostet hatten.

Bendicht schmatzte, schlürfte und nickte. »Das ist wahrlich ein edler Tropfen.«

»Er kommt aus Italien. Zum Glück habe ich mehrere Fässer gekauft«, lachte Goldstein und wurde dann ernst. »Habt Ihr von dem Pestreiter gehört?«, fragte er.

Bendicht sah Urs an, der die Schultern hob.

»Wer soll das sein?«, fragte Bendicht zurück.

»Es heißt, dass er die Pestkranken von ihren Familien trennt und in alleinstehende Häuser treibt, damit sie die Gesunden nicht anstecken. Sie sollen namentlich erfasst werden, was für mich keinen Sinn ergibt.«

Bendichts Stirn zerfurchte sich. »Wer könnte das sein, und in wessen Auftrag handelt er?«

»Das möchte ich auch gern wissen. Manche sagen, er wäre von Gott gesandt. Andere erzählen, dass er selbst ein Pestkranker sei, der die Seuche überlebt habe. Es ranken sich viele Gerüchte um diesen Mann, der schwarz gekleidet ist. Vielleicht ist sein Gesicht von der Krankheit entstellt, denn er trägt stets eine Pestmaske.«

Urs sah seinen Oheim grüblerisch an. »Das erinnert mich an die Pestkirche in Aschbach im Land an der Saar.«

»Da gab es aber keinen Pestreiter.«

»Das stimmt wohl. Aber der Graf von Nassau-Saarbrücken hatte damals befohlen, dass alle Pestkranken aus der Umgebung in die leerstehende Kirche gebracht werden. Er versuchte so, die Pest einzudämmen.«

Bendicht wandte sich ungeduldig an Goldstein, ohne Urs' Antwort abzuwarten, da ihm ein Gedanke gekommen war: »Könnte es jemand aus Eurer Glaubensgemeinschaft sein, der ebenfalls beweisen will, dass Juden keine Schuld am Ausbruch der Pestilenz tragen und die Kranken deshalb abgesondert werden?«

»Das ist ein brauchbarer Gedanke, dem man nachgehen sollte«, überlegte Goldstein. »Allerdings ändert es nichts an der Tatsache, dass die Krankheit ausgebrochen ist. Deshalb könnte das Separieren der Angesteckten auch das Ziel haben, dass man die Krankheit eindämmen will. Es ist wie bei krankem Vieh. Ist ein Tier in der Herde krank, trennt man es von den gesunden.«

Bendicht tippte sich mit dem Zeigefinger nachdenklich gegen die Lippen. »Es gibt noch eine dritte Möglichkeit. Könnte der Pestreiter dasselbe wollen wie wir? Könnte auch er die Ursache der Krankheit erforschen und ein Heilmittel dagegen suchen?«

Nathan Goldstein reagierte überrascht. »Daran habe ich nicht gedacht.« Doch dann schüttelte er den Kopf. »Ich habe diesbezüglich nichts vernommen.«

Bendicht lachte leise auf. »Ist bekannt, was wir in dem Haus am Weinberg machen?«

»Nein, natürlich nicht! Das ist streng geheim. Nur wenige Vertraute wissen, dass Ihr dort Kranke pflegt, Tote bestattet und Eure Arbeit im Dienst der Forschung aufzeichnet«, versicherte Goldstein mit erregter Stimme.

Bendicht schwieg und fragte dann leise: »Glaubt Ihr, dass der Pestreiter anders denkt und handelt?«

Goldstein stöhnte auf. »Ihr habt recht, mein Freund. Warum sollte der Pestreiter seine wahren Absichten hinausposaunen? Wie weit sind Eure Forschungen?«, wollte er wissen und goss Wein nach.

Bendicht nahm einen tiefen Schluck. Er spürte, wie der schwere Wein seinen Körper wärmte. »Wir haben bis jetzt zwölf Pestkranke verloren, aber ein Kind hat die Krankheit überlebt. Es wird schon diese Woche zu seinen Eltern zurückkehren können«, erklärte Bendicht.

»Haben sich ihre Eltern nicht angesteckt?«

Bendicht schüttelte den Kopf. »Nicht, dass es mir bekannt wäre.«

»Worauf führt Ihr die Genesung des Kindes zurück?«, wollte Goldstein wissen.

»Wenn ich das wüsste, wären wir einen Riesenschritt weiter. Urs und ich grübeln seit Tagen und vergleichen die Berichte miteinander, die wir über die Kranken angefertigt haben. Aber wir finden keine Erklärung. Es ist wie ein Wunder, das man nicht erklären kann. Ich denke, dass die kleine Ursel womöglich erst am Anfang der Krankheit stand. Die Eltern haben sie sofort nach den ersten Anzeichen zu uns gebracht. Noch am selben Tag habe ich ihre Geschwüre vom Eiter befreit. Vielleicht ist das der Grund. Aber ich kann es nicht mit Sicherheit sagen. Wir müssen weiterforschen«, seufzte Bendicht und versenkte seinen Blick im Weinbecher.

Goldstein sah Urs und den Heiler zufrieden an. »Auch wenn Ihr noch nicht den Stein der Weisen gefunden habt, so lässt die Heilung dieses Mädchens hoffen. Macht weiter so!«, sagte er und griff in seine Tasche. Er holte zwei Beutel hervor, in denen Münzen klimperten. »Nach Absprache mit meinen Brüdern finden wir, dass es Zeit ist, Euch einen Teil der versprochenen Summe zu geben. Wir wissen um Eure Arbeit und sind froh, dass Ihr unsere Absprache einhaltet. Wie ich Euch gesagt habe, dürfen wir nicht in Erscheinung treten. Es wäre eine Katastrophe mit schicksalhaften Folgen, wenn Christen von unserem Vorhaben wüssten. Deshalb möchte ich Euch bitten, auch weiterhin hierherzukommen, wenn ich nach Euch rufe.« Goldstein reichte Bendicht einen Beutel. Dann wandte er sich an Urs, der den zweiten Beutel erhielt und erstaunte Augen machte.

»Wie Ihr wisst, ist mein Volk in der Medizin sehr bewandert. Aber auch wir können viele Krankheiten nicht heilen«, sagte Goldstein mit einem feinen Lächeln. »Ich habe mir erlaubt, meine Glaubensbrüder in meiner Heimat Israel, die ebenfalls heilen, anzuschreiben und um besondere Heilmittel gebeten, die sie verwenden und die unter Euch Christen nicht verbreitet sind. Ich erwarte in den nächsten Tagen die erste

Lieferung. Da man uns beide, Herr Blatter, so selten wie möglich zusammen sehen sollte, könnte vielleicht Euer Neffe bei mir vorbeischauen, wenn ich nach ihm rufen lasse?«

Urs nickte eifrig.

»Bring mir einen Korb mit Gemüse vom Markt mit, sodass es aussieht, als ob du ein Botenjunge wärst. Vielleicht sind diese seltenen Kräuter Euer Schlüssel zur Weisheit«, sagte Goldstein und leerte seinen Becher.

Urs lag im Bett und betrachtete seine Münzen im Schein des Mondlichts. Goldstein war sehr großzügig gewesen, auch ihn, den Helfer, so fürstlich zu entlohnen wie den Heiler.

Susannas Gesicht schob sich in Urs' Gedanken und brachte ihn zum Lächeln. »Sobald ich ein Geschenk gefunden habe, das wertvoll genug ist, um dir meine Liebe zu beweisen, werde ich dich aufsuchen«, flüsterte er und legte das Geld unter sein Kopfkissen.

— *Kapitel 25* —

Susanna saß auf dem Rand des einfachen Schemels und schaute sich in ihrer Küche um. Sie betrachtete den Herd und den Kamin, der vom Qualm des Feuers schwarz verfärbt war. Dann starrte sie auf die drei Stühle mit dem kleinen Tisch und auf den Schrank, in dem die Töpferware stand, die sie erst Tage zuvor gekauft hatte. Das Geschirr war von einem hässlichen Braunton, der ihr nicht gefiel.

»Der Händler hat mir die Teller und Schüsseln aufgeschwatzt, und ich habe es zugelassen«, schimpfte Susanna mit sich und verzog dabei unglücklich das Gesicht.

Jedes Mal, wenn sie die braunen Teller zur Hand nahm, ärgerte sie sich über diesen Kauf. Es war der Umzugstag gewesen, den sie herbeigesehnt hatte. Doch als es so weit war, wurde ihr schwer ums Herz. Die Gewissheit, nicht mehr mit Barbli und den Kindern unter einem Dach zu wohnen, nicht mehr mit ihnen die alltäglichen Dinge zu verrichten, war, als ob sie erneut eine Familie verlieren würde. Nachdem sich Susanna von ihnen tränenreich verabschiedet hatte, wollte sie sich ablenken und war zum Markt gegangen, wo sie auf den Geschirrhändler stieß. Nur weil ich an diesem Tag keinen klaren Gedanken fassen konnte, hat mich der Händler zum Kauf der braunen Teller überreden können, entschuldigte Susanna den Fehlkauf vor sich selbst und stülpte wie ein Kind die Lippe nach vorn.

Nachdenklich streifte sie mit den Fingern über den Küchentisch und zog sie hastig wieder zurück, als ob sie sich verbrannt hätte. Sie konnte die Gegenstände in ihren Räumen noch so oft betrachteten oder berühren – das Gefühl, in ihrer eigenen Wohnung nur zu Besuch zu sein, blieb. Sie hatte die Möbel von den Vormietern übernommen. Deshalb war ihr alles fremd und nichts vertraut. Selbst der Geruch in den zwei Räumen störte sie. Es stank nach Tabakqualm, fremdem Schweiß und Kohl. Susanna glaubte, die Menschen, die vor ihr in den Räumen gelebt hatten, riechen zu können. »Als ob deren Geruch an den Möbeln und sogar an den Wänden haften würde.«

Als Peter Hönes Susanna die Wohnung gezeigt hatte, war ihr der durchdringende Gestank zwar aufgefallen. Doch sie hatte angenommen, dass der Essens- und Rauchgeruch von ihren Nachbarn aus dem Stockwerk über ihr herunterschwappen würde. Mittlerweile wusste Susanna, dass die übrigen Hausbewohner nichts für den Mief in ihren Räumen konnten. Ich möchte zu gern wissen, welche Menschen vor mir hier gelebt haben. Da die Wohnungen in dieser Straße teurer als andere in Trier sind, müssten sie wohlhabend gewesen sein. Trotzdem haben sie gestunken, überlegte Susanna, öffnete seufzend das kleine Fenster und versuchte, mit den Händen frische Luft ins Zimmer zu wedeln.

Nach einer Weile schloss sie das Fenster wieder, setzte sich an den viereckigen Tisch und legte den Kopf auf die Platte.

»Was soll ich den lieben langen Tag machen? Ich habe nicht einmal ein Huhn, das versorgt werden muss«, stöhnte sie.

Ihr Pferd hatte sie bei den Blatters gelassen, da zu ihrem Haus kein Stall gehörte. Zwar hätte sie den Wallach in einem Mietstall in der Nähe unterbringen können, doch sie zahlte lieber Leonhard das Geld für Dickerchens Versorgung.

Ich muss mir eine Arbeit suchen, beschloss sie.

Da klopfte es an der Tür. Überrascht hob Susanna den Kopf. Als erneut jemand gegen das Türblatt schlug, sprang sie auf, strich ihr neues Kleid glatt und öffnete.

»Überraschung«, gluckste die kleine Vreni und umschlang Susannas Hüften.

»Ich bin so froh, euch zu sehen«, rief Susanna aufgeregt und umarmte Barbli und Leonhard. Sie bat die Gäste herein und schloss die Tür hinter sich.

»Schau, was wir dir mitgebracht haben«, sagte das Mädchen, und Leonhard hielt einen Kuchen in die Höhe.

»Wie wunderbar«, freute sich Susanna und holte das Geschirr aus dem Schrank. »Ich habe frischen Apfelmost, den ich erwärmen werde«, schlug sie vor und füllte den Saft in einen Topf um.

Barbli betrachtet Susanna und meinte anerkennend: »Du trägst ein sehr hübsches Kleid. Hast du dir das schneidern lassen?« Weil Susanna stumm nickte, sah sich Barbli in der kleinen Wohnung neugierig um. »Schön hast du es«, sagte sie höflich, was nicht sehr überzeugend klang. Als sie Susannas betretenen Gesichtsausdruck erkannte, versuchte sie abzuwiegeln. »Man muss eine Weile in einer Wohnung leben, damit sie gemütlich wird. Du solltest dir auf dem Markt Blumen und buntes Geschirr kaufen«, riet sie mit einem Blick auf die braune Keramik.

»Ich weiß, es ist schrecklich«, gab Susanna zu und hielt den Becher in die Höhe. »Ich werde gleich morgen deinen Ratschlag befolgen und mir neues Geschirr kaufen.«

Sie verteilte den Kuchen und goss den erwärmten Apfelmost in die Becher.

»Was gibt es Neues zu berichten?«, fragte sie die Kinder, und sogleich begannen die beiden, durcheinander zu erzählen.

»Immer langsam«, rief Susanna lachend. »Zuerst Vreni ... weil sie die Kleinste ist«, fügte sie hinzu, als sie Leonhards enttäuschten Blick sah.

»Katerchen hat uns eine tote Ratte vor die Tür gelegt, die war so groß«, erzählte das Mädchen und zeigte mit den Händen die Größe eines Hundes.

»Ihh«, rief Susanna angewidert. »Ich hoffe, du hast sie nicht angefasst, Vreni. Habt ihr das Vieh unter dem Misthaufen verscharrt?«

Das Mädchen nickte eifrig. »Mutter hat sie mit dem Spaten untergegraben.«

»Das ist gut so«, sagte Susanna und blickte zu Leonhard. »Wie geht es unserem Dickerchen?«

»Das Pferd muss die Hufe geschnitten bekommen«, erklärte der Junge fachmännisch. »Ich habe Dickerchen im Hof herumgeführt, und dabei ist er mehrmals gestolpert.«

»Dann werden wir ihn zu Hansi Federkiel bringen müssen. Dabei können wir gleichzeitig deinen Freund Arthur besuchen«, schlug Susanna vor, und Leonhards Augen strahlten.

»Hast du schon von deinem Mann gehört?«, fragte sie Barbli.

Die schüttelte den Kopf. »Nein, aber ich spüre, dass er bald zurückkommen wird«, sagte sie und versuchte zu lächeln.

»Ich hoffe, dass ich irgendwann einen Mann finde, mit dem ich mich so verbunden fühlen werde wie du dich mit Jaggi«, erklärte Susanna mit traurigem Blick.

»Urs ist schon bald ein so großer Heiler wie Oheim Bendicht, und dann heiratet er dich«, plapperte Vreni und steckte sich Kuchen in den Mund.

Überrascht blickte Susanna das Mädchen an. »Wie kommst du darauf?«

»Das hat er mir gesagt!«

»Wann?«, rief Susanna aufgeregt.

Vreni schielte zur Decke und überlegte. »Ich weiß es nicht mehr.«

»Kind, überleg. War es gestern, oder als Katerchen die Ratte mitgebracht hat?«, versuchte die Mutter zu helfen.

Nun nickte das Mädchen. »Ich habe Urs gezeigt, wo du sie im Misthaufen vergraben hast, und da hat er es mir gesagt.«

Barbli verzog grübelnd die Stirn. »Dann muss es vor zwei Tagen gewesen sein. Aber warum erzählt er so etwas am Misthaufen?«

Beide Frauen sahen Vreni eindringlich an, doch die nippte schweigend an ihrem Apfelmost und zuckte mit den Schultern.

»Wahrscheinlich hat sie sich ebenso verhört wie damals Arthur«, murmelte Susanna schicksalsergeben.

Als die Kinder und Barbli wieder fort waren, fühlte sich Susanna noch einsamer in ihrer Wohnung. Obwohl es erst Nachmittag war, wollte sie sich ins Bett flüchten, als es wieder an der Tür klopfte. Da sie dachte, dass Barbli etwas vergessen haben könnte, riss sie die Tür auf und stürzte auf den Gang.

»Hoppla! Welch stürmische Begrüßung«, lachte Peter Hönes und packte Susanna am Oberarm, da sie sonst gegen ihn geprallt wäre.

Beschämt blickte die junge Frau auf – unfähig, ihre Enttäuschung zu verbergen.

»Herr ... Hönes ...«, stotterte sie.

»Ja, so heiße ich«, lachte er. »Ich dachte, dass Ihr Euch in der Wohnung langweilen könntet, deshalb wollte ich Euch entführen, um Euch mehr von Trier zu zeigen. Dieses Mal lädt sogar das Wetter zu einem Spaziergang ein. Ich hoffe, dass es nicht anmaßend wirkt, aber da wir geschäftlich miteinander zu tun hatten, finde ich meine Einladung unverfänglich. Was haltet Ihr davon?« Mit seinen grünen Augen sah er sie auffordernd an.

Susanna kaute auf der Innenseite ihrer Wange herum und überlegte. Was hatte sie zu verlieren außer einen trostlosen Abend allein in ihrer Wohnung? Schließlich gab sie nach.

»Wartet hier«, bat sie. »Ich ziehe mir nur rasch meinen Umhang über.«

Peter Hönes war nicht entgangen, dass Susanna ein neues Kleid trug, das ihrer Figur schmeichelte. Die senfgelbe Farbe belebte ihr kastanienbraunes Haar, das zu einer ordentlichen Frisur gesteckt war. *Mein Instinkt hat sich nicht getäuscht. Aus dem Unkraut ist eine hübsche Blume geworden,* frohlockte er.

Zu Susannas Freude bewies sich Peter Hönes erneut als erfahrener Stadtführer. Zuerst gingen sie zur Simeonskirche, wo sie dank einiger Münzen, die Hönes dem Wärter zusteckte, auf den Wehrgang des Stadttors hinaufsteigen durften. Von dort hatten sie einen weiten Blick über die Stadt.

»Es ist hier oben sehr windig«, rief Susanna und zog sich die Kapuze über die Frisur.

Hönes lachte. »Daran könnt Ihr erkennen, wie hoch dieses Stadttor ist, das die Heiden in grauer Vorzeit erbaut haben.«

Susanna trat dichter an die Mauer heran und blickte zwischen den Pfeilern hindurch in die Tiefe. »Wie hoch wird das sein?«, fragte sie und trat rasch zurück, da ihr schwindlig wurde.

»Diese Frage kann ich Euch nicht beantworten, aber ich kann Euch die Geschichte des heiligen Simeon erzählen, dem diese Kirche geweiht wurde. Habt Ihr schon von ihm gehört?«

Susanna schüttelte den Kopf, und Hönes erzählte: »Simeon war ein Mönch, der viel in der Welt herumgekommen war. Er hat sogar den Trierer Erzbischof Poppo auf seiner Pilgerfahrt ins Heilige Land begleitet. Als sie Jahre später zurückkamen, hat sich Simeon am 30. November, dem Andreasfest, feierlich in den östlichen Turm des damaligen Stadttors einmauern lassen.«

Susannas Augen weiteten sich ungläubig. »Wie furchtbar«, rief sie und schüttelte sich, sodass Hönes auflachte. »Warum tut jemand so etwas?«, fragte sie entsetzt.

Hönes zuckte mit den Schultern. »Anscheinend wollte Simeon seinen Lebensabend im Gebet und als Einsiedler verbringen. Er soll fünf Jahre in seinem selbstgewählten Gefängnis gelebt haben, bis er 1035 starb.«

»Nun weiß ich, dass Ihr mich veralbern wollt«, grinste Susanna. »Niemand kann ohne Essen so lange überleben.«

»Man hat ein kleines Loch in der Mauer offen gelassen, durch das er Nahrung bekam. Sechs Jahre nach seinem Tod ließ Erzbischof Poppo das Stadttor der Heiden zu einer Kirche umbauen, die er Simeon weihte. Daneben wurde das Chorherrenstift St. Simeon errichtet.« Seine Hand wies zu den beiden imposanten Gebäuden. »Ihr müsst wissen, dass vor sechshundert Jahren, als Simeon gelebt hat, hier nur das römische Stadttor stand.«

Susanna schaute wieder in die Tiefe. »Liegt der Leichnam des Mönches noch immer im Turm?«, fragte sie leise und machte ein besorgtes Gesicht.

Hönes verneinte schmunzelnd. »Da nach dem Tod des Eremiten in der Nähe des Stadttors mehrere Wunder geschahen, wurde er heiliggesprochen, und seine Gebeine wurden geborgen und in die Kirche St. Gervasius überführt, wo sie bis heute als Reliquie verwahrt werden.«

Susanna schaute Hönes bewundernd an. Je mehr er erzählte, desto beeindruckender fand sie ihn.

»Woher wisst Ihr das alles?«

»Mein Oheim ist Architekt, und bei jedem Treffen erzählt er uns eine Episode aus der Geschichte von Trier. Aber nun habe ich Euch genug gelangweilt. Auch wenn die Sonne scheint, der Wind hier oben bläst eisig. Lasst uns in ein Gasthaus gehen und heißen Würzwein trinken.«

Da Susanna Hönes zweifelnd anblickte, lockte er spöttisch: »Eure Lippen sind bereits blau verfärbt, und Ihr zittert. So kann ich Euch unmöglich nach Hause bringen.«

Schließlich nickte sie zögerlich.

Peter Hönes war zufrieden und hoffte, mehr über diese rätselhafte Frau zu erfahren.

Susanna sah sich in dem Wirtshaus unsicher um, denn sie war noch nie zuvor in einer Trinkstube gewesen. Dass sie zudem mit einem fremden Mann einkehrte, beunruhigte sie noch mehr. Hönes schien ihre Unsicherheit zu spüren, denn er griff über den Tisch nach ihren Händen.

»Ihr müsst keine Angst haben«, lächelte er. »Hier verkehren nur anständige Menschen, sonst hätte ich Euch die Wohnung nebenan kaum angeboten.«

Jetzt wusste sie, warum ihr die Straße bekannt vorgekommen war. »Das hier ist die Glockenstraße, in der Ihr mir die erste Wohnung gezeigt habt«, sagte sie und spürte, wie sie sich entspannte. Vorsichtig entzog sie Hönes ihre Finger.

»Was darf ich Euch kredenzen?«, fragte die Ausschankmagd.

»Habt Ihr Hunger?«, wollte Hönes von Susanna wissen, die zaghaft nickte.

»Bring uns heißen Würzwein und eure Hähnchen mit Tunke«, bestellte er selbstsicher.

Nachdem die Bedienung wieder verschwunden war, sah Hönes Susanna lächelnd an und fragte: »Ich weiß nicht viel über Euch. Nur das, was Ihr selbst preisgegeben habt und was mein Freund Walter Bickelmann erzählte. Ihr stammt aus dem Land an der Saar. Was hat Euch nach Trier gebracht?«

»Kennt Ihr meine alte Heimat?«, fragte Susanna.

»Ich wusste gar nicht, dass es ein Land an der Saar gibt«, antwortete Hönes. »Ich bin zwar schon in Coelln, Coblenz und sogar München gewesen, aber ich weiß nicht, wo Euer Land liegt. Ist es weit entfernt von Trier?«

»Leider bin ich nicht so bewandert wie Ihr. Ich weiß nur, dass das Land an der Saar eine Tagesreise von hier entfernt ist und in der Nähe der lothringischen Grenze liegt.«

»Wie heißt Euer Regent und wie Eure Hauptstadt?«

»Das kann ich mit Bestimmtheit sagen«, freute sich Susanna. »Die Stadt heißt Saarbrücken und der Regent Graf von Nassau-Saarbrücken.«

»Nassau-Saarbrücken, den Namen habe ich schon gehört. Ist es groß, Euer Land?«

Susanna zuckte mit den Schultern. »Der Hof meiner Eltern stand in Heusweiler, einem kleinen Ort im Köllertal. Ich war schon in Saarwellingen, Püttlingen, Gersweiler und in der Nähe von Saarbrücken. Auch in Brotdorf bei meiner Muhme und in Eppelborn beim Bauern Sonntag und seiner Familie im Bachmichel-Haus. Alle Orte liegen nicht weit entfernt voneinander. Manche sind mit dem Pferd in weniger als einer Stunde zu erreichen.«

Hönes grübelte, denn was die Frau ihm erzählte, ergab für ihn keinen Sinn.

Sie stammt aus einem Gehöft in einem kleinen Tal. Demnach sind ihre Eltern einfache Bauern, die meist das Brot über Nacht nicht haben, überlegte er. Woher aber hat sie das Geld, um sich eine teure Wohnung und neue Kleidung leisten zu können?

»Ich habe noch nie von einem dieser Orte gehört. Wenn die Entfernungen so gering sind, scheint es ein Zwergenland zu sein«, sagte er augenzwinkernd.

Susanna errötete. Sie war froh, als die Magd kam und ihnen den Würzwein und das Essen brachte. Als ihr der Duft des gerösteten Hähnchens in die Nase stieg, schloss sie die Augen und schnupperte.

»Es riecht köstlich!«, murmelte sie und brach ein Stück vom frisch gebackenen Brot ab, um es in die Soße zu tunken.

Hönes prostete ihr zu, doch bevor er einen Schluck nahm, sagte er: »Wenn Ihr von Eurer Heimat erzählt, bekommen Eure Augen einen besonderen Glanz. Ihr scheint das Land an der Saar zu mögen. Trotzdem seid Ihr von dort fortgegangen. Warum?«

Susanna hielt in ihrer Bewegung inne und starrte mit großen Augen vor sich hin. Sie musste mehrmals zwinkern, um die Tränen zurückzudrängen. Dann räusperte sie sich und erklärte: »Mich hat dort nichts mehr gehalten.«

Nun runzelte Hönes die Stirn. »Nicht Eure Eltern, Eure Muhme und Eure Freunde?«

Susanna schob den Teller von sich. Ihr war schlagartig der Appetit vergangen.

Wieder griff Hönes nach ihrer Hand. Mit zerknirschtem Gesichtsausdruck sagte er leise: »Verzeiht mir! Ich wollte Euch nicht verletzen. Erlaubt mir, Euer Freund zu sein in dieser großen und für Euch fremden Stadt. Ihr könnt mir alles erzählen, was Euer Herz schwer und Euch traurig macht. Last mich Euer Ritter sein, der Euch beschützt und dem Ihr vertrauen könnt.«

Susanna forschte in seinem Blick, der fest auf sie gerichtet war. Als sie nichts Falsches darin erkennen konnte, erzählte sie ihm ihre Geschichte, und auch die Geschichte vom Schatzfund.

⇌ *Kapitel 26* ⇌

Ignatius konnte sich des Verdachts nicht erwehren, dass man ihm Geld gestohlen hatte. Als er nach dem Bad seine Kleider angelegt und die Geldkatze aus der Truhe genommen hatte, glaubte er, dass sie spürbar leichter geworden war. Nachdenklich führte er sein Pferd aus dem Stall des Baders heraus, saß auf und ließ es im langsamen Schritt die Gasse entlanggehen.

Sicher irrst du! Die Truhe hast du selbst abgeschlossen und den Schlüssel bei dir getragen, versuchte er sich in Gedanken zu beruhigen.

Er wollte sich nicht ärgern, denn er fühlte sich nach dem Besuch der Badeanstalt wie neugeboren. Zwar empfand er den Preis, den der Bader gefordert hatte, als Wucher, zumal er sich in seinem Kloster kostenlos hätte reinigen können. Doch Ignatius musste zugeben, dass er sich nicht erinnern konnte, jemals eine solch wohltuende Körperpflege erhalten zu haben. Der heiße Wasserdampf, der aus zahlreichen Löchern im Boden herausgeströmt war und seinen Körper eingenebelt hatte, ließ seine Haut geschmeidig werden. Das anschließende Abreiben mit der weichen Bürste und das heiße Kräuterbad im Zuber sorgten dafür, dass er nicht nur vom Schmutz der letzten Tage befreit wurde. Auch die Flohstiche, die ihn geplagt hatten, juckten nicht mehr. Zudem hatte man sein Habit gereinigt und getrocknet.

Ignatius schnupperte am Ärmel und konnte Lavendel riechen. Dieser Besuch im Badehaus war jede Münze wert, dachte er und griff nach seiner Geldkatze. Als sich erneut der Gedanke einschleichen wollte, dass er bestohlen worden war, verbannte er ihn aus seinen Gedanken.

Doch dann schoss eine andere Überlegung durch seinen Kopf, und er zügelte sein Pferd, das abrupt stehen blieb. »Dieser Bader, dieser Lump! Er hat einen Zweitschlüssel, mit dem er die Truhen öffnen kann, während seine Gäste sich im Bad entspannen!«, schimpfte er und blickte hinter sich. Er überlegte, ob er umkehren sollte, um den Betrüger zu stellen. Doch er ließ den Gedanken fallen, denn er musste zurück ins Kloster und sich seinen Brüdern zeigen.

»Die Zeit drängt«, murmelte er und trat dem Wallach in die Flanken.

Kaum war das Pferd vorgeprescht, zügelte er es erneut, damit es in den Schritt fiel. Ignatius kam das Gespräch der Männer in den Sinn, die neben ihm im Zuber in der Badestube gesessen waren und die er belauscht hatte. Die Erinnerung verursachte einen Druck in der Magengegend. War es das Geschwätz über einen Pestreiter, das Ignatius beunruhigte? Oder hatte ihn die Geschichte betroffen gemacht, dass ein bettelarmes Mädchen aus dem Land an der Saar einen Schatz gefunden hatte?

»Was hat das zu bedeuten?«, überlegte er, da er nicht verstand, warum ihm das Gerede der angetrunkenen Männer so zusetzte.

Das werde ich herausfinden müssen, nahm er sich vor und ließ den Wallach erneut antraben.

Nachdem Ignatius das Pferd im Stall abgegeben hatte, lief er zum schmiedeeisernen Eingangstor des Jesuitenklosters. Er blieb stehen, umfasste die Streben mit beiden Händen und schaute hindurch auf den Gebäudekomplex. Ignatius schloss die Augen und sog den eigentümlichen Geruch des Klosters ein, der aus dem Garten zu ihm strömte. Er hätte nie geglaubt, dass er seine Glaubensbrüder vermissen würde. Sie haben mir ebenso gefehlt wie das Leben in der Abtei mit seinen Regeln und strengen Abläufen, dachte er. Ignatius war überzeugt, dass er sich ein Leben außerhalb der schützenden Mauern nicht mehr vorstellen konnte.

Im Gegensatz zu den meisten seiner Mitbrüder hatte er beide Welten kennengelernt, da er erst spät Novize geworden war. Zu seinem Bedauern konnte er sich an die Zeit vor seinem Mönchsdasein kaum noch erinnern, denn wegen einer schweren Kopfverletzung, die er sich im langen Krieg zugezogen hatte, waren seine Erinnerungen lückenhaft geworden. Allerdings geschah es in letzter Zeit häufig, dass Gerüche, Geräusche oder Worte Bruchstücke seiner Erinnerung zurückbrachten. So war es auch in der Badestube gewesen. Als Ignatius darüber nachdachte, welche Worte die Erinnerungen angeregt hatten, wurde sein Gemüt von einer tiefen Traurigkeit erfasst, und wieder einmal wusste er nicht, warum. Und das ängstigte ihn.

Er atmete die frische Abendluft tief ein. Eines Tages werde ich das Geheimnis meiner Vergangenheit lüften, dachte er und blickte zur Klosterkirche. Seine innere Uhr verriet ihm, dass die Vesper, die vor dem Abendessen gebetet wurde, bereits begonnen hatte. Deshalb beschloss er, zuvor am Grab seines verstorbenen Freundes zu beten.

Leise öffnete Ignatius das schwere Tor, das er ebenso geräuschlos wieder ins Schloss fallen ließ. Dann schlich er über den Steinhof nach links zum Grabgewölbe und tastete sich in der Dunkelheit vorsichtig die glitschige Steintreppe hinunter. Als er die unterste Stufe erreicht hatte, sah er rechts den schwachen Schein des Ewigen Lichts, der die Gruft nur mäßig erhellte. Ignatius ging zu dem Steinsarkophag und legte beide Hände darauf.

»Ich grüße dich, mein Freund und Mentor! Ich habe dich vermisst«, flüsterte er.

Er kniete sich nieder, bekreuzigte sich und betete stumm. Nachdem er erneut das Kreuz geschlagen hatte, erzählte er dem Toten, was er erlebt hatte. »Was sagst du dazu?«, fragte er flüsternd. »Auch wenn ich zu Beginn gezweifelt habe, so weiß ich nun, dass ich richtig gehandelt habe. Die schwerste Aufgabe, mein Freund, steht mir noch bevor, und ich habe Angst, dass ich sie nicht erfüllen kann. Wärst du an meiner Seite, hätte ich keine Zweifel. Doch so befürchte ich, dass diese Herausforderung für mich allein zu groß sein könnte. Ach, könntest du mir raten, mein Freund«, murmelte Ignatius und erhob sich.

Er faltete die Hände und betete ein letztes Vaterunser. »Ruhe in Frieden, Friedrich!«, flüsterte er und stieg die steile Treppe nach oben, um ins Kloster zu gehen.

Wie Ignatius vermutet hatte, waren seine Glaubensbrüder froh, ihn wiederzusehen, was sie laut kundtaten.

»Cellerar«, riefen sie und bestürmten ihn mit Fragen. Erst die Ermahnungen des Superiors dämpfte die Lautstärke der Mönche, die sich wieder an ihre Tische setzten und schweigend ihr Abendmahl fortsetzten.

Auch Ignatius hatte Platz genommen, als der Klostervorsteher hinter ihn trat, den Kopf beugte und ihm ins Ohr flüsterte: »Folgt mir, Bruder! Ich muss mit Euch reden!«

Ignatius blickte in die ernsten Augen des Superiors und wusste, dass etwas nicht stimmte. Er legte den Holzlöffel, den er gerade in die dünne Suppe hatte tauchen wollen, zur Seite und folgte dem Vorsteher in sein Arbeitszimmer.

»Ich möchte mich, auch im Namen unseres Herrn, bei Euch bedanken, dass Ihr unsere Speisekammern aufgefüllt habt. Ich weiß sehr wohl, dass es keine leichte Aufgabe gewesen ist, die anderen Klöster um Vorräte zu bitten, zumal jedem der harte Winter noch bevorsteht. Umso bemerkenswerter ist es, dass unsere Brüder im Glauben bereitwillig gegeben haben. Auch dafür danke ich unserem Heiland. Zudem ist mir bewusst, dass eine Reise um diese Jahreszeit beschwerlich ist. Doch der Herr im Himmel hat dafür gesorgt, dass Euch weder Schnee noch Glatteis behindert haben«, erklärte der Superior mit einem schwachen Lächeln.

Ignatius hob abwehrend die Hände. »Ich bin der Cellerar unseres Klosters und somit nicht nur für die Vorräte in unseren Speisekammern verantwortlich, sondern als Wirtschaftsverwalter obliegt es mir auch, dass es dem Kloster und meinen Brüdern an nichts mangelt. Ich habe mich gern auf die Reise begeben, um neue Vorräte zu beschaffen. Selbst der heftigste Sturm hätte mich nicht davon abhalten können«, erklärte er.

Der Superior nickte verständnisvoll. Dann veränderte sich sein Blick und wurde ernst.

»Ich weiß nicht, wie ich es Euch sagen soll, Bruder Ignatius ...« Der Klostervorsteher zögerte und sah den Mönch an, seufzte dann und vollendete den Satz: »... unsere Vorratskammern wurden erneut geplündert!«

Ignatius keuchte nach Luft und riss die Augen auf. »Welches Lumpenpack«, empörte er sich, »kann so dreist sein, zweimal denselben Frevel zu begehen?«

Der Superior hob beschwichtigend die Hände. »Ich weiß, ich weiß«, seufzte er und nahm auf dem Stuhl hinter seinem Arbeitstisch Platz. »Doch wir dürfen uns nicht unserem Ärger hingeben, sondern müssen diese armen Seelen in unser Gebet einschließen. Wir wissen nicht, in welch großer Not sie sich befinden, dass sie eine solch abscheuliche Tat begehen.« Er seufzte erneut. »An dem Morgen, als ich die unglaubliche Nachricht erhielt, dass das Schloss ein zweites Mal aufgebrochen und die Vorräte entwendet worden sind, dachte ich an einen üblen Scherz. Zwar ist unser Verlust dieses Mal nicht so groß wie beim ersten Einbruch. Ich vermute, dass die Diebe überrascht wurden. Trotzdem werden unsere restlichen Vorräte nicht ausreichen, um unbesorgt den Winter abzuwarten. Deshalb ...« Der Superior verstummte, faltete die Hände vor sich auf der Schreibtischplatte und sah Ignatius entschuldigend an.

»Deshalb ...?«, fragte Ignatius, ahnend, was der Klostervorsteher sagen würde.

»... deshalb müsst Ihr Euch erneut auf den Weg machen und bei unseren Brüdern um Nahrung bitten.«

Nun ließ sich Ignatius auf den Stuhl vor dem Tisch sinken. Er wagte kaum aufzublicken.

»Glaubt mir, Bruder, ich weiß, worum ich Euch bitte. Die Dankbarkeit unseres Herrn wird Euch sicher sein.«

Ignatius erklärte leise: »Gott muss mir nicht dankbar sein, und Ihr müsst mich nicht bitten! Es ist als Cellerar meine Aufgabe, Vorräte zu beschaffen. Deshalb werde ich mich erneut auf den Weg machen. Jedoch möchte ich Euch bitten, mir zwei Tage Erholung zu erlauben.«

Der Superior musterte ihn stirnrunzelnd. »Wenn ich nicht wüsste, dass Ihr auf einer schweren Reise wart, würde ich annehmen, Ihr wäret nicht aus den Klostermauern herausgekommen. Ihr seht aus wie das blühende Leben.«

Sofort bereute Ignatius, dass er sich erholsame Stunden in der Badestube gegönnt hatte. Während er überlegte, räusperte er sich mehrmals und erklärte schließlich: »Bitte vergesst nicht, Superior, dass ich mehr als zwei Wochen von einem Kloster zum anderen gereist bin. Ich habe weite Strecken zurückgelegt und kaum geschlafen. Manche Klöster lagen einen Zweitagesritt auseinander, sodass ich im Wald auf hartem Boden in eisiger Kälte nächtigen musste. Zudem bin ich das tagelange Reiten nicht gewohnt. Mein Körper ist arg geschunden. Gegen Ende der Reise war ich von heftigen Regenstürmen bis auf die Haut durchnässt, und die beißenden Flohstiche haben mich nahezu in den Wahnsinn getrieben. Auch macht mir mein Alter zu schaffen, denn ich bin kein junger Mann mehr. Deshalb habe ich, bevor ich heute ins Kloster zurückkam, eine Badestube aufgesucht.«

Als der Blick des Klostervorstehers sich verengte, fürchtete Ignatius, dass er getadelt würde. Bevor der Superior etwas einwenden konnte, fragte er deshalb:

»Heißt es nicht im Buch Jesus Sirach im Kapitel 14: *Wer sich selbst nichts Gutes gönnt, was sollte er anderen Gutes tun?*«

Der Vorsteher nickte zögerlich und erwiderte: »Nehmt Euch die beiden Tage zur Erholung!«

Ignatius senkte dankbar den Blick.

Wenn du wüsstest, welch wahrer Grund hinter den Lagerplünderungen steht, dachte er und war froh, dass der Superior seine Gedanken nicht lesen konnte.

Jaggis Augen brannten vor Müdigkeit. Er musste sich ermahnen, bei dem langsamen Schaukelgang des Pferdes nicht einzuschlafen. Doch da beide gleichermaßen erschöpft waren, gönnte er sich und seinem Ross den erholsamen Schritt. Lobend klopfte er dem Pferd den Hals, das den Kopf senkte und sich entspannte.

»Du bist ein treuer Freund. Ich werde Hansi Federkiel anweisen, dir eine Handvoll Hafer mehr zu geben«, versprach er leise und erntete ein verhaltenes Schnauben.

Die kühle Abendluft vertrieb die Müdigkeit in Jaggis Kopf. Er streckte und reckte sich auf seinem Sattel und atmete tief ein. Ich hoffe, dass der Erzbischof zufrieden ist, grübelte er. »Auch wenn der Anfang gemacht ist, so weiß ich noch nicht, wie es weitergehen wird. Wichtig ist, dass niemand etwas davon erfährt. Aber wie soll das gelingen? Vielleicht habe ich Glück, und der zweite Teil des Plans stellt sich einfacher dar, als es bis jetzt aussieht«, murmelte er hoffnungsvoll.

Jaggi sah vor sich in der Dunkelheit vereinzelte Lichter aufblinken und wusste, dass dies Häuser in den Vororten der Stadt Trier waren.

»Bald bin ich zuhause«, frohlockte er und wurde dann ernst. »Doch vorher muss ich zu diesem geheimen Treffen. Erst dann kann ich zu meiner Familie. Hoffentlich dauert das Gespräch mit dem Kurfürsten nicht die halbe Nacht«, seufzte er und nahm die Zügel auf. »Komm, mein Alter. Lass uns rasch nach Hause reiten, damit du in den Stall kommst«, sagte er zu seinem Pferd und trieb es an.

Wenig später schlich er die in den Hang eingestampften Stufen des Amphitheaters hinunter, als ihn jemand unsanft am Arm festhielt. »Gib mir dein Geld, oder ich schneide dir die Kehle durch«, zischte eine fremde Gestalt, die wie aus dem Nichts aufgetaucht war.

Da die Nacht rabenschwarz war, konnte Jaggi nur schwach die Umrisse des Räubers erkennen. Umso mehr widerte ihn der Gestank des Kerls an.

»Nimm die Finger von mir, oder du wirst es bereuen!«, raunte er und erntete ein heiseres Lachen.

»Du bist ein Fremder in meinem Gebiet! Was willst du mir drohen?«, fragte der Räuber, und sein Griff wurde fester.

Jaggi drehte sich blitzschnell um, sodass er den Mann rücklings vor sich hatte, und drückte mit aller Kraft seinen Arm gegen die Kehle des Wegelagerers.

»Ich bekomme keine Luft«, japste der Schurke und versuchte sich zu befreien.

Doch statt seinen Griff zu lockern, drückte Jaggi eine Spur fester zu. Als der Mann zu röcheln begann, zischte er: »Wage es nie wieder, mir zu drohen, du Galgenschwengel. Ich habe schon anderen das Leben ausgehaucht, die bedeutend schneller waren als du. Mach, dass du verschwindest, sonst wirst du den Morgen nicht erleben!«

Er stieß den bestialisch stinkenden Kerl von sich. Fluchend und schimpfend rannte der davon.

»Das war mutig«, sagte plötzlich eine Stimme hinter Jaggi.

Ruckartig drehte er sich um und sah die Umrisse einer Lumpengestalt hinter sich. »Willst du mir auch die Kehle durchschneiden?«, fragte Jaggi böse und fasste an sein Schwert. Er schätzte die Entfernung zwischen sich und der Gestalt auf mehrere Schritte, sodass er sich dieses Mal mit der Waffe verteidigen würde.

Der Fremde aber flüsterte: »Ich soll Euch in die Katakomben geleiten!«

»Warum?«, fragte Jaggi misstrauisch.

»Weil Ihr erwartet werdet«, raunte der Mann ihm zu.

Da der Unbekannte ruhig stehen blieb, ließ Jaggi die Waffe sinken und nickte.

Als er der Lumpengestalt durch die unterirdischen Gänge folgte, schaute er sich unauffällig um. Wie bei den anderen Treffen mit dem Regenten waren die Männer der kurfürstlichen Leibgarde als Bettler verkleidet und ihre Gesichter mit Dreck verschmiert. Er war sich sicher, dass er keinen von ihnen in ihrer Uniform wiedererkennen würde.

Die Männer nickten Jaggi kaum merklich zu und zollten dem Hauptmann ihren Respekt. Doch würden sie von ihm keinen Befehl entgegennehmen, obwohl Jaggi ranghöher war. Wer zur Leidgarde gehörte, gehorchte nur zwei Herren. Nur von Eberhard Dietz, ihrem Hauptmann, oder vom Erzbischof persönlich würden sie Befehle entgegennehmen. Jaggi hingegen musste der Leibgarde gehorchen und ging ohne Widerspruch in die Grotte, die man ihm zuwies.

In den unterirdischen Kammern und Gängen des Amphitheaters herrschte Grabesstille. Nur das Wasser, das von den Steindecken zu Boden tropfte, hinterließ ein schwaches Geräusch.

Als Jaggi spürte, wie sein Körper auskühlte und seine Gliedmaßen taub wurden, ging er in der Kammer hin und her. Nichts war zu hören. Keine Stimmen, keine Geräusche. Die Zeit verstrich, ohne dass etwas geschah.

»Es reicht«, murmelte er und trat auf den Gang hinaus.

Doch ein Soldat stellte sich ihm in den Weg. »Ihr müsst Euch gedulden. Der Kurfürst wird Euch rufen«, erklärte der Mann leise.

Jaggi nickte und wollte gerade in seine Steinkammer zurückgehen, als er aus den Augenwinkeln heraus bemerkte, wie ein zweiter Soldat einen Mann in eine andere Grotte geleitete. Verwirrt schaute er ihnen hinterher.

Der andere Mann, hatte Jaggi erkannt, war in die Kutte eines Mönchs gekleidet.

~ *Kapitel 27* ~

Karl Kaspar von der Leyen und die Männer der Leibgarde waren in aller Frühe von Regensburg in Richtung Trier aufgebrochen. Von der Leyen wusste, dass diese Reise beschwerlich werden würde, da sie schon am nächsten Tag umkehren und wieder zurück zum Reichstag nach Regensburg reiten mussten. Doch da er den neuesten Stand seiner Pläne erfahren wollte, waren diese Ritte unumgänglich. Noch war Kaiser Ferdinand III. nicht in Regensburg eingetroffen, sodass das Verschwinden des kurtrierischen Erzbischofs nicht auffallen würde. Zudem hatte von der Leyens Hauptmann Dietz das Gerücht gestreut, dass der Kurfürst die Gelegenheit nutzen wollte, um auf die Jagd zu gehen. Bevor die Abwesenheit von der Leyens Fragen aufwerfen würde, wären sie wieder zurück in Regensburg.

Der Trupp benötigte für die Strecke länger, als sie berechnet hatten, und so kamen von der Leyen und seine Begleitung erst kurz vor dem geheimen Treffen im Kurfürstlichen Palais in Trier an. Nachdem sich der Regent und seine Soldaten wie die Male zuvor als Bettler verkleidet hatten, ritten sie zum Amphitheater. Unter dem Schutz der Soldaten schlich der Kurfürst durch die Arena zum unterirdischen Teil der Anlagen, in denen in grauer Vorzeit die Sklaven auf ihre Kämpfe mit den Gladiatoren gewartet hatten. Jedes Mal, wenn er die Zellen sah, in denen einst die wilden Tiere gehalten wurden, die gegen Menschen kämpften, lief ihm ein Schauer über den Rücken.

Von der Leyen wurde von Hauptmann Dietz am Eingang der Grotte erwartet. Er erwiderte den Gruß seines Soldaten mit einem kurzen Nicken und folgte ihm durch die dunklen Gänge bis zur Zelle, in der die Treffen stattfanden.

»Ich bin sehr gespannt«, sagte der Erzbischof leise und lehnte sich gegen die Wand aus grob gehauenen Steinen. Helle Atemwölkchen entstanden beim Ausatmen um seinen Mund, und er rieb frierend die klammen Hände aneinander. Als der erste Berichterstatter hereingeführt wurde, verschränkte von der Leyen die Arme vor der Brust.

»Eure Eminenz«, grüßte der Mann und verbeugte sich.

»Seid gegrüßt!«, erwiderte der Regent. »Was habt Ihr mir von Eurer Reise zu berichten?«, fragte er und betrachtete den Erwählten, der ebenso wie er erschöpft wirkte.

Als der Mann beginnen wollte, seinen Bericht vorzutragen, hob der Kurfürst die Hand und wandte sich an den Soldaten, der neben dem Eingang Wache stand. »Bringt uns heißen Würzwein«, befahl er.

Der Leibgardist eilte davon. Es dauerte nicht lange, da kam

er mit zwei Bechern mit dampfendem Wein zurück, die er den beiden reichte.

»Berichtet!«, bat von der Leyen erneut, und während der Mann seine Reise schilderte, hörte der Kurfürst aufmerksam zu. Bei einer Schilderung musste von der Leyen laut lachen, und auch Dietz, der hinzugekommen war, schmunzelte.

Als der Bericht zu Ende war, sah der Regent seinen Untertanen anerkennend an. »Ich muss Euch gratulieren. Ihr habt gute Arbeit geleistet. Mein Vater wäre stolz auf Euch!«

Der Berichterstatter schaute erstaunt auf, und der Kurfürst erklärte: »Zeit seines Lebens war dies der Wunsch meines Vaters gewesen. Doch erst jetzt habe ich die Macht und die Möglichkeit, ihm diesen Wunsch zu erfüllen. Leider weilt mein Vater nicht mehr unter uns, doch ich weiß, dass er im Geiste bei mir ist. Deshalb werden wir diesen Plan umsetzen, auch wenn wir die anderen Regenten im Reich damit erzürnen werden.« Er senkte den Blick und drehte den Becher zwischen den Händen. Dann sah er auf und fragte: »Wisst Ihr schon, wie Ihr unseren Plan zum Erfolg führen könnt?«

Sein Getreuer bejahte. »Auf dem Weg zu diesem Treffen mit Eurer Eminenz habe ich zahlreiche Pläne entworfen und wieder verworfen. Doch nur einer erscheint mir sicher und durchsetzbar, zumal Ihr wünscht, dass er geheim bleiben soll. Ich hoffe, dass diese Vorgehensweise Eure Zustimmung findet.«

Der Kurfürst sah seinen Gefolgsmann neugierig an. »Lasst mich an Eurem Plan teilhaben«, forderte er und kam einen Schritt näher.

Von der Leyen zog sich den Mantel fest um die Schultern. Sein dunkles Haar, das bis zu den Schultern in dichten Locken fiel, glänzte durch die Feuchtigkeit, die sich daraufgelegt hatte. »Von den ungewöhnlich milden Temperaturen, die seit

Wochen herrschen, ist hier unten nichts zu spüren. Ich werde mir hier den Tod holen«, schimpfte er und stapfte hin und her.

Der Hauptmann beobachtete den Regenten, der seine Hände in die Achseln schob. Er scheint müde zu sein, und seine Laune ist ebenso abgekühlt wie die Temperatur, dachte Dietz und rief seinen Soldaten zu sich.

»Bringt uns mehr heißen Würzwein!«, befahl er leise.

Kaum ausgesprochen, wurden dem Regenten und seinem Hauptmann zwei Weinbecher gebracht. Nachdem der Kurfürst den ersten Schluck probiert hatte, meinte er schmatzend: »Das tut gut! Der Küchenmeister des Kaisers Karl V. müsste für dieses Rezept posthum einen Orden verliehen bekommen.«

Dietz lächelte und entspannte sich. Stumm prostete er dem Regenten zu.

»Lasst den zweiten Berichterstatter kommen«, befahl der Erzbischof und lehnte sich wieder gegen die Wand.

Der Mann betrat den Raum und wirkte dabei selbstsicher. Er verbeugte sich knapp und sagte: »Ich grüße Euch, Eure Eminenz!«

Dietz glaubte zu erkennen, dass seine Lippen bläulich verfärbt waren und dass er zitterte. Er hatte Mitleid mit ihm und reichte ihm wortlos seinen halb gefüllten Becher.

»Habt Dank«, murmelte er und trank vorsichtig.

»Erzählt, Christian, mein Pestreiter, wie es Euch seit unserem letzten Treffen ergangen ist«, forderte der Erzbischof, ohne auf den Zustand seines Untertanen einzugehen.

Nachdem der Mann, der sich Christian nannte, seine Reiseereignisse geschildert hatte, fasste von der Leyen zusammen: »Man könnte somit sagen, dass die Kunde des Pestreiters von Mund zu Mund weitergetragen wird und die Menschen ihm mittlerweile wohlwollend gegenüberstehen?«

»Leider gibt es immer noch Zweifler, Eure Eminenz, doch

die meisten lassen sich schnell eines Besseren belehren. Da war zum Beispiel ein alter Pastor ...«

»Ja, das habe ich vernommen«, unterbrach ihn der Kurfürst ungeduldig. »Euer Schatten hat mich davon in Kenntnis gesetzt.«

Der Pestreiter schaute erschrocken auf, und von der Leyen lachte auf. »Ich weiß, dass der Soldat sich Euch zu erkennen gegeben hat, obwohl sein Befehl anders lautete. Merkt Euch, dass man mir jeden Eurer Schritte zuträgt. Seit Anbeginn Eurer Reise bekomme ich Berichte zugesandt, sodass ich über alles, was mit Euch zu tun hat, im Bilde bin.«

»Wenn Eure Eminenz bereits alles wissen, warum bin ich dann hier?«, fragte der Pestreiter arglos.

Dietz erkannte, dass diese Frage dem Kurfürsten missfiel.

Schon zischte der Erzbischof: »Weil ich es befohlen habe.« Obwohl er lächelte, blieben seine Augen kalt. »Auch will ich von Euch hören, was Eurem Schatten verborgen geblieben ist. Doch anscheinend ist er ein guter Beobachter, denn seine Berichte decken sich mit Eurer Aussage.«

»Da ich nun von der Existenz meines Schattens weiß, könnte der Soldat neben mir reiten. So wäre uns beiden die Zeit kurzweilig«, erklärte der Pestreiter unbekümmert.

Der Gesichtsausdruck des Erzbischofs erstarrte, und seine Stimme klang eisig, als er sagte: »Euer Auftrag soll Euch weder unterhalten noch Abwechslung bieten. Es würde Zweifel im Volk wecken, wenn der Pestreiter einen Beschützer zur Seite hätte.«

Dietz betrachtete den Mann, der in seiner dünnen Kleidung sichtlich fror. Doch als der Regent ihn rügte, überzog eine feine Röte sein Gesicht bis zum Hals. Von einem Augenblick zum anderen war die unbekümmerte Selbstsicherheit des Pestreiters verflogen, und er stammelte: »Verzeiht, Eure Eminenz! Daran habe ich nicht gedacht.«

»Ihr solltet in Zukunft erst denken und dann sprechen«, forderte der Kurfürst und blickte den Mann mit unbeweglichem Gesichtsausdruck an. Er verschränkte seine Hände auf dem Rücken und fragte: »Wie steht es mit der zweiten Aufgabe, die ich Euch angedient habe?«

Als der Mann mit einer Geste ausholte und antworten wollte, befahl der Regent: »Fasst das Wichtigste zusammen und erzählt, wie Ihr vorgehen wollt. Es ist für Uns kein Vergnügen, länger als nötig in dieser eisigen Grotte zu verweilen.«

Der Pestreiter wischte sich die Hände an der Kleidung ab und antwortete: »Wie Eure Eminenz befohlen hat, habe ich die Akten studiert und anschließend vernichtet.« Dann stockte er und blickte den Regenten unsicher an.

»Was steht Ihr da wie ein scheues Reh, das auf den Pfeil wartet? Berichtet endlich, was in den Akten steht«, zischte der Kurfürst, als der Mann weiter schwieg.

Der Pestreiter blickte erschrocken auf, bevor er sich zusammenriss und zu berichten begann: »Es geht in der einen Akte um das Ehepaar Agnes und Christ Preußer aus Mensfelden. Gegen den Mann häufen sich die Verdächtigungen, dass er vom Glauben abgefallen sei. Mehrere Soldaten, die im Haus der Eheleute Preußer einquartiert waren, berichteten von einem Ungetüm, das nachts in ihr Zimmer eingedrungen sei und wie ein Bock geschrien und wie ein Hund gebellt habe.«

»Es könnte sich um einen brachialen Streich handeln, der den Soldaten ihr Quartier vergällen sollte«, überlegte der Kurfürst.

Doch der Pestreiter schüttelte den Kopf und erklärte: »In den Akten werden weitere Beispiele genannt, dass ein Ungetüm im Haus der Preußers sein Unwesen treibe. Seit der Aussage der Soldaten ist es nun offensichtlich.«

»Dann müssen wir diesen Menschen helfen und sie von dem Verdacht befreien«, entschied der Kurfürst und befahl: »Ihr werdet schnellstmöglich nach Mensfelden reiten, um

Euch selbst ein Bild zu machen. Doch zuvor werdet Ihr alle Dörfer aufsuchen, in denen man den Pestreiter bereits kennt, um zu kontrollieren, ob Eure Anweisungen bezüglich der Pestkranken befolgt werden. Doch Eure wahre Aufgabe wird dieses Mal eine andere sein. Dieses Mal werdet Ihr den Amtmännern und Schultheißen einen Besuch abstatten und ihnen meinen Befehl überbringen, den Ihr ebenfalls in den Akten gelesen habt.« Er sah den Mann durchdringend an.

Durchgefroren stolperte Jaggi durch den Bereich des Amphitheaters. Seine Zähne schlugen unkontrolliert aufeinander. Das Gespräch mit dem Kurfürsten hatte länger gedauert als erwartet. Zumal er nicht sofort gehen durfte. Man hatte ihn in die Grotte zurückgebracht, wo er weitere Anweisungen von Hauptmann Dietz erhalten hatte.

Bibbernd umschlang er mit beiden Armen seinen Oberkörper und hoffte, dass die Wärme bald zurückkehren würde. Als er hinter sich leises Gemurmel hörte, duckte er sich und legte sich flach auf den Boden. Sicher ist das wieder dieser Schnapphahn, der mich überfallen wollte, überlegte Jaggi.

Da glaubte er, den Umriss eines Mannes vor sich zu sehen, der in ein Habit gekleidet war. Das muss der Mönch sein, den ich zuvor in dem unterirdischen Gang gesehen habe, dachte er und erhob sich langsam.

»Sei gegrüßt, Bruder. Ich will dir nichts Böses«, flüsterte er und ging einige Schritte auf ihn zu.

Als der Mönch die Stimme hörte, wandte er sich ruckartig um und krächzte: »Wer bist du?«

Jaggi glaubte, dass die Stimme ebenso zitterte wie der Körper des Mannes, der seine Hände in den weiten Ärmeln seiner Kutte versteckte.

»Ich habe dich in den Gängen der Katakomben gesehen.

Hattest auch du ein geheimes Treffen?«, versuchte Jaggi zu erfahren.

»Was erzählst du da? Ich kenne dich nicht. Vermaledeit«, wisperte der Mönch. »Wer will das wissen?«

»Mein Name ist ...«

»Es wäre ratsam, wenn Ihr beide das Maul halten würdet«, zischte eine Stimme. Sie gehörte zu einer Person, die wie aus dem Nichts hinter ihnen aufgetaucht war. »Man kann Euch bis zum letzten Platz in der Arena hören. Jeder Strauchdieb weiß nun, dass hier zwei Dummköpfe wie Marktweiber miteinander schwatzen«, schimpfte die fremde Stimme.

»Red keinen Unsinn. Wir flüstern nur«, erklärte Jaggi.

»Selbst wenn du mitten in der Arena einen Kienspan anzünden würdest, könnte man das Knistern bis in der letzten Reihe hören.«

»Das glaube ich nicht. Wer bist du überhaupt?«

»Ich bin der Schatten.«

⸺ *Kapitel 28* ⸺

Urs hatte die Nacht zuhause verbracht und nicht, wie so oft in letzter Zeit, im Pesthaus oder bei seinem Oheim. Als er aufwachte, griff er leise nach seiner Kleidung und verließ auf Zehenspitzen die Kammer, um seinen kleinen Bruder Leonhard nicht zu wecken. Auf dem Gang zog er sich Hose und Kittel sowie die Schuhe über und ging rasch nach unten in die warme Küche. Als er seine Mutter begrüßte, nahm er aus dem Augenwinkel eine Bewegung wahr. Er drehte den Kopf und sah seinen Vater am Tisch sitzen und seinen Morgenbrei löffeln.

»Vater!«, rief er erfreut und ging auf ihn zu. Jaggi stand auf und umarmte seinen ältesten Sohn, der sich zu ihm setzte.

»Seit wann bist du zurück?«, fragte Urs, der seinen Vater nicht hatte heimkommen hören.

»Noch nicht sehr lange. Ich habe kaum geschlafen, denn deine Mutter meinte, dass ich dringend etwas essen sollte, weil mein Magen angeblich laut geknurrt hat«, grinste er und schaute zu seiner Frau, die am Herd das Mus umrührte.

»Möchtest du Morgenbrei, Urs?«, fragte sie. Doch bevor ihr Sohn antworten konnte, hatte sie bereits eine Schüssel Gerstenmus abgefüllt und vor ihm auf den Tisch gestellt. Während Barbli sich die Hände an einem Tuch abputzte, sagte sie mit einem verträumten Blick: »Welch seltener Anblick! Vater und Sohn an einem Tisch vereint!«

»Wann musst du wieder fort?«, wollte Urs wissen.

Seine Mutter streckte die Hände nach oben und rief: »Spar dir die Antwort, Jaggi! Das will ich nicht hören, denn du würdest mir mein schönes Gefühl verleiden, das ich in diesem Augenblick spüre. Bitte behalt es für dich.«

Sie setzte sich zu ihren beiden Männern an den Tisch. Urs konnte Tränen in den Augen seiner Mutter erkennen, und auch sein Vater schien sie bemerkt zu haben, denn er aß schweigend weiter, bis er seinen Sohn fragte:

»Wie ist es dir ergangen? Ich bin überrascht, dich hier anzutreffen. Deine Mutter erzählte, dass du oft bei deinem Oheim übernachtest.«

»Ich muss Kräuter abholen, und da die Apotheke in der Nähe unserer Wohnung liegt, habe ich hier geschlafen.«

»Dann macht deine Heilkunstlehre Fortschritte. Oder willst du doch lieber Soldat werden?«

Urs grinste und schüttelte den Kopf. »Nein, Vater! Ich muss dich enttäuschen. Das Heilen ist meine Berufung, und dank meines Mentors lerne ich sehr viel. Ich darf schon Wunden versorgen und vernähen.«

Nun musste sein Vater laut lachen. »Die Narben möchte ich

nicht sehen«, ulkte er und klopfte seinem Sohn anerkennend auf die Schulter. »Auch wenn ich immer noch nicht glücklich über deine Entscheidung bin, so freut es mich, dass du Leidenschaft für diesen Beruf zeigst. Ein weiser Mann sagte mir, dass man das machen soll, zu dem man sich berufen fühlt. Und das scheint bei dir so zu sein.«

Urs blickte seinen Vater fragend an. »Wer war dieser weise Mann?«

»Unser Regent Karl Kaspar von der Leyen«, verriet Jaggi zwischen zwei Bissen.

Urs' Augen wurden groß. »Du hast mit dem Kurfürsten über meinen Berufswunsch gesprochen?«, fragte er ungläubig. Als Jaggi nickte, wollte er den Grund wissen.

Jaggi fuhr sich seufzend mit beiden Händen durchs Haar und blickte seinen Sohn nachdenklich an. Schließlich erklärte er: »Nachdem man dich vor Monaten der Brunnenvergiftung beschuldigt hatte, wollte ich den Kurfürsten um Urlaub bitten, damit ich dir helfen kann. Dabei musste ich ihm alles über dich erzählen. Als er mich fragte, ob du unschuldig seiest, versicherte ich ihm, dass du keiner Seele ein Leid zufügen könntest und du deshalb nicht Soldat, sondern Heiler werden wolltest. Als ich die Tradition der Blatter-Familie erwähnte, der du Folge leisten und deshalb Soldat werden müsstest, sah der Regent mich an und erwiderte: ›Man soll das machen, wozu man sich berufen fühlt. Wenn es nach meiner Familientradition gegangen wäre, wäre ich heute Amtmann.‹«

Urs sah erstaunt auf. »Dann habe ich es dem Kurfürsten zu verdanken, dass ich bei meinem Oheim in die Lehre gehen darf?«

»Mehr oder weniger«, sagte Jaggi, dem das Gespräch unangenehm wurde.

»Was war dann der wahre Grund?« Urs ließ nicht locker.

»Es war ein Versprechen an unseren Herrn, mein Sohn.

Ich gelobte, dich das lernen zu lassen, was du möchtest, wenn er dich aus dieser vermaledeiten Lage retten würde. So, jetzt weißt du es. Und nun lass mich in Ruhe«, schimpfte Jaggi verhalten und löffelte wieder den inzwischen erkalteten, zähen Brei.

Urs blickte seinen Vater schweigend an. Seit dem Gespräch, das er mit ihm einige Wochen zuvor über seine Zukunft geführt hatte, war ihr Verhältnis anders geworden. In jenem Gespräch war Urs zum ersten Mal wie ein Mann aufgetreten. Er hatte selbstsicher seinen Berufswunsch verteidigt, und sein Vater hatte ihm ohne Widerworte zugestimmt. Jetzt wusste Urs, warum das Gespräch so einfach gewesen war. Karl Kaspar von der Leyen auf Erden und Gott im Himmel hatten ihm geholfen.

Urs war zufrieden.

Urs eilte mit einem leeren Korb durch die Gassen von Trier. Er hatte seine Eltern belogen, denn er musste die Kräuter nicht in der Apotheke abholen, sondern bei Nathan Goldstein. Der Goldhändler hatte Bendicht eine Nachricht zukommen lassen, dass die exotischen Heilmittel seiner Glaubensbrüder aus ihrer Heimat angekommen seien. Niemand wusste, ob sie von Nutzen sein würden. Aber da Bendicht mittlerweile Pestkranke mit allen ihm bekannten Mitteln ohne Erfolg behandelt hatte, setzte er große Hoffnung auf die Kräuter aus dem fernen Israel.

Bevor er den Weg zum Haus von Nathan Goldstein einschlug, ging er – wie sie es vereinbart hatten – zum Markt, um Gemüse zu kaufen, damit niemand Goldstein mit dem Heiler Bendicht Blatter in Verbindung bringen konnte.

Auf dem Markt herrschte reges Treiben. Händler von nah und fern boten ihre Waren an und machten mit lautem Geschrei auf sich aufmerksam. Sie versuchten, sich gegenseitig zu übertönen, sodass das Gezeter kaum zu verstehen war. An einem Stand wurde lautstark Käse angeboten, und an einem anderen frisch geschlachtete Karpfen, die Minuten zuvor noch in einem Trog geschwommen waren. Als ein Junge eine Wurst klaute, lief der Händler ihm zeternd hinterher, und in der Zwischenzeit stahl ihm ein anderer Bursche zwei Würste.

Urs hätte das Markttreiben gerne länger beobachtet, aber er war in Eile, weil sein Onkel auf die Kräuter wartete. An einem Gemüsestand betrachtete er die Auslage, während ein altes Mütterlein mit krummen Fingern die Ware hin und her sortierte. Die Alte grinste ihn freundlich an und fragte lispelnd, wobei ihr Speichel vom Kinn tropfte: »Wasch darf esch schein, junger Mann?«

Er kaufte ein Bündel Gelbrüben und ging zum nächsten Stand, wo ein junges Mädchen ihm schöne Augen machte. Es zeigte ihm einen Kohlkopf und ein Bündel Bärlauch, wobei sie sich weit nach vorn beugte, sodass Urs den Ansatz ihrer Brüste sehen konnte. Er kaufte beides und wollte weitergehen, als eine ältere Marktverkäuferin ihm hinterherrief:

»Du kaufst wohl nur bei jungen Frauen, die mit den Brüsten wackeln?«

Urs spürte, wie er rot anlief. Hastig senkte er den Blick und eilte unter dem Gelächter der Marktfrau davon.

Als er endlich das Haus des Goldhändlers erreichte, läuteten die Kirchenglocken zur neunten Stunde. »Gopferdammi«, schimpfte er in seiner Muttersprache. »Oheim Bendicht wird mich rügen, da ich viel zu spät zum Pesthaus zurückkommen werde.«

Goldstein erwartete ihn bereits. Kaum hatte er geläutet, öffnete der Goldhändler die Tür und rief lauter als nötig: »Frisches Marktgemüse! Ich danke dir, Junge. Komm herein, damit ich dir das Geld geben kann.« Nachdem er sich nach allen Seiten umgesehen hatte, trat er einen Schritt zur Seite und ließ den Besucher eintreten. Er führte Urs in sein Arbeitszimmer und bat ihn, Platz zu nehmen.

»Meine Glaubensbrüder haben mir verschiedene Kräuter aus meiner Heimat geschickt. Wir wissen nicht, ob sie Euch bei der Suche nach einem Heilmittel gegen die Pestilenz helfen werden, aber es ist einen Versuch wert. Zwar haben auch unsere Mediziner ihre Wirkung bereits getestet und keinen Erfolg gehabt. Aber wenn man sie mit Euren Kräutern vermischt, ist die Wirkung möglicherweise eine andere«, erklärte er und holte eine kleine Holzkiste hinter seinem Schreibtisch hervor.

Er schob den Deckel zur Seite und entnahm ein Kännchen, das eine ölhaltige Flüssigkeit enthielt. »Viele dieser Pflanzen werden schon in der Bibel erwähnt«, verriet Goldstein. »Hier haben wir das Öl der Myrte. Bereits die Heiden haben vor Jahrhunderten den Bräuten einen Myrtenkranz aufs Haupt gesetzt als Zeichen ihrer Jungfräulichkeit. Wir pressen aus den dunkelvioletten Beeren ein würziges Öl, das die Atemwege befreit. Euer Oheim soll es bei der Lungenpest einsetzen. Auch haben unsere Heiler festgestellt, dass es hilft, Krankheiten abzuwehren, wenn der Körper gestärkt wird.« Vorsichtig, als hielte er ein Juwel in Händen, stellte er das Kännchen auf den Tisch. Dann holte er ein weiteres aus der Kiste hervor.

»Rizinusöl«, verriet er. »Es soll schon vor Christi Geburt den Menschen Linderung verschafft haben. Nur ein einziger Löffel beschleunigt die Darmentleerung und könnte deshalb das Pestgift schneller aus dem Körper schaffen. Allerdings verursacht es Krämpfe im Unterleib, sodass man mit Kamillensud nachspülen sollte, um den Magen zu beruhigen.«

Goldstein griff erneut in die Holzkiste und entnahm ihm ein bauchiges Glasgefäß, das mit einem Korken verschlossen war und weißes Pulver enthielt.

»Dies ist Wermut, der aus den Zweigspitzen blühender Pflanzen gewonnen wird. Hier ist Vorsicht geboten, denn man darf nur eine winzige Messerspitze davon nehmen und mit Alkohol verrühren. Es ist ein wahres Wundermittel und hilft bei Kopfschmerzen ebenso wie bei Gelbsucht oder Entzündungen. Auch lindert es krampfartige Beschwerden im Verdauungstrakt. Vielleicht treibt Wermut das Pestgift aus dem Körper. Oder falls nicht, treibt es auf jeden Fall das Ungeziefer aus dem Haus«, versuchte er zu scherzen.

Er stellte das Glas zu den Kännchen und griff erneut in die Kiste.

»Hier haben wir ein Säckchen Schwarzkümmelsamen. Wenn man ihn zerreibt, entfaltet er seinen besonders würzigen Duft. Man kann den Samen als Sud aufkochen und in kleinen Schlucken trinken. Schwarzkümmel lindert Verdauungsprobleme und kräftigt den Körper, sodass er leichter gegen Krankheiten kämpfen kann. Man sagt dem Schwarzkümmel nach, dass er jede Krankheit heilt – außer den Tod!«

Goldstein stellte alles zurück und verschloss das Kistchen mit dem Deckel. »Das sind die ersten Geschenke aus meiner Heimat. Meine Glaubensbrüder werden noch andere schicken. Sobald ich sie habe, lasse ich es Euch wissen.«

Urs betrachtete den kleinen Kasten und schüttelte unmerklich den Kopf.

»Ihr zweifelt?«, fragte Goldstein.

Erschrocken schaute Urs auf und stotterte: »Nein, natürlich nicht! Als Heiler darf man sich keiner Möglichkeit verschließen, selbst wenn sie noch so aussichtslos erscheint. Aber ...« Er blickte Goldstein unschlüssig an.

»Was habt Ihr, junger Freund?«

»Mein Oheim wird nicht wollen, dass ich Euch meine Ansicht mitteile«, erklärte Urs und wollte sich erheben.

»Euer Onkel muss es nicht erfahren«, erklärte Goldstein schmunzelnd. »Nun bin ich neugierig geworden. Ich schwöre zu schweigen, was immer Ihr mir anvertraut.«

Urs setzte sich zurück auf den Stuhl und holte tief Luft. »Ich bin der Meinung, dass wir wissen sollten, wie die Pestilenz im Körper wütet.«

Goldstein blickte ihn durchdringend an. Nach einigen Augenblicken des Schweigens murmelte er: »Ihr meint das tatsächlich ernst.« Er erhob sich und ging zum Fenster, wo er Urs den Rücken zudrehte.

Urs wagte kaum zu atmen, als er sagte: »Ihr verurteilt mich.«

Doch Goldstein schüttelte den Kopf und erwiderte: »Eine jüdische Weisheit, die im Talmud geschrieben steht, lautet: *Verurteile keinen Menschen und halte kein Ding für unmöglich, denn es gibt keinen Menschen, der nicht seine Zukunft hätte, und es gibt kein Ding, das nicht seine Stunde bekäme.*« Er wandte sich zu Urs um und sagte: »Ich weiß leider nicht, wie ich Euch Euren Wunsch erfüllen kann.«

»Ja, ich weiß«, antwortete Urs. »Es wäre Blasphemie, einen Toten zu untersuchen.«

»Nun ja, ob es Gotteslästerung ist, wenn man die Menschheit retten kann, vermag ich nicht zu sagen, junger Freund. Jedoch werden wir niemanden finden, der uns seinen toten Körper zur Verfügung stellt.«

Urs nickte. »Die Angst vor dem Fegefeuer ist ebenso groß wie die Furcht, als Totengeist in der Welt der Lebenden zu wandeln.«

Goldstein schüttelte den Kopf. »Wäre derjenige, der seinen Körper spendet, ein Gesetzloser oder ein Mensch, der sich selbst richtet, dann wäre ihm das Fegefeuer gewiss, und wir bräuchten uns keine Gedanken über Blasphemie zu machen. Aber ein Pestkranker hat kaum die Kraft, eine Gewalttat zu verüben oder sich selbst zu richten. Es tut mir leid, mein junger Freund, Euer Wunsch wird sich nicht erfüllen.«

Urs stand auf, um zu gehen. Als er den Kasten mit den Heilmitteln an sich nehmen wollte, fiel sein Blick auf ein Tablett, auf dem ein goldener Armreif lag. Durch das einfallende Sonnenlicht wurde das Schmuckstück wie mit einer Kerze angeleuchtet. »Darf ich näher herantreten?«, fragte er, und Goldstein nickte.

»Gehört der Schmuck Eurer Frau?«, fragte Urs und betrachtete den filigran gearbeiteten Reif, der auf schwarzem Samt lag.

»Den Schmuck meiner Frau bewahre ich nicht in meinem Arbeitszimmer auf«, schmunzelte Goldstein. »Ich bin Goldhändler. Und heute kommt ein Kunde, der ein besonderes Geschenk für seine Frau sucht, die ihm einen Sohn geboren hat.«

Urs holte tief Luft, als er erklärte: »Auch ich suche etwas Besonderes als Zeichen meiner Liebe zu einer Frau. Was würde solch ein Armreif kosten?«

Goldstein nannte den Preis, und Urs' Augen wurden riesengroß.

»Selbst wenn ich hundert Jahre alt werden würde, so viel Geld könnte ich nie sparen«, stammelte er.

Goldstein betrachtete den jungen Mann, der ihm seit der ersten Begegnung gefallen hatte. Er zog eine Schublade in seinem Schreibtisch auf und entnahm ihr ein kleines schwarzes Samtsäckchen.

»Wie würde Euch dieses Schmuckstück für Eure Liebste gefallen?«, fragte er und zeigte Urs einen Ring, der wie eine Blüte geformt war. In der Blütenmitte strahlte ein roter Stein.

»Er ist wunderschön«, sagte Urs und seufzte: »Sicher ist auch dieser Ring unbezahlbar für mich.«

»Das glaube ich nicht, mein junger Freund«, widersprach Goldstein. »Ich schlage Euch ein Geschäft vor. Der Preis des Gemüses, das Ihr mir vom Markt mitgebracht habt, sowie Euer Verdienst, den ich Euch heute auszahlen wollte, ergeben die Summe, die dieser Ring kostet. Wenn Ihr einverstanden seid, gehört das Schmuckstück Euch.«

»Das kann ich nicht annehmen«, stammelte Urs. »Sicher ist der Ring viel mehr wert als das Gemüse und mein Verdienst.«

»Ich kann Euch beruhigen«, widersprach Goldstein. »Der Goldwert des Ringes ist nicht so hoch wie der Goldwert des Armreifs, und deshalb ist sein Preis geringer. Ich bin Geschäftsmann. Warum sollte ich diesen Ring zu einem günstigeren Preis abgeben, als er wert ist?«

Urs blickte nachdenklich zu dem Mann auf, doch dann überzog ein Lachen sein Gesicht. »Ich nehme Euer Angebot sehr gerne an!«, jubelte er. Nachdem sie sich über den Handel einig waren, verabschiedete er sich und verließ mit einem glücklichen Lächeln das Haus des Goldhändlers.

Goldstein hatte Urs belogen. Der Ring war das Zehnfache von dem wert, was er verlangt hatte.

»Mein Kunde wird für den Armreif tiefer in die Tasche greifen müssen. Schließlich bin ich Geschäftsmann und muss den Verlust wieder hereinholen«, schmunzelte er und polierte das Schmuckstück.

Urs stand mitten im Viehmarkt und sah durch die vielen Menschen hindurch, die an ihm vorbeigingen. Er hörte weder das Blöken noch das Grunzen oder Wiehern der zahlreichen Tiere. Er war unschlüssig, was er machen sollte. Sein Oheim wartete auf die Heilmittel aus dem fernen Israel. Doch Urs sehnte sich nach Susanna. Er wollte ihr schnellstmöglich den Ring geben, damit er ihr endlich seine Gefühle gestehen konnte. Nachdenklich blickte er in die Straße, in der seine Liebste wohnte.

Seine Mutter hatte ihm erst vor wenigen Tagen Susannas Adresse verraten, als er sie darum gebeten hatte. Er war in der Nacht dorthin gegangen und hatte von der anderen Straßenseite aus zu Susannas Wohnung hinaufgeblickt. Urs konnte Susanna durch die dunklen Fenster nicht sehen, aber er hatte ein heftiges Kribbeln im Bauch gespürt, weil er wusste, dass sie hinter dieser Hauswand lebte.

Nun war er wieder auf dem Weg zu Susannas Haus. Bei dem Gedanken an seine Liebste beschleunigte er seine Schritte, während er seine Verspätung mit dem Gedanken an den Oheim entschuldigte: »Bendicht hat mich ermutigt, Susanna meine Liebe zu gestehen. Also wird er verstehen, wenn ich später zurückkehre.«

Außer Atem stand Urs vor Susannas Wohnungstür und wagte nicht anzuklopfen. Gedanken sprangen in seinem Kopf kreuz und quer, und über allen stand die Angst, dass sie ihn zurückweisen könnte. Er hatte das Kistchen mit den Kräutern unter den rechten Arm geklemmt, um mit der Hand das Samtsäckchen mit dem Ring festzuhalten. Als seine Finger das Schmuckstück spürten, fasste er Mut und klopfte zuerst sachte, dann etwas fester gegen die Holztür. Schon hörte er Schritte, die näher kamen. Zaghaft wurde die Tür einen Spalt geöffnet, und Urs blickte in Susannas braune Augen, die sich erstaunt weiteten.

Sie glaubte, ihr Herz würde stehen bleiben. Auch wenn sie ihn in letzter Zeit kaum gesehen hatte, so hatte sie doch jeden Tag an ihn gedacht.

»Urs«, wisperte sie erschrocken. »Geht es deiner Familie gut?«, fragte sie und öffnete die Tür weit.

»Darf ich hereinkommen?«, fragte er scheu.

Susanna nickte und trat zur Seite.

»Was ist geschehen?« Ihr Blick war voller Angst.

»Meiner Familie geht es gut, Susanna. Du musst dir keine Sorgen machen!«

»Dem Heiland sei Dank«, atmete sie erleichtert auf. Dann erblickte sie das Kistchen. Verunsichert schaute sie ihn an, und als er nichts sagte, fragte sie: »Warum bist du gekommen?«

Urs hatte geahnt, dass es nicht leicht werden würde, die

richtigen Worte zu finden. Aber dass es so schwer werden würde, hatte er nicht vermutet. Sein Blick schweifte unsicher umher, ohne dass er etwas wahrnahm.

»Ist Bendicht etwas zugestoßen?«, fragte Susanna leise.

Urs schüttelte den Kopf. »Meinem Oheim geht es auch gut!«, murmelte er.

»Jetzt sag endlich, was du willst, oder geh wieder«, bat Susanna ungeduldig. Da stand er vor ihr, mit einem Kistchen unter dem Arm, und schwieg. Susanna konnte sich seinen Besuch nicht erklären. Was wollte er von ihr?

Urs nahm allen Mut zusammen. Er stellte den kleinen Holzkasten auf den Tisch und öffnete das Samtsäckchen. Mit zittrigen Fingern zog er den Ring hervor und hielt ihn Susanna vor die Nase. »Für dich!«, sagte er.

Susanna sah auf den Ring und glaubte zu träumen. »Was ist das?«, flüsterte sie und betrachtete das Schmuckstück, ohne es zu berühren.

»Ein Ring.«

»Das sehe ich«, antwortete sie mit kaum hörbarer Stimme. »Was ist das für ein Ring?«

»Für dich ...«

»Das sagtest du bereits.«

»Er soll dir meine Zuneigung bekunden.«

»Deine Zuneigung?«, fragte sie sanft. Als er sie verunsichert und mit roten Wangen anblickte, sagte Susanna leise: »Ach, Urs! Mach es nicht so schwer. Sag, warum du gekommen bist und was der Ring soll.«

Plötzlich schlugen die Kirchenglocken von Trier die nächste volle Stunde, und Urs wurde unruhig. Wortlos zog er Susanna an sich, küsste sie und steckte ihr den Ring an den Finger.

»Ich liebe dich, und ich will, dass du auf mich wartest«, sagte er hastig und griff nach der Kiste. »Ich werde dir alles erklären, aber jetzt muss ich rasch zu meinem Oheim.« Er ging zur Tür, kam wieder zurück, küsste Susanna noch einmal stürmisch und verließ pfeifend die Wohnung.

Susanna erinnerte sich später nicht, wie lange sie auf die geschlossene Tür gestarrt hatte, bevor sie anfing zu jubeln.

Bendicht erwachte, da in seinem Kopf ein heftiger Schmerz pochte. Als er die Lider heben wollte, schienen sie geschwollen und schwer zu sein. Er rieb sich mit dem Zipfel der Bettdecke vorsichtig über die geschlossenen Augen. Endlich konnte er sie öffnen. Sein Blick war verschwommen. Mit einer langsamen Bewegung fasste er sich an die Stirn.

»Ich scheine kein Fieber zu haben«, murmelte er und versuchte, die Beine aus dem Bett zu schwingen. Aber sie gehorchten ihm nicht. Mühevoll schob er sich mit dem Rücken gegen das Kopfteil des Bettes, bis er aufrecht saß. Vor Anstrengung keuchend, spürte er, wie ihm der Schweiß über das Gesicht lief. Jede Bewegung kostete ihn Kraft. Mit einer fahrigen Bewegung wischte er sich über das Gesicht und über den Hals.

Da spürte er sie. Mit zittrigen Fingern tastete er erneut.

»Das kann nicht sein«, keuchte er.

Doch es war eindeutig.

~ *Kapitel 29* ~

Seit Peter Hönes von Susannas unglaublichem Schatzfund erfahren hatte, ging ihm die junge Frau nicht mehr aus dem Sinn. Zwar wusste er, dass ein Bauer einmal zufällig auf einen Schatz gestoßen war, als er beim Umpflügen seines Ackers ein paar Münzen fand. Aber Hönes glaubte nicht, dass man Schätze mit Hilfe von magischen Schriften und seltsamen Hilfsmitteln finden konnte, bis ihm Susanna berichtete, wie sie dank einer Schatzkarte einen Krug, prall gefüllt mit wertvollen Münzen, gefunden hatte.

»Mit einer solchen Schatzkarte wäre ich meine Sorgen los«, murmelte er.

»Was flüsterst du?«, krächzte seine greise Mutter, die ihm im Stuhl gegenübersaß.

»Nichts, Mutter! Du hast dich verhört.«

»Du sollst nicht lügen«, wetterte die Alte und sah ihren Sohn aus ihren wässrigen blauen Augen argwöhnisch an. »Hast du wieder Spielschulden gemacht?«, fragte sie mit stechendem Blick.

Lass mich in Ruhe, dachte Hönes, doch laut sagte er: »Du weißt, dass ich nicht mehr wette.« Er musste sich zusammenreißen, um seine Stimme nicht zu heben.

»Das will ich dir geraten haben. Dein Vater würde sich im Grab umdrehen, wenn er davon wüsste.«

Seit einem halben Jahr wohnte Hönes wieder in seinem alten Zimmer unter dem Dach des Hauses seiner Mutter, die ihn auf Schritt und Tritt belauerte und ihm den letzten Nerv raubte. Aber er hatte keine Wahl, wollte er nicht bei dem Lumpenpack in der Stadtmauer schlafen.

Hönes stöhnte zum wiederholten Male auf. Er ärgerte sich, dass er vom Wohlwollen seiner Mutter abhängig war. Doch da er seine gesamte Barschaft im Würfelspiel verloren hatte, konnte er sich nicht einmal mehr eine dünne Suppe im Wirtshaus leisten. Zu allem Übel musste er sein Geld, das er mit Wohnungsvermietungen verdiente, dem Gastwirt Friedel Albert abgeben, bei dem er sich eine große Summe Geld geliehen hatte, um seine Spielschulden zu bezahlen – aber auch, um neue Wetteinsätze machen zu können.

Hönes stützte den Kopf in beide Hände. Wie soll ich jemals das Geld zurückzahlen?, dachte er, denn seine Geschäfte liefen schlecht. Dabei gab es in Trier viele leer stehende Räume, die er vermieten könnte, doch kaum jemand zeigte Interesse. Susanna Arnolds Wohnungssuche war ein Glücksfall für ihn gewesen. Aber was nützte eine Kundin, wenn er den restlichen Monat nichts zu tun hatte?

Immer öfter trauerte Peter Hönes seinem früheren Beruf nach. Da er lesen und schreiben konnte, hatte er für einen Notar gearbeitet und ordentlich Geld verdient. Doch dann war er dem Glücksspiel verfallen und verbrachte die Nächte an den Spieltischen, wo die Würfel rollten. Meist war er erst im Morgengrauen nach Hause gekommen, sodass er nur noch unregelmäßig an seinem Arbeitsplatz erschien. Schließlich hatte der Notar ihn vor die Tür gesetzt, und schon bald konnte Hönes sein Zimmer nicht mehr bezahlen. Seine einzige Rettung war seine Mutter gewesen.

Er hatte geglaubt, dass es nicht mehr schlimmer kommen könnte. Doch am Vortag war Friedel Albert, der inzwischen sein Gläubiger geworden war, vor ihm gestanden und hatte den restlichen Geldbetrag zurückverlangt, alles auf einmal in wenigen Tagen. Hönes wusste, dass es ihm schlecht ergehen würde, wenn er nicht bezahlte.

Ich bin ein armer Hund, jammerte er. Nicht nur, dass ich den Friedel im Genick sitzen habe. Auch meine Mutter macht mir das Leben zur Hölle.

Doch dann entspannte er sich, als er an Susanna dachte. Womöglich ist sie die Lösung meiner Probleme, überlegte er. Ich muss mit meinem Knobelbruder Dietrich über diese Schatzkarte sprechen. Er weiß sicher, wie man damit Geld verdienen kann, dachte Hönes und spürte, wie er wieder freier atmen konnte.

Susanna blickte aus dem Fenster. Selbst der graue Himmel konnte ihrer guten Laune nichts anhaben. Sie blickte zu dem Ring, der auf dem Tischchen lag. Leider war er ihr zu groß, sodass sie sich nicht traute, ihn an den Finger zu stecken. Sobald Urs sie wieder besuchte, wollte sie ihn bitten, das Schmuckstück kleiner machen zu lassen. Doch nun musste sie sich beeilen, denn sie wollte ihr Pferd zu Hansi Federkiel bringen und die Gelegenheit nutzen, ihren Vetter Arthur zu besuchen.

»Ich habe ihn seit Beginn seiner Lehre nicht mehr gesehen«, überlegte sie. »Wie schnell die Zeit vergangen ist«, stellte sie kopfschüttelnd fest. Da Susanna Leonhard versprochen hatte, ihn mitzunehmen, wollte sie ihn am Mittag bei den Blatters abholen.

Sie trat aus dem Hauseingang hinaus auf die Straße, wo reges Treiben herrschte. Kutschen und Fuhrwerke fuhren die Gassen hinauf und hinunter, und manches Rad kratzte in den Kurven an den Häuserecken. Als ein Mann einem schnellen Fuhrwerk ausweichen musste, prallte er gegen eine Straßenlaterne. Schimpfend drohte er dem Kutscher mit der Faust, doch der fuhr unbeirrt weiter.

Susanna lief die Straße entlang, als eine Frau, die sich einen Bauchladen vor den Leib gebunden hatte, ihr den Weg verstellte, um ihr ein Hefeteilchen zu verkaufen.

»Ich habe keinen Hunger«, versuchte Susanna, die Verkäuferin freundlich abzuwimmeln.

Doch die Frau brach ein Stück des Teilchens ab. »Probiert, wie frisch meine Backware ist.«

Susanna schüttelte den Kopf und ging eiligen Schrittes weiter. Als sie in eine Seitengasse bog, glaubte sie, von der Frau verfolgt zu werden, und drehte sich hastig um. Aber sie konnte weder die Frau noch andere Leute sehen. Erleichtert ging sie weiter.

Doch schon nach wenigen Schritten hatte sie erneut das

Gefühl, beobachtet zu werden. Vorsichtig spähte sie hinter sich, aber sie konnte keinen Verfolger entdecken. Obwohl Susanna allein in der Gasse war, beschleunigte sie ihre Schritte und war froh, als sie endlich das Haus der Blatters vor sich sah.

Sie wurde bereits von Leonhard erwartet, der ihr im Hauseingang entgegenblickte.

»Da bist du endlich«, rief er freudig. »Ich habe Dickerchen gebürstet und ihm die Hufe ausgekratzt. Wir können sofort losgehen.«

»Du hast es aber eilig«, lachte Susanna. »Ich möchte deiner Mutter noch eben einen guten Tag wünschen«, erklärte sie und strich dem Jungen über den Scheitel.

»Beeil dich! Ich will endlich Arthur wiedersehen«, bettelte der Junge, als sie an ihm vorbei in die Küche ging.

»Grüezi«, begrüßte Susanna Vreni und Barbli, die Wäsche zusammenlegten.

»Ich grüße dich auch«, rief das Kind und lief auf sie zu.

»Leonhard ist aufgeregt, weil er endlich seinen Freund treffen wird«, lachte Barbli.

»Darf ich mitkommen?«, fragte Vreni und schaute Susanna bittend an.

»Wir haben Arbeit im Haus, die erledigt werden muss«, antwortete die Mutter und schlug ihrer Tochter die Bitte ab.

»Warum darf Leonhard mit?«, fragte die Kleine trotzig.

»Weil Arthur sein Freund ist, den er lange nicht gesehen hat«, versuchte die Mutter zu erklären.

Vreni verschränkte die Arme vor der Brust und blähte empört die Wangen auf, sodass Susanna an sich halten musste, um nicht laut aufzulachen. »Und ich bin Susannas Freundin, die ich lange nicht gesehen habe«, maulte die Kleine trotzig.

»Wo bleibst du?«, schimpfte Leonhard, der in die Küche gestapft kam.

»Ich komme«, antwortete Susanna und wandte sich zum

Gehen. Als sie sah, wie Vreni die Tränen in die Augen schossen, versprach sie: »Das nächste Mal werde ich etwas mit dir unternehmen« und zwinkerte dem Mädchen zu.

Leonhard ritt auf Dickerchen, während Susanna das Pferd an einem Strick durch die Straßen führte. Sie mussten in Trier kreuz und quer bis zum Neidtor gehen, durch das sie außerhalb der Stadtmauer gelangten, wo auf einer großen Wiese die Soldatenzelte standen. Da das Heer des Kurfürsten und Erzbischofs Karl Kaspar von der Leyen entweder in Saarburg oder auf der Festung Ehrenbreitstein in Coblenz einquartiert war, biwakierten Soldaten, die sich nur für kurze Zeit in Trier aufhielten, in einer Zeltstadt nahe dem Pferdestall.

Schon von Weitem konnte Susanna den Stall erkennen, in dem Hansi Federkiel und Arthur die Schlachtrösser der ranghöheren Soldaten versorgten. Der festgetretene Weg führte sie ein Stück an der Mosel entlang, als Dickerchen die Pferde witterte und seine Schritte beschleunigte.

»Langsam, mein Alter«, versuchte Susanna, ihn zu zügeln. »Halt dich an seiner Mähne fest«, rief sie Leonhard zu, da das Pferd unruhig tänzelte.

Susanna blickte sich suchend um. Als sie niemanden sehen konnte, sprang Leonhard vom Pferderücken und rief laut nach seinem Freund.

»Arthur!«, schrie er und versuchte, das schwere Stalltor zu öffnen. Er stemmte sich mit aller Kraft dagegen, bis es nachgab.

Während der Junge in die Stallgasse marschierte, blieb Susanna bei ihrem Pferd stehen. Schon nach wenigen Augenblicken hörte sie, wie die zwei Burschen sich vergnügt begrüßten. Kurz darauf kamen ihr Vetter und der Stallbursche Hansi Federkiel zu ihr gelaufen.

»Susanna! Wie freue ich mich, dich zu sehen«, rief Arthur und umarmte sie stürmisch.

Susanna konnte nicht glauben, wie ihr Vetter in die Höhe gewachsen war. »Du bist groß geworden«, stellte sie erstaunt fest. »Es muss an der Stallluft liegen, dass die Burschen hier wie Setzlinge sprießen«, lachte sie und sah grinsend Federkiel an, der, am Tor stehend, schweigend die Begrüßung abgewartet hatte.

»Dickerchen muss die Hufe ausgeschnitten bekommen«, erklärte Susanna ihren Besuch.

»Das ist schnell gemacht«, winkte Hansi ab.

»Darf ich Leonhard die Pferde zeigen?«, bettelte Arthur.

»Hast du alle Tröge gereinigt?«, fragte Federkiel mit strenger Miene seinen Schützling.

»Ich habe alle geschrubbt und wieder hingehängt«, erklärte Arthur eifrig.

»Dann ab mit euch«, gab Federkiel die Erlaubnis, und sofort rannten die Jungen los.

Susanna blickte ihrem Vetter hinterher. »Ist Arthur gelehrig und folgsam?«, wollte sie wissen.

Hansi verriet ihr schmunzelnd: »Als bei deinem Vetter der erste Eifer verflogen war, packte ihn das Heimweh, und er wollte zurück zu dir.«

»Warum hast du mich nicht gerufen?«, rügte Susanna erregt den Stallburschen.

Gelassen blickte er sie an. »Weil ich in seinem Alter dasselbe mitgemacht habe und weiß, dass das Heimweh wieder vergeht. Man braucht in solch einer Lage eine Aufgabe, damit man abgelenkt wird. Deshalb habe ich Arthur ein Fohlen zur Pflege anvertraut. Er musste es ans Halfter und den Strick gewöhnen und war damit so sehr beschäftigt, dass er das Heimweh vergessen hat. Aber um deine Frage zu beantworten: Dein Vetter ist wissbegierig, folgsam und ehrgeizig. Es macht Freude, ihm etwas beizubringen. Aber frag ihn selbst, damit du beruhigt bist«, schlug er vor, als die beiden Burschen zurückkamen.

»Können wir dir helfen?«, fragte Leonhard, als Hansi den Strick löste, um Dickerchen zur Schmiede zu bringen.

»Nein, das kann ich allein erledigen«, erklärte er und marschierte davon.

»Ich würde gern dein Fohlen sehen«, bat Susanna.

Ihr Vetter nickte eifrig. »Komm, ich zeige dir Wirbelwind.«

Susanna folgte den Burschen bis zum Ende des Stalls, wo in einem größeren Verschlag eine Stute mit ihrem Fohlen untergebracht war.

»Schau, Susanna, was Wirbelwind kann«, sagte Arthur und pfiff eine leise Melodie. Der kleine Hengst stellte die Ohren auf und kam auf den Jungen zu, der ihn mit einem dünnen Stück Gelbrübe belohnte, das er aus der Hosentasche zog.

»Ich dachte, junge Pferde würden nur an der Mutter saugen«, sagte Susanna erstaunt.

»Wirbelwind ist neun Monate alt und knabbert an allem«, lachte Arthur, als das Fohlen an seinen Haaren zog.

»Wie gefällt dir die Arbeit?«, fragte Susanna ruhig und versuchte, nicht zu neugierig zu klingen.

Mit kindlicher Ehrlichkeit erklärte ihr Vetter: »Zuerst gefiel es mir gut, dann hatte ich Heimweh, doch nun gefällt es mir wieder sehr gut.«

Susanna sah ihn überrascht an, und Arthur erwiderte ihren Blick lächelnd. »Du möchtest bleiben?«, wollte sie wissen.

»Ja, ich will mich genauso gut mit Pferden auskennen wie Hansi.«

»Dann soll es so sein«, versprach Susanna.

Ihr Blick fiel auf einen sehr großen Hengst. »Ich kenne das Pferd. Es gehört Jaggi Blatter. Du hast mir nicht gesagt, dass dein Vater zurück ist«, beschwerte sie sich bei Leonhard, der gleichgültig mit den Schultern zuckte.

»Du hast mich nicht gefragt«, gab er zur Antwort. »Ich habe ihn kaum gesehen.«

»Was habt ihr hier zu suchen?«, fragte eine verärgert klingende Stimme hinter ihnen. Susanna und die beiden Knaben drehten sich gleichzeitig um und sahen Jaggi Blatter in der Stallgasse stehen, der sie mürrisch anblickte.

Wenn man vom Teufel spricht, dachte Susanna, und ihr Herz raste.

»Vater!«, rief Leonhard mit freudiger Stimme und ging auf ihn zu, doch als Jaggi ihn böse anschaute, blieb der Junge erschrocken stehen.

»Ich habe eine Frage gestellt.«

»Dickerchen musste ... ich wollte ... Arthur«, stotterte der Junge zusammenhanglos.

»Du stammelst wie ein Kleinkind, das zu sprechen beginnt«, rügte der Vater den Sohn, der beschämt zu Boden blickte.

»Es war mein Vorschlag, Euren Sohn hierher mitzunehmen«, mischte sich Susanna zaghaft ein.

»Und was hast du bei den Soldaten zu suchen?«, fragte Jaggi gereizt und verengte den Blick.

Susanna stöhnte leise auf und erklärte: »Meinem Pferd mussten die Hufe geschnitten werden, und da ich niemanden sonst kenne, bat ich Hansi Federkiel darum.«

»In Trier gibt es genügend Schmiede, die das erledigen könnten«, rügte Blatter.

»Ich wollte außerdem meinen Vetter besuchen«, gab Susanna ehrlich zu und sah zu Arthur, der wie versteinert dastand.

»Das ist mir einerlei! Es ist nicht erlaubt, dass Bürger das Lager der Soldaten betreten, und Kinder erst recht nicht. Also holt euren Gaul und verschwindet.«

»Kommst du mit nach Hause?«, fragte Leonhard und sah mit bettelndem Blick seinen Vater an. Als er keine Antwort bekam, wollte er leise wissen: »Musst du wieder fort?«

»Geh nach Hause, mein Sohn, und grüße deine Mutter von

mir«, sagte Jaggi nun mit ruhiger Stimme und fuhr Leonhard leicht über das Haar. Dann wandte er sich um und ging zu seinem Pferd, das er geschäftig untersuchte.

Susanna schaute Blatter hinterher, nahm Leonhard und Arthur an die Hand und verließ mit den Jungen den Stall, um ihr Pferd bei Hansi Federkiel abzuholen.

Jaggi Blatter war erst am Vorabend von seinem Auftrag aus Coelln zurückgekommen. Erschöpft und durchgefroren hatte er in den Armen seiner Frau gelegen, ohne sie geliebt zu haben. Barbli sagte kein Wort, sondern war glücklich, ihn zu Hause zu haben. Mit seinem ältesten Sohn konnte Jaggi ein paar Sätze wechseln, aber für seine beiden jüngeren Kinder war keine Zeit geblieben. Bereits an diesem Abend musste er wieder fort, doch Jaggi hatte seiner Frau die erneute Abreise verschwiegen und war ohne ein Wort des Abschieds fortgegangen.

»Was soll ich machen?«, fragte er leise. »Ich bin Soldat, und ein Soldat muss dorthin gehen, wohin man ihn schickt!«

Susanna steckte Hansi Federkiel ein Geldstück zu. »Für deine Mühe und Arbeit«, sagte sie, als er es nicht annehmen wollte. Nachdem sie die beiden Jungen mit dem Pferd vorgeschickt hatte, bat sie den Burschen: »Einerlei, wann, und einerlei, aus welchem Grund: Wenn es Probleme gibt, dann ruf mich bitte. Versprich mir das.«

Hansi nickte und gab ihr sein Ehrenwort.

Beruhigt lief Susanna ihrem Vetter hinterher. Bevor sie sich von ihm verabschiedete, gab sie Arthur ein kleines Säckchen mit Münzen.

»Was soll ich mit dem Geld machen?«, fragte er erstaunt.

»Versteck es und hol es nur im Notfall hervor«, wies sie ihn an, drückte ihm einen leichten Kuss auf die Stirn und verließ mit Leonhard und ihrem Pferd das Lager der Soldaten.

Schweigend gingen Susanna und Leonhard an der Mosel entlang zum Stadttor, als sie erneut das Gefühl beschlich, dass sie verfolgt werde. Ängstlich drehte sie sich um. Nachdem sie niemanden erblicken konnte, suchte sie sorgfältig die Umgebung ab. Sie konnte keinen Menschen entdecken.

Du bildest dir das ein, versuchte sie sich zu beruhigen. Doch das ungute Gefühl blieb.

— *Kapitel 30* —

Jaggi Blatter wartete, bis die Nacht hereinbrach. Kaum war es dunkel geworden, sattelte er seinen Hengst und führte ihn am Zügel durch die Zeltreihen, bis er auf den Weg stieß, der zur Mosel führte.

Am Flussufer saß er auf und ritt ein Stück in Richtung Norden. An einer Kreuzung inmitten eines Waldstücks zügelte er das Pferd und stieß einen leisen Pfiff aus, den er nach wenigen Augenblicken wiederholte. Kaum war der Ton verklungen, raschelte es im Unterholz.

»Wen soll ich grüßen?«, fragte Jaggi leise.

»Unseren Heiland!«, antwortete eine verhaltene Stimme.

Blatter atmete erleichtert aus. »Sind alle Männer da?«, wollte er wissen.

Ein Reiter führte sein Pferd seitlich an Blatters Hengst heran. »Jawohl, Herr Hauptmann!«

»Sehr gut, Feldwebel Weberling. Dann lasst uns keine Zeit verschwenden und losreiten, damit wir rechtzeitig auf den Trupp treffen.«

Um das Vorhaben des Kurfürsten umzusetzen, hatte Blatter seine rechtschaffensten Männer zusammengerufen. Obwohl er die Soldaten erst seit wenigen Monaten kannte, vertraute er ihnen, denn er verließ sich auf seine Menschenkenntnis. Blatter musste einen Mann nur kurze Zeit beobachten, um einen fähigen von einem unfähigen Soldaten zu unterscheiden. Es war wichtig, ob ihm jemand offen in die Augen schauen konnte, den Blick hin und her schweifen ließ oder sogar gesenkt hielt. Auch achtete er auf die Körperhaltung, weil sie viel über einen Menschen preisgab. Blatter war sich sicher, dass diese feine Beobachtungsgabe ihn durch den langen Krieg gerettet hatte, denn er täuschte sich nie.

Auch jetzt wusste er, dass die richtigen Männer mit ihm ritten. Die Soldaten hatten keine Ahnung, wohin sie reiten oder was ihre Aufgabe sein würde. Sie folgten ihrem Hauptmann, ohne Fragen zu stellen, und würden erst kurz vor dem Ziel erfahren, welche Aufgabe sie dort erwartete.

Die acht Soldaten führten ihre Rösser an Blatter vorbei, der jeden einzelnen mit seinem Namen begrüßte. Dann hob er die Hand, und die Männer sammelten sich paarweise nebeneinander, um ihm durch den Wald in Richtung Westen zu folgen.

Auf einer Weide, die weit zu überblicken war, gab der Hauptmann das Kommando, die Pferde anzuhalten. Als er sich umschaute, konnte er hinter sich in der Ferne einen schwachen hellen Widerschein ausmachen – die Lichter von Trier.

Blatter heftete seinen Blick auf die vor ihm liegende Wiese, die sanft vom Schein des Halbmondes angestrahlt wurde. Beruhigt stellte er fest, dass man außer den Umrissen von Bäumen und Sträuchern am Rand des Weidelandes nichts erkennen konnte. Nur die Geräusche der Nacht waren zu hören. Er legte entspannt die Arme über den Sattel und nahm die Füße aus den Steigbügeln, um die Beine auszustrecken. Seine Männer, die ihn beobachteten, ahnten, dass sie hier warten würden, und nahmen wie ihr Hauptmann eine entspannte Haltung an. Schweigend schauten sie in die Richtung, in die Blatter starrte.

Plötzlich konnte man metallisches Klirren, Pferdeschnauben und schnelles Hufgetrappel hören. Wie auf Kommando setzten sich der Hauptmann und seine Männer im Sattel aufrecht hin. Sie nahmen die Zügel auf und steckten ihre Füße zurück in die Steigbügel.

Die Geräusche kamen näher und verstärkten sich. Mehrere Dutzend Reiter kamen in schnellem Trab über die Wiese, wobei die Waffen der Männer gegen die Schnallen der Sättel schlugen und das Metall zum Klingen brachten. Vorneweg ritt ein Fähnrich, der eine Flagge an einem langen Stab senkrecht in die Höhe hielt. Als durch die Bewegung die golden gestickten Symbole auf dem Stück Stoff schimmerten, ging ein Raunen durch Blatters Trupp. Er hörte, wie jemand hinter ihm ehrfurchtsvoll flüsterte: »Das Banner des Kurfürsten und Erzbischofs von Trier!«

In gebührendem Abstand blieben die Reiter stehen und positionierten sich um einen Mann. Dann löste sich ein Pferd und trabte auf die wartenden Soldaten zu.

Blatter gab seinen Männern den Befehl, stehen zu bleiben, trat seinem Hengst in die Flanken und galoppierte in Richtung des nahenden Reiters. Fast gleichzeitig kamen sie auf der Mitte der Weide an, zügelten ihre Schlachtrösser und ritten Seite an Seite.

»Ich grüße Euch, Hauptmann Blatter!«

»Und ich grüße Euch, Hauptmann Dietz!«

»Wie besprochen, soll ich Euch dieses Schreiben des Regenten überreichen. Seine Eminenz hofft, dass Ihr damit leichter Zugang bekommen werdet.« Dietz hielt Blatter das Schriftstück entgegen und blickte dem Hauptmann in die Augen.

»Ihr seid jünger, als ich annahm«, erklärte Blatter überrascht.

»Da könnt Ihr sehen, was Dreck im Gesicht und schäbige Kleidung ausmachen«, grinste Dietz. »Ich wünsche Euch viel Glück«, erklärte er und ließ das Pferd aus dem Stand nach vorn preschen. Bei seinem Heer angekommen, löste sich die Formatierung auf, und die Reiter trabten an.

Blatter blickte ihnen nach und glaubte zu erkennen, wie sich Karl Kaspar von der Leyen nach ihm umdrehte und ihm leicht zunickte.

Heinrich Grundmann saß am Esstisch in seiner Wohnstube und wartete auf seine Abendmahlzeit. Er hatte seinen Stuhl dem Kamin zugedreht, die Beine übereinandergeschlagen und die Hände auf seinem vorgewölbten Bauch gefaltet. Die Flammen ließen sein Gesicht hellrot aufleuchten, was ihm ein diabolisches Aussehen verlieh.

Der Schultheiß von Neuerburg dachte über die Anklage nach, die an diesem Tag gegen die Scheider Mergh erhoben worden war. Eine Frau aus seinem Ort hatte die Alte denunziert, dass sie eine Hexe sei. Grundmann kannte die Beschuldigte, und er war restlos davon überzeugt, dass die Scheider Mergh nicht nur eine Hexe war, sondern dass sie auch wie eine Hexe aussah. Sie hatte ein spitzes, mageres, einäugiges Gesicht. Die unchristliche Alte konnte weder die zehn Gebote aufsagen noch das Kreuz schlagen. Sie hatte keine Scheu, sich vor fremden Männern halb zu entkleiden. Und ihr wurde ein geschmiertes Mundwerk nachgesagt, mit dem andere Leute zu beleidigen sie sich nicht scheute.

Man muss die Menschen vor der Scheider Mergh beschützen, dachte Heinrich Grundmann. Deshalb würde er in zwei Tagen das Gericht zusammenrufen lassen. Er als Schultheiß würde dem Gericht vorsitzen. Vier Schöffen und einige ausgewählte Bürger, Handwerker und Krämer würden der Verhandlung beiwohnen. Er kannte die Männer, die, wie er glaubte, einen gewissenhaften und verhältnismäßig gerechten Eindruck machten.

Hoffentlich lassen sie sich nicht von Äußerlichkeiten beeindrucken, falls die Angeklagte in Tränen ausbrechen sollte, überlegte Grundmann. Er hielt es für fatal, wenn die Mitglieder des Gerichts der Frau nicht in die Augen schauen konnten.

Als die Tür geöffnet wurde, sah er, dass seine Mutter ihm das Abendessen brachte.

»Setzt du dich nicht zu mir?«, fragte Grundmann, als er nur ein Gedeck sah.

»Ich lege mich nieder. Meine Beine sind heute Abend arg geschwollen«, stöhnte die Alte und stellte das Tablett mit dem gebratenen Hühnchen auf den Tisch. Dann schlurfte sie mit müden Schritten hinaus.

Heinrich Grundmann schob sich den Stuhl näher zum Tisch. Ihm war es recht, dass er allein war und nicht dem Jammern seiner Mutter zuhören musste. So konnte er seinen Gedanken freien Lauf lassen. Erneut dachte er über die Anschuldigungen gegen die alte Scheider Mergh nach. Sie kam aus einem Ort, der nicht mehr als achtzig Seelen zählte. Es war ein überschaubares Dorf, in dem es weder einen Pfarrer noch ein Pfarrhaus gab, sodass der Neuerburger Kaplan diese Gemeinde mitbetreuen musste.

Der Schultheiß brach sich einen Schenkel des Hühnchens ab und biss hungrig hinein. Seine schwarz verfärbten Zähne zerrten an dem Fleisch, bis sie einen Fetzen losreißen konnten. Das Fett triefte in Grundmanns wild wachsende graue Barthaare. Er kaute schmatzend, während er seinen Gedanken nachhing.

Es könnte durchaus sein, überlegte er, dass die Scheider Mergh vom Glauben abgefallen ist. Ging nicht schon seit Monaten das Gerücht um, dass stets um Mitternacht vom Hexentanzplatz lautes Gelächter zu hören war?

Grundmann wollte gerade den Bierkrug anheben, als ein Windzug die Flammen im Kamin tanzen ließ. Erstaunt schüttelte er den Kopf. Da raunte hinter ihm eine Stimme:

»Ich grüße Euch, Schultheiß von Neuerburg.«

Vor Schreck musste Grundmann husten. Nach Luft japsend, sprang er auf, wobei er den Krug fallen ließ, der zu seinen Füßen zerbrach. Das dunkle Bier breitete sich in einer dünnen Lache um seine Schuhe aus, sodass er mitten in der Brühe stand.

Der Schultheiß starrte mit weit aufgerissenen Augen und vom Husten gerötetem Gesicht den schwarz gekleideten Mann an, der unbemerkt in seine Stube getreten war.

»Der Pestreiter«, schrie Grundmann erschrocken. »Was wollt Ihr von mir? Wie kommt Ihr hier herein?«

»So viele Fragen auf einmal«, lachte der Fremde, dessen Stimme durch die Pestmaske, die sein Gesicht bedeckte, gedämpft klang.

Hastig trat der Schultheiß zur Seite. Schweiß sammelte sich auf seiner Stirn und unter seinem Bartgestrüpp. Mit brüchiger Stimme erklärte er: »Die Pfarrer haben Eure Anweisungen befolgt! In der Eifel werdet Ihr in keinem Dorf mehr Pestkranke finden. Sie wurden alle in Häusern fernab ihrer Wohngebiete untergebracht.«

»Schön, das zu hören«, sagte die schwarze Gestalt. »Doch deshalb bin ich nicht zu Euch gekommen!«

Grundmann griff nach der Tischkante, um sich abzustützen. »Was wollt Ihr dann von mir?«, fragte er.

Der Pestreiter holte tief Luft, sodass sein Brustkorb sich mächtig hob und senkte. »Ich habe vom drohenden Schicksal der Scheider Mergh gehört«, erklärte er.

Als der Schultheiß den Namen der angeklagten Hexe hörte, zitterten seine Beine, und er ließ sich auf den Stuhl fallen. »Ich verstehe nicht«, stammelte er hilflos und fragte dann erregt: »Was habt Ihr mit der Hexe zu schaffen?«

Der Pestreiter trat einen Schritt auf Grundmann zu. »Ich verlange von Euch, dass Ihr sie freisprecht!«

Grundmann glaubte sich verhört zu haben. »Wiederholt das!«, forderte er. »Ich habe Euch nicht verstanden.«

»Ihr habt richtig gehört.«

Der Schultheiß von Neuerburg starrte den Pestreiter fassungslos an. »Wie könnt Ihr das verlangen?«, fragte er atemlos. »Die Scheider Mergh ist als Hexe denunziert worden. Lässt man sie laufen, wird sie Schadenszauber über uns bringen«, prophezeite er.

Erneut trat der Pestreiter näher an den Schultheiß heran. »Ihr missversteht mich! Ich bitte Euch nicht. Ich *befehle* Euch, die Anklage fallen zu lassen.«

»Warum sollte ich das tun?«, schrie Grundmann erregt. Seine Blicke suchten den Bierkrug, dessen Scherben auf dem Boden lagen. Stöhnend schaute er den Pestreiter an, der ruhig erklärte:

»Die Scheider Mergh hat nicht zugegeben, eine Hexe zu sein.«

»Unter der peinlichen Befragung wird sie es!«, entgegnete Grundmann.

»Unter der Folter gibt jeder Mensch alles zu«, widersprach der Pestreiter.

Der Schultheiß sah ihn ungläubig an. »Ihr müsst wissen«, beschwor er den Pestreiter, »dass der Mann der Scheider sich vor fünfzehn Jahren im Gefängnis das Leben nahm und sie ohne Hab und Gut zurückgelassen hat. Die Alte bettelt und hat ein geschmiertes Mundwerk. Schlimme Verwünschungen sitzen ihr lose auf der Zunge. Sie frönt geheimnisvollen Bräuchen bei Mensch und Vieh.« Grundmann sah den Pestreiter herausfordernd an. Als dieser schwieg, fuhr er fort: »Die Geschichte ihrer Familie, ihre grässliche Gestalt, ihre religiöse und sittliche Verwahrlosung sind Beweis genug, dass sie eine Hexe ist!«

Der Pestreiter verschränkte die Arme vor der Brust. Er hatte gewusst, dass es nicht einfach sein würde, den Plan des Kurfürsten umzusetzen. Der Beschluss des Regenten, Hexenanklagen und Hexenverurteilungen in seinem Herrschaftsreich zu verbieten, war nach Ansicht seines Beauftragten eine schwierige Mission. Was nur hatte sich Karl Kaspar von der Leyen gedacht, als er ihn damit beauftragte? Es war vorauszusehen gewesen, dass mit heftiger Gegenwehr aller Schultheißen im ganzen Land zu rechnen war.

Der Pestreiter besah sich den Mann vor ihm genau. Obwohl Heinrich Grundmann seinen Standpunkt mit Nachdruck zu verteidigen wusste, so war sich der Beauftragte des Kurfürsten sicher, dass dieser Mann nicht lesen oder schreiben konnte. Allein sein Amt verlieh ihm Macht.

Der Pestreiter wusste, dass die Furcht vor dem Teufel, vor Hexerei und Schadenszauber das Volk gefangen hielt. Laut sagte er zu Grundmann: »Groß ist der Acker des Aberglaubens. Üppig steht er voll Gestrüpp. Giftpflanzen mannigfacher Art wachsen dazwischen. Doch so wie alte Weiber mit Heilsprüchen umgehen, so geben auch Kirchenmenschen manch guten Rat und brauen manchen Trank.«

»Wie meint Ihr das?«, fragte der Schultheiß verwirrt.

»Man muss abwägen, wer was erzählt. Man darf nicht jedem Geschwätz Glauben schenken. Vieles ist töricht und nichtig. Meist reicht das Beweismaterial nicht für eine Verurteilung aus, doch die Menschen sind verblendet.«

»Aber in *Malleus maleficarum* steht geschrieben, dass die Folter die Wahrheit ans Licht bringen wird«, hielt der Schultheiß dagegen.

»Ihr habt den Hexenhammer gelesen?«

»Ich bin des Lesens nicht mächtig. Aber ich habe gehört, was darin geschrieben steht.«

Ich hatte recht, dachte der Pestreiter, und musste an sich halten, den Mann nicht ob seiner Dummheit am Kragen zu packen. Er drückte beide Hände fest zusammen, sodass sich das Leder seiner schwarzen Handschuhe über den Handrücken spannte. Zornig presste er zwischen den Zähnen hervor: »Die peinliche Befragung führt dazu, dass der Gefolterte weitere Menschen der Hexerei beschuldigt, um das Gericht zufriedenzustellen. Und weil das Folteropfer hofft, dass ein Geständnis seine Qual beendet, gestehen Hexen Sünden, die sie nie begangen haben.«

»Wenn man Hexen in Schutz nimmt, stärkt man die Partei des Satans«, zischte der Schultheiß und wollte sich erheben, doch seine Beine gaben nach, und er fiel zurück auf den Stuhl.

»Ich spreche nicht ab, dass es Menschen gibt, die mit Hilfe des Teufels zauberische Fähigkeiten haben. Doch um Hexen und Hexenmeister im Einzelfall zu erkennen, taugen die in Hexenprozessen angewandten Verfahren nicht. Wenn ich wollte, könnte ich mit Hilfe der Folter sogar von Euch ein Geständnis erpressen. Auf der Streckbank und mit dem Einsatz glühender Zangen würde ich Euch dazu bringen, Eure eigene Mutter als Hexe zu beschuldigen.«

»Nie und nimmer würde ich das tun«, schrie der Schultheiß außer sich.

»Seid Ihr Euch sicher? Wollt Ihr das Wagnis eingehen?«, fragte der Pestreiter leise und trat erneut auf den Schulheiß zu, der abwehrend die Hände hob.

Der Pestreiter hatte sich – was Grundmann nicht wusste – der Worte und Argumente des Jesuiten Friedrich Spee bedient. Spee, ein frommer Kirchenmann, war bei gebildeten Menschen als Kritiker der Hexenprozesse bekannt. Er hatte es gewagt, öffentlich zu bezweifeln, dass Folter der Wahrheitsfindung diente. Obwohl Männer und Frauen unter Folter jede Schuld, die ihnen vorgeworfen wurde, gestanden, bezeichnete Spee sie als unschuldig, weil er überzeugt war, dass die Schuldgeständnisse nur unter Folterqualen erzwungen worden waren.

Grundmanns Blick wanderte unruhig hin und her. Seine Lippen zitterten, als ob er fror, doch das Kaminfeuer spendete noch immer wohlige Wärme.

Die Stimme des Pestreiters klang jetzt friedlich, als er dem Schultheiß seinen Auftrag erklärte: »Wir beide wissen, dass mancherorts die Richtpfähle fast einen Wald bilden. Es gibt Dörfer, in denen man keine Frau mehr finden kann. Nicht jede Angeklagte stand mit dem Teufel im Bunde, und viele starben einen sinnlosen Tod. Das ist Mord, und das muss aufhören, denn Gott wird es mit der Hölle bestrafen!«

Heinrich Grundmann glaubte, die Besinnung zu verlieren. Seine Überzeugung und sein Glaube wurden zutiefst erschüttert.

»Was ist, wenn ich mich weigere?«, fragte er leise.

»Ihr würdet bestraft werden.«

»Von Euch?«

Der Pestreiter schüttelte den Kopf und zeigte zum Fenster.

Der Schultheiß wandte langsam den Kopf und sah die Umrisse eines Mannes vor dem Haus stehen. Er schluckte heftig. »Wer ist das?«

»Das ist mein Schatten«, antwortete der Pestreiter.

»Wie soll ich dem Amtmann und den Schöffen erklären, dass wir die Anschuldigungen gegen die Scheider Mergh zurücknehmen? Sie werden vermuten, dass ich mit ihr unter einer Decke stecke, dass sie mich womöglich verhext hat«, jammerte Grundmann und griff sich an die Brust.

»Erzählt ihnen, dass Ihr beraubt wurdet und die Anklageschriften entwendet wurden. So kann man die Frau nicht der Hexerei bezichtigen und muss sie freilassen.«

Der Schultheiß atmete tief durch. »Euer Wort in Gottes Ohr!«, flüsterte er.

»Gott hat damit nichts zu tun!«, erklärte der Pestreiter und ließ den Mann allein zurück.

~ *Kapitel 31* ~

Urs blickte seinen Oheim von der Seite an. »Was hast du?«, fragte er besorgt und hielt in seiner Arbeit inne.

Bendicht stützte sich auf seinen Spaten und keuchte nach Luft. Dünne Rinnsale von Schweiß rannen rechts und links an seinen Schläfen herunter.

»Es ist nichts«, murmelte er. »Ich bin nur müde!«

»Setz dich einen Augenblick. Ich werde das Grab alleine ausheben.«

Bendicht nickte seinem Neffen dankend zu und ging zu einem umgestürzten Baum, auf dessen Stamm er sich setzte. Er legte das Werkzeug zur Seite und wischte sich mit dem Stoff seines Hemds über das Gesicht. Als er die Arme hob, spürte er die kleinen Beulen in den Achselhöhlen und verzog gepeinigt das Gesicht.

Urs schaute zu ihm herüber, und Bendicht lächelte. Er wollte nicht, dass der Junge bemerkte, wie schlecht es ihm ging. Er wird früh genug erfahren, dass es mich erwischt hat, dachte er und schloss die Augen. Bendicht kämpfte mit den Tränen. Noch acht Tage, dachte er. Acht Tage werde ich diese Luft atmen, den Wind spüren, meine Lieben sehen. Er seufzte tief. Doch dann reckte er sein Kinn. Es sind aber acht Tage, in denen ich ein Mittel finden kann, um diese abscheuliche Seuche zu besiegen, dachte er. Bendicht beschloss, sich seinem Schicksal nicht kampflos zu ergeben. Er straffte die Schultern und erhob sich. Schwerfällig nahm er den Spaten auf und ging zu Urs zurück, um mit ihm das Grab auszuheben.

Urs blickte seinen Oheim erstaunt an. »Geht es dir schon besser?«

Als Bendicht nickte, fragte er nicht weiter und tat so, als ob er beruhigt wäre. Doch heimlich beobachtete er seinen Onkel aus den Augenwinkeln. Urs konnte sich des Gefühls nicht erwehren, dass Bendicht krank war. Er schien kraftlos und müde zu sein. Kein Wunder, dass er erschöpft ist, überlegte Urs. Seit wir das Pesthaus leiten, hat er kaum geschlafen, da er entweder die Kranken umsorgt oder nach einem Heilmittel forscht. Es wird Zeit, dass er sich Ruhe gönnt. Urs versuchte sich zu beruhigen, doch die Zweifel blieben.

Nachdem das Grab tief genug ausgehoben war, legten Urs und Bendicht die beiden Toten hinein, die in helle Tücher eingenäht waren. Die Frau war nur wenige Minuten nach ihrem dreijährigen Sohn an der Seuche gestorben. Wie bei jedem Pesttoten, überdeckten Bendicht und Urs die sterblichen Überreste mit gelöschtem Kalk und schaufelten anschließend Erdreich darüber. Dann beteten sie stumm das Vaterunser und wuschen sich die Hände mit Essigwasser.

»Ich muss mir heute Nacht die Hände mit Melkfett einschmieren«, erklärte Urs und sah auf seine geschundenen Hände. »Die Haut ist durch das ständige Waschen mit Essigwasser trocken und rissig geworden.«

»Verbinde dir die eingeschmierten Hände mit einem Tuch, dann kann das Fett besser in die Haut einziehen«, riet Bendicht und schaute seine eigenen geröteten Finger an.

»Wann wird das enden?«, stöhnte Urs, als das Grab zugeschüttet war. Er kniete sich nieder und sah seinen Oheim traurig an.

»Du weißt, dass wir auch morgen hierherkommen müssen. Die alte Müllerin wird die Nacht nicht überleben«, sagte Bendicht leise. »Lass uns die Grube ausheben, dann haben wir es morgen leichter«, erklärte er und hieb den Spaten ins Erdreich, doch er prallte an einem Stein ab und fiel Bendicht aus der Hand. »Gopferdammi«, fluchte er in seiner Muttersprache und stützte seine Hände auf den Knien ab.

»Oheim, lass mich allein das Loch graben«, bat Urs. Als sein

Onkel nicht darauf einging, befahl er mit energischer Stimme: »Setz dich auf den Baumstamm!«

Nun gehorchte Bendicht, und Urs hob das Grab alleine aus.

Auf der Fahrt zurück zum Pesthaus fragte Bendicht seinen Neffen: »Hat Nathan Goldstein dir ein Datum genannt, wann die anderen Heilmittel aus seiner Heimat ankommen werden?«

Urs überlegte und schüttelte den Kopf. »Er meinte, dass er nach mir schicken würde, sobald die Kräuter eingetroffen sind.«

Als der Oheim nichts weiter dazu sagte, fragte Urs: »Hast du die anderen Essenzen und das Pulver schon geprüft?«

Bendicht nickte. »Ich hatte der Mutter, die wir eben beerdigt haben, einen Löffel Rizinusöl verabreicht, da ich hoffte, dass dadurch die Pestilenz aus ihren Gedärmen entfleucht. Doch außer Blut hat sie nichts verloren.«

»Vielleicht war sie schon zu sehr mit der Krankheit verseucht. Könnte es nicht sein, dass man es sofort einnehmen muss, wenn man die ersten Anzeichen der Krankheit spürt?«

Bendicht hob die Schulter, die er kraftlos sinken ließ. »Ich weiß es nicht! Da manche die ersten Anzeichen der Pest als eine Art Erkältung wahrnehmen, bitten sie uns erst um Hilfe, wenn die Krankheit bereits mehrere Tage gewütet hat.«

»Mich beschlich das Gefühl, dass Goldstein große Hoffnung in den Schwarzkümmel setzt. Nicht umsonst heißt es, dass er jede Krankheit heilen soll – außer den Tod«, wiederholte Urs die Worte des Goldhändlers.

Bendicht reckte und streckte sich vorsichtig und drehte den Kopf von rechts nach links. »Lass uns nicht weiter über Krankheit und Tod sprechen. Erzähl mir noch einmal, wie du Susanna den Ring gegeben hast. Schade, dass ich das Schmuckstück nicht gesehen habe, das dir Nathan Goldstein verkauft hat«, sagte er und musste schmunzeln, als er Urs' rote Wangen bemerkte. »Zieht sie wieder bei deinen Eltern ein?«

»Darüber haben wir nicht gesprochen.«

»Nein? Über was habt ihr denn dann geplaudert?« Es bereitete Bendicht eine feine Freude, seinen Neffen zu necken.

Entnervt blickte Urs seinen Oheim von der Seite an und erkannte dessen schelmisches Grinsen. »Du bist unverbesserlich!«, lachte er.

»Jetzt erzähl endlich, wie deine zukünftige Frau geschaut hat, als du ihr den Ring anstecktest.«

Da Peter Hönes wusste, dass sein Zech- und Würfelkumpan Dietrich bereits am frühen Nachmittag im ›Goldenen Einhorn‹ saß, wollte er ihn dort aufsuchen. Vorsichtig schlich er durch die Gassen von Trier, denn er hatte Angst, seinem Gläubiger Friedel Albert über den Weg zu laufen. Die Spelunke befand sich außerhalb des Stadtkerns in der Nähe des Tiergartens. Meist waren die Gäste zwielichtige Gestalten, die nicht gesehen werden wollten. Viele Trierer mieden die Gegend, in der die Heiden einst die wilden Tiere untergebracht hatten, die gegen die Sklaven kämpfen mussten. Hönes schüttelte sich bei dem Gedanken an die blutdürstigen Kreaturen, die er von den Wandmalereien aus den Ruinen der Römer kannte.

Er hielt einen Augenblick inne, um sich zu orientieren, und lief dann den Weg bergauf. Als er das ›Goldene Einhorn‹ erblickte, blieb er in einer Häuserecke gegenüber der Trinkstube stehen und ließ den Blick suchend umherschweifen. Da niemand zu sehen war, eilte er zum Eingang und trat ein.

Nachdem sich seine Augen an den diesigen Gastraum gewöhnt hatten, erkannte er seinen Zechkumpan, der an einem Tisch die Würfel rollen ließ. Dietrich wirkte angespannt und gereizt. Sicher hat er bereits mehrmals verloren, dachte Hönes und trat auf ihn zu. »Das Glück scheint dir nicht hold zu sein«, lachte er.

Das machte Dietrich wütend. »Halt's Maul, Peter! Auch wenn du mich das letzte Mal abgezockt hast, so bin ich im Würfeln besser als du«, erklärte der Verlierer und bestellte sich ein Bier.

»Ich muss mit dir reden«, raunte Hönes ihm zu.

»Von mir bekommst du nicht eine Münze geliehen«, zischte Dietrich, da er annahm, dass Hönes Bares von ihm wollte.

»Sei unbesorgt! Ich will kein Geld von dir, sondern ich will dir ein Geschäft vorschlagen, an dem du dir eine goldene Nase verdienen kannst.«

Dietrich zog zweifelnd einen Mundwinkel in die Höhe. »Wer's glaubt, wird selig«, spottete er und blickte seinen Zechkumpan argwöhnisch an.

»Ich weiß, dass du mir nicht vertraust. Aber ich konnte nichts dafür, dass dir letzte Woche die Würfel schlecht in der Hand lagen.«

Dietrichs Gesichtsausdruck verfinsterte sich. »Red keinen Unsinn und sag, was du zu sagen hast«, erklärte er und nahm einen tiefen Schluck aus dem Krug, den die Schankmagd vor ihn auf den Tisch gestellt hatte.

»Mein Vorschlag ist so sicher wie das Wort Gottes. Mit einem Schlag könnten wir alle Sorgen los sein und reich werden«, erklärte Hönes vielversprechend.

»Haha«, lachte Dietrich freudlos. »Das ist unreifes Kindergeschwätz!«

Hönes trat näher an ihn heran und flüsterte ihm ins Ohr: »Ich kenne jemanden, der im Besitz einer Schatzkarte ist.« Er hoffte, dass Dietrich schon von magischen Schatzsuchen gehört hatte, denn ohne dieses Wissen würde er mit dieser Nachricht keinen Eindruck machen.

Der Gesichtsausdruck seines Zechkumpans, der plötzlich

bleich wurde, sagte mehr als tausend Worte. Dietrich stellte den Krug auf der Tischplatte ab und zog Hönes in die hintere Ecke der Spelunke, wo niemand sie hören konnte.

»Woher weißt du, dass sie echt ist?«, fragte er leise.

»Weil derjenige mit Hilfe der Zauberkarte einen wertvollen Schatz gefunden hat. Dank der Edelsteine, der Münzen und des Goldes ist sie reicher als der vermögendste Kaufmann in Trier.«

»Sie?«, fragte Dietrich erstaunt. »Eine Frau hat diesen gewaltigen Schatz gefunden? Etwa die, der du die Wohnung vermietet hast?«

Hönes wollte zuerst verneinen, da er Susannas Namen geheim zu halten versuchte. Doch er befürchtete, dass Dietrich ihn durchschauen und er unglaubwürdig wirken könnte. Er nickte, und sein Würfelfreund stand mit offenem Mund da.

Schließlich wollte Dietrich wissen: »Wie viel ist es?«

»Wie viel ist was?«, stellte sich Hönes unwissend.

»Verkauf mich nicht für dumm! Du weißt sehr wohl, was ich wissen will«, zischte Dietrich erregt.

»Ich kann dir die Summe nicht nennen. Der Schatzfund war ein goldener Krug, der mit Edelsteinen besetzt war und in dem sich zahlreiche Münzen befanden.«

Dietrich grübelte. »Weiß man, wem der Schatz gehört hat?«

»Es heißt, dass vor hundert Jahren während der Reformation, als die Klöster verboten wurden, ein Mönch den Krug vergraben haben soll. Susanna weiß nicht, ob das stimmt. Aber diese Geschichte hat man ihr erzählt.«

»Wo war der Schatzfund? In Trier?«

Hönes schüttelte den Kopf. »Sie stammt vom Land an der Saar, und dort hat sie den Krug gefunden.«

Dietrichs Gesichtsausdruck verdunkelte sich. »Wie kommst du darauf, dass eine Schatzkarte, die in Westrich zum Erfolg geführt hat, auch hier in der Kurpfalz gelten könnte?«

Hönes überlegte. Darüber hatte er nicht nachgedacht.

Schließlich zuckte er mit den Schultern. »Das weiß ich nicht, aber man benötigt nicht nur eine Schatzkarte, um Gold und Edelsteine zu finden, sondern auch einige Werkzeuge.«

Dietrichs Augenbrauen zogen sich zusammen. »Davon habe ich noch nie gehört«, erklärte er.

»Susanna hat mir erzählt, welche Werkzeuge man zu einer Schatzsuche mitnehmen sollte, damit die Suche erfolgreich wird. Sie sagt, dass man einen kleinen Bergspiegel benötigt, der anzeigt, wo in der Erde der Schatz vergraben liegt. Der Spiegel kann auch den Wert des Schatzes bestimmen. Außerdem soll man sich ein Säckchen mit Wegwartenkraut um den Hals hängen, damit böse Geister, die den Schatz bewachen, gebannt werden, und er nicht in der Erde verschwindet. Falls der Bergspiegel versagt, kann man mit Hilfe einer Wünschelrute den Boden absuchen. Es gibt nur ein Problem«, flüsterte Hönes und konnte nicht verhindern, dass Furcht in seiner Stimme mitschwang.

Dietrich schaute ihn ungeduldig an. »Welches Problem?«

»Ein Schatz wird stets von Schatzgeistern bewacht.«

»Wie hat diese Susanna die Geister bezwungen?«, fragte Dietrich leise.

»Sie hat den heiligen Christophorus, den Schutzheiligen der Schatzsucher, zu Hilfe gerufen. Außerdem muss man den Dämonen versichern, dass man für sie die Barmherzigkeit Gottes und das ewige Leben erbittet. Nur dann werden sie den Schatz herausgeben.«

Dietrich hatte aufmerksam zugehört. Er war weder ein Angsthase noch ein Feigling, aber den Groll der Schatzgeister wollte er nicht auf sich ziehen. Er faltete die Hände vor dem Mund und dachte nach. Als er aufblickte, überzog ein teuflisches Grinsen sein Gesicht.

»Warum sollen wir uns der Gefahr aussetzen, zumal wir keine Erfahrung mit der Schatzsuche haben?«, erklärte er, sodass Hönes enttäuscht dreinschaute, da er glaubte, Dietrich würde kneifen.

Doch dann erklärte sein Saufkumpan: »Du wirst dafür sorgen, dass deine kleine Freundin uns die Schatzkarte gibt, und dann wird sie uns helfen, einen Schatz zu finden« und tippte ihm dabei nachdrücklich auf die Brust.

Susanna ging über den Markt und kaufte Eier, Butter und andere Lebensmittel. Da sie hoffte, dass Urs sie am Abend besuchen würde, wollte sie eine Pastete zubereiten. Als sie ihr Spiegelbild im Fensterglas eines Wohnhauses erkannte, lächelte sie. Ob sie sich verändert hatte, seit sie eine Braut war?, fragte sie sich und trat näher an die Scheibe heran. Können die Leute erkennen, dass mir mein Liebster seine Liebe gestanden hat?

Sie wandte sich um und forschte in den Gesichtern der Menschen, die ihren Weg kreuzten. Tatsächlich glaubte sie zu erkennen, dass man ihr zulächelte und sie freundlich anblickte.

Ob Urs mit seinen Eltern über uns gesprochen hat?, überlegte sie und kam zu der Erkenntnis, dass es wohl nicht seine Art war, viel zu reden. Ich würde Barbli zu gern den Ring zeigen, dachte Susanna. Aber sie hatte Angst, Jaggi zu treffen. Sicher ist er mit unserer Absicht zu heiraten nicht einverstanden, befürchtete sie. Dennoch beschloss sie, ihren Ring zu holen und Barbli zu besuchen.

Als sie sich umdrehte, um zu ihrer Wohnung zurückzugehen, beschlich sie, wie schon Tage zuvor, das Gefühl, beobachtet zu werden. Ihr Herzschlag beschleunigte sich, obwohl sie keinen Menschen sehen konnte, der ihr folgte.

Plötzlich tippte ihr jemand auf die Schulter, sodass sie erschrocken zusammenzuckte. Sie fuhr herum und blickte in das Gesicht ihrer Schneiderin.

»Entschuldigt, Jungfer Arnold, wenn ich Euch erschreckt habe«, erklärte die Frau. »Aber ich habe Euch durch Zufall auf dem Markt gesehen und bin Euch hinterhergelaufen. Es freut Euch sicher, dass Euer Kleid fertig ist und Ihr zur Anprobe kommen könnt.«

»Frau Behringer, Ihr habt mich tatsächlich erschreckt«, lachte Susanna erleichtert. »Ich werde gleich morgen in der Früh zur Anprobe vorbeikommen«, versprach sie und atmete erleichtert aus.

Susanna wollte gerade weitergehen, als sie am Ende der Straße eine hastig davoneilende Gestalt bemerkte, die die Kapuze eines dunklen Umhangs tief ins Gesicht gezogen hatte.

»Schade, dass er zu groß ist«, meinte Barbli und hielt den Ring gegen das Licht, sodass der rote Stein funkelte. »Ich hätte meinem Sohn nicht zugetraut, dass er einen solch guten Geschmack hat. Das Schmuckstück sieht sehr wertvoll aus.«

»Selbst, wenn er aus Blei gegossen wäre: Für mich zählt nicht der Wert des Rings. Für mich zählt nur, dass Urs mir endlich seine Liebe gestanden hat.«

Barbli und Susanna schienen um die Wette zu strahlen. »Du weißt, dass ich dich mag und mir keine bessere Schwiegertochter vorstellen könnte«, erklärte Urs' Mutter und umarmte Susanna.

»Jetzt muss nur noch Jaggi deine Meinung teilen«, seufzte Susanna. »Kommt er bald nach Hause?«

Barblis Gesichtsausdruck wurde ärgerlich. »Mein Mann war kaum eine Nacht zuhause, da war er schon wieder fort. Ohne ein Wort des Abschieds. Ich habe keine Ahnung, wo er ist oder wann er zurückkommen wird. Du kannst froh sein, mein Kind, dass dein Mann kein Soldat wird, sonst würde dir das gleiche Schicksal drohen.«

»Ärgere dich nicht. Wahrscheinlich ist er bald wieder da«, versuchte Susanna, sie zu trösten.

Doch Barbli winkte ab. »Ich hoffe nur, dass er wenigstens zu eurer Hochzeit zu Hause sein wird.«

~ *Kapitel 32* ~

Als Ignatius das Kloster vor sich sah, dankte er seinem Herrn mit einem stillen Gebet und ritt darauf zu. Er zügelte das Pferd vor der Klosterpforte und glitt erschöpft aus dem Sattel zu Boden. Da er mittlerweile seit mehreren Wochen reitend unterwegs war, schmerzte jede Faser seines Körpers. Das harte Leder des Sattels und die grobe Kleidung hatten seine Haut an vielen Körperstellen wundgescheuert. Weder die Ringelblumensalbe, die er auftrug, noch der Honig, den er auf besonders schmerzhafte Stellen rieb, linderten die Entzündung und die Qual.

Ignatius führte sein Pferd zur Klosterpforte und zog an dem Strick der Glocke, deren leises Läuten auf der anderen Seite der Mauern zu hören war. Es dauerte einige Augenblicke, bis die kleine Holzluke in der Tür geöffnet wurde. Ein hageres Gesicht mit einer spitzen Nase erschien und krächzte: »Bist du?«

Ignatius war über diese seltsame Begrüßung verwundert und sagte freundlich: »Gott zum Gruße, Bruder!«

Nun schauten die dunklen Augen verwirrt, und der Kopf wurde weiter aus der Luke herausgestreckt. Ein dünner Speichelfaden floss aus dem halbgeöffneten Mund, in dem Ignatius krumme und faule Zähne sehen konnte. Da hörte er hinter der Tür eine aufgebrachte Stimme:

»Gottfried aus dem Buchenhain, was hast du an der Pforte zu suchen?«

Sogleich zog sich der Kopf zurück und machte einem anderen Kopf Platz.

»Sei gegrüßt, Bruder!«, rief der Mönch, als er Ignatius erblickte. »Ich werde sofort öffnen.« Die Luke wurde zugedrückt und die Klosterpforte aufgestoßen.

»Bitte entschuldige Gottfrieds Benehmen. Aber ich kann ihm nicht abgewöhnen, allein an die Pforte zu laufen. Sobald die Glocke ertönt, stürmt der Junge nach vorn.«

»Junge?«, fragte Ignatius erstaunt und blickte zu Gottfried hinüber, dessen braune Haare an den Seiten ergraut waren.

Der Mönch nickte zustimmend. »Ja, ich weiß. Er ist inzwischen über dreißig Jahre alt, aber er hat das Wesen eines Kindes. Man hat ihn in einem Waldstück nahe dem Kloster gefunden. Deshalb auch sein Name ›aus dem Buchenhain‹. Seine Eltern müssen ihn als Zweijährigen dort ausgesetzt haben. Vielleicht ist er auch weggelaufen. Wer kann das noch sagen? Gott hat unsere Schritte in den Hain gelenkt, und da haben wir ihn gefunden. Seitdem lebt er in unserem Kloster und wird für mich immer ein Junge bleiben. Nicht wahr, Gottfried?«, fragte er, und der Mann grinste dümmlich.

Der Mönch wandte sich dem Besucher zu und fragte: »Was führt dich zu uns, Bruder?«

»Ich möchte euren Cellerar sprechen«, erklärte Ignatius. »Außerdem muss ich bei euch einige Stunden rasten, bevor ich mich erneut auf den Weg mache. Hättest du eine Handvoll Hafer und einen Eimer Wasser für mein Pferd?«

»Gottfried wird sich um deinen Hengst kümmern.«

Als der alte Mönch Ignatius' ungläubigen Blick bemerkte, sagte er schmunzelnd: »Gottfried ist zu den vierbeinigen Geschöpfen Gottes besonders liebevoll und fürsorglich. Du kannst ihm dein Pferd ohne Bedenken anvertrauen, Bruder.« Er musterte das Schlachtross. »Ein sehr schönes Tier. Kraftvoll und mit glänzendem Fell.«

»Obwohl ich seit Wochen von Kloster zu Kloster reite, scheint dem Hengst dieses Leben gut zu bekommen – im Gegensatz zu mir. Ich spüre jeden Muskel und jeden Knochen im Leib«, erklärte Ignatius und verzog leidend das Gesicht.

»Dann bringe ich dich in unsere Küche, damit du dich laben kannst. Ich bin Bruder Kuno. Und wie heißt du?«, fragte der Mönch und wies Gottfried an, das Pferd in den Stall zu bringen.

»Ich bin Bruder Ignatius«, stellte sich der Gast vor und zog nachdenklich die Stirn kraus.

»Was hast du?«, fragte Kuno.

»Ich erinnere mich in diesem Augenblick, dass ich einst einen Mönch kannte, der ebenfalls Kuno hieß. Ich habe viele Jahre nicht mehr an ihn gedacht, doch jetzt kommt plötzlich die Erinnerung zurück.«

»Ist das nicht wundervoll?«, freute sich Bruder Kuno. »Unsere Erinnerungen liegen wie in einer Schublade verborgen und kommen durch einen glücklichen Zufall wieder zum Vorschein. Wie jetzt durch meinen Namen. Aus welchem Kloster kommst du?«

»Ich bin Jesuit und lebe im Kloster in Trier.«

Bruder Kuno überlegte. »Ich kannte einst einen Jesuiten mit dem Namen Spee. Ich glaube, sein Vorname lautete Friedrich.«

Ignatius sah den Mönch, der einen Kopf kleiner als er war, überrascht an. »Du kanntest Friedrich Spee?«

»Nicht direkt. Unsere Familien haben in derselben Gasse in Kaiserswerth bei Düsseldorf gelebt. Friedrich war einige Jahre älter als ich. Ich wusste, dass er Theologie studiert und Kirchenlieder gedichtet hat. Irgendwann hörte ich, dass er Jesuit geworden war. Zuletzt hörte ich, dass er während des furchtbar langen Krieges an der Pest gestorben ist.«

Ignatius nickte. »Friedrich Spee hatte kranke Soldaten in

Trier gepflegt und sich dabei mit der Pest angesteckt. Er ist am 7. August 1635 gestorben. Er war mein Mentor, und ich verehre ihn über seinen Tod hinaus.«

Bruder Kuno musterte Ignatius kritisch, wobei seine Augen sich leicht verengten. »Spee soll gegen die Hexenverfolgungen gestritten haben. Stimmt das?«

Ignatius wusste, dass nicht jeder Kirchenmann Spees Kritik an der Hexenverfolgung verstand und ihr zustimmte. Da der Jesuit deshalb oft angefeindet und bedroht worden war, mussten seine Schriften anonym veröffentlicht werden. Ignatius ging auf Bruder Kunos Frage nicht ein, sondern versuchte, eine ausweichende Antwort zu geben. »Friedrich hat sich mit vielem beschäftigt. Sogar mit Lyrik. Kennst du das Büchlein *Trutznachtigall oder geistlich-poetisch Lustwäldlein*? In seinen Versen wird Gott gehuldigt und gepriesen. Du solltest es lesen.« Er stockte kurz und versuchte, den Mönch weiter abzulenken: »Verzeih mir, Bruder, aber ich habe seit gestern kaum etwas gegessen.«

»Herr im Himmel! Komm rasch in die Küche. Meine Brüder haben heute frisches Brot gebacken. Erzähl mir auf dem Weg dorthin, warum du unterwegs bist.«

Ignatius schob gesättigt den Teller von sich. »Die Gemüsesuppe, das frisch gebackene Brot und das warme Bier haben gutgetan«, seufzte er zufrieden. »Doch nun muss ich wegen meines Anliegens den Wirtschaftsverwalter sprechen. Würdet Ihr mich zu Eurem Cellerar bringen?«, bat Ignatius Bruder Kuno, der ihm gegenübersaß.

»Unser Cellerar, Bruder Robert, sitzt mit unserem Bruder Lucius zusammen, der unser Vestiarius ist. Da er für die Kleidung und das Schuhwerk zuständig ist, fordert er neue Kutten für uns Brüder. Seit Tagen debattieren die beiden, welche Habits geflickt werden können und welche neu angeschafft werden müssen. Unser Cellerar hält das Geld zusammen, und unser Vestiarius besteht darauf, dass einige Münzen ausgegeben werden.«

»Bei den Jesuiten ist der Bursar für die Finanzverwaltung zuständig. Ist das bei euch Zisterziensern anders?«, fragte Ignatius überrascht.

Bruder Kuno schüttelte den Kopf. »In jedem Kloster ist das gleich. Leider ist unser Bursar Bruder Stephan vor zwei Wochen an der Lungenkrankheit gestorben. Da wir noch keinen neuen Finanzverwalter bestimmt haben, streiten sich Bruder Robert und Bruder Lucius, da beide glauben, Recht sprechen zu können ... es sind starrköpfige alte Männer«, versuchte er die augenblickliche Lage in seinem Kloster zu erklären. Er fuhr fort: »Da du eine besondere Bitte an unseren Cellerar hast, könnte ich mir vorstellen, dass diese im Augenblick ungelegen käme. An deiner Stelle würde ich mich ausruhen und später mit ihm sprechen. Du kannst so lange in einer Zelle verweilen, die wir Pilgern zur Verfügung stellen.«

»Sicher hast du recht, Bruder Kuno. Es wäre unklug, um Lebensmittel zu bitten, wenn zwei sich über den Sinn oder Unsinn von Ausgaben streiten. Ich nehme dein Angebot an und werde mich in die Pilgerkammer zum Gebet zurückziehen. Sobald euer Verwalter Zeit hat, ruf mich«, erklärte Ignatius, ohne lange zu überlegen.

»Dann folge mir«, bat Bruder Kuno und wies ihm die Richtung.

Das Gebäude, in dem Reisende und Pilger untergebracht wurden, war spärlich eingerichtet. Auf dem Boden lagen mehrere einfache Reisigmatten nebeneinander, die als Schlafstatt dienten. »Zurzeit beherbergen wir keine Fremden, sodass du ungestört beten kannst. Ich werde dich später rufen.«

Bruder Kuno war im Begriff, den Raum zu verlassen, da drehte er sich noch einmal um und fragte: »Du sagtest, dass du im Kurtrierischen Raum unterwegs bist. Hast du auf deiner Reise diese sonderbare Geschichte über den Pestreiter vernommen? Es wird erzählt, dass der Pestreiter Kranke zusammenpfercht, um sie von ihren Qualen zu erlösen.«

Ignatius zuckte unmerklich zusammen. »Du meinst, der Pestreiter ermordet Pestkranke?«

Bruder Kuno wog den Kopf hin und her. »Das kann ich nicht behaupten, aber so ähnlich hat sich ein Bauer ausgedrückt, der letzte Woche vorbeikam und uns eine Kuh abkaufte.«

»Ich habe andere Nachrichten gehört. Der Pestreiter soll dafür sorgen, dass die Kranken von den Gesunden getrennt werden. Er bringt sie in Häusern unter, die außerhalb von Dörfern und Orten stehen, damit sie niemanden anstecken können. Die Sebastiansbruderschaften sollen ihm dabei helfen.«

»Die Sebastiansbruderschaften?«, fragte Kuno erstaunt. »Ich war im Glauben, dass es diese Bruderschaft seit Hunderten von Jahren nicht mehr gibt.«

Ignatius hob die Hände. »Es scheint noch Anhänger zu geben, die auch heute den Pestkranken beistehen.«

»Wenn das stimmt, würde der Pestreiter ein gutes Werk vollbringen«, sagte Bruder Kuno und ließ Ignatius allein.

Nachdem Ignatius gebetet hatte, legte er sich nieder. Er glaubte, durch die dünne Reisigmatte jedes Staubkorn zu spüren. Gequält stand er wieder auf, trug alle Matten zusammen und stapelte sie übereinander, sodass sie ein Polster ergaben, auf das er sich niederlegte.

»So ist es besser«, seufzte er und verschränkte die Arme hinter dem Kopf.

»Bruder Kuno«, murmelte er und schüttelte ungläubig den Kopf. »Wie konnte ich ihn vergessen?«

Ignatius' Gedanken schweiften in die Vergangenheit ab. Doch wie jedes Mal, wenn er über die Zeit vor dem langen Krieg nachdachte, war sein Erinnerungsvermögen wie abgeschnitten.

»Welche Bedeutung hatte einst Bruder Kuno für mich?«, überlegte er angestrengt, als in seiner Erinnerung das runde Gesicht eines alten Mannes erschien, der ihn schelmisch anschaute. Der Kranz grauer Haare und sein wohlgenährter Umfang gaben dem alten Mann ein väterliches Aussehen. War er mein Vater?, überlegte er, ließ aber den Gedanken sofort wieder fallen. Bruder Kuno war ein Mönch, wie ich einer bin, und kann nicht mein Vater gewesen sein, dachte er.

Plötzlich setzte er sich auf. Er war mein Ziehvater im Kloster, glaubte er sich zu erinnern.

Doch dann verschwand das Antlitz und mit ihm die Erinnerung.

Es ist so ähnlich wie mit diesem Mädchen aus dem Land an der Saar, von dem ich gehört habe, dachte Ignatius. Ich weiß, dass mich mit ihr etwas verbindet, aber ich erinnere mich nicht daran, was es sein könnte.

Erschöpft legte er sich zurück auf das Lager und schloss die Augen.

Ignatius war eingeschlafen. Als ihn jemand an der Schulter rüttelte, riss er die Augen auf und rief erschrocken: »Wo bin ich?«

»Unser Cellerar hätte jetzt Zeit für dich«, erklärte Bruder Kuno lächelnd.

»Habe ich lange geschlafen?«, wollte er wissen und erhob sich schwerfällig.

»Nicht mehr als eine Stunde«, antwortete der Mönch und ging zur Tür.

Ignatius folgte ihm und hielt sich ächzend den Rücken.

Bruder Kuno führte Ignatius zurück in die Küche, wo zwei Mönche an einem Tisch saßen. Jeder hatte einen Teller mit Käse und Brot und einen Becher, gefüllt mit rotem Wein, vor sich stehen.

»Seid gegrüßt«, sagte Ignatius und setzte sich dazu.

»Gottes Segen und den Beistand der Gottesmutter Maria«, antworteten die beiden wie aus einem Mund.

»Das ist Bruder Lucius, und ich bin Bruder Robert. Du wolltest mich sprechen?«, fragte der Mönch und nahm einen Schluck Wein.

»Ich bin Bruder Ignatius, und ich komme aus dem Jesuitenkloster in Trier. Unserem Kloster wurden innerhalb weniger Wochen zwei Mal die Vorräte gestohlen. Wir sorgen uns, wie wir durch den Winter kommen. Aus diesem Grund bin ich auf Reisen und bitte Klöster um Unterstützung.«

Die beiden Mönche schauten ihn kritisch an, sagten jedoch kein Wort. Schließlich bemerkte Bruder Robert: »Ihr solltet eure Vorratsräume besser verschließen.«

Bruder Lucius nickte.

»Unsere Vorratsräume waren mit einem Eisenschloss versehen, zu dem nur ich den Schlüssel habe. Trotzdem wurde das Schloss aufgebrochen und Wein, Mehl, Speck und andere Vorräte entwendet. Kaum hatte ich neue Lebensmittel bei anderen Klöstern erbettelt und in das Lager bringen lassen, wurden auch diese gestohlen.«

»Wisst ihr, wer das getan haben könnte?«

Ignatius zuckte mit den Schultern. »Mein Superior vermutet, dass es sich um bemitleidenswertes Lumpenpack handeln müsste.«

»Wenn jemand zweimal hintereinander in dasselbe Lager einbricht, muss ein Plan dahinterstehen«, erklärte Bruder Robert, ohne aufzublicken. Sein Kopf war über den Käse gebeugt. Als er den Blick hob, sah er Ignatius durchdringend an. »Wenn du mich fragst, habt ihr einen Verräter unter euch, der den Dieben das Lager geöffnet hat.«

Ignatius fürchtete, dass sein Herz stehen bleiben und er tot umfallen würde. Er versuchte, überrascht auszusehen. »Wie kommst du darauf, Bruder?«, fragte er und versuchte, dabei ruhig zu klingen.

»Das liegt auf der Hand. Ein Eisenschloss kann man nicht mit einem Hammer zerschlagen oder mit einer Feile durchsägen. Man muss geeignetes Handwerkzeug haben, um es zu öffnen. Aber welcher Dieb schleppt so etwas mit sich herum, wenn er nicht weiß, was ihn erwartet? Nein, nein, da stecken ein Verräter und ein Plan dahinter.«

Ignatius räusperte sich und versprach: »Ich werde meinem Superior von deiner Vermutung berichten. Doch nun muss ich wissen, ob ihr mir einige eurer Vorräte überlasst.«

Ohne lang zu überlegen, antwortete der Cellerar der Zisterzienser knapp: »Nein.«

Ignatius glaubte sich verhört zu haben. Fassungslos fragte er: »Warum willst du meinem Kloster nicht helfen?«

»Weil Friedrich Spee einer von euch gewesen ist.«

»Das verstehe ich nicht«, erklärte Ignatius fassungslos und schaute zu Bruder Kuno, der ihm gegenüber am Tisch Platz nahm.

»Dann will ich es dir erklären«, gab Bruder Robert zur Antwort und legte die Käsestücke zur Seite. Während er die Finger aneinanderrieb, damit die Krümel auf die Tischplatte fielen, blickte er Ignatius streng an. »Euer Jesuit Friedrich Spee hat die *Cautio Criminalis* verfasst. Mit diesem Buch über die Prozesse gegen Hexen hat er unseren Herrn im Himmel beleidigt und Satan die Tore geöffnet. Wir alle wissen, dass Hexen fähig sind, sich zu verstellen. Nur unter der Folter zeigen sie ihr wahres Gesicht. Wegen euch Jesuiten verbot die schwedische Königin Christina die Hexenverfolgungen, da sie Spees Buch gelesen hat. Zum Glück ist es in unserem Reich nicht so weit gekommen, denn sonst würden Heerscharen der vom Glauben Abgefallenen Schadenszauber über uns bringen und unser Land mit ihrer schwarzen Magie verseuchen.« Die Stimme des Cellerars war schneidend, und sein Blick frostig und streng.

»Ich verstehe dich nicht, Bruder. Was haben meine Brüder damit zu tun?«

»Ihr Jesuiten habt Spees Leichnam in eurer Krypta beerdigt, statt ihn auf dem Acker zu verscharren. Spee war dein Mentor, den du über seinen Tod hinaus verehrst.«

Ignatius blickte Bruder Kuno an, der beschämt den Kopf senkte.

»Du bist unbarmherzig und unchristlich«, erklärte er leise.

Der Cellerar blieb ungerührt. »Gott«, schnarrte er, »sieht es sicher ebenso wie ich. Komm nie wieder hierher.«

Mit diesen Worten erhob sich Bruder Robert und verließ zusammen mit Bruder Lucius grußlos die Küche.

Ignatius holte tief Luft. Als er zu Bruder Kuno schaute, blickte der ihn schuldbewusst an. »Ich habe deine Verehrung für Friedrich Spee im Gespräch erwähnt und nicht geahnt, dass er dir deshalb nicht helfen würde. Es tut mir leid«, sagte er sichtlich betroffen.

»Ich verstehe das nicht. Was hat Spee damit zu tun, ob ich Lebensmittel von euch bekomme?«

Bruder Kuno zögerte, doch dann berichtete er: »Die Schwester von Bruder Robert wurde von einer Nachbarin verhext. Da zur selben Zeit Spees Abhandlung gegen die Tortur veröffentlicht wurde, zweifelte der Schultheiß am Sinn der peinlichen Befragung. Deshalb konnte man der Nachbarin keine Buhlschaft mit dem Teufel nachweisen. Sie kam frei. Seine Schwester aber starb einen qualvollen Tod. Seitdem gibt Bruder Robert eurem Jesuiten Friedrich Spee die Schuld, dass der Tod seiner Schwester nie gesühnt wurde und die Hexe frei weiterleben konnte.«

Im Stillen beglückwünschte Ignatius die Weitsicht des Schultheißen, doch laut sagte er: »Ich kann verstehen, dass

Bruder Robert wegen des tragischen Verlustes seiner Schwester verbittert ist. Aber sie wird nicht wieder lebendig, wenn man eine andere Frau auf dem Scheiterhaufen verbrennt, statt sie auf den rechten Pfad Gottes zurückzubringen.« Mutlos erhob er sich. »Ich muss zurück nach Trier und meinem Superior erklären, dass ich mit leeren Händen dastehe. Es ist tragisch, dass ich bereits nach dem ersten Diebstahl die Klöster in der Umgebung von Trier um Hilfe gebeten habe. Ich kann nicht ein zweites Mal auf Verständnis hoffen. Jeder muss zusehen, wie er die Wintermonate ohne Schaden übersteht. Doch mir rennt die Zeit davon. Jeden Tag kann das Wetter umschlagen, sodass es schwierig wird, weiter durchs Land zu reisen. Mir bleibt aber keine andere Wahl«, seufzte er und verabschiedete sich von Bruder Kuno. »Hab Dank für deine Gastfreundschaft«, sagte er.

»Gott ist gerecht und wird dich zu Klöstern leiten, die dir helfen werden«, versprach der Mönch und versuchte zu lächeln.

Als Bruder Kuno Ignatius zum Stall begleiten wollte, läutete es an der Klosterpforte.

»Ich muss öffnen. Du findest den Stall neben der Pilgerherberge«, erklärte er und eilte davon.

Ignatius ging durch den Klostergarten zum Stall. Als er das Tor des kleinen Steingebäudes öffnete, schaute das Vieh kurz auf, um sich gleich wieder seinem Fressen zuzuwenden. Ignatius entdeckte seinen Hengst in der hinteren Ecke des Stalls in einem Verschlag, wo er schnaubend an einem Büschel Heu knabberte.

»Na, mein Alter?«, flüsterte er. »Es geht zurück nach Trier«, erklärte er.

Aus dem Augenwinkel nahm er eine Bewegung wahr. Hastig wandte er sich um und erstarrte im selben Augenblick. Vor ihm stand ein Mann in einem schwarzen Umhang, der sich eine Pestmaske vor das Gesicht gezogen hatte.

Kapitel 33

Bendicht ging in den hinteren Teil der Scheune, wo in einem abgeteilten Bereich seine Pritsche stand. Er zog den Vorhang hinter sich zu, um zu zeigen, dass er ungestört sein wollte. Als es ruhig blieb, hob er sein Kopfkissen hoch und griff nach dem handtellergroßen Spiegel, den er bei einem Krämer in der Stadt gekauft hatte. Er band den Spiegel auf Augenhöhe an einem Balken fest, zog sein grobes Leinenhemd aus und stellte sich davor.

Langsam hob er die Hand zum Hinterkopf, sodass er seine Achselhöhle im Spiegel betrachten konnte. Die Geschwüre, die er blind ertastet hatte, waren erbsengroß. Vorsichtig fuhr sein Finger über die Wucherungen unter seiner Haut, die sich hart anfühlten. Er ließ den einen Arm sinken und hob den anderen. Auch hier konnte er gut die Geschwüre erkennen. Noch waren die Beulen nicht mit Pesteiter gefüllt. Wenn er sie aufschneiden und ausbrennen würde, könnte er gesund werden, dachte er und ließ den Gedanken wieder fallen.

Wie soll ich das alleine schaffen? Urs müsste mir helfen, dachte er und zerschlug auch diese Überlegung. Bendicht konnte dem Jungen nicht sagen, dass er an der Pest erkrankt war. »Das Wagnis ist zu groß, dass er dann aus Kummer unvorsichtig werden könnte«, murmelte er und streifte seinen Kittel wieder über.

Er nahm gerade den Spiegel vom Holzbalken, als ein spitzer Schrei zu hören war. Hastig schob er den Spiegel tief unter das Kopfkissen und eilte nach vorn zum Scheuneneingang, wo er beinahe gegen seine Helferin Elisabeth geprallt wäre.

»Hast du so geschrien?«, fragte Bendicht die Frau, die ihn mit entsetztem Blick anschaute.

»Ratten«, wisperte sie und wollte Bendicht am Arm greifen, doch er trat hastig einen Schritt zurück, da er befürchtete, die Frau durch eine Berührung mit der Pestilenz anzustecken. Als sie ihn verwundert anschaute, hustete er, als ob er erkältet wäre.

»Beruhig dich, Elisabeth, und erzähl mir, wo du die Ratten gesehen hast«, forderte der Heiler sie auf.

Die Frau nahm den Zipfel ihrer Schürze und wischte sich damit über das erhitzte Gesicht. Dann zeigte sie nach draußen. »Der Kater ist tot!«

Bendicht blickte die Frau fragend an, da er den Zusammenhang nicht verstand.

»Der tote Kater liegt unter einem Weinstock und ist von Ratten angefressen«, erklärte Elisabeth ungeduldig.

In diesem Augenblick kam Urs, der den Schrei ebenfalls gehört hatte, in die Scheune gestürmt. »Was ist geschehen?«

»Elisabeth glaubt, dass Ratten den toten Kater angefressen haben.«

»Das Tier ist tot?«, fragte Urs, und Elisabeth nickte.

»Bist du dir sicher, dass es Ratten waren?«, wollte er wissen.

Elisabeth zögerte. »So wie das Vieh aussieht, kann es nur eine Ratte gewesen sein.«

»Ich werde den Kater sofort begraben, damit nicht noch mehr Ungeziefer angelockt wird«, versprach Urs, und die Frau dankte ihm mit einem zaghaften Lächeln.

»Ich komme mit«, erklärte Bendicht.

»Ruh dich aus, Oheim! Du siehst müde aus. Das kleine Loch kann ich allein ausheben«, meinte Urs und ging nach draußen.

Doch sein Onkel folgte ihm.

»Mir geht es gut!«, widersprach Bendicht. »Ich habe hier oben auf dem Berg noch keine Ratten gesehen, deshalb will ich prüfen, ob Elisabeth sich getäuscht hat. In den überlieferten Berichten über die Pestilenz habe ich gelesen, dass in den

Straßen der verseuchten Städte und auch in den Häusern der Kranken Scharen von Ratten eingefallen waren.«

»Ich verstehe nicht, worauf du hinauswillst«, erklärte Urs mit fragendem Blick.

»Wenn der Geruch der Pestkranken das Ungeziefer anlockt, müssen wir Gift ausstreuen und es töten.«

»Meinst du, dass wir die Ratten aufhalten können?«

Bendicht zuckte mit den Schultern. Sofort schoss ein heftiger Schmerz durch seinen Brustkorb, sodass er das Gesicht verzog.

»Was hast du, Oheim?«

»Nichts, mein Junge, ich habe mir auf die Zunge gebissen«, log er und hielt sich die Wange.

Urs musterte den Onkel, dessen Gesichtsfarbe leicht gerötet war und dessen Augen fiebrig glänzten.

Bendicht entging der sorgenvolle Blick seines Neffen nicht, und er ahnte, dass sich der Junge Gedanken machte. Er wird es noch früh genug erfahren, dachte er und forderte laut: »Lass uns nach dem Tier sehen.« Mit festem Schritt ging er an Urs vorbei in Richtung Weinberg.

Der tote Kater lag angefressen unter einem Rebstock, doch von Ratten keine Spur. Bendicht suchte den Boden ab, ob er irgendwo ein Rattenloch entdecken könnte.

»Ich habe nichts gefunden!«, sagte er keuchend zu Urs, der den Kadaver zwischenzeitlich verscharrt hatte.

»Wahrscheinlich hat Elisabeth sich getäuscht, und Krähen haben an ihm gepickt. Lass uns zurückgehen«, meinte Urs.

Bendicht nickte und ging voraus.

Urs sah seinem Oheim kummervoll hinterher. Obwohl Bendicht beteuerte, dass es ihm gutging, machte Urs sich Sorgen um ihn. Er konnte seine Angst nicht klar benennen, aber etwas schien mit seinem Onkel nicht zu stimmen. War es seine ungesunde Gesichtsfarbe oder dieser Blick, mit dem Bendicht den Neffen manchmal wehmütig zu betrachten schien? Wahrscheinlich ist er nur erschöpft, dachte Urs und beschloss, ihm einen Sud aus zerstoßenen Schwarzkümmelsamen aufzugießen. Nathan Goldstein beteuerte, dass das Mittel den Körper kräftigen würde, erinnerte er sich. »Es kann nicht schaden, wenn Oheim den Aufguss trinkt«, murmelte er.

Die Wegstrecke von den Rebstöcken bis zum Pesthaus strengte Bendicht an. Schweiß stand ihm auf der Stirn, und er spürte, dass er leichtes Fieber hatte. Auch schmerzten die Glieder wie bei einer heftigen Erkältungskrankheit. Jeder Schritt war eine Qual.

Er blieb stehen und stützte die Hand in die Hüfte. Auch wenn er seinen Unterleib noch nicht abgetastet hatte, so fürchtete er, dass sich auch in der Oberschenkelbeuge kleine Beulen gebildet hatten, die er beim Gehen spüren konnte. Ich habe keine andere Wahl, als die Pest aus mir herauszuschneiden. Ich werde den Schmerz mit Mohnsaft betäuben und mit Wermut die Seuche bekämpfen, überlegte er und schaute zurück. Als er Urs kommen sah, drückte er sein vor Schmerzen gekrümmtes Kreuz durch und lächelte seinem Neffen entgegen.

»Ich verstehe nicht, dass Ihr beim Katerchen keine Ratten gesehen habt. Man könnte an meinem Verstand zweifeln«, erklärte Elisabeth mit Nachdruck.

»Vielleicht haben Krähen an dem Kadaver gefressen«, meinte Urs leise.

Aber Elisabeth schüttelte den Kopf. »Das waren Ratten!«

»Ich werde mich heute Nacht im Weinberg auf die Lauer legen. Vielleicht kommen sie zurück«, schlug Bendicht vor.

»Kannst du damit nicht bis morgen warten, Oheim?«, bat Urs. »Ich möchte Susanna besuchen«, sagte er mit roten Ohren.

Bendicht schmunzelte. »Ich brauche dabei keine Unterstützung. Geh du zu deiner Braut und grüße sie herzlich von mir«, sagte er und versuchte, sich seine Erleichterung nicht anmerken zu lassen.

So kann ich mir das Übel aus dem Körper schneiden, ohne dass es jemand mitbekommt, dachte er mutig.

Peter Hönes torkelte und musste sich gegen eine Hauswand lehnen. »Ich hätte nicht so viel Bier saufen sollen«, kicherte er leise.

Aber wenn Dietrich in Spendierlaune ist, muss man das ausnutzen. Besonders, wenn die eigene Geldkatze nichts mehr hergibt, dachte er und rutschte an der Mauer in die Hocke hinunter. Wenn unser Plan aufgeht, bin ich bald alle Sorgen los und ein gemachter Mann, freute er sich und blickte mit starrem Blick in die Zukunft. In Gedanken sah er eine Schatulle, gefüllt mit Gold- und Silbermünzen.

Als Erstes werde ich mir eine Wohnung mieten und noch am selben Tag bei meiner keifenden Mutter ausziehen, dachte er und rülpste laut. Dann schoss ihm ein trübsinniger Gedanke durch den Kopf: »Was ist, wenn sie uns nicht helfen oder die Karte nicht herausrücken will?« Hönes verwarf diesen Gedanken. »Susanna ist allein auf dieser Welt und hat niemanden außer mir«, flüsterte er spöttisch. »Ich bin ihr Ritter und Retter, und wenn ich erst das Bett mit ihr geteilt habe, wird sie mir aus der Hand fressen«, überlegte er und lachte schallend. »Ich werde nicht zulassen, dass jemand mir mein Glück verwehrt!«, grunzte er und nahm sich vor, noch am selben Abend die Jungfer aufzusuchen. Hönes versuchte aufzustehen, verlor dabei das Gleichgewicht und fiel auf die Knie. »Aber zuerst muss ich wieder nüchtern werden«, grinste er und erhob sich mühsam.

Dann torkelte er nach Hause.

Susanna verabschiedete sich von Barbli und ihren Kindern und trat auf die Gasse hinaus. Dort blickte sie zum Himmel empor und glaubte, Regenwolken zu erkennen. »Ich muss mich beeilen, wenn ich trockenen Fußes nach Hause kommen will«, murmelte sie und ging in Richtung Innenstadt. Seit Urs ihr seine Liebe gestanden hatte, hätte sie die Welt umarmen mögen. Sie glaubte, dass alle Menschen ihr das Glück ansehen mussten. Ich sehne mich nach ihm, juchzte sie in Gedanken und hoffte, dass er sie am Abend besuchen würde.

Sie trat dicht vor eine Hauswand und holte das schwarze Säckchen aus der Tasche ihres Umhangs hervor. Vorsichtig schaute sie sich um, bevor sie einen kurzen Blick auf den goldenen Ring warf. Wie mehrfach an diesem Tag, wollte sie sich versichern, dass sie nicht geträumt hatte. Glücklich steckte sie das Säckchen mit dem Ring zurück in die Tasche. Sie musste sich beherrschen, um nicht wie ein Kind durch die Straße zu hüpfen.

Mit einem freudigen Gesichtsausdruck ging sie durch eine Nebengasse. Plötzlich glaubte sie wieder, dass ihr jemand folgte. Sie sah sich nach allen Seiten um, doch wie bei den anderen Malen zuvor konnte sie niemanden entdecken, der sich auffällig benahm. Die wenigen Fußgänger, die ihren Weg kreuzten, beachteten die junge Frau nicht.

Was ist nur los mit mir? Zum wiederholten Male habe ich das Gefühl, verfolgt zu werden, dachte Susanna und presste sich die Hand gegen die Brust. Das Herz schien ihr bis zum Hals zu schlagen. Vor Angst konnte sie kaum durchatmen.

Susanna wartete, bis sie sich beruhigt hatte, und eilte weiter. Dann bemerkte sie, dass sie in die falsche Richtung lief. »Vermaledeit«, fluchte sie leise und suchte nach einem Hinweis, in welche Gasse sie gelaufen war. Nirgends war ein Schild zu sehen. Sie wollte eine Frau ansprechen, die ein Kind auf den Armen trug, da glaubte sie eine Gestalt zu sehen, die hastig hinter einem Fuhrwerk verschwand. Ohne nachzudenken, rief sie außer sich:

»Was wollt Ihr von mir? Wer seid Ihr?«

Vorbeilaufende Menschen schauten sie verständnislos an und schüttelten den Kopf. Die Gestalt aber ließ sich nicht mehr blicken, sodass Susanna dem Fuhrwerk hinterherlief. Doch schon bald blieb sie außer Atem stehen.

Langsam wurde die Wolkendecke dichter, und Susanna hatte keine Ahnung, wo sie sich befand. Sie ging ein Stück des Weges zurück, als ein Bursche mit einer Milchkanne um die Ecke bog.

»Junge«, rief sie ihm zu, sodass er zu ihr blickte. »Kannst du mir sagen, wie diese Gasse hier heißt?«

»Sieh dich um!«, rief er und verschwand in einem Hauseingang.

»Vor wem willst du mich warnen?«, schrie sie gellend und suchte nach einem Versteck. Da fiel ihr Blick auf ein Gassenschild, das durch Efeuranken halb verdeckt an einer Mauer hing. »*Sieh dich um* ist der Name der Gasse«, flüsterte sie erleichtert.

Da Susanna nun wusste, wo sie war, kannte sie den Weg und rannte nach Hause.

»Oheim, hast du weitere Arbeiten, die verrichtet werden sollen, bevor ich zu Susanna gehe?«, fragte Urs seinen Onkel.

»Nein, mein Junge! Du kannst gehen. Ich werde heute hier auf der Pritsche schlafen und vorher nach den Ratten im Weinberg Ausschau halten.«

»Es könnte regnen«, warnte Urs ihn.

»Mach dir um mich alten Mann keine Gedanken. Ich kann sehr wohl auf mich aufpassen«, lachte Bendicht. »Geh zu deiner hübschen Braut und sage ihr, dass ich es kaum erwarten kann, auf eurer Hochzeit mit ihr zu tanzen«, erklärte er augenzwinkernd und drehte Urs den Rücken zu. Er sollte nicht sehen, wie ihm die Tränen in die Augen traten, weil er wusste, dass er die Hochzeit seines Neffen nicht mehr erleben würde.

Da Urs Susanna besuchen wollte, erklärte Elisabeth mit entschlossener Miene: »Ich will wissen, ob hier Ratten sind, und werde deshalb nach den Kranken schauen, damit Ihr in den Weinberg gehen könnt.«

Bendicht war dies recht, denn so würde er in Ruhe seine Pestbeulen behandeln können.

Während Elisabeth zusammen mit der zweiten Helferin das Abendessen an die Kranken verteilte, packte Bendicht Werkzeuge und Heilmittel zusammen. Als er den Sack hinter einem dicken Findling am Wegesrand versteckte, um ihn später holen zu können, hörte er die Helferin nach ihm rufen. Rasch ging er zurück ins Pesthaus. Elisabeth schüttelte unmerklich den Kopf und wies mit der Hand nach draußen. Bendicht verstand sofort und folgte ihr vor die Tür.

»Der Fischer Bernd wird nicht mehr lange leben«, flüsterte sie, obwohl die Kranken auf ihrem Lager sie nicht hören konnten.

Bendicht nickte. »Ich habe heute Morgen gesehen, dass seine Zunge schwarz verfärbt und dick geschwollen ist. Er konnte kaum noch sprechen. Er konnte auch nicht mehr schlucken«, sagte er ebenso leise.

»Jetzt hat die Zunge schwammige Wucherungen, und sein Gesicht ist grün verfärbt. Als ich ihm die Suppe einträufeln wollte, hat er gewürgt und gewispert: ›Der Teufel verbrennt mich!‹ Er scheint furchtbare Schmerzen zu haben. Könnt Ihr ihm einen Löffel Mohnsaft geben, damit es ihm leichter wird?«, bettelte die Frau und wischte sich die Augen.

Bendicht wusste, dass seine beiden Helferinnen mit jedem Patienten mitlitten. Doch in letzter Zeit schienen sie besonders empfindlich zu sein. Die schwere Arbeit mit den Kranken und das stetige Elend, das sie umgab, laugten sie aus. Bendicht konnte das gut nachempfinden, und er wusste, dass, selbst wenn er gesund wäre, auch er selbst bald am Ende seiner Kräfte sein würde.

»Meinst du, dass er den bitteren Saft schlucken kann? Ich befürchte, dass ihn sein wunder Mund schmerzen wird«, fragte er.

»Ich weiß es nicht«, jammerte Elisabeth. »Wenn man ihn nur von seinen Schmerzen erlösen könnte«, flüsterte sie mit brüchiger Stimme.

»Heute Nacht wird er den Weg gehen, den wir noch vor uns haben«, sagte Bendicht leise und ging hinein, um dem Sterbenden das Betäubungsmittel zu geben.

⊹ *Kapitel 34* ⊹

Ignatius traute seine Augen nicht. Ungläubig starrte er die Gestalt mit dem schwarzen Umhang und der Pestmaske an. Er ahnte, dass Gottfried aus dem Buchenhain in dieser Verkleidung steckte. Da der junge Mann das Wesen eines Kindes hatte, wagte Ignatius nicht, ihn anzusprechen oder ihm die Kleidung zu entwenden. Gottfried würde schreien und die Mönche in den Stall rufen, überlegte er und beobachtete den Mann, der glucksend hin und her hüpfte.

»Gib mir bitte den Umhang und die Maske zurück«, bat Ignatius mit sanfter Stimme und streckte ihm die Hand entgegen, doch Gottfried lachte dümmlich und sprang zwischen Heu und Stroh umher.

»Gottfried aus dem Buchenhain, ich will sofort meine Sachen zurückhaben!«, wiederholte Ignatius seine Forderung mit strengem Ton.

»Will haben!«, erklärte der junge Mann und lief mit wehendem Umhang durch den Stall, sodass das Vieh unruhig wurde.

Ignatius spürte, wie seine Laune umschlug, da Gottfried nicht auf ihn hörte und er befürchten musste, entdeckt zu werden. Wenn Bruder Kuno uns sieht, ist es mit der Tarnung des Pestreiters vorbei, dachte er verärgert.

Da kam ihm ein Gedanke.

»Hör, Gottfried! An der Klosterpforte hat es geläutet«, versuchte Ignatius ihn zu locken und hob den Zeigefinger hoch.

Sofort hielt der Mann in seiner Bewegung inne und lauschte. Aber da er nichts hören konnte, rief er sabbernd: »Nicht da!« Speichel lief unter der Maske aus seinem Mund und tropfte auf den Umhang.

»Gottfried, es hat geläutet. Aber weil du nicht da bist, wird Bruder Kuno die Pforte öffnen«, drohte Ignatius verärgert.

»Ich will!«, jammerte Gottfried und eilte zur Stalltür.

Doch Ignatius versperrte ihm den Weg. In diesem Moment läutete es tatsächlich an der Klostertür, und Gottfried schrie: »Ich! Ich will!«

»Gib mir den Umhang und die Maske, und ich lasse dich gehen«, versprach Ignatius dem jungen Mann.

Doch Gottfried stampfte trotzig mit dem Fuß auf und schrie: »Ich!«

Mit entschlossener Miene wollte er Ignatius zur Seite drängen, der ihm im selben Augenblick die Maske vom Kopf und den Umhang von den Schultern riss.

Da hörten sie auch schon Bruder Kuno nach seinem Schützling rufen.

»Ich!«, schrie der junge Mönch nun wie am Spieß.

Ignatius trat hastig zur Seite und ließ ihn vorbei. Gottfried stieß die Stalltür auf, die gegen die Bretterwand knallte und hinter ihm krachend wieder zufiel.

Aufgeregt spähte Ignatius durch den Spalt zwischen zwei

Holzbrettern hindurch und sah den alten Mönch, der Gottfried liebevoll über die Schulter strich.

»Wo bist du gewesen, mein Sohn? Hast du nicht das Läuten der Pfortenglocke gehört?«, fragte Bruder Kuno und blickte den erwachsenen Mann mit väterlicher Zuneigung an.

»Ich will!«, rief Gottfried aus dem Buchenhain freudig und hopste zur Klosterpforte, wohin der Alte ihm lachend folgte.

Ignatius atmete auf und wickelte die Pestmaske in den schwarzen Umhang. Er steckte beides in seinen Leinensack zu den anderen Sachen seiner Pestreiter-Ausrüstung.

Nicht auszudenken, wenn mein Geheimnis entdeckt worden wäre, dachte er und führte seinen rabenschwarzen Hengst aus dem Verschlag in die Stallgasse, um ihn zu satteln.

»Komm, mein treuer Gefährte. Wir müssen nach Trier und meinem Superior beichten, dass wir mit leeren Händen zurückkommen.« Ignatius dachte nach und konnte sogar Gutes in seinem Misserfolg sehen: »Weil Bruder Robert uns keine Vorräte überlassen hat, haben wir mehr Zeit, um den Sonderauftrag des Kurfürsten zu erfüllen. Und ich gewinne Zeit, in Trier noch etwas zu erledigen«, flüsterte er dem Hengst ins Ohr und führte ihn aus dem Stall.

Jaggi Blatter und seine Soldaten hatten bereits in Trier ihre Uniformen gegen Straßenkleidung getauscht, sodass der Hauptmann hoffte, man würde ihn und seine Truppe für einfache Reisende halten. Ihre Schwerter behielten sie bei sich, denn Spitzbuben, die die Wege unsicher machten, sollten erkennen, dass sie kampferfahren waren. Nur an ihrem Zielort würden sie die Waffen nicht zeigen dürfen, wofür Blatter bereits Vorkehrungen getroffen hatte.

In gemächlichem Schritt ritt der kleine Trupp durch die Nacht. Da keine Eile sie antrieb, rasteten sie unter freiem Himmel und gönnten sich eine warme Mahlzeit in einem Gasthaus am Wegesrand. Die Männer waren guter Dinge, spaßten und tauschten Geschichten aus, die sie erlebt hatten.

Blatter beteiligte sich nicht an den Gesprächen, sondern nutzte die Zeit, um sich Gedanken über die Ausführung seines Plans zu machen. Immer wieder ging er den Ablauf durch. Es wird gutgehen, dachte er und fasste an seine Brust, wo er unter dem Hemd den Brief des Regenten aufbewahrte. Er war sich sicher, dass dieses Schriftstück ihm helfen würde, leichter zum Ziel zu kommen. Sein Blick schweifte zu seinen Männern, und erneut fragte er sich, ob er sie ins Vertrauen ziehen sollte. Wäre es für die Durchsetzung des Vorhabens ratsam, ihnen die Wahrheit zu sagen, oder besteht die Gefahr, dass sie mich verraten?

Blatter überlegte und wog jede Möglichkeit ab. Schließlich fasste er einen Entschluss.

Am frühen Vormittag sahen die Männer von einer Anhöhe aus eine Stadt, die von einer gewaltigen Mauer in Form eines geschlossenen Halbkreises umgeben war. Zahlreiche Menschen, Fuhrwerke und kleine Viehherden, die Bauern vor sich hertrieben, waren auf den Handelsstraßen zu den verschiedenen Stadttoren unterwegs.

Blatter blickte auf das Treiben vor den Toren und bemerkte, wie seine Männer ihn beobachteten. Zwar stellten sie keine Fragen, aber ihre Blicke verrieten ihre Neugier. Es wird Zeit, dass sie von meinem Auftrag erfahren, dachte er und gab das Kommando zum Absitzen.

Nachdem sich die Soldaten um ihn geschart hatten, sagte er: »Jeder Einzelne von euch wurde für diesen Auftrag auserwählt, weil er verschwiegen und treu ergeben ist.« Er machte eine kurze Pause, um seinen Worten Nachdruck zu verleihen, und fuhr fort: »Wir haben einen besonderen Auftrag zu erfüllen, der es verlangt, dass kein Wort darüber verloren wird.«

Verhaltenes Gemurmel war zu hören, das sofort wieder verstummte, als der Hauptmann die Hand hob. »Vor uns liegt die Stadt Coelln, in die wir gehen müssen. Damit wir am Stadttor nicht auffallen und keine Probleme bekommen, werden wir uns als Mönche verkleiden, die auf Pilgerreise sind. So können wir unsere Waffen unter den Habits verbergen und in die Stadt mitnehmen.«

»Wird es zum Kampf kommen?«, wollte einer seiner Soldaten wissen.

»Ich hoffe nicht«, erwiderte Blatter und glaubte, ein leises Aufatmen zu hören. Die Männer blickten ihren Hauptmann erwartungsvoll an, und er fuhr in seiner Aufklärung fort: »Wir müssen in den Dom, um eine Kiste in Empfang zu nehmen, die wir auf einem Boot nach Trier überführen werden.«

»Werden wir die Kiste ohne Schwierigkeiten ausgehändigt bekommen?«

»Ich besitze ein Schreiben, das diese Angelegenheit erleichtert.«

»Auf wessen Befehl handelt Ihr?«

Blatter blickte den Soldaten, der die Frage gestellt hatte, streng an, doch dann antwortete er offen: »Der Erzbischof und Kurfürst Karl Kaspar von der Leyen persönlich gab diesen Befehl.«

»Es war der Regent, der im Morgengrauen ...«, murmelte einer der Männer, stockte jedoch, als er zu seinem Hauptmann schaute.

»Warum diese Heimlichkeit, wenn Ihr sogar ein Schreiben des Erzbischofs habt, mit dem wir die Kiste ohne Widerstand bekommen werden?«, wagte ein anderer Soldat einzuwerfen.

Seine Kameraden stimmten dem Einwand leise zu.

»Weil keine Menschenseele wissen darf, dass wir diese Kiste erhalten haben und nach Trier bringen werden«, entgegnete Blatter.

Der Hauptmann wusste, dass ihm die Soldaten ohne weitere Angaben folgen würden. Trotzdem wollte er sie nicht länger im Unklaren lassen, denn sollte es tatsächlich zum Kampf kommen, würden sie mit Leib und Leben diese Kiste verteidigen – vorausgesetzt, sie wussten, was sich darin befand.

Blatter atmete tief ein und sagte mit leiser und doch fester Stimme: »Um die Bedeutung dieses Auftrages zu betonen, werde ich euch die Wahrheit darüber sagen, was sich in der Kiste befindet«, erklärte er, und sofort waren alle Augen auf ihn gerichtet. Die Anspannung der Soldaten war zu spüren. Kaum einer wagte Luft zu holen.

Er spürte, wie seine Hände feucht wurden. Er traute sich kaum, die Worte auszusprechen: »In dieser Kiste befindet sich der Heilige Rock unseres Herrn!«

Die Blicke seiner Männer schienen zu erstarren. Fassungslos schauten sie sich an. Dann sickerte es in ihr Bewusstsein ein. Einige bekreuzigten sich hastig. Die anderen schauten ehrfurchtsvoll zum Himmel empor.

Blatter wartete einige Augenblicke, dann wollte er wissen: »Irgendwelche Fragen?«

Sieben Männer schüttelten den Kopf.

Der achte hob die Hand und fragte: »Was könnte passieren, wenn doch bekannt wird, dass wir den Heiligen Rock nach Trier gebracht haben?«

»Ihr meint, wenn einer aus unserer Reihe Verrat verüben würde?«

Der Soldat nickte.

»Derjenige müsste weder vor unserem Regenten noch vor mir Angst haben, denn Gott selbst würde ihn richten. Die Hölle wäre ihm gewiss«, antwortete Blatter, ohne mit der Wimper zu zucken, und der Soldat schluckte schwer.

Während der Trupp unter seiner Führung auf Coelln zuritt, dachte Blatter über seinen ersten Aufenthalt in der Stadt nach. Von Anfang an war ihm bewusst gewesen, dass ihm nur der Dompropst des Coellner Doms die Reliquie aushändigen konnte, denn der Kurfürst von Trier wollte so wenig Aufsehen wie möglich. »Je weniger Menschen davon wissen, desto sicherer ist sie in Trier«, hatte von der Leyen gesagt und hinzugefügt: »Damit Coelln keinen Profit aus meinem Wunsch schlagen kann, könnt Ihr nicht den offiziellen Weg gehen. Ihr müsst heimlich handeln. Sobald der Heilige Rock in unserer Schatzkammer ist, kann Coelln keine Forderungen mehr stellen. Der Dompropst muss überrumpelt werden.«

Um den Wunsch des Kurfürsten durchsetzen zu können, hatte Blatter sich gut vorbereitet. Es war ihm wichtig gewesen, sich über die Stadt, die Wege dorthin und über den Dom einen Überblick zu verschaffen. Deshalb war er Wochen zuvor allein nach Coelln gereist. Als Tarnung hatte er sich eine Mönchskutte über seine Soldatenuniform gezogen, um zwischen den Klosterbrüdern, die sich in der Pilgerstadt tummelten, nicht aufzufallen. Dank des Habits konnte Blatter alles, was für seinen Auftrag wichtig war, unbemerkt erkunden.

Er wusste, dass der Heilige Rock im Dom aufbewahrt wurde. Deshalb studierte er mehrere Tage lang das Innere der Kathedrale, bis er erkannte, dass die Kammer, in der man die Reliquie verschlossen hielt, nur über den Chor zu betreten war. Da wegen Bauarbeiten im Langschiff dieser Bereich durch eine geschlossene Wand geschützt wurde, war der Zugang zum Chor für Besucher nicht einzusehen.

Blatter glaubte schon, mit schlechten Nachrichten zurück nach Trier reiten zu müssen, als ihm ein Mann auffiel, der täglich die Bauarbeiten an der Kathedrale überprüfte. Der Mann war in eine schwarze Kirchenrobe gekleidet und schien im Dienste der Domverwaltung zu stehen. Rasch fand Blatter heraus, dass der Mann Paul von Aussem hieß und der Domkapitular war, der in der Rangordnung unter dem Propst stand. Dieser Mann, so hatte Blatter beschlossen, würde ihn in die Schatzkammer führen. Er fand eine Gelegenheit, unauffällig mit ihm ins Gespräch zu kommen und ihn mit seinem Wissen über die Kathedrale zu beeindrucken.

Alles war so gekommen, wie der Hauptmann aus Trier es geplant hatte.

Blatters Mund verzog sich zu einem Grinsen, als er sich an das entsetzte Gesicht des Domkapitulars erinnerte. Um sich Einlass in die Schatzkammer zu erzwingen, hatte Blatter plötzlich den Habit ausgezogen und ihm Uniform und Schwert gezeigt. Paul von Aussem wollte den Eindringling beim Dompropst melden, doch der weilte an diesem Tag nicht in Coelln.

Es war Blatter nicht leichtgefallen, den Domkapitular davon zu überzeugen, dass er im Auftrag des kurtrierischen Regenten handelte. Er weihte den Kirchenmann in seinen Plan ein und lockte ihn mit Geld. »Niemand muss davon erfahren, und Ihr könnt endlich ein ordentliches Dach auf das Langschiff setzen lassen.«

Dieses Argument stimmten den Mann nachdenklich. Blatter konnte den freudigen Glanz in seinen Augen erkennen, als er schließlich fragte: »Wie kann ich Euch helfen?«

Ich hoffe, dass er seine Meinung nicht geändert hat, dachte Blatter jetzt.

Doch dann schüttelte er den Kopf und murmelte: »Paul von Aussem hat es sich zur Lebensaufgabe gemacht, den Dom zu restaurieren, damit seine Pracht erhalten bleibt. Deshalb wird er mein verlockendes Angebot nicht in Gefahr bringen. Jetzt muss nur noch der Dompropst überzeugt werden, mir die Kiste auszuhändigen.«

Blatter tippte sich gegen die Brust, wo unter dem Hemd das

Dokument knisterte. Das Schreiben des Kurfürsten war ein schlauer Schachzug gewesen, dachte er, denn es enthielt genau das, was in solch einem Fall wichtig war: ein Versprechen.

Er führte seine Männer am Ufer des Rheins entlang bis zu einer einsamen Fischerhütte. Dort wies er sie an zu warten, während er vom Pferd stieg und zu der Kate schlich. Vorsichtig schaute er durch das kleine Fenster und sah den Fischer, seine Frau und den Sohn am Tisch sitzen, wo sie Fische ausnahmen. In gebeugter Haltung lief er zur windschiefen Tür und klopfte dagegen.

Von drinnen rief eine Stimme: »Petrus ist bereits von dannen gezogen!«

»Er hat seine Lämmer vergessen«, antwortete Blatter.

Die Tür wurde einen Spalt geöffnet, und ein Leinensack wurde herausgereicht. Im Gegenzug bekam der Fischer ein Säckchen mit Münzen, die er nachzählte. Er wollte die Tür schon wieder schließen, als Blatter hastig fragte: »Will sich dein Sohn ebenfalls ein paar Münzen verdienen?«

»Jederzeit!«, antwortete der Fischer und öffnete die Tür einen Fußbreit.

»Der Junge soll sich um unsere Pferde kümmern. Sie brauchen Heu und Wasser«, erklärte er.

»Das dürfte kein Problem sein«, erwiderte der Fischer und senkte den Blick.

»Hier ist die Hälfte seines Lohns. Die andere Hälfte bekommt er, sobald wir die Pferde wieder abholen.«

»Wann wird das sein, Herr?«

»Gegen Abend.«

»Bis dahin werden eure Pferde gut versorgt werden!«, versprach der Fischer.

Blatter blickte an dem Mann vorbei in die ärmliche Hütte, aus der der Gestank von altem Tran nach draußen zog. Auf dem Tisch lagen nur wenige Fische.

»Ist das dein Tagesfang, Fischer?«

Der Mann nickte zerknirscht.

Blatter sagte: »Man hat dich als schweigsamen Menschen beschrieben.«

Nun schaute der Fischer überrascht auf, und auch seine Frau und sein Sohn, die ängstlich den Blick gesenkt gehalten hatten, sahen den Eindringling fragend an.

»Ich habe keine Veranlassung zu tratschen, und auch mein Weib sowie mein Sohn können schweigen«, erklärte der Mann vorsichtig.

»Das höre ich gern. Willst du mehr Geld verdienen?«

»Wer will das nicht?«, antwortete der Mann.

»Wie groß ist dein Kahn?«, fragte Blatter.

»Kommt mit und seht selbst«, erklärte der Fischer und trat vor die Hütte.

Blatter folgte ihm zum Schilf, wo ein kleiner Kahn in den sanften Wellen des Rheins dümpelte.

»Er ist zu klein«, erklärte Blatter enttäuscht.

»Ich kann einen größeren besorgen«, versprach der Fischer hastig.

»Wie willst du das machen, ohne dass jemand Fragen stellt?«

»Lasst das meine Sorge sein. Ich brauche nur das nötige Geld von Euch.«

Blatter zögerte einen Augenblick. »Du weißt, was geschieht, wenn du mich hintergehen solltest.«

»Wäre ich ein Fallensteller, hätte dich Paul von Aussem nicht zu mir geschickt«, erklärte der Fischer selbstsicher, und Blatter gab ihm das Geld.

Nachdem die Soldaten dem Sohn des Fischers die Pferde anvertraut hatten, zogen sie die Mönchskutten über. Als Pilgergruppe getarnt, gingen die Männer durch das Severinstor im Süden nach Coelln hinein und folgten ihrem Hauptmann zum Dom.

Wie Blatter wenige Tage zuvor, standen nun auch seine Männer sprachlos vor dem eindrucksvollen Gotteshaus. Da die Zeit drängte, stiegen sie eilig die zahlreichen Treppenstufen bis zum Eingangsportal empor und betraten das Mittelschiff des Langhauses. Während die Männer ihrem Hauptmann folgten, sahen sie sich mit großen Augen im prächtigen Dom um.

»Hier entlang«, zischte Blatter, als seine Männer stehen blieben und die bunten Fensterscheiben betrachteten.

Plötzlich trat ihnen eine schwarz gekleidete Gestalt entgegen.

»Wo bleibt Ihr?«, fragte Paul von Aussem mit erregter Stimme. »Der Dompropst erwartet Euch bereits ungeduldig«, erklärte er und eilte voran.

Blatter und seine Männer gingen mit schnellem Schritt hinterher. Durch eine Nebentür verließen sie den Dom, überquerten den Domhof und betraten ein angrenzendes Gebäude.

Vor einer breiten Steintreppe, die dick mit kostbaren Teppichen ausgelegt war, blieb der Domkapitular stehen und erklärte Blatter: »Eure Männer dürfen nicht mitkommen. Nur Euch ist es gestattet, den Dompropst zu treffen.«

Ignatius machte ein zerknirschtes Gesicht, während der Superior in seinem Arbeitszimmer hin und her lief.

»Ich kann es nicht fassen«, murmelte der Klostervorsteher. »Wo bleibt die Barmherzigkeit dieses Cellerars?«

»Bruder Robert ist verbittert«, versuchte Ignatius zu erklären.

»Er hat mein Beileid zum tragischen Tod seiner Schwester. Aber sein Schmerz darf ihn nicht daran hindern, unserem Kloster in einer Notlage zu helfen. Das Christentum gebietet, zueinander gütig und barmherzig zu sein und einander zu vergeben! Hat er etwa die Gebote vergessen?«, fragte der Superior erregt und streckte die Hände weit nach oben. »Ich hätte großes Verlangen, Bruder Roberts Benehmen seinem Klostervorsteher zu melden«, presste er wütend hervor.

»Bedenkt, dass Ihr dann ebenfalls gegen den Brief an die Epheser verstoßen würdet«, wagte Ignatius einzuwenden.

Der Superior blickte erschrocken auf. »Ihr habt recht, Bruder. Ich lasse mich von ungesunden Gefühlen leiten. Wir können nicht etwas verlangen, was wir selbst nicht willig sind zu geben. Möge Bruder Robert in Frieden leben. Wir müssen überlegen, wen wir in dieser Lage um Hilfe bitten können.«

Ignatius erklärte mit gequälter Miene: »Nach dem ersten Diebstahl habe ich bereits die Klöster in der nahen Umgebung von Trier um Hilfe gebeten. Ich kann kein zweites Mal Mitleid und Hilfe von ihnen erwarten. Deshalb müsste ich meine Reise ausweiten und nach Coblenz reiten.« Er schaute den Klostervorsteher erwartungsvoll an, der zu überlegen schien.

»Ihr habt recht! In dieser Gegend gibt es viele Klöster, die wir um Hilfe bitten können.« Er schaute auf und verzog leidend die Mundwinkel nach unten. »Es schmerzt mich, Euch erneut fortzuschicken, Bruder Ignatius. Ich kann unserem Herrn nur danken, dass er unserem Kloster einen fähigen Cellerar beschert hat. Wir werden Euch für die große Hilfe in unsere täglichen Gebete einschließen, Bruder!«, versprach der Superior.

»Das ist sehr barmherzig. Aber ich bin mir sicher, dass Ihr, ebenso wie unsere Brüder, dasselbe für unser Kloster tun würdet, wenn Ihr der Verwalter der wirtschaftlichen Güter wäret. Ich werde gleich morgen in aller Frühe aufbrechen«, versprach Ignatius und verließ mit dem Segen des Superiors das Zimmer.

Er ging in seine Zelle, wo er sich bäuchlings auf dem Boden ausstreckte. »Vergib mir, Herr, und breite schützend deine Hände über mich!«, betete er und erhob sich.

Ich muss die Gelegenheit nutzen und mich in die Stadt

schleichen. Hoffentlich kann ich mich bald erinnern, dachte er und verließ seine Zelle.

Kapitel 35

Urs blickte zu der Helferin, die neben ihm auf dem Fuhrwerk saß und herzhaft gähnte.

»Müde?«, fragte er knapp.

Sie nickte. »Ich weiß nicht, wann ich das letzte Mal durchgeschlafen habe. Jede Nacht wache ich auf und sehe die Gesichter der Pestkranken vor mir. Ihre großen Augen, die tief in den Augenhöhlen liegen, starren mich an. Das Leid und die Angst, die sich darin widerspiegeln, verfolgen mich bis in meine Träume«, flüsterte sie.

»Was erzählst du deiner Familie, wo du bist? Schließlich darf niemand die Wahrheit erfahren.«

»Es gibt keinen Menschen, der wissen muss, wo ich bin. Mein Mann ist lange tot, und Kinder blieben uns verwehrt. Ich habe keine Familie und lebe allein. Wahrscheinlich war das der Grund, warum mich Nathan Goldstein gefragt hat.«

»Woher kennst du den Goldhändler? Bist auch du jüdischen Glaubens?«

Die Frau verneinte. »Ich habe mich bei ihm als Köchin beworben. Doch da ich keine Ahnung von der Zubereitung jüdischer Gerichte habe, konnte er mich nicht einstellen.«

»Das kann man lernen«, meinte Urs.

Aber die Frau schüttelte den Kopf. »Es gibt so viele Regeln zu beachten, dass Goldstein und seine Frau sicher verhungert wären, bis ich diese beherrscht hätte«, versuchte sie zu spaßen.

»Was sind das für Regeln?«, fragte Urs neugierig, da er davon noch nie gehört hatte.

»Ich kenne sie auch nicht und weiß nur, was der Goldhändler mir erklärt hat. Er sagte, dass nach ihrem Glaubensbuch alle Nahrungsmittel koscher sein müssen, was tauglich oder rein bedeutet. Fleisch darf nicht zeitgleich mit Milch verzehrt und auch nicht zusammen aufbewahrt werden. Auch gibt es Lebensmittel, die Juden niemals essen würden, weil sie unrein sind. Deshalb essen sie kein Schweinefleisch.«

»Keinen saftigen Schweinebraten oder gefüllte Pastete mit zerhacktem Schweinefleisch?«

Die Helferin schüttelte den Kopf. »Ich glaube nicht, dass ein Jude das essen würde.«

»Sie wissen nicht, was ihnen entgeht«, lachte Urs und wurde dann wieder ernst. »Dann hat dich Goldstein als Köchin abgewiesen, dich aber als Helferin ins Pesthaus geschickt?«

»So könnte man es sagen.«

»Hast du keine Angst, dich anzustecken?«

Die Frau zuckte mit den Schultern. »Wir tragen einen Mundschutz, damit das Gift nicht in unsere Lunge gelangen kann. Die Sachen der Toten werden verbrannt und ihr Bettzeug in heißem Wasser über dem Feuer ausgekocht. Außerdem waschen wir uns mehrmals am Tag die Hände mit Essigwasser«, zählte sie auf und zeigte ihre geschundenen Hände, die rot und rissig waren. »Wenn wir trotzdem an der Pestilenz erkranken sollten, hat Gott das so gewollt, und wir müssen uns seinem Willen fügen.«

»Hat Goldstein dir die Gründe genannt, warum das Pesthaus eingerichtet wurde?«, fragte Urs und sah die Frau gespannt an.

»Ihr sucht nach einem Heilmittel, um die Seuche auszumerzen. Aber ihr werdet keines finden«, erklärte sie niedergedrückt.

»Wie kannst du das sagen?«, fragte Urs entsetzt.

»Der Heiler und du, ihr habt über jeden Kranken Aufzeichnungen gemacht, die ihr miteinander vergleicht und beredet. Ihr lest in den Büchern der weisen Männer, habt sogar fremde Heilkräuter aus einem fernen Land kommen lassen – und doch konntet ihr keinen der Kranken retten.«

»Die kleine Ursel hat die Pestilenz überlebt«, widersprach Urs, musste der Frau in Gedanken aber recht geben.

»Das Mädchen hat die Pest überlebt, weil es rechtzeitig zu uns kam.«

»Das hast du erkannt?«, fragte Urs überrascht.

»Ich bin zwar eine Frau, die zudem weder lesen noch schreiben kann, aber ich habe die Gabe zu beobachten und ich mache mir meine eigenen Gedanken. Deshalb vermute ich, dass ein junger Mensch eher die Krankheit abwehren kann als ein alter.«

»Was ist mit dem dreijährigen Knaben, der kurz vor seiner Mutter starb? Er war jünger als Ursel und hätte nach deiner Ansicht überleben müssen.«

Die Frau schüttelte den Kopf. »Das Kind hat Tag und Nacht bei seiner kranken Mutter gelegen und war somit ununterbrochen dem Pestgift ausgesetzt. Auch hat es den verbrauchten Atem der Mutter eingeatmet. Da der Junge von Geburt an schwächlich war, hatte sein Körper nicht genügend Kraft, um gegen die Krankheit anzukämpfen. Ursel hingegen lag allein, kam rechtzeitig zu uns und ist ein kräftiges Kind.« Sie seufzte vernehmlich und fügte mit leiser Stimme hinzu: »Das sind meine Beobachtungen, die sicher nichts zu bedeuten haben. Aber alles deutet darauf hin, dass niemand diese Seuche verhindern und kein Mittel sie heilen kann. Die Pestilenz ist unbezwingbar.« Sie blickte Urs traurig an.

―※―

Susanna saß an ihrem Küchentisch und zerschnitt das Fleisch, das sie auf dem Markt gekauft hatte. Sie zerkleinerte es mit einem Wiegemesser und würzte es mit frischen Kräutern und Salz. Mit der Masse füllte sie den vorbereiteten Teig, den sie auf ein Blech legte und auf die Glut des Herdes stellte. Die Fleischpastete wird Urs sicher schmecken, dachte sie. Zwar hatte er nicht gesagt, wann er wieder vorbeikommen wollte, aber ihr Gefühl verriet ihr, dass es heute sein würde. Ich bin schon wie Barbli, freute sie sich und wischte sich die Hände an der Schürze ab.

Da klopfte es an der Tür. Rasch ging sie zum Eingang ihrer kleinen Wohnung und öffnete.

»Urs!«, rief sie freudig und fiel ihm um den Hals.

»Lass mich erst einmal hereinkommen«, sagte er lachend und hauchte ihr einen Kuss auf die Stirn.

Mit glänzenden Augen zog Susanna ihn in ihre Wohnung, wo sie sich einen Augenblick lang stumm gegenüberstanden und anlächelten. Beide wussten nichts zu sagen, bis Susanna beschämt den Blick senkte, als Urs flüsterte: »Ich habe dich vermisst.«

Mit beiden Armen umschlang sie seinen Nacken und murmelte: »Ich habe dich auch vermisst.«

Urs zog Susanna dicht an sich und presste seine Lippen auf ihren Mund. »Ich konnte es kaum erwarten, dich wiederzusehen«, sagte er.

Er nahm seinen Umhang von den Schultern und hängte ihn an einen Haken. Er spürte, wie Susanna jede seiner Bewegungen beobachtete.

»Ich habe gespürt, dass du kommen wirst«, wisperte sie mit hochroten Wangen.

Urs zog überrascht eine Augenbraue in die Höhe. »Meine Mutter sagt, sie könne auch immer spüren, wenn mein Vater nach Haus zurückkehrt. Die beiden sind jedoch schon eine Ewigkeit zusammen.«

»Ist es nicht wunderbar, dass ich ebenso empfinde, obwohl

wir uns erst wenige Monate kennen?«, fragte Susanna und reichte ihm die Hände.

Urs' Blick schweifte über ihre Finger. »Du trägst meinen Ring nicht«, stellte er fest.

Susannas Röte vertiefte sich, als sie erklärte: »Er ist zu groß. Ich habe Angst, ihn zu verlieren.«

»Ist er viel zu groß?«, fragte Urs, und Susanna ging zu ihrem Umhang, wo das Samtsäckchen noch in ihrer Tasche steckte.

»Es ist leichtsinnig, das Schmuckstück im Mantel herumzutragen«, erklärte Urs mit leichtem Groll in der Stimme.

»Ich habe den Ring mitgenommen, weil ich ihn deiner Mutter zeigen wollte«, erklärte sie und unterdrückte den Drang zu weinen, da er verärgert schien.

»Du hast ihn Mutter gezeigt?«, fragte er überrascht, und sie nickte.

»Was hat sie gesagt?«

»Sie hat sich für uns gefreut.« Urs trat auf Susanna zu, nahm ihre Hand und streifte ihr den Ring ein zweites Mal über den Finger. »Vielleicht passt er am Mittelfinger«, meinte er.

»Hier sitzt er fest«, stellte Susanna fest und schüttelte die Hand, ohne das Schmuckstück zu verlieren. »Ich werde ihn an diesem Finger tragen, bis wir ihn enger machen lassen können«, versprach sie und schaute Urs an.

»Ach, Susanna!«, stöhnte er und zog sie an sich. »Ich will doch nur, dass jeder sieht, zu wem du gehörst, zu mir. Wie soll ich es nur bis zu unserer Hochzeit aushalten?« Er vergrub sein Gesicht in ihren braunen Haaren.

»Warum können wir nicht schon morgen heiraten?«, fragte Susanna und strahlte ihn an.

»Weil eine Hochzeit und ein eigener Hausstand Geld kosten«, erklärte Urs und hielt die Nase in die Luft, da würziger Essensgeruch die Stube durchzog.

»Ich brate eine Fleischpastete. Aber sie braucht noch eine

Weile, bis sie fertig ist«, verriet Susanna und fragte: »Möchtest du in der Zwischenzeit heißen Würzwein trinken?«

Urs nickte und nahm an dem kleinen Küchentisch Platz, während Susanna zwei Becher mit tiefrotem Wein füllte. Sie setzte sich ihm gegenüber, und beide nippten an ihren Bechern.

Zwischen zwei Schlucken meinte Susanna beschwingt: »Ich habe genügend Geld, damit wir heiraten und zusammenleben können. Diese Wohnung wäre für uns zwei natürlich zu klein, aber Peter Hönes wird uns sicher eine größere zeigen können.«

Urs kniff die Lippen zusammen. »Der Mann soll für die Frau sorgen und nicht umgekehrt«, presste er hervor.

»Mir macht das nichts aus«, zwitscherte Susanna. Im nächsten Moment zuckte sie zusammen, als Urs seinen Becher hart auf dem Tisch abstellte.

»Susanna, ich will nicht von deinem Geld leben! Ich will genug verdienen, damit ich für dich sorgen kann. Kannst du das verstehen? Was sollen meine Eltern, mein Oheim und der Rest der Welt von mir denken, wenn meine Frau mich aushält?«, fragte er ungehalten.

Sie war über die Heftigkeit seiner Worte überrascht. Plötzlich hatte sie eine Eingebung. »War dies der Grund, warum du mich im Haus deiner Eltern stehen gelassen hast, nachdem ich dir meine Zuneigung gestanden hatte?«

Urs schaute beschämt auf seine Hände. »Als du mir das sagtest, wusste ich mir keinen Rat und bin auf das Dach unseres Hauses geflüchtet. Glaub mir, Susanna, das waren damals furchtbare Stunden für mich. Ich werde nie deinen enttäuschten Blick vergessen. Diese Bestürzung, die ich darin erkennen konnte, hat mir den Hals zugeschnürt. Wie gern hätte ich dich in meine Arme geschlossen und dir gesagt, was ich für dich empfinde, aber ich wagte es nicht. Du bist eine reiche Jungfer, ich nur ein Habenichts.«

Susanna schloss fassungslos die Augen. Sie hatte an viele

Gründe gedacht, warum Urs ihr gegenüber so kalt gewesen war, doch darauf wäre sie nicht gekommen. »Was hat dich dazu bewogen, deine Meinung zu ändern und mir einen Ring zu schenken?«, fragte sie.

Urs' Ohren färbten sich dunkelrot, und er stotterte: »Ich hatte Angst, dich an einen anderen Mann zu verlieren. Als ich dich an der Mauer des Domfreihofs mit diesem Fremden gesehen habe, wusste ich, dass ich keine Zeit verlieren durfte. Da ich befürchtete, dass Worte allein nicht ausreichen würden, um dich um Geduld zu bitten, habe ich bei einem Goldhändler diesen Ring gekauft. Er soll dich täglich daran erinnern, wie sehr ich dich liebe.«

»Der Ring soll mich an dich binden – wie eine Kette?«, fragte Susanna und streckte die Hand weit von sich, um das Schmuckstück stirnrunzelnd zu betrachten.

»Ich will dich nicht an die Kette legen«, protestierte Urs.

Susanna lachte schallend, stand auf und setzte sich auf Urs' Schoß. Ihre Hände umfassten sein Gesicht, und sie sagte: »Ich bin stolz und dankbar, diesen Ring tragen zu dürfen. Urs, ich liebe dich von ganzem Herzen – einerlei, ob du arm bist oder reich. Aber wenn es dir so wichtig ist, dass du mich erst heiraten möchtest, wenn du genügend Geld verdient hast, dann werde ich auf dich warten«, erklärte sie und besiegelte ihr Versprechen mit einem Kuss.

Urs schmiegte seine Wange gegen ihren Hals, als er erneut die Nase in die Luft streckte. »Ich glaube, deine Fleischpastete ist fertig«, sagte er.

Susanna sprang hastig auf von seinem Schoß. »Herr im Himmel! Die habe ich vollkommen vergessen!«

Peter Hönes erwachte mit einem fürchterlichen Brummschädel. »Verdammtes Hurengebräu«, schimpfte er und hielt sich den Kopf. Als er aufstehen wollte, wankte er und musste sich auf seine Matratze zurückfallen lassen. Sein Mund war ausgetrocknet, und sein Schlund brannte. Er griff nach seinem Krug, der neben ihm auf dem Boden stand, und trank den kläglichen Rest des schalen Biers.

Dann streckte er sich wieder auf seinem Lager aus und legte den Arm über die Augen. »Wenn es doch nur ein Mittel gegen diese verfluchten Kopfschmerzen gäbe«, stöhnte er.

Da fiel ihm wieder ein, wie er auf dem Rückweg beinahe mit Susanna zusammengestoßen wäre. Nicht auszudenken, wenn sie mich in meinem Rauschzustand gesehen hätte, dachte er. Warum war sie nur so außer sich gewesen? Ob sie mich womöglich erkannt hat? Dabei habe ich geistesgegenwärtig die Kapuze meines Umhangs über den Kopf gezogen.

Das Gespräch des vergangenen Abends mit Dietrich kam ihm wieder in den Sinn: »... Warum sollen wir uns der Gefahr aussetzen, zumal wir keine Erfahrung mit der Schatzsuche haben ... Du wirst dafür sorgen, dass deine kleine Freundin uns die Schatzkarte gibt, und dann wird sie uns helfen, einen Schatz zu finden ...«

Wie soll ich an diese verdammte Karte kommen und Susanna dazu bringen, uns bei der Suche zu helfen?, fluchte Hönes. Soll ich die Jungfer verführen und, wenn sie erschöpft in den Kissen liegt, ihre Wohnung nach dem Plan durchsuchen?, überlegte er kichernd und griff sich an den schmerzenden Schädel. Oder soll ich in ihre Wohnung einbrechen? Oder aber sie nach der Schatzkarte fragen und sie um Hilfe bitten?

Ich glaube, ich verführe sie, beschloss er und fasste sich bei dem Gedanken in den Schritt. »Es ist viel zu lange her, dass ich einem Weib zwischen den Schenkeln lag«, stöhnte er.

Da schepperte die schrille Stimme seiner Mutter zu ihm hoch. »Peter!«, greinte die Alte an der Stiege zu ihm herauf. »Du fauler Hund! Nicht eine Münze besitzen, aber am helllichten Tag im Bett liegen. Kein Wunder, dass du wieder bei mir einziehen musstest.«

Hönes schloss entnervt die Augen. »Ich muss so schnell wie möglich einen Schatz finden, damit ich dieses keifende Weib für immer loswerde«, murmelte er und setzte sich mit schmerzverzerrtem Gesicht auf.

»Peter!«, rief die Alte erneut, und Hönes brüllte zurück: »Halt dein Maul, Mutter! Ich bin schon auf dem Weg.«

Urs wischte sich mit dem Handrücken das Fett vom Kinn. »Deine Fleischpastete könnte ich jeden Tag essen«, lobte er überschwänglich Susannas Kochkünste. »Kannst du dir vorstellen, dass es Menschen gibt, die kein Schweinefleisch mögen?«

»Können sie sich kein Fleisch leisten?«, fragte Susanna und räumte die Teller ab.

»Das hat nichts mit ihrer Geldkatze zu tun. Ich habe heute gehört, dass Juden kein Schweinefleisch essen, da es unrein sein soll.«

Susanna überlegte und erwiderte: »Nun ja, wenn ich mir vorstelle, wie schmutzig solch ein Borstenvieh ist und wo es überall die Nase hineinsteckt, ist der Gedanke nicht abwegig, dass das Fleisch unrein sein könnte.«

Urs wog den Kopf hin und her. »Aber da das Schwein nach dem Schlachten mit heißem Wasser übergossen und geschrubbt wird, ist auch das Fleisch reingewaschen. Deshalb glaube ich nicht, dass Juden das Unreine auf die Sauberkeit beziehen. Ihre wahren Gründe kenne ich allerdings nicht«, erklärte er nachdenklich.

»Woher weißt du, dass Juden kein Schweinefleisch essen?«, wollte Susanna wissen.

»Der Goldhändler, dem ich deinen Ring abgekauft habe, ist Jude, und der hat mir das erzählt«, log er, und um weitere

Fragen abzuwehren, erklärte er grinsend: »Mir schmeckt das Schweinefleisch besonders gut, wenn du es zubereitet hast.« Mit einer geschmeidigen Bewegung zog er Susanna in die Arme und auf seinen Schoß. Während er ihren Hals mit Küssen bedeckte, wanderten seine Hände über ihren Körper, und Susanna stöhnte leise auf.

»Wie soll ich mich bis zur Hochzeit beherrschen?«, flüsterte Urs und blickte sie sehnsüchtig an.

»Wer sagt denn, dass wir das müssen?«, wisperte sie mit erregter Stimme und stand auf, um die Klappläden am Fenster zu schließen.

Als sie dabei hinunter in die Gasse blickte, glaubte sie auf der gegenüberliegenden Seite den Umriss eines Menschen zu erkennen, der zu ihr hochstarrte. Sie war darüber so erschrocken, dass sie mit einer heftigen Bewegung den Laden zuwarf, sodass Urs überrascht zu ihr schaute.

Als er ihren Blick sah, sagte er lachend: »Du siehst aus, als hättest du einen Geist gesehen.«

»Mir ist nicht nach Spaßen zumute.«

Urs sprang auf und trat zu ihr. »Was hast du, Liebes?«, fragte er und nahm sie in den Arm.

»Ich glaube, dass mich jemand beobachtet. Als ich den Laden schließen wollte, habe ich eine Gestalt gesehen, die zu mir hochgeschaut hat.«

»Sicher wartet da unten jemand und hat zufällig nach oben gesehen«, versuchte Urs, ihr die Angst zu nehmen.

Doch Susanna schüttelte den Kopf. »Bereits seit Tagen habe ich das Gefühl, dass ich verfolgt werde.«

»Das sagst du mir erst jetzt?«, schimpfte Urs erregt. »Weißt du, wer es sein könnte und warum er dich verfolgt?«

Susanna zuckte mit den Schultern.

»Was ist mit diesem Mann, mit dem ich dich am Domfreihof gesehen habe?«

»Du meinst Peter Hönes, der mir die Wohnung vermietet hat? Nein, der ist mir freundlich gesinnt.«

»Bist du dir sicher?«, fragte Urs zweifelnd.

»Natürlich bin ich das! Warum sollte er mich verfolgen? Der Gedanke ist Unfug«, erklärte sie energisch.

Urs sah ihr forschend in die Augen. »Warum verteidigst du ihn?«

»Weil du ihn nicht kennst, ihn aber verdächtigst!«

»Ich sorge mich um dich«, entschuldigte sich Urs und drückte sanft ihren Kopf gegen seine Brust. Seufzend lehnte Susanna sich an ihn.

»Ich würde verrückt werden, wenn dir etwas zustieße«, murmelte er ihr ins Haar. Dann hob er den Kopf, um ihr in die Augen sehen zu können. »Du darfst keinem Menschen trauen, Susanna. Wenn jemand erfahren sollte, dass du einen Schatz gefunden hast und eine reiche Frau bist, wirst du viele Neider haben. Deshalb erzähl niemandem von deinem Vermögen, und erst recht nicht, wie du dazu gekommen bist. Versprich mir das, Liebes!«, bat er sorgenvoll.

Susanna dachte sofort an das Gespräch mit Peter Hönes in der Trinkstube, wo sie ihm von dem Schatzfund und der Suche danach berichtet hatte. Doch sie verscheuchte die unguten Gedanken, denn sie war sich sicher, dass Hönes ihr nichts Böses wollte.

~ *Kapitel 36* ~

Der Domkapitular Paul von Aussem führte Jaggi Blatter in einen Raum, in dem Decke und Wände mit dunklen Holzkassetten verkleidet waren. Glänzende Seidenteppiche und prunkvolle Bilder sorgten für farbige Unterbrechungen. Doch das tiefe Braun der Holzverkleidung wirkte bedrückend. An einem langen schweren Holztisch saß der Dompropst von Coelln und nahm sein zweites Frühmahl ein.

Paul von Aussem trat auf den Mann zu und flüsterte ihm den Namen des Besuchers ins Ohr. Mit einem Seitenblick auf Blatter verließ er den Raum und ließ den Hauptmann zurück.

Der Dompropst schaute weder auf, noch sagte er ein Wort. Seine Aufmerksamkeit galt allein den Platten mit frischem Obst, Käse, gebratenen Wachteln, kaltem Braten und anderen Leckereien im Überfluss. Man hätte ein Heer mitversorgen können.

Blatter wartete einige Augenblicke und trat dann unaufgefordert näher an den Tisch heran. Als er den Duft der Köstlichkeiten roch, konnte er nicht verhindern, dass sein Magen laut knurrte. Erschrocken blickte er zum Dompropst, der das Geräusch geflissentlich überging und eine Wachtel mit einem spitzen Dolch in zwei Teile zerschnitt. Da seine Fingergelenke verkrüppelt und dick geschwollen waren, konnte er das Messer nur mit Mühe halten. Er stöhnte leise, als er eine Hälfte des gebratenen Vogels packte und hineinbiss.

Hauptmann Blatter sah den Dompropst genau an. Sein rundes Gesicht war aufgedunsen und mit roten schuppigen Flecken übersät. An wunden Mundwinkeln klebte getrocknetes Blut, und die Lippen waren blau verfärbt, was nicht von dem Rotwein herrührte, der im Becher vor ihm stand. Durch sein dünnes graues Haar schimmerten nässende Hautstellen hindurch.

Er ist ein kranker Mann, stellte Blatter fest, als der Dompropst ungeniert rülpste. Nachdem er einen tiefen Schluck aus dem mit Edelsteinen verzierten Becher genommen hatte, wischte er sich mit dem Ärmel seines Talars über den Mund und verzog das Gesicht. Der Stoff hatte eine entzündete Stelle auf seiner Wange aufgekratzt, sodass sie blutete. Hastig presste er ein Tuch gegen die Wunde, wobei die Kette mit dem wuchtigen Kreuz, die um seinen kurzen Hals hing, hin und her baumelte.

»Kann ich Euch helfen, Eminenz?«, fragte Blatter, um auf sich aufmerksam zu machen.

»Wie wollt Ihr mir helfen?«, krächzte der Mann mit schriller Stimme, die nicht zu seinem üppigen Äußeren passte.

»Ihr habt recht! Nicht ich kann Euch helfen. Wohl aber könnt Ihr mir helfen!«

Der Dompropst sah Blatter aus kohlschwarzen Augen scharf an. »Ich weiß, warum Ihr hier seid. Mein Domkapitular hat mir Eurer Anliegen vorgetragen.« Er musterte Blatter und kratzte sich dabei vorsichtig über die Kopfhaut. »Weshalb glaubt der kurtrierische Erzbischof und Kurfürst, dass wir ihm den Heiligen Rock unseres Erlösers aushändigen würden?«

Blatter hatte von Karl Kaspar von der Leyen klare Anweisungen sowie das Recht erhalten, in seinem Namen zu sprechen. Doch in den Augen des Dompropsts war der Hauptmann nur ein einfacher Soldat. Blatter erkannte die Selbstgefälligkeit im Blick des alten Mannes, als dieser ihn herausfordernd ansah.

Der Dompropst will seine Macht auskosten, dachte er und antwortete, ohne mit der Wimper zu zucken: »Der Heilige Rock gehört nach Trier und nicht nach Coelln.«

»Das fällt Euch jetzt ein, nachdem wir ihm viele Jahre Schutz gewährt haben?«

»Ihr wisst, Eure Eminenz, dass während des langen Krieges Trier mehrere Male überfallen wurde. Wo wäre die Reliquie sicherer gewesen als in Eurem Dom?«, versuchte Blatter, ihm zu schmeicheln.

»Das ist wohl wahr«, sagte der Mann mit kalter Stimme. »Ich verstehe nicht, dass der Heilige Rock nach Trier zurückkehren soll, obwohl Eure Stadt noch Jahre nach Ende des Krieges unter den Folgen zu leiden hat. Allerdings habe ich gehört, dass Euer Erzbischof und Kurfürst ein fähiger Mann sein soll.

Man sagt, dass er vielversprechende Pläne hat. Wir werden beobachten und sehen«, fügte er murmelnd hinzu und steckte sich mehrere Trauben in den Mund, die er knackend zerbiss. Während ihm der Saft vom Kinn tropfte, starrte der Mann vor sich hin und schien Blatter vergessen zu haben.

»Eure Eminenz …«, rief sich der Hauptmann in Erinnerung.

»Ich überlege«, schmatzte der Dompropst. »Unser Kurfürst Maximilian Heinrich von Bayern weilt momentan nicht in Coelln. Ihm müsste eine Delegation nachreisen, die Euer Anliegen vorträgt. Bis wir die Antwort erhalten, vergeht Zeit«, erklärte er und zog das letzte Wort in die Länge.

»Ich habe den Befehl, den Heiligen Rock unverzüglich nach Trier zu bringen«, wiederholte Blatter die Worte von der Leyens.

»Was soll ich dazu sagen? Ich muss mich bei meinem Regenten absichern. So sind die Regeln.«

Blatter wusste, dass der Alte eine Abhängigkeit vortäuschen wollte, die er nicht hatte.

»Ihr wisst, dass wir die Einwilligung des Coellner Kurfürsten nicht brauchen. Diese Reliquie gehört unstrittig nach Trier. Sie sollte nur für begrenzte Dauer hier in Eurer Schatzkammer aufbewahrt werden.«

»Warum habt Ihr es jetzt so eilig?«, fragte der Dompropst verschlagen und rieb sich über den Scheitel. »Was, wenn wir den Heiligen Rock noch eine Weile behalten möchten?«

Blatter schnaufte entnervt aus. »Ihn nicht zurückzugeben wäre Diebstahl. Er würde Papst und Kaiser, vielleicht sogar den König von Frankreich auf den Plan rufen.«

Der Dompropst zog seine Augenbrauen zusammen. »Wollt Ihr mir drohen?«, fragte er mit schnarrender Stimme.

»Davon bin ich weit entfernt, Eure Eminenz! Ich möchte nur die Konsequenzen verdeutlichen, die solch eine Handlung nach sich ziehen dürfte.«

»Ihr versteht wohl keinen Spaß«, gab der Alte augenscheinlich nach. »Trotzdem muss ich darauf bestehen, dass ich meinem Regenten Eure Bitte vortrage. Sicher sind in den Jahren Kosten entstanden. Ich möchte keinen Fehler begehen.«

Blatter fand, dass nun der Zeitpunkt gekommen war, dem Mann das Schreiben des Kurfürsten und Erzbischofs von Trier zu überreichen.

Der Dompropst nahm das Dokument mit fragendem Blick entgegen und entfaltete den Brief.

»Ihr habt genügend eigene Reliquienschätze und benötigt den Heiligen Rock nicht. Zudem kontrolliert Euer Erzbischof die Textilreliquien der Heiligen Familie, die in Aachen aufbewahrt werden. Es ist sicher, dass der Coellner Kurfürst an dem Heiligen Rock kein Interesse hat«, erklärte Blatter, während der Dompropst das Schreiben von der Leyens murmelnd las. Sein Erstaunen über die Zeilen konnte man an seinem heftigen Mienenspiel erkennen.

»Er will ihn dem Volk zeigen«, flüsterte der Dompropst und blickte Blatter ungläubig an, dann las er weiter. »Ich werde neben dem kurtrierischen Erzbischof auf dem Balkon direkt über dem Heiligen Rock sitzen«, flüsterte er ehrfürchtig.

»Das ist das Versprechen meines Kurfürsten an Euch. Bis dahin müsst Ihr Stillschweigen geloben. Wie Ihr selbst sagtet, hat Trier durch den langen Krieg gelitten und tut es immer noch. Die Menschen hätten kein Verständnis, wenn Unsummen ausgegeben werden, damit die Reliquie in einigen Jahren gezeigt werden kann. Alles muss geheim und ohne Aufsehen vonstatten gehen.«

»Glaubt Ihr, dass die Menschen es in einigen Jahren besser verstehen werden?«, fragte der Dompropst zweifelnd.

Blatter nickte. »Tausende von Pilgern werden Trier besuchen, um einen Blick auf den Rock unseres Herrn werfen zu können. Sie werden die leeren Kassen füllen. Aber noch wichtiger ist, dass man in Zeiten, in denen ein Land kränkelt, den Menschen Hoffnung gibt, und das wird die Reliquienausstellung bewirken.«

Der Dompropst schien den Hauptmann jetzt mit anderen Augen zu betrachten. Sein Blick war nicht mehr abweisend, als er fragte: »Woher kommt Ihr?«

Blatter schaute den Mann fragend an. »Ich verstehe Eure Frage nicht.«

»Die Klangfarbe Eurer Aussprache verrät, dass Ihr nicht aus dem Reich stammt«, erklärte der Kirchenmann.

»Ich dachte, dass man meinen Schweizer Dialekt nicht mehr heraushört.«

»Woher aus der Schweiz?«

»Aus Uri.«

»Uri«, wiederholte der Dompropst nachdenklich. »Sagt man den Schweizern nicht nach, dass sie die besten Soldaten sind, die ein Landesherr bekommen kann?«

Blatter nickte. »Ja, so sagt man! Deshalb ist eine Schweizer Garde zum Schutz des Papstes erwählt worden.«

»Der Erzbischof und Kurfürst von der Leyen kann zufrieden sein, einen solchen Soldaten an seiner Seite zu wissen! Ich werde meinem Domkapitular Bescheid geben, Euch den Heiligen Rock auszuhändigen. Und Ihr werdet dafür Sorge tragen, dass Euer Regent sein Versprechen an mich nicht vergisst.«

Der Domkapitular führte die Soldaten durch einen Seiteneingang hinter die Abtrennung des Chors. Dort ging er zu dem Wandteppich und hielt ihn zur Seite, sodass die Tür sichtbar wurde. Er öffnete die Pforte und blickte zu Blatter. Von Aussem nahm eine Fackel aus der Halterung, die in dem groben Stein verankert war, und entzündete sie. Ein kalter Luftzug ließ die Flamme flackern. Der Schein des Lichts beleuchtete zahlreiche Stufen, die in einem engen Treppengang nach unten führten.

»Stützt Euch mit der Hand an der Mauer ab, da die Steinstufen uneben sind und man rasch den Halt verlieren kann«, ermahnte er die Soldaten und schritt voran.

Je tiefer sie hinunterstiegen, desto kälter wurde es. Wasser, das an den dicken Mauern heruntertröpfelte, fror an manchen Stellen zu kleinen Eiszapfen. Frierend umfassten die Männer ihre Oberarme und folgten dem Kirchenmann durch die schmalen, gewölbten Gänge, bis er vor einer schweren Holztür stehen blieb.

Von Aussem zog unter seinem Talar einen Schlüssel mit einem großen Eisenbart hervor und steckte ihn in ein gewaltiges Schloss. Nachdem er ihn umgedreht hatte, hallte lautes Quietschen durch den Gang.

»Diese Pforte wird nur selten geöffnet«, entschuldigte er das unangenehme Geräusch und zog die schwere Tür auf. Da jeder der Männer als Erster in die Schatzkammer blicken wollte, drängten sie nach vorn und schauten enttäuscht in tiefe Schwärze.

»Zurück«, zischte Blatter, und sofort stellten sich seine Männer nebeneinander auf.

Neben der Tür nahm der Domkapitular eine weitere Fackel aus einer Halterung, entfachte sie und reichte sie Blatter.

»Folgt mir!«, sagte er und betrat den Gewölbekeller.

»In diesem Raum scheint es etwas wärmer als in dem Gewölbegang zu sein«, stellte der Hauptmann fest.

Von Aussem nickte. »Er wird durch ein Rohrsystem mit Wärme versorgt, damit die Gegenstände keinen Schaden nehmen«, erklärte der Domkapitular und betrat den Gewölbekeller.

Als das Licht die hier gelagerten Schätze anstrahlte, konnte selbst Blatter nicht verhindern, dass er mit offenem Mund um sich blickte. Die Wände schienen mit Gold verkleidet zu sein. Obwohl auf den Gegenständen eine dicke Staubschicht zu erkennen war, funkelte und glitzerte es überall. In Regalen und auf Tischen standen goldene und silberne Kronleuchter, Kerzenhalter, Becher, Krüge und Gegenstände jeglicher Art, die das Licht widerspiegelten. Der Keller, der aus offenen, ineinander übergehenden Räumen bestand, war so riesig, dass man ihn mit den beiden Fackeln nicht vollständig ausleuchten konnte.

Blatter ging einige Schritte weiter hinein und erblickte ein Regal vor einer Wand, das bis zur Decke reichte. Es war vollgestopft mit gebundenen Büchern, Pergamentrollen und losen Blättern. Er nahm ein Buch heraus, das zwischen zwei Holzdeckeln steckte, die mit einer goldenen Schnalle zusammengehalten wurden. Auf der Vorderseite waren mit feinen Pinselstrichen Pflanzen aufgemalt.

»Rührt das nicht an«, rief von Aussem erregt und nahm dem Hauptmann das Buch ab.

»Es hat einst Hildegard von Bingen gehört«, murmelte er und stellte es zurück ins Regal. »Ihr dürft hier nichts anfassen«, sagte er mit bebender Stimme und blickte Blatter vorwurfsvoll an.

Der Hauptmann zuckte gleichgültig mit den Schultern und ging weiter, als er einen Sarkophag erblickte, der mit Gold und Silber überzogen war. Eingearbeitete Figuren, die man ringsum erkennen konnte, schienen eine Geschichte zu erzählen. Der Totenschrein war doppelt so hoch und dreimal so breit wie ein gewöhnlicher Sarg. Auch schien er länger als normal zu sein.

»Wer liegt darin bestattet?«, wollte Blatter wissen.

»In diesem Schrein liegen die Gebeine der Heiligen Drei Könige. Man hat sie 1164 aus Mailand nach Coelln gebracht. Die Bilder an den Wänden des Sarkophags umfassen die Heilsgeschichte von Anbeginn der Zeit bis zum Weltgericht. Mehr als eintausend Perlen und antike Halbedelsteine wurden in dem Metall eingefasst, damit sie für vollkommenen Glanz sorgen«, erklärte von Aussem und streckte ehrfürchtig die Finger vor, um den Schrein zu berühren, doch rasch zog er sie zurück und schloss seine Hand zu einer Faust.

Blatter schaute den Mann nachdenklich an, als aus einer anderen Ecke ein erstauntes »Oh!« zu hören war.

Beide Männer wandten sich um und sahen einen Soldaten, der mit der Stiefelspitze ein Tuch hochhob.

»Was gibt es da zu bestaunen?«, fragte Blatter und trat neben ihn. Mit einer Handbewegung gab er Befehl, das dichtgewobene Tuch ganz zur Seite zu schlagen.

Der Mann zog das Tuch fort, und zum Vorschein kam eine Truhe, die randvoll mit Edelsteinen in allen Größen, Formen und Farben gefüllt war. Sprachlos starrten die Männer auf die funkelnden Steine.

Blatter strafte den Domkapitular mit einem verächtlichen Blick und sagte: »Und da sagt Ihr, dass die Kirche kein Geld für ein ordentliches Dach hat.«

»Nur weil hier Gold und Edelsteine liegen, heißt das nicht, dass die Kirche reich ist. Viele Gegenstände sind Reliquien, die niemals veräußert werden dürfen. Außerdem verschlingen die täglichen Ausgaben Unsummen.«

»Das glaube ich Euch aufs Wort«, spottete Blatter und dachte an den üppig gedeckten Tisch des Dompropstes.

Von Aussem war die Bissigkeit des Hauptmanns nicht entgangen, weshalb er zu einem Tisch ging, der mit wertvollen Schnitzereien versehen war. Darauf stand ein vergoldetes Gefäß. »Seht her«, rief er Blatter zu. »Das ist die Monstranz, in der drei Glieder der Kette aufbewahrt werden, mit der man einst Petrus gefesselt hatte. Glaubt Ihr wirklich, dass man diese Reliquien veräußern würde, damit das Dach des Doms neu gedeckt werden kann? Oder dieses Regal mit den alten Schriften. Sie sind viel mehr wert als der Dom und unersetzbar. Jedes Stück, das hier zusammengetragen wurde, ist erlesen! Einfach einzigartig«, erklärte er und strich mit den Fingern über die Bücher.

»Gold, Silber und Edelsteine, sind sie auch unersetzbar?«

»In gewisser Hinsicht schon. Ihr glaubt, dass die Kirche reich ist, weil diese Truhen gefüllt sind? Aber wir haben hohe Ausgaben und müssen an die Zukunft der Kirche denken. Falls erneut ein Krieg ausbrechen sollte, benötigen wir Geld, Gold und Edelsteine, um handeln zu können.«

Blatter konnte und wollte das nicht verstehen, blieb jedoch still. »Wo ist der Heilige Rock?«, fragte er brüsk, da er die Doppelmoral nicht länger ertragen konnte.

Paul von Aussem wies mit der Hand nach hinten in den nächsten Raum, der vollständig im Dunkeln lag, und ging voran. Als das Licht die Kunstschätze im hinteren Teil des Gewölbes sichtbar werden ließ, verschlug es Blatter schier den Atem.

»Ich kann es nicht fassen«, murmelte er und starrte auf die offenen Schränke, in denen Teller, Esskelche, Schüsseln, Becher, Karaffen und anderes Essgeschirr aus Gold und Silber in jeder Form und Größe gelagert waren. Manche Gegenstände waren mit Edelsteinen verziert, die so groß wie Taubeneier waren.

Blatter konnte sich nur mit Mühe beherrschen. Er wandte sich dem Domkapitular zu und presste zwischen den Zähnen hervor: »Glaubt Ihr wirklich, dass Gott diesen Prunk will? Ist unser Heiland dafür gestorben?«

Von Aussem zog irritiert eine Augenbraue hoch. »Was meint Ihr? Wir verbergen die Stücke vor den Augen des Volkes und geben nicht damit an.«

»Wie viele hungrige Mäuler könnten mit einem solchen Teller gestopft werden?«

»Keine, denn Gold kann man nicht essen!«

Blatter unterdrückte ein entsetztes Aufstöhnen ob der Antwort und fragte: »Wo ist die Kiste?«

Von Aussem hob die Fackel etwas höher, sodass sie eine andere Ecke ausleuchtete, und da stand sie. Eine einfache längliche Holzkiste, die nicht breiter war als ein halber Mann und nicht höher als eine Armlänge.

Blatter schaute den Kirchenmann enttäuscht an und fragte zweifelnd: »Darin bewahrt Ihr den Heiligen Rock unseres Herrn auf?«

»Die einfache Kiste müsste Euch sehr gelegen kommen, wo Ihr doch den Prunk so verpönt«, spottete von Aussem und konnte sich ein Lächeln nicht verkneifen.

Blatter besah sich das Holz der Kiste, das im Laufe der Jahre nachgedunkelt und mit einer dichten Staubschicht überzogen war. Die Kiste hatte man mit dicken Eisennägeln beschlagen und mit handbreiten Metallbändern versehen. Ungläubig besah Blatter das einfache Schloss. »Mit einem gezielten Schlag würde es auseinanderspringen«, murmelte er und untersuchte die drei Wachssiegel auf der Vorderseite, die verschiedene Symbole als Zeichen dafür hatten, dass sie unterschiedlicher Herkunft waren. »Welche Zeichen sind das?«

»Eines ist das Siegel des Domkapitels, das andere das Siegel der Stadt, und das dritte Siegel ist das Zeichen des Kurfürsten. Nur alle drei zusammen dürfen diese Kiste öffnen. Als die Reliquie während des langen Krieges 1632 heimlich aus der Festung Ehrenbreitstein hierhergeschafft wurde, mussten die Zeichen von dort gegen die Coellner Symbole ausgetauscht werden. Kommt sie nach Trier, müssen die Siegel von den dortigen Instanzen erneuert werden.«

Blatter nickte. »Der kurtrierische Regent wird das wohl wissen.« Er ging um die Kiste herum und erklärte: »Ich war der festen Überzeugung, dass der Heilige Rock in einer prunkvollen Truhe aufbewahrt wird, und deshalb hatte ich Bedenken, die Reliquie nach Trier zu überführen. Aber die Einfachheit der Kiste wird uns förderlich sein, da sie kein Aufsehen verursacht.« Er blickte zu seinen Männern und befahl: »Schafft die Reliquie unseres Herrn auf das Fuhrwerk.«

Die Gassen und Straßen von Coelln waren mit Menschen überfüllt, sodass sie Mühe hatten, mit dem Fuhrwerk vorwärtszukommen. Während zwei als Mönche verkleidete Soldaten auf dem Kutschbock saßen, gingen die anderen sechs rechts und links neben dem Karren her, während Blatter zu Fuß als neunter Mönch folgte. Die Männer schauten wachsam auf die Menschen, obwohl sie in der Menge nicht auffielen.

Die Kiste war in eine grobe Decke gepackt worden, auf der Obst, Kohl und andere Nahrungsmittel lagerten. Mehrere kleine Fässer Wein standen um die Kiste herum, sodass die Fracht nicht zu erkennen war. Auf dem Marktplatz herrschte reges Treiben, da Schausteller ihre Bühne aufgebaut hatten und lustige Theaterstücke aufführten. Das Lachen der Zuschauer hallte zwischen den Häusern wider. Niemand beachtete die Mönche, bis ein Gaukler auf sie zutrat und versuchte, sie in seine Darbietung einzubeziehen. Dabei hob er das Habit eines Soldaten in die Höhe, sodass er das Schwert darunter sehen konnte. Erschrocken riss er die Augen auf und wollte bereits losbrüllen, doch geistesgegenwärtig nahmen ihn zwei andere Soldaten in ihre Mitte, und einer griff an den Hals des Mannes. Der andere lachte schallend und tat, als gehöre diese Geste zu dem Schauspiel dazu, während sein Mitstreiter dem Akrobaten zuraunte: »Eine dumme Bemerkung, und du wirst dein eigenes Blut trinken. Unsere Männer sind überall verstreut und beobachten dich.«

Mit bleichem Gesicht schaute sich der Mann um und nickte. »Ich kann schweigen wie ein Grab«, krächzte er.

»Das wirst du, wenn du uns verrätst!«, sagte Blatter, woraufhin der Mann stolpernd zu seinen Leuten zurücklief.

Es war später Nachmittag, als die Soldaten bei dem Fischer ankamen. Obwohl ein kalter Wind wehte, stand den Männern der Schweiß auf der Stirn. Blatter ging zu der Hütte. Die Türe wurde aufgestoßen, und der Fischer trat heraus.

»Hast du den Kahn?«, fragte Blatter knapp.

»Es war nicht leicht, da man mir Fragen gestellt hatte. Ich fand einen Fischer, der im Sterben liegt und seine Familie versorgt wissen wollte. Ihm war es einerlei, warum ich das Boot zu kaufen begehrte. Für ihn war nur das Geld wichtig. Ich denke, dass Ihr zufrieden sein werdet«, erklärte der Fischer und wies Blatter den Weg hinunter zum Wasser des Rheins.

Blatter besah sich den Kahn, betrat ihn und verlagerte sein Gewicht von einer Seite auf die andere, um zu prüfen, ob er leckgeschlagen war. Dann entspannten sich seine verkniffenen Gesichtszüge. »Hat dein Sohn unsere Pferde versorgt, sodass wir sie wohlbehalten mitnehmen können?«, fragte er.

»Ich habe Euch versprochen, dass Ihr mit meinen Diensten und denen meiner Familie zufrieden sein werdet«, erklärte der Fischer und stieß einen Pfiff aus. Sogleich hörte man zufriedenes Pferdeschnauben aus einer Scheune, die abseits der Fischerhütte stand.

»Sollen wir Euch die Pferde bringen?«

»Es ist zu spät, um abzureisen. Wir werden morgen in aller Frühe aufbrechen. Können meine Männer und ich in der Scheune übernachten?«

Der Fischer nickte, ohne zu zögern. Blatter gefiel es, dass der Mann kein Geld für die Übernachtung forderte.

»Ihr habt sicher Hunger. Wir haben zwar auch heute keinen reichen Fang gemacht, aber wir teilen gern.«

»Macht Euch darum keine Sorgen, guter Mann. Wir haben ein Fuhrwerk voller Nahrung. Und auch ein guter Tropfen ist dabei, den wir gerne mit Euch teilen«, erklärte Blatter und schlug dem Fischer auf die Schulter.

~ *Kapitel 37* ~

Bendicht vermischte einige Tropfen Laudanum mit einem Glas Wein und fügte zerstoßenen Bilsenkrautsamen hinzu. Die Opiumtinktur, die aus dem getrockneten Milchsaft der unreifen Samenkapseln des Schlafmohns hergestellt wurde, würde dem von der Pest gezeichneten Fischer Bernd die Schmerzen nehmen. Das Kraut würde zusätzlich den Mann so weit beruhigen, dass er ohne Angst einschlafen konnte. Der Heiler reichte seiner Helferin Elisabeth das Gebräu.

»Ich werde bis zu seinem letzten Atemzug bei ihm bleiben«, versprach die Frau und flößte dem Kranken die Medizin ein.

Eisiger Wind zerrte an Bendichts Umhang, als er vor das Pesthaus trat. Hätte Paracelsus nicht geforscht und das Laudanum gefunden, müssten viele Kranke unerträgliche Schmerzen aushalten, dachte er.

Mit dem Gedanken an Paracelsus verband er die Hoffnung, dass es gelingen könnte, ein Mittel gegen die Pest zu finden. »Wenn mein Tod der Preis dafür wäre, würde ich ihn bezahlen, ohne zu klagen«, murmelte Bendicht und blickte zu dem sternenklaren Himmel empor. »Herr, hilf mir!«, betete er und ging zu dem Findling, um den Sack mit dem Werkzeug zu holen.

In den Weinbergen an einer Stelle, die man vom Pesthaus nicht einsehen konnte, schichtete Bendicht herumliegendes Holz auf. Er zog aus dem Sack einen Zunderschwamm und einen Feuerstein hervor und entfachte damit ein Feuer. Der Wind ließ die Flammen emportanzen, Bendicht warf Holz nach. Dann rammte er einen Stock in den Boden und band den Handspiegel daran fest, sodass er sich im Sitzen betrachten konnte. Durchgefroren stellte er sich dicht ans Feuer und rieb seine klammen Hände darüber.

Schnee liegt in der Luft, dachte er und wollte sich niedersetzen, als der Schmerz in der Leiste ihn aufheulen ließ. Rasch erhob er sich wieder und blieb stehen. Er verschränkte vorsichtig die Arme vor der Brust und wartete geduldig, denn erst in der Hitze der Glut konnte er das Metall seines Messers zum Leuchten bringen.

Er starrte in die Flammen und dachte über seine Krankenaufzeichnungen nach, die er an diesem Tag zum wiederholten Male studiert hatte. Erneut war er zu dem Schluss gekommen, dass keine besondere Lebensweise die Pesterkrankung förderte oder gar verhinderte. Es war einerlei, ob jemand gut genährt oder hager war. Die Krankheit befiel Reiche ebenso wie Arme. Manche starben noch am selben Tag, an dem sie erkrankten – einige starben sogar schon eine Stunde nach den ersten Anzeichen. Diejenigen, die den ersten Tag überlebten, wurden meist von heftigem Fieber geschüttelt. Wenn die Seuche den Kopf befiel, litten die Kranken unter Sprachlähmungen und Wahrnehmungstrübungen gegenüber allem, was um sie herum geschah. Darauf folgte eine tiefe Bewusstlosigkeit, aus der kaum jemand erwachte. Kam doch ein Kranker wieder zu sich, war seine Zunge gelähmt, da die Nerven abgestorben waren.

Bendicht schlug sich die Hände vor das Gesicht. »Herr, ich bitte dich, dass mir das erspart bleibt. Wenn du mich zu dir holen willst, dann lass es schnell geschehen.« Er spürte, wie ihm Tränen in die Augen schossen, und er atmete tief ein und aus. Während er sich mit dem Ärmel über die Nase wischte, betete er: »Ich danke dir, Herr, dass mich nicht die Lungenpest ereilt hat.«

Diese Form der Seuche schlug nicht auf den Kopf, sondern auf die Lunge und verursachte heftige Brustschmerzen. Jeder Kranke hatte blutigen Auswurf und einen merkwürdig übelriechenden Atem, der aus dem Körperinneren strömte. Rachen und Zunge waren von der in dem kranken Körper tobenden Hitze ausgetrocknet, schwarz und blutig. Selbst vermehrtes Trinken konnte das Leid nicht lindern. Alle an der Lungenpest Erkrankten klagten außerdem über Schlaflosigkeit und allgemeine Beschwerden. Aber einerlei, an welcher Form der Pest der Erkrankte litt, es konnten weder Aderlass noch Einlauf oder Brechmittel helfen. Auch die Heilmittel aus dem fernen Israel versagten.

Bendicht hatte seiner eigenen Erkrankung ratlos gegenübergestanden, bis er in einem Werk von Prokop, dem berühmtesten Chronisten des sechsten Jahrhunderts, einen Bericht über die Pest in der Antike las. Schon er hatte geschrieben, dass Hoffnung auf Rettung bestand, wenn eine Pestbeule platzte und sich der infektiöse Inhalt nach außen ergoss. Deshalb hatte Bendicht beschlossen, seine Beulen aufzuschlitzen und zu entfernen.

Das Feuer war heruntergebrannt. Es glühte hellrot und hatte die richtige Temperatur, um das Messer hineinzustecken. Zwei Schneidewerkzeuge lagen bereit. Mit dem einen würde Bendicht die Haut unter den Achseln aufritzen und die Geschwüre herausholen. Mit dem glühenden Messer wollte er die Wunde ausbrennen. »Einerlei, wie stark die Qualen sind: Ich muss zügig arbeiten, bevor mich der Schmerz meiner Sinne beraubt«, murmelte er und blies seinen Atem in die Glut, sodass sie hell aufleuchtete.

Bendicht griff ächzend nach dem Sack und kramte den spitzen Dolch hervor, den er mit der Schneide in das niedergebrannte Feuer legte. Dann zog er aus der Tasche seines Umhangs eine kleine Glasflasche, in die er Laudanum, Bilsenkraut und Wein abgefüllt hatte. Diese Mischung war schwächer als das Gebräu, das er dem sterbenden Fischer Bernd gemischt hatte.

Bendicht blickte in den Spiegel und erschrak vor seinem Aussehen. Das Licht der Glut beschien sein Gesicht mattrot und verstärkte die Schatten unter seinen Augen. »Ich sehe wie der leibhaftige Teufel aus«, flüsterte er und schaute rasch über den Boden. »Nicht eine Ratte. Elisabeth muss sich getäuscht haben. Sicher haben Krähen den Kater zerfetzt.«

Er setzte sich mühsam auf den nackten Grund. Es dauerte eine Weile, bis er eine Stellung fand, in der er verharren und sein Spiegelbild erkennen konnte.

Er nahm den Sack und holte saubere Leinentücher, das zweite Messer sowie einen handbreiten Stock hervor und legte die Dinge griffbereit neben sich. Mit schmerzverzerrtem Gesicht öffnete er seinen Umhang und ließ ihn hinter sich fallen. Er löste die Kordel seines Kittels, zog ihn aus und warf das Kleidungsstück achtlos zu Boden. Der kalte Wind ließ ihn erschauern. Gänsehaut breitete sich auf seinem Körper aus, und er zitterte. Doch er spürte nichts. Die Angst vor dem Schmerz, der jetzt kommen würde, war stärker. Sie ließ sein Herz rasen und schnürte ihm die Brust zu. Er nahm einen großen Schluck von dem bitteren Betäubungssaft, steckte sich ein Stück Holz zwischen die Zähne und hob den Arm, um nach den Pestbeulen zu tasten. Als er sie spüren konnte, drehte er sich so, dass er die Stelle im Spiegel sehen konnte. Er spürte, wie das Laudanum langsam wirkte. Jetzt musste alles schnell gehen.

Bendicht nahm das Messer, stach sich in die Haut und schlitzte sie auf. Trotz der Medizin raubte ihm der Schmerz den Atem. Seine Zähne gruben sich in das Holz. Er warf das Messer zu Boden und griff mit Daumen und Zeigefinger in die Wunde. Mit den Fingerspitzen konnte er die erbsengroßen Verhärtungen spüren. Das Blut ließ seine Finger abrutschen. Die Wucherung schien mit seinem Fleisch verwachsen zu sein. Ohne nachzudenken, nahm er erneut das Messer und bohrte es in die Öffnung. Als sich eine Kapsel löste, riss er sie heraus. Bendicht wusste, dass ihm gleich die Sinne schwinden würden. Er ließ das Messer fallen, um nach der glühenden Klinge zu greifen. Heftig atmend schaute er zum Himmel und schloss die Augen. Mit der Kraft eines Todgeweihten presste er sich die hellrote Klinge auf die Wunde.

Bendicht hörte das Zischen und roch sein verbranntes Fleisch. Er öffnete den Mund, doch seine Zähne steckten in dem Holz fest. Als sein Körper zur Seite kippte, spuckte er das Holz aus und drehte den Blick zum Himmel. Er suchte in der tiefen Schwärze nach einem Zeichen Gottes und flüsterte: »Vater, hilf mir! Vater, rette mich!«

Dann spürte er seinen Körper leicht werden, und er schloss die Augen.

Susanna wollte nicht glauben, dass sie sich getäuscht hatte. Urs nahm sie an die Hand und ging mit ihr nach unten auf die andere Straßenseite ihres Wohnhauses. Sie blickte sich nach allen Seiten um, konnte aber keinen Menschen entdecken.

»Ich glaube, ich sehe Gespenster. Im Land an der Saar würde man mich sicher in den Hexenturm von Püttlingen sperren«, sagte sie und versuchte zu lachen.

»Du musst keine Angst haben, ich bin bei dir«, erklärte Urs leise und strich ihr eine Haarsträhne hinter das Ohr.

»Ich weiß!«, flüsterte Susanna und erwiderte seinen Blick.

»Lass uns zurückgehen. Auf der Straße ist es kalt und zugig«, murmelte Urs und hauchte einen Kuss auf ihre Lippen.

Susanna nickte und lief mit ihm Hand in Hand zurück ins Haus. Als sie hastig öffneten, krachte die Tür gegen die Wand, sodass Susanna wegen des Lärms kicherte. Über ihnen öffnete sich eine Tür.

»Was ist da unten los?«, keifte eine Frauenstimme.

Susanna wollte losprusten, doch Urs presste seinen Mund auf ihren und küsste sie. Als die Frau ihre Tür wieder schloss, zog Urs Susanna die Treppe hinauf. Leise öffneten sie die Wohnungstür und schlossen sie ebenso leise hinter sich.

Bevor Susanna eine Kerze entzünden konnte, trat Urs auf sie zu und blies den Kienspan aus. Er zog sie in ihre Schlafkammer, wo der Mondschein durch das Fenster fiel und den Raum matt erhellte. Die beiden jungen Menschen standen sich dicht gegenüber, sagten kein Wort und sahen einander in die Augen.

»Du bist so schön«, flüsterte Urs und strich Susanna sanft über die Wange.

Dann wanderten seine Hände zur Schnürung ihres Gewandes. Er öffnete es über der Brust bis zum Bauchnabel. Das Kleid fiel zu Boden, und Susanna stand nackt vor ihm.

Urs spürte die Erregung in seinen Lenden. Zaghaft zog er sie zum Bett. Während sie sich auf der Decke ausstreckte, entkleidete sich Urs hastig und legte sich neben sie. Er stützte sich auf dem Ellenbogen ab und fuhr mit den Fingerspitzen leicht über die Konturen ihrer Brüste, sodass Susannas Brustwarzen prall wie kleine Knospen wurden. Urs konnte seine Lust kaum zügeln, doch er wollte diesen besonderen Augenblick auskosten und zwang sich zur Geduld. Seine Finger ertasteten jeden Zentimeter ihrer Haut, bis Susanna leise aufstöhnte und nun auch seinen Körper erkundete. Urs vibrierte, und er befürchtete zu explodieren.

Susanna hatte das Gefühl, dass ihr Körper in Flammen stand. Es war ein Gefühl, das sie noch nie erlebt hatte – sie hatte nicht einmal gewusst, dass es das gab. Wie berauscht spürte sie die Hitze ihrer Haut. Mit Hingabe erwiderte sie Urs' Kuss, als eine Woge der Gefühle sie erneut traf, sie emportrug und über ihr zusammenschlug. Keuchend lag sie neben Urs, blickte ihn auffordernd an und öffnete ihre Schenkel.

Urs strich ihr liebevoll das verschwitzte Haar aus dem Gesicht und legte sich über sie. Als sie sich vereinten, glaubten beide, in einer neuen Welle ihrer Gefühle zu ertrinken.

Peter Hönes' Kopfschmerzen hatten sich verflüchtigt, doch wie nach jedem Saufgelage blieb der schale Geschmack im trockenen Mund zurück. Obwohl er mehrere Gläser Wasser hinunterkippte, hatte er das Gefühl zu verdursten und schwor sich, nie wieder einen Schluck Bier zu trinken. Nachdem ihn seine Mutter aus dem Zimmer geworfen hatte, schlurfte er durch Trier in Richtung von Susannas Wohnung.

Ihn trieb keine Eile. Er konnte in Ruhe überlegen, wie er ihr die Schatzkarte entlocken wollte. Sie zu verführen käme an diesem Tag beim besten Willen nicht in Betracht. Obwohl sein Schädel nicht mehr brummte, fühlte Hönes sich müde und schlapp und konnte kaum die Augen offen halten.

Würde mir meine Mutter nicht so auf die Nerven gehen, mein Gläubiger Friedel Albert und nun auch Dietrich mir nicht im Genick sitzen, hätte ich mein Bett die nächsten Tage nicht verlassen, schimpfte er. Er hoffte, dass Susanna den Plan womöglich nicht mehr brauchte und ihn ihm überlassen würde, ohne Fragen zu stellen, weil sie bereits einen Schatz gefunden hatte.

Stöhnend blieb er stehen, da ihm ein Gedanke kam, den er zuvor nicht beachtet hatte. Was nützt die Karte, wenn wir nicht wissen, wie wir sie gebrauchen müssen?, schoss es ihm durch den Kopf. Dietrich hatte von weiteren Hilfsmitteln gesprochen, die ebenfalls benötigt wurden, um das Geld zu finden. Die Karte allein ist nutzlos, dachte Hönes und bog in die Straße ein, in der Susanna wohnte. Er sah, wie sie in Begleitung eines Mannes, den er nicht kannte, aus dem Haus trat.

Geistesgegenwärtig sprang er in eine Ecke, die im Schatten lag, sodass man ihn nicht sehen, er die beiden aber beobachten konnte.

Er kniff die Augen leicht zusammen, um sein Sichtfeld einzuengen. Die beiden scheinen sehr vertraut zu sein, dachte er überrascht, als er sah, wie der Mann Susanna einen Kuss gab.

So wie sie miteinander umgehen, könnte er ihr Liebhaber sein, überlegte er und spürte Groll in sich hochsteigen.

Warum hat sie den Mann nicht erwähnt? In der Trinkstube hatte sie den Eindruck vermittelt, allein zu sein. Verflucht! Der Mann ist mir womöglich zuvorgekommen. Oder vielleicht spielt sie ein doppeltes Spiel und hat dem Gesellen dieselbe Geschichte wie mir erzählt, und nun will er ebenfalls die Schatzkarte haben.

Hönes raufte sich die Haare. »Verdammt! Verdammt! Verdammt!«, fluchte er leise. »Wenn ich die Karte nicht bekomme, ist mein Leben nicht nur verpfuscht, dann bin ich tot!«

Er bemerkte einen Mann, der sich gegen eine Wand drückte, sodass seine Konturen mit der Mauer verschmolzen.

Was hat das zu bedeuten? Ist das vielleicht ein weiterer Liebhaber des Miststücks, der ebenso überrascht ist wie ich? Ich kann nicht mehr klar denken! Hätte ich nur nicht so viel gesoffen, dachte Hönes, als er merkte, wie ihm die Zunge am Gaumen klebte. Er hörte eine Tür knallen und blickte zu dem Wohnhaus, in dem die junge Frau und der Mann lachend verschwunden waren. Als er beobachtete, wie ein Licht in Susannas Wohnung aufflammte und sofort wieder erlosch, ahnte er, was sich dort abspielte.

Ich muss mir einen neuen Plan einfallen lassen, dachte Hönes und stolperte ziellos weiter.

Als er an einem Wirtshaus vorbeiging, spürte er den Drang hineinzugehen, aber da er keine einzige Münze mehr besaß, senkte er den Blick und ging vorbei. Dabei rempelte er jemanden an.

»Könnt Ihr nicht aufpassen, wohin Ihr geht?«, schimpfte er laut. Als er aufschaute, blickte er in die lachenden Augen seines Freundes Walter Bickelmann.

»Was machst du um diese Zeit auf der Straße? Müsstest du nicht längst zuhause am Kamin bei deinem Weib sitzen?«, fragte Hönes und konnte nicht verhindern, dass seine Stimme spöttisch klang.

Walter Bickelmann, den Zinßmeister des Kurfürsten, schien das nicht zu stören. Er klopfte Hönes wohlwollend auf die Schulter und sagte: »Ich freue mich, dich zu sehen, Peter. Ich hoffe, du willst noch nicht nach Hause gehen, denn ich möchte dich zu einem Bier einladen.«

Hönes runzelte die Stirn. »Wie komme ich zu der Ehre?«

»Heute ist ein besonderer Tag, mein Lieber, denn heute wurde mein Sohn Mathias geboren, und das müssen wir gebührend feiern.«

»Da gratuliere ich herzlich«, sagte Hönes und reichte Bickelmann die Hand. »Geht es Mutter und Sohn gut?«, fragte er höflich.

»Anna Maria hat mir einen Prachtjungen geschenkt.«

»Dann wollen wir den Jungen begießen«, lachte Hönes und folgte Bickelmann ins Wirtshaus.

Nach wenigen Krügen Bier war Peter Hönes wieder angetrunken, Bickelmann hingegen war schnell völlig betrunken, da er selten trank und nichts vertrug. Schon bald lagen sich die beiden Männer an der Theke in den Armen, und Hönes musste sich zum wiederholten Male anhören, wie hübsch der kleine Bickelmann sei.

»Er hat eine kleine Nase und blaue Augen. Aber seine Hände sind so groß«, erklärte der stolze Vater und meinte grinsend: »Mit solch großen Händen kann er später besser das Geld zählen.« Er blickte mit glasigen Augen zu Hönes und meinte: »Du solltest auch heiraten und eine Familie gründen. Es gibt kein schöneres Gefühl, als sein eigenes Kind in den Armen zu halten.«

»Ist das Gefühl stärker, als der hübschesten Dirne von Trier zwischen die Schenkel zu greifen?«, fragte Hönes lallend.

Bickelmann schien zu überlegen und nuschelte: »Das

weiß ich nicht. Die Huren, die ich kenne, sind allesamt nicht hübsch.« Er lachte schallend und klopfte Hönes dabei im Takt auf die Schulter. »Warum sträubst du dich gegen die Ehe?«

»Warum soll ich mich an eine binden, wenn ich alle haben kann?«

»Weil der Mensch nicht zum Alleinsein geboren ist. Es liegt in unserer Natur, zu heiraten und Söhne zu zeugen. Außerdem, was hindert dich daran, trotzdem zu einer hübschen Dirne zu gehen?«

Hönes blickte Bickelmann erstaunt an. »Du gehst zu Huren, obwohl du eine Frau hast?«

Bickelmann zuckte mit den Schultern. »Während der Schwangerschaft hat Anna Maria kaum Lust verspürt. Und jetzt nach der Niederkunft darf ich sie wegen des Wochenflusses nicht besteigen. Ja, Herrgott, soll ich es mir aus den Rippen schwitzen?«, rief er und bestellte die nächsten Krüge.

»Ich kenne kein Mädchen, das ich heiraten will«, erklärte Hönes und hielt sich an der Theke fest.

Auch Bickelmann schwankte, als er nach seinem Bierkrug griff. »Ich habe dich deshalb zu Susanna geschickt. Sie scheint ein nettes Ding zu sein, und an ihr ist alles dran, was ein Mann braucht. Warum nimmst du nicht sie?«

»Sie ist bereits vergeben.«

Bickelmann spitzte die Lippen, um etwas zu sagen, stockte, stieß den Atem aus und schluckte. Dann meinte er stammelnd: »Uns hat sie erzählt, dass sie alleine sei.«

Hönes schüttelte den Kopf. »Erst vorhin habe ich sie mit einem Kerl gesehen.«

»Hmmm«, überlegte Bickelmann und schlug dann vor: »Komm mit ihr zu uns nach Hause und schaut euch den kleinen Mathias an. Ich verspreche dir, spätestens wenn sie meinen Kleinen sieht, wird sie dahinschmelzen und in deinen Armen landen.«

Hönes hob zweifelnd die Augenbrauen, sodass Bickelmann ihm aufmunternd auf die Schulter klopfte. »Glaub mir, mein Freund – jede Frau will geschwängert werden und uns Kinder gebären.«

Obwohl Hönes mittlerweile sturzbetrunken war, musste er zugeben, dass Bickelmann recht hatte. »Ich werde gleich morgen zu ihr gehen und sie fragen, ob sie mich zu euch begleiten will.«

Bickelmann hob den Zeigefinger und schwenkte ihn hin und her. »Nicht fragen! Sag ihr, dass ich will, dass sie mit dir zu uns kommt. Sag ihr auch, dass ich tödlich beleidigt bin, wenn sie sich meinen Sprössling nicht ansehen kommt.«

Hönes hörte nicht mehr zu. Ihm war schlecht, und er wollte nur noch nach Hause in sein Bett, um morgen wieder rüstig zu sein, wenn er Susanna einen Heiratsantrag machen würde.

Es wäre doch gelacht, wenn ich dann nicht die Schatzkarte und alle Werkzeuge von ihr bekommen würde. Obwohl ... überlegte er und wurde mit einem Schlag wieder wach, ... obwohl ich dann keinen Schatz mehr bräuchte, da sie reich genug ist und ich mit ihr ein sorgenfreies Leben führen kann. Als die Worte sich in seinem Kopf verfestigten, lachte er schallend los und umarmte seinen Freund Bickelmann.

~ *Kapitel 38* ~

Ignatius schaute sich an der Eisenpforte des Klosters nach allen Seiten um und schlich über den Hof zur Krypta. Unsicher tastete er sich in der Dunkelheit die glitschigen Stufen hinunter.

Als er auf dem untersten Tritt den schwachen Schein des Ewigen Lichts erkannte, schaute er mit wehmütigem Blick auf den Steinsarkophag. Langsam schritt er darauf zu und kniete sich davor nieder. Er berührte den Sarg seines Mentors und Freundes Friedrich Spee und betete stumm. Kaum hatte er das »Amen!« gemurmelt, schluchzte er auf. Er presste sich die Faust zwischen die Zähne, da sein Klagen an den Wänden der kleinen Krypta widerhallte.

Der Mönch wartete, bis er sich beruhigt hatte, wischte sich die Tränen fort und presste seine Stirn gegen den kalten Stein des Sargs. »Friedrich, meine Erinnerungen an mein Leben vor dem langen Krieg kommen langsam zurück«, flüsterte er. »Die Schublade des Vergessens wurden durch zwei Wörter ein kleines Stück aufgezogen. Noch kann ich die bruchstückhaften Bilder nicht zuordnen, aber ich weiß, dass sie zu meiner Vergangenheit gehören. Obwohl ich keine Ahnung habe, wer ich wirklich bin und welches Leben ich einst geführt habe, so spüre ich, dass mich die Erinnerung daran schmerzen wird. Ich bin unsicher, ob ich sie kennenlernen möchte. Irgendetwas ängstigt mich, die Wahrheit zu erfahren.« Erneut liefen dem Mönch Tränen über die Wangen. »Ach, Friedrich«, flüsterte er. »Jetzt bin ich so alt ... am liebsten würde ich wegrennen.«

Er starrte gedankenverloren auf das Kreuz, das vom Ewigen Licht kraftlos beschienen wurde, als sich in seine Erinnerung das Gesicht eines älteren Mönchs schob.

Ignatius runzelte die Stirn. »Ich kenne dich!«, flüsterte er erschrocken. »Du bist ein Jesuitenmönch wie ich. Wie war dein Name? Und in welcher Weise gehörtest du zu meinem Leben?« Er schloss aufgewühlt die Augen, und das Gesicht verschwand. Er beugte sich seufzend über den Sarkophag und küsste den Stein. »Friedrich, ich muss fort«, flüsterte er und erhob sich.

Nachdem er das Kreuz geschlagen hatte, ging er die schmale Treppe nach oben, wo ihn eisiger Wind empfing.

Ignatius fror trotz seines dichtgewobenen Umhangs. Es

wird bald schneien, war er sich sicher und lief rasch über den Hof auf das Hauptgebäude des Klosters zu.

Dort nahm er eine Gestalt wahr, die auf ihn zueilte. Erschrocken wandte er sich um und hob abwehrend die Arme.

»Ihr müsst Euch nicht fürchten, Christian!«, raunte der Mann ihm zu.

»Ihr seid es, mein Schatten«, erkannte Ignatius die Gestalt und ließ erleichtert die Arme sinken.

»Es liegt Schnee in der Luft!«, erklärte Thomas Hofmann.

Ignatius nickte. »Ja, ich weiß. Wir müssen uns beeilen, wenn wir Agnes Preußer vor dem Scheiterhaufen retten wollen. Wenn es anfängt zu schneien, werden wir für die Strecke mehr Zeit benötigen.«

»Wir sollten morgen kurz nach Tagesanbruch losreiten«, meinte Hofmann.

»Erwartet mich im Stall bei meinem Hengst«, stimmte ihm Ignatius zu.

Er wünschte dem Mann eine gute Nacht und lief zum Hauptgebäude. Durchgefroren öffnete er das Portal, das hinter ihm ins Schloss fiel. Während er die Gänge entlangschlich, vernahm er das verhaltene Gemurmel seiner Brüder, die sich zum gemeinsamen Gebet in der Kirche versammelt hatten. Von ihnen unbemerkt, huschte Ignatius in seine Zelle, wo er sich niederkniete und betete:

»O Gott, komm mir zu Hilfe. Ehre sei dem Vater und dem Sohn und dem Heiligen Geist, wie im Anfang, so auch jetzt und alle Zeit und in Ewigkeit. Amen!«

Der Mönch erhob sich von dem kalten Steinboden und legte sich, vor Kälte schlotternd, in seinen Umhang eingehüllt auf die Pritsche. Als er die dünne Zudecke über sich zog, schloss er erschöpft die Augen und schlief ein.

Ignatius träumte zunächst zusammenhanglos. Bilder sprangen hin und her. Er sah sich vor einer einsamen Waldhütte stehen, die von hohen Tannen umgeben war. Als er eintrat, sah er ein wärmendes Feuer, das in einem Kamin brannte. Die Hütte war menschenleer. Ignatius blickte sich um und entdeckte zahlreiche Pergamente. Manche waren beschriftet, andere mit Zeichnungen versehen. Er besah sich die Papiere und erkannte, dass er sie schon einmal gesehen hatte. Angestrengt versuchte er sich zu erinnern, als er Stimmen hörte und sich die Tür öffnete.

Mönche, die ihre Kapuzen tief in die Gesichter gezogen hatten, betraten den Raum. Ignatius' Herz schlug schneller. Wie ein gehetztes Tier sah er sich nach einer Fluchtmöglichkeit um. Er wollte bereits zur Tür hinausstürmen, als die Männer ihre Kapuzen zurückschlugen und ihn anblickten. In ihren Gesichtern war nichts als Güte und Freundlichkeit zu erkennen.

Ignatius' Herzschlag beruhigte sich, als er unter den Männern den Mönch erkannte, dessen Gesicht er vor wenigen Stunden als Vision in der Krypta gesehen hatte. »Was hat das zu bedeuten?«, fragte er ihn.

»Wir wollen dir helfen, dich zu erinnern«, antwortete der Mönch, der ihn freundlich anschaute.

Ignatius schüttelte ungläubig den Kopf. »Warum wollt ihr mir helfen?«

»Nenn es Eingebung, nenn es Gespür, nenn es Erleuchtung. Wir wissen, wie du denkst, und wir kennen dich«, erklärte der Mönch und hielt ein Papier in die Höhe.

»Welche Pergamente sind das?«, fragte Ignatius und versuchte, die Zeichen zu lesen. »Sie müssen von einem wahren Meister seines Fachs geschrieben worden sein«, raunte er. Jeder Anfangsbuchstabe war verschnörkelt und einzigartig.

Lächelnd trat der Mönch auf Ignatius zu und reichte ihm eine angespitzte Pfauenfeder und ein leeres Blatt Papier.

»Was soll ich damit?«

»Versuch es, und du selbst wirst die Antwort finden«, sagte er.

»Ich weiß nicht, ob ich das will«, flüsterte Ignatius und griff zögernd nach der Feder.

Langsam ging er zu dem Stehpult, das zwei Mönche vor ihn hinstellten. Der ältere Mönch breitete das helle Pergament darauf aus und nickte ihm aufmunternd zu.

Ignatius tauchte die Feder in das Tintenfass. Unsicher blickte er sich um. Als alle Mönche ihm auffordernd zulächelten, begann er, einen Anfangsbuchstaben zu zeichnen. Überrascht stellte er fest, wie einfach ihm die Arbeit von der Hand ging. Rasch hatte er das ABC in verschnörkelten Lettern gemalt.

»Wie kann das sein?«, stammelte er und besah sich sein Werk wieder und wieder. »Ich habe noch nie in einem Scriptorium gearbeitet. Warum kann ich die Buchstaben kopieren?«

»Du bist einer von uns. Du bist ein Vespertilio.«

»Eine Fledermaus?«, übersetzte Ignatius ratlos, und der Mönch nickte.

»Hilf mir zu verstehen«, bat Ignatius und fragte: »Wie ist dein Name?«

»Mein Name lautet Ignatius!«, erklärte der Mönch.

Ignatius erwachte schreiend. Keuchend saß er auf seiner Pritsche, als es an seiner Tür klopfte.

»Bruder!«, rief jemand auf dem Gang. »Geht es dir gut?«

Ignatius schüttelte die Erinnerung an den Traum ab. »Mach dir keine Sorgen. Ich habe schlecht geschlafen«, antwortete er.

»Ich werde beten, damit dich fortan gute Träume aufsuchen mögen«, versprach der Mönch und ging.

Als Ignatius hörte, wie die Tür nebenan geschlossen wurde, sprang er auf und verließ seine Kammer. Er eilte über die Gänge des Klosters, bis er vor dem Scriptorium stand, dem

Raum, in dem Mönche Schriften kopierten und neue anfertigten. Er legte die Hand auf die Klinke und wagte doch nicht, sie herunterzudrücken. Er senkte den Blick und wägte ab. Ich muss Gewissheit haben, sprach er sich Mut zu und öffnete die Tür. Überrascht stellte er fest, dass mehrere Kerzen brannten.

»Kannst du nicht schlafen, Cellerar?«, fragte eine Stimme hinter einem Pult.

»Ich habe schlecht geträumt«, entschuldigte Ignatius sein Erscheinen. »Warum bist du hier, Bruder Conrad?«, fragte er und trat näher an ihn heran.

»Die Zeit eilt, da diese Abschrift in zwei Tagen fertig sein muss. Schlafen kann ich, wenn ich den letzten Buchstaben geschrieben habe«, antwortete der Mönch und fügte hinzu: »Ich habe dich noch nie im Scriptorium gesehen, Bruder. Benötigst du ein Buch, um wieder einschlafen zu können?«

Ignatius antwortete nicht, sondern starrte wie gebannt auf die verschnörkelten Buchstaben, die der Mönch erst kurz zuvor gezeichnet hatte und deren Farben noch nicht trocken waren. Bruder Conrad folgte seinem Blick und lächelte verhalten. »Ich weiß, diese Letter könnte formschöner aussehen, aber meine Augen sind nicht mehr die besten, und das Licht reicht nicht aus.«

»Du irrst, Bruder! Das E ist wunderschön geworden. Die Farben sind kräftig, und die kleinen Engel hast du sehr gut getroffen.«

Die Augen des Mönchs strahlten ob des Lobs.

Ignatius seufzte leise und meinte: »Du bist sehr talentiert. Diese Kunst ist sicher schwierig auszuführen?« Dabei blickte er Bruder Conrad freundlich an, sodass der ihn aufforderte: »Versuch es!«

»Ich möchte kein wertvolles Papier verschwenden. Das wäre Prasserei«, wehrte sich Ignatius schwach.

»Mach dir darüber keine Gedanken, Cellerar. Ich verspreche dir, dass ich das Blatt retten werde«, lachte der Mönch, der einige Jahre jünger war als Ignatius. Bruder Conrad ging zu einem Regal und nahm ein hellgelbes Pergament, das er auf ein freies Schreibpult legte. Aus einem Kästchen holte er eine angespitzte Gänsefeder, tauchte die Spitze in schwarze Tinte, die er am Rand des Tintenfasses abstreifte, und reichte sie seinem Klosterbruder.

Als Ignatius nach der Schreibfeder greifen wollte, zitterten seine Finger so heftig, dass er sie zu einer Faust ballte.

»Du musst keine Angst haben, Cellerar. Das Pergament werde ich anschließend für meine Arbeit nutzen. Versuch ein großes Z, denn damit beginnt die nächste Seite meiner Abschrift«, riet der Mönch und blickte seinen Bruder ermutigend an.

Ignatius nahm die Gänsefeder und hielt die Luft an. Kaum berührte die Spitze das Papier, wurden seine Finger ebenso ruhig wie sein Atem. Wie von Zauberhand geführt, skizzierte er das Z und begann, den Buchstaben mit Farbe und kleinen Bildern auszufüllen.

»Cellerar!«, rief Bruder Conrad überrascht. »Du bist ein wahres Naturtalent! Wie konnte deine Begabung unentdeckt bleiben?« Er blickte Ignatius an, als ob er ein Geist sei, und betrachtete fassungslos das Pergament. »Ich habe noch nie einen solch filigranen und doch kraftvollen Buchstaben gesehen. Du solltest dein Amt als Wirtschaftsverwalter niederlegen und im Scriptorium arbeiten. Wir können jede begabte Hand brauchen!«

Ignatius legte die Feder zur Seite. »Das war nur Zufall. Die nächste Letter wird sicher krumm und hässlich sein. Meine Berufung ist das Besorgen von Lebensmitteln, damit wir satt durch den Winter kommen. Deshalb muss ich wieder zurück in meine Zelle, denn bereits morgen werde ich losreiten und wieder in Klöstern um Nahrungsmittel für uns zu bitten.«

Ignatius drehte sich hastig um und ging zur Tür. »Ich wünsche dir weiterhin gutes Gelingen, Bruder Conrad!«, rief er dem Mönch zu und schlüpfte hinaus.

Auf dem Gang lehnte er sich gegen die geschlossene Tür und flehte: »Herr, hilf mir zu verstehen. Ich habe Angst, meine Sinne zu verlieren« und eilte zurück in seine Zelle.

Erschöpft legte er sich auf seine Pritsche und zog die dünne Decke bis zum Kinn hoch. »Herr, ich fürchte mich davor einzuschlafen«, murmelte er und glitt in einen traumlosen Schlaf.

Übermüdet und den Kopf voll ungeklärter Fragen, fand sich Ignatius am frühen Morgen bei dem Stall außerhalb Triers ein, wo Thomas Hofmann bereits auf ihn wartete.

»Geht es Euch nicht gut?«, fragte der Soldat, dem die dunklen Schatten unter den Augen des Mönchs auffielen.

»Ich habe kaum geschlafen«, erklärte Ignatius knapp. Dann sattelte er den schwarzen Hengst des Pestreiters und führte ihn nach draußen.

»Lasst uns nach Osten reiten. In zwei Tagen soll in Mensfelden der Prozess beginnen«, sagte er zu Hofmann, der bereits im Sattel saß.

»Damit man uns nicht zusammen sieht, werde ich einige Minuten warten und Euch dann folgen.«

Ignatius winkte ab. »Niemand wird sich etwas dabei denken, wenn wir nebeneinander fortreiten.« Er wollte nicht allein sein, da er befürchtete, ins Grübeln zu verfallen, wenn er die lange Strecke bis nach Mensfelden ohne Ablenkung würde zurücklegen müssen.

»Der Befehl des Kurfürsten …«, wollte der Soldat ihn erinnern, doch erneut hob Ignatius die Hand.

»Karl Kaspar von der Leyen weilt in Regensburg. Sollte er trotzdem erfahren, dass Ihr neben mir geritten seid, werde ich die Schuld auf mich nehmen. Also schweigt und lasst uns losreiten«, befahl Ignatius in mürrischem Ton und schwang sich auf sein Pferd.

Die kräftigen Schlachtrösser schienen mit Leichtigkeit dahinzugaloppieren und das Gewicht ihrer Reiter nicht zu spüren. Erst als Ignatius seinen Rappen zügelte, verfiel er in den langsameren Trab und dann in den Schritt. Hofmann tat es ihm mit seinem Wallach nach. Mit aufgeblähten Nüstern schritten die beiden Pferde nebeneinander her, während ihre Reiter atemlos keuchten.

»Der Kurfürst tat gut daran, mir ein solches Prachtpferd zu geben«, erklärte Ignatius und klopfte dem Hengst den Hals. »Obwohl ich zugeben muss, dass das Reiten sicher nie meine Leidenschaft entfachen wird.«

»Für einen Mönch haltet Ihr Euch vortrefflich auf diesem gewaltigen Schlachtross«, lobte Hofmann Ignatius.

Der grinste. »Danke für die Höflichkeit, aber sobald ich von dem breiten Rücken absteige, spüre ich jeden Knochen in meinem Leib. Auch hatte ich gehofft, dass irgendwann das Sattelleder weicher werden würde. Doch es ist immer noch so hart wie bei meinem ersten Ritt, und meine Haut will sich nicht daran gewöhnen.«

»Ihr müsst Euch die Hose des Pestreiters überziehen, anstatt im einfachen Habit und mit nackten Beinen zu reiten.«

»Ja, das wäre wohl die Lösung des Übels. Aber dann würde man mich sofort erkennen.«

»Ich rede nur von der Hose und nicht von den anderen Kleidungsstücken.«

Ignatius sah den Soldaten erstaunt an. »Daran habe ich nicht gedacht«, erklärte er und zügelte sein Pferd. »Ich werde die Hose unter meine Kutte ziehen«, beschloss er und ließ sich aus dem Sattel gleiten.

»Wir könnten die Gelegenheit nutzen und unser Frühmahl einnehmen«, schlug Hofmann vor, und Ignatius nickte.

Sie führten die Pferde abseits der Landstraße zu einem kleinen Wäldchen. Dort lösten sie die Sattelgurte und ließen die Tiere grasen. Entspannt lehnten sie sich gegen die Baumstämme und aßen trockenes Brot und Käse.

Ignatius reichte dem Soldaten seinen Beutelschlauch mit Bier. »Nehmt einen Schluck, dann rutscht die karge Mahlzeit leichter.«

Während beide stumm kauten, starrte Ignatius zu Boden und dachte über seinen Traum und sein unerwartet entdecktes Talent nach.

»Ihr seid heute anders als sonst«, stellte Hofmann fest. »Habt Ihr schlechte Nachrichten bekommen?«

Ignatius' Augen weiteten sich, und er fuhr sich verlegen mit der Hand über die Tonsur. Da er versäumt hatte, seinen Hinterkopf auszurasieren, konnte er feine Stoppeln spüren. »Mir geht es gut! Nur weil ich heute nicht gesprächig bin, muss das nichts Schlechtes bedeuten«, brummte er.

»Verzeiht! Ich wollte Euch nicht zu nahe treten, Christian!«, entschuldigte sich der Mann.

Als Ignatius den Namen hörte, den er sich als Kennung für sein Amt als Pestreiter ausgedacht hatte, zuckte er unmerklich zusammen. Warum habe ich dem Kurfürsten ausgerechnet diesen Namen genannt?, grübelte er und fand auch auf diese Frage keine Antwort.

Heftiger Wind kam plötzlich auf, und Schneefall setzte ein, der dicht und dichter wurde, sodass man kaum die Landschaft erkennen konnte.

»Wir müssen weiter«, erklärte Ignatius daher.

»Lasst uns tief in das Wäldchen reiten. Vielleicht haben wir Glück, und das Schneegestöber ist nur von kurzer Dauer«, schlug Hofmann vor und führte sein Pferd zwischen den Bäumen hindurch, bis die Baumkronen so dicht standen, dass sie den Schnee abhielten.

Ignatius folgte ihm. »Wir haben keine Zeit! Morgen soll der Prozess beginnen. Außerdem muss ich heute noch zwei Klöster aufsuchen, die auf unserer Strecke liegen, um nach Lebensmitteln zu fragen«, schimpfte er ungehalten.

Die beiden Männer standen da, jeder sein Pferd am Zügel haltend, und warteten darauf, dass das Schneegestöber aufhörte. Schneeflocken klebten an den Wimpern der Männer, die sie wegblinzelten.

»Ich hasse den Winter«, murmelte Hofmann und versuchte die Kälte aus seinem Körper fortzustampfen. »Nur als Kind habe ich ihn gemocht«, fügte er lächelnd hinzu.

Ignatius sah ihn neugierig an. »Woher kommt Ihr?«

»Ich stamme aus der Nähe von Rottweil. Da mein Vater Steinmetz war, sind wir der Arbeit hinterhergezogen. Überall, wo man seine Fähigkeiten brauchte, ließen wir uns nieder. Als der lange Krieg begann, wurden wir in Trier sesshaft, und so bin ich in das Heer des Kurfürsten gekommen.«

»Ihr gehört der Leibgarde des Regenten an. Das sind keine gewöhnlichen Soldaten«, stellte Ignatius fest.

Hofmann nickte. »Man muss sich im Kampf bewiesen haben und bereit sein, das Leben des Kurfürsten und Erzbischofs mit seinem eigenen zu beschützen«, erklärte er.

Ignatius runzelte die Stirn. »Ist nicht jeder Soldat seinem Befehlsgeber treu und bis in den Tod ergeben?«

»Das sollte so sein, aber es ist nicht immer so. Obwohl der Krieg vorbei ist, sind die Zeiten schlecht und Arbeit rar gesät. Viele Männer sind in den Dienst eines Heeres eingetreten, um versorgt zu sein. Sie bekommen Kleidung und Essen und müssen sich nicht um den alltäglichen Überlebenskampf kümmern. Auch ihre Familien werden von ihrem Kriegsherrn unterstützt. Da liegt es wohl auf der Hand, dass nicht jeder aus Überzeugung Soldat wird.«

»Ihr schon?«, fragte Ignatius, obwohl er die Antwort kannte.

»Natürlich!«, ereiferte sich Hofmann. »Ich würde für meinen Regenten sofort und ohne zu klagen mein Leben lassen. Aber auch euer Leben mit dem eigenen zu schützen, bin ich bereit, denn so lautet mein Befehl.«

Ignatius betrachtete den Mann, der ihm seit Wochen wie ein Schatten folgte. »Ich weiß nicht, ob ich Eure Einstellung loben oder tadeln soll. Bin ich es tatsächlich wert, dass Ihr Euch für mich opfern würdet?«

Hofmann zuckte mit den Schultern. »Ich mache mir über Euren Wert, wie Ihr es nennt, keine Gedanken. Ich habe einen Befehl erhalten, und dem werde ich Folge leisten.«

»Ihr seid eine Marionette Eures Herrn«, provozierte Ignatius den Soldaten, der ihn daraufhin grimmig anschaute.

»Was ist schlecht daran, wenn man seinem Herrn treu ergeben ist? Ihr seid es doch auch!«

Ignatius schaute den Mann erstaunt an und nickte zögerlich. »Da ist wohl etwas Wahres dran.«

»Würdet Ihr für Gott nicht Euer Leben geben?«

»Gott hat nie verlangt, dass ein Mensch sein Leben für ihn hergeben soll. Es sind die Menschen, die darüber bestimmen.«

»Sagt Gott nicht, dass Hexen brennen sollen?«

Ignatius' Blick schreckte hoch. »Wie kommt Ihr darauf?«

Hofmann zuckte mit den Schultern. »Warum sonst brennen die Scheiterhaufen, wenn Gott das nicht fordert?«

Ignatius seufzte laut. »Im Zweiten Buch Mose steht zwar geschrieben, man soll eine Hexe nicht am Leben lassen. Aber ich glaube, dass es eher nach Gottes Willen ist, wenn man sie auf den rechten Pfad zurückführt, statt sie zu töten.«

»Will Karl Kaspar von der Leyen deshalb, dass in seinem Land die Hexenverurteilungen aufhören?«

Ignatius umfasste seine Arme, rieb darüber und versuchte, die Kälte zu vertreiben. »Zum Glück habe ich eine Hose unter mein Habit gezogen. Ich wäre sonst schon erfroren«, murmelte er.

Hofmann lachte. »Ihr weicht meiner Frage aus.«

»Ich darf nicht mit Euch reden. Normalerweise würden wir hier nicht zusammen stehen«, widersprach Ignatius schwach.

»Nicht ich wollte neben Euch herreiten. Ihr habt es verlangt.«

Ignatius grinste. »Jetzt habt Ihr mich gefangen.«

Hofmann blickte den Mönch forschend an. »Ich komme aus einem armen Haus, kann weder lesen noch schreiben. Würden wir hier nicht zusammen stehen, hätte ich nie gewagt, Euch diese Frage zu stellen. Doch nun ist sie ausgesprochen, und ich wäre dankbar, wenn Ihr sie mir beantworten würdet.«

»Warum?«

Hofmann schaute in die Ferne. Er schien mit sich zu hadern. Schließlich wandte er sich dem Mönch zu. »Ich will wissen, ob unser Regent womöglich davon ausgeht, dass manche Frauen fälschlicherweise der Hexerei bezichtigt worden sind.«

»Was lässt Euch dies vermuten?«

Wieder zögerte der Soldat. »Als Knabe kannte ich ein Mädchen in Rottweil«, erklärte er leise. »Sie war elf Jahre alt und hatte sich selbst der Hexerei bezichtigt. Das Gericht tat ihr Geständnis als Wichtigtuerei ab. Die Richter wollten sie davon überzeugen, Reue zu zeigen, um das Todesurteil, das in einem solchen Fall ausgesprochen werden muss, zu vermeiden. Doch das Kind bestand auf seiner Aussage. Hätte das Mädchen schlicht gesagt: ›Ich bereue!‹, wäre sie für einige Monate in die Obhut der Kirche übergeben worden. Doch weder Bitten noch Drohungen konnten sie überzeugen, ihre Aussage zurückzunehmen. Das Gericht sah das Geständnis als geistige Verwirrung an und verurteilte das Mädchen zu *venae sectio*«, erzählte Hofmann mit monotoner Stimme und stockte schließlich.

»Sie haben das Kind zum Ausbluten im warmen Bade verurteilt«, übersetzte Ignatius den lateinischen Urteilsspruch erschüttert.

»Ihr habt davon gehört?«

Ignatius schloss die Augen und sah dann den Soldaten mit traurigem Blick an. »Ich erinnere mich, über einen solchen Fall in einer Gerichtsakte gelesen zu haben. Es ist viele, viele Jahre her. Das Mädchen hieß Hofmann, wie Ihr. Thea Hofmann.«

»Sie war meine Schwester.«

»Das habe ich mir gedacht«, erklärte Ignatius mitfühlend. »Nun wollt Ihr wissen, ob Eure Schwester verwirrt war oder tatsächlich eine Hexe?«, fragte er.

Hofmann nickte. »Seit damals belastet mich diese Frage, aber ich konnte nie mit jemandem darüber sprechen.«

»Nicht die Arbeit Eures Vaters hat Eure Familie fortgetrieben, sondern der Tod Eurer Schwester?«, fragte Ignatius.

Erneut nickte Hofmann. »Wenn wir Rottweil nicht verlassen hätten, wären wir alle auf dem Scheiterhaufen gelandet. Die Menschen hatten Angst vor uns, da sie glaubten, dass wir mit dem Teufel im Bunde stehen. Aber ich habe niemals ein Wort mit dem Teufel gesprochen, habe ihn niemals gesehen. Als Kind habe ich es nicht verstanden, und als ich älter wurde und nachfragte, durfte ich Theas Namen nie aussprechen.«

Ignatius atmete tief aus. »Ich kann Eure Frage nicht beantworten«, erklärte er und wandte seinen Blick in die Ferne.

⇥ *Kapitel 39* ⇤

Das matte Licht des anbrechenden Tages breitete sich in der Schlafkammer aus. Urs erwachte und wusste im ersten Augenblick nicht, wo er war.

Lächelnd blickte er neben sich. Susanna hatte sich wie ein Kind zusammengerollt und ihre Hände unter dem Gesicht gefaltet. Da ihr Kopf nach vorn geneigt war, bedeckte das kastanienbraune Haar ihre Wangen. Urs strich ihr zärtlich eine Strähne zurück, und sie kräuselte die Nase. Sie streckte sich und öffnete die Augen.

»Guten Morgen, meine Schöne!«, flüsterte Urs und hauchte ihr einen Kuss auf die Stirn.

Wortlos schlang Susanna die Arme um seinen Hals und küsste ihn. Urs spürte, wie seine Begehrlichkeit wuchs und das Verlangen in ihm wieder erwachte. Sanft streichelte er Susannas Haut und ihre wohlgeformten Brustwarzen. Als sie aufstöhnte, verschloss er ihre Lippen mit seinen. Sie liebten sich, bis beide erschöpft auf ihrem Lager lagen.

Susanna kuschelte sich an Urs, doch er schob sie sanft von sich.

»Ich muss gehen«, flüsterte er. »Mein Oheim wird sich fragen, wo ich bleibe«, grinste er und stand auf. Als er ihren enttäuschten Blick sah, versprach er: »Ich komme am Abend zurück« und zog sich die Kleidung über.

Susanna schaute ihn nachdenklich an. »War es Sünde, dass wir uns der Lust hingegeben haben?«, fragte sie leise.

»Es ist zu spät, sich darüber Gedanken zu machen«, lachte Urs sie an. Doch als er die Angst in ihren Augen entdeckte, setzte er sich auf den Rand der Bettstatt und nahm ihre Hand in seine. »Es kann keine Sünde sein, wenn zwei Menschen sich lieben. Außerdem werden wir bald auch vor Gott Mann und Frau sein«, versuchte er, Susanna die Angst wieder zu nehmen.

Beruhigt von seinem erneuten Eheversprechen, legte sich Susanna zurück. An der Tür drehte Urs sich um und warf ihr einen Handkuss zu.

Mit schnellen Schritten ging er durch Trier zum Stadthaus seines Oheims, wo er das Fuhrwerk untergestellt und das Pferd für die Nacht versorgt hatte. Er führte die Stute in die Stallgasse und zog ihr das Geschirr über, als jemand seinen

Namen rief. Fragend blickte er zur Scheunentür und erkannte Elisabeth, die kreidebleich und aufgeregt auf ihn zueilte.

»Ich suche dich seit geraumer Zeit«, warf sie ihm vor und fuchtelte aufgeregt mit den Händen in der Luft herum.

»Was hast du?«, fragte Urs und schaute sie arglos an. Doch als er ihren Blick sah, ahnte er, dass etwas geschehen sein musste.

»Dein Oheim«, stammelte sie, und Tränen traten in ihre Augen.

Urs umfasste ihre Schultern und fragte schroff: »Was ist mit meinem Oheim?«

»Ich glaube, er ist tot«, flüsterte Elisabeth.

Urs hatte das Gefühl, als ob ihm jemand die Luft abdrückte. Er rang nach Atem und blickte die Helferin ungläubig an. »Was ist geschehen? Wo ist er?«

»Er rührt sich nicht mehr«, weinte sie.

Ohne ein weiteres Wort zurrte Urs der Stute das Geschirr fest und zog sie vor das Fuhrwerk. Kaum war das Tier eingespannt, half er Elisabeth auf den Kutschbock und setzte sich daneben. Urs nahm die Zügel auf und schlug auf den Pferderücken, sodass die Stute sich mit lautem Wiehern in Bewegung setzte.

Urs achtete nicht auf die Menschen, die seinen Weg kreuzten und wegen seines Fuhrwerks zur Seite springen mussten. Er nahm auf niemanden Rücksicht und ließ die Stute schneller traben. »Aus dem Weg!«, schrie er, als ein Händler vor ihm seinen Karren über die Straße ziehen wollte. Um nicht unter die Hufe zu gelangen, musste der Mann sich kopfüber zur Seite werfen. Dabei kippte sein kleiner Ziehwagen um, und die Ware ergoss sich auf dem Boden.

»Du Bastard«, schimpfte der Kaufmann, als er aufstand und sich den Schmutz vom Kittel klopfte. Drohend hob er die Faust.

Urs hatte dafür weder Ohr noch Blick. Hastig lenkte er das Fuhrwerk zwischen Menschen, Verkaufsständen, Fuhrwerken und engen Gassen hindurch. Er musste so schnell wie möglich zum Pesthaus und nach seinem Oheim sehen, denn er befürchtete das Schlimmste.

Als die Stadt hinter ihnen lag, ließ Urs die Stute angaloppieren. Er wandte sich Elisabeth zu und forderte sie auf: »Erzähl, was geschehen ist!«

Die Frau berichtete ihm, dass der Oheim am Abend in den Weinberg gegangen war, um nach Ratten Ausschau zu halten. Währenddessen hatte sich Elisabeth um den kranken Fischer Bernd gekümmert, ihm seine Medizin verabreicht und gewartet, bis der Tod ihn von seiner Qual erlösen würde. Sie war darüber auf ihrem Stuhl eingeschlafen und erst mitten in der Nacht aufgewacht. Da der Fischer Bernd während ihres Schlafes gestorben war, ging sie nach hinten, um dem Heiler die traurige Nachricht mitzuteilen. So hatte sie sein unberührtes Lager entdeckt. Zuerst dachte sie sich nichts dabei, da Bendicht ihr gesagt hatte, dass es spät werden könnte.

Elisabeth nähte den Leichnam in ein Tuch ein und wartete anschließend auf Bendichts Rückkehr. Als der Heiler nicht kam, wurde sie unruhig, zumal der Wind stärker geworden war. Sie legte sich ihren Umhang um und ging zu der Stelle, wo sie den toten Kater gefunden hatte.

»Da sah ich deinen Oheim auf dem Boden liegen. Ohne Hemd und blutverschmiert. Neben ihm lagen zwei Messer und eine kleine Flasche mit einer Flüssigkeit. Sein Körper war ausgekühlt, und er regte sich nicht. Ich war der festen Überzeugung, dass er tot sei. Doch dann fühlte ich an seinem Hals nach dem Puls und konnte ein schwaches Pochen spüren. Ich habe versucht, ihn wachzurütteln, aber er blieb besinnungslos. Um ihn ins Haus zu ziehen, packte ich ihn an den Armen, und da wimmerte er wie ein Kind«, erzählte Elisabeth und schluchzte. »Dabei habe ich eine grauenhafte Wunde in seiner Achselhöhle entdeckt. Ich wusste nicht, was ich machen sollte. Um ihn zu wärmen, habe ich aus dem Pesthaus Decken geholt und über ihn gelegt. Dann bin ich in die Stadt gelaufen, um dich zu suchen«, weinte sie.

»Du hast alles richtig gemacht«, erklärte Urs mit versteinerter Miene.

»Was hat das zu bedeuten, Urs? Warum schneidet sich dein Oheim die Achsel auf?«

»Ich weiß es nicht«, flüsterte Urs, obwohl er eine Vermutung hatte.

Schneetreiben setzte ein und erschwerte die Sicht. Trotzdem peitschte Urs das Pferd zur Eile an. Als sie endlich das Pesthaus erreicht hatten, sprang er vom Kutschbock und rief Elisabeth zu, sie solle die Stute abspannen und in den Stall bringen.

Er lief hinter die Scheune, wo die Schubkarre stand, mit der man das Holz ins Haus fuhr. Da Elisabeth und er nicht die Kraft hatten, den Verletzten vom Berg fortzutragen, würde er mit Hilfe der Karre versuchen, seinen Oheim ins warme Haus zu bringen.

Der Wind wurde stärker und ließ die Schneeflocken tanzen. Schon war der Boden mit einer dichten weißen Decke überzogen, sodass Urs nur schwerlich den Weg erkennen konnte, den sein Oheim gegangen sein musste. Endlich entdeckte er ihn zwischen Rebstöcken am Boden.

»Oheim«, schrie er von Weitem und schob die Schubkarre so schnell er konnte. Vor seinem Onkel ging er in die Knie und wischte ihm den Schnee vom Körper. »Bendicht!«, flüsterte er und versuchte, den leblosen Mann umzudrehen. Sein nackter Oberkörper war trotz der Decken starr vor Kälte, die Haut eisig. »Oheim, sprich mit mir«, jammerte Urs, den Bendichts leichenblasse Gesichtsfarbe erschreckte. Er tastete nach dem

Puls des Mannes, den er kaum fühlen konnte. Urs versuchte, ihn mit seinem Atem zu wärmen, doch Bendicht rührte sich nicht. »Ich bringe dich ins Haus«, stammelte er und griff seinem Oheim unter die Achseln.

Obwohl Bendicht bewusstlos war, jaulte er vor Schmerzen auf.

»Verzeih mir«, murmelte Urs, der in seiner Panik nicht an die Wunde gedacht hatte. Verzweifelt rieb er sich die Schneeflocken aus dem Gesicht.

Da hörte er Elisabeths Stimme gegen den Wind schreien: »Urs, wo bist du?«

»Elisabeth, ich bin hier«, brüllte er zurück und winkte sie zu sich.

»Ich habe in dem Schneegestöber kaum etwas erkennen können«, erklärte sie atemlos und ging neben ihm in die Knie.

»Ich bin froh, dass du gekommen bist, denn allein kann ich meinen Oheim nicht auf den Schubkarren hieven. Er ist zu schwer und scheint starke Schmerzen zu haben. Selbst in der Ohnmacht klagt er. Pack du ihn an den Beinen. Ich werde seinen Oberkörper greifen«, rief Urs, und Elisabeth nickte.

Mit vor Anstrengung hochroten Köpfen gelang es ihnen, Bendicht auf den Karren zu heben. Während Urs ihn zum Pesthaus schob, stopfte Elisabeth Messer und Flasche in den Beutel. Dann eilte sie hinterher.

Urs schob den Schubkarren quer durch die Scheune bis vor die Bettstatt des Oheims. Dort hob er zusammen mit Elisabeth den Onkel auf sein Lager.

Bendicht lag im Dämmerzustand. Manchmal öffnete er die Lider, um sie sofort wieder zu schließen. Seine Lippen waren vor Kälte blau angelaufen, und unter seinen Augen lagen tiefe Schatten. Seine Haut schien durchscheinend zu sein.

Die Pestkranken, die durch die Stoffwände nichts sahen, hörten die Aufregung, mit der Elisabeth und Urs miteinander sprachen. Mit kraftlosen Stimmen wollten sie wissen, was geschehen sei. Urs blickte die Helferin hilfesuchend an.

»Ich werde den Kranken erzählen, dass dein Oheim vom Schneesturm überrascht wurde und hingefallen ist«, flüsterte Elisabeth und verschwand hinter dem Vorhang.

Urs zog seinem Oheim die vom Schnee durchnässte Hose aus, rieb seinen Körper trocken und hüllte ihn in wärmende Decken ein. »Es ist ein Wunder, dass du noch lebst«, raunte er ihm zu in der Hoffnung, dass er ihn verstehen konnte. Mit der flachen Hand befühlte er die Stirn des Kranken. »Du hast Fieber!«, murmelte er und griff vorsichtig nach Bendichts Hand. Urs wagte nicht, den Arm anzuheben, um die Achseln zu betrachten, denn er fürchtete sich vor dem, was er sehen würde. »Ich habe geahnt, dass es dir nicht gutgeht, Oheim. Warum hast du dich mir nicht anvertraut?«, schimpfte er und hob den Arm dann doch langsam hoch. Als er die Wunde sah, stockte ihm der Atem. »Was hast du dir dabei gedacht?«, fragte er entsetzt den Besinnungslosen.

Die Wunde eiterte, und ihr Rand war schwarz verbrannt. Auf der hellen Haut um die Wunde herum hatten sich Brandblasen gebildet, die mit wässriger Flüssigkeit gefüllt waren. An manchen Stellen löste sich Haut. »Herr im Himmel!«, flüsterte Urs und tastete vorsichtig das Fleisch um die Wunde herum ab. Als Bendicht stöhnte, ließ er den Arm langsam sinken. »Wie verzweifelt musst du sein, dass du dir solche Schmerzen zufügen konntest«, murmelte Urs und betrachtete seinen Oheim kopfschüttelnd. »Warum hast du dir das angetan?«, fragte er und wusste keine Antwort.

Doch dann kam ihm ein furchtbarer Gedanke. Er hob Bendichts anderen Arm und tastete umsichtig die Achselhöhle ab. »Großer Gott«, presste er zwischen den Zähnen hervor, als er kleine Knoten spüren konnte. Aufgeregt schlug er die Decke zurück und tastete über Bendichts Beinbeuge. Auch hier waren die Verdickungen zu spüren. »Wie kann das sein?«, keuchte Urs und lief aufgeregt in dem kleinen Verschlag hin und her. »Du sagtest, dass du von der Pest nicht befallen würdest«, schimpfte er kaum hörbar mit dem Besinnungslosen. »Was soll ich tun? Wie kann ich dich retten?«

Der Vorhang, der die Kammer von den übrigen trennte, wurde zur Seite geschoben. Elisabeth erschien mit einer Tasse, in der Kräutersud dampfte. Mit zittriger Hand hielt sie Urs das Getränk hin.

»Ich kann jetzt nichts trinken«, erklärte er.

»Vielleicht wärmt er deinen Oheim ...«, begann sie und konnte vor Tränen nicht weitersprechen.

Urs schüttelte den Kopf. »Er ist ohne Bewusstsein.«

Seufzend stellte die Frau den Becher auf den Hocker.

»Die Pestkranken befürchten, dass sie nun nicht mehr versorgt werden«, flüsterte die Frau ihm zu.

Urs schüttelte den Kopf. »Du kannst sie beruhigen. Es wird sich nichts ändern. Wir werden uns um jeden Erkrankten kümmern.«

»Der Fischer Bernd«, erinnerte sie ihn an den Toten.

»Wir werden ihn hinter die Scheune legen und morgen beerdigen«, versprach Urs und blickte zu seinem Onkel.

»Warum hat er sich diese grässliche Wunde zugefügt? Wurde er von einer Ratte gebissen und wollte den Biss ausbrennen?«, fragte Elisabeth.

Erneut schüttelte Urs den Kopf. Er war unentschlossen, doch dann sagte er die Wahrheit. »Mein Oheim hat sich mit der Pestilenz angesteckt!«, sagte er leise.

Die Helferin schlug sich erschrocken die Hand auf den Mund. »Jesus und Maria! Wie konnte das geschehen? Der Heiler erzählte mir, dass er gegen die Seuche unempfindlich sei. Während des langen Krieges hat er sich nicht angesteckt, obwohl er pestkranke Soldaten versorgte.«

»Nur unser Herrgott allein weiß, warum«, antwortete Urs traurig.

»Wird er sterben?«, fragte Elisabeth, der Tränen in den Augen standen.

Urs zuckte mit den Schultern. »Er scheint sich die Pestbeulen herausgeschnitten und die Wunde anschließend ausgebrannt zu haben.«

»Maria und Josef! Was hat er für Schmerzen aushalten müssen«, klagte die Frau, die sich bei der Vorstellung einen Zipfel der Schürze vor den Mund presste, damit die Kranken ihr Weinen nicht hören konnten. »Wie willst du seine Wunde und die Pest behandeln?«, fragte sie und versuchte sich zu beruhigen.

»Für die Heilung der Brandwunde benötige ich Blutwurz-Salbe. Ich bete zu Gott, dass die heftige Kälte, der mein Oheim ausgesetzt war, einen Wundbrand verhindert.«

»Er hat Fieber«, stellte Elisabeth fest, nachdem sie ihre Hand auf Bendichts Stirn gehalten hatte.

»Ich weiß«, sagte Urs leise.

»Soll ich ihm Wadenwickel machen?«, fragte die Frau.

Urs nickte. »Solange er ohne Bewusstsein ist, kann ich ihm den Sud aus Astrenz nicht einflößen.«

»Astrenz habe ich noch nie gehört«, murmelte Elisabeth mit gefalteter Stirn.

»Conrad Gesner, ein berühmter Naturforscher und Gelehrter aus meiner Heimat, der Schweiz, schwor auf die Heilkraft dieser Pflanze, die man auch Meisterwurz nennt. Leider ist Gesner, so wie seine gesamte Familie, an der Pest gestorben, ohne eine Pflanze entdeckt zu haben, die die Seuche heilt.«

»Meisterwurz kenne ich von meiner Mutter. Sie hat die Wurzel mit Wein angesetzt und gegen viele Krankheiten genutzt«, erklärte Elisabeth und wollte hinausgehen, um die Mittel zu holen. Doch Urs hielt sie am Arm fest und flüsterte:

»Sobald ich meinen Onkel versorgt habe, werde ich Nathan Goldstein aufsuchen. Vielleicht sind mittlerweile andere Heilmittel aus seiner Heimat Israel angekommen. Ich hoffe, dass womöglich eines der neuen Mittel die Pest wirksam bekämpfen kann. Sollte der Oheim während meiner Abwesenheit das Bewusstsein wiedererlangen, musst du ihm Laudanum einflößen. Nur so wird er die Schmerzen ertragen können. Bete für uns, Elisabeth, denn ich bin mit meiner Weisheit am Ende.«

Susanna nahm sich vor, zur Schneiderin zu gehen und ihr neues Gewand anzuprobieren, das sie in Auftrag gegeben hatte. Anschließend würde sie auf dem Markt einkaufen. Da Urs auch an diesem Abend zu ihr kommen würde, wollte sie ihn mit einem Braten überraschen. Bei dem Gedanken an die letzte Nacht und den Morgen danach spürte sie, wie ihr die Hitze in die Wangen stieg und ihre Sehnsucht nach dem Liebsten wuchs. Ich kann es kaum erwarten, ihn wiederzusehen, dachte sie und verließ beschwingt das Haus.

»Stellt Euch auf das kleine Podest, Jungfer Arnold, damit ich den Saum abstecken kann«, bat die Schneiderin.
»Das Kleid ist wunderschön geworden, Frau Behringer«, lobte Susanna die Fähigkeiten der Frau und strich den glänzenden grünen Stoff glatt. Dabei funkelte der hellrote Stein ihres Ringes im Licht der Kerzen auf.
»Ich habe das Schmuckstück noch nie an Eurer Hand gesehen«, bemerkte die junge Schneiderin und blickte Susanna neugierig an.
»Da er mir am Ringfinger zu groß ist, wagte ich ihn nicht zu tragen. Doch am Mittelfinger sitzt er fest«, erklärte Susanna und streckte der Frau die Hand entgegen, damit sie den Schmuck näher betrachten konnte.

»Wie er funkelt und glitzert«, rief die Schneiderin entzückt. »Hat dieser Ring eine besondere Bedeutung?«, fragte sie lachend.

Susanna nickte. »Er ist das Eheversprechen meines Liebsten«, flüsterte sie und konnte nicht verhindern, dass ihr das Blut in die Wangen schoss.

»Ich hätte nicht gedacht, dass es Männer gibt, die so handeln«, antwortete die Frau ungläubig.

»Ob es viele Männer gibt, die so handeln, weiß ich nicht. Mein zukünftiger Ehemann gehört gewiss dazu.«

»Als ich meine Schwangerschaft bemerkte, war ich froh, dass der Kindsvater mich zur Frau nehmen wollte und nicht das Weite gesucht hat.«

»Ihr habt vor der Ehe …«, flüsterte Susanna und brachte den Satz nicht zu Ende, da die Schneiderin verlegen kicherte.

»Hattet Ihr nicht Angst, dass Gott Euch strafen würde?«

Die Frau zuckte mit den Schultern. »Es wäre mir lieber gewesen, wenn Heinrich mich zuerst geheiratet hätte. Ich kenne einige Frauen, die von ihren Liebhabern verlassen wurden, als sie schwanger waren. Aber mein Mann meinte damals, dass Gott nichts dagegen haben würde, denn schon in der Bibel, so hat der Heinrich gesagt, stehe geschrieben: ›Seid fruchtbar und mehret euch‹ …«, gluckste die Schneiderin, während sie Nadeln in den Saum steckte.

»Ich denke, dass Urs mich niemals verlassen würde, sollte ich schwanger werden«, überlegte Susanna leise.

»Warum zweifelt Ihr? Der Ring Eures Mannes ist der Beweis dafür«, erklärte die Schneiderin und blickte ihre Kundin bewundernd an.

»Ihr habt recht«, murmelte Susanna und betrachtete sich in dem Spiegel, den die Frau vor sie hielt.

»So müsste die Länge richtig sein«, erklärte die Schneiderin, und Susanna stimmte zu.

»In zwei Tagen könnt Ihr das Kleid abholen«, versprach Frau Behringer.

Als Susanna das kleine Geschäft der Schneiderin verließ, waren die Straßen von Trier mit einer dünnen Schneeschicht überzogen. Kinder sprangen lachend hin und her und versuchten, Figuren zu formen, während andere sich mit weißen Bällen bewarfen. Doch rasch wurde aus der weißen Pracht brauner Matsch.

»Ihr müsst warten, bis mehr Schnee gefallen ist«, tröstete eine Mutter ihren kleinen Sohn, der sich lauthals beschwerte, weil er nicht rutschen konnte.

Susanna schlug die Richtung zum Viehmarkt ein, als sich ihr jemand in den Weg stellte.

»Ich grüße Euch, Susanna Arnold!«, sagte Peter Hönes und schaute die junge Frau mit einem breiten Grinsen an.

»Gott zum Gruße«, antwortete Susanna überrascht und fragte: »Habt Ihr in der Nähe eine Wohnungsbesichtigung?«

»Nein! Ich war auf dem Weg zu Euch.«

Susanna hob erstaunt eine Augenbraue.

Hönes erklärte: »Ich habe gestern Walter Bickelmann getroffen. Seine Frau ist niedergekommen, und er hat uns beide eingeladen, das Kind zu besuchen.«

Nun runzelte Susanna die Stirn. »Uns beide?«, fragte sie.

Hönes nickte. »Mein Freund Walter befahl mir regelrecht, Euch mitzubringen. Er meinte, dass er tödlich beleidigt sei, wenn Ihr nicht kommt. Seine Frau Anna Maria möchte Euch das Neugeborene zeigen«, beteuerte er und blickte Susanna unschuldig an.

Sie schien abzuwägen. »Ich habe noch Einkäufe zu erledigen«, erklärte sie schwach und kaute unsicher auf der Innenseite ihrer Wangen. Was würde Urs dazu sagen, wenn sie zusammen mit dem Wohnungsvermittler zu den Bickelmanns ginge?

Hönes riss die junge Frau aus ihren Gedanken. »Das passt

mir sehr, denn auch ich muss noch Besorgungen machen. Ich würde Euch um zwei Uhr abholen«, erklärte er und wandte sich abrupt um, um davonzueilen.

Verdutzt blickte die junge Frau ihm hinterher. Als ob er befürchtete, dass ich nein sagen könnte, überlegte sie kopfschüttelnd. Schließlich seufzte sie. Ich mache mir zu viele Gedanken, denn ich begrüße nur einen neuen Erdenbürger, dachte sie und setzte ihren Weg zum Viehmarkt fort.

Der Schneefall hatte aufgehört. Zwischen den Häuserzeilen war kaum noch etwas von der weißen Pracht zu sehen, denn die Flocken waren geschmolzen, kaum dass sie die Erde berührt hatten.

Urs stand vor dem Haus des Goldhändlers und blickte an der Fassade empor. Er zögerte zu läuten, da er befürchtete, Nathan Goldstein würde ihm mitteilen, dass die Heilmittel aus Israel noch nicht angekommen waren. Wäre das der Fall, würde kaum Hoffnung für seinen Oheim bestehen, denn Urs wusste sich keinen Rat mehr.

Gerade als er sich gegen die Haustür lehnte, wurde sie aufgerissen, und Goldstein stand vor ihm. »Junger Freund, was sollen die Nachbarn denken?«, fragte er leise und blickte sich nach allen Seiten um. Dann schob er Urs in den Flur. »Was steht Ihr vor meinem Haus? Kommt endlich herein«, zischte er ärgerlich. Als er Urs' blasses Gesicht sah, führte er den jungen Mann wortlos in sein Arbeitszimmer und schloss die Tür hinter ihnen.

»Hat Eurer Erwählten der Ring nicht gefallen?«, fragte er schmunzelnd und goss roten Wein in zwei Kelche. Einen reichte er Urs, der, ohne eine Miene zu verziehen, das Getränk hinunterkippte.

»So schlimm kann die Aussprache mit Eurer Liebsten nicht

gewesen sein, dass Ihr solch ein Gesicht macht. Wir können über einen Umtausch verhandeln«, bot Goldstein lächelnd an und goss Wein nach.

»Mein Oheim ist an der Pest erkrankt«, flüsterte Urs und blickte den Mann verzweifelt an.

Goldsteins Lächeln gefror, und er schüttelte den Kopf. »Ihr müsst Euch irren! Das kann unmöglich sein«, entfuhr es dem Mann, der sichtbar erschüttert war. Hastig trank er einen großen Schluck Wein. »Der Heiler erklärte mir damals, dass er nicht an der Seuche erkranken könne. Dass er unempfindlich sei, denn bereits im langen Krieg konnte ihm die Pestilenz nichts anhaben. Wieso glaubt Ihr, dass es jetzt geschehen ist? Seid Ihr unvorsichtig gewesen?«, fragte er mit bebender Stimme.

Urs schüttelte den Kopf. »Wir haben alle Vorsichtsmaßnahmen eingehalten. Ich weiß nicht, warum er sich angesteckt hat«, jammerte er.

»Wie weit ist die Krankheit vorangeschritten? Gibt es Hoffnung?«

Urs versteckte sein Gesicht in beiden Händen und atmete tief ein und aus. Dann ließ er die Arme sinken und erzählte von der Selbstverstümmelung seines Oheims.

»Wie verzweifelt muss Euer Oheim sein, dass er sich so etwas antut?«, fragte Goldstein.

»Ich bin in der Hoffnung zu Euch gekommen, dass neue Heilmittel aus Eurer Heimat eingetroffen sind«, erklärte Urs und schaute den Mann erwartungsvoll an.

Doch der schüttelte den Kopf. »Es tut mir leid, junger Freund. Das Schiff mit den Tinkturen, Salben, Ölen und Kräutern ist in einen Sturm geraten und vor Italien gesunken. Zum Glück wurde die Mannschaft gerettet, aber die Ladung ging verloren. Zwar ist eine neue Fuhre unterwegs, aber das kann Wochen dauern!«

»Wir haben keine Wochen Zeit«, erklärte Urs. »Vielleicht nur noch wenige Tage.«

Der Goldhändler wurde aschfahl. Doch dann wurde sein Blick nachdenklich, und er sah Urs entschlossen an.

»Vielleicht kenne ich ein Mittel, Euren Oheim zu retten. Wartet, bis ich Euch rufen lasse. Bis dahin versorgt den Heiler, so gut Ihr könnt, und betet zu Gott.«

~ Kapitel 40 ~

Der Fischer hatte Blatter und seinen Männern erlaubt, die Nacht in der Scheune neben den Pferden zu verbringen. Kaum lagen die Soldaten im Stroh, schnarchten sie. Blatter hingegen versuchte, wach zu bleiben. Obwohl niemand unbemerkt in die Scheune eindringen konnte, wagte er es nicht, einzuschlafen und die Kiste aus den Augen zu lassen. Er lauschte angestrengt in die Dunkelheit, da er meinte, vor dem Scheunentor verhaltene Stimmen zu hören. Doch da war niemand.

Trotzdem blieb das ungute Gefühl, das sein Herz einen Takt schneller schlagen ließ. Was ist mit mir los?, überlegte er, da er sich seine Unruhe nicht erklären konnte. Gewiss ist der Grund der ungewöhnliche Inhalt der Kiste, versuchte er sich zu beruhigen. Doch niemand weiß, dass der Heilige Rock in der Kiste liegt, dachte er und schränkte ein: außer dem Prior und dem Domkapitular in Coelln. Er steckte sich einen Strohhalm zwischen die Lippen, auf dem er herumkaute. Sie werden schweigen, denn sie kennen die Konsequenzen bei Verrat. Nicht nur Karl Kaspar von der Leyen persönlich würde sie zur Rechenschaft ziehen, auch die Hölle wäre ihnen gewiss. Blatter spuckte den Halm aus, als seine innere Stimme flüsterte: »Deine Männer kennen ebenfalls das Geheimnis der Holzkiste!«

Nachdenklich betrachtete Blatter die schlafenden Gesichter der Soldaten. Manche hatten den Mund weit geöffnet und schnarchten laut. Zwei Burschen, die ausgestreckt dalagen, schienen nicht älter als sein Sohn Urs zu sein, und doch waren sie schon erfahrene Krieger. Diesen beiden, die wie Kinder aussahen und tief und fest schliefen, würde er ohne Bedenken sein Leben anvertrauen. Ehre und Loyalität standen ihnen unsichtbar auf die Stirn geschrieben. Blatters Blick schweifte zu seinem Feldwebel, dem Weberling. Er war ein ruhiger Geselle, der wenig von sich preisgab und über einen messerscharfen Verstand verfügte. Sein Pflichtbewusstsein stand über allem. Blatter wischte sich müde über das Gesicht. Würde ich einem von ihnen misstrauen, müsste ich an meiner Menschenkenntnis zweifeln, denn ich allein habe sie für dieses Unterfangen ausgesucht. Er atmete tief ein und versuchte sich zu entspannen.

Mit einem letzten Blick auf die Kiste streckte er sich aus und schaute zur Luke hinauf, durch die er nur stockdunkle Nacht sehen konnte. »Ich werde mich erst wohlfühlen, wenn wir samt Heiligem Rock auf dem Kahn in Richtung Trier fahren«, murmelte er und betete, dass sie auf dem Wasserweg vor Überfällen sicher sein würden. Am liebsten wäre er sofort aufgebrochen.

Da sowohl er als auch seine Soldaten auf dem Wasser unerfahren waren, hatte selbst der langsam fließende Rhein seine Tücken. Sie konnten mit dem Kahn auf einer Sandbank aufsetzen und nicht mehr loskommen oder sogar in einen Wasserstrudel geraten. Da Untiefen für sie nur schwer zu erkennen waren, fürchtete er zu kentern. Nicht auszudenken, wenn der Heilige Rock in den Tiefen des Flusses versinken würde, dachte er. Trotzdem hatte sich Blatter für die Reise auf dem Kahn entschieden, denn auf dem Landweg würden sie länger brauchen. Im Hafen von Coelln hatte er mit erfahrenen Seeleuten gesprochen, die ihn darüber aufklärten, wo der Rhein in die Mosel überging. Blatter hoffte, in einer Woche zurück in Trier zu sein.

Ich werde erst wieder frei atmen können, wenn die Kiste in der Schatzkammer des Doms sicher verschlossen ist, dachte er wieder.

Er lehnte sich zurück und spürte, wie die Müdigkeit ihn übermannte. Dieses Mal hatte er keine Kraft, dagegen anzugehen. Er schlief ein und erwachte erst, als er etwas Feuchtes im Gesicht spürte.

Entsetzt blickte er zu dem offenen Dachfenster hinauf und sah weiße Flocken fallen. »Verdammt!«, fluchte er. »Das Wetter ist umgeschlagen!« Obwohl es noch dunkel war, sprang er auf und weckte seine Männer. »Abmarsch!«, rief er ihnen zu und stieß sie unsanft an.

Die Soldaten setzten sich hastig auf. Mit zerknitterten Gesichtern, zerzausten Haaren und kleinen Augen blickten sie um sich. Als sie die feuchte Kälte spürten, zogen sie die Köpfe zwischen die Schultern.

»Ist es schon hell?«, fragte einer und wollte sich zurück ins Stroh legen, woraufhin ein anderer ihm eine Kopfnuss verpasste.

»Steh auf, du Narr!«, raunte er ihm zu, da er den mürrischen Blick des Feldwebels aufgefangen hatte, der an alle trockenes Brot und Speck verteilte. Ihren Durst löschten sie mit dem Wasser aus einer Regentonne.

Den Männern blieb kaum Zeit, ihr karges Frühmahl zu essen. Blatter sah sie scharf an. Sogleich stellten sich die Soldaten in einer Reihe auf. Er zeigte auf zwei Männer und befahl:

»Ihr bringt unsere Pferde zurück nach Trier, während wir mit dem Kahn fahren. Sollten wir länger als sieben Tage benötigen, werdet ihr uns mit einem Trupp suchen. Ich hoffe jedoch, dass wir ohne Zwischenfälle vorwärtskommen. Zieht eure Mönchskutten über, damit wir nicht als Soldaten auffallen.«

Er wählte vier Männer aus, die die Kiste – die durch die massiven Eisenbeschläge schwerer war, als sie aussah – zum Fluss hinuntertragen sollten. Die anderen sattelten die Pferde, während er selbst beim Fischer gegen die Tür klopfte. Der Mann öffnete verschlafen und steckte seinen Kopf zur Tür hinaus.

»Es ist noch dunkel!«, stellte er fest und sah den Hauptmann überrascht an.

»Wir können nicht länger warten. Hier ist das restliche Geld für deinen Sohn und den Kahn«, sagte Blatter und drückte ihm mehrere Münzen in die Hand.

»Das ist zu viel«, erklärte der Fischer.

»Der Rest ist für deine Gastfreundschaft und deine Verschwiegenheit. Wir werden das Gemüse und die Weinfässer mitnehmen, damit es aussieht, als ob Mönche für ein Kloster unterwegs wären. Das Fuhrwerk kannst du behalten.«

»Ich werde Euch helfen, die Gegenstände auf den Kahn zu bringen, und Euch dann vom Ufer abstoßen«, sagte der Mann und folgte dem Hauptmann.

Feldwebel Weberling stand an der Pinne und lenkte mit verkniffenem Gesicht den Kahn durch das Wasser. Beim Abendmahl in der Fischerhütte und einigen Bechern Wein hatte er Blatter verraten, dass sein Großvater an einem See wohnte und ihn oft als Jungen zum Fischen hinaus aufs Wasser mitnahm.

»Dann seid Ihr der Richtige, um uns nach Trier zu bringen«, hatte Blatter sofort erklärt.

»Ich habe vom Lenken eines Kahns ebenso viel Ahnung wie Ihr«, hatte Weberling versucht zu protestieren, doch Blatters Blick sagte mehr als Worte. Befehl war Befehl, wusste der Feldwebel und schwieg.

»Ich kann nicht schwimmen und gehe wie ein Stein unter. Ich hätte lieber die Pferde zurückgeritten, statt auf diesem wackligen Gefährt zu reisen«, jammerte nun ein anderer Soldat, dem noch die Tropfen des roten Weins, den er abends getrunken hatte, im Bart schimmerten. Er sah zerknirscht in die Runde.

»Wir werden fahren und nicht schwimmen«, lachte ein anderer und klopfte seinem Kameraden auf die Schulter.

»So ein Holzkahn kann untergehen«, murmelte der Nichtschwimmer.

»Da unser Feldwebel am Ruder stehen wird, werden wir sicher nach Trier gelangen«, tröstete man ihn.

Blatter blickte zu seinem Feldwebel und nickte ihm aufmunternd zu. Er selbst saß mit seinen Männern am Rand des Kahns und stieß gleichzeitig mit ihnen die Ruder ins Wasser. Es hatte die unerfahrenen Soldaten einige Mühe gekostet, bis sie ihren Rhythmus fanden. Doch nun glitt das Boot ruhig durch den Rhein, der nur vom Licht der Mondsichel am sternenklaren Himmel beleuchtet wurde.

Unsicher manövrierte der Feldwebel den Kahn in die Mitte des Flusses, da rechts und links am Ufer große Handelsschiffe in mehreren Reihen miteinander vertäut lagen. Plötzlich kam ihnen ein dreimastiges Segelschiff entgegen, auf dem ihnen die Matrosen von Weitem zuriefen: »Aus dem Weg!«

Weberling sah seinen Hauptmann erschrocken an. »Was meint er?«

»Ihr sollt den Kahn wegsteuern«, versuchte einer der jungen Soldaten zu erklären.

»In welche Richtung? Wo will er hin?«, fragte der Feldwebel erregt, denn schon klatschten die Wellen, die das mächtige Schiff verursachte, gegen die Bretterwand des Kahns und brachten ihn zum Schaukeln.

Die Soldaten hielten sich ängstlich am Holz fest und blickten an dem Segelschiff empor, das wie ein Riese an ihnen so dicht vorbeiglitt, dass man es mit der Hand berühren konnte.

»O Gott, O Gott! Mir wird übel!«, rief einer der Männer und erbrach sich in den Rhein.

Weit über sich konnten die Soldaten die Matrosen lachen hören. »Ein kotzender Klosterbruder«, rief einer zu ihnen herunter.

»Ich kann den Kahn bei diesem Wellengang kaum in der Fahrrinne halten«, klagte der Feldwebel. »Ihr müsst in Richtung Ufer paddeln, wo das Wasser ruhiger wird.«

»Es ist zu dunkel. Wir können nicht erkennen, ob es dort seicht wird. Wir könnten aufsetzen«, rief einer der Soldaten aufgebracht und schaute kritisch zum Ufer.

»Können wir Euch helfen, Mönche?«, fragte eine Stimme am Ufer.

Blatter blickte überrascht auf und entdeckte einen Burschen, den er bis jetzt nicht bemerkt hatte, da seine Aufmerksamkeit dem Segelschiff gegolten hatte. »Wer ist ›wir‹?«, fragte er den Jungen, der nicht älter als fünfzehn Jahre alt zu sein schien.

»Mein älterer Bruder und ich«, erklärte er und zeigte zu einem Wuschelkopf, der an einen Baum gelehnt stand und den Kopf hängen ließ.

»Was macht ihr hier im Dunkeln?«, fragte Blatter.

»Angeln! In der Nacht beißen die Fische besser«, erklärte der Bursche, und sein Bruder hob grinsend den Blick.

Blatter war beruhigt.

»Wisst ihr, wie tief der Rhein hier ist und ob es eine Untiefe gibt?«

»In der Nähe der Stadt habt Ihr genügend Tiefgang, da hier die großen Schiffe durchfahren müssen. Nur an der nächsten Flussbiegung solltet Ihr Euch weiter links zum Ufer hin halten, da dort mittendrin eine Sandbank ist. Sie ist tückisch und kaum zu erkennen.«

»Wie weit ist sie entfernt?«

»Eine halbe Stunde vielleicht. Ihr könnt sie nicht übersehen. Der Rhein macht dort eine weite Biegung nach links.«

»Danke, Bursche! Gott wird dir deinen Ratschlag vergelten«, rief Blatter ihm zu. Er wandte sich an seinen Feldwebel und wiederholte die Worte des Jungen. Als er zurück zu der Stelle am Ufer sah, waren die beiden Brüder verschwunden.

Die Luft war klirrend kalt und brannte in den Lungen der Männer. Schon bald schmerzten ihnen die Arme von der ungewohnten Anstrengung des Ruderns. Selbst Blatter stöhnte und rieb sich die Muskeln. »Es wäre ratsam, wenn immer zwei rudern und zwei sich ausruhen, da wir sonst keinen Tag durchhalten werden«, erklärte er und sah seine Männer fragend an, die zustimmend nickten.

Blatter und ein Mann zogen nun allein das Ruder durch das Wasser, während die anderen sich zurücklehnten und sich ausruhten.

Coelln mit seinen zahlreichen Vororten lag hinter ihnen, und die Stadt verschwand aus dem Sichtfeld der Männer.

Die Nacht schien nur langsam dem Tag weichen zu wollen. Dicke dunkle Wolken zogen am Himmel vorüber und tauchten die Flusslandschaft in diesiges Licht. Die Feuchtigkeit hing schwer in der Luft und legte sich auf den Stoff der Habits, die sich mit Nässe vollsogen. Die Kutten wurden klamm, und statt zu wärmen, ließen sie die Männer frösteln. Eng zusammengedrängt saßen sie in dem kleinen Kahn.

Die lange Kiste mit dem Heiligen Rock stand in der Mitte des Bootes. Man hatte sie unter groben Tüchern versteckt und einen Korb voller Gemüse daraufgestellt. Zwei Weinfässer standen auf der länglichen Seite rechts und links daneben. Es war so eng auf dem Kahn, dass die Soldaten nicht wussten, wohin sie ihre Glieder strecken sollten. Schon bald stellten sich die ersten Muskelkrämpfe und Taubheitsgefühle ein. Unruhig versuchten die Männer, ihre Sitzposition zu ändern. Dabei schwankte das Boot, sodass der junge Soldat erneut wegen Übelkeit jammerte.

»Hast du nicht gewusst, dass du seekrank wirst?«, fragte Weberling verärgert, als der Bursche zum wiederholten Male seinen Kopf über die Außenwand des Bootes hängte und würgte.

Der Soldat schüttelte den Kopf. »Woher sollte ich das wissen, Herr Feldwebel? Ich war zuvor noch nie auf einem Boot«, krächzte er kreidebleich und wollte sich auf die Kiste niedersetzen.

Blatter schnauzte ihn an. »Wage es, deinen Arsch auf das Gewand unseres Heilands zu setzen, und ich werfe dich eigenhändig ins Wasser.«

Erschrocken sprang der Bursche hoch und legte sich auf dem Boden nieder.

Fröstelnd starrten die Männer den Schiffen entgegen, die nach Coelln unterwegs waren, um ihre Fracht zu löschen.

»Herr Hauptmann, soviel ich weiß, liegt Trier nicht am Rhein«, erklärte ein Soldat.

Alle Blicke wandten sich Blatter zu.

»Wir folgen dem Rhein bis nach Coblenz, wo die Mosel in den Fluss mündet. Dort hat der Deutschritterorden eine Festung gebaut, sodass die Abzweigung nicht zu verfehlen ist«, erklärte Blatter.

»Wie weit ist die Moselmündung entfernt?«

»Ich hoffe, dass wir sie in drei Tagen erreichen werden.«

»Wann können wir an Land gehen und uns die Beine vertreten?«, wagte einer der jungen Soldaten zu fragen, der versuchte, seine eingeschlafenen Glieder zu strecken.

Blatter wollte bereits lospoltern, als der Feldwebel rief: »Das müsste die Flussbiegung mit der Sandbank sein, von der der Bursche gesprochen hat.«

Sofort herrschte Stille, und die Soldaten starrten angespannt nach vorn.

»Steuert näher ans Ufer«, befahl der Hauptmann, und sogleich griffen alle zu den Rudern und zogen sie steuernd durchs Wasser.

Als der Kahn dicht ans Schilf heranglitt, brach plötzlich Geschrei aus. Männer kamen aus der Uferböschung gestürmt und stürzten sich ins kalte Wasser. Ihre heftigen Bewegungen brachten das Boot gefährlich zum Wanken. Der Fluss war an dieser Stelle so flach, dass das Wasser den Angreifern nur bis zu den Bäuchen reichte.

»Verteidigt die Kiste mit eurem Leben«, brüllte Blatter seinen Befehl.

Schon wurde einer seiner Soldaten über den Rand des Bootes in den Rhein gezogen und unter Wasser gedrückt. Er wehrte sich mit Händen und Füßen und konnte nach Luft schnappen, bevor er erneut im eisigen Nass verschwand. Blatter drosch mit dem Holzpaddel auf den Angreifer ein, woraufhin er selbst von hinten attackiert wurde. Rasch drehte er sich um und sah in die feixenden Augen des jungen Burschen, der ihnen zuvor Ratschläge gegeben, sie aber anscheinend in eine Falle gelockt hatte. Er hielt einen Knüppel in den Händen, mit dem er dem Hauptmann drohte.

»Was wollt ihr von uns?«, schrie Blatter den Jungen an und wankte auf ihn zu.

»Wenn Klosterbrüder Schwerter unter ihren Habits tragen, dann haben sie etwas Wertvolles zu bewachen, und das wollen wir haben«, antwortete ein Mann, der neben dem Burschen auftauchte und einen Dolch in den Händen hielt.

Blatter blickte den Fremden scharf an, und plötzlich wusste er, wer er war. »Du bist der Gaukler, der uns in Coelln belästigt hat!«

Kaum hatte er es ausgesprochen, lachte der Mann auf und

zeigte seine krummen Zähne. Dann warf er sich Blatter entgegen, der im letzten Augenblick sein Schwert ziehen konnte. Obwohl der Kahn bedrohlich schaukelte und Blatter nur mit Mühe das Gleichgewicht halten konnte, stach er dem kampfungeübten Mann mitten durchs Herz. Der Angreifer war sofort tot und fiel in den Fluss.

Als das Wasser sich dunkelrot färbte, brüllte der Bursche: »Du verdammter Hurensohn!« Dann schlug er wütend mit dem Knüppel auf Blatter ein und traf ihn an Arm und Schulter.

Ein stechender Schmerz zuckte durch den Körper des Hauptmanns und raubte ihm fast den Atem. Blatter wechselte die Schwerthand und schlug dem Jungen mit dem Knauf gegen die Stirn, sodass er hintenüber ins Boot und gegen ein Weinfass fiel. Sogleich war der Feldwebel zur Stelle und hielt dem Burschen die Schwertspitze an die Kehle.

»Ruf deine Freunde zurück, oder du bekommst ein nasses Grab wie der Gaukler.«

Benommen setzte sich der Junge auf und stieß einen schwachen Pfiff aus. Sogleich ließen die anderen Angreifer die Arme sinken.

»Macht, dass ihr fortkommt, und nehmt den Toten mit«, zischte Blatter und hielt das Schwert drohend in die Höhe.

Der Junge sprang mit einem Satz ins Wasser und half seinen Kameraden, den Leichnam an Land zu ziehen. Wütend schaute er zu den Soldaten und drohte ihnen mit der Faust. Dann verschwanden die Angreifer im Schilf, wo sie hergekommen waren.

Keiner der Soldaten war getötet oder ernstlich verletzt worden. Außer Platzwunden, blauen Flecken und nasser Kleidung hatten die Männer nichts abbekommen. Auch die Kiste war unversehrt.

»Lasst uns den Kahn auf die Mitte des Flusses lenken«, befahl Blatter und hielt sich die Schulter.

»Seid Ihr verletzt?«, fragte Weberling besorgt, was der Hauptmann verneinte, während er zum Ufer hinüberstarrte. Als er niemanden mehr entdecken konnte, atmete er erleichtert aus.

Ignatius schickte seinen Schatten Thomas Hofmann fort, da er in dem Kloster, das vor ihnen lag, nach Lebensmitteln fragen wollte.

Während der Soldat zu einem nahen Waldstück ritt, um dort auf ihn zu warten, zügelte Ignatius seinen Rappen und zog die verräterische schwarze Hose des Pestreiters aus. Sogleich fuhr ihm eisiger Wind unter das Habit und ließ ihn erschauern. Mühsam und zitternd hievte er sich zurück in den Sattel und trieb das Ross zur Eile an. Vor der Pforte kam der Hengst zum Stehen.

Ignatius ließ sich vom Pferderücken gleiten und zog mit steifen Fingern an der Glocke. Während er darauf wartete, dass jemand kam, versuchte er, mit den Füßen die klirrende Kälte fortzustampfen. Endlich öffnete ein Mönch die Luke. Kaum erblickte er Ignatius' von Kälte gezeichnetes Gesicht, stieß er das Tor auf.

»Du Armer«, begrüßte der alte Mönch Ignatius mitfühlend und nahm ihm die Zügel ab. »Ich führe dich ins Warme, Bruder!«

»Ich muss deinen Prior sprechen«, erklärte Ignatius und schlug sich die Arme um den Körper.

»Du findest ihn im Refektorium«, sagte der Alte und wies Ignatius den Weg. Dann brachte er den Rappen in den Stall.

Ignatius eilte die Außengänge entlang, die die einzelnen Klostergebäude miteinander verbanden, bis zur Tür des Speisesaals. Nach kurzem Anklopfen öffnete er das Portal des Refektoriums und trat ein. Sogleich empfing ihn wohlige Wärme. Ohne rechts oder links zu schauen, ging er auf den mannshohen Kamin im Raum zu. Riesige Holzscheite brannten darin. Leise seufzend ließ er sich von der Wärme bestrahlen und rieb sich die klammen Hände.

»Noch ein Besucher?«, fragte eine erstaunte Stimme, und Ignatius wandte sich um.

»Verzeiht meine Unhöflichkeit, Bruder«, bat er, als er einen Mönch an einem Tisch sitzen sah. »Seid Ihr der Prior des Klosters?«

Bevor er eine Antwort bekam, öffnete sich die Tür, und zwei Ordensschwestern traten ein. Ignatius verbeugte sich und murmelte verwundert: »Ich grüße Euch, Schwestern!«

Die Frauen nickten ihm verlegen lächelnd zu und setzten sich zu dem Mann an die Tafel.

Ignatius blickte wie gebannt die Nonnen an. Er glaubte, die jüngere zu kennen. Bei ihrem Anblick sah er das Gesicht einer Person, an deren Gesichtszüge er sich nur undeutlich erinnerte.

»Ja, ich bin der Prior dieses Klosters. Willst du mir deinen Namen verraten?«, lenkte der Mönch ihn von seinen Gedanken ab und gesellte sich neben Ignatius an den Kamin, der den Blick nun ihm zuwenden musste.

»Ich heiße Ignatius und komme aus dem Jesuitenkloster in Trier, in dem ich das Amt des Cellerars innehabe.«

»Dann hattest du einen langen Ritt. Kein Wunder, dass du durchgefroren bist«, meinte der Prior mitfühlend.

Ignatius nickte. »Ich bin in einen Schneesturm geraten, der mich bis auf die Haut durchnässt hat«, erklärte er und trat einen Schritt dichter an den wärmenden Kamin heran.

»Dann bleib vor dem Feuer stehen und trockne dein Habit. Meine Brüder werden dir heiße Suppe und Würzwein bringen.«

»Habt Dank für Eure Barmherzigkeit, aber ich muss weiter. Ich möchte nur eine Bitte vortragen.«

Der Prior hob fragend die Augenbrauen und sah Ignatius neugierig an.

»Die Vorratskammer unseres Klosters wurde zweimal von Dieben geplündert. Damit wir im Winter nicht hungern müssen, reise ich von einem Kloster zum nächsten und ersuche um Lebensmittel. Hättet Ihr die Güte, Eure Nahrungsmittel mit uns zu teilen?«, fragte Ignatius. Er musste sich bemühen, seiner Stimme einen festen Klang zu geben, denn ihm war das Betteln unangenehm geworden.

Der Prior hatte stumm zugehört und schüttelte den Kopf. »Zwei Besucher an einem Tag mit demselben Anliegen. Gott stellt meine Menschenliebe auf eine harte Probe«, erklärte er und setzte sich zurück an den Tisch, wo die Ordensschwestern mit roten Wangen den Blick senkten.

»Wie darf ich das verstehen?«, fragte Ignatius und musste heftig niesen.

»Du hast dich erkältet«, erkannte der Prior und rief nach hinten: »Bruder Michael, bringt unserem Gast heißen Wein und verrührt einen Löffel Honig darin.«

Sogleich kam ein Bursche um die Ecke und stellte einen Becher mit dampfendem Würzwein auf den Tisch. »Nimm einen Schluck«, forderte der Prior ihn auf. »Er wird dich von innen wärmen und die Erkältung bekämpfen.«

Dankend nahm Ignatius das Getränk entgegen und stellte sich zurück vor das Kaminfeuer. Bevor er an dem Wein nippte, fragte er: »Was meintet Ihr damit, dass Gott Euch auf die Probe stellt?«

Ein leichtes Lächeln überzog die Miene des Priors, bevor er wieder ernst wurde. »Schwester Franziska kam ebenfalls mit der Bitte um Hilfe zu mir. Sie ist die Oberin in dem Kloster der Franziskanerinnen, das über dem Rhein gelegen ist. Ihre Schafherde wurde von einem Rudel Wölfe angegriffen, die einige Tiere töteten. Den anderen gelang die Flucht aus dem

Stall ins Freie. Doch aus Angst vor den Bestien stürzten sie in den nahen Fluss und ertranken.«

»Wenn wir keine Schafe haben, bekommen wir zu Ostern keine Lämmer«, erklärte die ältere Nonne und sah den Prior dankbar an.

Als Ignatius ihren Blick sah, meinte er: »Ich gehe davon aus, dass Euch geholfen wird.«

Die Ordensschwester nickte. »Morgen werden wir mit einem Schafbock und vier Muttertieren zurück in unser Kloster fahren.«

Durch ihre Antwort bestärkt, schaute Ignatius erwartungsvoll zu dem Prior, der leise stöhnte.

»Was benötigt Ihr von unserem Kloster?«

~ *Kapitel 41* ~

Susanna saß auf dem Schemel in ihrer Küche und wartete darauf, dass Peter Hönes sie abholte. Sie freute sich, das Ehepaar Bickelmann wiederzusehen, zumal seit ihrem letzten Treffen einige Zeit vergangen war.

»Und ehe man sich's versieht, sind die Bickelmanns zu dritt«, lachte sie. Es war freundlich von Peter Hönes, mir das mitzuteilen, dachte sie und ging zum Fenster. Anscheinend ist Frau Bickelmann sehr an einer Freundschaft mit mir gelegen, denn sonst würde sie nicht schon kurz nach der Entbindung auf meinen Besuch drängen, überlegte sie. Denn sie wusste, dass man Neugeborene bis zur Taufe niemandem zeigte aus Angst, sie könnten krank werden und dann ohne kirchlichen Segen sterben.

Susanna betrachtete aufmerksam das Treiben auf der Straße. Wenn Urs und ich ein Kind bekommen, sollen es ebenfalls alle erfahren, beschloss sie und wünschte sich: Ach, wäre es nur schon Abend, und mein Liebster wäre bei mir.

Ob mein Vater Urs mögen würde, überlegte sie und merkte plötzlich, dass sie bereits seit Tagen weder von ihren toten Familienangehörigen geträumt noch an sie gedacht hatte. Sie versuchte, sich die Gesichter ihrer Lieben in die Erinnerung zurückzuholen. Nein, ich habe sie nicht vergessen, stellte sie erleichtert fest.

An jede Kleinigkeit konnte sie sich erinnern. Sie hörte sogar das Singen ihrer jüngeren Schwester Bärbel und das Lachen ihres Bruders Johann. »Wärst du mit meiner Wahl zufrieden?«, fragte Susanna, als ob ihre Mutter neben ihr stünde. Die hatte einst gesagt: ›Dein Herzschlag wird dir verraten, ob er der Richtige ist!‹, als die Tochter sie fragte, woran man den richtigen Mann zum Heiraten erkennen würde.

Allein wenn ich an Urs denke, beginnt mein Herz zu rasen, dachte Susanna, und sie war sich sicher, dass sie die richtige Entscheidung getroffen hatte.

Sie blickte wieder hinaus auf die Straße und sah, wie Hönes auf ihr Wohnhaus zuschritt. Als er zu ihr hochblickte, war sie im ersten Augenblick versucht, ihre Hand zum Gruß zu heben, doch dann trat sie einen Schritt zurück in die Kammer. Es gehört sich nicht, einem fremden Mann zuzuwinken, wies sie sich selbst zurecht. Sie befürchtete, dass Hönes sich falsche Hoffnungen machen könnte, und so beschloss sie, ihm schnellstmöglich mitzuteilen, dass sie bald heiraten würde.

Susanna betrachtete ihren Ring. Aber dafür muss ich den richtigen Zeitpunkt abwarten, und der ist heute sicher nicht. Ich möchte uns die Freude nicht verderben, den neuen Erdenbürger zu begrüßen, entschied sie.

Sie zog den Ring vom Finger und versteckte ihn in einer Schublade, da klopfte es schon an der Tür. Hastig legte sie sich den Umhang um die Schultern und ging zur Tür. Mit Schwung öffnete sie und trat sogleich auf den Gang hinaus, noch bevor Hönes grüßen konnte.

»Ich wusste, dass Ihr es seid, da ich Euch vom Fenster aus gesehen habe«, entschuldigte Susanna ihr stürmisches Auftreten.

»Ihr habt auf mich gewartet«, stellte er freudig fest und grinste breit.

Susanna fürchtete, dass jedes weitere Wort, ihn vom Gegenteil zu überzeugen, zwecklos wäre. Schweigend ging sie an ihm vorbei und schritt die Treppe nach unten.

Auf der Straße griff Hönes wie selbstverständlich nach Susannas Arm und wollte sie dicht an seine Seite ziehen. Überrumpelt entzog sie sich seinem Griff und schaute ihn verlegen an.

»Herr Hönes …«, wollte sie ihn zurechtzuweisen, doch als er sie aus unschuldigen Augen anblickte, musste sie lächeln und nahm seinen Arm. Dieses Mal wahrte er den Abstand.

Schweigend gingen sie nebeneinander her. Als sie eine breite Pfütze umrunden mussten, fragte Hönes im Plauderton: »Habt Ihr den Schnee heute morgen gesehen?«, und Susanna nickte.

»Ich liebe den Winter mit seiner weißen Pracht. Die Landschaft hat etwas Jungfräuliches, wenn sie mit einer hellen Schicht bedeckt ist. Aber sobald der Schnee schmilzt, mag ich diese Jahreszeit nicht mehr, denn dann kommt das Dreckige, das Schmutzige zum Vorschein.« Hönes blickte Susanna ernst an, um dann seinen Mund zu einem Lächeln zu verziehen.

Stirnrunzelnd wandte Susanna den Blick nach vorn. Sie verstand Hönes' Anspielung nicht, wagte aber nicht, danach zu fragen, denn sie befürchtete, dass ihr seine Antwort nicht gefallen würde. Als sie endlich in die Straße einbogen, in der das Ehepaar Bickelmann wohnte, entfuhr ihr ein kaum hörbarer Seufzer der Erleichterung.

Hönes zog am Seil der Glocke, die man schwach im Innern des Hauses läuten hörte.

Die Tür wurde geöffnet, und Walter Bickelmann rief erfreut: »Da seid Ihr endlich!« Sein Blick wandte sich Hönes zu, und er flüsterte lachend und für Susanna hörbar: »Trotz deiner Bedenken ist es dir gelungen, deine Freundin mitzubringen.«

Er ließ die Besucher eintreten und begrüßte Susanna stürmisch. »Meine Frau Anna Maria kann es kaum erwarten, Euch zu sehen«, sagte er und führte den Besuch in die gute Stube. Dort nahm er ihnen die Umhänge ab und legte sie über einen Stuhl.

»Eure Frau benötigt sicher noch Ruhe«, wagte Susanna anzumerken.

Doch Bickelmann erklärte: »Ihr müsst Euch keine Gedanken machen. Obwohl sie erst gestern entbunden hat, geht es ihr gut. Frauen sind zum Gebären geboren und haben damit keine Probleme.«

Susanna schaute Bickelmann befremdet an. Sie räusperte sich und strich verlegen ihr Kleid glatt. »Dann möchte ich Eure Frau nicht warten lassen. Außerdem bin ich neugierig auf Euren Nachwuchs«, erklärte sie und vermied es, Hönes anzublicken.

Walter Bickelmann zeigte zur Tür und meinte ungezwungen: »Geht die Treppe hinauf. Hinter der ersten Tür auf der rechten Seite ist die Schlafstube.«

Susanna wunderte sich über diese unhöfliche Art, die sie von Bickelmann nicht erwartet hätte. Aber sie war froh, von den beiden Männern fortzukommen, und stieg die Treppe hinauf. Zaghaft klopfte sie an der Tür.

»Frau Bickelmann, ich bin es. Susanna Arnold«, sagte sie mit verhaltener Stimme.

»Seid Ihr allein?«

»Ja.«

»Dann kommt herein!«

Susanna öffnete leise die Tür der Schlafstube. Ein süßlicher, warmer Geruch hing in der Luft. Die Fenster waren zugehängt, und nur das schwache Licht einer Kerze erhellte die Kammer. Zögerlich trat Susanna näher.

»Ich war mir nicht sicher, ob ich wirklich eintreten darf, da Euer Kind noch ungetauft ist.«

»Kommt nur!«, forderte Frau Bickelmann und klopfte neben sich auf das Bett. »Ihr seid die einzige Person, die ich sehen möchte. Alle anderen dürfen erst in sechs Wochen zur Taufe kommen.« Sie hatte sich das Kind an die Brust gelegt, das mit geschlossenen Augen nuckelte. Obwohl dunkle Schatten unter ihren Augen lagen und sie blass und müde aussah, schien sie von innen heraus zu strahlen.

»Wie geht es Euch?«, fragte Susanna.

»Ich könnte vor Glück hopsen«, antwortete Frau Bickelmann lächelnd.

Susanna beugte sich nach vorn, um das Kind besser sehen zu können.

»Gott hat uns einen gesunden Jungen beschert. Wir werden ihn auf den Namen Mathias taufen lassen«, verriet Anna Maria Bickelmann und strich ihrem Sohn liebevoll über das helle Haar. Da der Junge beim Stillen eingeschlafen war, legte sie ihn neben sich und schloss das Oberteil ihres Nachtgewands. Erschöpft lehnte sie sich zurück und sah Susanna glücklich an. »Ich muss gestehen, ich habe nicht annähernd vermutet, dass eine Geburt so anstrengend sein könnte. Aber unser kleiner Mathias war alle Beschwerlichkeiten wert«, sagte sie stolz und breitete eine Wolldecke über ihrem Sohn aus.

Dann sah sie Susanna mit einem merkwürdigen Blick an und sagte: »Es freut mich, dass Ihr Euch mit Peter Hönes versteht. Walter erzählte mir, dass er in den hellsten Tönen von Euch schwärmt. Er ist ein guter Freund meines Mannes, und es liegt uns viel daran, dass er eine nette Frau findet. Wartet nicht zu lange mit dem Kinderkriegen.«

Susanna riss erstaunt die Augen auf. »Wie meint Ihr das, Frau Bickelmann?«

»Ich darf nicht zu viel verraten, aber mein Mann deutete mir gegenüber an, dass Hönes Euch heiraten möchte. Verratet nicht, dass ich Euch das erzählt habe«, bat sie lächelnd.

»Aber ich kenne Herrn Hönes kaum«, wehrte sich Susanna.

Doch Frau Bickelmann erwiderte: »Ihr habt genügend Zeit, Euch während der Ehe kennenzulernen. Glaubt mir, ich weiß, wovon ich rede. Und das Ergebnis könnt Ihr hier neben mir bewundern.«

Susanna atmete tief durch. Sie glaubte, in dem überhitzten Zimmer nicht mehr atmen zu können. Ich muss ihr von Urs erzählen, beschloss sie. Doch da nahm Frau Bickelmann ihre Hand in ihre und sagte mit feierlich klingender Stimme:

»Mein Mann und ich haben beschlossen, dass Ihr und Peter die Pateneltern unseres Mathias werden sollt.«

Erwartungsvoll blickte sie Susanna an, die vor Schreck nur »Aber Frau Bickelmann ...«, stammelte.

»Nenn mich Anna Maria, Susanna. Bald stehen wir uns durch die Taufe meines Sohnes nahe, und deshalb ist es richtig, dass wir uns vertraut duzen.«

Susanna war wie gelähmt und unfähig, sich zu wehren oder aufzubegehren. Sie schaute die Frau fassungslos an.

Anna Maria sah das Entsetzen ihrer neuen Freundin nicht, denn sie schloss die Augen. »Ich bin sehr müde, meine Liebe. Vielleicht könntest du später noch einmal vorbeischauen«, murmelte sie und schlief ein.

Susanna entzog ihr die Hand und stand auf. Ich liebe doch Urs, hätte sie schreien wollen. Doch sie blieb stumm. Mit schlotternden Beinen verließ sie die Schlafkammer und schloss die Tür hinter sich. Auf dem kühlen Gang atmete sie mehrmals ein und aus, um einen klaren Kopf zu bekommen. Ich werde das Missverständnis sofort aufklären, nahm sie sich vor und stieg die Treppe ins Erdgeschoss hinunter.

Schon auf der letzten Stufe hörte sie lautes Reden und Lachen hinter der Stubentür. Als sie ihren Namen hörte, schlug ihr Herz bis zum Hals.

»Du darfst Susanna keine Möglichkeit einräumen, nein zu sagen, mein Lieber«, hörte sie Bickelmann lallen. »Mach ihr ein Kind, und sie wird dich anhimmeln. Ich erlebe es bei meiner Anna Maria.«

»Dass ihr uns zu Paten eures Sohnes machen wollt, ist ein schlauer Schachzug. So werden Susanna und ich auf alle Ewigkeit miteinander verbunden sein.«

»Darauf wollen wir anstoßen«, rief Bickelmann, und Hönes lachte glucksend.

Susannas Hände waren kalt geworden. Ihre Zähne schlugen unkontrolliert aufeinander. Wie konnten diese beiden Männer hinter ihrem Rücken über ihr Leben bestimmen? Wie konnten sie annehmen, dass sie einwilligen würde, die Patenschaft zusammen mit Hönes zu übernehmen? Herr im Himmel, überlegte sie, was soll ich machen? Wie komme ich aus diesem Haus fort, ohne dass sie mich sehen? Doch sie musste in die Stube zurück, um ihren Umhang zu holen. Susanna straffte die Schultern und betrat den Raum.

»Da ist sie ja!«, rief Bickelmann mit schwerer Zunge. »Habt Ihr meinen Prachtsohn gesehen?«

Sie nickte und wandte sich an Hönes. »Da Frau Bickelmann schläft, möchte ich nach Hause gehen!«

»Ihr seid gerade erst gekommen«, protestierte der Gastgeber und leerte seinen Becher in einem Zug.

»Ihr könnt gerne bleiben, Herr Hönes. Ich finde den Weg zu meiner Wohnung allein!«, sagte Susanna, legte den Mantel um und wollte zur Tür gehen.

»Herr Hönes, du solltest unsere Susanna begleiten«, ahmte Bickelmann ihre Anrede nach und zwinkerte seinem Freund verschwörerisch zu.

Susanna spürte, wie ihre Unsicherheit der Wut wich. Sie fand das Benehmen der Männer unangebracht und war geneigt, ihnen das auch zu sagen. Doch als sie sah, wie Hönes wankend seinen Umhang umlegte, wusste sie, dass es keinen Zweck hatte. Sie würde die Aussprache verschieben müssen, bis die beiden wieder nüchtern waren.

Hönes schwankte, und Susanna griff nach seinem Arm. Trotz ihres Widerwillens hielt sie ihn fest, damit er sicher durch die Straßen gehen konnte. Da es langsam dunkel wurde, hoffte Susanna, nicht erkannt zu werden.

»Achtet auf Eure Schritte«, zischte sie ungehalten, als er stolperte und sie beinahe mit sich zog. »Die Leute schauen bereits!«

»Was kümmern mich die Leute!«, schimpfte er und drückte sich dichter an Susanna.

»Lasst das, oder Ihr müsst ohne meine Hilfe weitergehen«, drohte sie.

Da zog Hönes sie durch ein Tor auf den dahinter gelegenen Hof. Trotz seiner Trunkenheit drückte er sie fest gegen die Hauswand, sodass sie sich kaum bewegen konnte.

»Ihr seid wie frisch gefallener Schnee! Oberflächlich scheint Ihr jungfräulich, doch darunter seid Ihr schmutzig!«, lallte er mit gieriger Stimme.

»Was –«, hob sie an, doch er presste seinen Mund auf den ihren und unterdrückte so ihren Schrei.

Seine Zähne gruben sich in ihre Unterlippe, und sie stöhnte von Schmerzen gequält auf. Sie wollte ihn von sich stoßen, doch sie spürte, wie seine Hand ihren Rock hochschob und er versuchte darunterzugreifen. Entsetzt sah sie, wie seine Augen teuflisch funkelten. Genauso hatte der Mann ihrer Tante sie angesehen, als er ihr Gewalt antun wollte.

Und auch dieses Mal werde ich mich nicht kampflos ergeben, dachte Susanna voller Panik und biss Hönes fest in die Lippe.

Er zuckte vor Schmerz zurück und ließ sie los. Wütend fasste er sich an den Mund und holte mit der anderen Hand aus, um sie zu schlagen. Diesen Augenblick nutzte Susanna und trat ihm mit Kraft zwischen die Beine. Er heulte wie ein Wolf auf und ging in die Knie.

»Das wirst du mir büßen, du Miststück!«, brüllte er und fiel zur Seite.

Susanna blickte sich nicht nach ihm um, sondern rannte, als sei der leibhaftige Teufel hinter ihr her. Sie achtete nicht auf die Menschen, die ihr verwundert nachblickten und verständnislos den Kopf schüttelten. Sie rannte und keuchte und hielt sich die Seite. Doch ihre Angst, dass Hönes sie verfolgen könnte, trieb sie weiter.

Erst als sie die Wohnungstür aufstieß und hinter sich wieder verschloss, ließ sie den Tränen ihren Lauf. Kraftlos lehnte sie sich gegen das Türblatt. Sie rutschte weinend in die Hocke und schlug sich die Hände vors Gesicht.

»Dieser Schuft«, schluchzte sie. »Ich will ihn niemals wiedersehen! Und die Bickelmanns werde ich auch nie wieder besuchen. Ich hasse sie, ich hasse ihn!« Wenn Urs davon erfährt …, dachte sie, doch sie führte den Gedanken nicht zu Ende.

Sie erhob sich und ging mit weichen Knien zu der Schublade, um den Ring hervorzuholen und sich an den Finger zu stecken.

»Ich werde ihn nie wieder abnehmen. Jeder soll wissen, dass ich vergeben bin!«, schwor sie.

⋯ *Kapitel 42* ⋯

Ignatius ritt zu dem Wäldchen, in dem Thomas Hofmann auf ihn warten sollte. Als er näher kam, konnte er eine dünne Rauchsäule erkennen, die von einem Lagerfeuer herrührte. Hofmann hatte ihn gesehen und trat zwischen den Bäumen hervor.

»Hattet Ihr Erfolg?«, fragte er, kaum dass Ignatius sein Pferd neben ihm zum Stehen gebracht hatte.

»Der Prior wird in den nächsten Tagen mehrere Sack Korn, Gemüse und zwei Fässer Wein nach Trier schicken«, berichtete Ignatius und band seinen Rappen neben dem Wallach des Soldaten an einem Ast fest.

»Man muss Euch zu Eurem Verhandlungsgeschick gratulieren«, lobte Hofmann und setzte sich vor das Feuer, das nur noch schwach flackerte.

»Eine Nonne hat mir dabei ungewollt geholfen«, verriet Ignatius und erzählte Hofmann die Geschichte der Franziskanerinnen.

»Das nenne ich Zufall und Glück. Denn so musste der Prior Euch helfen, selbst wenn er das nicht gewollt hätte.«

»Ja, so kann man es sehen. Doch nun reicht es mit dem Betteln. Ich muss mich meiner eigentlichen Aufgabe besinnen und den Pestreiter wieder zum Leben erwecken. Es wird Zeit, dass ich den Pestkranken helfe und den Hexenverfolgungen Einhalt gebiete.«

Hofmann nickte und löschte die Flammen, während Ignatius in seine Verkleidung schlüpfte.

»Ich weiß, wer Ihr seid, und ich weiß, was Ihr wollt. Euer Ruf eilt Euch voraus. Aber ich kann Euch versichern, dass es in meiner Gemeinde schon seit vielen Jahren keine Pestkranken mehr gibt. Der lange Krieg und viele Krankheiten haben unsere Einwohnerzahl auf sieben Familien schrumpfen lassen. Sechs Frauen und vier Männer sowie zehn Kinder leben hier, und die sind kerngesund«, versicherte der Pfarrer des Dorfes dem schwarz gekleideten Mann und blickte ihm furchtlos ins Gesicht. Auch wenn er durch die Maske weder Augen noch Gesichtszüge des Pestreiters erkennen konnte, war sein Blick fest auf ihn geheftet.

»Wie lange seid Ihr im Amt?«, fragte Ignatius mit dunkler Stimme.

»Drei Jahre.«

»Wie viele Hexen habt Ihr in dieser Zeit angeklagt?«

»Nicht eine.«

Ignatius legte den Kopf leicht schief. »Nicht eine?«, fragte er ungläubig, und der Mann schüttelte den Kopf.

»Nicht eine!«, wiederholte er.

»In jeder Gemeinde gibt es Malefikante.«

»Nicht in meiner, denn weder Frauen noch Männer sind vom Glauben abgefallen.«

Ignatius bezweifelte diese Aussage und verschränkte seine in schwarzes Leder gepressten Hände auf dem Rücken. Er sah den Mann durchdringend an.

»Ihr kennt Eure Mitglieder so genau, dass Ihr das vor Eurem Herrn schwören würdet?«

Ohne Aufforderung ging der Mann auf die Knie, hob die rechte Hand und beteuerte: »Ich schwöre es vor Gott und bei meinem Leben!«

Ignatius atmete tief durch und wies den Pfarrer an, sich zu erheben.

»Damit das so bleibt, verbiete ich Euch und allen anderen, jemals eine Person der Hexerei zu beschuldigen. Sollte es dennoch geschehen, wird die Strafe Gottes furchtbar sein.«

»Ihr müsst mir nicht drohen, denn wir alle leben in meiner Gemeinde nach den Geboten und Verboten unseres Heilands.«

»So soll es bleiben«, erklärte Ignatius und ließ den Kirchenmann allein.

Ignatius war mit dem Ergebnis seiner Arbeit zufrieden und hoffte, dass es so einfach weitergehen würde. Doch bereits mehrere Orte weiter stieß er auf Widerstand. Der dortige Amtmann ließ sich von der schwarzen Gestalt, die plötzlich in seiner Amtsstube auftauchte, nicht einschüchtern. Er schien weder befangen noch beeindruckt. Stumm saß er am Tisch und schaute zu dem Pestreiter, der langsam auf ihn zuschritt. Ignatius wartete darauf, dass der Mann etwas sagte, doch der schaute ihn nur aus eisgrauen Augen böse an.

Schließlich wurde Ignatius ungeduldig, und er fragte: »Ihr wisst, wer ich bin?«

Der Amtmann nickte, ohne eine Miene zu verziehen.

»Habt Ihr mir nichts zu sagen?«

Der Beamte schüttelte den Kopf.

Ignatius spürte, wie er unsicher wurde, da sonst die Pfarrer und die Amtmänner aufgebracht und gesprächig waren. Aber dieser schien ohne Angst zu sein. In solch einer ungewohnten Lage hatte Ignatius sich nie zuvor befunden. Er wippte unsicher auf den Fersen.

Da veränderte sich der Ausdruck in den Augen des Mannes, und er brauste auf: »Ihr glaubt wohl, dass Ihr mich mit Eurem Auftritt und Eurer Pestmaske beeindrucken könnt? Weit gefehlt! Ich fürchte Euch und Eure Drohungen nicht. Auch nicht den Zorn unseres Regenten oder gar unseres Heilands. Ich weiß, was richtig oder falsch ist, und ich weiß, ob jemand auf den Scheiterhaufen gehört oder nicht. Irmi Schneider ist eine Hexe, die schon bald brennen wird.«

Ignatius kannte den Fall Schneider nicht und fragte: »Was macht Euch da so sicher?«

Der Amtmann lachte unlustig auf und erklärte: »Was wisst Ihr schon! Ihr reitet von Dorf zu Dorf, verbreitet Angst und Schrecken und wollt den Menschen verbieten, das Übel zu bekämpfen. Doch wenn Ihr so sehr an das Gute glaubt, dann erklärt mir, warum eine Frau Föten trocknet und sie anderen unters Essen mischt, damit sie keine Kinder bekommen können? Zudem wurde diese Frau von zahlreichen hingerichteten Personen als Zaubersche enttarnt. Sie soll bereits vor acht Jahren das Pferd des Ackerfahrers Jüppchen mit einem verhexten Trunk vergiftet haben.« Der Amtmann blickte den Pestreiter voller Verachtung an. Als er weitersprach, färbte Hass seine Stimme rau: »Ihr schürt so lange die Furcht unter den Gläubigen, bis eines Tages das Böse allein die Welt beherrschen wird.«

Ignatius wusste, dass Angst vor dem Satan die Menschen niederdrückte und sie blind für das Gute machte. »Ist es nicht Teufelswerk, dass Menschen sich gegenseitig misstrauen?«, fragte er und betrachtete den Amtmann sorgfältig. Sein Gesicht war vom Alter gezeichnet. Trotzdem sprühten seine Augen vor Kampfgeist. Ignatius glaubte, eine ungeheure Wut darin zu erkennen. Aber war Wut nicht auch eine Form von Leidenschaft, die er sich zunutze machen konnte?

Der Amtmann schien über den Einwand des Pestreiters erstaunt. Als er grübelte, schob Ignatius nach: »Dem Bösen reicht es, wenn die Guten tatenlos sind. Allein dadurch gewinnt der Teufel an Macht.«

Mit gefurchter Stirn blickte der Mann auf. Ignatius spürte, dass der Amtmann in seiner Entschlossenheit wankte.

»Überlegt, mit welchen Beweggründen das Böse die Angst der Menschen entfacht. Je mehr Männer oder Frauen der Hexerei denunziert, verurteilt und verbrannt werden, desto mehr wird das Land ins Chaos gestürzt. Dass die Menschen sich gegenseitig beschuldigen, freut den Teufel, und er reibt sich die Hände. Wägt ab, was die vielen Hexenverbrennungen gebracht haben! Gibt es weniger Beschuldigte? Hat auch nur ein Hexenprozess im Land einen erkennbaren oder sicheren Nutzen gebracht? Ich kann nur Unruhe, Misstrauen, Todesopfer und Kosten erkennen.«

»Wollt Ihr damit sagen, dass es keine Hexen gibt?«

»Nein, das will ich nicht. Aber Hexen zu vernichten bringt nichts Gutes. Wir müssen die Angeklagten zurück auf den rechten Weg bringen – sie dem Glauben an Gott wieder zuführen und sie leben lassen.«

»Hexen haben ihr Recht auf Leben in dem Augenblick verwirkt, wenn sie Gott verleugnen und sich dem Teufel zuwenden. Sie müssen brennen und untergehen. Und deshalb wird Irmi Schneider, die im Hexenturm sitzt, ihrer gerechten Strafe zugeführt«, zischte der Amtmann.

Ignatius hatte das Gefühl, einen Schlag in die Magengrube zu erhalten und gleichzeitig die Kehle zugedrückt zu bekommen. Was hatte der Mann gesagt, das ihn dermaßen beunruhigte, dass ihm sogar übel wurde? Er grübelte, als er den kritischen Blick des Amtmanns bemerkte.

Ich darf keine Schwäche zeigen, dachte er, da ich ihn sonst nicht überzeugen kann. Sachlich erklärte er dem Amtmann: »Es geht nicht darum, dass die Hexen untergehen, sondern darum, wen sie dabei mit sich reißen.«

Der Mann schien von diesem Gedankengang ungerührt zu bleiben und schaute entschlossen hoch. »Ihr könnt mich nicht überzeugen, Pestreiter«, sagte er verächtlich. »Hexen müssen und werden brennen.«

»Ihr seid ein Narr, Amtmann, denn Ihr merkt nicht, dass der Teufel Euch bereits gefangen hat und Euch ausnutzt. Solltet Ihr die Frau im Hexenturm zum Tode verurteilen, seid Ihr ein Diener des Bösen, der ebenfalls brennen muss!«

Mit diesen Worten ließ Ignatius den Amtmann stehen und verließ das Haus. Das schlechte Gefühl, dessen Ursache er nicht kannte, begleitete ihn hinaus.

Thomas Hofmann stand verdeckt hinter einer hohen Hecke, um zu beobachten und notfalls einzuschreiten, falls dem Pestreiter Gefahr drohen sollte.

Ignatius trat vor Wut bebend auf ihn zu und riss sich die Pestmaske vom Gesicht. Seine Haut darunter war verschwitzt. Leise schimpfend wischte er sich die feinen Tropfen von der Nase: »Mir ist noch nie ein solch uneinsichtiger Sturkopf begegnet. Alle konnte ich überzeugen, nur bei diesem habe ich versagt.«

»Das sehe ich anders«, erklärte Hofmann und wies zum Fenster.

Ignatius erblickte den Amtmann durch die Scheibe. Der Mann umklammerte ein Kreuz mit beiden Händen, und sein Körper wurde von einem Weinkrampf geschüttelt.

Es dämmerte, als Ignatius und Hofmann durch das Mittelrheintal ritten. Von der Bergkuppe sahen sie ins Tal hinunter und erkannten eine Stadt, die von einer Mauer umgeben war. Hofmann zeigte auf ein Kloster, das auf ihrem Weg lag. »Wollt Ihr dort um Lebensmittel bitten?«

Ignatius winkte ab. »Ich bin dazu nicht mehr in Stimmung. Lasst uns in der Stadt nach Pestkranken fragen.«

»Macht Ihr Euch noch immer Sorgen wegen des Amtmanns?«

»Warum fragt Ihr?«, fragte Ignatius unwirsch.

»Seit wir von dort fortgeritten sind, wirkt Ihr geistesabwesend.«

»Mich beherrschen andere Gedanken, die ich jedoch nicht zuordnen kann. Und das macht mich wütend.«

»Kann ich Euch bei der Lösung helfen?«

Ignatius seufzte leise, während sein Blick suchend umherschweifte und schließlich bei Hofmann landete. »Nein, Ihr könnt mir nicht helfen, denn diese Gedanken haben mit meiner Vergangenheit zu tun. Ich allein muss das Rätsel lösen.« Er schaute zu der Stadt und ritt ohne ein weiteres Wort darauf los.

Hofmann folgte ihm. Seite an Seite ritten sie auf die imposante Stadtmauer zu, die mit zahlreichen Wehrtürmen versehen war. »Wisst Ihr, wie diese Stadt heißt?«, fragte er, doch Ignatius schüttelte den Kopf.

Kaum waren sie in Rufweite eines Torwächters, rief Hofmann diesem zu: »Wie heißt die Stadt, die du bewachen musst?«

Der Mann hielt eine Lanze in den Händen, die größer war als er selbst. Abschätzend blickte er den Reisenden entgegen. »Wer will das wissen?«, fragte er und betrachtete Ignatius' schwarze Kleidung. »Ihr seid nicht aus der Gegend«, stellte er fest und hielt die Lanze mit beiden Händen fest – bereit, sich zu wehren.

»Wir sind Hauptmänner der Leibwache des Kurfürsten und Erzbischofs Karl Kaspar von der Leyen«, antwortete Hofmann mit festem Blick und verächtlichem Ton.

Erschrocken sah der Torwächter ihn an, und auch Ignatius blickte überrascht zu seinem Wegbegleiter.

»Verzeiht meine Unwissenheit!«, entschuldigte sich der Wachmann und fragte leise: »Ist der Regent unterwegs nach Oberwesel?«

»Das dürfen wir Euch nicht verraten. Wir sollen die Sicherheit Eures Städtchens prüfen. Wie mir scheint, kommt kein Bösewicht an Euch vorbei«, lenkte Hofmann den einfachen Mann ab, dessen Rücken ob des Lobs kerzengerade wurde.

»Darauf könnt Ihr wetten«, erklärte der Torwächter stolz.

»Das wird den Erzbischof freuen. Haltet Stillschweigen über

unser Erscheinen. Niemand darf wissen, dass wir im Auftrag des Regenten hier sind.«

»Es kommt kein Sterbenswörtchen über meine Lippen«, erklärte der Wachmann aufgeregt und trat zur Seite, damit die Fremden passieren konnten.

»Warum habt Ihr ihm verraten, wer wir sind?«, fragte Ignatius erzürnt, kaum dass sie außer Hörweite waren.

»Das habe ich nicht«, entrüstete sich Hofmann gespielt. »Ihr seid ein Mönch, und ich bin einfacher Soldat. Außerdem sind wir nicht im Auftrag des Regenten in der Stadt. Nun aber können wir uns frei in den Straßen bewegen, denn der Torwächter wird jedem erzählen, dass man uns in Ruhe lassen soll.«

»Er versprach, uns nicht zu verraten«, meinte Ignatius.

Doch Hofmann lachte. »Glaubt Ihr wirklich, dass er schweigen wird? Sein Leben ist von Langeweile geprägt, aber dank uns hat er die Möglichkeit, im Mittelpunkt zu stehen, und das wird er sich nicht nehmen lassen.«

»Ihr kennt die Menschen anscheinend gut.«

»Nur in wenigen kann man lesen wie in einem Buch. Auch mir bleiben die meisten verschlossen«, erklärte er. Und Ignatius wusste, dass er ihn meinte.

Ignatius trat hinter einer Säule hervor und stellte sich dem Mönch entgegen, der in eine schwarze Kutte gekleidet war und dessen Tonsur von einem schwarzen Hütchen bedeckt wurde.

Erschrocken fasste der Ordensbruder sich ans Herz. »Warum müsst Ihr mich so erschrecken? Wer seid Ihr?«, fragte er mit ablehnender Stimme.

»Man nennt mich den Pestreiter«, stellte sich Ignatius vor.

»Pestreiter? Den Namen habe ich noch nie gehört. Was wollt Ihr von mir?«

»Wie viele Pestkranke sind in der Stadt?«

»Warum fragt Ihr ausgerechnet mich?«, wollte der Mönch erregt wissen.

»Weil Ihr meinen Weg gekreuzt habt.«

»Es hat nichts mit meinem Orden zu tun?«

»Warum?«

»Weil wir Minoriten sind.«

Ignatius wusste, wer die Minoriten waren. Aus der Tiefe seiner Erinnerung holte er ein Wissen hervor, das lange brachgelegen hatte. Minoriten, so kam ihm in den Sinn, waren eine Ordensgemeinschaft, die den Franziskanern angehörte und sich durch schwarze Kutten von den braun gekleideten Franziskanern unterschied. Die Gemeinschaft gliederte sich in drei Orden: einen Männerorden, einen Frauenorden sowie einen Dritten Orden, der aus männlichen und weiblichen Laien bestand, den Terziaren.

»Euer Orden«, sprach er den Minoritenmönch an, »geht auf den heiligen Franziskus zurück, der Männer und Frauen aufgenommen hat, deren Tracht ein aschgraues Habit mit einem Zingulum als Gürtel ist. Die Ordensschwestern tragen weiße Schleier ...« Ignatius hätte einiges mehr aufsagen können, doch als er sich seines Redeschwalls bewusst wurde, verstummte er.

Der Minoritenmönch sah den Pestreiter überrascht an. »Woher wisst Ihr das? Habt Ihr das auswendig lernen müssen?«, fragte er erstaunt.

Ignatius war froh, dass seine Augen von der Pestmaske verdeckt wurden und der Mann seine Verlegenheit nicht erkennen konnte. Auch er stellte sich die Frage, warum er sich so gut mit dem Orden auskannte und wie ein Schulmeister Fakten darüber aufsagen konnte. Hatte das mit seiner Vergangenheit zu tun?, überlegte er, als die Stimme des Mannes in sein Bewusstsein drang:

»Hört Ihr mich nicht? Beantwortet meine Frage! Was wollt Ihr von mir? Warum nennt man Euch den Pestreiter?«

Während der Minoritenmönch anscheinend seine Angst vor dem ungewöhnlich gekleideten Mann verlor, wurde Ignatius' Furcht vor sich selbst riesengroß. Nur mit Mühe konnte er sich auf seine eigentliche Aufgabe zurückbesinnen.

»Man hat mich gesandt, um dafür zu sorgen, dass Pestkranke nicht mit Gesunden zusammenleben. Sie sollen außerhalb der Stadtmauer verbannt werden«, belehrte er den Ordensbruder.

Der widersprach empört: »Warum wollt ihr die armen Leidenden wie Aussätzige behandeln? Ist es nicht schon beklagenswert genug, dass sie die Krankheit in sich tragen? Müsst Ihr sie noch verstoßen?«

»Dadurch soll vermieden werden, dass sich die Gesunden bei den Kranken anstecken«, erklärte Ignatius geduldig.

»Nur Gott allein bestimmt, ob sich jemand ansteckt oder nicht. Hat der Mensch sein Säckchen mit Glück, das jeder Mensch bei seiner Geburt von unserem Schöpfer erhält, aufgebraucht, nützt das Verbannen der Kranken nichts. Dann müssen auch diejenigen sterben, die sich bei der christlichen Krankenpflege angesteckt haben.«

Ignatius kannte die Überzeugung vieler Menschen, dass jedem in seinem Leben nur ein gewisses Quantum Glück zur Verfügung stand. Deshalb fragte er zurück: »Seid Ihr nicht der Ansicht, dass man sein Glück länger bewahren kann, wenn man damit umsichtig umgeht und zum Beispiel die Berührung mit Kranken vermeidet?«

Der Mönch der Schwarzen Franziskaner schüttelte energisch den Kopf. »Gott allein bestimmt darüber, und niemand kann das ändern.«

»Heißt das«, fragte Ignatius, »dass Ihr nicht bereit seid, die Euch bekannten Pestkranken aufzulisten und zu separieren?«

»Ihr könnt anderswo versuchen, Euren Plan umzusetzen, aber in meinem Orden werde ich Euch mit aller Kraft entgegentreten. Was Ihr vorhabt, ist menschenverachtend und hat nichts mit Vorsorge oder christlicher Nächstenliebe zu tun.«

Ignatius fürchtete in diesem Augenblick, dass ihm die Kraft ausging. Es war ihm an diesem Tag zwei Mal misslungen, Menschen von seiner Mission zu überzeugen. Er spürte, wie seine Schultern nach vorn sackten und er zu verzagen drohte. Es hat heute keinen Sinn, dachte er und sagte mit matter Stimme: »Ich komme wieder.«

Da das Wetter wechselhaft war, entschieden sich Ignatius und Hofmann, in einem Gasthaus in der Stadt zu nächtigen. »Wir waren heute bereits bis auf die Haut durchnässt«, erklärte Ignatius, nachdem er mehrmals geniest hatte.

Im »Springenden Hirsch« in der Nähe eines Stadttores wollten sie sich zwei Kammern nehmen. Doch alle waren vermietet.

»Es ist schwer, um diese Zeit ein freies Zimmer zu finden. Von nah und fern kommen die Händler, um unseren Wein und unsere Fische zu kaufen«, erklärte der dicke Wirt und bot ihnen einen Schlafplatz in einem Sammellager an.

Da Ignatius sich nicht wohlfühlte und keine Lust hatte, von einem Wirtshaus zum nächsten zu ziehen, begnügten sie sich mit einem Schlafplatz unter dem Dachgebälk.

Nachdem sie ihre Pferde versorgt wussten, gönnten sich die beiden Männer frischen Salm. »Oberwesel ist für den Fisch aus seinen Gewässern bis über die Landesgrenze bekannt«, schwatzte die Magd, die den Teller mit dem braun gebratenen Fisch vor ihnen auf den Tisch stellte.

Während Hofmann mit den Gräten kämpfte, berichtete Ignatius von seiner Begegnung mit dem Franziskanermönch und dessen Widerstand gegen eine Separierung von Pestkranken.

Ungläubig schaute der Soldat auf. »Werdet Ihr ihn morgen erneut aufsuchen und ein zweites Mal versuchen, ihn zu überzeugen?«, fragte er.

»Ich hatte es erwogen, da wir die Pest nur eindämmen können, wenn strenge Sicherheitsvorkehrungen getroffen werden. Aber ich habe das Gefühl, dass ich diesen Mann nicht bekehren kann.«

»Soll ich ihm Angst einflößen und mit Gewalt nachhelfen, damit er Eure Forderungen umsetzt?«, fragte Hofmann mit entschlossener Miene.

Doch Ignatius winkte ab. »Ich muss in Oberwesel jemand anderen finden, um meinen Auftrag zu erfüllen. Allerdings müssen wir morgen nach Mensfelden weiterreiten. Da das wechselhafte Wetter uns aufhalten könnte, ist es mir wichtig, in aller Frühe aufzubrechen. Vielleicht können wir auf dem Rückweg noch einmal in Oberwesel vorbeischauen«, überlegte er und gähnte. »Ich werde schlafen gehen, damit ich morgen dem Prozess um Agnes Preußer folgen kann.«

»Es war ein sehr langer Tag«, meinte auch Hofmann und folgte Ignatius unter das Dach des Gasthauses.

Außer ihnen waren noch zwei weitere Gäste in dem Sammellager untergebracht. Da Ignatius sein braunes Habit über die schwarze Kleidung gezogen hatte, fiel er nicht auf und wurde kaum beachtet. Er streckte sich auf dem Strohsack aus und schlief sofort ein.

Wie die Tage zuvor träumte er zusammenhanglos. Im Schlaf sah er sich als jungen Mönch an einem Tisch sitzen und in Akten lesen. Mehrere Wörter sprangen ihm entgegen: *Venae sectio – Ausbluten im warmen Bad!*

Dann träumte er, er laufe auf einer Wiese, über die der Nebel waberte. Als der Dunst sich lichtete, erkannte er einen mächtigen Turm, dessen einziges Fenster vergittert war. Er konnte Frauen weinen hören. Zarte Finger umklammerten die Gitterstäbe der Turmfenster, und eine junge Frau rief ihm zu: »Rette mich aus dem Hexenturm!«

Die Hände verschwanden, und ein Gesicht schob sich vor die Stäbe. Es war das Gesicht der jungen Ordensschwester der Franziskanerinnen. Als die Nonne den Kopf hängen ließ, lief Ignatius voller Furcht dichter an den Turm und brüllte:

»Habt keine Angst! Ich bin hier und werde Euch retten.«

Die Frau hob den Blick, doch es war nicht mehr die junge Nonne. Ein anderes Gesicht, das ihm vertraut schien, doch das er nicht einordnen konnte, sah ihn plötzlich an.

Ignatius stöhnte im Schlaf laut auf.

Warum? fragte er sich, als er erwachte. Warum erkenne ich sie nicht?

⊹— *Kapitel 43* —⊹

Susanna hatte eine schlaflose Nacht zugebracht, denn Urs war nicht gekommen wie versprochen. Seit Stunden machte sie sich Gedanken, weil sie sich sein Fortbleiben nicht erklären konnte.

»Dabei hätte ich dringend seine Nähe und seinen Trost gebraucht«, schluchzte sie. Der Schreck über Peter Hönes' Verhalten saß tief, und sie fuhr bei jedem Geräusch hoch, da sie Angst hatte, er könne sie aufsuchen und erneut bedrängen.

Als es Mittag wurde und Urs sich immer noch nicht blicken ließ, hielt Susanna es in ihrer Wohnung nicht mehr aus. Sie zog ihren Mantel über und lauschte an der Tür. Als sie nichts Auffälliges hören konnte, schlich sie auf Zehenspitzen die Treppe hinunter. An der Eingangstür zur Straße blickte sie sich nach allen Seiten um. Von Hönes keine Spur, stellte sie erleichtert fest. Sie lief durch die Gassen in Richtung Bendichts Haus.

Wahrscheinlich haben sie einen Schwerkranken zu versorgen, und er konnte deshalb nicht zu mir kommen, entschuldigte sie sein Fortbleiben.

Sie erreichte das Haus des Heilers, das verlassen wirkte. Sie läutete die Glocke; aber niemand öffnete.

Seltsam, dachte sie und blickte sich ängstlich um, doch sie schien allein in der Nebengasse zu sein. Das ungute Gefühl verstärkte sich. »Hoffentlich ist Urs nichts geschehen«, betete sie.

Da trat eine Frau auf das Haus zu. »Kann ich Euch behilflich sein?«, fragte die Fremde, die sie neugierig betrachtete.

»Ich suche den Heiler Bendicht Blatter und seinen Neffen Urs«, erklärte Susanna verlegen.

»Was wollt Ihr von den beiden?«, fragte die Frau.

Susanna schaute sie erstaunt an. »Ist es ungewöhnlich, wenn man einen Heiler aufsucht? Und was geht Euch das an?«, fragte sie schnippisch.

Die Fremde wandte sich gereizt ab. »Ich habe keine Zeit, mit Euch zu plaudern, denn ich muss Heilmittel holen. Kommt morgen wieder, wenn Ihr einen fachkundigen Rat benötigt.«

Sie schloss die Tür zu Bendichts Wohnung auf und wollte darin verschwinden, doch Susanna rief ihr nach: »Ich bin Susanna. Urs' zukünftiges Eheweib.«

Die fremde Frau wandte sich ihr zu. Susanna glaubte in ihren Augen große Traurigkeit zu erkennen.

»Was ist geschehen? Ist Urs verletzt oder krank?«, fragte sie.

Die Unbekannte schüttelte den Kopf und senkte den Blick.

»Sagt mir, was los ist«, presste Susanna hervor.

»Ich darf es niemandem sagen. Auch Euch nicht«, flüsterte die Frau.

»Warum nicht?«

Die Frau blickte ängstlich um sich und sagte mit kaum hörbarer Stimme, sodass sich Susanna zu ihr vorbeugen musste: »Wenn jemand davon erfährt, werden wir alle in die Hölle kommen.«

»Auch Urs?«, fragte Susanna, und die Frau nickte.

»Dann will ich lieber mit Urs in die Hölle kommen, als allein im Paradies zu sein«, erklärte Susanna.

Urs flüchtete vor dem Geruch der Kranken und trat vor das Pesthaus. Als die kalte Luft in seine Lungen strömte, verflog die Müdigkeit, und er konnte wieder klar denken. Ein lauter Seufzer entwich seiner Kehle. Er hatte sich so auf den gemeinsamen Abend mit Susanna gefreut. Doch wegen Bendichts Gesundheitszustand wagte er es nicht, den Oheim allein zu lassen. So musste er die Angst um seinen Onkel allein aushalten. Falls Bendicht sterben würde, muss ich meinen Eltern und Susanna Rechenschaft ablegen und auf ihr Verständnis hoffen. Der Oheim und ich haben sie belogen und ihnen unsere wahre Mission verschwiegen. Obwohl wir mit dem Einsatz für die Pestkranken Gutes bewirken wollten, haben wir nichts erreicht, klagte Urs in Gedanken. Verzweifelt schlug er sich die Hände vors Gesicht.

Da sah er zwei Frauen den Weg entlangkommen. Er riss die Augen auf.

»Das kann nicht wahr sein«, flüsterte er und wollte nicht glauben, dass Elisabeth zusammen mit Susanna auf das Pesthaus zuging.

Mit hastigen Schritten eilte er ihnen entgegen und wollte Elisabeth zurechtweisen, doch Susanna kam ihm zuvor. »Es ist nicht ihre Schuld! Ich habe sie gezwungen, mich mitzunehmen«, erklärte sie und nahm Urs' Gesicht in beide Hände. »Warum hast du dich mir nicht anvertraut?«, flüsterte sie mit tränenerstickter Stimme.

»Du weißt Bescheid?«, fragte Urs leise.

Susanna nickte. »Elisabeth hat mir alles erzählt.«

Er umarmte sie wie ein Ertrinkender und atmete befreit auf.

Der Gestank von Eiter schlug Susanna und Urs entgegen, als sie zu Bendicht ans Lager traten. Zum Schutz hatten sich beide Tücher vor Mund und Nase gebunden, sodass die im Stoff eingenähten Kräuter die übelriechenden Ausdünstungen abmilderten.

Bendichts kreidebleiches Gesicht erschreckte Susanna, und sie presste die Hand vor den Mund, um nicht laut aufzuschluchzen. »Wie konnte er sich das antun?«, wisperte sie.

»Wahrscheinlich glaubte er, sich retten zu können.«

»Wird er überleben?«

Urs zuckte mit den Schultern. »Wir müssen abwarten. Ich weiß nur, dass ich das meinem Körper nicht hätte antun können. Diesen Mut, sich mit einem Messer die Verdickung herauszuschneiden und anschließend die Wunde auszubrennen ... unvorstellbar.«

Er nahm Susanna an die Hand und brachte sie in seinen eigenen abgegrenzten Bereich, wo seine Liege stand. Kaum hatte er den Vorhang hinter sich geschlossen, zog er hastig beide Tücher herunter und küsste Susanna voller Verlangen. »Ich habe dich letzte Nacht mit jeder Faser meines Körpers vermisst«, flüsterte er atemlos. »Wir müssen Elisabeth dankbar sein, dass sie dir die Wahrheit gesagt hat. Ich hätte es nicht gewagt. Doch jetzt wird nie wieder ein Geheimnis zwischen uns stehen«, versprach er, und Susanna schaute erschrocken hoch.

»Was hast du, Liebes?«, fragte er und streichelte ihr zärtlich über die Wangen.

Sie überlegte einen kurzen Augenblick, ob sie ihm von Hönes erzählen sollte, doch als sich seine Lippen auf ihren Mund senkten, schwieg sie und gab sich dem Kuss hin.

»Muss ich mir jedes Mal die Hände mit Essigwasser übergießen?«, fragte Susanna erstaunt, und Urs nickte. »Immer wenn du in Berührung mit den Pestkranken gekommen bist. Außerdem darfst du niemals dieses Tuch vergessen, in das Kräuter eingenäht wurden. Du musste es über deinen Mund ziehen, sobald du die Räume betrittst, damit du das Pestgift nicht einatmest.«

»Hat dein Oheim sich an diese Anweisung womöglich nicht gehalten?«, fragte sie und trocknete sich die brennenden Hände ab.

»Ich weiß es nicht, Susanna«, antwortete Urs gequält, und Susanna streichelte ihm tröstend über den Arm.

»Ich bin so glücklich, dass du bei mir bist«, erklärte er zum wiederholten Mal.

Da hörte er, wie die Helferin nach ihm rief. Er ging hinaus, und die Frau wies zu einem Burschen, der abseits stand und den Urs noch nie gesehen hatte.

»Kann ich dir helfen?«, fragte er. Als er den kreisrunden Stofffetzen, den alle Juden in Trier tragen mussten, auf dem Hemd des Burschen sah, wusste er sofort, dass der Goldhändler den Jungen geschickt hatte.

»Nathan Goldstein schickt dich«, stellte er leise fest, und der Junge reichte ihm wortlos einen Brief. Er nahm das Schreiben entgegen, und sofort lief der Bursche wieder in Richtung Trier davon.

Hastig brach Urs das Wachssiegel und las die wenigen Sätze, in denen geschrieben stand, dass er so schnell wie möglich zu Goldstein kommen sollte.

»Womöglich hat er neue Heilmittel bekommen. Soll ich dich bei deiner Wohnung absetzen?«, fragte er Susanna.

Sie schüttelte heftig den Kopf. »Ich bleibe hier und werde helfen«, sagte sie und fügte lächelnd hinzu: »Und auf dich warten.«

Urs drückte Susanna an sich. Dann schwang er sich auf den Kutschbock und fuhr davon.

»Ihr wolltet mich sehen?«, erklärte Urs und stürmte an Goldstein vorbei direkt in das Arbeitszimmer. Dort wandte er sich dem Mann zu und fragte: »Habt Ihr neue Heilmittel erhalten?«

Nathan Goldstein schüttelte den Kopf.

»Warum habt Ihr mich dann gerufen?«, wollte Urs wissen und sah den Mann erwartungsvoll an.

»Wie geht es Eurem Oheim?«, fragte der Goldhändler.

Urs runzelte die Stirn. »Um diese Frage zu beantworten, sollte ich kommen?«

Goldstein setzte sich und forderte Urs auf, ebenfalls Platz zu nehmen. »Wie geht es Eurem Oheim?«, fragte er erneut.

»Unverändert«, lautete die knappe Antwort.

Der Schmuckhändler seufzte vernehmlich. »Ich hatte gehofft, dass es ihm besser gehen würde. Doch nun bleibt mir keine andere Wahl, und es soll so sein«, murmelte er und erklärte: »Nachdem Ihr mir von der Erkrankung Eures Oheims berichtet hattet, machte ich mich sofort auf den Weg, und heute bekam ich Nachricht.«

»Ich kann Euch nicht folgen«, erwiderte Urs.

Goldstein erklärte: »Ihr sagtet mir vor einiger Zeit, dass Ihr glaubt, ein Mittel gegen die Pestilenz finden zu können, wenn Ihr wüsstet, wie die Krankheit im Körper eines Menschen wütet.«

Urs sah den Mann mit großen Augen an und nickte zögerlich.

»Nun, ich habe einen Weg gefunden, damit Ihr den Körper eines an der Pest Gestorbenen erforschen könnt, ohne dass Gott Euch dafür strafen wird.«

»Wie kann das gehen?«, stotterte Urs.

»Man hat mir vor geraumer Zeit etwas zugetragen, was tragisch, aber nicht abzuändern ist. Es gibt Menschen, die an der Pest erkrankt sind und große Angst haben, dass sie nicht beerdigt werden. Während die meisten zu Lebzeiten für ihre Beerdigung vorsorgen und einen Totengräber bezahlen, können andere es sich nicht leisten, einen Mann im Voraus zu entlohnen. Deshalb graben sie sich selbst ein Loch. In ihrer Todesangst setzen sie sich davor und hoffen, dass sie im Tod hineinfallen und jemand Erde über sie schaufelt.«

»Das habe ich noch nie gehört«, erklärte Urs.

»Ich weiß, das klingt merkwürdig, aber es entspricht der Wahrheit. Menschen haben sonderbare Einfälle. Doch überlegt selbst: Wenn jemand als letzter in einer Familie übrigbleibt, wer sollte ihn bestatten?«

Urs sah den Goldhändler forschend an und sagte: »Wollt Ihr mir sagen, dass Ihr eine solche arme Seele ausgegraben habt?«

Nathan Goldstein hob abwehrend die Hände. »Ich ließ lediglich nach solch einem Toten suchen. Dabei fand man einen Pestkranken, der auf dem Weg zu seinem selbst geschaufelten Grab gestorben ist und an dem Tiere genagt haben.«

Urs schüttelte sich. »Habt Ihr ihn beerdigen lassen?«

»Die sterblichen Überreste liegen bei einem Bader im Eiskeller.«

»Seid Ihr von Sinnen?«, fragte Urs erregt. »Wenn der Bader Euch verrät …«

»Darüber müsst Ihr Euch keine Gedanken machen. Dieser Bader ist dem Geruch des Geldes verfallen und würde für Silber- und Goldmünzen, an denen er schnüffeln kann, seine eigene Mutter verkaufen. Ihr habt nur wenige Stunden Zeit, den Körper zu erforschen, dann wird er mit kirchlichem Beistand heimlich beerdigt werden.«

Urs flüsterte: »Es ist eine gute Tat, wenn Ihr ihm kirchlichen Beistand ermöglicht, Nathan Goldstein.« Doch dann nahm seine Stimme einen verzagten Klang an: »Ich bin kein ausgebildeter Heiler und weiß nicht, ob ich einen Pesttoten erforschen kann.«

Goldstein hob erstaunt die Augenbrauen. »Zweifelt Ihr an Euren Fähigkeiten? Ihr habt den besten Lehrmeister! So wie er Euch gelobt hat, müsst Ihr ein wahres Naturtalent sein.«

Urs blickte erstaunt hoch. »Mein Oheim hat mich gelobt?«, fragte er.

Der Goldhändler nickte. »Das und noch mehr. Aber lasst uns keine weitere Zeit verlieren. Ich habe für Eure Forschungsarbeit die notwendigen Instrumente zusammentragen lassen.«

Es war bitterkalt im Keller des Baders. Urs' Atem zeigte sich als helle Wolke vor seinem Mund. Mit zittrigen Fingern band er sich das Kräutertuch um Kinn und Nase und schaute auf den Tisch, auf dem der Tote aufgebahrt lag. Man hatte ihm die Kleidung ausgezogen, das Blut abgewaschen und den Körper mit einer Decke verhüllt. Nur der Schopf mit dem dunklen Haar war zu sehen. Zahlreiche Kerzen sorgten für Licht.

Schwer atmend trat Urs an den Tisch heran. Er wusste nicht, ob sein Keuchen von der Kälte oder von der Furcht verursacht wurde. Als er auf einem Regal Schalen, Krüge, einen Eimer mit Wasser sowie verschiedene Werkzeuge sah, schien sein Herz doppelt so schnell zu schlagen. Neugierig, aber auch ängstlich betrachtete er den toten Mann, der nicht älter als er selbst gewesen sein mochte. Sein Gesicht war von den Schmerzen und dem Leid, das er ertragen haben musste, gezeichnet. Bevor Urs das Tuch zurückschlug, schloss er die Augen, betete für den Toten und dankte ihm für sein Opfer. Dann zog er vorsichtig die Decke zur Seite.

Beim Anblick des von wilden Tieren angefressenen Körpers musste Urs an sich halten, um nicht zu würgen. Nur mit Mühe beruhigte er sich und schaltete seine Gefühle aus. Dann betrachtete er wie ein fachkundiger Heiler den Körper des jungen Mannes.

»Man hat dich mehrmals am Hals zur Ader gelassen«, stellte er fest und untersuchte die Einschnitte unterhalb der Ohren. Er glaubte einen besonderen Geruch wahrnehmen zu können, der den übelriechenden schwach verdrängte. Urs zog seinen Kräuterlappen fingerbreit fort, beugte sich nach vorn und roch am Arm des Toten, um sich anschließend hastig das Tuch wieder über die Nase zu legen. »Man könnte dich mit Rosenwasser eingerieben haben«, murmelte Urs. »Ich habe davon in den Büchern der Gelehrten gelesen. Man wollte damit den Gestank vertreiben, den Pestkranke verströmen. Außerdem riecht dein Haar nach Weihrauch und einem anderen Kraut, das ich nicht bestimmen kann«, flüsterte er, als hörte der Tote ihm zu.

Dann sah er feine Bissstellen am Oberkörper des Mannes und nahm eine der Kerzen zu Hilfe, um besser sehen zu können. Mit gerunzelter Stirn fuhr er mit den Fingerspitzen über die Erhebungen, die sich entzündet hatten. »Wer hinterlässt so kleine Wunden?«, fragte er und gab sich selbst die Antwort: »Es müssen Flöhe gewesen sein. Aber das spielt keine Rolle. Ich muss sehen, wie die Pest deine Organe zerstört hat. Vielleicht weiß ich dann, wie man die Seuche ausmerzen kann«, murmelte er und griff zur Säge.

Hönes erwachte mit furchtbaren Schmerzen zwischen den Beinen. Jede Bewegung schmerzte höllisch.

»Wenn ich dieses Miststück erwische, werde ich sie eigenhändig erwürgen«, fluchte er.

Da keifte seine Mutter von unten zu ihm hoch: »Du Nichtsnutz! Steh endlich auf und geh arbeiten!«

»Ich kann nicht! Man hat mich letzte Nacht überfallen und übel zugerichtet«, jammerte Hönes und hoffte auf Mitleid.

Doch seine Mutter glaubte ihm die Geschichte nicht. »Sicher bist du noch betrunken und willst nicht aufstehen. Dein Vater würde dich aus dem Bett prügeln.«

»Halt's Maul, Mutter, und lass mich in Ruhe.«

»Warum hat Gott mir diesen Sohn beschert, der zu nichts taugt?«, rief sie, und Hönes konnte sich vorstellen, wie sie die gefalteten Hände zur Decke hochstreckte.

Als es an der Eingangstür klopfte, war er froh, dass die Alte abgelenkt wurde. Doch als er eine tiefe Stimme hörte, wusste er, dass das nichts Gutes bedeutete.

Schon hörte er die schweren Schritte auf der Stiege, als sein Knobelbruder schließlich vor ihm stand und mit seinen großen Füßen gegen die Matratze trat.

»Ich weiß, das du nicht schläfst und auch nicht krank bist, du Ratte«, schimpfte Dietrich und zog ihm die Decke fort.

»Lass mich in Ruhe«, murmelte Hönes und riss ihm das Wolltuch aus der Hand. Dabei beugte er den Oberkörper nach vorn und jaulte wehleidig auf.

Dietrich schaute erstaunt auf Hönes' Gemächt. »Hast dir wohl bei einer Hure Sackratten eingefangen«, lachte er und setzte sich ans Fußende.

»Wenn das so wäre, würde ich keinen Laut von mir geben«, murmelte Hönes und schloss gequält die Augen. Dann blickte er Dietrich wütend an und erzählte ihm von Susannas schändlicher Tat.

»So blöd kannst auch nur du Suffkopf sein. Anstatt das Weib flachzulegen, lässt du dir in die Eier treten. Wie willst du jetzt an die Schatzkarte gelangen?«, zischte Dietrich.

»Gib mir einen Tag Zeit. Morgen wird es mir besser gehen, und dann werden wir das Miststück fangen. Entweder sie verrät uns freiwillig, wo sie den Plan versteckt hält, oder ich schlage ihre Wohnung kurz und klein, bis ich das Papier gefunden habe. Wenn sie sich weigert, uns zu helfen, werden wir einen

Weg finden, sie zum Sprechen zu bringen«, erklärte Hönes mit entschlossener Miene.

»So gefällst du mir!«, lachte Dietrich, der in Hönes' Augen Wut erkennen konnte.

Urs schlug den Toten in die Decke ein und stach mit der groben Nadel in das dünne Leinen. Als ob er ein feines Gewand nähen würde, setzte er mit großer Sorgfalt einen Stich neben den anderen. »Das bin ich dir schuldig«, flüsterte er.

Er hatte Mühe, seine Gefühle zu beherrschen. Die Arbeit, die Kälte und auch das Wirrwarr seiner Gedanken hatten ihn erschöpft. Tiefe Müdigkeit überfiel ihn, doch er konnte nicht ruhen. Er wusste, dass schon bald Männer kommen und den Toten mitnehmen würden, um ihn mit kirchlichem Beistand zu beerdigen. Er wischte das Blut auf und säuberte Werkzeuge und Schalen. Er schrubbte sich die Hände mit purem Essig, bis sie brannten.

Erschöpft stand er da und wartete auf die Männer. Während seiner Arbeit hatte Urs die Kälte nicht gespürt, die jetzt seinen Körper auskühlte. Er zitterte und schlug die Arme um sich. Nachdenklich blickte er auf den Leichnam, als er Stimmen hörte.

»Habt Ihr gefunden, wonach ihr gesucht habt?«, fragte Nathan Goldstein, der mit zwei Männern gekommen war. Ohne Worte zu verlieren, packten die beiden den eingenähten Leichnam auf ihre Schultern und trugen ihn fort.

»Wohin bringen sie ihn?«

»Auf den Friedhof in seinem Dorf. Ich nehme an, dass da seine Familie beerdigt liegt. Ein Pfarrer wartet bereits, um ihm die letzte Ehre zu erweisen.« Goldstein sah Urs nachdenklich an. »Ihr seid blass um die Nase«, stellte er fest.

»Es wäre ein Wunder, wenn ich nach solch einer Arbeit frisch und munter aussehen würde«, versuchte Urs zu spaßen.

»Ihr habt meine Frage nicht beantwortet«, wies der Goldhändler ihn zurecht.

»Ich weiß! Meine Antwort wird Euch ebenso wenig gefallen wie mir selbst«, erklärte Urs niedergeschlagen.

Zwischen Goldsteins Augenbrauen entstand eine tiefe Falte. »Ich weiß beim besten Willen nicht, was Ihr meint.«

»Es war alles umsonst, denn der Tote zeigt nicht dieselben Krankheitsanzeichen wie mein Oheim.« Urs machte eine kurze Pause und erklärte: »Dieser Mann ist an der Lungenpest gestorben. Diese Form der Krankheit zeigt andere Merkmale als die Beulenpest, die überall Verdickungen hervorruft. Ich habe deshalb nichts gefunden, was uns weiterhelfen könnte.«

~ *Kapitel 44* ~

Jaggi und seine Männer glaubten schon eine Ewigkeit mit dem Kahn auf dem Rhein unterwegs zu sein, um von Coelln nach Trier zu gelangen. Während immer zwei Soldaten ruderten, versuchten die vier anderen, sich auszuruhen.

Feldwebel Weberling saß an der Pinne und lenkte den Kahn durch die seichten Wellen des Flusses. Die Kiste mit dem Heiligen Rock stand von einem Tuch verdeckt zwischen ihnen und nahm viel Platz ein, sodass die Männer nicht wussten, wie sie ihre Beine ausstrecken konnten. Jeder sehnte den Abend herbei, da sie dann einen der kleinen Häfen oder eine der einfachen Anlegestellen am Ufer des Rheins aufsuchen würden, um dort die Nacht zu verbringen. Es war die einzige Möglichkeit, sich die Beine zu vertreten und eine warme Mahlzeit zu bekommen. Da die Kiste nicht unbeaufsichtigt bleiben durfte, mussten zwei Männer Wache schieben, bis die nächsten zwei sie ablösten. Die anderen konnten sich in dieser Zeit ausstrecken und schlafen.

In der letzten Nacht hatte der heftige Regen die Kleidung der Männer vollkommen durchnässt. Vergeblich versuchten sie, sich mit ihren Decken vor dem eisigen Wind und der Nässe zu schützen, aber als es immer stürmischer wurde, nutzte auch der dünne Wollstoff nichts mehr. Nun lagen die Soldaten zusammengekauert auf dem Boden des Kahns und bibberten in ihren feuchten Habits vor Kälte. Einige litten bereits unter Halsschmerzen, Kopfweh, Husten oder Schnupfen.

Auch Feldwebel Weberling saß mit rotgeränderten und tränenden Augen am Steuer und lenkte das Boot durch das trübe Wasser. Er hatte sich die Kapuze seiner Kutte tief ins Gesicht gezogen und eine Hand zum Wärmen unter die Achsel geklemmt. Mit der anderen umklammerte er zitternd die Pinne. »Ihr müsst mich ablösen, Hauptmann«, krächzte er Blatter zu, der müde nickte.

»Wenn ich wieder in Trier bin, werde ich mich sofort in eine Badestube begeben und mich stundenlang im heißen Dampf aufwärmen«, näselte ein Soldat zwischen zwei Niesanfällen.

»Haltet durch«, ermahnte Blatter seine Männer. »Schon bald sind wir an der Ecke, wo die Mosel in den Rhein mündet. Dann haben wir die Hälfte des Weges geschafft«, versuchte er sie gerade aufzumuntern, als ein Soldat erregt rief: »Herr Hauptmann, da schwimmt etwas Großes im Fluss!«

Sogleich waren alle hellwach und schauten in die Richtung, in die der Soldat wies.

Blatter kniff die Augen leicht zusammen, um besser sehen zu können, und erkannte mehrere helle Gegenstände im Wasser. Sie waren breit und nach oben gewölbt.

»Was könnte das sein?«, fragte Weberling beunruhigt.

»Haltet den Kahn weiter rechts«, rief Blatter ihm zu, der auf den Fluss starrte.

»Die Strömung wird stärker und treibt mich zur Mitte«, rief Weberling, der die Pinne nun mit beiden Händen hielt.

»Männer, nehmt die Ruder zur Hand und steuert nach rechts!«, befahl Blatter den Soldaten. »Gopferdammi! Ich habe keine Ahnung, was das sein könnte«, rief er und kletterte über die Beine seiner Männer nach vorn. Da das Boot dabei gefährlich wankte, stützte er sich an den Köpfen der Soldaten ab. Im Bug des Kahns stehend, beugte er sich weit nach vorn, um besser sehen zu können.

»Riecht ihr das auch?«, fragte er seine Männer und verzog angewidert das Gesicht.

»Ich kann nichts wahrnehmen. Meine Nase ist voller Rotz«, schimpfte einer der Soldaten und nieste mehrmals.

»Irgendetwas stinkt widerlich«, murmelte einer der Burschen und rümpfte angeekelt die Nase.

Nun schnupperten seine Kameraden nach allen Seiten.

»Der Geruch wird stärker«, fand ein anderer.

Der Kahn war nur noch wenige Bootslängen von den hellen Gegenständen im Wasser entfernt, als Blatter rief: »Verflucht! Das sind tote Schafe, deren Körper durch die Verwesung aufgebläht sind! Lenkt nach rechts! Nach rechts an ihnen vorbei!«

»Die Strömung treibt mich darauf zu«, rief Weberling. Er hatte keine Möglichkeit auszuweichen. Als der Kahn einen Tierkadaver streifte, platzte er auf.

»O wie widerlich«, riefen die Soldaten entsetzt und hielten sich die Nase zu.

»Ich war noch nie über einen Schnupfen so dankbar wie jetzt.« Der kranke Soldat grinste seine Kameraden hämisch an, als er die verwesenden Gedärme im Wasser schwimmen sah.

Die Soldaten hatten das Gefühl, als ob der Gestank an ihrem Kahn haftete. Noch lange nachdem die Kadaver außer Sichtweite waren, glaubten sie, den Verwesungsgeruch noch riechen zu können.

»Wo bleibt der Regen, wenn man ihn braucht?«, schimpfte ein Soldat. »Er würde den Gestank von uns spülen.«

»Bist du des Wahnsinns? Wenn ich noch einmal bis auf die Haut durchnässt werde, werde ich sterben«, regte sich ein anderer auf und hustete bellend.

Blatter, der seinen Feldwebel am Ruder abgelöst hatte, richtete den Blick suchend nach vorn. Nach Auskunft eines Matrosen, den er letzte Nacht in dem kleinen Hafen ausgefragt hatte, wo sie übernachtet hatten, müssten sie kurz vor der Stelle sein, wo die Mosel in den Rhein überging. Es war schwierig, in dem grauen Licht des Wintertages weit blicken zu können. Doch Blatter glaubte, eine Landzunge mit einem Gebäude zu erkennen. Als sie einige Ruderschläge näher kamen, wies er mit der Hand in die Richtung und rief seinen Männern zu:

»Da vorn ist Coblenz, wo die Mosel in den Rhein mündet.«

Die Soldaten hoben ihre Köpfe und blickten einen flüchtigen Augenblick zu der Stelle hinüber. Sie waren zu erschöpft, um zu jubeln.

»Hoffentlich fließt die Mosel schneller als der Rhein«, wünschte sich einer der Burschen und wischte sich mit dem Ärmel über die rote Nase.

Blatter verschwieg ihm, dass sie auch in der Mosel gegen die Strömung rudern mussten, was sie den Rest ihrer Kraft kosten würde.

Als er den Kahn in die Mosel lenkte, sah er zum Haus des Deutschen Ordens hinüber, das von einer hohen Mauer umgeben war. Er erblickte einen Mann auf einem Pferd, der grüßend die Hand hob. Da Blatter wusste, dass er ein Soldat aus Eberhard Dietz' Truppe war, grüßte er zurück. Daraufhin konnte Blatter erkennen, wie der Mann neben sich griff und eine Taube freiließ.

Karl Kaspar von der Leyen sah sich gelangweilt im Reichssaal zu Regensburg um. Da große Unruhe im Saal herrschte, wurden zum wiederholten Mal die Propositionen vorgelesen. Doch auch jetzt schien nicht jeder anwesende Gesandte die Vorschläge und Forderungen wegen der Steuern und der Kriegskosten verstanden zu haben.

»Habt Ihr die Tagesordnung nun begriffen?«, fragte von der Leyen seinen Sitznachbarn, der die Hand an seine Ohrmuschel legte, um besser hören zu können. Offenbar nutzte diese Geste nichts, denn jeder zweite Satz von ihm lautete: »Was hat er gesagt?« Auch jetzt verriet sein Blick, dass er nichts verstanden hatte. Der Erzbischof von Trier rollte mit den Augen und wandte seinen Blick wieder nach vorn.

Warum ist dieser Kelch nicht an mir vorbeigegangen?, seufzte er. Wenn die Versammlung der Reichsstände des Heiligen Römischen Reiches wie ausgeschrieben am 18. Oktober 1649 eröffnet worden wäre, dann hätte mein Vorgänger Philipp Christoph von Sötern sich den Hintern plattsitzen und das protokollarische Gerede anhören können, schimpfte er. Mürrisch wandte er seinen Blick dem Erzbischof von Mainz zu, der seinen Kopf nach vorn geneigt hielt und kaum hörbar schnarchte. Mit einem sanften Stups weckte er Johann Philipp von Schönborn.

Das Aussehen des Mannes erinnerte von der Leyen mehr an einen Ritter als an einen Erzbischof. Sein volles dunkles Haar lag in Wellen bis auf die Schulter, und unter seiner Robe zeichneten sich Muskeln ab, die bei Männern der Kirche eher ungewöhnlich waren. Das Einzige, was das Bild eines kampferprobten Ritters störte, war Schönborns Alter. Er muss mindestens zehn Jahre älter sein als ich, überlegte von der Leyen, während der Erzbischof von Mainz erschrocken die Augen aufriss und sofort nach der kleinen Tischglocke griff. Bevor Schönborn sie zum Klingeln bringen konnte, hielt von der Leyen seine Hand fest und schüttelte fast unmerklich den Kopf. Erst jetzt schien der Mainzer zu wissen, wo er war.

»Danke«, flüsterte Schönborn verlegen und grinste: »Mein unangebrachtes Läuten hätte die Verhandlungen sicher um Stunden zurückgeworfen.« Er blickte angestrengt nach vorn und runzelte die Stirn. »Haben sie sich immer noch nicht geeinigt?«, fragte er erstaunt.

Von der Leyen verneinte. »Sie streiten im Augenblick um die Zusammensetzung der Reichsdeputation.«

Johann Philipp von Schönborn wiegte den Kopf hin und her. »Es ist natürlich vonnöten, dass ein ordentlicher reichsständischer Ausschuss gewählt wird, der die Geschäfte nach unseren Vorstellungen erledigt.«

»Das ist wohl wahr. Aber die unterschiedlichen Meinungen der zahlreichen weltlichen und geistlichen Vertreter des Heiligen Römischen Reiches Deutscher Nation unter einen Hut zu bekommen ...« Karl Kaspar von der Leyen seufzte hoffnungslos und führte den Satz nicht zu Ende. Stattdessen sagte er zu Schönborn: »Aus der Geschichte wissen wir, dass es Reichstage gegeben hat, die Jahre gedauert haben, da die Verhandlungen nicht über die Tagesordnung hinausgekommen waren.«

»Gott möge uns davor bewahren«, antwortete der Mainzer schmunzelnd. »Ich bete, dass die offen gebliebenen Punkte des Westfälischen Friedens rasch geklärt werden können.« Seine Aufmerksamkeit wurde durch eine Bewegung abgelenkt. »Für heute haben wir es geschafft, mein Freund«, flüsterte er und zeigte auf einen Bediensteten, der hinter der letzten Reihe entlangschlich. »Wenn ich mich nicht irre, werden wir zum Abendessen gerufen.«

Karl Kaspar von der Leyen biss in die knusprige Kruste des Spanferkels. Während er kaute, blickte er um sich. Gesprächsfetzen flogen hin und her, doch sie lockten ihn nicht, sich an den Konversationen seiner Sitznachbarn zu beteiligen. Er hing seinen Gedanken nach, die sich um seine großen Pläne drehten. Lächelnd blickte er sich unter den Männern um, die zum Reichstag nach Regensburg gekommen waren. Keiner von ihnen ahnte, was der Kurfürst vorhatte. Jeder Einzelne von ihnen würde ein Vermögen dafür geben, das Gewand des Heilands ausstellen zu können. Doch nur in Trier, am Sitz von der Leyens, würde das Ereignis stattfinden.

Der Erzbischof wischte sich die fettigen Finger an seinem Mundtuch ab. Sobald ich zurück in Trier bin, überlegte er, muss ich mich mit meinem Zinßmeister zusammensetzen und über die Finanzen sprechen. In der Stadt muss viel Schadhaftes ausgebessert werden, da wir uns sonst vor dem Reich und vor Gott schämen müssten. Das beschädigte Stadtpflaster wird als Erstes erneuert werden. Jeder Bürger wird dafür sorgen, dass vor seinem Haus aller Schmutz beseitigt wird. Alle Schornsteine müssen purgiert werden, um Brände und andere Unglücksfälle zu verhindern.

Er trank einen Schluck von dem köstlichen Rotwein aus Italien. Die Vorstellung, wie er Trier erneuern und verschönern würde, brachte ein Lächeln auf sein Gesicht. In Gedanken hörte er den Klang von Trompeten, Glocken und das Kirchenläuten, wenn unter dem Jubel Tausender Pilger der Heilige Rock im Trierer Dom gezeigt werden würde.

Der Kurfürst vertilgte das letzte Stück Braten und hielt erneut inne. Wir müssen uns Gedanken machen, wie wir die Wallfahrer verköstigen, überlegte er. Die Koch-Bruderschaft muss für genügend Garküchen in den Straßen sorgen. Für jeden Pilger – einerlei, ob er viel oder wenig in der Geldkatze hat – muss es zu essen geben. Es muss dafür gesorgt werden, dass genügend Brot und Fleisch herangeschafft wird und ausreichende Übernachtungsmöglichkeiten zur Verfügung stehen.

Als von der Leyen vernehmlich seufzte, fragte ihn sein Tischnachbar erschrocken: »Liegt Euch das Essen quer?«

Von der Leyen blickte ihn überrascht an und schüttelte den Kopf. »Nein, das Essen ist wie an jedem Tag vorzüglich«, erklärte er und fügte leise hinzu: »Ich war nur in Gedanken versunken, da mich in Trier Arbeit erwartet, die dringend erledigt werden muss. Doch auch unser Kaiser braucht mich, weswegen ich hier nicht fortkann.«

»Ferdinand III. wird erst in einigen Tagen erwartet. Wenn Euer Anliegen in Trier so dringend ist, soll Euer Gesandter Euch auf dem Reichstag vertreten und Euch Bericht erstatten.«

»Darüber habe ich auch schon nachgedacht«, murmelte von der Leyen.

In diesem Augenblick sah er seinen Hauptmann auf sich zukommen. Mit gesenktem Blick eilte Eberhard Dietz zu seinem Regenten, verbeugte sich und flüsterte ihm ins Ohr: »Die Brieftaube ist zurück, Eure Eminenz. Hauptmann Blatter hat heute die Moselmündung erreicht.«

Von der Leyen nickte, und Dietz verließ ebenso leise wieder den Festsaal, wie er ihn betreten hatte.

Der Kurfürst und Erzbischof schloss die Augen, damit seine Freude nicht sichtbar wurde.

Als er sie wieder öffnete, fragte sein Tischnachbar: »Schlechte Nachrichten?«

»Ganz und gar nicht!«, antwortete er und fügte mit einem geheimnisvollen Blick hinzu: »Ich werde Euren Rat befolgen und morgen in aller Frühe abreisen.«

⁌ *Kapitel 45* ⁌

Ignatius wollte dem Verfahren gegen Agnes Preußer als Zuschauer beiwohnen. Er hoffte, die Ansichten der Männer des Gerichts studieren zu können, um später leichter gegen sie zu argumentieren. Diesen Entschluss hatte er gefasst, als er in den Akten las, dass die Angeklagte und ihr Mann Protestanten und Leibeigene der Grafen von Nassau-Saarbrücken waren. Der Gatte Christ Preußer war zudem Unterschultheiß von Kurtrier in Mensfelden, ein wichtiger Mann also, der die Aufgabe hatte, für seinen Lehnsherrn Schulden einzutreiben.

Da Ignatius mit dem Procedere eines Hexenprozesses keine Erfahrung hatte, fand er es sonderbar, dass die Anklage in Mensfelden und nicht in Saarbrücken erhoben wurde. Bevor er jedoch als Pestreiter in Erscheinung treten wollte, musste er sich in diesem besonderen Fall auskennen.

Der Saal war mit schaulustigen Beobachtern überfüllt, die jeden misstrauisch betrachteten. Erleichtert stellte Ignatius fest, dass mehrere Mönche anwesend waren, sodass er in seiner Kutte nicht weiter auffiel. Als er seinen Schatten Thomas Hofmann erblickte, der sich ebenfalls unter das Volk geschmuggelt hatte, war er beruhigt. Er schaute sich nach einem freien Sitzplatz um und erkannte zu seinem Verdruss, dass er sich in die erste Reihe setzen musste. Grüßend nahm er Platz und versuchte, so unauffällig wie möglich zu wirken.

Die Bewohner von Mensfelden sprachen aufgeregt durcheinander, und Ignatius hatte Mühe, die Klangfärbung ihrer Worte zu verstehen. Doch plötzlich verstummten sie, als ein Mann den Raum betrat. Während er durch die Reihen schritt, wichen die Menschen zur Seite und machten ihm unaufgefordert Platz. Ignatius ahnte, dass dieser Mann Christ Preußer sein musste, der Ehemann der Angeklagten. Preußer setzte sich neben Ignatius in die erste Reihe und schaute stur nach vorn. Unauffällig beobachtete Ignatius seinen Platznachbarn aus dem Augenwinkel heraus.

Erstaunt stellte er fest, dass Preußer anscheinend ohne Angst war. Er hielt den Rücken gerade und blickte mit erhobenem Haupt nach vorn zu den leeren Bänken, auf denen die Herren der Stadt sitzen würden. Selbst das Gemurmel der Schaulustigen von Mensfelden, aus dem Ignatius Feindseligkeit heraushören konnte, schien ihn nicht zu stören. Vielmehr blickte Preußer ohne Scheu den Menschen, die schlecht über ihn redeten, direkt ins Gesicht, bis sie verstummten und unsicher den Blick senkten. Als Preußer wieder nach vorn starrte, verzog ein zufriedenes Grinsen seinen Mund.

Plötzlich machte sich ein Raunen breit. Ignatius hörte, wie ein Mann, der hinter ihm saß, seinem Nachbarn zuflüsterte: »Der Lange ist der Amtmann Johann Wilhelm Walrabenstein.«

Als Stühle geschoben wurden und die Menschen sich erhoben, stand auch Ignatius auf. Nur Preußer blieb sitzen und blickte weiter geradeaus.

Fünf schwarz gekleidete Männer schritten nach vorn und setzten sich an den langen Tisch. Als sie mit mürrischen Blicken die Anwesenden betrachteten, wagte kaum einer, laut Luft zu holen. Dann wurde die Nebentür geöffnet und eine Frau hereingeführt. Kettengerassel und schlurfende Schritte waren zu hören. Ignatius blickte zu Preußer, dessen Hände sich verkrampften, während er schwer schluckte. Sie bringen seine Frau, dachte Ignatius und drehte den Kopf nach hinten, um besser sehen zu können. Da erblickte er sie und glaubte erneut, seinen Augen nicht zu trauen.

Agnes Preußer hatte ihr blondes Haar zu einem dicken Zopf geflochten, der ihr über die Schulter bis zu den Hüften hing. Ihre Gestalt war hochgewachsen und ihre Figur wohlgeformt. Das Gesicht bestach durch einfache Schönheit und einen offenen Blick, in dem Ignatius Stolz, Mut und Furchtlosigkeit zu erkennen glaubte. Ihm kam in den Sinn, dass er schon einmal eine Frau gekannt hatte, die eine ähnliche Ausstrahlung verbreitete und wegen ihres Mutes, sich zu wehren, der Hexerei angeklagt und in einem Hexenturm weggesperrt worden war. Ignatius versuchte vergeblich, sich an ihren Namen zu erinnern.

Gebannt schaute er zu der Angeklagten, die langsam durch den Mittelgang schlurfte, da die Ketten an ihren Fußgelenken verhinderten, dass sie große Schritte machen konnte. Als sie endlich ihren Stuhl erreicht hatte, der vor den Männern des Gerichts stand, hörte Ignatius seinen Platznachbarn Christ Preußer leise aufstöhnen.

Die Blicke des Ehepaares trafen sich, und Agnes lächelte ihren Mann unter Tränen an. Doch sofort wurde sie von einem Schergen gezwungen sich niederzusetzen. Als Preußer sah, wie der Büttel seine Frau mit der Lanze anstieß, sprang er wütend auf, aber Agnes schüttelte den Kopf, und er setzte sich wieder.

»Agnes Preußer!«, rief der Amtmann mit tiefer Stimme, sodass sich die Augen aller im Gerichtssaal Anwesenden auf ihn richteten. »Wir, der Ausschuss der Stadt Mensfelden, haben mit größtem Missfallen hören müssen, dass gegen Euch Anschuldigungen vorgebracht wurden, die Euch als Hexe ausweisen. Was habt Ihr dazu zu sagen?«

»Welche Vorwürfe sind das?«, fragte die Frau.

Amtmann Johann Wilhelm Walrabenstein blätterte in seinen Akten und nahm seinen Zeigefinger zu Hilfe, um die Zeile zu finden. Dann las er laut vor.

»Soldaten, denen Ihr ein Quartier für die Nacht vermietet hattet, sagten einstimmig aus, dass in ihr Zimmer ein Ungetüm eingedrungen sei. Es habe wie ein Bock geschrien – oder gebellt, dessen waren sie sich nicht mehr sicher«, warf er ein und las dann weiter: »Das Ungetüm sei durchs Fenster entkommen und über die Leiter in die Scheune gestiegen, von wo aus es verschwunden ist.«

Kaum klappte der Amtmann die Akte zu, lachte Agnes Preußer laut auf. »Diese Angsthasen haben sich fast in die

Hose gepisst, als unsere Katze, die ein wenig größer ist als alle Katzen der Umgebung, in ihrem Zimmer aufgetaucht war. Nachdem die Soldaten vor Furcht laut geschrien haben, ist unsere Katze durchs Fenster auf die sichere Tenne geflüchtet. Wer will ihr das verdenken?«, erklärte Agnes Preußer spöttisch und sah ihren Mann an.

Mancher Zuschauer konnte sich ein leises Lachen ob der Geschichte nicht verkneifen.

»Ruhe!«, brüllte der Bürgermeister und hieb mit der Faust auf den Tisch. Als es still war, blickte er die Angeklagte böse an und sagte mit scharfer Stimme: »Das ist nicht der einzige Hinweis, der euch als Hexe beschuldigt.«

»Ja, ich kann mir vorstellen, dass Ihr noch mehr Anschuldigungen gegen mich habt«, spottete Agnes.

Sofort weiteten sich die Augen des Bürgermeisters, und er schaute zu Walrabenstein.

Der Amtmann sah die Frau eisig an und fragte mit durchdringender Stimme: »Ihr gebt also zu, dass die Anschuldigungen gegen Euch zu Recht erhoben wurden?«

»Ich gebe nichts zu, da diese Beschwerden unglaubwürdig sind und meine Intelligenz beleidigen.«

Einer der Statthalter sog die Luft zwischen den Zähnen ein und riss die Akte an sich. Er blätterte darin, doch als er die Stelle nicht fand, schlug er wütend mit der Hand auf das Dokument und brüllte: »Ist es nicht so, dass Ihr mehr Früchte auf Eurem Acker erntet, als es Eurem Nachbarn vergönnt ist? Und trifft es nicht auch zu, dass Ihr aus Eurer Milch mehr Butter schlagen könnt als andere aus der gleichen Menge? Und wie erklärt Ihr es, dass Eure Bienenstöcke mehr Honig hergeben als die der anderen?«

Agnes Preußers Augen funkelten zornig. »Ich bin eine fleißige Frau, die Tag und Nacht schuftet. Ich behandle mein Vieh anständig und gebe ihm nur das beste Futter zu fressen. Lieber esse ich selbst nichts, als dass ich meine Kühe hungern lasse. Anders als meine Nachbarn, die ihre Tiere schlecht füttern und sie misshandeln«, erklärte sie und drehte sich zu den Personen um, die in den hinteren Sitzreihen lautstark widersprachen.

»Du willst uns unterstellen, dass wir unser Vieh schlecht behandeln?«, brüllte ein Nachbar und sprang von seinem Sitz auf. »Dabei weiß der halbe Ort, dass der Teufel in Gestalt eines Feuerdrachens durch euren Schornstein geflogen kam und Getreide, Butter und Honig ausgespuckt hat.«

»Du dummer Esel bist nur eifersüchtig auf den Erfolg meiner Arbeit. Wenn deine Alte nicht jeden Tag besoffen in der Küche läge, würden deine Kinder nicht vor Hunger plärren«, rief Agnes zurück.

Amtmann Johann Wilhelm Walrabenstein sah den Nachbarn der Angeklagten prüfend an. »Habt Ihr den Drachen mit Euren eigenen Augen gesehen?«, fragte er den Alten, der sich verlegen am Hals kratzte.

Als Agnes abwertend rief: »Pff, niemals! Der lügt«, nickte er heftig.

»Jawohl! Ich habe den Drachen als helles Licht gesehen. Er flog hoch am Himmel und hatte einen langen Schwanz. Das Licht fuhr direkt über das Dorf zum Haus der Preußer und verschwand dort im Kamin. Was sonst außer einem Feuerdrachen soll es gewesen sein?«

Christ Preußer schüttelte den Kopf und flüsterte: »Solch einen Tobak kann nur unser Nachbar von sich geben. Der hat seinen Verstand schon vor Jahren versoffen. Man kann seine Aussage nicht ernst nehmen!« Er stand auf und bat die Amtmänner: »Ich möchte eine Aussage machen.«

Mit einem Nicken erlaubten die Herren ihm zu sprechen, und Preußer wandte sich seinem Nachbarn zu. »Ich weiß, warum deine Kuh weniger Milch gibt als unsere.« Der Alte sah ihn unsicher an, und Preußer erklärte: »Weil Gott dich für dein unchristliches Leben bestraft.«

Dieser Aussage folgte sogleich wütender Widerspruch: »Nur wer mit dem Teufel paktiert, kann solches behaupten«, hörte man die gellende Stimme des Nachbarn durch den Saal.

Der Amtmann schlug mit der Akte auf den Tisch und brüllte: »Dämpft Eure Stimmen, oder Ihr verlasst beide den Saal!«

Christ Preußer machte ein ausdrucksloses Gesicht und erklärte: »Mein Nachbar ist ein fauler Hund und neidet mir den Erfolg. Ich bin ein erfolgreicher Amtsträger des Erzstiftes im Kondominat Mensfelden.«

»Lügen! Alles Lügen«, eiferte sich der Nachbar erneut. »Beide, Mann und Frau, sind Hexen, die mit dem Teufel im Bund stehen und der ihnen alles im Überfluss schenkt.«

Preußers Augen glitzerten vor Hohn, und seine Stimme tropfte vor Spott, als er erklärte: »Ich habe mehr zu tun als alle anderen. Des Tags gehe ich meinen Geschäften nach, und des Nachts muss ich den Hexen pfeifen.«

Ohne ein weiteres Wort setzte er sich, und sogleich brach ein Sturm der Entrüstung über den Ausschuss her. Amtmann Walrabenstein machte einige Anmerkungen auf der Akte und hob die Hand, damit die Leute sich beruhigten. Dann sah er Agnes Preußer an.

»Was sagt Ihr dazu?«

Die Frau lachte laut auf und zuckte mit den Schultern. Dann spann sie den Spott ihres Mannes weiter: »Was soll ich sagen? Ja, ich unterstütze meinen Mann bei der Arbeit, und wenn die Hexen zum Tanz aufspielen, stehe ich an seiner Seite.«

Fassungslosigkeit machte sich unter den Gaffern breit, und auch dieses Mal wurden die Anwesenden mit Gebrüll gemaßregelt, bis Ruhe im Saal einkehrte.

Doch dann wagte jemand, durch den Saal zu rufen: »Sie ist die Anführerin beim Hexensabbat.«

Keiner antwortete.

Die Männer des Ausschusses steckten die Köpfe zusammen und berieten sich.

Ignatius sah Christ Preußer nachdenklich an und richtete dann den Blick auf Agnes. Der Mönch war grundsätzlich davon überzeugt, dass manche Menschen vom christlichen Glauben abfielen und sich dem Teufel zuwandten. Auch bezweifelte er nicht, dass sie mit Hilfe des Bösen Schadenszauber verüben konnten, sodass das Vieh krank wurde oder schlechtes Wetter das Korn auf den Feldern faulen ließ. Ignatius wusste aber auch, dass es Menschen gab, die neidisch auf andere waren, weil sie mehr besaßen oder aus der Milch einen größeren Butterertrag erzielen konnten.

Das Ehepaar Preußer machte auf Ignatius einen guten Eindruck. Agnes und Christ wirkten nicht verschlagen, schienen nicht bösartig oder neidisch zu sein. Christ Preußer verdiente als Schuldeneintreiber des Grafen genügend Geld, da er ein öffentliches Amt innehatte. Seine Frau schien fleißig und strebsam zu sein. Außerdem behandelte sie ihr Vieh so gut, dass sie höhere Erträge als andere erzielte. Warum also sollte der Teufel in Gestalt eines Drachen durch ihren Kamin fliegen und ihnen Getreide, Butter und Honig bringen? Das war hanebüchen, fand Ignatius und kam zu dem Schluss, dass womöglich eine wahre Hexe den Verdacht auf das Ehepaar lenken wollte, um selbst nicht aufzufallen.

Seine Überlegungen wurden von Preußer unterbrochen, als der aufstand und sich an die Amtmänner wandte: »Ich verlange Akteneinsicht und bitte um die Erlaubnis, für meine Frau einen Verteidiger zu bestimmen.«

»Das werden wir Euch gewiss nicht erlauben. Ihr habt kein Recht auf Akteneinsicht, und Euer Weib hat kein Recht auf einen Verteidiger«, entgegnete Walrabenstein erregt.

Preußer reckte sein Kinn und erklärte in ruhigem Ton:

»Als Leibeigener der Grafen von Nassau-Saarbrücken habe ich mehr Rechte, als Ihr denkt. Außerdem bin ich als Unterschultheiß für das Land Kurtrier ein angesehener und einflussreicher Mann.«

Der Amtmann reagierte verwirrt. Dann entschied er nervös: »Wir werden weitere Beweismittel sammeln und uns in einem Monat wieder zusammensetzen.«

»Der Hexenmeister will uns wohl für dumm verkaufen!«, schrie der Nachbar und schlug Preußer von hinten gegen den Kopf.

Sogleich entbrannte ein heftiger Streit zwischen den Menschen im Saal. Frauen schrien, und Männer schimpften. Jeder fiel über jeden her. Selbst die Büttel kamen gegen die um sich schlagende Meute nicht an.

Hofmann suchte in dem Gewühl um sich schlagender Arme nach Ignatius, dessen Namen er brüllte. Als er ihn endlich erblickte, sah er, wie der Mönch niedergeschlagen wurde und nach vorn auf den Boden fiel. Mit unbändiger Kraft schob Hofmann die Körper um ihn herum zur Seite und kämpfte sich zu dem Mönch vor, der mühsam auf die Knie hochkam und sich aufzurichten versuchte.

»Kommt hier raus«, brüllte Hofmann, doch Ignatius schien ihn nicht zu hören.

Der Soldat, der den Mönch mit seinem Leben verteidigen würde, verlor keine Zeit. Er zog ihn auf die Füße, warf ihn sich über die Schultern und trug ihn hinaus an die frische Luft.

Am Dorfbrunnen tauchte Hofmann ein Tuch ins Wasser und reichte es Ignatius, der seine Stirn damit kühlte.

»Ihr hattet Glück«, erklärte er dem Mönch, der leise stöhnte.

»Was ist mit Agnes Preußer?«, fragte Ignatius.

»Man hat die Befragung vertagt, um mehr Beweise zu sammeln.«

Ignatius nickte. »Ich erinnere mich wieder. Dann können wir im Augenblick nichts für sie tun.«

»Lasst uns einen Gasthof aufsuchen, damit Ihr Euch ausruhen könnt«, schlug Hofmann besorgt vor.

»Ja, das wäre ratsam«, stimmte Ignatius zu und sagte gedankenverloren: »Agnes Preußer ist eine besondere Frau. Ich kannte einst ein Mädchen, das ebenso willensstark und fleißig war.«

Hofmann grinste breit. »Das muss schon ewig her sein«, meinte er. »Erinnert Ihr Euch an ihren Namen?«

Ignatius schüttelte den Kopf und stöhnte leise auf. Er fasste sich an die Stirn, wo er eine Beule spüren konnte.

»Katharina!«, flüsterte er plötzlich und sah Hofmann erschrocken an. »Ich kann mich wieder an ihr Gesicht und an ihre Geschichte erinnern. Sie wurde wie Agnes Preußer fälschlich der Hexerei beschuldigt. Und sie kam wie Susanna Arnold aus dem Land an der Saar.« Ignatius stockte und flüsterte: »Ich muss eilends zurück nach Trier, denn ich muss Gewissheit haben.«

~ *Kapitel 46* ~

Nachdem der Pesttote beerdigt worden war, fuhren Urs und Nathan Goldstein gemeinsam auf dem Fuhrwerk in Richtung des Weinbergs, wo der Goldhändler den jungen Blatter beim Pesthaus absetzen wollte. Beide Männer waren enttäuscht, dass die heimliche Untersuchung des Inneren eines menschlichen Körpers ein Misserfolg war.

»Wie wird es weitergehen?«, fragte Goldstein Urs, der mit verkniffener Miene neben ihm auf dem Kutschbock saß.

Urs musste nicht lange überlegen, denn bereits im eisigen Keller des Baders hatte er einen Entschluss gefasst. Ohne Goldstein anzublicken, antwortete er:

»Einerlei, ob mein Oheim überleben wird oder sterben muss – ich sehe keinen Sinn mehr darin, Kranke in dem Pesthaus zu versorgen. Ich werde meine Arbeit dort niederlegen.«

Der Goldhändler blickte ihn überrascht an, doch Urs schaute nach vorn und erklärte: »Es war mir noch nie so klar wie heute, dass die Menschen gegen die Pestilenz kein Heilmittel finden werden. Das wussten bereits die weisen Männer viele Jahrhunderte vor uns, und sogar die Gelehrten der Antike hatten das geahnt. Doch wir haben geglaubt, dass wir schlauer sind als alle zusammen. Aber diese Seuche ist unbezwingbar. Nichts kann sie aufhalten, und sie wird auf ewig eine Geißel der Menschheit bleiben.«

Er rieb sich müde über die Augen und fuhr dann leise fort: »Es schmerzt, das zuzugeben, aber wir haben uns selbst betrogen. Außer einem kleinen Mädchen, das womöglich auch ohne unsere Hilfe überlebt hätte, konnten wir nicht einen Pestkranken retten. Trotzdem gaukelten wir den Kranken vor, dass sie durch unser Wissen und unsere Heilmittel wieder gesund werden würden.« Nüchtern beurteilte Urs seine Arbeit: »Wir haben sie belogen und für unsere Zwecke benutzt.«

Goldstein war bestürzt von der Meinung des jungen Mannes, der bis an die Grenze des Machbaren gegangen war. »Ist es nicht die Hoffnung, die uns am Leben hält? Ist es deshalb nicht wichtig, Hoffnung zu vermitteln?«, fragte er vorsichtig.

»Wenn es Hoffnung gibt, gerettet zu werden, ist es berechtigt, sie zu vermitteln. Aber wenn man weiß, dass derjenige sterben muss, dann ist es ein Verbrechen, falsche Hoffnung zu wecken.«

Goldstein verstand Urs nur zu gut und versuchte nicht, ihn umzustimmen. »Wie wollt Ihr vorgehen? Außer Eurem Oheim liegen noch andere Kranke in dem Haus.«

»Wir werden keinen Kranken vor die Tür setzen, aber auch keine neuen mehr aufnehmen. Sie können mit anderen Pestkranken in Häusern zusammen untergebracht werden. Es heißt, dass eine besondere Gemeinschaft sie versorgen würde.«

»Davon habe ich nichts gehört. Woher wisst Ihr das?«

»Einer der Kranken hat es mir erzählt«, sagte Urs und verschränkte die Arme vor der Brust. »Betet, dass sich während der restlichen Zeit, die wir im Pesthaus verbringen werden, niemand mehr von uns an der Pestilenz ansteckt. Ich werde besonders streng darauf achten, dass die Vorsichtsmaßnahmen eingehalten werden.«

Goldstein sah den jungen Mann neben sich bewundernd an und schlug ihm wohlwollend auf die Schulter. »Ihr habt heute Großes geleistet«, lobte er ihn.

»Ich habe nichts erreicht, außer Gott gezürnt«, erklärte Urs traurig. »Aber ich bete, dass er mir vergeben wird.« Er wandte seinen Blick dem Goldhändler zu und bat: »Falls mein Oheim überlebt, müsst Ihr mir versprechen, dass Ihr schweigen werdet. Einerlei, aus welchem Grund ich diesen Schritt gegangen bin – er würde das weder gutheißen noch verstehen.«

Es war späte Nacht, als die beiden Männer beim Pesthaus ankamen. Bevor Goldstein nach Trier zurückfuhr, bat er: »Berichtet mir von Eurem Oheim. Sobald Ihr das Haus geschlossen habt, schicke ich Männer, die alle verräterischen Spuren beseitigen werden.«

Urs nickte und ging in das Haus. Bevor er an das Bett seines Oheims trat, zog er sich den Mundschutz über. Erstaunt stellte er fest, dass Bendichts Gesichtsfarbe nicht mehr so leichenblass war wie Stunden zuvor und dass er ruhig schlief. Er ging zufrieden hinter den Vorhang in seinen privaten Bereich, wo Susanna zusammengekauert auf der Pritsche lag und ebenfalls schlief.

Urs legte das Mundtuch zur Seite und kuschelte sich hinter seine Liebste. Ohne Susanna würde ich das alles nicht aushalten können, dachte er erschöpft und verbarg sein Gesicht in ihrem Haar. Dann schloss er die Augen und schlief ebenfalls ein.

Als Urs am Morgen erwachte, lag er allein auf der Pritsche. Hastig sprang er auf und band sich den Mundschutz um. Dann ging er zu Bendichts Lager, wo Susanna saß.

Sie lächelte und flüsterte: »Ich habe dich letzte Nacht nicht zurückkommen gehört.«

»Es war spät, und ich wollte dich nicht wecken«, antwortete er leise.

Sein Oheim bewegte sich. Erschrocken blickte Urs zu Bendicht, der ihn aus kleinen Augen anschaute.

»Durst!«, flüsterte er.

Sofort griff Susanna nach einem Becher und flößte ihm mit einem Holzlöffel Wasser ein.

»Wie geht es dir, Oheim?«, fragte Urs besorgt und trat näher heran.

»Deine zukünftige Frau hat mir gestern einen ekelhaften Sud verabreicht, der mich zum Glühen brachte. Seitdem fühle ich mich besser«, krächzte Bendicht heiser.

»Er war gestern schon wach?«, fragte Urs erstaunt, und Susanna nickte. »Was hast du ihm verabreicht?«

»Elisabeth und ich haben die Heilmittel durchgesehen, und dabei habe ich zerstoßene Fliederrinde entdeckt. Ich erinnerte mich, dass meine Mutter mir als Kind daraus einen Sud aufbrühte, weil ich mich im Schnee erkältet hatte. Sie war der festen Überzeugung, dass Fliederrinde den Körper von innen wärmt und das Böse ausschwitzen lässt.«

»Fliederrinde«, murmelte Urs und befühlte die Stirn seines Oheims. Sie war warm, aber nicht mehr heiß.

»Darf ich deine Achsel untersuchen?«, fragte Urs. Bendicht nickte und hob mit Hilfe seines Neffen vorsichtig den Arm an. »Die Wunde eitert kaum noch. Die Blutwurzsalbe wirkt. Wir müssen sie weiterhin mehrmals täglich auftragen«, erklärte Urs und legte den Arm zurück auf die Decke.

»Soll ich ihm zusätzlich Laudanum verabreichen? Wenn er schläft, heilt der Körper am ehesten«, fragte Susanna.

Urs nickte überrascht. Sorgsam zählte sie die Tropfen und gab sie Bendicht auf einem Löffel, der angewidert das Gesicht verzog.

Doch kaum hatte er die Medizin geschluckt, wurde er schläfrig.

»Halt seinen Arm nach oben, damit ich ihm rasch die Salbe auftragen kann. Dank des Schlafmohns spürt er meine Berührung nicht«, erklärte Susanna ihre Absicht.

Wortlos tat Urs wie ihm geheißen. Doch kaum war Susanna mit der Versorgung des Kranken fertig, zog er sie nach draußen vor die Tür. Beide nahmen das Tuch vom Mund und wuschen sich in einem Eimer mit dem eisigen Essigwasser die Hände. Erst dann umarmten sie sich.

»Du bist unglaublich!«, murmelte Urs.

Susanna schlang ihm die Arme um den Hals. »Glaubst du, dass dein Oheim genesen wird?«

Urs legte seine Stirn gegen ihre. »Ich muss gestehen, dass ich ratlos bin. Es grenzt an ein Wunder, dass er noch lebt«, sagte er und blickte ihr in die Augen. »Du scheinst keine Scheu vor dem Umgang mit den Pestkranken zu haben.«

»Während du fort gewesen bist, habe ich mich nur um deinen Oheim gekümmert. Elisabeth versorgte die anderen Kranken. Allerdings wage ich zu bezweifeln, dass dein Oheim an der Seuche erkrankt ist«, erklärte sie leise.

Urs lachte auf. »Wie willst du das wissen? Bist du über Nacht eine Heilerin geworden?«, fragte er bissig.

Susanna wandte sich ab.

»Es tut mir leid!«, entschuldigte er sich, und sie drehte sich ihm wieder zu.

»Natürlich bin ich keine Heilerin! Aber wegen der Fliederwurzel habe ich in deinen schlauen Büchern gestöbert und dabei einen Bericht entdeckt, in dem steht, dass Verdickungen in Achseln und Beinbeugen auch andere Ursachen haben können. Bendicht könnte eine Entzündung haben, die den ganzen Körper befallen hat, aber nichts mit der Pest zu tun hat.«

»Es wäre zu schön, um wahr zu sein«, flüsterte Urs. »Ich brauche meinen Oheim, denn ich will von ihm noch viel über die Heilkunst lernen.«

Elisabeth trat erschöpft vor die Tür. Wegen der beißenden Kälte zog sie sich das Schultertuch über den Kopf. Als sie Susanna anblickte, wurde ihre Miene freundlich. »Deine Frau hat der Himmel geschickt. Sie ist uns eine große Hilfe«, lobte sie, doch dann wurde ihr Blick ernst. »Der tote Fischer Bernd liegt noch immer hinter dem Holzschuppen. Er muss dringend beerdigt werden, ebenso wie die alte Herta, die heute in den frühen Morgenstunden gestorben ist.«

Urs nickte und fuhr sich durchs Haar.

»Wie viele Pestkranke haben wir noch zu versorgen?«, wollte er wissen.

»Fünf.«

»Wann kam der letzte Kranke zu uns?«

Elisabeth überlegte. »Vor zwei Tagen kam das Ehepaar aus der Nähe von Schweich zu uns. Seitdem kam niemand mehr.«

Urs presste die Lippen aufeinander, doch dann gestand er den beiden Frauen: »Wir werden das Haus schließen und deshalb keine weiteren Kranken aufnehmen.«

Elisabeth blickte ihn entsetzt an. »Warum?«

»Weil unsere Arbeit nichts bewirkt hat. Wir werden keine

Mittel gegen die Seuche finden, und wir werden niemanden retten können.«

»Das spielt keine Rolle«, ereiferte sich die Helferin und sah Urs flehend an. »Wir müssen kein Heilmittel finden. Es reicht, wenn die Pestkranken hierher zum Sterben kommen dürfen.«

»Elisabeth«, entrüstete sich Urs. »Wir können Gott danken, dass wir uns nicht selbst angesteckt haben.«

»Das wäre mir einerlei«, erklärte die Frau unter Tränen und fügte klagend hinzu: »Was soll ich ohne das Pesthaus machen? Die Arbeit mit den Kranken war in den letzten Wochen meine einzige Freude.«

»Elisabeth, es tut mir leid. In spätestens einer Woche werde ich nach Trier zurückgehen. Ich kann die Menschen nicht mehr belügen und ihnen falsche Hoffnungen machen. Sobald sie an der Pest erkranken, gibt es keine Hoffnung für sie.«

»Aber dein Oheim lebt auch. Vielleicht muss man die Beulen nur herausschneiden, um sie zu retten«, versuchte Elisabeth Urs zu überzeugen.

Doch der schüttelte den Kopf. »Womöglich leidet mein Oheim gar nicht an der Pest. Aber das wird sich erst in den nächsten Tagen zeigen«, erklärte er ihr mit einem Seitenblick auf Susanna.

Urs hatte mit Hilfe von Susanna und Elisabeth die beiden Leichen auf das Fuhrwerk gehievt. Trotz der Kälte waren ihre Gesichter gerötet.

»Ich werde sie in dem Wäldchen beerdigen, wo auch die anderen Toten liegen«, sagte Urs.

Elisabeth ging zurück ins Haus. Als Susanna ihr folgen wollte, hielt er sie zurück. »Soll ich dich vor Trier absetzen, damit du nach Hause gehen und dich ausruhen kannst?«

»Benötigt ihr meine Hilfe nicht mehr?«

»Die zweite Helferin ist unterwegs, sodass Elisabeth nicht

allein sein wird. Ich würde am Abend zu dir kommen«, murmelte er und schaute Susanna fragend an.

»Ich hätte frische Kleidung dringend nötig«, sagte sie und blickte an ihrem verschmutzten Rock hinunter.

»Setz dich auf den Kutschbock«, sagte Urs, und Susanna nickte.

Während der Fahrt lehnte sie ihren Kopf an Urs' Schulter und schlief sofort ein. Ein sanftes Streicheln über ihre Wange weckte sie. Als sie die Augen aufschlug, sah sie die Mosel und die Stadtmauer von Trier vor sich liegen.

Urs hielt das Gefährt an und versprach: »Sobald ich die beiden beerdigt habe, werde ich zu dir kommen.«

»Ich besuche in der Zwischenzeit meinen Vetter Arthur bei den Soldaten. Wir haben uns schon so lange nicht mehr gesehen. Er wird staunen, wenn ich ihm von uns erzähle«, freute sich Susanna und gab Urs einen flüchtigen Kuss. Dann stieg sie vom Kutschbock und marschierte in Richtung Trier.

Urs sah ihr nach und lenkte dann das Fuhrwerk in die andere Richtung.

Müde stieg Susanna die Treppe zu ihrer Wohnung hinauf. Sie wollte gerade ihre Eingangstür aufschließen, als die Nachbarin mit ihrem weinenden Kleinkind auf dem Arm erschien und Susanna ein Paket entgegenhielt.

»Das hat ein Bote gestern für Euch abgegeben.«

Susanna nahm das Paket entgegen, dankte und ging in ihre Wohnung, um es auszupacken.

»Es ist noch schöner geworden, als ich gehofft habe«, jubelte sie und hielt sich das leuchtend grüne Kleid vor den Körper. Ich werde es heute tragen, wenn Urs mich besucht, freute sie sich.

Nachdem sich Susanna gewaschen und das neue Kleid angezogen hatte, ging sie zu der Zeltstadt der Soldaten, um ihren

Vetter zu besuchen. Doch nun stand sie inmitten der Stallgasse und schaute enttäuscht zu den Pferden, da Arthur nicht da war. Ein Soldat hatte ihr verraten, dass der Stallbursche mehrere Pferde nach Coblenz bringen musste und den Lehrling mitgenommen hatte.

»Sie werden in zwei Tagen zurück sein!«, versuchte der Mann sie zu trösten.

Susanne wollte gerade den Stall verlassen, als sie Jaggi Blatters Pferd erblickte.

»Ich habe nicht geahnt, dass Urs' Vater zurück ist«, murmelte sie und ging zu dem Soldaten, der ihr zuvor Auskunft gegeben hatte.

»Ist Hauptmann Blatter zurück?«, fragte sie.

Der Mann schaute hoch und sah sie fragend an. »Kennt Ihr ihn?«

»Er ist mein zukünftiger Schwäher«, erklärte sie mit rotgefärbten Wangen.

»Dann darf ich Euch sicher verraten, dass der Hauptmann von seinem Einsatz noch nicht zurückgekehrt ist. Er wird jedoch bald erwartet.«

»Warum ist dann sein Pferd hier?«, fragte sie stirnrunzelnd.

Der Soldat zuckte mit den Schultern. »In der Nacht kamen mehrere Pferde ohne Reiter zurück.«

»Das hört sich merkwürdig an«, fand Susanna und blickte den Soldaten erstaunt an. »Macht Ihr Euch keine Sorgen?«

»Es ist nicht meine Aufgabe, mir wegen des Hauptmanns oder anderer im Heer Gedanken zu machen. Wäre ihnen etwas zugestoßen, hätte man sicher schon Alarm geschlagen. Ich habe den Befehl erhalten, mich während Federkiels Abwesenheit um die Gäule zu kümmern. Und das werde ich jetzt machen«, brummte er und schleppte die mit Hafer gefüllten Eimer in den Stall.

Peter Hönes stand versteckt hinter Buschwerk und beobachtete Susanna, die am Ufer der Mosel entlangschlenderte. Er hatte bereits am Morgen vor ihrer Wohnung herumgelungert und auf ihre Rückkehr gewartet. Als sie nicht kam, war er wieder nach Hause gegangen und am Nachmittag zurückgekehrt. Es war Zufall, dass sie in dem Augenblick ihr Haus verließ, als er um die Ecke kam. Sie hatte ihn jedoch nicht gesehen, sodass er ihr unbemerkt folgen konnte. Als sie den Weg zur Zeltstadt der Soldaten eingeschlagen hatte, ahnte er, dass sie ihren Vetter besuchen wollte. Hönes war sofort zu Dietrich geeilt, um ihm Bericht zu erstatten.

Nun wartete er auf seinen Saufkumpan und ließ Susanna nicht aus dem Blick. Da das Mädchen ihnen bei der Schatzsuche nicht freiwillig helfen würde, hatten die beiden Männer einen Plan ausgeheckt, den sie an diesem Tag umsetzen wollten. Hönes musste grinsen, als er daran dachte, denn er würde als Sieger daraus hervorgehen und die Jungfer als Belohnung bekommen.

»Dietrich ist ein schlauer Hund«, murmelte er, denn es war der Einfall seines Knobelbruders gewesen, Susanna zu entführen und in einer Waldhütte gefangen zu halten. Hönes würde dabei nicht in Erscheinung treten, sodass Susanna nicht vermuten konnte, dass auch er hinter der Entführung steckte. Seine Aufgabe war es, sie scheinbar aus den Fängen der Männer zu befreien und sich als ihr Retter und Held aufzuspielen.

»Als Dank wird sie mir die Schatzkarte geben und bei der anschließenden Suche helfen«, gaukelte sich Hönes vor. Er rieb sich die Hände, als er sah, wie Dietrich und mehrere düstere Gestalten sich Susanna unbemerkt näherten.

Sie stand am Ufer der Mosel und sah aufs Wasser hinaus, wo ein Entenpaar sich von der Strömung treiben ließ. Sie hatte gehofft, mit ihrem Vetter Arthur plaudern zu können. Als sie die Kirchenglocken läuten hörte, tröstete sie sich mit dem

Gedanken, dass sie den Abend mit Urs verbringen würde. »Ich möchte zu gerne wissen, warum Jaggis Pferd im Stall steht, er aber fehlt. Anscheinend sind mehrere Soldaten zu Fuß unterwegs«, grübelte sie und suchte einen flachen Stein, den sie über das Wasser hopsen lassen wollte. Doch er war zu schwer und ging unter.

Susanna sah sich nach einem anderen um, als sie von hinten gegriffen wurde und ihr jemand den Mund zuhielt. Erschrocken riss sie die Augen auf und blickte in die Gesichter von zwei hohnlachenden Männern.

»Das ging einfacher, als ich gedacht habe«, hörte sie den Mann sagen, der sie festhielt.

Susanna versuchte, sich aus dem Griff zu drehen, doch der Mann hielt sie fest umschlungen und drückte ihr mit einem Arm die Luft ab.

»Ich werde dich jetzt loslassen. Solltest du schreien oder fortlaufen, werde ich dich wie ein Schwein aufspießen. Hast du mich verstanden?«, raunte er.

Susanna nickte unter Tränen.

Einer der Ganoven zerrte sie an der Hand hinter sich her. Die Männer führten sie in Richtung des Waldes, der nahe der Stadt gelegen war. Sie hatten die Bäume schon fast erreicht, als zwei Reiter auf sie zugaloppiert kamen. Die Entführer gingen sofort in Deckung, und der eine ließ Susannas Hand dabei los. Diesen Augenblick nutzte sie und lief in die entgegengesetzte Richtung, um sich zu verstecken.

Erst als die Pferde vorbeigaloppiert waren, bemerkten die Männer das Verschwinden ihrer Geisel.

»Verdammt, wo ist sie so schnell hin?«, rief Dietrich wütend und drehte sich suchend im Kreis. »Wenn ich dich finde, werde ich dir die Kehle aufschlitzen«, schrie er.

Hönes hatte aus sicherer Entfernung die misslungene Entführung beobachtet. Er sah, wie Susanna auf einem Acker stürzte, hinschlug und liegen blieb. Auch hörte er ihre Verfolger fluchen, doch er war zu weit entfernt, um den Männern zu zeigen, wo sich das Mädchen auf dem Boden versteckte.

Sie wird verletzt sein, dachte er und wollte schon zu der Stelle hinlaufen, als Susanna sich mühsam erhob und in Richtung Wald davonhumpelte.

»Diese Narren! Wie konnte Susanna ihnen entkommen? Wie konnte dieser Plan schiefgehen? Daran sind diese Hurenknechte schuld, die Dietrich unbedingt anheuern musste!«, schimpfte er und schlug wütend gegen den Baumstamm, hinter dem er stand. »Es wird bald so dunkel sein, dass sie sie kaum noch finden können«, murmelte er, als er sah, wie Susanna in den Wald flüchtete. »Jetzt laufen diese Dummköpfe auch noch in die falsche Richtung und entfernen sich von ihr«, tobte er. »Ich muss ihnen zu Hilfe eilen, denn ein zweites Mal werden wir keine Möglichkeit haben, Susanna zu entführen«, fluchte er und rannte über die Wiese zum Wald.

⇝ *Kapitel 47* ⇜

Susanna erwachte aus ihrer Besinnungslosigkeit, weil ihr ein feuchtes Tuch auf die Stirn gelegt wurde. Hastig setzte sie sich auf und stellte fest, dass sie sich mit einem fremden Mann, der eine Mönchskutte trug, in einer Waldhütte befand.

»Wo schmerzt es Euch?«, fragte eine besorgte Stimme.

Erschrocken blickte Susanna den Fremden an, der neben ihr kniete.

»Ihr müsst Euch nicht fürchten. Ich gehöre nicht zu Euren Entführern«, erklärte er, als er ihren ängstlichen Blick sah.

»Wer seid Ihr?«, fragte sie und betrachtete argwöhnisch die Beule auf seiner Stirn.

»Mein Name ist Ignatius, und ich bin Jesuitenmönch im Kloster in Trier.«

»Was macht Ihr hier, und wo bin ich?«

Statt zu antworten, fragte der Klosterbruder: »Seid Ihr Susanna Arnold aus dem Land an der Saar?«

Sie nickte. »Woher wisst Ihr das?«

»Ich habe es durch Zufall vernommen und Euch in der Stadt beobachtet.«

»Beobachtet? Warum? Und warum seid Ihr aufgetaucht, als mich die Männer entführen wollten?« Susanna stöhnte und fasste sich an den Kopf, in dem der Schmerz pochte.

»Trinkt einen Schluck«, forderte der Mönch sie auf und hielt ihr den Wasserschlauch entgegen. Susanna trank gierig.

»Bitte lasst mich nicht im Unklaren und beantwortet meine Fragen«, bat sie und wischte sich die Tropfen von den Lippen.

Ignatius betrachtete die junge Frau, die er während der letzten Wochen oft heimlich beobachtet hatte. Endlich saß sie vor ihm und er hoffte, dass sie ihm die Fragen beantworten würde, die ihm seit Langem auf der Seele brannten. Doch zuerst galt es, sie davon zu überzeugen, dass sie keine Angst vor ihm haben musste.

»Mein Begleiter und ich sind die Nacht durchgeritten, um rasch nach Trier zurückzukehren. Als wir über diese Wiese in Richtung Stadt galoppierten, haben wir die finsteren Gestalten gesehen, die Euch bedrohten.«

»Dann habe ich es Euch zu verdanken, dass ich fliehen konnte«, stellte Susanna überrascht fest. »Wo ist der andere Reiter, der bei Euch war?«

»Er beobachtet Eure Entführer und passt auf, dass wir ungestört reden können.«

»Woher kanntet Ihr diese Hütte?«

»Ihr wollt alles genau wissen«, lachte Ignatius leise. »Es ist eine alte Holzfällerhütte, in die ich mich früher manchmal zurückgezogen habe.«

»Könnt Ihr mir erklären, warum mich diese Männer entführen wollen? Ich habe sie noch nie zuvor gesehen.«

»Ihr seid eine vermögende Frau.«

»Ich habe es niemandem erzählt. Woher wisst Ihr davon?«

»Auch ich habe die wunderbare Geschichte des Mädchens von der Saar gehört, die einen großen Schatz gefunden hat«, antwortete der Mönch.

Susanna grübelte. Sie erinnerte sich, dass Urs sie vor Peter Hönes gewarnt hatte. Nachdem er sich so abscheulich verhält, wäre es durchaus denkbar, dass er mich entführen will, dachte sie. Aber da sie ihn nicht unter den Männern gesehen hatte, schob sie den Gedanken, dass er mit den Entführern gemeinsame Sache machen könnte, von sich. Sie blickte den fremden Mönch an, der sie eindringlich beobachtete.

»Ich traue Euch nicht«, sagte Susanna erregt und wollte aufspringen, doch der Schmerz in Knie und Kopf hinderte sie daran.

»Ihr könnt unbesorgt sein, Jungfer Susanna. Ich erhoffe mir nur Antworten auf meine Fragen.«

Susanna sah den Mönch stirnrunzelnd an. Sie konnte sich auf ihn keinen Reim machen.

»Dann ist es Zufall gewesen, dass Ihr zur rechten Zeit am rechten Ort gewesen seid?«, fragte sie nachdenklich.

»Ihr nennt es Zufall, ich nenne es Gottes Fügung«, erklärte er schmunzelnd und setzte sich zu ihr auf den Boden.

»Könnt Ihr mich nach Hause bringen? Mein zukünftiger Ehemann macht sich sicher Sorgen«, flüsterte sie mit bebender Stimme.

»Ich werde Euch umgehend zurück nach Trier bringen. Aber bitte gewährt mir die Zeit und beantwortet meine Fragen.«

Susanna gab nach und nickte.

»Kennt Ihr einen Ort namens Püttlingen?«

»Das Gehöft meiner Eltern stand in Heusweiler. Püttlingen liegt wie mein Heimatort im Köllertal und nur wenige Stunden entfernt. Warum fragt Ihr? Kennt Ihr diesen Ort ebenfalls?«

»Vor vielen, vielen Jahren – es war lange vor dem großen Krieg – habe ich im Land an der Saar gelebt und dort ein Mädchen geliebt. Sie hieß Katharina und wurde der Hexerei bezichtigt, weswegen man sie in den Hexenturm von Püttlingen gesperrt hatte.«

Susanna sah ihn erschrocken an. »Mein Vater hat meinem Bruder und mir erzählt, dass es einst einen Amtmann in Püttlingen gegeben haben soll, der zahlreiche Frauen aus der Umgebung zum Tode auf dem Scheiterhaufen verurteilt hatte. War Eure Katharina eine von ihnen?«

Ignatius' trauriger Blick verriet seine Gefühle. »Katharina wurde von einem Mann als Hexe denunziert, weil sie seine Gefühle nicht erwiderte. Da war sie siebzehn Jahre alt. Durch einen glücklichen Umstand und die Gnade unseres Herrn konnte sie gerettet werden.«

»Das Schicksal dieses Mädchens tut mir leid«, flüsterte Susanna. »Aber was hat das mit mir zu tun?«

»Im langen Krieg wurde ich am Kopf verletzt, und meine Erinnerungen an das Leben davor waren gelöscht. So dachte ich jedenfalls, bis ich von Euch und Eurer Reise aus dem Land an der Saar gehört habe. Von da an kamen die Erinnerungen bruchstückhaft zurück. Zwar spürte ich, dass die Erinnerung an die Vergangenheit mich schmerzen würde, aber ich wollte sie nicht mehr länger unterdrücken. Gestern wurde ich erneut am Kopf getroffen.« Ignatius zeigte ihr seine Beule. »Und da sah ich alles klar vor mir. Jetzt erinnere ich mich daran, warum ich das Land an der Saar verlassen habe. Ich wollte helfen, dass man Frauen nicht länger auf Scheiterhaufen verbrennt, sondern sie zum Glauben zurückführt. Ich hörte von einer Gruppe Mönche, die sich ›Vespertiliones‹ nannte, die Fledermäuse. Sie haben die Schriften der Hexenverfolgungsgegner kopiert und in Umlauf gebracht. Ich habe mich ihnen damals angeschlossen. Doch dann brach dieser schreckliche Krieg aus. Einige meiner Brüder wurden ermordet, andere habe ich nie wiedergesehen. Auch mein Freund und Mentor Friedrich Spee starb. Deshalb hatte ich mich entschlossen, nach Saarwellingen zurückzugehen. Doch Trier wurde angegriffen. In meiner Nähe schlug eine Kanonenkugel ein. Ich wurde am Kopf verletzt und verlor mein Gedächtnis. Ein Jesuit fand mich und brachte mich in sein Kloster in Trier, wo ich gesundgepflegt wurde. Ich bin ihrem Orden dann beigetreten.«

»Kopiert Ihr Schriften?«, fragte Susanna.

»Nein. Ich hatte vergessen, dass ich ein Meister der Abschriften bin, und wurde deshalb der Cellerar des Klosters. Seitdem kümmere ich mich um die wirtschaftlichen Dinge«, erklärte er.

»Dann habt Ihr Katharina nie wiedergesehen?«

Sein Blick wurde starr, und er schüttelte den Kopf. »Ich habe sie damals belogen und ihr erzählt, dass ich bald wieder zurückkehren würde. Doch ich hatte mich in meinem Kampfeswillen, die Hexenverbrennungen aufzuhalten, verloren. Durch meine Verletzung habe ich Katharina vergessen und mich erst gestern wieder an sie erinnert.«

Susanna schaute den Mönch mit einem traurigen Lächeln an. »Manchmal scheint ein Schlag auf den Kopf Wunder zu bewirken – auch wenn er leider zu spät kam«, sagte sie verhalten.

In diesem Augenblick wurde die Tür der Hütte aufgerissen, und ein Mann mit einem Messer in der Hand stürzte herein.

Susanna schrie, und Ignatius versuchte aufzuspringen. Doch kaum stand er, warf sich der Mann auf ihn und setzte ihm ein Messer an die Kehle. Als Ignatius den Eindringling mit aller Kraft von sich stieß, wurde er am Bauch verletzt.

»Peter Hönes, haltet ein!«, schrie Susanna, die ihn erkannt hatte. Sie sprang hoch und wollte ihn von Ignatius fortziehen.

Doch Hönes brüllte: »Ich rette Euch, Susanna!« Er warf sich erneut auf Ignatius und stach auf ihn ein.

Als Susanna Blut fließen sah, schrie sie auf und wollte zur Tür hinausstürmen. Dort stieß sie mit einem Soldaten zusammen. Der zog sofort sein Schwert und stieß es Hönes in den Rücken, der tot zusammenbrach. Erneut schrie Susanna gellend auf.

Hofmann hatte keinen Blick für sie, sondern warf sein Schwert zur Seite und kniete sich neben Ignatius nieder, der stark blutete und nur schwach atmete.

»Christian«, rief er und nahm den Mann in den Arm. »Christian, Ihr dürft nicht sterben. Ich sollte Euch mit meinem Leben beschützen, und ich habe versagt.«

Ignatius hörte Hofmann nur undeutlich sprechen, als ob eine Nebelwand zwischen ihnen stünde. Doch als der Soldat den Namen Christian aussprach, verschwand die Wand, und er sah seinen Schatten vor sich knien.

»Ihr habt nicht versagt, mein Freund. Mein Säckchen Glück ist aufgebraucht«, murmelte er und spuckte Blut.

»Christian?«, hörte er Susanna fragen. »Ihr sagtet, dass Euer Name Ignatius sei.«

Der Sterbende lächelte. »Christian hat mich meine Mutter genannt!«, flüsterte er und atmete ein letztes Mal.

Dann schloss er die Augen und starb.

Hofmann und Susanna saßen neben Ignatius' Leichnam und waren unfähig, etwas zu sagen oder zu tun. Peter Hönes' Leiche beachteten sie nicht.

Schließlich fragte Susanna unter Tränen: »Warum hat er Ignatius umgebracht?«

Hofmann wischte sich mit beiden Händen über das Gesicht. »Vielleicht dachte er tatsächlich, dass Ihr in Gefahr seid, und wollte Euch beschützen.«

»Ignatius hat mir nichts getan. Es bestand kein Grund, ihn zu töten.«

»Das wusste er womöglich nicht.«

»Aber warum tauchte er hier auf? Woher wusste er, dass ich hier bin?«

»Vielleicht hat er wie wir Eure Entführung beobachtet und ist Euch gefolgt.«

Susanna grübelte und dachte an Urs' Warnung. Dann sagte sie: »Oder er steckt mit den Entführern unter einer Decke.«

Hofmann erhob sich. »Wir sollten zurück in die Stadt reiten und Ignatius' Leichnam zu seinen Brüdern bringen.«

Der Soldat legte den toten Mönch über den Sattel seines Rappen. Dann half er Susanna, auf seinem Wallach aufzusitzen, und nahm hinter ihr Platz. Den toten Hönes ließen sie in der Hütte liegen.

»Sollte er mit dem Lumpenpack tatsächlich zusammengearbeitet haben, werden sie nach ihm suchen. Andernfalls werden sich die Wölfe um ihn kümmern«, erklärte Hofmann und trat seinem Pferd in die Flanken.

⁕ *Kapitel 48* ⁕

Urs saß neben der schlotternden Susanna und vernahm die Geschichte ihrer Entführung und die Begegnung mit dem fremden Mönch. Was sie erzählte, klang unvorstellbar, aber er zweifelte kein Wort an. Er wusste nicht, ob er sie tadeln oder trösten sollte.

»Ich habe dich vor Hönes und all den anderen Halunken

gewarnt«, rügte er verhalten. »Als reiche Frau musst du vorsichtig und wählerisch mit deinen Freunden sein. Ich hoffe, dass es dir eine Lehre war«, sagte er und zog sie an sich. »Nicht auszudenken, wenn dir ein Leid geschehen wäre.«

Weinend legte Susanna den Kopf an seine Schulter. »Ich habe den Mönch nicht gekannt, aber ich bin traurig, dass er gestorben ist. Solch einen grausamen Tod hat niemand verdient. Ich glaube, ich vermisse ihn!«, flüsterte sie.

»Jemanden vermissen heißt, man wartet darauf, dass er zurückkehrt. Aber er wird nie wieder kommen.«

»Ich weiß«, schluchzte Susanna. »Deshalb schmerzt es ja.«

Urs küsste Susannas Scheitel. Auch wenn er es ihr nicht zeigte, so bebte er innerlich. Als er am Abend an ihre Wohnungstür geklopft und sie nicht geöffnet hatte, beschlich ihn sofort ein ungutes Gefühl. Doch da er wusste, dass sie ihren Vetter Arthur besuchen wollte, hatte er seine Sorge unterdrückt. Er setzte sich auf die Treppenstufen, um zu warten. Doch als Susanna nach geraumer Zeit nicht kam, war er zur Zeltstadt gelaufen. Hier hatte er den Soldaten getroffen, als der mit Susanna im Sattel durch das Stadttor geritten kam.

Schon von Weitem hatte Urs Susannas Namen gerufen. Als sie ihn sah, war sie vom Pferd gesprungen und zu ihm gelaufen. Weinend hatte sie sich an ihn geworfen.

»Was ist geschehen?«, wollte Urs aufgebracht wissen, nachdem er das zweite Pferd mit dem toten Mönch entdeckt hatte.

»Bitte schweig!«, hatte Susanna gefleht. Sie hatte Angst, dass ihre kleine Gruppe dadurch zu viel Aufmerksamkeit erregen könnte. »Ich werde dir zuhause alles erzählen.«

Dann war sie vor dem Toten gestanden, hatte seine Schulter berührt, ein Gebet gemurmelt und sich von dem Soldaten verabschiedet.

Hastig waren Urs und Susanna zu ihrer Wohnung gelaufen, wo sie weinend zusammenbrach.

Urs musste sich zügeln, um nicht loszuziehen und nach den Entführern zu suchen. Aber er war sich bewusst, dass die Verfolgung der gescheiterten Entführer für Susanna und auch für ihn zu gefährlich war.

Hofmann brachte den toten Ignatius zu den Jesuitenmönchen ins Kloster.

»Wer hat unserem Bruder das angetan?«, fragten sie erschüttert.

Hofmann verschwieg die Wahrheit über das gewaltsame Ende des Mönchs, weil er das Geheimnis des Pestreiters nicht verraten durfte. Er berichtete von einer Horde Wegelagerer, die Ignatius überfallen hätten. »Von Weitem sah ich den Kampf und habe mein Pferd angetrieben. Aber ich kam zu spät. Als ich ihn erreichte, waren die Angreifer geflüchtet, und der Bruder lag in seinem Blut. Er war so schwer verletzt, dass es keine Rettung gab. Glaubt mir, Euer Bruder hatte keine Möglichkeit, sich gegen die Banditen zu wehren. Seine letzten Worte galten Euch, und er sagte, dass er hier beerdigt werden will«, schloss er seinen Bericht.

Der Superior beschloss: »Unser Bruder Ignatius soll neben seinem Mentor in der Krypta bestattet werden.«

Einen Tag später

Der Erzbischof und Kurfürst Karl Kaspar von der Leyen stand in der Schatzkammer des Doms zu Trier und starrte die einfache Holzkiste an. Er konnte nicht glauben, dass in diesem unscheinbaren Kasten das Gewand des Heilands aufbewahrt wurde. Weil andere womöglich ebenso denken, ist der Heilige Rock darin sicher, dachte der Regent zufrieden.

Von der Leyen war sofort nach seiner Rückkehr aus Regensburg zur Schatzkammer geritten. Unterwegs hatte er die Nachricht erhalten, dass Blatter mit seinen Männern im Hafen der Stadt eingetroffen war. Dort hatten sie die Reliquie vom Kahn aufs Fuhrwerk geladen und unbemerkt in den Dom gebracht.

Er blickte auf seine Soldaten, die am Ende ihrer Kräfte schienen. Abgemagert, mit bleichen Gesichtern und roten Augen standen sie in ihren schmutzigen Habits vor ihm und wagten nicht, den Blick zu heben. Einige konnten nur mit Mühe ihr Husten oder Niesen unterdrücken. Der Kurfürst trat auf ihren Hauptmann Jaggi Blatter zu und sagte:

»Ich habe gewusst, dass Ihr und Eure Männer die richtigen für diese Aufgabe seid. Euer Kurfürst und Erzbischof, alle Trierer Bürger und mein Vater im Himmel danken Euch für Euren Einsatz.«

Andächtig schritt von der Leyen zur Kiste, kniete nieder und küsste sie. Als er sich erhob, trat sein Hauptmann Eberhard Dietz auf ihn zu und blickte ihn ernst an.

»Ich hoffe, dass Ihr mir nicht meinen Tag mit einer schlechten Nachricht verderben wollt«, murmelte der Regent. Doch da Dietz keine Miene verzog, folgte von der Leyen dem Hauptmann der Leibgarde in einen Nebenraum, wo Thomas Hofmann sie erwartete.

Hofmann erzählte auch dem Kurfürsten eine Geschichte, die nicht der Wahrheit entsprach.

Mit unbewegter Miene hörte der Kurfürst vom Tod des Pestreiters. Dann fragte er streng: »Wo seid Ihr gewesen – sein Schatten, der ihn mit seinem Leben beschützen sollte?«

Hofmann wusste, dass er Ignatius nicht verraten durfte, der sich durch die Begegnung mit dem Mädchen Susanna in unnötige Gefahr gebracht hatte. »Während ich die Wegelagerer abwehrte, schlich sich ein Bandit an den Pestreiter heran und erstach ihn. Ich hatte keine Möglichkeit, es zu verhindern. Doch wenn ich sie gehabt hätte, wäre ich glücklich gewesen, mein Leben für seines zu geben.«

Von der Leyen blickte den Soldaten durchdringend an. »Ist es dem Pestreiter gelungen, Agnes Preußer zu befreien?«

Hofmann berichtete von der Verhandlung und der Vertagung.

Der Kurfürst sah ihn überrascht an. »Woher wisst Ihr darüber so genau Bescheid?«

»Zum Schutz des Pestreites war ich bei der Verhandlung anwesend.«

Karl Kaspar von der Leyen blickte den Mann nachdenklich an. »Ihr scheint über einen wachen Geist zu verfügen. Glaubt Ihr, den Pestreiter ersetzen zu können? Beurteilt Ihr Euch selbst als fähig, Agnes Preußer vor dem Feuertod zu retten?«

»Ich kann weder lesen noch schreiben«, gab Hofmann zu bedenken.

»Das ist nicht vonnöten. Ihr müsst nur aufmerksam zuhören, damit Ihr überzeugend gegen Hexenverfolgungen argumentieren könnt. Traut Ihr Euch das zu?«

Hofmann nickte zaghaft.

»Dann ernenne ich Euch zu meinem neuen Pestreiter. Ihr werdet dafür Sorge tragen, dass Hexenprozesse nie wieder stattfinden«, erklärte der Erzbischof feierlich und ging zurück zu der Kiste, um die fremden Siegel gegen seine Siegel auszutauschen.

Eine Woche später in der Abenddämmerung

Dietrich stand versteckt zwischen den Bäumen und füllte das Schwarzpulver aus der Pulverbüchse in den Lauf der Muskete. Er setzte das kreisrunde Schusspflaster aus Baumwolle auf die Mündung seines Gewehrs, legte die kleine Bleikugel darauf und stopfte beides mit dem Ladestock hinein. Sein Blick schweifte währenddessen über die Lichtung, und er glaubte, auf dem gegenüberliegenden Weinberg eine Rauchsäule emporsteigen zu sehen. Ein Rehbock, der auf die Waldlichtung trat, lenkte seine Aufmerksamkeit davon ab.

»Da bist du endlich!«, murmelte Dietrich und legte langsam die Muskete auf eine Astgabel, um ruhig schießen zu können.

Das Böckchen ahnte nichts von der Anwesenheit des Wilderers und trat in die Mitte der Waldschneise hinaus. Dort senkte es den Kopf und äste seelenruhig. Im nächsten Augenblick wurde es von einem Knall erschreckt und stürmte davon. Nach wenigen Sprüngen brach das Tier zusammen. Blut trat aus der hässlichen Wunde über seinem Schulterblatt hervor. Der kleine Rehbock zuckte mehrmals und verendete.

Dietrich nahm zufrieden die Muskete herunter und lud sie nach für den Fall, dass weiteres Wild auftauchte. Er lehnte sie gegen den Baumstamm und blickte sich um, um festzustellen, ob jemand den Schuss gehört hatte. Als er nichts Auffälliges bemerken konnte, schlich er zu dem toten Tier, packte es an den Hinterläufen und schleifte es in den Schutz des Waldes.

»Du bist schwerer, als ich dachte«, flüsterte er, ging in die Hocke und zog seinen Dolch hervor, um das Wild aufzubrechen, als er in seinem Rücken plötzlich eine Schwertspitze spürte. Erschrocken hielt er in der Bewegung inne, doch sein Griff um den Messerknauf verstärkte sich.

»Lass es fallen!«, befahl eine unbekannte Stimme dicht an seinem Ohr.

»Was wollt Ihr? Das Wild? Nehmt es! Es gehört Euch!«, krächzte Dietrich und schielte zu seiner Muskete, die jedoch zu weit weg stand.

»Ich sage es noch einmal, dann steche ich zu. Lass den Dolch fallen!«

Angesichts der Drohung öffnete Dietrich die Faust, und das Messer glitt zu Boden.

»Erheb dich!«

Dietrich kam aus der Hocke hoch. Als er sich umdrehte und den Fremden erblickte, zuckte er zusammen. Vor ihm stand ein schwarz gekleideter Mann, der die Kapuze tief ins Gesicht gezogen hatte. Eine lederne Pestmaske verhüllte seine Augen, sodass nur das Schwarz der Pupillen zu erkennen war.

»Wer seid Ihr?«, fragte Dietrich furchtlos, während die Schwertspitze nun auf sein Herz zielte.

»Man nennt mich den Pestreiter.«

»Pestreiter? Was soll das sein?«, fragte Dietrich mit Spott in der Stimme.

»Die Menschen erzählen, dass der Pestreiter die Pestilenz über die Verdammten bringt und sie so für ihre Vergehen auf Erden straft, bevor Gott Gericht über sie hält.«

Dietrichs Furchtlosigkeit verschwand, und er riss die Augen auf. »Ich habe nur ein Stück Wild getötet. Das ist keine Sünde, wegen der Gott über mich richten muss«, ereiferte er sich und hob abwehrend die Arme in die Höhe.

Der Druck der Schwertspitze verstärkte sich, und er wich einen Schritt zurück.

»Kennst du Peter Hönes?«

Dietrich kräuselte erstaunt die Stirn. »Warum wollt Ihr das wissen? Peter ist tot!«

»Hatte er mit der Entführung zu tun?«

»Ich weiß nicht, was Ihr meint!«, erklärte Dietrich trotzig und sah den Unbekannten herausfordernd an.

Der kam näher und drückte ihm die Schwertspitze gegen die Kehle.

Als Dietrich heftig schluckte, spürte er, wie das Metall in seine Haut schnitt und ihm Blut am Hals hinunterlief. Der Druck des Schwerts verstärkte sich, und er stotterte: »Wir benötigten

Auskünfte von dem Weibsbild, die sie uns freiwillig nicht geben wollte. Deshalb haben wir ihr eine Entführung vorgespielt, aus der Peter sie befreien sollte. Wir hofften, dass sie ihm aus Dankbarkeit alles erzählen würde. Doch dieses Miststück ist uns entkommen und hat ihn umgebracht. Wir fanden seine Leiche in einer Hütte, in der sie sich versteckt hatte.«

»*Ich* habe Peter Hönes seiner gerechten Strafe zugeführt«, erklärte der schwarz gekleidete Mann scheinbar ungerührt.

»Ihr seid das gewesen?«, fragte Dietrich ungläubig. Doch als er sich seiner Lage bewusst wurde, keuchte er: »Peter hatte sich den Plan ausgedacht und die Hurensöhne angeheuert. Ich bin nur zufällig dabei gewesen. Ihr müsst mir Glauben schenken!« Er faltete die Hände und streckte sie dem Pestreiter flehend entgegen.

Hofmann betrachtete den Mann, dem trotz der Kälte der Schweiß auf der Stirn stand.

Nachdem der Soldat Ignatius' Leichnam den Mönchen übergeben hatte, war er zu der Waldhütte zurückgeritten. Da Hönes' Leiche verschwunden war, wusste er, dass der Tote mit den Entführern gemeinsame Sache gemacht hatte. Wer sonst sollte den Leichnam fortgeschleppt haben, ohne Alarm zu schlagen?

Bereits am nächsten Tag hatte er herausgefunden, wer bei Susannas Entführung Hönes' Komplizen gewesen waren und wo er sie suchen musste. Ebenso bald hatte er erfahren, dass Dietrich ihr Anführer war und er die Männer für diesen Auftrag angeheuert hatte, die weder wussten, wer das Mädchen war, noch, warum sie entführt werden sollte. Für die Halunken zählte lediglich das Fass Bier, das Dietrich ihnen versprochen hatte.

Mehrere Tage wartete Hofmann vor der Trinkstube ›Zum goldenen Einhorn‹, bis der geeignete Augenblick gekommen schien. Als Dietrich mit einer Muskete unter dem Umhang das Wirtshaus verlassen hatte, war Hofmann ihm unbemerkt in den Wald gefolgt, der außerhalb der Stadt lag, und beobachtete sein Vorhaben.

Nun stand der Mann schlotternd vor ihm und hätte wahrscheinlich alles geschworen, nur um am Leben bleiben zu können. Doch Hofmann kannte diese Gesellen, denen nichts heilig war. Auch wenn Dietrich Susannas Schatzfund nicht erwähnt hatte, so kannte er ihr Geheimnis und würde erneut versuchen, der jungen Frau nachzustellen. Womöglich wäre dann niemand da, um sie zu beschützen, dachte Hofmann.

Christian hatte dieser Frau die Rückkehr seiner Erinnerungen an sein altes Leben zu verdanken, und es wäre ihm wichtig gewesen, dass Susanna kein Leid geschieht, da war Hofmann sich sicher. Wären Hönes und dieser Hurensohn nicht voller Habgier gewesen, würde Christian noch leben, dachte er bitter und fasste einen Entschluss.

»Ich glaube an das Gute im Menschen«, erklärte er, trat zurück und stieß die Schwertspitze vor sich in den Boden.

Dietrich hatte bereits sein letztes Stündlein schlagen gehört. Überglücklich verbeugte er sich und keuchte: »Habt Dank, Herr!« Er wandte sich um, und sein Blick fiel auf die Muskete, die an den Baum gelehnt stand. Ohne nachzudenken, warf er sich auf die Knie, griff nach dem Gewehr, drehte sich ruckartig um und zog den Spannhahn.

Im Augenblick, als er abdrücken wollte, spürte er, wie das Schwert durch seinen Körper schnitt. Mit weit aufgerissenen Augen kippte er nach vorn.

»Du bist kein guter Mensch«, murmelte Hofmann und säuberte die Schneide seines Schwerts am Umhang des Toten.

Urs stand im hellen Schein der Flammen und sah zu, wie sie sich durch das Holz fraßen.

Schon bald wird vom Pesthaus nur noch ein Haufen Asche übrig bleiben, und nichts wird mehr an das Leid erinnern, das sich darin abgespielt hat, dachte er und starrte mit nachdenklicher Miene in das Feuer.

Erneut tobten gegensätzliche Gefühle in ihm und gaben keine Ruhe. Obwohl der Goldhändler Nathan Goldstein versucht hatte, ihn von seinen Schuldgefühlen freizusprechen, glaubte Urs, versagt zu haben. Hätte ich mehr Heil-Erfahrung und mehr Zeit gehabt, wäre es mir womöglich gelungen, ein Mittel gegen die Pestilenz zu finden, quälte er sich und wusste doch, dass er sich selbst Unrecht tat. Wut und Bekümmernis flackerten abwechselnd in ihm auf und hinderten ihn am Durchatmen.

Doch dann nahm ein neuer Gedanke Besitz von ihm. *Glaubst du wirklich, dass es den großen Heilern wie Paracelsus anders ergangen ist? Auch sie mussten Rückschläge verkraften und hinnehmen und haben trotzdem weitergeforscht*, schoss es Urs durch den Kopf. Aufzugeben wäre zu einfach, doch gerade jetzt musste er an seinem Vorhaben festhalten und es umsetzen. Ich muss eben einen anderen Weg finden, die Pest zu erforschen, dachte er, und seine sorgenvolle Miene hellte sich auf. Auch ich werde mich nicht entmutigen lassen und den Beruf des Heilers vertiefen, entschied er und blickte entschlossen in die Flammen.

Als das brennende Gebäude mit lautem Knistern und Knacken in sich zusammenbrach, fühlte Urs sich erleichtert. Es schien, als ob in diesem Augenblick die Last der Verantwortung von seinen Schultern genommen war und er mit seiner Vergangenheit abgeschlossen hatte. Erlöst atmete er auf. Eine neue Zukunft lag vor ihm und ließ ihn hoffen.

Aber das war nicht der einzige Grund, warum Urs sich besser fühlte. Auch die Tatsache, dass er durch das Aufgeben des Pesthauses seine Eltern wegen seines Fortbleibens nicht mehr länger würde anlügen müssen, erleichterte sein Gewissen ungemein.

Der Zeitpunkt könnte nicht besser sein, da Vater anscheinend eine Weile in Trier bleiben wird, dachte er und blickte in das qualmende Feuer. Mutter hat meine erfundenen Ausreden hingenommen, aber Vater wäre irgendwann sicher misstrauisch geworden. Nicht auszudenken, wenn wir uns mit der Seuche angesteckt und sie dadurch von unserem Geheimnis erfahren hätten, dachte Urs und blickte hinüber zu dem Fuhrwerk, auf dessen Ladefläche sein Oheim lag.

Bendicht fühlte sich noch immer schwach auf den Beinen und war froh, als er sich auf dem Fuhrwerk ausstrecken konnte. Er lehnte sich gegen das Rückenteil des Kutschbocks und starrte zu den brennenden Überresten des Pesthauses hinüber.

Ich kann unserem Herrn nicht genug danken, dass er mich mit der Pestilenz verschont hat und mich für meine Dummheit nicht mit Wundbrand bestraft hat, dachte er und wischte sich ergriffen über die Augen. Dank der Tinkturen und Salben heilte die Brandwunde unter seiner Achsel ab, und auch die geschwollenen Beulen waren merklich kleiner geworden. Obwohl Bendicht des Heilens kundig war, wusste er nicht, an welcher Krankheit er gelitten hatte. Letztendlich war es auch einerlei, denn es zählte nur, dass er wieder genesen würde. Das verdanke ich nicht nur unserem Herrn, sondern auch meinem Neffen Urs. Der Junge hat umsichtig gehandelt, und dank Susannas Eingabe, mir einen Sud aus zerstoßener Fliederrinde einzuflößen, sind das Fieber und die Entzündung im Körper zurückgegangen, dachte er.

Sein Blick wanderte zu seinem Neffen, der mit dem Rücken zu ihm vor dem kleiner werdenden Feuer stand. Goldstein hatte Bendicht bei seinem letzten Krankenbesuch verraten, dass Urs sehr mit sich haderte und glaubte, versagt zu haben.

»So ein dummer Junge«, murmelte Bendicht und sah seinen Neffen voller Zuneigung an. Er ist zum Heilen gottbegnadet und will seine Gabe wegen eines Rückschlags fortwerfen, dachte er kopfschüttelnd. Sobald ich wieder gesund bin, werde ich mit meinem Bruder über seinen Sohn sprechen. Urs sollte das Heilen nicht bei mir, sondern an einer Universität erlernen. Vielleicht sollte er sogar mit den Heilern des Abendlandes zusammenarbeiten, überlegte er und entschied: »Ich werde auch mit Nathan Goldstein sprechen.«

»Was murmelt Ihr?«, fragte Elisabeth lächelnd und legte Bendicht eine Decke über die Beine.

Seine dunklen Pupillen glänzten im Schein der rotleuchtenden Glut, als er seine ehemalige Helferin anschaute. Erst vor zwei Tagen waren sie sich etwas nähergekommen. Und da er allein nicht zurechtkam, hatten sie beschlossen, dass Elisabeth sich um ihn kümmern würde. Zärtlich streichelte Bendicht über ihren Handrücken und sagte: »Es geht immer vorwärts, meine Liebe.«

Wind wirbelte Asche hoch, sodass Susanna die Lider schloss. Obwohl sie hinter Urs stand, ahnte sie seine Zweifel. Sie wusste, wie viel Hoffnung er in das Pesthaus gesetzt hatte und wie bitter die Erfahrung für ihn war, versagt zu haben.

Aber trotz all der Enttäuschung scheint er an seiner Aufgabe und der Verantwortung, die er nach Bendichts Erkrankung auf sich genommen hat, gewachsen zu sein, dachte sie und war glücklich darüber.

Zudem hatte Urs endlich erkannt, dass kein Geld der Welt so wichtig war, dass man wertvolle Zeit verschwenden durfte. Auch war es für ihn bedeutungslos geworden, dass Susanna vermögend war. Einzig und allein ihre Liebe zählte, und deshalb würden sie noch vor dem Jahreswechsel den Bund fürs Leben schließen.

Arthur war darüber außer sich vor Freude gewesen, und selbst Urs' Vater Jaggi, der vor wenigen Tagen zurückgekehrt war, hatte ihrem Heiratsplan zugestimmt, was Susanna überglücklich machte, auch wenn sie in seiner Gegenwart noch immer angespannt war.

Irgendwann wird sich das ebenso legen wie die Erinnerung an den Überfall, hoffte sie und dachte an Peter Hönes. Erneut überkam sie Zweifel ob seiner Person, da sie nicht wusste, was er mit der missglückten Entführung zu tun hatte und ob er sie tatsächlich hatte beschützen wollen. Sicher war nur: Wenn Hönes nicht so kopflos in die Hütte gestürmt wäre, würde der Mönch noch leben. Susanna hätte gern mehr über den unbekannten Ordensbruder gewusst, der ihr einen kleinen Teil seines Lebens erzählt hatte. Sie nahm sich vor, eines Tages den Jesuitenorden in Trier aufzusuchen und sich über den Mann zu erkundigen.

Doch im Augenblick vermied sie es, allein unterwegs zu sein, da sie Angst hatte, womöglich wieder ihren Entführern zu begegnen. Deshalb hatten Urs und sie beschlossen, aus diesem Teil Triers fortzuziehen und sich ein kleines Haus in der Nähe von Barbli und Jaggi zu suchen.

Dort werden wir neu anfangen und diese schreckliche Erinnerung hinter uns lassen, dachte sie entschlossen. Da hörte sie einen Büchsenknall und blickte ängstlich zu Urs, der neben sie trat und ihre Hand in seine nahm.

»Sicher ein Wilderer«, beschwichtigte er sie und flüsterte mit einem Augenzwinkern: »Lass uns nach Hause fahren.«

Susanna nickte, und nach einem letzten Blick auf die glimmenden Holzbalken stiegen beide auf den Kutschbock. Urs drehte sich zu seinem Oheim und Elisabeth um und rief ihnen zu: »Haltet euch fest!«

Dann ließ er das Pferd antraben.

Urs brachte Pferd und Fuhrwerk in den Stall seines Oheims, während Susanna und Elisabeth Bendicht ins Haus halfen. Nachdem die Stute gefüttert und getränkt war, folgte Urs ihnen in die Stube.

Elisabeth stützte Bendicht und half ihm, den Kopf zu heben. »Ihr müsst den heißen Sud in kleinen Schlucken trinken«, ermahnte sie ihn sanft, während sie ihm den Becher an die Lippen hielt.

»Ich werde als Heiler wissen, was zu tun ist«, brummte er.

»Wie weit das führen kann, haben wir erfahren dürfen«, erwiderte Elisabeth furchtlos und sah ihn angriffslustig an, woraufhin sich feine Lachfältchen um Bendichts Augenwinkel zeigten.

Urs, der die Szene beobachtet hatte, musste schmunzeln. Wer weiß, was sich daraus entwickelt, dachte er lächelnd. Susanna und er konnten beruhigt heimgehen, denn er wusste, dass sein Oheim bestens umsorgt wurde. Mit dem Versprechen, morgen wieder vorbeizuschauen, verabschiedeten sich die beiden jungen Menschen von Bendicht und Elisabeth und verließen das Haus. Zwischenzeitlich hatte leichter Nieselregen eingesetzt, sodass sie ihre Kapuzen hochschlugen.

Urs umfasste Susannas Hüfte und zog sie an sich. Als er ihr einen Kuss auf die kalte Wange drückte, sagte er: »Lass uns schnell nach Hause gehen, damit du dich am Feuer wärmen kannst.«

»Ich bin hundemüde und könnte im Stehen einschlafen«, murmelte sie und gähnte verhalten.

»Das werde ich zu verhindern wissen«, lachte Urs leise.

Hand in Hand eilten sie durch die Gassen von Trier. Als sie endlich Susannas Wohnung vor sich sahen, verlangsamten sie ihre Schritte.

Plötzlich trat eine Gestalt aus der Dunkelheit auf sie zu. Erschrocken blieben sie stehen. Urs dachte sofort an die Entführer und schob Susanna schützend hinter sich. Die Angst, dass seiner Liebsten ein Leid geschehen könnte, beschleunigte seinen Atem und seinen Herzschlag.

Der Unbekannte schien seine Furcht zu spüren, denn er blieb stehen und hob die Hände in die Höhe.

»Ihr habt nichts zu befürchten. Ich bin der Soldat, der Euch, Susanna, nach Trier zurückgebracht hat«, gab der Mann sich leise zu erkennen.

»Ihr?«, fragte Susanna ungläubig und trat hinter Urs' Rücken hervor.

»Was wollt Ihr?«, fragte Urs misstrauisch.

Thomas Hofmann kam näher. »Ich wollte Euch mitteilen, dass nun keine Gefahr mehr droht.«

»Was meint Ihr damit?«, fragte Susanna erregt.

»Der Anstifter Eurer Entführung ist tot, und seine Mittäter wissen weder Euren Namen noch wer Ihr seid. Ihr habt nichts mehr zu befürchten.«

Susanna atmete hörbar aus. Tränen der Erleichterung schossen ihr in die Augen, und sie fasste nach Urs' Hand und drückte sie fest. »Ich will nicht wissen, was geschehen ist. Doch beantwortet mir bitte die Frage, ob Peter Hönes einer von ihnen war.«

»Ja, das war er. Er und der andere Ganove hatten den Plan ersonnen, Euch zu entführen. Hönes sollte so tun, als ob er Euch befreit, damit Ihr ihm Vertrauen schenkt.«

»Wie konnte ich nur so dumm sein?«, wisperte Susanna entsetzt und vergrub ihr Gesicht an Urs' Schulter.

»Wir danken Euch, dass Ihr Euch die Mühe gemacht habt, uns Bescheid zu geben. Auch für den anderen Dienst, den Ihr uns erwiesen habt, stehen wir in Eurer Schuld«, erklärte Urs leise.

»Ihr müsst mir nicht danken, denn ich habe es für meinen eigenen Seelenfrieden getan. Durch diese Ganoven ist ein geachteter Mensch zu Tode gekommen, der Beispielloses geleistet hat. Nun kann ich in Ruhe seine Nachfolge antreten«, erklärte Hofmann, und noch bevor Urs etwas sagen oder fragen konnte, verschwand er in der Dunkelheit.

Urs blickte zu der Seitengasse, in die der unbekannte Soldat geeilt war. Erst jetzt wurde ihm bewusst, was er gerade gehört hatte und was das für Susanna und ihn bedeutete. Dank dieser Nachricht konnten sie ohne Angst ein neues Leben beginnen.

Er atmete befreit auf und umschlang Susanna fest. »Es ist vorbei, Liebes! Du musst keine Furcht mehr haben. Lass uns nach Hause gehen!«, flüsterte er und wischte ihr die Tränen fort.

Susanna sah ihn aus großen Augen an, und als sie endlich begriff, lächelte sie und ließ sich von ihm in eine gemeinsame Zukunft führen.

Thomas Hofmann hatte im Schatten der Gasse gestanden und die beiden jungen Menschen beobachtet. Er war zufrieden mit dem, was er getan hatte, und auch mit der Entscheidung, den beiden davon zu berichten. Doch nun war es an der Zeit, an sich selbst und seine neue Aufgabe zu denken.

Er schlich zu seinem Pferd, das er in einem leeren Stall versteckt hatte. Der Hengst war so schwarz wie die Nacht und verschmolz mit der Dunkelheit. Hofmann zog sich die neue dunkle Kleidung über, die für ihn angefertigt worden war. Nur die Pestmaske würde er erst am Ziel anlegen. Dann schwang er sich in den Sattel und lenkte das Pferd hinaus.

»Es wird Zeit, dass der Pestreiter wieder in Erscheinung tritt«, flüsterte er und trat dem Hengst in die Flanken.

⸺ *Nachwort* ⸺

Wie meine anderen Romane beruht auch *Der Pestreiter* auf wahren Begebenheiten, die ich mit meiner Fantasie vermischt habe. Sicherlich interessiert Sie, liebe Leserinnen und liebe Leser, vor allem die Frage, ob es einen solchen Pestreiter, wie er in meinem Roman beschrieben wurde, tatsächlich gegeben hat. Hier lautete die klare Antwort: »Nein!« Der Pestreiter entstammt allein meiner Fantasie.

Allerdings habe ich die Wahrscheinlichkeit seiner Existenz mit dem Historiker Prof. Dr. Johannes Dillinger diskutiert und eingeschätzt. Nach Aussage des Historikers ist in keinem der Geschichtsbücher eine solche Person aufgetaucht. Trotzdem hätte es durchaus jemanden geben können, der diese Aufgabe ausgeübt haben könnte.

Zu der Zeit, in der *Der Pestreiter* spielt, waren die großen Pestepidemien, die vor allem das 14. Jahrhundert beherrscht haben, zu Ende. Allerdings flackerte auch in den Jahrhunderten danach die Seuche immer wieder auf und fand ihre Opfer. Grund dafür war womöglich, dass die Menschen der Neuzeit durch Hungersnöte und die Auswirkungen der Kriege – besonders des Dreißigjährigen Krieges – unterernährt waren. Sicher spielte auch die mangelhafte Hygiene ebenso eine Rolle wie der Unrat, der unachtsam in den Straßen entsorgt wurde und Ratten anlockte. Doch die Menschen erkannten diese Zusammenhänge damals nicht. Sie suchten nach Erklärungen, die weit von der heute bekannten Realität abwichen.

Wie in meinem Roman beschrieben, glaubten sie an Pestgift, Pestpfeile und vieles mehr, was die Seuche übertrug und herbeiführte.

Da man nicht auf den Gedanken kam, dass Flöhe dafür verantwortlich sein könnten, mussten Schuldige gefunden werden. Diejenigen, die man bereits in der Vergangenheit dafür verantwortlich gemacht hatte, mussten auch dieses Mal dafür herhalten. Leider wurden, wie im Roman beschrieben, immer wieder Bürger jüdischen Glaubens verdächtigt, die Pest über die Menschen gebracht zu haben, sodass sie mancher Städte verwiesen sowie verfolgt und auch ermordet wurden.

Erst Ende des 19. Jahrhunderts wurde dank des Fortschritts in der Forschung der Pest-Erreger entdeckt. Einige Jahre später konnte man endlich auch die Übertragungswege der Krankheit beschreiben. Doch trotz moderner Medizin kann man bis heute der Pest weder vorbeugen noch sie heilen, sondern lediglich ihre Symptome lindern. Obwohl diese Krankheit derzeit nur noch selten vorkommt und aus Europa fast gänzlich verschwunden ist, gibt es weltweit immer wieder Tote zu beklagen. Zum Glück werden heute keine unschuldigen Menschen mehr verdächtigt, für das Ausbrechen der Seuche verantwortlich zu sein.

Auch wenn damals nicht jeder Mensch an der Pest erkrankte, so fiel dieser Krankheit zwischen 1347 und 1351 circa ein Drittel der europäischen Bevölkerung zum Opfer. Wie in dem Appell zu Beginn des Romans geschildert wird, war die Angst, daran zu sterben, übergroß. Auch wenn man nicht wusste, woher die Krankheit kam, so wusste man zumindest, dass man sich bei Berührung anstecken konnte. Aus dieser Furcht heraus geschah es, dass manche Tote nicht mehr bestattet wurden, da niemand wagte, sie aus dem Haus zu tragen. Als ich bei meiner Recherche Berichte aus jener Zeit las, in denen geschildert wird, dass Pestkranke sich ihr eigenes Grab geschaufelt und davor gesetzt haben, um auf ihren Tod zu warten, kam mir die Idee, Urs einen solchen Toten sezieren zu lassen, ohne dass er sich der direkten Gotteslästerung schuldig machte.

Um die Gesunden zu schützen, wurden damals tatsächlich Pesthäuser errichtet, in denen die Infizierten isoliert wurden. Auch die von mir erwähnte Sebastian-Bruderschaft hat es im Mittelalter gegeben. Ihre Anhänger haben ohne Rücksicht auf ihr eigenes Leben Pestkranke versorgt und die Pesttoten beerdigt. Da der heilige Sebastian als Beschützer vor der Pestilenz galt, wurde diese Bruderschaft ihm zu Ehren Sebastian-Bruderschaft genannt.

Kirchen, die – wie von mir beschrieben – aufgrund ihrer Bauweise das Gesprochene von einer Ecke zur gegenüberliegenden tragen, gibt es vielerorts. Diese sogenannten Flüsterkirchen wurden in Zeiten der Pest genutzt, damit Todgeweihte ihre Sünden beichten konnten.

Karl Kaspar von der Leyen (1618–1676) war Kurfürst und Erzbischof von Trier. Leider scheint dieser Regent in den Geschichtsbüchern kaum Beachtung gefunden zu haben, denn es war zeitintensiv und mühselig, die wenigen Fakten zusammenzutragen, um sich von diesem Mann ein Bild machen zu können. Dank der schriftlichen Dokumente und der Erklärungen des Historikers Prof. Dr. Johannes Dillinger entstand für mich folgender Eindruck von diesem Regenten:

Karl Kaspar von der Leyen war kein Seelchen und kein weichlicher Gutmensch – auch kein ›Mönchsbischof‹; sondern eher ein Macher, jedoch zweifellos tiefgläubig. Er scheint ein tatkräftiger, aber gutmütiger Technokrat mit Blick für die Realitäten gewesen zu sein. Außerdem Theologe, Politiker, Kunstmäzen, Förderer der Wirtschaft und Gesetzesreformer. Er muss ungeheure Energien besessen und viel geleistet haben. Auch scheint er sehr selbstbewusst und konfliktbereit gewesen zu sein; zudem sehr klug, sehr fleißig, vermutlich auch sehr autoritär.

Nach dem Krieg (1618–1648) war das Kurfürstentum Trier verwüstet, sodass Karl Kaspar von der Leyen eine Reihe von Wiederaufbauprogrammen startete. Er setzte sich sehr für seine Untertanen ein. Wie in meinem Roman dargestellt, wollte er die Landwirtschaft ebenso fördern wie die Rechtspflege. Auch dass er das Verbot der Hexenprozesse festschrieb, entspricht der Wahrheit, denn er erkannte, dass Hexenprozesse ins Chaos führten: Sie zerrütteten die soziale Ordnung, das Vertrauen im Dorf. Wiederaufbau auf Misstrauen und Unordnung ist nicht möglich.

Daher entschließt er sich tatsächlich zu dem radikalen Schritt, die Verfolgungen einstellen und alle alten Prozessakten, in denen Bezichtigungen gegen noch lebende Personen stehen, vernichten zu lassen. Die alten Aussagen sollten nie mehr zu neuen Prozessen führen können.

Von der Leyen glaubte zwar grundsätzlich an die Möglichkeit von Hexerei. Aber er glaubte offenbar nicht, dass alle Hexenprozess-Opfer schuldig waren. Er sah, dass Hexenprozesse dem Land klar schadeten (Kosten, Unruhe, Misstrauen, Todesopfer), aber noch nie irgendeinen erkennbaren, sicheren Nutzen gebracht haben.

Daher ging er das – aus seiner Sicht – hohe Risiko ein, sie total einzustellen. Natürlich befürchtete er nicht, dass man ihn im magischen Sinne verfluchte, wohl aber, dass er an Ansehen verlieren würde.

Ein öffentlicher Verfolgungsstopp hätte schwere Kritik an dem Regenten ausgelöst, sicherlich auch und gerade von den protestantischen Nachbarn, die den Katholizismus ohnehin als magisch verseucht ansahen. Deshalb hielt er das Verbot der Hexenverfolgung auch geheim. Nur die für die praktischen Prozesse vonseiten des Staates verantwortlichen Amtmänner sollten davon erfahren. Erst spät hat von der Leyen der Grafschaft Nassau-Saarbrücken gegenüber seine Entscheidung zugegeben, aber auch nur auf der Ebene geheimer Diplomatie zwischen Fürsten. Offiziell wurde bei den Untertanen behauptet, man habe die alten Hexenprozessakten mit Anschuldigungen ›verloren‹ (wohl im Krieg). Bei neuen Prozessen sagten die Amtsleute einfach ›Nein‹, wenn eine Klage erhoben werden sollte. Das war einfach, weil die Indizien nie einer Überprüfung standhielten.

Der allerletzte Grund, wieso Karl Kaspar von der Leyen die Prozesse abbrach, liegt wohl nur bei ihm selbst. Letztlich muss er geglaubt haben, dass das Ende der Verfolgungen gut für sein Land sein würde. Dass er das glauben konnte, hat im Letzten nur seine Ursache in seinem Gottvertrauen. Für Karl Kaspar von der Leyen ist der gute Gott einfach stärker und wichtiger als die Bedrohung durch Teufel und Hexen. Wäre das bei ihm nicht der Fall gewesen, hätte er trotz Chaos und Belastung des Landes die Hexenverfolgung weiterlaufen lassen müssen. Er selbst deutete an, dass er sich auf seinen Glauben an den guten Gott verlassen müsse.

Für mich als Schriftstellerin war es interessant und spannend, diesen besonderen Mann aufleben zu lassen und manche Dinge ›durch seine Augen‹ sehen zu dürfen.

Die Anklage gegen Agnes Preußer hat es nicht gegeben, wohl aber die Anklage gegen Christ Preußer aus Mensfelden. Da der Roman recht männerlastig war, habe ich Agnes erfunden. Ich habe ihr das angehängt, was man in Wahrheit Christ Preußer unterstellt hatte, dessen Prozess den Koblenzer Oberhof von 1652 bis 1659 beschäftigte. In dem letzten Schreiben, in dem Preußer erwähnt wird und das auf den 15.7.1662 datiert ist, heißt es, dass Preußer auf freiem Fuß und weiterhin als kurtrierischer Unterschultheiß in Mensfelden tätig war.

Scheider Mergh lebte Anfang des 17. Jahrhunderts in der Nähe von Neuerburg im Raum Bitburg. Im Februar 1614 wurde sie von einer zum Tode verurteilten Frau der Hexerei bezichtigt. Da ich Scheider Merghs Gerichtsakte lesen durfte, konnte ich sie so darstellen, wie man es damals niedergeschrieben hatte. Nachdem sie sich unter der Folter schuldig bekannt hatte, wurde sie am 26. März 1614 zum Tod auf dem Scheiterhaufen verurteilt.

Thea Hofmann hieß im wahren Leben Anna Paulmann und lebte 1660 in Rottweil im heutigen Baden-Württemberg. Wie im Roman beschrieben, hatte sich die Elfjährige selbst der Hexerei bezichtigt. Da sie von dieser Behauptung nicht abließ, sah das Gericht keine andere Möglichkeit, als sie zum Tode durch *venae sectio*, das Ausbluten im warmen Bade, zu verurteilen.

Karl Kaspar von der Leyen hat tatsächlich den Heiligen Rock heimlich von Köln über Rhein und Mosel nach Trier bringen lassen. Interessant war für mich, dass weder die Geschichtsbücher noch die Historiker mir nähere Auskunft über diese Handlung geben konnten. Auch wusste niemand meine Fragen zu beantworten, wo die Reliquie in Coelln aufbewahrt worden war oder wohin sie in Trier gebracht wurde. Hier habe ich mich – nach Rücksprache mit Fachleuten und Historikern – für die im Buch beschriebene nächstmögliche Wahrscheinlichkeit entschieden. Die Bedenken, die von der Leyen in meinem Roman geäußert hat, und seine Pläne, die er wegen der Ausstellung gehegt hat – all das entspricht der Wahrheit. Allerdings ist mir nicht bekannt, dass sein verstorbener Vater ihn jemals um die Ausstellung des Heiligen Rocks gebeten hat.

Paul von Aussem war tatsächlich Domkapitular des Kölner Doms. Aus dramaturgischen Gründen habe ich jedoch seine Amtszeit für meinen Roman ein paar Jahre vorverlegt.

Bereits in vorherigen Romanen und vor allem in *Der Hexenturm* habe ich von Friedrich Spee (1591–1635) berichtet, der ebenfalls ein beachtenswerter Mann seiner Zeit war. Er war ein deutscher Jesuit, der Berühmtheit als Kirchenlieddichter, aber auch als Kritiker der Hexenprozesse erlangte. Im Mai 1631 veröffentlichte er die *Cautio Criminalis*, eine Schrift, die Zweifel an der Folter und am Hexenglauben vortrug. Als einer der Ersten gab Spee zu bedenken, dass die Tortur vermutlich nicht der Wahrheitsfindung dient. Aus Angst, selbst als Hexer angeklagt zu werden, da man die Schriften als Werke des Teufels auslegen konnte, verfasste er sie anonym – so wie viele andere seiner Werke auch. Am 7. August 1635 starb Friedrich Spee an der Pest, nachdem er sich bei der Betreuung von verwundeten und pestkranken Soldaten in Trier angesteckt hatte. Sein Grab kann man heute in der im Roman beschriebenen Gruft unter der Trierer Jesuitenkirche am Trierer Priesterseminar besichtigen. Den Schlüssel muss man sich beim Pförtner abholen.

Als ich in einem antiquarischen Buch über die Wirtschaftsgeschichte der Stadt Trier recherchierte, stieß ich auf den Beruf des Zinßmeisters, der wie mein Familienname geschrieben wurde. Ich fand es originell, meinen Familiennamen in einen Roman einzuweben, und erfand die Figur Walter Bickelmann, die sich wunderbar in meine Geschichte eingefügt hat.

In Trier heißt es: Zweitausend Schritte, zweitausend Jahre. Diese Behauptung kann ich nur unterstreichen. Einerlei, wohin man geht, überall entdeckt man Bauwerke oder Fragmente aus verschiedenen vergangenen Epochen. Die Spuren der Römer sind ebenso zu erkennen wie die des Mittelalters oder der Neuzeit. Im Amphitheater erfährt man Geschichten und Tragödien, die sich in den Katakomben abgespielt haben sollen, und dank der Führung durch den ›Gladiator Valerius‹ werden sie wieder zum Leben erweckt. Als ich durch die dunklen, kalten und feuchten unterirdischen Gänge ging, konnte ich mir vorstellen, wie die wilden Tiere in ihren Käfigen hin und her gelaufen sind, habe ihr Brüllen vernommen, die Angst in den Blicken der Sklaven gesehen und das Gejohle der begeisterten Menschenmassen auf den Zuschauerrängen gehört. Ich wusste sofort, dass das geheime Treffen von Karl Kaspar von der Leyen und seinen Auserwählten nur hier in den Katakomben stattfinden konnte.

Aber auch das düstere Mittelalter konnte ich mir genau vorstellen. Ich sah in Gedanken die zerstörten Häuser vor mir und die Menschen, die auf dem Marktplatz ihre Ware anboten. Auch hörte ich die Pestkranken wimmern und sah die Häuser mit den Pestkreuzen vor mir. Ich ging über den Domfreihof und blickte in der Gasse ›Sieh dich um‹ zwangsläufig hinter mich. Heute erklärt einem ›der Teufel‹ diese Zeit bei einer abendlichen Führung, und das Geheimnis der Porta Nigra, die, wie im Roman beschrieben, damals anders ausgesehen hat, wird von einem ›Centurio‹ entschlüsselt.

Trier hat es vielerorts geschafft, das Alte mit dem Neuen zu verbinden. Diese Stadt hat einen wahren Fundus an historischen Bauwerken und wunderbaren Geschichten. Ich kann jedem, der an Historie Interesse hat, einen Besuch in dieser einzigartigen Stadt nur ans Herz legen. Andere werden an dem reichhaltigen gastronomischen Angebot und den Weinen aus der Region ihre Freude haben.

Wie bereits im ersten Teil *Das Pestzeichen* beschrieben, sind nach Ende des Dreißigjährigen Krieges Schweizer, aber auch

Menschen anderer Nationalitäten aus umliegenden Ländern mit Versprechen ins Deutsche Reich gelockt worden. Sie sollten das fast menschenleere Reich neu besiedeln. Auch wenn die Familie Blatter von mir erschaffen wurde, so leben tatsächlich Nachfahren von Schweizer Familien noch heute im Saarland.

Außerdem wurde das Thema Schatzsuche thematisiert, das auch in der Fortsetzung Erwähnung findet. Auch wenn wir es mit unserem aufgeklärten Wissen nicht immer nachvollziehen können: Alles, was ich darüber im *Pestreiter* beschreibe, entspricht der Wahrheit. Die Menschen der damaligen Zeit haben an Feuerdrachen geglaubt, die durch die Kamine geflogen kamen und Schätze zurückließen. Auch die Werkzeuge, Schatzkarten und magischen Formeln waren vonnöten, um einen Schatz zu finden und die Schatzgeister zu versöhnen. Wen das Thema näher interessiert, dem lege ich das Buch »Auf Schatzsuche« von Prof. Dr. Johannes Dillinger nahe. Auf der Grundlage alter Gerichtsakten ist dieses interessante Werk entstanden, das die Schatzsuche von früher bis zur heutigen Zeit thematisiert.

Diejenigen unter Ihnen, die bereits meine anderen Romane gelesen haben, werden vielleicht in Bezug auf die wahre Identität von Ignatius, der den Decknamen Christian hat, einen bestimmten Verdacht hegen.

Wer mehr über diesen geheimnisvollen Jesuitenmönch erfahren möchte, sollte in meinen Romanen *Das Hexenmal* auf Seite 117 und in *Der Hexenturm* auf Seite 268 nachlesen. Ich denke, dass diese Zeilen für einige Überraschung sorgen werden.

Herzlichst
Ihre Deana Zinßmeister

Danksagung

Die Recherche zu diesem Roman war sehr umfangreich, zeitintensiv und mühevoll. Wie bereits im Nachwort beschrieben, konnte ich zu einigen Fragen keine Antworten finden, da es über manche Themen kaum Aufzeichnungen gibt. Vieles wäre mir verborgen geblieben, wenn mich nicht Historiker und Fachleute unterstützt hätten. Ihnen gilt meine Danksagung.

Ich bin sehr stolz und glücklich, dass diese drei Menschen mir und meinen Romanen die Treue gehalten und mich auch bei *Der Pestreiter* beratend unterstützt haben:

Herr *Prof. Dr. Johannes Dillinger*, Historiker und Sachbuchautor in Oxford und Mainz, beriet mich bei der Figur des Pestreiters und empfahl mir, Karl Kaspar von der Leyen in den Roman mit einzubinden. Seine Aufforderung: »Machen Sie was aus dem Mann, er ist eine faszinierende Person« motivierte mich, den Erzbischof zu einer der Hauptfiguren werden zu lassen. Trotz seiner eigenen Arbeit an verschiedenen Projekten beantwortete Herr Dillinger geduldig und ausführlich meine Fragen und leitete mich durch die Historie. Ihm möchte ich von ganzem Herzen für seine Bereitschaft, seine Zeit und sein Engagement danken.

Was wäre meine Recherche ohne die umfangreiche Bibliothek von Herrn *Dr. Dieter Staerk*, Fachbuchautor und Historiker aus Saarbrücken. Dank seines Wissens, wo was geschrieben steht, erhalte ich Zugang zu einzigartigen Fakten, Dokumenten und Aufzeichnungen, die teilweise Hunderte von Jahren alt sind, sodass ich die geschichtlichen Ereignisse in meinem Roman genau schildern, Menschen bildhaft beschreiben und historische Begebenheiten korrekt wiedergeben kann. Obwohl Herr Dr. Staerk selbst an einem großen Werk arbeitet, nimmt er sich jedes Mal die Zeit, mir die richtigen Recherchematerialien herauszusuchen und sie mir zu erklären. Dafür gebührt ihm mein tiefer Dank.

Frau *Monika Metzner*, Journalistin aus Lübeck, hat mir auch bei diesem Roman genau auf die Seiten geschaut. Sie hat mich gelobt und motiviert, aber auch konstruktive Kritik geübt. Dank ihrer Sichtweise auf die Romanhandlung kamen keine Figur und kein geschichtliches Thema zu kurz. Dank ihr behielt ich die Ausgewogenheit der einzelnen Handlungsstränge im Blick. Liebe Monika, ich danke Dir sehr für Deine Ratschläge und Anregungen, die ich nicht mehr missen möchte.

Damit ich Trier von einer anderen Seite und individuell kennenlernen konnte, haben meine Cousine *Kirsten Fries* und ihr Mann *Rudolf (Goy) Fries* mich stundenlang und unermüdlich durch diese einzigartige Stadt geführt. Da sie nahe Trier leben, kennen sie diese Stadt in- und auswendig und haben mich auf Außergewöhnliches hingewiesen, Legenden erzählt und mir einen besonderen Blick auf diese Stadt ermöglicht. Dank ihren Erklärungen und Hinweisen konnte ich in die Geschichte Triers eintauchen, sodass der Roman Farbe bekommen hat, wofür ich den beiden von ganzem Herzen danke.

Auch lernte ich durch sie Herrn *Bernhard Simon*, Diplom-Archivar des Stadtarchivs in Trier, kennen. Er stellte mir Recherchematerial zusammen, das seinesgleichen sucht. Dank dieser Schriften war es mir möglich, Karl Kaspar von der Leyen wieder zum Leben zu erwecken, die Auswirkungen und die Angst vor der Pest zu beschreiben, aber auch das alte Trier richtig darzustellen. Dafür möchte ich mich bei Herrn Simon recht herzlich bedanken.

Auch dafür, dass er mich mit Herrn *Dr. Mario Simmer* bekannt machte, einem Fachhistoriker und Sachbuchautor auf dem Gebiet des Heiligen Rocks. Durch Herrn Simmers Unterstützung ist es mir gelungen, die wenigen bekannten Fakten über die Reliquie in meinen Roman einzuweben, wofür ich ihm sehr dankbar bin.

Auch Herrn *Markus Groß-Morgen*, studierter Theologe, Kunsthistoriker und Museumsdirektor des Bischöflichen Dom- und Diözesanmuseums in Trier, gebührt mein großer Dank. Seine Informationen und Anregungen halfen mir, die Kiste, in der der Heilige Rock gelagert und transportiert wurde, genau zu beschreiben. Des Weiteren verriet mir Herr Groß-Morgen, dass der Transport der Reliquie sieben Tage auf dem Wasser gedauert hat, sodass ich Jaggi und seine Mannen auf den Weg schicken konnte.

Als Autorin sehe ich während des Schreibens meinen Roman wie einen Film vor mir. Ich sehe meine Figuren agieren, kenne ihre Schwächen und Stärken. Auch weiß ich, wohin sie gehen werden und was mit ihnen geschehen soll. Ich wandere mit ihnen durch die Gassen, schmecke und fühle wie sie und sehe durch ihre Augen. Das alles versuche ich, in meinem Roman bildhaft zu beschreiben.

Doch spult sich auch beim Leser dieses Kopfkino ab? Kann er meiner Handlung folgen und sich die Figuren vorstellen? Erschließt sich ihm während des Lesens der Roman, oder sind da Lücken, die geschlossen werden müssen?

Diese Fragen kann mir nur jemand beantworten, der parallel zum Entstehen des Romans mitliest. Ich bin sehr glücklich, dass ich *Carmen Vicari* aus Dossenheim als Vorableserin gewinnen konnte. Sie ist Diplom-Wirtschaftsingenieurin und eine begeisterte Vielleserin. Damit ich während des Schreibens meiner Geschichte nicht betriebsblind wurde, hatte sie ein Augenmerk auf die Punkte, die für die Leser wichtig sein könnten. Für ihr kritisches Mitlesen und ihre konstruktiven Anregungen möchte ich mich von ganzem Herzen bedanken.

Wenn eine Autorin ihren Roman ihren beiden Lektorinnen widmet, dann bedarf es keiner weiteren Erklärungen. Außer: Vielen Dank für diese fabelhafte Zusammenarbeit.

Zum Schluss ein dickes Dankeschön an meinen Mann und meine beiden Kinder sowie den Rest meiner Familie, die mich wie immer mit ihrer Geduld und ihrem Verständnis unterstützt haben.

Bibliographie

Callot, Jacques, *Das gesamte Werk in zwei Bänden 1*,
 Herrsching: Verlagsgesellschaft mbH
Callot, Jacques, *Das gesamte Werk in zwei Bänden 2*,
 Herrsching: Verlagsgesellschaft mbH
Camus, Albert, *Die Pest*, Hamburg: Rowohlt Verlag, 2010
Dillinger, Johannes, *Hexen und Magie*, Frankfurt: Campus
 Verlag 2007
Dillinger, Johannes, *Böse Leute*, Trier: Paulinus Verlag 1999
Dillinger, Johannes, Fritz Thomas, Mährle Wolfgang, *Zum Feuer verdammt*, Stuttgart: Franz Steiner Verlag 1998
Dillinger, Johannes, *Auf Schatzsuche*, Freiburg im Breisgau:
 Herder Verlag 2011
Franz, Günther, *Friedrich Spee. Dichter, Seelsorger, Bekämpfer des Hexenwahns. Kaiserswerth 1591 – Trier 1635*, Trier: Paulinus-Druckerei, 1991
Franz, Günther, *Der Dreißigjährige Krieg und das deutsche Volk*, Stuttgart-Hohemheim: Gustav Fischer Verlag, 1961
Freytag, Gustav, *Der Dreißigjährige Krieg – Das Heer*,
 Bad Langensalza: Verlag Rockstuhl 2010
Freytag, Gustav, *Der Dreißigjährige Krieg – Die Städte*,
 Bad Langensalza: Verlag Rockstuhl 2010
Freytag, Gustav, *Der Dreißigjährige Krieg – Die Dörfer*,
 Bad Langensalza: Verlag Rockstuhl 2010
Freytag, Gustav, *Bilder aus der deutschen Vergangenheit Band II*, Hamburg: Albrecht Klaus Verlag

Friesenegger, Maurus, *Tagebuch aus dem Dreißigjährigen Krieg*, München: Allitera Verlag 2007

Grimmelshausen, Hans Jacob Christoph von, *Der abenteuerliche Simplicissimus*, Stuttgart: Philipp Reclam jun., 1996

Herrmann, Bernd, *Mensch und Umwelt im Mittelalter*, Wiesbaden: Fourier Verlag 1996

Hinkeldey Ch., *Justiz in alter Zeit*, Rothenburg: Mittelalterliches Kriminalmuseum 1984

Jankrift, Kay Peter, *Katastrophen in der mittelalterlichen Lebenswelt*, Stuttgart: Jan Thorbecke Verlag, 2006

Kentenich, Gottfried, *Geschichte der Stadt Trier von ihrer Gründung bis zur Gegenwart*. Trier: Verlag der Lintz'schen Buchhandlung 1915

Kentenich, Gottfried und Dr. Lager, *Trierische Chronik*. Trier: Verlag von Jacob Lintz 1920

Rudolph, Friedrich: *Publikationen der Gesellschaft für Rheinische Geschichtskunde, Quellen zur Rechts- und Wirtschaftsgeschichte der rheinischen Städte*, Bonn: Hanstein Verlag 1915

Schmidt Georg, *Der Dreißigjährige Krieg*, München: C. H. Beck Verlag, 2006

Stadtbibliothek Trier (Hg.), *Friedrich Spee. Dichter, Seelsorger Bekämpfer des Hexenwahns. Zum 350. Todestag*, Trier: Spee-Buchverlag 1985

Zenz, Emil, *Die Taten der Trierer*, Trier: Paulinus Verlag 1964

Deana Zinßmeister

widmet sich seit einigen Jahren ganz dem Schreiben historischer Romane. Bei ihren Recherchen wird sie von führenden Fachleuten unterstützt, und für ihren Bestseller »Das Hexenmal« ist sie sogar den Fluchtweg ihrer Protagonisten selbst abgewandert. Die Autorin lebt mit ihrem Mann und zwei Kindern im Saarland.

Mehr von Deana Zinßmeister:

Das Hexenmal
Der Hexenturm
Der Hexenschwur

Die Gabe der Jungfrau
Der Schwur der Sünderin

Das Pestzeichen

(alle auch als E-Book erhältlich)

Christopher W. Gortner
Die Tudor-Verschwörung

416 Seiten
ISBN 978-3-442-47734-0
auch als E-Book erhältlich

England 1553. Der Waisenjunge Brendan Prescott wird an den Londoner Hof geschickt, um einem der Söhne der mächtigen Adelsfamilie Dudley zu dienen. Bald muss er begreifen, dass man ihn als Werkzeug in einem Komplott gegen das Königshaus benutzen will. Doch als Brendan der brillanten, majestätischen Elizabeth begegnet, weiß er, wem seine Treue gehört. Fortan riskiert er sein Leben als ihr Doppelagent und bringt so Licht in das Dunkel seiner eigenen mysteriösen Vergangenheit. Denn Brendan trägt das Zeichen der Rose...

www.goldmann-verlag.de
www.facebook.com/goldmannverlag

GOLDMANN
Lesen erleben

Eine Stadt, in der die Willkür regiert. Ein junger Kaufmann, der für die Freiheit kämpft. Eine Liebe, die keine Grenzen kennt.

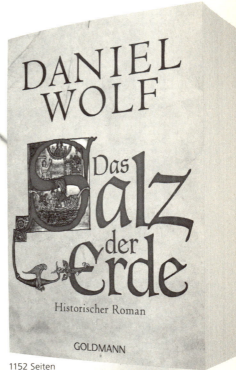

Salz. Das weiße Gold des Mittelalters. Für Michel de Fleury ist es der Schlüssel zur Freiheit. Doch muss er für den Kampf um die Freiheit seine große Liebe und eine kostbare Freundschaft opfern?

1152 Seiten
ISBN 978-3-442-47947-4
auch als E-Book und Hörbuch erhältlich

www.goldmann-verlag.de
www.facebook.com/goldmannverlag

GOLDMANN
Lesen erleben

Um die ganze Welt des
GOLDMANN Verlages
kennenzulernen, besuchen Sie uns doch
im Internet unter:

www.goldmann-verlag.de

Dort können Sie
nach weiteren interessanten Büchern *stöbern*,
Näheres über unsere *Autoren* erfahren,
in *Leseproben* blättern, alle *Termine* zu Lesungen und
Events finden und den *Newsletter* mit interessanten
Neuigkeiten, Gewinnspielen etc. abonnieren.

Ein *Gesamtverzeichnis* aller Goldmann Bücher finden
Sie dort ebenfalls.

Sehen Sie sich auch unsere *Videos* auf YouTube an und
werden Sie ein *Facebook*-Fan des Goldmann Verlags!

www.goldmann-verlag.de
www.facebook.com/goldmannverlag